btb
Aus Freude am Lesen

btb

Buch

Alison Jordan arbeitet in der amerikanischen Botschaft in Bonn. Ihre Spezialität sind Recherchen aller Art. Doch ihrem neuen Auftrag steht sie mehr als zwiespältig gegenüber: Sie soll das Schicksal von Hugo Raphael erkunden, dem berühmten Archäologen und Architekten, der vor drei Jahren in Nordafrika auf mysteriöse Weise verschwand und nun angeblich wieder in Sizilien gesehen wurde. Hugo ist ihr Vater – und ihr Verhältnis zu ihm mehr als gespannt. Dennoch reist sie gemeinsam mit ihrem Halbbruder Jay nach Castell'alto, dem »Dorf, das Gott vergessen hat«. Ein Ziel, so abgelegen, daß es nicht einmal auf den Landkarten zu finden ist. Hier besitzt Hugo ein altes Kastell, hier hoffen sie, ihn zu finden. Doch Castell'alto ist kein Ort für Fremde, wie sie schon bald erfahren müssen. Und es birgt ein Geheimnis – ein Geheimnis, das für Alisons Zukunft entscheidend ist.

Autorin

Caroline Llewellyn, Tochter einer Amerikanerin und eines Walisers, kam in Singapur auf die Welt und verbrachte ihre Kindheit und Jugend in Kanada. Nach längeren Aufenthalten in England, Italien und Deutschland lebt sie heute mit ihrem Mann und ihren Kindern in Princeton.

Von Caroline Llewellyn bei btb bereits erschienen:
Die verborgene Geschichte (72003)

Caroline Llewellyn

Frau im Labyrinth

Roman

Deutsch von Liselotte Prugger

btb

Die Originalausgabe erschien 1990
unter dem Titel »The Lady of The Labyrinth«
bei Charles Scribner's Sons, New York

Umwelthinweis:
Alle bedruckten Materialien dieses Taschenbuches
sind chlorfrei und umweltschonend.

btb Taschenbücher erscheinen im Goldmann Verlag,
einem Unternehmen der Verlagsgruppe Bertelsmann.

1. Auflage
Deutsche Erstveröffentlichung Februar 1997

Umschlaggestaltung: Design Team München
Umschlagmotiv: Ausschnitt aus Edouard Manet
»Mädchen im Garten von Bellevue« (1880)
Satz: IBV Satz- und Datentechnik GmbH, Berlin
RK · Herstellung: Augustin Wiesbeck
Made in Germany
ISBN 3-442-72091-5

FÜR MEINE MUTTER,
UND IM GEDENKEN AN MEINEN VATER

»FÜR DIE FRAU IM LABYRINTH,
EINEN KRUG VOLL HONIG.«

Inschrift, gefunden in Knossos auf Kreta

1

Sizilien.
Ich muß nur das Wort sagen, und der Schirokko rührt sich erneut mit einem kleinen Schauer von Staub, sein heißer Atem wispert in mein Ohr. Auf einem kahlen Hang singen die Zikaden ihr unermüdliches Lied, der Pulsschlag der Sonne, während tief unten ein Mann und eine Frau langsam in den warmen blauen Wassern des archaischen Meeres versinken. Und wenn die letzte Silbe des uralten Namens verklingt, trete ich einmal mehr in das Labyrinth, zurückgerufen von dem Sirenengesang der Vergangenheit.

Die Hitze, der unruhige Wind und das Meer waren schon da, als diese Geschichte begann, aber der Mann und die Frau traten erst sehr viel später in Erscheinung, ungefähr zweitausendfünfhundert Jahre später, an einem regnerischen Maimorgen in Bonn. Es war der Morgen, an dem Hugo Raphael wieder in mein Leben trat. Er warnte mich natürlich nicht vor, er schickte keine Nachricht, keinen Brief. Andererseits hatte es auch vor drei Jahren keine Vorwarnung gegeben, als er verschwunden war.

Es schien zunächst ein Tag wie jeder anderer, mit einem Nieselregen, der sich allmählich in einen Wolkenguß verwandelte, während ich den Rhein entlang zur Arbeit fuhr. Trauben von Regenschirmen versammelten sich an den Bushaltestellen, die Gesichter darunter grau und freudlos im wäßrigen Licht. Dampf hing wie eine kleine Wolke über dem Karren eines Brezelverkäufers, der seinen Wagen eilig über den Bürgersteig unter die schützende Markise eines Ladens schob. An einer roten

Ampel fischte ich ein Taschentuch aus meiner Handtasche, um die angelaufene Windschutzscheibe vom Kondenswasser zu befreien. Ich stellte das Radio gerade noch rechtzeitig an, um das Ende der Nachrichten auf AFN mitzubekommen.

Die letzte Meldung war eine Nachricht von den Toten.

»Hugo Raphael, der umstrittene amerikanische Architekt, soll Informationen zufolge aus Libyen geflohen sein, wo er sich während der letzten drei Jahre aufgehalten hat. Nach dem amerikanischen Luftangriff auf Libyen am vierzehnten April letzten Monats hatte der republikanische Kongreßabgeordnete Jennings Hodge aus Indiana die Einsetzung eines Untersuchungsausschusses zur angeblich engen Beziehung Raphaels zum libyschen Führer Moamar al Gaddhaffi...«

Ein ungeduldiges Hupen von dem Auto hinter mir übertönte den Rest. Die Ampel hatte umgeschaltet. In den nächsten paar Minuten fuhr ich, ohne zu wissen, wohin. Blindlings folgte ich dem fließenden Verkehr. Als ich bemerkte, daß ich meine Abzweigung verpaßt hatte, fuhr ich an die Seite, wo ich mit laufendem Motor dasaß und den Wischblättern bei der Arbeit zusah.

Als ich das letzte Mal von Hugo gehört hatte, war ich dreiundzwanzig gewesen. Danach war er aus meinem Leben verschwunden und hatte in den Augen vieler im wahrsten Sinne des Wortes eine Grenze überschritten, als er so gründlich wie ein Nomade in der libyschen Wüste untergetaucht war.

Hugos Vergangenheit war ruhmreich gewesen. Zuerst hatte er sich nach dem Zweiten Weltkrieg einen Namen gemacht, nicht als Architekt, sondern als brillanter, junger britischer Archäologe, zu dessen berühmtester Entdeckung, den spektakulären Bienenkorbgrabmälern bei Capomonte in Süditalien, es aufgrund eines Traumes gekommen war – das behauptete er jedenfalls.

Als die Dämmerung des heroischen Zeitalters in der Archäologie angebrochen war und die Zeit der wohlhabenden, intuitiven Einzelgänger, wie er einer war, allmählich zum Mythos gerann, wechselte Hugo seinen Beruf und seine Nationalität. An einem Punkt seines Lebens, an dem die meisten Männer ihre Karrieren solidieren, startete er noch einmal neu durch – in Architektur und in den Vereinigten Staaten, einer Profession und einem Land, in denen es noch genug Raum, ja sogar Förderung, für das übergroße Ego eines Genies gab. Es bestand wenig Zweifel am Ausmaß von Hugos Ego, etwas mehr an seinem Genie, aber weltweit war man sich schließlich allgemein einig, daß er internationale Reputation verdient hatte. Seine Spezialität war die Errichtung öffentlicher Gebäude für Regierungen und Institutionen in der ganzen Welt, die wollten, daß ihr kulturelles Erbe aufs trefflichste sichtbar würde, am liebsten unter Einbeziehung antiker Stätten in die Moderne. Die Resultate waren unweigerlich schön. Sie brachen nicht mit der Vergangenheit, waren aber Gegenwart genug, um jenen Führern zu gefallen, denen daran lag, als fortschrittlich zu gelten.

Obwohl er allgemein auch den Ruf eines jähzornigen, anspruchsvollen Autokraten hatte, war er ein Mann von beträchtlichem Charme, berühmt für die Zahl und Schönheit seiner Begleiterinnen, Liebling der Klatschpresse über Jahre hinweg. Gutaussehend, reich, arriviert, hatte er wie jemand gewirkt, dem die Götter gewogen sind. Dann aber war er im Alter von dreiundsechzig Jahren, plötzlich und ohne Erklärung, nach Libyen aufgebrochen. Obwohl Gerüchte über mögliche Gründe die Runde machten, einige von ihnen verleumderischer Natur, weigerte er sich, eine Erklärung abzugeben, warum er gegangen war oder was er dort unten machte. Einige betrachteten seine rätselhafte Entscheidung, in Libyen zu leben, als verräterischen Akt, als Unterstützung eines Führers, dessen erklärte Absicht es war, den amerikanischen Einfluß im Mittleren Osten zu zerstören und das Leben der Amerikaner gleich mit.

Nun schien er zurück zu sein.

Und ich kam zu spät. Ich arbeitete in der Recherchenabteilung des Nachrichtendienstes bei der amerikanischen Botschaft – in äußerst untergeordneter Stellung, als Faktenwühler, wie es einer meiner Kollegen so unelegant wie zutreffend einmal auf den Punkt gebracht hatte. Ab morgen hatte ich eine Woche frei, aber heute wartete zu viel Arbeit auf mich, als daß ich genügend Zeit dafür gehabt hätte, in Ruhe darüber nachzudenken, was Hugos Rückkehr möglicherweise bedeuten könnte. Ich würde darüber in irgendeinem kleinen Straßencafé in Madrid nachdenken, ein Glas spanischen Wein vor mir auf dem Tisch und über mir die brennend heiße spanische Sonne. Möglicherweise würde das die Sache erträglicher machen.

Ein ordentlicher Stapel von Aufgaben wartete auf meinem Schreibtisch, zusammen mit einer Notiz von meiner Chefin, die besagte, ich hätte alles zu erledigen, bevor ich meinen Urlaub antrat. Für Miss Shera war Urlaub nichts als Pflichtverletzung; sie pries sich dafür, ihre Urlaubstage niemals völlig aufzubrauchen. Ich war der Meinung, daß sie besser in der Botschaft von Tokyo aufgehoben wäre, und versuchte ihr so gut wie möglich auf die Sprünge zu helfen, indem ich Artikel über die erstaunliche Produktivität und Opferbereitschaft japanischer Arbeitnehmer an die offizielle Pinnwand heftete.

Nachdem ich mich durch die Hälfte des Stapels gearbeitet hatte, stieß ich auf eine Anfrage von Luke Kenniston, einem der politischen Beamten. Er bat um eine biographische Recherche. Es ging um Hugo Raphael.

Ich saß da und starrte einen langen Moment auf das Memo, dann nahm ich es und begab mich zwei Stockwerke tiefer einen Gang entlang zu Lukes Büro. Er saß an seinem Schreibtisch, über einen Stoß Aktenmappen gebeugt. Beim Lesen fuhr er sich mit den Fingern durch sein schwarzes Haar, das in alle Richtungen abstand. Die obligatorische Tweedjacke – abgenutzt und an den Ellbogen abgewetzt – hing über der Rückenlehne seines Stuhls, und seine Krawatte – er war berühmt für seine Krawatten, diese hier war grellgelb und chartreuse gestreift – war gelockert. Einer, der ihn von seinem vorigen Posten her kannte, behauptete, er wäre früher sehr gut angezogen gewesen. Ohne meine Theorie jemals einer Prüfung unterzogen zu haben, vermutete ich, daß bei ihm galt, je weniger, desto besser.

An der Tür blieb ich stehen. »Beschäftigt?«

Er sah hoch und lächelte. Er hatte haselnußbraune Augen, ein charmantes Lächeln und eine Art, einen anzusehen, die einem vermittelte, daß ihn im Moment nichts so sehr interessierte wie man selbst. Er konnte verheerend sein, dieser Blick, wirkte aber nie kalkuliert. Es war einfach so, daß Luke die Frauen mochte. Was ganz auf Gegenseitigkeit beruhte.

»Für dich bin ich nie zu beschäftigt, Alison«, sagte er, »das weißt du. Gewöhnlich ist es eher umgekehrt.« Mit einem Fuß zog er den nächststehenden Stuhl heran und schob ihn näher zu seinem Schreibtisch. »Was gibt's?«

Ich setzte mich und legte sein Memo auf den Tisch. »Warum sind wir an Hugo Raphael interessiert? Falls es nicht vertraulich ist.«

»Hast du die Neuigkeiten schon gehört?«

Ich nickte. »Auf dem Weg zur Arbeit. Viel habe ich nicht mitbekommen, nur, daß er Libyen verlassen hat.«

»Wir wissen auch nicht viel mehr. Raphael scheint mit Gaddhaffi gebrochen zu haben, und wenn man unseren Leuten in Tunis glauben will, sieht es nicht so aus, als ob die Scheidung friedlich über die Bühne gegangen wäre. Vor zwei Tagen ist Raphael dort ohne Vorankündigung und augenscheinlich ohne irgendwelche Habseligkeiten aufgetaucht. Eine UPI-Reporterin hat ihn auf dem Flughafen erkannt, aber er hat sich geweigert, mit ihr zu sprechen. Sie sagt, er habe einen Flug nach Palermo genommen, aber dort hat ihn keiner aussteigen sehen, und bislang hat es noch keiner geschafft, seine Spur aufzunehmen. Was andererseits nicht dumm ist, wenn Gaddhaffi hinter ihm her ist.«

Beunruhigt fragte ich ihn, ob das denn wahrscheinlich wäre.

»Wer weiß? Momentan ist es pure Spekulation, die auf die Art gründet, wie Raphael Libyen verlassen hat, und auf die Annahme, daß er möglicherweise zu viel weiß, als daß ihn Gaddhaffi so einfach von der Leine läßt. Du weißt, daß er an dieser neuen Stadt von Gaddhaffi gearbeitet hat?«

»Ich dachte, das wäre nur ein Gerücht.«

Luke zündete sich eine Gauloise an, sein Equivalent, so hatte er mir einmal gestanden, zu dem Nippes, das die anderen politischen Beamten aus den Städten mitnahmen, in denen sie stationiert waren. Eine Gauloise war eine sehr viel effektvollere Methode, ihn an Paris zu erinnern, wo er vor Bonn gewesen war, als jeder Miniatur-Eiffelturm. Als ich ihn darauf hingewiesen hatte, daß Miniatur-Eiffeltürme seiner Gesundheit weniger abträglich wären, hatte er nur auf sehr französische Art mit den Schultern gezuckt und erwidert, daß es dieser Tage sehr schwierig sei, ein gesundes Laster zu finden.

»Wir neigen zu der Ansicht, daß es mehr ist als nur ein Gerücht«, sagte er jetzt, »obwohl Gaddhaffi äußerst erfolgreich darin war, um diese Stadt ein Geheimnis zu machen. Wir wußten, daß er irgendwas da draußen in der Wüste plante, aber zuerst dachten wir, es würde sich um eine Missile-Basis handeln. Wir haben also ein Auge auf die Militäreinrichtungen in Libyen geworfen, aber die Sache schien nicht in diese Kategorie zu passen. Und sie liegt auch nicht in der Nähe eines größeren Ölvorkommens, also kommt auch kein neuer Fund in Frage.

Jemand, der sich etwas besser mit der Archäologie des Nahen Ostens auskennt, wies darauf hin, daß sich am besagten Platz einst eine antike Wüstenmoschee befunden hat, die als eine Art Wallfahrtsort diente. Es hat dort immer eine Oase gegeben. Schließlich bekamen wir Satellitenbilder, die zeigten, daß, was auch immer dort unten vorging, größer war als die antike Stätte und wie ein Stadtplan angelegt. Unserer Theorie nach hat sich Gaddhaffi dort eine Mischung aus Brasilia und Mekka errichtet, eine Stadt, die sowohl heilige Stätte für die Gläubigen als auch politisches Zentrum für die Araber im Kampf gegen Israel sein soll.« Er schnippte Asche in Richtung Aschenbecher. »Eine typische Gaddhaffi-Fantasie.«

»Und, wird er's schaffen?«

»Wahrscheinlich nicht. Aber Gaddhaffi ist möglicherweise fanatisch genug, es zu glauben. Wenn er den Ort in ein Symbol für arabische Moslems umfunktionieren kann, so hofft er vielleicht, werden sie ihn ernst nehmen. Er sähe sich gerne als denjenigen, der die Arabische Welt geeint hat, aber bislang hat er wenig Glück damit gehabt, Libyen mit wem auch immer über einen längeren Zeitraum zu einen.

Wir glauben, daß wir mit unseren Spekulationen bezüglich der Stadt richtig liegen«, fuhr er fort. »Gaddhaffi ist ein Beduine – er geht in die Wüste, wenn er Geheimtreffen abhalten will –, also ist die Wüste eine logische Wahl für ihn. Und er mißtraut den Städten an der Küste, weil sie zu verwundbar sind. Unser Bombenangriff auf Tripolis hat ihm natürlich recht gegeben.«

»Du denkst also, Hugo Raphael hat an dieser Stadt mitgearbeitet?«

»Ich glaube nicht, daß irgendwer jemals sicher sagen kann, warum ein Mann wie Raphael so lange in Libyen bleibt, aber wenn die Theorie über die neue Stadt stimmt, dann würde es zumindest einiges erklären. Vor allem wäre Raphael dann die logische Wahl – bei seiner Mischung von Archäologie und Architektur. Vielleicht hat ihm Gaddhaffi ein so verlockendes Angebot gemacht, daß er nicht widerstehen konnte. Es dürfte nicht so viele Herausforderungen dieses Ausmaßes geben für einen Mann seines Talentes. Außerdem wird er älter – vielleicht hat er es ja als eine Art Krönung seiner Karriere angesehen.«

Er warf seine Zigarette in die Reste eines abgestandenen Kaffees, wo sie stinkend verzischte, und beugte sich dann mit besorgten Augen zu mir. »Die Frage ist, warum ist er weggegangen? Er war nie jemand, der sich groß um die Politik geschert hat, wenn es um seine Arbeit ging, er schien nie beunruhigt von Gaddhaffis anti-amerikanischen Umtrieben, und er war gewillt, sich mit einer schlechten Presse wegen seiner Beziehungen zu dem verrückten Hund der Wüste abzufinden. Dies alles können also nicht die Gründe für seinen Ausstieg gewesen sein.«

Ich erinnerte mich an einen Zeitungsartikel, den ich kürzlich im konservativen *National Journal* gelesen hatte. Er hatte die Amerikaner, meist aus der Ölindustrie, verunglimpft, die sich der Anordnung der Regierung, Libyen zu verlassen, widersetzt hatten. »Yankee Come Home«, hatte die Schlagzeile des Artikels gelautet, und sein Schreiber hatte Hugo darin als »intellektuellen Söldner, der seine Talente Freund und Feind gleichermaßen verkauft« diffamiert.

»Unser Luftangriff muß etwas damit zu tun haben, meinst du nicht auch?«

Er lächelte ironisch. »Du meinst, es könnte ihm aufgegangen sein, daß es nicht viel Sinn macht, eine Stadt zu errichten, die zerbombt werden wird, bevor sie fertig ist?«

»Das war nicht genau das, was ich meinte, aber ja, warum nicht?« Ich wußte, daß Hugo ein Pragmatiker war, was seine Arbeit anging. Träume sind schön als Inspirationsquelle, hatte er einmal zu mir gesagt, aber sie sollten einen nicht blind für die Realität machen. Realität war ein Zusammenspiel von Tatsachen; wenn einem die Rahmenbedingungen nicht paßten, mußte man sie ändern, und wenn man das nicht konnte, hieß es, Schadensbegrenzung betreiben. In den letzten Jahren hatte ich mich oft gefragt, ob unter seine Definition von »Rahmenbedingungen« auch Menschen fielen.

Langsam fügte ich hinzu: »Tatsächlich war ich der Meinung, daß Raphael, sollte er gegen seinen Willen in Libyen festgehalten worden sein, die Konfusion nach dem Angriff genutzt haben könnte, um von dort zu verschwinden.«

Luke war nicht überzeugt. »Es gab niemals eindeutige Beweise dafür, daß er zum Bleiben gezwungen wurde. Er schien im Gegenteil so etwas wie ein Ehrengast zu sein.«

Ich registrierte die Einschränkung. »Eindeutige Beweise? Demnach gab es auf jeden Fall gewisse Beweise?«

»Ich meinte damit nur, daß wir nichts als Spekulationen in der Hand haben. Es gibt nichts Konkretes.«

»Im Radio hieß es, er sei geflohen. Ehrengäste brauchen nicht durch die Hintertür zu verschwinden.«

»Womit wir wieder beim Anfang wären«, sagte er ruhig. »Aber es dürfte interessant sein, in Erfahrung zu bringen, wie seine nächsten Schritte aussehen. Offensichtlich ist er jemand, der ein gewisses Vergnügen daran findet, die Erwartungen anderer Menschen zu enttäuschen.«

Ich konnte mein verkrampftes Lächeln spüren. »Das hat er wohl.«

Luke schwang seine langen Beine auf den Schreibtisch und lehnte sich zurück, die Arme über der Brust verschränkt. »Nun bist du an der Reihe, Alison.«

»Wie meinst du das?«

»Ich habe dir erzählt, warum wir an der Sache interessiert sind. Jetzt erzählst du mir, warum du es bist.«

Ich stand auf und schloß die Tür zu seinem Büro. Während er mir zusah, wie ich zum Stuhl neben seinem Schreibtisch zurückging, öffnete er eine neue Schachtel Zigaretten und streifte die Verpackung ab. Das Geknister des Zellophans war das einzige Geräusch im Raum.

Ich war mir der Melodramatik meiner Worte und der geschlossenen Tür bewußt, als ich sagte: »Das folgende bleibt unter uns, ja?«

Er nickte.

»Hugo Raphael ist mein Vater.«

2

Luke zündete sich die nächste Gauloise an, während ich redete. Er starrte mich über das brennende Streichholz hinweg an, schüttelte es mit dem Handgelenk aus und warf es in den Aschenbecher. Einen langen Moment lang schauten wir uns einfach nur an, bis er ruhig sagte: »Aber dein Nachname ist Jordan.«

»Das ist der Name meiner Tante, der Halbschwester meiner Mutter. Sie und mein Onkel haben mich adoptiert, als ich drei Jahre alt war.«

»Das wußte ich nicht... Was ist mit deiner Mutter passiert?«

»Sie hat sich auf und davon gemacht, als ich zwei war, und das war das letzte, was ich von ihr gesehen habe. Ein echter Hippie, meine Mutter.« Was nur eine höfliche Umschreibung für Gammler war, jedenfalls wenn man meinem Onkel Harold glauben wollte. »Meine Tante war sehr viel älter als meine Mutter, und völlig anders als sie. Vielleicht bin ich deshalb bei ihr gelandet. Wie auch immer, nachdem meine Mutter ihre Zustimmung zur Adoption gegeben hatte, ist der Kontakt abgebrochen. Später haben wir gehört, daß sie geheiratet hat und nach Australien gegangen ist. So weit ich weiß, lebt sie dort immer noch.«

»Hat Raphael keinen Einspruch erhoben gegen die Adoption?«

»Er hatte in dieser Angelegenheit nicht viel zu sagen. Er und meine Mutter waren nie verheiratet. Nicht, daß er mich nicht als sein Kind anerkannt hätte, in dieser Hinsicht war er immer äußerst korrekt.«

»Ich verstehe.« Luke nahm seine Füße vom Schreibtisch; seine Schuhe hinterließen abgewetzte Stellen auf der glänzenden Oberfläche, die er mit einem Ärmel abwesend abwischte. »Du hast nie viel von deiner Familie erzählt... Nun, ich dachte, es wäre kein erfreuliches Thema für dich. Tut mir leid.«

Ich zuckte mit den Achseln. »Muß es dir nicht. Ich hab meinen Frieden damit gemacht.«

Es entstand ein Schweigen. Ich blickte durch das Fenster auf die klatschnassen Zweige des Kastanienbaums; die schwarze Rinde troff vor Nässe, und die Spitzen der blassen weißen Kerzen hingen unter dem Gewicht des Regens nach unten. Es goß seit Tagen in Strömen.

Luke drehte die unangezündete Gauloise unentschlossen zwischen seinen Fingern und zündete dann ein weiteres Streichholz an. »Deinen Fragen nach zu urteilen, weißt du momentan nicht mehr über Hugo Raphael als die meisten Leute. Wie kommt das?«

»Hugo war nicht das, was man einen liebevollen Vater nennt. Ich glaube nicht, daß es in seinem Leben genügend Platz für ein kleines Kind gab. Er hat mich hin und wieder besucht, und manchmal habe ich die Schulferien bei ihm verbracht. Wir hatten im großen und ganzen eine freundschaftliche Beziehung zueinander, aber keinerlei enge. Obwohl die Dinge besser zu werden schienen, als ich aufs College kam... Aber dann ist er nach Libyen gegangen, und das war das letzte, was ich von ihm gehört habe.« Meine Stimme war leidenschaftslos; es hätte irgendeine andere Person sein können, die da sprach, jemand, der nicht das geringste mit dem Ganzen zu tun hatte.

»Also ist er in letzter Zeit nicht in Kontakt mit dir getreten?«

»Nein.«

»Du mußt dir Sorgen um ihn gemacht haben, nach allem, was in Libyen passiert ist. Vor allem nach dem Angriff.«

Mit einem Anfall von Schmerz erkannte ich das als die simple Wahrheit. Ich hatte Angst gehabt um Hugo, mir aber nie erlaubt, mir diese Furcht auch tatsächlich einzugestehen. Aus irgendeinem unerklärlichen Grund hatte ich angenommen, er würde irgendwo weit draußen in der Wüste arbeiten, in Sicherheit, meilenweit entfernt von den Bombenangriffen auf Tripolis. Und außerdem war Hugo unverwundbar, wie alle Eltern es sind. Er noch mehr als die meisten. Es war undenkbar, daß ihm irgend etwas zustoßen könnte. Aber nun, wo ich ihn in Sicherheit wußte, gestand ich mir meine Furcht ein.

»Du hast nicht zufällig eine Idee, wo er untergekrochen sein könnte«, fragte mich Luke.

»Hast du nicht gesagt, er wäre von Tunis nach Palermo geflogen? Möglicherweise ist er in Sizilien geblieben.«

»Möglicherweise.« Durch eine kleine Wolke von Zigarettenrauch hindurch starrte Luke mich an, als wüßte ich möglicherweise etwas, was er nicht wußte. Plötzlich wünschte ich mir, ich hätte ihm nichts von Hugo erzählt, und fragte mich, warum ich es trotzdem getan hatte. Vielleicht war es einfach der Impuls, irgend jemanden zu sagen, wer ich wirklich war, Hugos Namen laut auszusprechen, ihn wieder Realität werden zu lassen. Aber wollte ich das wirklich?

Ich stand auf. »Ich gehe jetzt besser wieder nach oben. Miss Shera ist entschlossen, mir jedes Fitzelchen Arbeit abzupressen, bevor ich meinen Urlaub antrete. Du fliegst auch weg, nicht wahr? Nach Paris?«

Er nickte. »Planst du immer noch, nach Spanien zu reisen?«

»So lange da unten die Sonne scheint.«

»Sag bloß nicht, das deutsche Wetter macht dir Depressionen. Heißt es nicht, Regen sei gut für die Haut?«

»Kann sein. Aber fünf Monate davon sind tödlich für den Geist. Zum ersten Mal verstehe ich, was Angst, Weltschmerz und Schadenfreude bedeuten. Ich hätte lieber einen spanischen Sonnenbrand.« Bevor ich mich zum Gehen wandte, fügte ich noch hinzu: »Oder einen sizilianischen.«

Ich war schon halb an der Tür, als er unsanft nach meinem Arm griff. »Ich glaube nicht, daß dies momentan der richtige Zeitpunkt für eine Familienzusammenführung wäre. Nicht, wenn Gaddhaffis Männer hinter Raphael her sind.«

»Ich hab nur Spaß gemacht, Luke. Hugo hat in der Vergangenheit nicht mehr als flüchtiges Interesse an mir gezeigt. Eher unwahrscheinlich, daß ich mich jetzt auf die Suche nach ihm mache, oder?« Ich wollte nicht übellaunig klingen, nur sachlich; ich rühmte mich selbst einer hart erkämpften Distanz, was Hugo Raphael anging. »Abgesehen davon, bist du nicht ein wenig melodramatisch? Warum sollte ein Architekt eine solch große Bedrohung für Gaddhaffi darstellen?«

»Gaddhaffi mag keine Verräter.« Er schlang seinen Arm um meine Taille. »Warum kommst du nicht statt dessen mit mir nach Paris? Ich könnte dir Sachen zeigen, die gewöhnliche Touristen nie zu Gesicht bekommen. Es gibt da einen Club in Montmartre, der einen erstaunlichen Affenakt zu bieten hat. Drei Affen und eine unglaublich hübsche Frau...«

»Mein ganz persönlicher Pornoführer durch Paris? Danke, aber ich bin so leicht zu schockieren. Ich denke, ich werde den Freuden des Prado treu bleiben.« Ich wand mich aus der Wölbung seines Arms. »Aber ich bin mir sicher, es gibt dort jede Menge Mädchen, die deine Version einer *Education Sentimentale* lieben werden.«

»Es wäre netter, sie dir angedeihen zu lassen, Alison.«

»Ich werde daran denken, wenn ich jemals meine Studien fortsetzen sollte.«

Das Angebot war durchaus verlockend. Ich mochte Lukes Sinn für Humor; ich mochte auch die härteren Kanten an ihm, die von Zeit zu Zeit in Erscheinung traten – bei Luke hatte man stets eine beunruhigende Ahnung von anderen, komplizierteren Schichten unter der lässigen Oberfläche. Ich fand das aufregend. Aber bis vor kurzem war ich mit einem anderen liiert gewesen, einem Deutschen, den ich kennengelernt hatte, als ich zum erstenmal nach Bonn gekommen war. In der Zwischenzeit hatte Luke eine ganze Serie von anderen gehabt. Unsere Freundschaft, Lukes und meine, hatte sich während einer Unzahl von Kollegen-Essen entwickelt, und in letzter Zeit waren wir einige Male zusammen Mittagessen gewesen. Freundschaft, so dachte ich, war alles, was ich von Luke wollte.

»Sicher, daß du dich nicht einsam fühlst? So ganz alleine in Madrid?« fragte er mich.

»Wenn du wissen willst, ob ich alleine verreise, ja, und nein, ich werde mich nicht einsam fühlen.«

»Der Herr Professor wird dich nicht begleiten? Fernsehverpflichtungen sind dazwischen gekommen, nicht wahr?« Er lächelte liebenswürdig. »Du weißt, ich habe mich immer gefragt, woher er sich die Zeit für seine Studenten nimmt.«

»Das ist nicht fair. Bernd ist ein guter Dozent.«

»Wer ist deine Quelle – Bernd Renner? Obwohl ich gerne zugeben will, daß er der Idealkandidat wäre, sollte die PLO jemals die Mittel für einen Lehrstuhl in PR an der Freien Universität bereitstellen.«

»Wie kommst du darauf?« Aber ich stellte mich bewußt dumm; ich wußte sehr genau, warum.

»Hast du ihn noch nicht über das Thema reden hören? Gott weiß, daß er oft genug im Fernsehen darüber predigt.«

»Ich habe keinen Fernseher. Ich weiß, daß er proarabisch eingestellt ist und links, aber um offen zu sein, waren es nicht seine Ideen, die ich an ihm so anziehend fand.«

»Ich bin erleichtert, das zu hören. Sie sind das am wenigsten attraktive an ihm.« Luke lehnte sich gegen die Tür, die Arme über der Brust verschränkt. »Also triffst du dich nicht mehr mit ihm?«

»Nein.«

»Gut. Dann kann ich dir ja sagen, was ich wirklich von ihm halte.«

»Das brauchst du nicht, es war nie zu übersehen.«

»Gott sei Dank. Ich hatte schon Angst, ich wäre möglicherweise zu subtil gewesen.«

Ich biß auf den Köder nicht an und fragte milde: »Nicht, daß es mich kümmert, aber was hat dich so an Bernd gestört, mal abgesehen von der Politik?«

»Du meinst, es gibt noch mehr, was man an dem Mann nicht mögen kann?« Er mimte mit gerunzelter Stirn Nachdenklichkeit. »Jetzt, wo ich darüber nachdenke, hast du recht. Also, laß mich dir eine Liste aufstellen. Zum einen mag ich keine Leute, die Menschen, die ich mag, Grund zum Traurigsein geben.« Ich spürte, wie ich rot wurde, und wollte protestieren, aber er fuhr fort: »Oder vielleicht mag ich es auch nicht, von jemandem belehrt zu werden – selbst wenn er doppelt so alt ist wie ich. Okay, okay, das ist eine Übertreibung – er schaut nur doppelt so alt aus wie ich. Aber ich denke, der Moment, in dem ich wußte, daß ich ihn nicht ertragen kann, war jener Abend, an dem wir alle im Königskeller waren und er die Zeit fand, mich über unsere Sünden im Mittleren Osten, El Salvador, Nicaragua et cetera et cetera aufzuklären. Er war auch noch so verdammt vernünftig in seinen Vorurteilen.«

Ich zuckte zusammen. »Er kann etwas missionarisch sein, zugegeben. So sind Idealisten manchmal...«

»Etwas?« Luke schenkte mir einen ironischen Blick. »Also hat er dich verlassen, als er herausgefunden hat, daß er dich nicht umdrehen konnte?«

Ich bemühte mich um einen würdevollen Ton. »Tatsächlich war ich diejenige, die der Sache ein Ende gemacht hat.«

»Eine weise Entscheidung.« Luke drehte sich um, öffnete die Tür mit einer schwungvollen Bewegung, und wir gingen gemeinsam nach draußen in den Korridor.

Luke hatte nur teilweise recht mit seiner Vermutung, Bernd und ich hätten uns wegen der Politik, oder besser wegen meiner fehlenden Haltung dazu, getrennt. Aber entlieben sich wirklich so viele Frauen aufgrund ideologischer Diffferenzen? Ich glaube nicht. Der wahre Grund, warum ich mit Bernd gebrochen hatte, war seine Untreue – um genauer zu sein, seine anhaltende Untreue. Es machte mir nichts aus, mir von einem Mann Moralpredigten halten lassen, dessen Leidenschaft für soziale Gerechtigkeit mit einer Leidenschaft für mich einherging – aber als ich entdeckte, daß Bernds leidenschaftliche Gefühle auch eine Unzahl von anderen Frauen miteinschlossen, machte ich seinen Sermons ein Ende.

»Ich habe mir immer gedacht, daß Renner eine Verirrung war«, sagte Luke, während wir gemeinsam den Flur hinuntergingen. »Überhaupt nicht Elinors Typ.«

Unklugerweise hatte ich Luke einmal erzählt, daß mich eine meiner belesenen und sehr langweiligen Cousinen »Elinor« nannte, nach der vernünftigen Dashwood-Schwester in »Sense and Sensibility«. Sie dachte, sie würde mir damit ein Kompliment machen – aber es war wohl eher ein zweifelhaftes Kompliment für Tantes Erziehung. Tante Constance war entschlossen gewesen, mich so zu formen, daß ich mich, im Gegensatz zu meinen Eltern, an die Weise, wie »normale Menschen« lebten, anpaßte, und ihre Erziehung hatte irgendwie gefruchtet. In unduldsamen Momenten stellte ich mir Tante Constance vor, wie sie sich über meine Wiege beugte und wie der Inbegriff der guten Fee murmelte: »Alison Jordan, du wirst dich immer vernünftig verhalten.«

Gewöhnlich tat ich das auch. Vernünftig, wie ich war, akzeptierte ich das Verschwinden meiner Mutter aus meinem Leben, Hugos wechselhafte, aufregende Auftritte und die reservierte, liebevoll-besorgte, fürsorgliche Art meiner Tante und meines Onkels. Nachdem die beiden bei einem Autounfall ums Leben gekommen waren, als ich neunzehn war, hatte ich so ziemlich auf mich selber aufgepaßt. Nach dem Abschluß war ich nach Europa gegangen, um dort zu arbeiten, und hatte auf vernünftige Weise mehrere Tausend Meilen zwischen mich und die Vergangenheit gelegt. Abgesehen von dem atemberaubenden Mangel an gesundem Menschenverstand, den ich im Fall Bernd Renner an den Tag gelegt hatte, war ich vorsichtig, konservativ, und, wie ich heute weiß, ein wenig hochnäsig. Und ich fing gerade an, mich ein wenig zu langweilen in meinem Leben.

»Wenn ich mich an die Geschichte recht erinnere, war Elinor Dashwoods Typ extrem geistlos«, meinte ich zu Luke. »Und was immer Bernd für Fehler gehabt haben mag, das war er nie. Abgesehen davon habe ich die Nase voll von Elinor.«

Aber Luke hörte mir schon gar nicht mehr zu; er schien mit etwas anderem beschäftigt. Kurz bevor sich unsere Wege trennten, sagte er abrupt: »Soll ich jemand anders mit der Sache beauftragen?«

Ich schüttelte den Kopf. »Das krieg ich schon hin.«

»Würde es dir in diesem Fall etwas ausmachen, ein oder zwei Absätze deiner persönlichen Eindrücke hinzuzufügen? Es könnte hilfreich sein, eine Art von persönlichem Einblick in den Mann zu bekommen.«

Aber davor scheute ich zurück. »Das hat keinen Zweck, Luke. Ich weiß nicht mehr über ihn, als im Who's Who steht. Möglicherweise sogar weniger.« Das stimmte zwar nicht, aber was ich wußte, war solch ein Mosaik unvereinbarer Widersprüche und intensiver Einzelmomente, die alle gefärbt von widersprüchlichen Emotionen waren, daß mein Wissen praktisch nutzlos war. »Abgesehen davon habe ich dir gesagt, daß die Sache, die ich dir erzählt habe, unter uns bleibt.«

Seine Augen hielten meinen Blick ein wenig zu lange fest, aber er verfolgte die Sache nicht weiter. »Okay. Dann tu, was du kannst. Versprich mir nur eins...«

»Was?«

»Laß es mich wissen, wenn er in Kontakt zu dir tritt.«

Es schien so unwahrscheinlich, daß ich von Hugo vor meiner Abreise nach Spanien noch hören sollte, daß ich zustimmte.

Später, als ich wieder an meinem Schreibtisch saß, ging mir auf, daß mir Luke auf meine erste Frage überhaupt nicht geantwortet hatte. Warum wollte er die Informationen über Hugo? Falls Hugo in Sizilien war, war das immer noch, rein technisch gesehen, das Problem der römischen Botschaft, nicht das unsere.

Aber mein Job bestand darin, Antworten zu geben, nicht, Fragen zu stellen. Pflichtbewußt verbrachte ich den Rest des Vormittags damit, ein kurzes Dossier über Hugo Raphael anzulegen. Als eine Übung darin, Fakten von Fiktionen zu trennen, war es nützlich; als Gesamtbild des Mannes war es jämmerlich inadäquat.

Größtenteils gelang es den Quellen übereinzustimmmen, was die grundlegenden Fakten seiner späteren Jahre anging; aber wenn es um die frühen Jahre ging, wo es schwieriger wurde, etwas zu verifizieren, gingen sie beträchtlich, um nicht zu sagen, wild auseinander. Peinlich genau in seiner Arbeit, war Hugo niemals sehr verläßlich gewesen, wenn die Sprache auf sein Leben gekommen war. Er haßte Reporter und tat das beste, sie zu verwirren, wenn sie ihn zu interviewen versuchten, und er liebte eine gute Geschichte. Einige Leute beschuldigten ihn, an seinem eigenen Mythos zu arbeiten; andere, jene vielleicht, die ihn besser kannten, meinten, er würde einfach mit einem Labyrinth in die Irre führender Geschichten seine Privatsphäre schützen.

Contemporary Architects beispielsweise hatte die professionalen Details alle beisammen – die Betonung liegt natürlich auf Details; die Publikationen, die lange Liste seiner Bauten, angefangen bei der Traumvilla von Nubar Haqqim, dem sagenhaft reichen Waffenhändler aus Beirut (sie war inzwischen zerstört) bis hin zum Settecamine-Wohnprojekt in Rom, die Preise, Medaillen, Clubs, Akademien. Aber sie bedachten ihn mit zu vielen Frauen und zu wenig Kindern. Soweit ich wußte, hatte Hugo nur zweimal geheiratet. Seine erste Ehe, ich war damals neun gewesen, mit einer wohlhabenden, einige Jahre älteren Witwe war so kurz gewesen, daß ich die Frau nie kennengelernt hatte. Was die zusätzliche Frau anging, so hatte einmal irgend jemand aus der Verwandtschaft oder näheren Bekanntschaft fallen lassen, daß diese frühe »Ehe« mit einer Marokkanerin, der Hugo während Ausgrabungsarbeiten in Nordafrika begegnet war, nie legalisiert worden war. Mein Name tauchte natürlich überhaupt nicht auf; nur der Sohn aus seiner letzten Ehe wurde erwähnt, ein Halbbruder, der elf Jahre jünger war als ich und den ich kaum kannte.

Selbst seine Geburt eignete sich für eine gewisse romantische Verbrämung. Im zarten Alter von einundzwanzig Jahren war Hugos Vater Richard, damals frisch von Cambridge, einer italienischen Opernsängerin begegnet, die wegen ihrer Karriere und einem reichen Gönner nach London gekommen war, und hatte sich Hals über Kopf in sie verliebt. Nach allem, was man hörte, war sie eine sehr schöne Sizilianerin gewesen, und offensichtlich mindestens zehn Jahre älter als Richard Raphael. Richard, dessen Vater ein Geschäftskollege der Rothschilds war, hatte vage musikalische Neigungen und die Aussicht auf eine Menge Geld. Trotz der Einwände seiner Familie erlag er den Reizen der Opernsängerin und heiratete sie. Aber wie es schien, war die Opernsängerin schon verheiratet, und nach Hugos Geburt erschien ihr richtiger Ehemann auf der Bildfläche. Überraschenderweise bestand Richard Raphael darauf, seinen Sohn zu behalten. Es kam zu einem kurzen und höchst publikumswirksamen Zusammenstoß vor Gericht, aber Richard gelang es nicht, den Richter davon zu überzeugen, daß er der Vater war. Nur der Zahlung einer großen Geldsumme war es schließlich zu verdanken, daß die Mutter Hugo herausgab. Die Opernsängerin und ihr Ehemann gingen nach Paris, wo sie kurz darauf starb, einige meinten, an gebrochenem Herzen. Richard überlebte sie nicht lange. Er ertrank bei einem Bootsunfall im Jahre 1922, als Hugo zwei Jahre alt war. Danach wuchs Hugo in guter, alter Upper-class-Manier im Haus seiner Großeltern auf, umsorgt von Nannies, bis er alt genug fürs Internat war. Von da aus war es nach Christ Church, Oxford, gegangen und dann hinaus in die Welt – ein relativ reicher junger Mann, der entschlossen war, etwas aus seinen Fähigkeiten zu machen.

Ich fand einen *Life*-Artikel aus dem Jahre 1950, der kurz nach Hugos archäologischen Entdeckungen in Capomonte erschienen war. Damals war er dreißig gewesen. Es waren Fotos von Hugo darunter, die in Libyen geschossen worden waren, an einer Ausgrabungsstätte bei Lepcis Magna in der Nähe der Küste. Auf einem der Bilder war Hugo zu sehen, wie er das Dramatische der Szenerie noch betonte, indem er einen Fuß auf eine umgestürzte Säule stellte, während sich sein großer, kräftiger Körper im Dreiviertelprofil abhob. Sein wuchtiger Kopf mit der markanten Nase war nach vorne geschoben, sein Blick ging über die gewaltigen Geröllfelder der Ruinen Richtung Meer.

Aber es waren die Augen, die einem auf dem Foto und bei dem Menschen als erstes auffielen. Nicht ihre Farbe – ein leuchtendes, durchdringendes Blau –, denn es war eine Schwarzweißfotografie, sondern das, was in den Augen lag. Es war diese rastlose, suchende Vitalität, die dem schönen Gesicht seine strahlende Anziehungskraft verlieh.

Der Journalist von *Life* schrieb, Hugo bezwinge »die Ruinen mit der forschen, entschlossenen Art, die den Archäologen von dem gewöhnliche Schatzsucher unterscheidet. Dieser junge Mann hat bereits erhebliche Entdeckungen in Gegenden gemacht, die andere für unergiebig hielten. Befragt nach dem Geheimnis seines Erfolges, antwortet er einfach: ›Kontrollierte Phantasie. Das ist mehr wert als jede Technologie.‹«

In einem anderen, späteren Artikel aus dem *Architecture Magazine* hieß es: »Er bringt traditionelle Formen mit modernen Materialien zusammen und stellt damit Bauten auf die Beine, die mit außergewöhnlich spirituellen Kräften gesegnet sind...« Gezeigt wurde dazu ein Bild des Refektoriums, das er für die Mönche von St. Bride's Island auf den Orkneys errichtet hatte. Von außen wirkte das Ganze wie ein simpler Steinbau, der sich vom Stil her an die Überreste des asketischen Mönchsklosters aus dem vierzehnten Jahrhundert anlehnte, aber innen erwartete die Besucher eine Harmonie aus Glas und Stahl und Licht, wurden die schlichten Gregorianischen Gesänge zur Lobpreisung. Den großen, abstrakten Gobelin, der die Vision des Heiligen darstellte und über dem Altar hing, hatte Hugo höchstpersönlich entworfen.

In dem gleichen Jahr, in dem Hugo nach Libyen gegangen war, hatte die *Time* seiner Arbeit als Architekt ein Porträt gewidmet. Hugo war darin als »weltlicher Visionär« bezeichnet worden, »der die Vergangenheit dazu hernimmt, um die Zukunft zu gestalten.« Er wurde mit den Worten zitiert: »Die Archäologie hat mich gelehrt, daß wir auf Sand bauen. Und doch muß ich als Architekt so tun, als wäre der Sand aus Stein.« Und: »Während meiner Arbeit als Archäologe war ich immer daran interessiert, Menschen auszugraben, keine Dinge. Dasselbe Prinzip leitet mich auch heute noch. Ich baue für Menschen, nicht für etwas so Abstraktes wie den Staat oder die Kirche.«

Und weiter: »Alle Archäologen träumen davon, irgendwo einen Schatz zu finden. Das habe ich auch getan, und ich tue es immer noch. Als Architekt hoffe ich, einen derartigen Schatz einem zukünftigen Archäologen zu hinterlassen. Ich sollte es natürlich besser wissen.«

Einen Architektenkollegen hatte man gefragt, warum Hugo wohl so schnell Erfolg gehabt hatte in einem Beruf, zu dem er relativ spät in seinem Leben gekommen war. »Er hat immer einen persönlichen Aktionsplan«, hatte er geantwortet. »Er weiß ganz genau, was er will, und er versteht es, anderen seine Vision zu vermitteln. Mehr noch, er versteht es, einem klarzumachen, daß er die Fähigkeit hat, seine Vision wahrzumachen.«

Das Foto zu dem *Time*-Artikel zeigte einen Mann, der immer noch groß und kräftig war, aber mittlerweile auch vom Alter gezeichnet; die breiten Schultern hingen leicht nach unten, die Nase schien noch markanter geworden zu sein, und sein dunkles Haar war dünner geworden und grau. Aber die Augen waren immer noch die eines jungen Mannes. Erfüllt von derselben suchenden Rastlosigkeit.

Die Stimmen anderer Leute tauchten in meiner Erinnerung auf. Zuerst meine Tante Constance, ungläubig: »Er hat kein Schuldbewußtsein, dieser Mann. Nicht eine Unze.«

Dann eine Frau, die kurzzeitig Hugos Geliebte gewesen war und deren Extravaganz der seinen in nichts nachstand. Mit sechzehn hatte ich einmal ein magisches Wochenende mit den beiden in New York verbracht, nachdem Hugo aus irgendeinem Grund beschlossen hatte, daß ich nun erwachsen sei und in den Genuß einiger Erwachsenenfreuden der Stadt kommen sollte. Ich erinnere mich daran, wie sich die Frau, deren Namen ich inzwischen längst vergessen habe, mit einem Taftrascheln zu mir beugte und sagte: »In einem anderen Jahrhundert, Alison, wäre dein Vater ein epischer Held gewesen. Er verdient seine eigene Tafelrunde.« Als die Affäre vorbei war, heiratete sie einen Millionär, der eines der Privathäuser in Auftrag gegeben hatte, die Hugo entwarf. Hugo hatte die beiden miteinander bekannt gemacht.

Und Hugo diesmal selber: »All meine Geliebten heiraten gut. Darauf lege ich Wert.«

»Er ist ein sklaventreibender Hurensohn, den man bei der Geburt hätte kastrieren sollen. Aber der Bastard kann Häuser bauen.« So der Eigentümer einer großen Baufirma, der gemeinsam mit Hugo an einem Projekt gearbeitet hatte – der Exmann von Hugos zweiter Frau Charlotte. Hugo hatte die Geschichte unter großem Gelächter selbst preisgegeben.

So viele Fakten, so viele Meinungen. Und am Ende summierten sie sich zu einem einzigen Mann.

Während meiner Kindheit hatte ich andere Geschichten über meinen Vater gehört, viele andere. Die meisten von ihnen versuchte ich zu vergessen. Erzählt aus Leidenschaft, Mißgunst, Neid, guter Laune oder Bewunderung heraus, steckten sie voller Widersprüche und verwirrten mich. Aber weil ich meinen Vater so selten sah, grub sich alles, was er sagte und tat, wenn ich einmal bei ihm war, unwiderruflich in mein Gedächtnis ein.

Wie ein unparteiischer Richter verzichtete ich auf jedes Hörensagen in meinem Bericht. Ich führte nur die wichtigen Daten an, bewiesene Tatsachen, seine Publikationen und gab mich damit zufrieden, auf Diskrepanzen in den Quellen hinzuweisen. Als ich fertig war, trug ich die Akte in Lukes Büro hinunter, das leer stand, und legte sie auf seinen Schreibtisch. Ich war mir nicht sicher, ob Luke sein Versprechen, keinem davon zu erzählen, daß ich Hugos Tochter war, wirklich würde halten können, aber zumindest würde ich in Spanien sein, außer Reichweite und in Sicherheit, wenn mein Geheimnis gelüftet würde.

3

In der Mittagspause wollte ich zurück in meine Wohnung, um ein paar Sachen zusammenzupacken. Ich war nie in der Lage gewesen, einfach ein paar Habseligkeiten in einen Koffer zu werfen und loszufahren. Ein Teil des Reisevergnügens besteht für mich in den kleinen Prälimenarien – durch Reiseführer blättern, Sonnenschutz kaufen, eine neue Sonnenbrille, Strandlektüre, die Wahl treffen zwischen dem Marimekko mit den gelben Streifen und der blauen Baumwolle von Laura Ashley. Und ich mag es, mir dabei Zeit zu lassen. Hinter mir waren Schritte zu hören, als ich über den Parkplatz der Botschaft ging. Bevor ich mich umdrehen konnte, steckte Luke seinen Kopf unter meinen Regenschirm. Er hätte seinen eigenen Regenschirm vergessen, meinte er, ob ich ihn nicht zu seinem Auto begleiten könnte? Mit Vergnügen, erwiderte ich und gab ihm den Schirm zum Halten, weil er weitaus größer war als ich.

»Wußtest du, daß es in Neuguinea einen Stamm gibt, der über hundert Namen für Regen hat?« fragte er mich, während wir uns unseren Weg zwischen den Pfützen hindurch bahnten. »Mein Favorit ist ›die einsamen Tränen des Mondes, wenn er im Himmel verblaßt‹. Obwohl ich manchmal denke, ›Paß auf, die Vögel scheißen schon wieder auf unsere Köpfe‹ wäre mir noch lieber. Es sind natürlich freie Übersetzungen.«

Luke und ich spielten manchmal ein Spiel, in dem einer von uns irgendeine bizarre Geschichte erfand und sie als wahr ausgab. Wenn der andere die »Tatsache« anzweifelte und sie stimmte, zahlte der Zweifler eine Buße, gewöhnlich in Form eines Biers. Wir lagen ziemlich Kopf an Kopf, obwohl ich durch meine Arbeit leicht im Vorteil war. Aber Luke war sehr gut darin, einen etwas glauben zu machen.

Diesmal war ich der Meinung, daß er log, und er gestand daraufhin ein, das Ganze erfunden zu haben. »Also schulde ich dir ein Bier, wenn du aus Spanien zurückkommst. Wann fliegst du eigentlich?«

»Morgen früh. Was mich daran erinnert, daß ich besser die Lufthansa anrufen sollte, um mir meinen Flug bestätigen zu lassen. Wie steht's bei dir?«

»Ich hatte eigentlich geplant, heute am späten Nachmittag nach Paris abzuheben, aber wie es der Zufall so will, muß ich heute noch eine Gruppe von Kongreßabgeordneten auf Vergnügungsreise treffen. Die Chancen stehen nicht schlecht, daß ich nicht vor morgen früh wegkomme, außer es gelingt mir, sie so mit Bratwust und Bier vollzustopfen, daß sie nur noch schlafen wollen.« Mit einem Seitenblick auf mich fügte er hinzu: »Weißt du, was mich über die Tatsache, einen Tag später zu fliegen, hinwegtrösten könnte?«

Ich erinnerte mich an den Club in Montmartre und die Frau mit dem Tierakt. »Affentheater, wenn du dort bist?«

Er verstand die Anspielung auf Anhieb. In einer gespielt-verletzten Stimme sagte er: »Ich war nie mehr als ein interessierter Beobachter. Der Foreign Service mißbilligt offenes Fraternisieren mit den Einheimischen. Das weißt du.«

Ja, das wußte ich, zweifelte aber daran, daß es eine Regel war, die von Luke viel beachtet wurde. »Was würde dich dann trösten?«

Wir hatten seinen Wagen erreicht. Bevor er die Fahrerseite aufschloß, sagte er: »Ein Abendessen mit dir.«

Ich war überrascht. Meine erste Reaktion war, dieser unerwarteten Komplikation aus dem Wege zu gehen, jeden engeren

Kontakt mit Luke zu vermeiden, bis ich die Sache mit Bernd verdaut hatte. »Ich weiß nicht, Luke. Ich muß noch eine Menge erledigen.«

»Nur für eine Stunde oder zwei. Du mußt ja auch was essen.« Er stand jetzt sehr nahe bei mir unter dem Schirm, sein Gesicht war ernst.

Es war ein ungewöhnlich anziehendes Gesicht, das aus viel mehr bestand als diesen regelmäßigen, aparten Zügen, den haselnußbraunen Augen mit ihren dunklen Wimpern und den Augenbrauen, die sich leicht nach unten bogen, was seinem Lächeln ein trügerisch schläfriges Aussehen gab. Das alles war auf seine Art durchaus sehr überzeugend, aber seine Anziehungskraft beruhte eigentlich eher auf dem leichten Gefühl der Spannung, das ihn umgab, jenen offensichtlichen Widersprüchen, die ihn kennzeichneten: dem Humor, durch den eine tiefe Ernsthaftigkeit schimmerte; die hitzige Entschlossenheit, die durch seine Bereitschaft, sich über sich selbst lustig zu machen, abgeschwächt wurde. Und diese verführerische Fähigkeit, einem das Gefühl zu geben, man sei irgendwie auserwählt, etwas Besonderes.

Beinahe wider besseres Wissen sagte ich zu. Ja, ich würde mit ihm essen gehen. »Aber ich muß nach der Arbeit noch ein paar Dinge erledigen.«

»Acht Uhr, in Ordnung? Gut. Ich hol dich dann ab.« Er lächelte und stieg in seinen Wagen. Und ich blieb zurück mit dem unguten Gefühl, daß ich würde auf der Hut sein müssen.

Meine Wohnung lag im zweiten Stock eines modernen Gebäudes, auf einem Hügel, der den Rhein überblickte. Es war ein charakterloser Ziegelblock, was aber wettgemacht wurde vom Blick aus meinem Wohnzimmerfenster. Weil es immer noch in Strömen goß und das Wasser die Rinnsteine regelrecht entlangschoß, parkte ich meinen Wagen lieber in der Tiefgarage als auf der Straße. Das Schlagen der Tür hallte in der trüben Stille wie ein Echo wider; die meisten anderen Mieterparkplätze standen leer. Die Luft war kühl, gefüllt mit dem Geruch von Diesel-Auspuffgasen und feuchtem Beton. Ich setzte meine Autoalarmanlage in Betrieb, die noch vom Vorbesitzer installiert worden war. Ich hatte seine Vorsichtsmaßnahmen inzwischen schätzen gelernt – einige der Autos meiner Nachbarn waren im letzten Monat aufgebrochen worden.

Während ich zur Ausfahrt ging, blickte ich zu Boden, um mir vorsichtig meinen Weg um die Öllachen und seichten Pfützen schmierigen Wassers zu suchen. Ich sah den Schatten des Mannes, bevor ich sein Gesicht sah.

Überrascht riß ich meinen Kopf hoch. Eine lange, dünne Gestalt stand oben auf der Rampe und hob sich als Silhouette gegen das wäßrige Licht ab. Hinter ihr fiel der Regen wie ein Vorhang.

Bevor ich reagieren konnte, machte er ein paar Schritte die Rampe herunter auf mich zu. Es war das Gesicht eines Jungen, wie ich jetzt sah, nicht das eines Mannes, das blasse, knochige Gesicht eines Jungen im besten Teenager-Alter, mit einer Strähne schwarzen Haars flach an die Stirn geklatscht. Auf seiner rechten Wange war ein langer Schmier von Schmutz, vermischt mit etwas, das wie Blut aussah. Er trug eine verdreckte Windjacke, die an einem Ärmel eingerissen und patschnaß war, und über die Schulter hing ihm ein Rucksack. Er sah erschöpft aus, beinahe verzweifelt.

Sein Mund bewegte sich, aber der Regen schluckte seine Worte. Ich schüttelte den Kopf, nicht gewillt näherzutreten, bevor ich nicht wußte, was er wollte. Er sah nicht aus wie ein Dieb – aber was wußte ich schon von Dieben? Ich schrie auf deutsch, daß ich ihn nicht verstehen könnte, aber er begriff offensichtlich nicht. Plötzlich sagte er laut auf englisch: »Sind Sie Alison?«

Ich nickte und machte ein paar Schritte auf ihn zu, »Warum?«

»Ich bin Jay.«

Mit einer Hand wischte er sich das nasse Haar aus der Stirn. Sein Blick war wachsam. Er musterte mich unbewegt, während ich das Gesagte verdaute.

Und dann wußte ich, wer er war. »Natürlich«, sagte ich, aus dem Gleichgewicht gebracht. »Natürlich.«

Er war mein Bruder, oder besser, mein Halbbruder, Hugos Sohn aus letzter Ehe, Julius Andrew Yardley Raphael, um seinen vollen Namen zu nennen. Ich hatte ihn erst zweimal gesehen, das letztemal vor fünf Jahren in Hugos New Yorker Apartment. Damals war er zehn Jahre alt gewesen, zu kurz geraten und pummelig. Er war ein ruhiges Kind gewesen, hatte sich gegenüber seiner Halbschwester, die so viel älter war als er, schüchtern verhalten, sich vielleicht auch unwohl gefühlt angesichts all des Aufhebens, das Hugo um ihn machte. Ich erinnerte mich daran, beschämt gewesen zu sein, weil ich einen Stich Eifersucht verspürt hatte bei dem ganzen Trara, das Hugo um diesen unbekannten kleinen Bruder veranstaltete.

Langsam ging ich die Rampe hinauf auf ihn zu. Oben standen wir uns einen Moment lang einfach nur gegenüber und schauten uns an, bevor ich verlegen hinauflangte, um ihm einen Willkommenskuß zu geben. Durch die nasse Außenseite der Windjacke konnte ich spüren, wie er zitterte. »Laß uns reingehen«, sagte ich. Als wir die Treppe zur Eingangshalle hochstiegen, fragte ich ihn, wie er gewußt hatte, daß er mich in der Garage finden würde.

»Glück. Deine Aufpasserin hat mir erzählt, du würdest nicht vor heute abend zurück sein. Ich war gerade am Gehen, als sie deinen Wagen in der Einfahrt gesehen hat.«

»Bist du den ganzen Weg von England hierhergekommen?« Ich wußte, daß er auf ein Internat irgendwo in der Nähe von Oxford ging. Obwohl seine Mutter, Charlotte, Amerikanerin war, hatte sie Jay auf eine englische Schule geschickt, als er dreizehn war. Einige meinten, um ihn vor der zunehmend schlechten Presse, die Hugo in den Vereinigten Staaten genoß, zu schützen; andere, die Charlotte weniger freundlich gestimmt waren, behaupteten, es hätte ihr nicht gepaßt, einen fast erwachsenen Jungen um sich zu haben, der ihr eigenes reifes Alter betonte. Ich war Charlotte nie begegnet. Sie hatten sich scheiden lassen, kurz bevor Hugo nach Libyen aufgebrochen war, aber es war ein offenes Geheimnis, daß die Ehe schon lange vorher zu Ende gewesen war.

Er nickte. »Ich bin gestern abgereist. Niemand weiß, daß ich hier bin.«

Ich schaute ihn an, aber er gab mir keine Erklärung. Weitere Fragen, beschloß ich, konnten warten, bis er trocken war und gegessen hatte.

Frau Gottschalk, die Hausverwalterin, wartete auf uns in der Eingangshalle. »Sie sind zurück, Fräulein Jordan«, rief sie aus, während sie ihre dicken Arme behaglich über dem Bauch kreuzte. »Ich hab dem Jungen gesagt, daß es ihr Wagen ist.« Ihre kleinen Augen schossen von Jay zu mir, sie glänzten vor Neugierde. Ich sagte ihr, Jay sei ein Verwandter, den ich seit ewigen Zeiten nicht mehr gesehen hätte; die exakte Wahrheit, das wußte ich, würde sie nur zu weiteren Fragen verführen, die ich ihr nicht beantworten konnte. Während Jay in der Eingangshalle auf mich wartete, ging ich mit ihr ins Büro, um mir meine Post geben zu lassen.

»So, morgen geht's also auf nach Spanien«, meinte sie zu mir, während sie mir ein Bündel von Reklameprospekten aushändigte. Es waren keine Briefe dabei, das waren sie selten; ich war keine große Briefschreiberin. »Ich werde mich so gut um ihre Pflanzen kümmern«, redete Frau Gottschalk weiter, »als wären es meine eigenen. Und ich werde ein wenig Staub wischen. Nein, es wäre mir ein Vergnügen, Fräulein Jordan.« Dies war die simple Wahrheit; die Ausrottung von Staub in jeglicher Form war Frau Gottschalks Lebensaufgabe. Sie schaute zu Jay hinüber, der erschöpft gegen die Wand lehnte, und flüsterte dann unüberhörbar: »Armer junger Mann, er ist müde. Und so schmutzig. Wahrscheinlich wünscht er sich nichts sehnlicher als ein Bad.«

Jay folgte mir den Korridor hinunter. Auf der kurzen Treppe, die zu meiner Wohnung führte, kam er leicht ins Stolpern. Drinnen in der Diele stand er einfach da, seinen Rucksack gegen die Brust gedrückt, während ich ihm seine triefende Windjacke abnahm und sie in der kleinen Küche über einen

Stuhl hängte. »Du siehst erschöpft aus«, sagte ich. »Erklärungen können warten, bis ich uns etwas zum Abendbrot gemacht habe. Das Badezimmer ist dort drüben, falls du Interesse hast. Fühl dich wie zu Hause. Es wird nicht lange dauern.«

Als ich mit einer Schüssel heißer Suppe und Sandwiches zurück ins Wohnzimmer kam, konnte ich aus dem Badezimmer Wasser plätschern hören. Ich breitete ein gelbes Tischtuch über den runden weißen Tisch, der in der einen Ecke des Raumes stand, und stellte das Essen darauf. Nach ein paar Minuten tauchte Jay wieder auf, das Haar war aus der Stirn gestrichen und der Schmutz auf seiner Wange war verschwunden. Er war in eine andere Jeans gestiegen. Wo der Schmutz gewesen war, befand sich jetzt eine gezackte, scheußlich aussehende Schnittwunde. Ich holte Salbe und Verbandszeug. Dann setzten wir uns zum Essen.

Er schaute sich um, während er seinen Stuhl zum Tisch zog. »Hübsch hast du's hier. Gehören die Sachen alle dir?«

»Leider. Ich lebe jetzt seit vier Jahren in Europa. Zeit genug, um mein Leben vollzustopfen.« Aber Jay hatte recht; ich hatte es hübsch hier. Die funktionalen Ikea-Möbel wurden aufgepeppt durch glänzende Kissen und einen apfelgrünen Teppich, Heerscharen von Pflanzen und eine antike Hochzeitskiste in Blau, die ich auf einem Flohmarkt im Odenwald erstanden hatte. »Wenn ich nicht so viel hätte«, fügte ich hinzu, »würde es mir möglicherweise leichter fallen, umzusiedeln.«

»Du magst Bonn nicht?«

»Ich bin schon lange genug hier. Ich bin bereit für einen Wechsel.« Ich schöpfte Suppe in seine Tasse und reichte ihm die Brötchen.

Keiner von uns sprach während des Essens. Er konzentrierte sich auf die Mahlzeit, und ich studierte ihn heimlich, überwältigt von seiner Ähnlichkeit mit Hugo. Es waren dieselben Augen, von einem hellen, durchdringenden Blau, und dieselbe scharfe Linie des Kinns, mit seiner störrischen, fast arroganten Neigung nach vorne. Die gewölbte Nase, die er unzweifelhaft von Hugo hatte, war noch zu groß für sein Gesicht, aber man konnte schon jetzt erahnen, wie gut er einmal aussehen würde; selbst die Blässe, die seinen Wangen jede Farbe entzogen hatte und ihm ein bleiches Aussehen verlieh, und der Kummer, der in der dünnen Linie seines Mundes sichtbar wurde, konnten dies nicht verdecken.

Andere, tiefer gehende Ähnlichkeiten kamen später zum Vorschein.

Nachdem er in aller Stille schnell die Suppe, zwei Brötchen mit Leberwurst und Tilsiter und ein großes Stück Kirschstrudel verschlungen hatte, wischte er sich den Mund mit der Serviette ab und lehnte sich zurück. »Danke. Für das Essen, das großartig war, und daß du mit deinen Fragen gewartet hast, bis ich fertig war.«

»Es tut mir leid, aber jetzt sind die Fragen an der Reihe. Ich nehme an, es handelt sich nicht einfach um einen Besuch unter Geschwistern. Hat es etwas mit Hugo zu tun?«

Er nickte und fragte dann: »Du nennst ihn Hugo?«

Aus dem einfachen Grund, daß er mir nie als Vater vorgekommen war. Aber ich sagte nur: »Wie nennst du ihn?«

»Als ich klein war, habe ich ihn Daddy genannt. Hugo macht vermutlich Sinn.« Seine Stimme klang etwas brüchig, und er räusperte sich. »Wie auch immer, es stimmt, deswegen bin ich hier. Teilweise jedenfalls. Um ehrlich zu sein, wäre ich nicht hergekommen, wenn ich nicht mein ganzes Geld verloren hätte. Es ist letzte Nacht in Paris passiert. Ich habe mich daran erinnert, daß du hier in Bonn lebst, und dachte, es liegt irgendwie auf dem Weg. Also bin ich hergetrampt.«

»Auf dem Weg wohin?«

»Nach Sizilien. Wo er sich aufhält.«

»Du gehst zu Hugo? Ich meine, er erwartet dich?«

»Nun, nicht genau.« Er spielte mit ein paar Brotkrümeln auf dem Tisch und rollte sie zu Kügelchen.

»Aber du weißt, wo du ihn finden kannst?«

»Nein, das auch nicht, nicht eigentlich. Es ist eher so, daß ich eine recht gute Vorstellung davon habe, wo er sich aufhalten könnte. Jedenfalls muß ich ihn finden. Da sind diese Männer, verstehst du, und ich denke, sie sind hinter ihm her...« Die Worte kamen so schnell aus seinem Mund, daß er ein bißchen ins Stottern kam.

»Warte einen Moment.« Ich stand auf. »Ich mache uns jetzt erst mal einen Kaffee. Währenddessen ordnest du deine Gedanken, und wenn ich wieder da bin, erzählst du mir die ganze Geschichte von Anfang an. Okay?«

»Okay.« Er schenkte mir ein müdes Lächeln.

In der Küche konzentrierte ich mich darauf, die rechte Menge Kaffeepulver in den Filter zu geben und den Wasserkessel im Auge zu behalten. Ich fand es schwierig, mich an den Gedanken zu gewöhnen, daß der Junge im Nebenzimmer mein Bruder war; daß er und Hugo am selben Tag aufgetaucht waren, schien mehr, als ich ertragen konnte. Als ich zurückkam, saß er mit hängenden Schultern auf dem Sofa, die Ellbogen hatte er auf die Knie gestützt und das Kinn auf seine Hand. Worüber er auch immer nachdenken mochte, er tat es mit einer Konzentration, die eine Falte zwischen seine Augen schnitt.

»Bist du noch in Foxburghe?« fragte ich ihn, während ich ihm seinen Pott Kaffee reichte. Ich zog mir einen der Stühle vom Tisch heran und setzte mich Jay am Couchtisch gegenüber.

Er nickte. »Der Ort ist die Hölle, aber vielleicht nehmen sie mich auch gar nicht mehr nach dem Ganzen. Der Rektor mag es nicht, wenn man sich einfach auf und davon macht. Es wirft ein schlechtes Licht auf die Schule.«

Er nippte an seinem Kaffee, seine langen Finger schlossen sich um den Henkel. »Dort hat alles angefangen, in der Schule, vor zwei Tagen. Ich bin Langstreckenläufer, und gewöhnlich trainiere ich jeden Abend vor dem Essen. Ich renne etwa eine Viertel Meile die Straße hinunter, die hinter der Schule vorbeiführt, dann wechsle ich auf Trampelpfade über die Felder. Am Mittwoch habe ich einige Männer in einem geparkten Wagen vor dem Schultor bemerkt, als ich loslief. Als ich an ihnen vorbeikam, lehnte sich der Mann auf dem Fahrersitz aus dem Fenster und rief mich bei meinem Namen. Zuerst dachte ich, es wären Reporter. Meine Mutter hatte mich gewarnt, es würden möglicherweise Reporter auftauchen, um mir Fragen nach Daddy... ich meine Hugo, zu stellen. Ich sollte mit keinem über ihn reden. Sie hat nichts dagegen, selbst in die Schlagzeilen zu kommen, aber sie haßt es, wenn nach ihm gefragt wird.«

»Wie haben die ausgesehen, diese zwei Männer?« Ich dachte an Lukes Bemerkung, wonach Gaddhaffi Hugo womöglich jemand hinterherschicken würde.

»Nicht wie Engländer. Obwohl das Englisch des Fahrers ausgesprochen gut war. Sie könnten aus Italien gewesen sein oder aus dem Mittleren Osten. Schwer, es genau zu sagen. Sie waren beide dunkelhaarig und wie Geschäftsleute gekleidet. Als ich zum Wagen rüberging, meinte der Fahrer, sie kämen von Hugo. Hugo wollte mich sehen, und sie sollten mich zu ihm bringen. Ich sagte, meines Wissens befände sich Hugo nach wie vor in Libyen, aber der Fahrer meinte, er hätte das Land verlassen und halte sich jetzt in London bei Freunden auf. Weil er Publicity vermeiden wollte, hätte er sie hergeschickt, statt selbst zu kommen.«

Seine Stimme versagte, und er starrte in seine Tasse. »Natürlich war ich ziemlich aufgeregt. Zu wissen, daß er in Sicherheit war. Seitdem Libyen bombardiert worden ist, habe ich mich gefragt, du weißt schon, ob er okay ist... Und ich wollte ihn sehen. Aber etwas an ihnen störte mich. Sie sahen ganz normal aus, ich meine, sie waren nicht irgendwie besonders unheimlich oder so, aber die ganze Sache schien mir ein wenig komisch. Der andere Kerl, der auf dem Rücksitz, sprach die ganze Zeit kein Wort, starrte mich nur an. Als der Fahrer meinte, ich sollte einsteigen, öffnete er die hintere Tür für mich. Ich erklärte ihnen, daß ich ohne Erlaubnis der Schule nicht mitfahren könnte. Es wäre gegen die Regeln. Der Fahrer meinte, dafür sei jetzt keine Zeit. Wenn ich meinen Vater sehen wollte, müßte ich unverzüglich mitkommen. Andernfalls könnte es zu spät sein.«

»Was meinte er damit, zu spät?«

»Das hat er nicht gesagt. Es war die Art, wie er es sagte, die mir durch Mark und Bein ging. Als würde er meinen, auf immer und ewig zu spät. Es klang wie eine Drohung. Also sagte ich, nein, ich würde nicht mitkommen, ohne zuvor mit dem Rektor gesprochen zu haben. Der Fahrer reagierte absolut aalglatt darauf. Er sagte, in Ordnung, er würde sich darum kümmern. Ich sollte laufen gehen, und hinterher würden wir fahren. Ich sollte einsteigen und ihnen zeigen, wo sie den Wagen parken könnten.«

Er schenkte mir ein schmales, fast grimmiges Lächeln. »Seit ich klein war, hat man mir beigebracht, nicht zu Fremden ins Auto zu steigen. Also erklärte ich ihnen, sie könnten mir mit dem Wagen folgen, während ich vorausrannte. Aber ich kam nur ein paar Meter weit, bis mich jemand am Arm packte. Es war der Kerl vom Rücksitz. Er muß sich wie ein Barracuda bewegt haben, so schnell, wie er bei mir war. Ich hab mir vor Angst in die Hosen gemacht.« Er errötete. »Tut mir leid. Wie auch immer, ich weiß nicht, was er vorhatte, denn gerade in dem Moment kam Andrew Morton – einer der Aufsichtsschüler – durchs Tor gelaufen und rief meinen Namen. Er sagte, ich solle gleich mitkommen, da wäre ein Ferngespräch für mich. Ich vermute, der Mann hielt mich doch nicht so fest oder vielleicht war er auch überrascht, jedenfalls gelang es mir, mich loszureißen. Ich fackelte nicht lange und machte mich aus dem Staub. Und er auch. Als ich zurück zu Andrew gelaufen bin, hörte ich den Motor anspringen, und als ich mich umdrehte, war der Wagen schon die Straße runter verschwunden.

Andrew wollte natürlich wissen, wer die Männer gewesen wären. Ich sagte ihm, vermutlich Reporter.« Ruhig fügte er hinzu: »Andrew weiß, wer mein Vater ist. In der Schule war dann jedenfalls meine Mutter am Apparat. Sie rief aus Kalifornien an, weil sie wollte, daß ich die Neuigkeiten von ihr und nicht aus den Zeitungen erfahre. Irgendein Freund von ihr aus dem State Department hatte ihr erzählt, daß Hugo Libyen verlassen hätte. Er wäre nun in Sizilien. Nicht in London? fragte ich. Sie wollte wissen, warum ich das dächte, aber ich meinte nur, aus keinem bestimmten Grund, ich würde nur hoffen, Hugo würde mich besuchen kommen.«

»Also hast du deiner Mutter nichts von den beiden Männern erzählt?«

»Nein«, sagte er ruhig. »Ich wußte, sie wäre damit nicht fertig geworden. Sie hätte nur einen Aufstand gemacht und Smelly, Mr. Smalley meine ich, den Direktor, sprechen wollen. Ich kann dir sagen, die Neuigkeiten über Hugo hatten sie so schon ziemlich aufgeregt. Außerdem wollte ich etwas Zeit gewinnen, um die Sache zu überdenken.«

Ich war beeindruckt, wie cool Jay reagiert hatte, und auch davon, wie er seine Geschichte erzählte, eins nach dem anderen und ohne jede Dramatik, als ob ihm diese Art von Dingen jeden Tag zustoßen würde. Darüber hinaus lag in seiner Haltung Charlotte gegenüber eine seltsame Mischung aus Beschützertum und Vorsicht, die mir einiges über ihre Beziehung verriet. Offensichtlich war er daran gewohnt, Dinge für sich zu behalten.

»Weißt du«, sagte er langsam, »alle – meine Mutter, die Familie, die Zeitungen – haben gesagt, Hugo hätte sich wie eine Art Verräter oder so was verhalten, weil er für Gaddhaffi gearbeitet hat. Ich habe ihnen nicht geglaubt. Und das tue ich immer noch nicht. Vielleicht war Hugo nicht oft da, als ich klein war, aber wenn er da war, nun, dann war er nur für mich da. Ich meine, er schien wirklich...« Er machte eine ungeduldige Bewegung. »Ich weiß nicht, wie ich es dir erklären soll...«

»Ich denke, ich verstehe«, sagte ich. Jay hatte Hugo die Gunst des Zweifels eingeräumt, weil er sich sicher war, daß ihn sein Vater liebte. Offensichtlich schien ihm diese Gewißheit über die letzten drei Jahre geholfen zu haben. Er nahm es einfach für gegeben hin, daß Hugo gute Gründe dafür hatte, was immer er tat, wenn es auch noch so seltsam war.

Er lehnte sich nach vorne, verschränkte die Hände zwischen den Knien und starrte zu Boden. Mit leiser Stimme sagte er: »Ich dachte immer, Hugo würde vielleicht irgendwie in Schwierigkeiten stecken. Vielleicht wollte er gar nicht in

Libyen sein, aber sie zwangen ihn dazu, so zu tun. Es gab natürlich nichts, was ich hätte tun können.« Er hob den Kopf und sah mich eindringlich an. »Jetzt vielleicht schon.«

»Wie meinst du das?«

»Ich wette, diese Männer waren hinter mir her, um so an Hugo ranzukommen. Ich muß ihn das wissen lassen. Außerdem möchte ich ihn wiedersehen.« Das letzte sagte er leise, aber seine Stimme klang zunehmend belegt, während er sprach. Abrupt stand er auf und ging hinüber zum Fenster. »Das also ist der Rhein? Ich sehe nirgendwo eine Burg.«

»Weiter oben.« Durch das T-Shirt konnte ich seine Schulterblätter sehen. Er ist viel zu dünn, dachte ich, bevor mir wieder einfiel, daß er ja Langstreckenläufer war.

Auf dem Weg zurück zum Sofa sagte er: »Ich habe viel nachgedacht in dieser Nacht. Am nächsten Morgen habe ich dann meine Sachen gepackt, meine Ersparnisse genommen und bin los. Ich habe einen Brief zurückgelassen, in dem stand, daß ich ein wenig alleine sein wollte.« Mit einem ironischen Achselzucken fügte er hinzu: »Sie halten mich sowieso für ungesellig, weil ich laufe, statt Kricket zu spielen.«

Um Geld zu sparen, war er getrampt und hatte es bis nach Dover geschafft. Feundliche Lastwagenfahrer hatten ihn mitgenommen. Einiges von seinem Geld war für das Fährticket nach Frankreich draufgegangen. Während er nachts in der Nähe von Paris an der Autobahn auf eine Mitfahrgelegenheit gewartet hatte, war er hinterrücks von einem Landstreicher überfallen worden. »Auf diese Weise bin ich zu dem hier gekommen«, sagte er und berührte den Verband auf seiner Wange. Auf diese Weise war seine Brieftasche mitsamt dem ganzen Geld verlorengegangen. Schließlich hatte ein Lastwagenfahrer angehalten und war ihm zu Hilfe gekommen. Glücklicherweise hatte der Landstreicher den Rucksack übersehen, der im Graben neben der Straße gelandet war und in dem sein Paß steckte. Kurz hatte er überlegt, die Sache abzublasen, dann hatte er sich daran erinnert, daß ich in Bonn lebte. Ich hatte Jay jedes Jahr an Weihnachten ein kleines Päckchen mit einem Brief geschickt, um wenigstens den rudimentären Kontakt, den wir hatten, aufrechtzuerhalten. Er schrieb immer einen Dankesbrief zurück, der ebenso gestelzt wirkte, wie es der meine mit Sicherheit war.

»Hier bin ich also«, sagte er fast aggressiv, »ein armer Verwandter, der gekommen ist, um von dir Geld zu leihen. Wenn du mir etwas für die Fähre nach Sizilien und fürs Essen gibst, werde ich wohl zurechtkommen. Ich zahl es dir zurück.«

»Natürlich leihe ich dir soviel Geld, wie du brauchst. Aber wie, um Gottes willen, willst du Hugo finden? Sizilien ist riesig. Du kannst nicht einfach wahllos drauflossuchen.«

Darauf antwortete er nicht. Statt dessen bückte er sich, wühlte in seinem Rucksack und förderte Unterwäsche, T-Shirts und eine Zahnbürste zutage. »Lies das«, sagte er und reichte mir einen zerknitterten blauen Luftpostbrief.

Er war von Hugo, datiert auf den 10. Juli 1983. Das war sechs Wochen vor seiner Abreise nach Libyen. Er hatte ihn in Sizilien aufgegeben, und es war ein langer Brief, voll von der Art Neuigkeiten, die ein Vater seinem zwölfjährigen Sohn schreiben mochte, den er kaum sah, gehalten in einem leicht humorvollen, liebevollen Tonfall. Hugo erzählte Jay darin von einem kleinen und sehr baufälligen Kastell, das ihm gehörte, und von seinen Plänen, es wieder herzurichten. Es lag in der Nähe eines Dorfes namens Castell'alto. »Du mußt bald mal auf Besuch kommen«, schrieb er. »Ich will dir die Freude nicht verderben, in dem ich dir den Ort beschreibe. Laß mich nur so viel sagen, daß das Kastell ein Rätsel birgt, eine Art Labyrinth. Den örtlichen Gerüchten nach liegt hier irgendwo ein Schatz begraben (die Sizilianer sind große Schatzsucher), eine goldene Honigwabe, die Daedalus einst angefertigt hat, um Aphrodite dafür zu danken, daß sie ihn sicher nach Sizilien geleitet hat. Wir werden uns gemeinsam auf die Suche danach machen.«

Hugo liebte Rätsel aller Art; als ich klein war, hatte er mir immer komplizierte Puzzle mitgebracht, wobei er stets Zeit fand, sie mit mir auch zusammenzusetzen. Glücklicherweise war ich gut in Puzzles.

»Du siehst also«, erklärte Jay, als ich wieder aufschaute, »daß er höchstwahrscheinlich an diesem Ort, diesem Castell'alto, ist, wenn er sich in Sizilien aufhält. Jedenfalls dachte ich, ich mach mich mal auf, um es herauszufinden. Wenn er nicht dort ist, wissen die Leute da unten vielleicht, wo er steckt. Bevor ich England verlassen habe, habe ich von einem öffentlichen Münzfernsprecher aus versucht, die Vorwahl von Castell'alto herauszufinden, um zu sehen, ob ich Hugo auf diesem Weg erreichen kann. Aber die Fernsprechauskunft hatte keinen Eintrag für diesen Ort. Ich konnte ihn nicht einmal im Schulatlas finden. Aber ich bin mir sicher, daß es einfacher wird, wenn ich erst einmal in Sizilien bin.«

Seine Stimme barst vor jugendlichem Optimismus; ich fühlte mich plötzlich uralt und deprimierend realistisch. Aber alles, was ich sagte, während ich ihm seinen Brief zurückgab, war: »Ich möchte dir auch etwas zeigen.«

Ich ging in mein Schlafzimmer, wo ich aus meiner Schreibtischschublade ein schmales Bündel von Briefen zog, die von einer dicken Goldkette zusammengehalten wurden. Wie ein Siegel hing an einem Ende der Kette ein Medaillon in Form einer Goldmünze herunter. Auf der einen Seite der Münze war die Gestalt einer Frau im Halbprofil zu sehen. Sie war gekleidet in kunstvoll gefaltetes Tuch und hob den rechten Arm in die Luft, wo ein kleines Wesen über ihr schwebte. Es war schwierig, es genau zu sagen, aber es schien irgendein Insekt zu sein, vielleicht eine Biene. Sowohl die Frau als auch die Biene waren wundervoll gezeichnet. Es gab auch eine Inschrift, die am Rand der Münze entlanglief, acht Buchstaben, die möglicherweise Altgriechisch waren: EPYKAIIB. Auf der Rückseite befand sich nur ein dünnes Muster von senkrechten Linien, die sich wiederholten und ineinander übergingen.

Hugo hatte mir das Medaillon an meinem dreizehnten Geburtstag geschenkt. Er war ohne Vorankündigung aufgetaucht, mitten in einem Blizzard, und hatte das friedliche Familienfest, das mir zu Ehren veranstaltet wurde, durcheinandergebracht. Seine Wangen waren kalt, auf seinem schwarzen

Haar lag geschmolzener Schnee, und er roch nach fremden Orten – nach dem türkischen Pfeifentabak, den er rauchte, und dem orientalischen Duft, den er immer trug. Hugo hatte die Begrüßungszeremonie abgekürzt, indem er das Medaillon aus der Tasche zog und es mir einfach umhängte.

Es war das Wundervollste, was ich je gesehen hatte, und als ich ihm das sagte, schien er sich zu freuen. Aber dann fragte ich ihn, wer die Frau auf der Münze sei.

Die Göttin der Liebe, antwortete er. Tante Constance weckte immer ein wenig den Teufel in Hugo, und vermutlich war das, was dann folgte, auf sie gemünzt. Ich erinnere mich nicht mehr genau an seine Worte, nur daß er eine recht freizügige Beschreibung der göttlichen Kräfte zum Besten gab, die mich so verlegen machte, daß ich mich taub stellte. Ich wünschte, er würde aufhören, während meine Cousinen grinsten und mich unter dem Tisch gegen das Schienbein traten.

Aber er mußte gespürt haben, was in mir vorging, denn als er sich später in der offenen Tür von mir verabschiedete, durch die der Schnee hereinwehte, berührte er das Medaillon um meinen Hals. »Sie ist die Frau im Labyrinth, Alison. Ein Rätsel. Wie alle Frauen.« Seine blauen Augen gingen ins Leere, als würden sie etwas suchen in der Ferne, und es lag Trauer darin.

Dann küßte er mich unvermittelt und verschwand. Es sollten fast sechs Monate vergehen, bis ich ihn wiedersah.

Ich trug das Medaillon nur dieses eine Mal. Tante Constance war der Ansicht, es wäre zu kostbar, um es im Haus aufzubewahren. Auf der Bank wäre es besser aufgehoben. Und dort blieb es bis zu ihrem Tod. Ich dachte gar nicht mehr daran, bis es mir die Anwälte eines Tages überreichten. Danach begleitete mich das Medaillon wie ein Talisman auf all meinen Wegen. Es war wie ein Beweis, daß dieser Mann, dem ich nie richtig nahe gekommen war, tatsächlich mein Vater war.

Jetzt löste ich das Bändel um den Packen Briefe und legte mir das Medaillon um den Hals. Doch es war nicht das Medaillon, das ich Jay zeigen wollte, sondern ein Brief, der dem seinen sehr ähnelte.

Es waren nicht viele Briefe in dem Bündel, höchstens zwanzig, und nur wenige gingen über mehr als eine Seite. Selbst als Kind hatte ich gespürt, daß den Briefen etwas fehlte. Nicht unbedingt die Zuneigung; vielleicht mangelte es einfach an einem Gefühl der Verbundenheit.

Ich nahm den obersten Brief vom Stapel, es war Hugos letzter, und ging damit ins Wohnzimmer, um ihn Jay zu zeigen.

»Meine liebe Alison«, hatte Hugo geschrieben.

> Nun, wo du deinen Abschluß hast, wirst du hoffentlich etwas von der Welt sehen, bevor du dich endgültig niederläßt, Karriere machst oder heiratest. Es wäre schön, wenn du nach vier Jahren Schulweisheit am eigenen Leib erfahren könntest, worum es im Leben geht. Vielleicht kann ich dir mit meinem Geschenk ein klein bißchen dabei helfen. Es ist natürlich deine Entscheidung. Ich habe mich nie in dein Leben gemischt und werde jetzt nicht damit anfangen. Ich bezweifle auch, daß du es zulassen würdest. Aber das heißt nicht, daß es mich nicht kümmert, wie es dir geht. Obwohl ich vor langer Zeit auf väterliche Rechte verzichtet habe, bin ich doch besorgt um dich wie ein Vater. Solltest du jemals in Schwierigkeiten stecken, läßt du es mich hoffentlich wissen. Ich werde dir helfen, so gut ich kann.
>
> Vor unzähligen Jahren habe ich hier eine ziemlich romantische Ruine gekauft, ein komplettes Kastell mit Turm und seinem eigenen Geheimnis. Erice ist nicht weit, die Stadt am Meer, die auf einem Bergesgipfel thront. Im Altertum befand sich hier eine berühmte Opferstätte für die Göttin: Astarte, Aphrodite, Venus – die Göttin der Fruchtbarkeit, der ekstatischen Liebe. Ihr Symbol war die Bienenkönigin; und dem Wiesenhonig, der hier produziert wird, wird noch heute eine berauschende Wirkung nachgesagt. Daedalus persönlich schenkte Aphrodite einst eine goldene Honigwabe, die er selbst angefertigt hatte. Sie ist seit langem verschwunden und soll hier ir-

gendwo vergraben liegen. Versteckt von den Priesterinnen für den Tag, an dem die Göttin zurückkehrt zu ihrem Berg. So will es jedenfalls die Legende. All das erzähle ich dir, um deine archäologische Neugier anzustacheln, die du vielleicht geerbt hast (falls dich die Kurse am College in dieser Hinsicht nicht verdorben haben) – in der Hoffnung, daß du uns hier irgendwann einmal besuchen kommst.

Die Einheimischen sagen, daß Castell'alto das Dorf ist, das Gott vergessen hat, was der Grund dafür sein mag, weswegen es mir hier so gut gefällt.

Dein dich liebender Vater Hugo

Damals hatte ich mich gefragt, warum um alles in der Welt Gottes Vergeßlichkeit im Falle dieses Dorfes für Hugo so attraktiv war. Ich hatte mich auch gefragt, was das »uns« in dem vorletzten Satz des Briefes zu bedeuten hatte.

Jay las den Brief und schaute mich dann eindringlich an. »Sie sagen in etwa dasselbe, diese beiden Briefe. Nirgends ist die Rede davon, alles aufzugeben und nach Libyen zu gehen. Er hatte andere Pläne. Ich glaube einfach nicht, daß er aus freien Stücken nach Libyen gegangen ist.«

»Schau, Jay«, sagte ich so freundlich, wie ich konnte, »bei Hugo weiß man nie so genau. Er ist an keinem Ort – oder bei keiner Person – lange geblieben. Castell'alto mag ihm momentan verlockend erschienen sein, aber das heißt nicht, daß er seine Meinung nicht genausoschnell hätte wieder ändern und weiterziehen können. Das hat er schließlich sein ganzes Leben lang getan, oder nicht?«

Unvermittelt sprang er auf die Füße und verschüttete dabei Kaffee auf seine Jeans. »Begreifst du denn nicht? Was du sagst, gibt mir nur recht. Wenn er so ist, wie du ihn schilderst, warum ist er dann so lange in Libyen geblieben?«

Darauf hatte ich keine Antwort.

Ich schaute auf meine Armbanduhr. Ein wenig verzweifelt sagte ich: »Ich denke, du solltest wieder zurück in die Schule und warten, bis Hugo sich bei dir meldet. Ich bin mir sicher, daß er das tun wird, vielleicht versucht er es gerade jetzt in diesem Augenblick. Ich kann dir ein Flugticket nach London besorgen, wenn ich heute abend von der Arbeit komme. Oder« – denn plötzlich hatte ich eine geniale Idee oder zumindest hielt ich sie dafür – »du nimmst dir ein paar Tage frei und fährst mit mir nach Spanien. Ich gehe morgen in Urlaub. Ich lade dich ein.« Es würde meinen Kreditrahmen erheblich sprengen, wenn ich das täte, aber das war es wert, dachte ich. Es war Zeit, daß wir uns kennenlernten.

»Du meinst, du hast frei?« sagte Jay, eine Spur zu begeistert, und sofort wußte ich, was als nächstes kommen würde. »Dann könntest du mit nach Sizilien, nicht wahr?«

Ich starrte ihn an. Möglicherweise hätte ich mit einem strikten Nein geantwortet, wenn nicht dieser flehentliche Ausdruck in seinen Augen gelegen hätte. Ich hatte ihn nie so verwundbar erlebt. Selbst als er mich um Geld gebeten hatte, hatte er sich unter Kontrolle gehabt, vielleicht sogar zu sehr. Nun wirkte er verletzlich, und ich erinnerte mich wieder daran, daß er trotz all des abgeklärten Geredes vor allem ein Junge war, der seinen Vater suchte. Meinen Vater übrigens auch.

»Ich gehe sowieso«, sagte er ruhig, der flehentliche Blick war verschwunden, als habe es ihn nie gegeben. »Wie auch immer du dich entscheidest.«

Ich drehte mich um und starrte aus dem Fenster. Jay mochte den Glauben eines Telemach haben, aber ich hatte mein Bestes getan, um meinen Vater zu vergessen. Nun, wo er wieder in mein Leben getreten war, wußte ich nicht, was ich davon halten sollte; ich war damit groß geworden, daß er mich vernachlässigte.

Das sagte ich mir wenigstens. Ich betrachtete die langgestreckten schwarzen Frachtkähne, die sich auf dem Fluß ihren Weg stromaufwärts durch den Nebel bahnten wie riesige Wasserschlangen, während der Regen wie wild gegen mein Fenster klopfte.

»Vernachlässigung« war aber wohl ein zu starkes Wort.

Kurz bevor er nach Libyen gegangen war, hatte Hugo für mich einen Fonds eingerichtet – das Abschlußgeschenk, von dem er im Brief gesprochen hatte. Die Zinserträge würden mich davor bewahren, jemals hungern zu müssen, auch wenn ich nicht das Leben einer Müßiggängerin führen konnte. Mit fünfunddreißig würde ich in den Genuß der Kapitalsumme kommen. Als er auf meinen Dankesbrief, dem ich ihm an seine New Yorker Adresse schickte, nicht reagiert hatte, nahm ich an, das sei seine Art, mir mitzuteilen, daß ich von nun an erwachsen sei und auf eigenen Beinen zu stehen hätte. Wahrscheinlich will er mir mit dem Geld den Abschied versüßen, dachte ich. Fast war ich in meinem jugendlichen Stolz versucht, das Geld auszuschlagen, aber letztendlich war ich zu vernünftig, um mir eine solch große romantische Geste zu erlauben. Als ich mich in Bonn niederließ, steckte ich einen Großteil der jährlichen Zinsen in den Kauf eines Wagens. Es war ein ziemlich alter BMW, das kleinste BMW-Modell, das es gab, aber das Auto fuhr wie geschmiert und es gefiel mir. Auf seine Weise hatte Hugo für mich gesorgt.

Ich war leicht beschämt von Jays Loyalität und tief berührt von seiner Liebe für diesen Vater, der ihm so wenig gegeben hatte. Und zum erstenmal ignorierte ich die kleine Stimme in mir, die mich immer warnte, wenn ich versucht war, irgend etwas Dummes zu tun.

4

Ich wandte mich um. Jay stand mitten im Raum, mit gesenktem Kopf pfiff er leise und unmelodisch vor sich hin.

»Jay?« Er blickte zu mir auf. Es war ein wachsamer Blick. »Ich werde mit dir nach Sizilien gehen.«

»Wirklich?« Seine Stimme klang gepreßt, als könnte er es nicht ganz glauben.

Ich nickte. »Wir können noch heute abend aufbrechen. Aber ich muß nachmittags noch arbeiten. In der Zwischenzeit legst du dich in mein Bett und schläfst ein bißchen. Oder nimm ein Bad. Frau Gottschalk war sich sicher, du müßtest dich nach einem sehnen.«

Nur das plötzliche Funkeln in seinen lebhaften blauen Augen verriet etwas von seinen Gefühlen. Ich fragte mich, wer ihm beigebracht hatte, sie so gut zu verstecken. Er bückte sich nach seinem Rucksack und begann die paar Habseligkeiten, die er auf der Suche nach Hugos Brief auf dem Boden verstreut hatte, wieder zurückzustopfen.

Bevor ich die Wohnung verließ, rief ich bei der Lufthansa an, um meinen Flug nach Madrid zu canceln. Ich wies Jay an, nicht ans Telefon zu gehen und auch nicht die Tür zu öffnen, »um Erklärungen zu vermeiden. Wenn ich dich erreichen will, lasse ich es zweimal klingeln, hänge auf und versuche es gleich noch mal. Okay?« Er nickte und akzeptierte es ohne Widerrede; seine Abenteuer in den letzten zwei Tagen mußten ihn gewisse Dinge gelehrt haben. Dinge, die ich gerade anfing, zu lernen. »Bedien dich, wenn du noch hungrig bist. Die Schweinekoteletts im Kühlschrank sind fürs Abendessen gedacht.« Ich gab ihm einige Münzen für den Trockner im Keller, wo er seine nassen Kleider auf Vordermann bringen konnte. »Dann bis fünf.«

Ich griff nach Mantel und Schirm. Als ich die Tür öffnete, hielt er mich kurz zurück: »Alison?«

»Ja?«

»Danke.«

Ich lächelte. »Dafür ist es noch zu früh.«

Auf dem Weg zurück zur Arbeit machte ich kurz Zwischenstation bei einem Reisebüro in der Nähe der Botschaft, um mich nach der frühestmöglichen Fährverbindung nach Palermo zu erkundigen. Jay und ich würden in Sizilien ein Auto brauchen, aber ich konnte mir nicht die Kosten für zwei Flugtickets, zwei Hotelzimmer, die Mahlzeiten und einen Mietwagen leisten. Wir würden den BMW nehmen müssen. Es würde einen Tag länger dauern, bis wir unten wären, aber die Zeit könnte ich dazu nutzen, um Jay ein wenig besser kennenzulernen und über Hugo nachzudenken. Später sollte ich erkennen, daß es reine Verzögerungstaktik war, aber im Moment schien es einfach vernünftig.

Die Frau im Reisebüro, eine junge Französin, ging den Fahrplan durch und meinte schließlich: »Morgen nachmittag um drei Uhr geht eine Fähre von Genua ab. Sie kommt am nächsten Tag, um zwölf Uhr mittags, in Palermo an. Werden Sie das schaffen?«

Es bedeutete, daß ich die Nacht würde durchfahren müssen, aber ich nickte und bat sie, die Passage zu buchen und uns zusätzlich Hotelzimmer für die erste Nacht auf Sizilien zu reservieren. Danach würden wir weitersehen.

»Wo wollen Sie übernachten?«

Ich dachte an die Stadt in der Nähe von Castell'alto, die Hugo in seinem Brief erwähnt hatte; wir könnten sie als Ausgangspunkt für unsere Suche benutzen. »An einen Ort namens Erice. Falls es dort ein Hotel gibt.«

Die Frau erklärte mir, daß Erice so etwas wie eine Touristenattraktion sei, eine Küstenstadt, die auf einer Bergspitze thronte, und fügte trocken hinzu, daß sie den seltsamen Ruf habe, die sauberste Stadt Siziliens zu sein. »Unsere deutschen Kunden wissen über diese Dinge gerne Bescheid«, sagte sie mit einem Grinsen. Sie buchte zwei Einzelzimmer im Hotel Ginestra, einem relativ preiswerten Hotel, das einen Stern für seine Aussicht hatte.

Zurück in der Arbeit telefonierte ich mit der italienischen Botschaft. Mein Gesprächspartner war freundlich, mußte mich aber nach einem Blick in seine Unterlagen enttäuschen; er konnte kein Dorf namens Castell'alto in Sizilien finden. Ich bedankte mich bei ihm und legte auf. Ich war bereits frustriert von der Aussicht, wahrscheinlich hoffnunglos im Trüben zu fischen, während ich in Spanien hätte Urlaub machen können.

Luke ließ sich den ganzen Nachmittag über nicht im Büro blicken. Irgendwann ging ich nach unten, um mich mit einer der politischen Beamtinnen über ein paar Statistiken zu unterhalten, die sie angefordert hatte; als ich zurück an meinen

Schreibtisch kam, sagte mir eine meiner Kolleginnen, Luke wäre da gewesen und hätte nach mir gefragt. Er hatte keine Nachricht hinterlassen, und als ich sein Büro betrat, war er schon wieder weg.

Ich arbeitete schnell, legte den erledigten Stapel auf Miss Sheras Schreibtisch und machte mich aus dem Staub, bevor sie mir einen neuen Packen präsentieren konnte. Lukes Büro stand immer noch leer, also hinterließ ich ihm eine Nachricht, in der ich ihm erklärte, ich könne doch nicht mit ihm essen gehen. Es wäre etwas dazwischengekommen. Ich hoffe, er habe einen schönen Urlaub, mein Pfand würde ich einfordern, wenn ich wieder zurück wäre. »P.S.«, fügte ich unten auf der Seite noch hinzu: »Wußtest du, daß deutsche Krieger im Mittelalter ihre Leidenschaft gewöhnlich dadurch demonstrierten, indem sie einen Dolch quer über ihre Stirn zogen, das Blut in ihr Bier fließen ließen und es austranken, während sie gleichzeitig einen Toast auf ihre Geliebte aussprachen?«

Kurz nach vier verließ ich die Botschaft. Als ich zurück in die Wohnung kam, war Jay in der Küche gerade am Kartoffelschälen.

»Was hat das zu bedeuten?«

Er lächelte schüchtern. »Abendessen. Meine Mutter haßt die Kocherei, also habe ich es gelernt. Magst du Kartoffelbrei zu den Schweinskoteletts? Ich könnte auch einen Salat machen…«

»Du bist eingestellt.« Selbständig und hilfsbereit – eine nette Kombination für einen Bruder. »Irgendwelche Anrufe?«

»Kurz bevor du kamst, hat das Telefon geklingelt. Ich bin nicht rangegangen.«

»Gut. Ich steige jetzt unter die Dusche, und dann helfe ich dir beim Abendessen.«

Als ich aus der Dusche kam, konnte ich bereits die Schweinekoteletts in der Bratpfanne riechen. Ich zog mich an und ging in die Küche, während ich die nassen Haarspitzen trokkenrieb. Ich bedankte mich gerade bei Jay für die Kocherei, da klingelte das Telefon.

»Alison?« Es war Bernd Renner.

Die Verbindung war schlecht. Seine Stimme klang distanziert. Zu reserviert, um irgendein Gefühl aufkommen zu lassen außer Bestürzung. Es war eine Sache, die ich seltsam beruhigend fand, sagte sie mir doch, daß diese Affäre wirklich und wahrhaftig vorüber war. Es bereitete mir keine Mühe, meiner eigenen Stimme einen neutralen Ton zu verleihen.

»Hallo, Bernd. Von wo aus rufst du an?«

»Aus Berlin. Ich habe gerade die Nachricht über deinen Vater gehört.«

Bernd verschwendete nie viel Zeit mit Diplomatie; er kam immer direkt zum Kern der Sache, und zumindest dafür war ich ihm jetzt dankbar. Aber ich war überrascht, daß er über Hugos Verschwinden Bescheid wußte. Es war kein Thema für die deutschen Nachrichten, und Bernd war der letzte, der AFN gehört hätte.

»Wie hast du davon erfahren?«

Als er antwortete, hatte seine Stimme den vertraut ausweichenden Tonfall angenommen, der verhieß, daß Fragen zwecklos waren. Wenn man nachhakte, würde er nur lügen. »Jemand hat es mir erzählt, ein Kollege.« Bernds »Kollegen« waren Legion und nicht allein auf seine Arbeit beschränkt, unter ihnen befand sich ein wildes Sortiment aus Radikalen, Linken und Unzufriedenen, die ihn mit allen Arten von Informationen versorgten; es war eine Bezeichnung, die auf eine Vielzahl von Sündern passen konnte.

»Ich frage mich, wie dein Kollege darauf gekommen ist, daß diese Nachricht für dich interessant sein könnte?«

Aber er ging nicht weiter darauf ein. »Hat dein Vater mit dir Kontakt aufgenommen?«

»Warum?«

»Weil es gescheiter wäre, sich von ihm fernzuhalten. Falls er mit dir Kontakt aufnehmen sollte.«

Es war die zweite Warnung dieser Art, die man mir an diesem Tag zukommen ließ. »Was meinst du damit, sich gescheiter von ihm fernzuhalten?«

»Sicherer«, sagte er knapp. »Er ist im Moment bei bestimmten Elementen nicht gerade ein populärer Mann. Ich habe gewisse Dinge gehört.«

»Red nicht drumrum, Bernd. Was für Elemente? Einige deiner Studenten, arabische Freunde, wer? Und welche Art von Dingen?«

Eine kurze Pause folgte, dann sagte er: »Es gibt Gerüchte, wonach Gaddhaffi ihn tot sehen will. Ich gebe dir das als ... als Freund weiter.« Seine Stimme senkte sich, so daß ich mich anstrengen mußte, um ihn zu verstehen. »Das zumindest können wir bleiben, nicht wahr?«

»Das glaube ich nicht. Freunde vertrauen einander.«

Dieses Mal dauerte das Schweigen länger, und schließlich war ich diejenige, die es brach. »Hör zu, Bernd, ich habe keine Ahnung, wo Hugo sich aufhält, und ich erwarte auch nicht, daß er mit mir Kontakt aufnehmen wird. Danke für die Warnung, aber solange du nicht etwas konkreter wirst, hilft sie mir wenig.«

»Ich habe dir alles gesagt, was ich weiß. Ich denke, du solltest das Ganze ernst nehmen, aber es ist natürlich deine Sache... Du hast es nie gemocht, wenn ich dir gesagt habe, was du denken sollst.« Es lag eine Spur Humor in seiner Stimme, der bei seinen nächsten Worten verschwand. »Sei vorsichtig, Alison.«

Verärgert versuchte ich es erneut. »Warum sollte...« Aber es war schon zu spät, er hatte aufgelegt.

Ich legte den Hörer auf die Gabel, eher wütend als verängstigt. Ich glaubte, daß Bernd mich wirklich hatte warnen wollen, aber ich wußte auch, wie sehr er den Telefonanruf genossen haben mußte, mit all diesen Hinweisen auf eine drohende Gefahr, geheimes Wissen, eine verlorene Liebe; es hatte seinen Sinn für Dramatik in mannigfaltiger Weise befriedigt. Um Bernd gegenüber fair zu sein, gestand ich mir ebenfalls ein, daß es genau diese theatralische Art war, die mich anfangs so zu ihm hingezogen hatte. Dennoch wußte ich auch, daß ich Bernds Worte nicht einfach so abtun sollte – Bernds Informationen waren oft zutreffend. Der Anflug von Besorgnis um Hugos Sicherheit kehrte zurück. Ich wünschte, ich hätte Bernd nie von Hugo erzählt.

Als ich zurück in die Küche ging, war Jay gerade beim Tomaten schneiden, auf seinem Gesicht lag ein desinteressierter Ausdruck. Ich war immer noch am Überlegen, wieviel ich ihm sagen sollte; ich wollte ihn nicht erschrecken, aber was Bernd mir erzählt hatte, schien seine Vermutungen zu bestätigen.

Ich gesellte mich zu Jay an die Küchentheke und zerpflückte einen Kopf Salat. »Das war ein alter Freund, der Politische Wissenschaften an der Universität Berlin lehrt. Er macht auch Fernsehen. Wann immer sie jemanden brauchen, der einen etwas exotischeren Standpunkt vertritt, rufen sie Bernd an. Er ist ziemlich links und absolut anti-amerikanisch eingestellt. Also war unsere Freundschaft naturgemäß zum Scheitern verurteilt. Ich denke mal, es hat überhaupt nur deshalb so lange gedauert, weil er gehofft hat, ich würde doch noch dieselbe Einstellung entwickeln wie er.« Ich streute Basilikum auf den Salat. »Wie magst du den Salat? Mit Essig und Öl?«

»Gerne.« Er ließ die Tomaten in die Salatschüssel fallen. »Wie hast du das gerade gemeint, dieselbe Einstellung wie Hugo?«

»Nun ja, pro-arabisch vor allem.«

»Aber Hugo haßte diesen ganzen politischen Kram.«

»Dann muß er sich geändert haben.« Ich warf Jay einen Seitenblick zu. »Für Gaddhaffi so lange zu arbeiten, ist eine recht eindeutige politische Stellungnahme, meinst du nicht?«

Seine Augen waren weiter auf die Arbeit gerichtet, mechanisch zerhackte er eine Salatgurke. »Möglicherweise. Wenn er eine Wahl hatte. Aber selbst wenn, hat er jetzt seine Meinung geändert.«

»Nun ja, vielleicht hast du recht. Bernd glaubt auch, daß Hugo in Gefahr ist – daß Gaddhaffi hinter ihm her ist.« Bei diesen Worten schaute Jay auf, sein Messer hing einen Moment lang unbeweglich über der Salatgurke. »Darum hat er angerufen – um mich zu warnen.« Ich erzählte ihm, was Bernd gesagt hatte, und erklärte ihm, so gut ich konnte, wie Bernd vermutlich an seine Informationen gekommen war. »Weißt du, Jay, vielleicht wäre es wirklich besser, noch etwas zu warten...«

Aber er ließ mich gar nicht zu Ende sprechen. »Das meinst du doch nicht im Ernst.« Seine Gesicht war gerötet, gequält. »Wir *müssen* gehen...«

Ich legte meine Hand auf seinen Arm. »Okay, in Ordnung. In Ordnung.« Ich drehte mich um und ging zum Herd, um ihm Zeit zu lassen, die Tränen zu trocknen, die ich in seinen Augen gesehen hatte.

Wir nahmen schnell unsere Mahlzeit ein, und während Jay ungefragt den Abwasch übernahm, füllte ich eine große Thermoskanne mit Kaffee und packte ein paar Brote zusammen. Dann ging ich nach unten, um den Wagen startklar zu machen.

Der BMW parkte auf der Straße, genau vor dem Haus, Richtung hügelabwärts. Die Straße schien menschenleer wie immer, die Gartentüren waren verschlossen, die ordentlich getrimmten Hecken reihten sich nahtlos daran. Es waren bürgerliche Einfamilienhäuser, eine Nachbarschaft, die dieselbe vornehme Verschlossenheit teilte, dasselbe Gefühl einer unsichtbaren Vorsicht. Obwohl es sich hier eher um eine Wachsamkeit der Rolläden handelte, bei der es darum ging, ob das Unkraut des Nachbarn gezupft war, und weniger um Spionage. Aber nachdem ich den Picknickkorb und meine Reisetasche in den Kofferraum des Wagens gepackt hatte, bemerkte ich einen Mann unter den großen Ästen einer Linde weiter oben auf der Straße stehen, einen halben Block weiter, wo die Straße in eine andere mündete, die am Berg entlangführte. Er war damit beschäftigt, Zeitung zu lesen. Es kam mir ungewöhnlich vor, daß jemand auf die Idee kommen sollte, im Regen Zeitung zu lesen, aber wahrscheinlich wartete er auf jemanden. Dennoch stellte ich, die Einbrüche im Hinterkopf, die Alarmanlage meines Wagens an, bevor ich wieder nach drinnen ging.

Jay stand mit dem Rücken zur Tür und betrachtete etwas, als ich in die Wohnung kam. Er hatte seine Windjacke an, die mittlerweile trocken, aber immer noch unansehnlich war, sein

Rucksack hing ihm über der Schulter. Er drehte sich um, als er meine Schritte hörte. In den Händen hielt er ein Fotoalbum.

»Ich hoffe, es stört dich nicht«, sagte er und errötete leicht. »Ich habe nach einem Buch zum Mitnehmen geschaut und dann dies hier gefunden. Ich wollte nicht neugierig sein.«

»Du kannst es dir gerne anschauen, aber ich warne dich, meine Fotos sind dafür bekannt, jeden Raum innerhalb von fünf Minuten zu entvölkern.«

Ich lachte ein wenig reuevoll. Zu viele Bäume, hatte eine Freundin einmal gesagt, nachdem sie die Hälfte meiner Fotos über eine Wandertour im Schwarzwald durchgegangen war – und sie war eine Deutsche. Als Luke, der wundervolle Fotos machte, einige meiner Schnapschüsse gesehen hatte, bot er mir sofort an, Nachhilfeunterricht zu geben.

Als Jay das Album schloß, fiel eine Fotografie heraus und flatterte mit dem Bild nach unten auf den Boden. Er bückte sich, um sie aufzuheben, drehte sie um und pfiff dann gespielt weltmännisch durch die Zähne. »Wer ist das?« fragte er mich, während er mir das Foto reichte.

Es war ein altes Schwarzweißfoto, das einmal in Stücke gerissen worden war; die Stücke wurden nun durch gelbes Klebeband zusammengehalten. Darauf zu sehen war eine junge Frau, die in einem Garten stand. Die Hände in die Hüften gestemmt, posierte sie für die Kamera ein wenig als Vamp; sie wirkte selbstbewußt, zufrieden mit sich und dem Leben. Sie war groß, und trotz des unscharfen Fotos konnte man erkennen, daß sie sichtlich schön war im Stil der fünfziger Jahre – mit vollen Wangen, dunklen Haaren, einem Pferdeschwanz und einer Menge dunklem Lippenstift. Sie trug eine Bluse, einen eng anliegenden Rock und einen breiten Gürtel, der ihre schmale Taille betonte und die Fülle ihrer Brüste hervorhob. Was durch das Auge der Kamera unmißverständlich sichtbar wurde und Jay zum Pfeifen veranlaßt hatte, war eine Sinnlichkeit, die Söckchen und streng gekräuselte Ponyfransen Lügen strafte, und eine Vitalität, die dem Betrachter unmittelbar ins Auge sprang.

Das Bild hatte in einer Schuhschachtel voller Fotos gelegen, die ich gefunden hatte, als ich nach dem Tod meiner Tante und meines Onkels deren Sachen durchgegangen war. Es lag verkehrt herum, so daß ich zuerst den Namen meiner Mutter las, Amelia, geschrieben in der ordentlichen Schrift meiner Tante, und das Datum, 1958. Damals war sie achtzehn gewesen. Ich war versucht, es so liegen zu lassen, unberührt, aber ich hatte nie ein Bild von meiner Mutter gesehen, und die Neugier war stärker als jede Furcht vor dem, was ich finden könnte. Meine Mutter war das schwarze Schaf der Familie – schwanger und ledig, hatte sie zunächst ein nicht unbedeutendes Stipendium ausgeschlagen, um das Baby zu bekommen, und es dann anderen überlassen. Welche Fotografien es auch immer gegeben haben mochte, sie waren nicht mehr da.

Als ich ihr Gesicht sah, riß ich das Bild in Fetzen und warf die Stücke zurück in die Schuhschachtel. Später in dieser Nacht stieg ich aus dem Bett und holte mir die Schuhschachtel aus der hintersten Ecke des Wandschranks zurück, wo ich sie hinbefördert hatte; sorgfältig setzte ich die Stücke wieder zusammen. Ich steckte das Bild in mein Album, wo ich es mir von Zeit zu Zeit ansah, ohne jemals wieder diesen ersten instinktiven Anfall von Ablehnung zu verspüren. Aber ich mochte die Frau auf dem Foto nicht.

»Das war meine Mutter.« Ich legte das Foto wieder vorne in das Album zurück. »Hast du alles?«

»Alles da drin.« Er zeigte auf seinen Rucksack.

»Gut. Laß mich nur noch mal kurz in alle Ecken schauen, und dann los.«

Jay hatte sich offensichtlich schon auf den Weg nach unten gemacht, während ich noch schnell nachsah, ob ich auch nichts vergessen hatte, denn als ich aus dem Schlafzimmer kam, stand die Wohnungstür offen und er war nirgendwo zu sehen. Ich zog meinen Mantel an und wollte gerade gehen, als ich bemerkte, daß das Eßzimmerfenster nur angelehnt war. Als ich es zumachte und verriegelte, schaute ich hinunter auf die Straße. Jay stand neben dem Wagen, seine Hand ruhte auf der Fahrertür; es war natürlich abgeschlossen. Jemand kam die Straße herunter auf ihn zu. Es war derselbe Mann, der die Zeitung unter dem Lindenbaum gelesen hatte, aber nun lag die Zeitung gefaltet über seinem Arm und der Arm war in einer seltsamen Position gegen den Bauch gepreßt. Weiter oben in der Sackgasse bewegte sich ein grauer Opel langsam in Jays Richtung. Im selben Moment, in dem ich all diese Dinge registrierte, verspürte ich auch einen ersten Anflug von Beklommenheit. Jay wandte sich der hinteren Tür zu. Ich mußte vergessen haben, sie abzuschließen, denn sie ließ sich öffnen – und das gespenstische Heulen der Alarmanlage brach los.

Wie in einem Standbild beim Fernsehen gab es einen Moment, in dem der Mann, der Opel und Jay wie eingefroren wirkten. Dann schlug Jay die Autotür zu. Der Alarm gab weiterhin sein monotones Heulen von sich, der Mann mit der Zeitung schritt zügig von dannen, und der Opel nahm Fahrt auf. Plötzlich fröstelte es mich. Ich drehte mich um und rannte aus der Wohnung. Es hatte keinen Zweck, nach Jay zu rufen; er hätte mich unmöglich hören können.

Auf der Treppe vermeinte ich, wie ein Echo auf den Alarm, eine weitere Sirene zu hören, und als ich endlich auf die Straße trat, hielt gerade ein Polizeiwagen vor dem BMW. Zu meiner Erleichterung war Jay noch da. Ich schaute mich nach dem Opel und dem Mann mit der Zeitung um, aber sie waren verschwunden.

Offensichtlich unsicher, ob er zu mir herüberkommen oder auf den Polizisten warten sollte, befand Jay sich auf halbem Wege zwischen Wohnanlage und Auto. Er grinste vor Erleichterung, als er mich sah. Ich stellte den Alarm ab – die plötzliche Stille war so wohltuend, als wenn ein Schmerz sich legt – und kümmerte mich dann um den Polizisten, der überrascht wirkte, aber auch etwas beschwichtigt, als ich ihn mit warmen Dankesbezeugungen wegen seiner prompten Reaktion überschüttete. Nur in Deutschland, so dachte ich dankbar, war es möglich, daß er sich allein aufgrund einer Autoalarms in Marsch gesetzt hatte. Ich zeigte ihm meine Papiere, erklärte ihm, es sei alles mein Fehler gewesen, ich hätte vergessen, die hintere Tür zu verriegeln, und entschuldigte mich. Schließlich fuhr er davon, nicht ohne Jay und mir davor noch eine kurze Rede über die Gefährlichkeit von Fehlalarmen gehalten zu haben.

»Tut mir leid…«, setzte Jay an.

»Muß es dir nicht. Auf diese Weise haben meine Nachbarn was zu sehen bekommen. Seit das Haus da unten vor vier Monaten abgebrannt ist, haben sie nichts Vergleichbares mehr erlebt.«

Ich ging nicht weiter darauf ein, daß ihm der falsche Alarm möglicherweise das Leben gerettet hatte, und erwähnte auch den Mann und den Opel nicht. Vielleicht gab es eine harmlose Erklärung für all die Dinge, die ich gesehen hatte, vielleicht auch nicht – aber es bestand keine Veranlassung, Jay mit vagen Möglichkeiten zu erschrecken, wenn die Realität schon erschreckend genug war.

Als wir losfuhren, schoß es mir plötzlich durch den Kopf: Angenommen, die Männer waren hinter Jay her gewesen, wie konnten sie dann wissen, daß er sich bei mir aufhielt? Und wenn sie das nicht wußten, konnte das nur eines bedeuten – daß sie hinter mir her waren.

5

Ich nahm einen Schleichweg zur Autobahn und benutzte ruhige Nebenstraßen, wo ich es bemerkt hätte, wenn uns ein grauer Opel gefolgt wäre. Ich fuhr schnell und mit dem Rückspiegel im Blick, aber da war kein Opel, und niemand klebte lange genug hinter uns, daß es mich beunruhigt hätte. Jay brütete über einer Karte von Sizilien, die auf seinem Schoß lag, und versuchte Castell'alto zu finden. Ich hoffte, er würde meine Nervosität auf den Feierabendverkehr zurückführen; der deutsche Autofahrer auf dem Weg zum Abendessen sei eine Macht, die ich zu respektieren gelernt hätte, meinte ich zu ihm.

Ich fragte mich, ob die minimale Chance, Hugo in Sizilien aufzustöbern, im richtigen Verhältnis stand zu der Gefahr, in die wir uns offensichtlich begaben. Aber Jay war entschlossen zu gehen, ob ich nun mitkam oder nicht – das hatte er unmißverständlich klar gemacht –, und ich konnte ihn nicht alleine fahren lassen. Jeder dachte, ich wäre in Urlaub; wenn also irgendwer nach mir fragen sollte, würde man ihm sagen, ich wäre in Spanien. Das war ein gewisser Trost, aber kein großer.

Als wir es sicher auf die A 61 geschafft hatten, schaute Jay von der Landkarte hoch. »Macht's dir was aus, wenn ich das Radio andrehe? Es dürften gleich Nachrichten kommen.«

»Nur zu. Das Radio ist auf AFN eingestellt. Falls es irgendwas Neues über Hugo gibt, werden Sie es melden.«

Gaddhaffi drohte Italien mit weiteren Angriffen, falls der amerikanische Militärposten auf der kleinen Insel Lampedusa, der unweit der sizilianischen Küste lag, nicht geräumt werden würde – aber nichts über Hugo, nicht einmal die Meldung vom Morgen wurde wiederholt.

»Also ist Hugo immer noch in Sizilien?« fragte Jay.

»*Chi lo sa?*«

»Was heißt das?«

»Wer weiß? Ich meine, es bedeutet ›wer weiß‹. Sprichst du etwas Italienisch?«

Jay schüttelte den Kopf. »Nicht wirklich. Und du?«

»Genug, um damit durchzukommen. Wie wolltest du dich ohne Sprachkenntnisse in Sizilien zurechtfinden?«

»Darüber habe ich nicht nachgedacht. Hugo hat immer gesagt, wenn du zuviel über eine Sache nachdenkst, wirst du sie nie in Angriff nehmen.«

»Aha. Das erklärt, warum er uns nie geschrieben hat. Er hat statt dessen die ganze Zeit darüber nachgedacht.« Es sollte amüsiert klingen, aber so kam es nicht heraus.

Jay drehte sich zur Seite und starrte aus dem Fenster. Auf den Feldern stand das Wasser. Hier und da kam leichter Dunst auf und verschmolz mit dem Zwielicht. Schließlich fragte er mit verwirrter Stimme: »Magst du ihn nicht, Alison?«

Ein schwerer Laster donnerte vorbei und wirbelte Wassermassen hoch, die mir die Sicht versperrten. Ich wartete mit meiner Antwort, bis der LKW vorbei war. »Als ich klein war, war Hugo für mich Sindbad und Odysseus in einem. Jemand Magisches und Mysteriöses, der Abenteuer in fernen Ländern zu bestehen hatte und Schätze mit nach Hause brachte, kein Vater, der einem bei den Hausaufgaben hilft und hinterher mit dir zu McDonalds geht.« Ich warf Jay einen Seitenblick zu. »Man kann eine Märchenfigur nicht einfach mögen oder nicht mögen.«

In dieser Antwort erkannte ich meine eigenen Ausflüchte und Halbwahrheiten wieder, die ich wie eine Duftspur ausgelegt hatte, um jeden außer mir selbst in die Irre zu führen. Diese Art, mit Fragen umzugehen, die ich nicht beantworten wollte, hatte ich mir zugelegt, als ich schließlich begriffen hatte, daß mein Vater genausowenig magisch wie väterlich war. Er schlüpfte immer eine Weile in die Rolle des Daddy, um dann wieder in der Versenkung zu verschwinden, wenn es ihm zu langweilig wurde, und ich blieb zurück, mit meinen Träumen und einem Kopf voller Geschichten. Als ich älter wurde, schmerzten diese plötzlichen Übergänge vom Märchenhaften zur Realität zu sehr; als eine Art Selbstschutz sah ich ihn fortan mit dem kritischen, erbarmungslosen Auge der Jugend. Er mußte die Veränderung gespürt haben, und vielleicht schwächte das, in Kombination mit dem schwierigen Alter, seinen Enthusiasmus für diese plötzlichen Einbrüche in mein Leben ab, denn während meiner Pubertät sah ich ihn kaum. Erst als ich aufs College ging, interessierte er sich wieder für mich; vorsichtig begannen wir uns wieder aufeinander zu zu bewegen.

Aber wer er wirklich war, wußte ich nicht.

Jay sagte nichts, und ich nahm einen erneuten Anlauf. »Du bist hier, weil du weißt, was du für ihn empfindest. Ich bin hier, weil ich das nicht weiß. Ich wußte es nie. Es ist nicht so sehr, daß ich Hugo nicht mag, sondern eher so, daß ich ihn einfach nicht kenne.« Um das Thema zu wechseln, fing ich an, das Lied im Radio mitzusingen. »Wir verlieren den Sender«, sagte ich. »Im Handschuhfach liegen ein paar Kassetten. Warum suchst du dir nicht eine aus?«

Er entschied sich für eine Elton-John-Kassette, die mir eine Freundin geschenkt hatte. Es war ein Album von einer seiner USA-Tourneen. Ich war ein Fan von ihm, hatte diese spezielle Kassette aber nie gehört; ich dachte, sie wäre verloren gegangen oder ich hätte sie weiterverschenkt. Elton Johns Stimme schraubte sich in den Wagen, und mit ihr die Erinnerung, die mir den Genuß verdarb.

Es war vor sieben Jahren gewesen. Hugo und ich saßen in diesem Club in New York. Wir hatten ein relativ gemütliches, beinahe herzliches gemeinsames Abendessen hinter uns gebracht und nahmen gerade den Kaffee in der Clubbibliothek zu uns, als eine gut gekleidete, sehr blonde, sehr elegante Frau den Raum betrat. Sie besaß eine leicht ausgezehrte Schönheit, den gertenschlanken, hochgewachsenen Körper, an dem die Kleider wie maßgeschneidert wirken, der aber immer ein wenig unterernährt aussieht, und sie schritt dahin mit der Grazie eines Models, ein Fuß direkt vor den anderen. Als sie Hugo bemerkte, der in einer Ecke mit dem Rücken zur Tür saß, kam sie herüber und legte ihre Hand leicht auf seine Schulter. Es lag eine gewisse besitzergreifende Vertraulichkeit in dieser Geste, die selbst ich nicht übersehen konnte. Ich vermutete, daß sie eine von Hugos Groupies war, wie ich die Frauen, die sich um ihn scharten, nannte.

»Jessica!« Während er aufstand, um sie zu begrüßen, nahm Hugos Gesicht den weltmännischen, charmanten, ein ganz klein wenig vorsichtigen Ausdruck an, den er manchmal bei Frauen an den Tag legte und der mir einiges sagte. Was immer sie ihm bedeutet haben mochte, es war vorbei. Dennoch schien er erfreut, sie zu sehen, und nachdem er mich vorgestellt hatte, lud er sie ein, sich zu uns zu setzen. Sie hatte die Wahl zwischen zwei Stühlen, aber der neben Hugo war gnadenlos grell angeleuchtet, und so entschied sie sich für den Stuhl neben mir. Aus der Nähe schien ihre Schönheit maskenhaft und zerbrechlich, wie gelackt, und sie bewegte sich, als fürchte sie, bei der geringsten spontanen Geste auseinanderzufallen. Sie war ein Jahrzehnt älter, als ich zunächst vermutet hatte, eher fünfzig als vierzig.

»Ich bin froh zu hören, daß dies Alison ist, Darling. Ich muß zugeben, ich hatte mich schon gewundert. Aber die jungen Dinger waren ja nie dein Stil.« Sie strich den Rock über ihren Beinen glatt, die lang und wunderschön waren und sorgfältig übereinandergeschlagen, so daß beide Tatsachen weidlich zur Geltung kamen. Ich mochte die Art, wie sie mit Hugo redete, nicht. Als ob sie vertrauter mit ihm wäre als ich, und ich mochte es nicht, jünger als meine neunzehn Jahre gemacht zu werden. Warum auch immer, die Abneigung beruhte jedenfalls auf Gegenseitigkeit.

Ein Ober kam an den Tisch. Hugo fragte uns, was wir wollten. Ein Cognac, entgegnete Jessica. Für mich dasselbe, meinte ich. Halb erwartete ich, daß Hugo protestieren würde. Aber er gab nur die Bestellung auf. Dann saß ich schweigend da und nippte an meinem Cognac, den ich eigentlich überhaupt nicht wollte, und sah zu, wie Hugo mit Jessica redete. Hugo verhielt sich nie sehr väterlich, aber er war vollkommen anders, wenn wir unter uns waren; es war, als ob er mir zuliebe seine extremeren Persönlichkeitszüge unterdrückte, seinen spielerischen sinnlichen Charme und seinen Sinn für Ironie. Also war es immer so etwas wie ein Schock für mich, wenn er voll aufdrehte und diese Seite seines Charakters ungebremst zeigte, wie er es jetzt bei Jessica tat. Sie genoß es sichtlich, flirtete zurück, schäkerte mit ihm, schmeichelte ihm, tat all die Dinge, die ich so unmöglich fand.

Schließlich wandte sich Jessica an mich. Vielleicht spürte sie, daß sie mich vernachlässigten. Ermutigt durch die ein oder andere Frage nach meinen Studien und verzweifelt darum bemüht, kultivierter zu erscheinen, als ich war, begann ich zu reden. Beide hörten mir zunächst höflich zu, aber dann sah ich, wie Jessica Hugo zulächelte. Dieses Lächeln holte mich wieder auf den Boden der Tatsachen zurück, und ich brach in verlegenes Schweigen aus. Mir war kläglich zumute. Gerade hatte ich unter dem Einfluß des Cognac und auf der Basis eines Einführungskurses in Archäologie geschlagene fünf Minuten damit zugebracht, in aller Ausführlichkeit darzulegen, was Schliemann in Troja falsch gemacht hatte. Einem Archäologen!

Möglicherweise hatte Hugo Mitleid mit mir, denn in das Schweigen hinein erklärte er, er habe Tickets für ein Konzert an diesem Abend. Undankbar, wie ich war, nahm ich an, es würde sich dabei um ein klassisches Konzert handeln; Hugo nahm für sich in Anspruch, am besten denken zu können, wenn Mozart gespielt wurde. Statt dessen holte er zu meiner Überraschung zwei Tickets für ein ausverkauftes Elton-John-Konzert heraus. Hugo meinte, ich hätte einmal in einem Brief erwähnt, ich würde ihn mögen.

Ich war gerührt, daß er sich daran erinnerte, und erstaunt, daß er tatsächlich Tickets gekauft hatte und gewillt war, mit mir dorthin zu gehen, und ich suchte nach Worten, um ihm das zu sagen. Aber auf meinem Gesicht muß wohl mehr Erstaunen als Freude gelegen haben, und die kleine Pause erwies sich als fatal. Hugo muß geglaubt haben, daß ich nicht mit ihm gehen wollte, denn sein Gesicht verdüsterte sich. »Wenn du natürlich lieber mit einer Freundin hingehen willst...«, setzte er an.

Bevor ich protestieren konnte, ergriff Jessica das Wort. »Das dürfte wohl das beste sein, mein Lieber. Es erfordert heute wirklich Mut, sich die Musik anzuhören, die diese Kids lieben.« Sie schenkte uns ein kontrolliertes, kehliges Lachen.

»Verglichen mit der Musik, mit der Sie aufgewachsen sind, mag es so erscheinen«, sagte ich in meinem höflichsten Tonfall. »Obwohl der Charleston auch nicht von schlechten Eltern war, nicht wahr?« Mit neunzehn haben wir nicht viele Waffen in der Hand, um uns gegen die Erwachsenen zu wehren, aber diese wenigen können höchst effektiv sein.

Ihr Lachen kam diesmal nicht ganz so kehlig. »So baufällig bin ich nun auch wieder nicht, Alison.«

Ernst entgegnete ich: »O nein, natürlich nicht. Ich denke, Sie haben sich für Ihr Alter gut gehalten.«

Hugo hatte dem ersten Teil dieses Schlagabtauschs amüsiert gelauscht, aber von meiner letzten Retourkutsche war er nicht begeistert. Absichtliche Grobheit konnte er nicht leiden – es sei denn natürlich, er wäre derjenige welcher. Gefährlich ruhig sagte er: »Jessica hat recht. Du solltest wirklich mit jemanden deines Alters gehen.« Bevor ich etwas erwidern konnte, wandte er sich an Jessica: »Und vielleicht sollten wir beide den Abend mit etwas verbringen, das unserem fortgeschrittenen Alter gemäßer ist.« Er legte die Tickets direkt vor mich auf den Kaffeetisch und stand auf. Ich dachte, ich hätte ein kleines Lächeln des Triumphes auf ihrem Gesicht gesehen, aber vielleicht tue ich ihr auch unrecht. Hugo hielt sich nie lange mit Abschieden auf. Ich konnte ihm gerade noch für das Abendessen danken, dann waren sie schon aus dem Raum.

Nachdem sie gegangen waren, starrte ich auf die Tickets vor mir. Schließlich nahm ich sie, ging nach draußen und bot sie dem erstbesten Pärchen in meinem Alter an, das vorbeikam. Ihre überschwenglichen Dankesbezeugungen konnten mich nicht trösten.

Hugo und ich trafen uns kurz nach diesem Abend wieder. Die Dinge zwischen uns schienen so wie immer, das heißt, nett, aber belanglos. Er fragte mich nie nach dem Konzert, und ich erzählte ihm nie, daß ich ohne ihn nicht hatte hingehen wollen.

Etwa um Mitternacht erreichten Jay und ich die Schweizer Grenze. Danach stieg die Autobahn kontinuierlich zum Sankt-Gotthard-Tunnel an; in den Tälern tief unter uns blinkten die Lichter von Dörfern und Bauernhöfen wie Sternschnuppen. Jay schlief, sein Körper war gegen die Tür gelehnt. Es war ein unruhiger Schlaf, der offenbar voller Träume war. Einmal setzte er sich abrupt auf und sah sich mit blicklosen Augen um, bevor er wieder in Schlaf sank, nachdem ich ihm leicht meine Hand auf die Schulter gelegt hatte. Ich sah die Alpen nie, obwohl ich ihre Gegenwart rechts und links von mir spürte. Die Schweiz blieb zurück wie ein Geist, blaß und konturlos. Kuhglocken drangen durch den morgendlichen Nebel, als ich anhielt, um zu tanken und mir die Beine zu vertreten.

Jay kletterte aus dem Wagen und rieb sich die Arme. Sein Gesicht war blaß, die blauen Augen unter dem zerzausten Haar blickten verwirrt. »Sind wir schon da?« fragte er und sah sich um.

»Nein. Es dauert noch Stunden.« Fröstelnd streckte ich mich und gähnte. Mir war übel von zuviel Kaffee und der langen nächtlichen Fahrt. Es nieselte immer noch.

»Schlechtes Wetter«, meinte der Mann hinter dem Tresen, als ich bezahlte. Sein vierschrötiges Gesicht war grau im fluoreszierenden Licht.

Ich gab ihm recht. Aber wir waren ja Richtung Süden unterwegs, wo es wahrscheinlich besser wäre.

Wie weit Richtung Süden?

Ganz runter nach Sizilien.

Er brummelte vor sich hin und gab mir mein Wechselgeld. »Oh, dort unten scheint immer die Sonne, wirklich.« Aus seinem Mund klang es, als wäre das eine berühmte sizilianische Unart. Als wir uns zum Gehen wandten, fielen mir am Zeitschriftenständer die Schlagzeilen einer deutschen Zeitung ins Auge: *Gaddhaffi droht mit einer neuen Welle von Terror.*

In Italien klarte sich das Wetter auf, und mit ihm meine Stimmung. Die Alpen liefen in weite Ebenen aus, durch die sich Flüsse schlängelten, an deren Ufern Pappeln standen. Östlich von uns lagen Bergdörfer, romantisch und geheimnisvoll, die einen Abstecher wert gewesen wären. Vielleicht auf der Rückfahrt, meinte ich zu Jay.

Von Zeit zu Zeit dachte ich an Luke während der langen Fahrt. Er schien mir wie eines dieser Bergdörfer zu sein: verlockend, aber momentan nicht angesagt; er war das Versprechen zukünftiger Freuden – falls ich nach meiner Rückkehr bereit war, sie zu genießen.

Als wir am Nachmittag die Autofähre in Genua erreichten, war es heiß und der Himmel wolkenlos. Ich konnte mich der Illusion hingeben, daß ich nichts als Urlaub machte. Erschöpft, wie ich war, und abgeneigt, über den wahren Grund der Reise nachzudenken, ging ich direkt in unsere Kabine und schlief bis zum Abendessen, während Jay das Schiff erkundete.

Nach dem Essen begaben wir uns in die verrauchte, schäbige Lounge, wo Jay und die meisten der männlichen Anwesenden ein Fußballspiel im Fernsehen verfolgten, während ich in den Reiseführern schmökerte, die ich mir in aller Eile gekauft hatte, bevor wir losgefahren waren. Es war keine Zeit geblieben, eine große Auswahl zu treffen – also hatte ich nach allem gegriffen, was mir unter die Finger kam, dazu eine Straßenkarte und ein Buch mit Redensarten, um mein Italienisch aufzubessern.

Was ich über Sizilien wußte, unterschied sich in nichts vom gewöhnlichen Touristen – seinen Ruf als Brutstätte der Mafia –, aber beim Lesen erfuhr ich, daß sich einige der schönsten griechischen Tempel überhaupt nicht in Griechenland befanden, sondern in Sizilien. Es gab arabisch-normannische Kathedralen, byzantinische Mosaike und genug Geschichte und Geschichten, um den romantischsten aller Touristen zufriedenzustellen – und genug Räuberpistolen, um den furchtsamen einen gehörigen Schrecken einzujagen.

»Wußtest du, daß noch bis vor wenigen Jahren Banditen in den Höhlen um Palermo hausten?« fragte ich Jay.

»Die würde ich gerne sehen«, erwiderte er, »die Höhlen, meine ich.«

»Warum?«

»Ich bin Höhlenforscher.« Er sagte es schüchtern, fast entschuldigend.

»Dann kannst du nicht mit mir verwandt sein. Nicht, wenn es dir wirklich Spaß macht, düstere Ecken zu erkunden, in denen es vor Fledermäusen nur so wimmelt.«

Er lächelte. »Fledermäuse sind gar nicht so übel, wenn man Sie mal besser kennt. Du könntest dich auch an Höhlen gewöhnen.«

»Ich hoffe, ich muß es nie. Wie bist du drauf gekommen?«

»Hugo hat mich auf die Idee gebracht. Als ich acht war, hat

er mich mit in die Dordogne genommen, nach Les Eyzies. Wir haben uns die Höhlenmalereien angesehen. Danach habe ich immer wieder von Höhlen geträumt. Als ich ihm schrieb, ich würde in einer Höhle leben wollen, hat er mir all diese Bücher über Troglodyten und Höhlenforscherei geschickt. Er war darin wirklich gut, ich meine, Anteil an einem zu nehmen.«

»Solange er auch daran interessiert war.«

Schweigen. Widerwillig sagte Jay: »Deine Beziehung zu ihm muß anders gewesen sein, ich meine, du bist ein Mädchen.«

»Nun«, sagte ich so leichthin, wie ich konnte, »in der Regel mochte Hugo Mädchen ganz gern. Ich denke, möglicherweise waren es eher Töchter, die er schwierig fand. Söhne waren wirklich eher seine Sache.«

»Zu schade, daß er dann nicht mehr davon hat. Als ich klein war, habe ich mir immer einen Bruder gewünscht.«

Ich lächelte ihn an. »Ich entdecke gerade selbst, daß Brüder gar nicht so übel sind. Aber bevor du verzweifelst – wer weiß, wie viele Kinder von Hugo diese Welt noch bevölkern? Vielleicht taucht irgendwann noch mal irgendwo ein Bruder auf.« Zu spät erinnerte ich mich daran, daß Jay trotz all seiner Gelassenheit erst fünfzehn war.

»Du glaubst, daß es außer uns möglicherweise noch andere gibt?« Er schien eher neugierig als schockiert.

»Der *National Enquirer* hätte sie entdeckt, wenn es welche gegeben hätte. Nein, tut mir leid, du bist nur mit einer Schwester geschlagen.«

»Das ist schon in Ordnung. Schwestern sind auch nicht gerade übel.« Er sagte es mit einem Pokerface und wandte sich wieder dem Fußballspiel zu.

Es war mitten in der Nacht. Jay schlief in der Koje über mir. Es war eine enge, stickige Kabine. Ich setzte mich auf und begann zu lesen. Über Daedalus, der sich vor König Minos nach Sizilien geflüchtet hatte, und über Odyseuss, der als erster von vielen auf der Insel gestrandet war. Später träumte ich, daß ich Hugo durch ein Labyrinth von Tempelruinen jagte, während Männer mit Gewehren hinter Minotauren und Zyklopen her waren. Gegen Morgen schreckte ich auf, schwitzend und verstört. Jemand stand in der Kabinentür. Überrascht suchte ich nach dem Lichtschalter an meinem Bett.

»Habe ich dich geweckt?« Es war Jay, seine Stimme klang entschuldigend in der Dunkelheit.

»Ich hatte einen Alptraum. Zu viele Räubergeschichten vor dem Zubettgehen.« Ich drehte das Licht an und versuchte, die Zeit auf meiner Armbanduhr abzulesen. »Um Gottes willen, es ist noch nicht mal sechs. Warum bist du so früh schon auf?«

»Kann nicht schlafen«, murmelte er. »Ich denke, ich gehe ein wenig Luft schnappen.«

»Aber halt dich bitte von der Reling fern.«

Gutmütig versprach er es. Er war schon weg, als mir aufging, daß ich gerade wie eine ältere Schwester geklungen hatte. Ich ächzte, drehte mich wieder auf die Seite und fiel sofort in tiefen Schlaf.

Als ich schließlich an Deck ging, brannte die südliche Sonne mit ungeahnter Kraft. Es erinnerte mich daran, daß wir irgendwann in der Nacht die unsichtbare Grenze überschritten hatten, die den Norden vom Mezzogiorno trennte, dem Land, in dem einen die Mittagssonne verrückt machen konnte. Tief im Westen konnte man das langgestreckte Profil eines Schiffes erkennen, es glitt vorüber wie ein Schatten am Horizont. Nach kurzer Suche fand ich Jay auf dem Oberdeck vorne am Bug stehen. Er starrte ins Wasser.

»Es ist wirklich so dunkel wie Wein«, sagte er. »Ich dachte, das wäre bloß literarischer Blödsinn. Homer hatte also doch recht.«

»Du hast Homer gelesen?«

»Foxburghe ist stolz darauf, seinen Schülern eine erstklassige humanistische Bildung zu bieten.« Er sprach mit sonorer Stimme, ganz der bemühte Rektor, der interessierten Eltern das Internat schmackhaft machen will. »Was bedeutet, daß in den Naturwissenschaften nichts läuft und so wenig Geld wie möglich für Sportausrüstung ausgegeben wird. Aber«, fügte er schon fröhlicher hinzu, »man kann eigentlich machen, was man will. Solange man nur immer pünktlich das Schulgeld bezahlt.«

Ich dachte gerade, daß dieser zynische Zugang zu schulischen Mängeln seine Mutter wahrscheinlich entsetzen würde, als mir Tante Constances spitze Bemerkungen bezüglich Charlottes mütterlichen Gefühlen einfielen. »Sie ist nicht viel besser als ein Kuckuck, der jemand anders seine Jungen aufziehen läßt.« Dies, wußte ich, war ein direkter Hieb gegen meine eigene Mutter; Tante Constance griff sie nie direkt an.

»Hast du schon etwas gegessen?« fragte ich Jay. Er schüttelte den Kopf. »Nun, ich glaube, sie machen bald zu. Warum gehst du nicht und holst uns etwas zum Frühstück?« Ich gab ihm Geld und bat ihn, mir Kaffee und ein bißchen Obst mitzubringen. »Ich warte derweil hier und tanke ein wenig Sonne. Ich habe schon fast vergessen, wie das ist.«

Ein warmer Wind blies von den Äolischen Inseln herüber, dasselbe freundliche Lüftchen, das der Herr der Winde einst Odysseus geschenkt hatte. Ich fand eine Bank im Windschatten eines Rettungsbootes und setzte meine Sonnenbrille auf. Mit einem Stift und einem Notizbuch in der Hand und den Reiseführern neben mir, versuchte ich mich darauf zu konzentrieren, eine Art Reiseroute zu entwickeln. Ich war nämlich entschlossen, so etwas wie einen Urlaub aus dieser weltfremden Suche zu machen. Mein Glaube in unsere Fähigkeit, Hugo zu finden, war beträchtlich geringer als der von Jay. Selbst wenn es uns gelingen sollte, ihn aufzuspüren, war ich mir ganz und gar nicht sicher, ob wir auch willkommen wären. Gefühlsduselei war nie Hugos Stärke gewesen. Im besten Fall würde er uns als nette Abwechslung empfinden, im schlechtesten Fall als lästigen Besuch. Falls letzteres zuträfe, wollte ich wenigstens darauf vorbereitet sein, von meinem mißglückten Urlaub zu retten, was noch zu retten war.

Aber es hatte keinen Zweck. Egal, welche Route ich einschlug, Hugo wartete am Ende jeder Straße auf mich. Ich belog mich selbst, wenn ich mir einbildete, ich könnte mich aus der ganzen Sache heraushalten, in dem ich nur den Führer für Jay spielte. Ein ausgeprägter Sinn für Pflichtgefühl und die Anflüge von Zuneigung, die ich in zunehmendem Maße für Jay empfand, waren nicht die einzigen Emotionen, die mich zu dieser Reise veranlaßt hatten. Egal, wie ich es drehte und wendete, ich machte mir Sorgen um Hugo. Ich ging der Quelle dieser Besorgnis nicht nach; ich wußte nur, daß ich mich wohler fühlen würde, wenn ich ihn in Sicherheit wußte.

Ich schaute von den Reiseführern hoch. Mir schräg gegenüber im Schatten saß eine alte Frau in der typischen Landeskluft, einem schwarzen Kleid mit schwarzen Strümpfen. Ihre Beine ruhten auf einem zerbeulten Koffer, und ihre dunklen Augen funkelten aus einem runzligen Gesicht, dessen stolzen, schönen Zügen man die arabischen Vorfahren ansah. Sie kaute bedächtig auf einem Brötchen und hielt nur ab und zu inne, um Krümel von ihrem Kleid zu wischen. Auf ihrem Schoß hatte sie eine kleine Kiste, um die sie schützend den Arm legte. Unsere Augen trafen sich, und sie neigte höflich den Kopf.

In diesem Moment rannten zwei kleine Jungen an uns vorbei. Der eine warf dem anderen einen Ball zu, den dieser nicht fing. Statt dessen traf der Ball den Arm der alten Frau und auch die Kiste. Gutmütig schalt sie die beiden und erlaubte ihnen dann, sich den Ball zu holen, der unter ihre Bank gerollt war. Als sie sich trollten, hob sie die Kiste an ihr Ohr. Nach einer Weile setzte sie sie wieder ab, blickte auf und bemerkte, daß ich sie ansah. Sie lächelte. Es war ein Lächeln, das ihr Gesicht in tausend kleine Falten legte. Dann sagte sie etwas, das wie »Ave Regina« klang. *Heil dir, Königin.* Als ich sie überrascht ansah, wiederholte sie die Worte langsam. »*E un'ape regina.*« Es ist eine Bienenkönigin.

Plötzlich verstand ich. »Sie sind Bienenzüchterin«, sagte ich. Ich erinnerte mich an die berauschenden Kräfte des Honigs aus Erice, von denen Hugo in seinem Brief geschrieben hatte. Ob diese ältere Dame wohl Honig herstellte, der die Männer verrückt machte? Beim Gedanken daran mußte ich lächeln.

Sie schüttelte den Kopf. »Sie ist für meine Nachbarin. Mein Sohn aus Milano schickt sie ihr.« Sie war auf Besuch bei ihrem

Sohn gewesen, der als Wissenschaftler in einem landwirtschaftlichen Institut arbeitete und sich dort mit Bienenzucht beschäftigte. Die Königin, die sie ihrer Nachbarin brachte, einer Bienenzüchterin, war das Ergebnis eines seiner Experimente. Mir zuliebe sprach sie eher Italienisch als Sizilianisch, doch ihr Akzent war fast ebenso undurchdringlich wie der Hitzeschleier am Horizont. Als es mir schließlich gelang, es so weit zu entziffern, kam Jay mit meinem Frühstück zurück.

Höflich grüßte er die alte Frau. Dann reichte er mir einen Pappbecher Kaffee und eine Orange. »Tut mir leid, aber abgesehen von ein paar Plastikbrötchen in Plastikverpackungen ist das alles, was es in der Cafeteria gab. Das Abendessen letzte Nacht muß die Köche völlig erschöpft haben.«

»Nun, du bist jetzt in Italien«, sagte ich zu ihm, während ich den Kaffee neben mich auf die Bank stellte. »England ist das Land, in dem die Menschen frühstücken. Italiener gehen zum Abendessen.« Der Kaffee war kalt, aber die Orange war gigantisch und sehr süß. »Ich hätte schwören können, du hättest gestern abend für eine Woche im voraus gegessen. Zwei Teller Pasta, Hühnchen, Bratkartoffeln und grüne Bohnen, Salat, Brot, ein Apfel. Habe ich was vergessen? Ach ja, dieses giftig aussehende Zeug mit dem grünen Zuckerguß.«

Ich bot der alten Frau etwas von meiner Orange an, aber sie lehnte ab und langte nach ihrer Einkaufstasche, aus der sie eine kleine Packung Gebäck zog, die sie uns entgegenstreckte. Wir mußten jeder einen Keks nehmen. Während Jay hineinbiß, erzählte sie uns, ihre Schwiegertochter habe die Honigküchlein gebacken, aus dem Honig, den die Bienen ihres Sohnes produzierten. Es schmeckte köstlich. Ich erklärte Jay, die Signora habe eine Bienenkönigin in der kleinen Kiste auf ihrem Schoß. Als er seinen Mund frei hatte, sagte er: »Frag sie, ob auch Arbeitsbienen dabei sind.« Nachdem ich die Frage übersetzt hatte, nickte sie heftig mit dem Kopf. »Aber natürlich«, meinte sie. »Sie muß ihren Hofstaat dabei haben. Andernfalls würde sie sterben. Sie kann nichts selbst machen.«

»Nichts außer sich paaren, brüten und ihre Rivalinnen

töten«, bemerkte Jay trocken. »Deshalb heißt sie wahrscheinlich Bienenkönigin.«

Ich lachte. »Wie kommt es, daß du so viel über Bienen weißt?«

»Tue ich nicht, wirklich nicht. Aber an den Wochenenden helfe ich manchmal auf einem Bauernhof in der Nähe der Schule aus. Der Bauer besitzt ein paar Bienenstöcke, und er hat mir ein paar Sachen beigebracht. Bienen sind phantastisch. Wußtest du, daß sich eine Bienenkönigin nur einmal in ihrem Leben paart, und zwar in der Luft, mit vier oder fünf Drohnen? Beim Paarungsakt kommen die Drohnen ums Leben, weil ihr Stachel in der Bienenkönigin steckenbleibt.«

Jay redete sich langsam warm – vielleicht hatte er meinen Blick auch irrtümlich für Faszination gehalten –, als einer der Männer an der Reling plötzlich einen Schrei ausstieß. Durch den Dunstschleier, der über dem Meer lag, tauchten vor uns die grauen Umrisse einer felsigen Landspitze auf. »Sizilien!« informierte uns die alte Signora mit glücklicher Stimme, als sei es das Gelobte Land.

Nach und nach wichen die kahlen buckligen Berge, die die Küste begrenzten, ins Inland zurück, wo sie die Conca D'Oro umschlossen, die Ebene, in der Palermo lag, mit dem Meer vor Augen und einem Halbrund aus Orangen- und Zitronenwäldchen im Rücken. Eine riesige Stadtlandschaft fraß sich ihren Weg durch das saftige Grün des Tales und schwappte gegen die steinernen Flanken der benachbarten Berge. Mit Antennen gespickte moderne Wohnanlagen hoben sich wie Betonplatten gegen die Skyline ab. Im Hafen hatten verrostete Frachter neben Fischerbooten mit leuchtend bemalten Rümpfen Anker geworfen. Abgesehen von der herrlichen Umgebung ließ sich von der Fähre aus nichts von der einstigen weltberühmten Schönheit der Stadt erkennen.

»Das hier«, meinte ich zu Jay und konnte damit endlich einmal mein angelesenes Wissen nutzen, »war einmal die faszinierendste Stadt Europas.«

Jay schwieg und betrachtete das Bild, das sich ihm bot.

Nachdenklich sagte er: »Es erinnert mich an etwas, was Hugo immer zitiert hat. Dieses Gedicht von Byron – oder war es Shelley? Du weißt, welches ich meine… ›Sieh meine Werke, Allmächtiger, und verzweifle.‹ Irgendwas in der Art jedenfalls.« Er schien vage beschämt, daß er sich so gut daran erinnerte.

»›Ozymandias.‹ Ein deprimierendes Gedicht für einen Tyrannen oder Architekten. Ich erinnere mich, wie Hugo meinte, daß es für jeden, der sich der Illusion hingibt, für die Nachwelt zu bauen, Pflichtlektüre sein sollte.«

Über Schiffslautsprecher kam die Aufforderung, sich in den Laderaum zu den Autos zu begeben. Ich wandte mich an Jay, aber er hörte mir gar nicht zu. Er starrte Richtung Land, auf die Berge im Westen, und sein Gesicht war düster. Irgendwo hinter diesem Hindernis aus heißem, ausgetrocknetem Stein lag vielleicht Castell'alto.

Als ich seinen Arm berührte, schaute er mich einen Moment lang verständnislos an, als ob er vergessen hätte, wer ich war. Wir verabschiedeten uns von der alten Dame und gingen nach unten. Doch nun, wo es so weit war, verließen mich plötzlich die Nerven. Fahrig versuchte ich zurückzusetzen, ohne an die Bremsklötze zu denken, die man angebracht hatte. Der Schweiß lief mir den Nacken hinunter, während wir ausstiegen und die Bremsklötze beiseite schoben. Einen Moment lang wanderten meine Gedanken bedauernd zurück zu spanischen Cafés und kühlen maurischen Klöstern.

Aber jetzt führte kein Weg mehr zurück. Hinter mir hupte es bereits ungeduldig. Ich sagte ein stilles Gebet an Hermes, den Gott der Reisenden, auf und fuhr die Rampe hinunter auf die Pier, hinaus ins grelle sizilianische Sonnenlicht. Jay, der neben mir saß, hatte die Landkarte auf den Knien, wo der Weg nach Erice rot eingezeichnet war.

Während sich die Autos Stoßstange an Stoßstange langsam zwischen den Fußgängern Richtung Sperre schoben, sah ich die alte Dame wieder. Sie ging vor einem dreirädrigen Lieferwagen her und ignorierte die wilde Huperei einfach. Ihren braunen abgenutzten Koffer balancierte sie gekonnt auf dem Kopf, und die kleine Kiste mit der Bienenkönigin hatte sie sich unter den Arm geklemmt. Während ich noch schaute, kam eine junge Frau auf sie zugelaufen, die ihr den Koffer abnahm. Die beiden umarmten sich und gingen dann gemeinsam davon.

Etwas von der stolzen Gelassenheit der alten Dame griff auf mich über. Ich lockerte den Griff um das Lenkrad und lehnte mich zurück. Wir würden Castell'alto finden, gelobte ich mir. Wir würden Hugo finden.

Männer in abgetragenen braunen Anzügen und weißen Hemden lungerten am Eingang zur Pier herum und betrachteten die alltägliche Ankunft der Fähre mit gelassenen Mienen. Manche warteten auf Freunde und Verwandte, andere lasen Zeitung oder hielten ein Nickerchen in der Sonne, den Kopf gegen das Geländer des Zauns gelehnt. Da wir augenscheinlich Fremde waren, erregten wir eine gewisse Aufmerksamkeit, aber beunruhigend fand ich eigentlich nur den Blick eines hageren kleinen Mannes mit dichtem schwarzen Schnurrbart, der etwas zu lange auf uns ruhte.

Er stand schräg hinter unserem Wagen, während wir in der Autoschlange standen und darauf warteten, die Pier verlassen zu können. Zufällig schaute ich in den Rückspiegel, als er gerade aufmerksam unsere Zulassungsplakette studierte. Durch meine Sonnenbrille beobachtete ich, wie er danach zwanglos an uns vorbeiging und in der Nähe der Sperre stehen blieb, wo er sich mit einer Hand über den Schnurrbart strich und gelegentlich zu uns herüberschaute. Er war kleiner als die meisten Männer hier und auch teurer gekleidet. So trug er ein auffälliges pfirsichfarbenes Hemd und weiße Baumwollhosen mit dem dazu passenden weißen Jackett, das er sich über die Schulter geworfen hatte. Auf dem Kopf saß eine Sonnenbrille.

Ich hoffte, daß sein Interesse nicht mehr als Neugierde bedeutete. In Deutschland war mein kleiner BMW nicht besonders bemerkenswert, aber hier auf Sizilien mochte das anders sein.

Doch zu meiner Erleichterung drehte sich der Mann mit

dem Schnurrbart um und ging zu einem grauen Lieferwagen mit kaputter Antenne, der außerhalb der Pier auf der Hauptstraße geparkt war. Er kletterte auf den Fahrersitz und brauste mit Karacho davon.

Dann gab es eine Lücke im Verkehr, und die vom Schiff strömenden Wagen schwappten aus dem Hafengelände auf die Straße.

»Paß auf!« Jay zeigte auf den Wagen links von mir, dessen Fahrer entschlossen schien, rechts abzubiegen, obwohl wir uns direkt neben ihm befanden. Während ich in die Bremsen trat, umkurvte uns ein Junge auf einem Motorroller mit dem Schwung eines Slalomspezialisten, eine Kiste mit Hühnchen auf dem Rücksitz hinter sich. Das verängstigte Kreischen der Hühner war nichts im Vergleich zum Plärren des Transistorradios, das von der Lenkstange herunterbaumelte.

In der nächsten halben Stunde versuchten wir uns durch das Labyrinth von Straßen hindurch der Autostrada zu nähern, die uns nach Erice bringen sollte. Mit zunehmendem Fatalismus kämpfte ich sowohl gegen die Anarchie auf der Straße als auch den Drang umzukehren an.

Palermo war ein einziger chaotischer Basar. Ein heißer Wind, der Kanalisationsgerüche mit sich trug, blies Staub und Lärm in den Wagen. Er trug den Rhythmus einer Stadt zu uns, in der sich das Leben auf der Straße abspielte, in der der Pulsschlag der Motoren einen fiebrigen Kontrapunkt zum unaufhörlichen Klang der menschlichen Stimme bildete. Fliegende Händler priesen ihre Waren aus dem Schatten staubiger Palmen an, ihre Stimmen hoben und senkten sich wie die Schwärme von Fliegen, die über dem Müll in der Gosse kreisten; Busfahrer unterhielten sich über den fließenden Verkehr hinweg mit heiserer Stimme; Frauen riefen lautstark aus offenen Fenstern heraus nach ihren Kindern, die unten auf der Straße spielten. Das Lärmen trug uns in einer Welle zum entferntesten Winkel der Stadt und spuckte uns auf der Autostrada gen Westen wieder aus. Allmählich legte sich der Aufruhr, wir ließen die Stadt hinter uns und fanden uns auf einer ruhigen Landstraße wieder, die von Eukalyptus gesäumt war und sich zwischen den Bergen jenseits der glatten, glitzernden See hindurchwand.

6

Abgesehen von einem gelegentlichen Lastwagen oder zerbeulten, staubigen Fiat und einmal einem weißen Mercedes mit vier Männern, befanden sich nur wenige andere Fahrzeuge auf der Landstraße. Das breite Band von frischem schwarzen Asphalt schien fast schmerzlich neu in dieser Landschaft, die so alt wie die Götter war. Ein einsames Bauernhaus auf einem Berggipfel, hin und wieder das Patchwork von Weinbergen und Feldern, Schafe, die auf Distelweiden grasten und zu Dörfern gehörten, die irgendwo verborgen in den Bergen lagen. Aber meistensteils war es eine wilde und einsame Gegend.

Der Schirokko blies, der heiße Südwind, der in den Wüsten Nordafrikas seinen Ursprung hat. Er jagte durch die Täler, die die Berge neben dem Meer durchbrachen, schüttelte den Wagen mit wilden plötzlichen Böen. Ich konnte seine Kraft spüren, während ich das Lenkrad fester packte, um den Wagen auf Kurs zu halten. Um die baumlosen Berge spielten die Schatten tief hängender, schnell dahinziehender Wolken, und das hohe Gras wiegte sich im Wind.

Jay zeigte auf eine ferne Traube staubiger, weißer Häuser, die wie eine Handvoll Würfel wirkten, die jemand neben einen großen Lorbeerbaum geworfen hatte. »Das muß Castellammare del Golfo sein«, sagte er und betonte sorgfältig jede Silbe des Namens. »Die Hälfte haben wir also schon hinter uns.« Terrassen von Olivenhainen umgaben die Stadt; Fischerboote lagen vor Anker und schaukelten auf einer blau und grün schillernden See. Es war ein Bilderbuchdorf, jedenfalls aus der Ferne. Von nahem betrachtet sah die Sache, wie ich gelesen hatte, angeblich anders aus.

Wenig später knickte die Straße für einige Kilometer Richtung Süden ab. Es war ein besonders schlechter Streckenabschnitt; keine Autos kamen uns entgegen, keine Autos überholten uns, die einzigen Lebenszeichen waren die Möwen, die sich wie weiße Farbtupfer von einem frisch gepflügten Feld abhoben. Dann, nach einer Kurve, tauchte ein kleiner, roter Fiat vor uns auf, der mit geöffneter Motorhaube auf dem Randstreifen stand.

»Was für ein lausiger Platz für eine Panne«, sagte Jay.

Ich erhaschte einen dunklen Kopf auf der anderen Seite des Wagens, der über den Motor gebeugt war. »Ich würde ja gerne den Barmherzigen Samariter spielen, aber wir sollten besser auf Nummer Sicher gehen.«

»Wie meinst du das?«

»Das Dorf da, Castellammare del Golfo. In einem Reiseführer wird es als ›pittoreskes Mafianest‹ beschrieben. Mehr Morde pro Kopf als in Palermo. Außerdem sind dies die Berge, in denen die Banditen ihr Unwesen trieben, erinnerst du dich?«

Als wir näherkamen, kam der dunkle Kopf hinter der Motorhaube hervor. Ein Mädchen mit einem vertrauten Gesicht starrte auf unseren Wagen. Vielleicht dachte sie, daß wir nicht anhalten würden, denn sie beugte sich erneut über den Motor, um daran herumzumachen. Noch bevor ich die weißhaarige alte Frau in Schwarz sah, die hinter ihr auf einem Koffer im Schatten eines Eukalyptusbaums saß, nahm ich meinen Fuß vom Gas. »Es ist die alte Dame von der Fähre«, sagte ich zu Jay. »Die mit der Bienenkönigin.« Ich bremste ab und fuhr an den Straßenrand.

»Du glaubst also nicht, daß sie eine Pistole in ihrem Koffer hat?« fragte mich Jay, als wir ausstiegen. Er sagte es mit großen Augen und übertrieben ernster Stimme.

»Kennst du die Worte von Kaiser Domitian?«

Er schaute überrascht. »Nein, was hat er gesagt?«

»Daß einzig seine Ermordung die Leute davon überzeugen würde, daß die Verschwörung, an die er glaubte, real war.«

»Was bedeutet?«

»Was bedeutet, daß Paranoia erst dann gebührend gewürdigt wird, wenn es zu spät ist. Nach dem, was dir in Foxburghe passiert ist, sollten wir vorsichtig sein.« Ganz zu schweigen von dem seltsamen Vorfall mit dem Opel in Bonn. Oder, um meine Paranoia voll zum Tragen zu bringen, der Mann mit dem Schnurrbart, den ich auf der Pier in Palermo gesehen hatte.

»Was ist mit Domitian passiert?«

»Er wurde ermordet.«

Jays grinste verschmitzt. »Zu schade. So hat er nie die Gelegenheit bekommen, allen zu erklären, ich hab's euch ja gesagt.«

Das Mädchen war anscheinend ebenso mißtrauisch, wie ich es gewesen war. Mißmutig sah sie uns entgegen und stellte sich dann demonstrativ neben die alte Frau. Sie war um die zwanzig, klein und resolut, mit einem entschlossenen Mund und einer Aureole dicker, schwarzer Locken, die wild um ihren Kopf standen. Ihre Gesichtszüge waren ebenso markant wie die der alten Frau, aber weniger scharf geschnitten. Ihr gelber Rock wehte im Wind, ein senffarbener Tupfen vor grünen Feldern, er blähte sich auf, bis sie gezwungen war, ihn mit einer Hand gegen ihre nackten Beine zu pressen. In der anderen hielt sie ein kurzes Gummiband.

Als die alte Frau uns erkannte, verzog sich ihr Gesicht zu einem breiten Lächeln. Sie streckte dem Mädchen ihre Hand entgegen, damit sie ihr aufhalf. Während sie sich auf die Füße kämpfte, erklärte sie wohl, wer wir waren, denn die finstere Miene des Mädchens hellte sich auf. Neugierig schaute sie uns entgegen.

Ich begrüßte die alte Frau auf italienisch und fragte, ob wir irgendwie helfen könnten.

Sie bedankte sich, daß wir gehalten hätten, schüttelte aber den Kopf. Nein, sie wollten uns nicht belästigen; ihre Enkeltochter würde die Sache schon in Ordnung bringen. Die Enkeltochter war still, ihr Gesicht ausdruckslos, aber die Art, wie sie das gebrochene Gummiband in ihren Händen hin- und herdrehte, verriet mir, daß sie weit weniger zuversichtlich war.

Jay sagte: »Wir können nicht einfach weiterfahren. Das muß der Keilriemen sein. Sie werden einen neuen brauchen.«

Ich versuchte es noch einmal. »Wir fahren nach Erice, Signora. Vielleicht könnten wir Sie bis dahin mitnehmen. Oder zumindest bis zur nächsten Werkstatt.«

Daraufhin wandte sich das Mädchen an die alte Frau. Sie sprach in schnellem, unverständlichen Sizilianisch. Ihrer Stimme nach zu urteilen, die leise und drängend war, forderte sie ihre Großmutter auf, das Angebot anzunehmen. Schließlich, nach einem Augenblick des Nachdenkens, stimmte die alte Frau zu.

Das Mädchen wandte sich wieder an uns. Als sie sprach, war es Englisch mit einem seltsamen, fast singenden Akzent, das aber sehr viel leichter zu verstehen war als das Italienisch der alten Frau.

»Meine Großmutter ist jemand, der sich nicht gerne helfen läßt. Sie hilft lieber anderen«, sagte sie. »Ich bin da nicht so bescheiden.« Ihr Lächeln war herausfordernd, schroff, wo das der alten Frau freundlich war. »Meine Großmutter lebt in San Teodoro. Das liegt nicht weit von Erice. Könnten Sie uns dort absetzen, wenn ich Ihnen den Weg zeige?«

»Ja, natürlich. Ich heiße Alison Jordan, und das ist mein Bruder Jay.«

»Und ich bin Rosalina Solina. Meine Großmutter haben Sie ja schon auf der Fähre kennengelernt.«

Ich nickte. »Und ihre Bienenkönigin.« Signora Solina drückte die schmale braune Kiste gegen die Brust, um sie vor dem Wind zu schützen. Das Mädchen schlug die Motorhaube zu, putzte sich den Schmutz von den Händen und meinte dann: »Ich bin froh, wenn wir sie los sind. Sie macht mich nervös, und ich weiß, daß Bienen das nicht besonders mögen. Es bringt sie zum Stechen.«

Es bedurfte einiger Überredungskunst von Jay, bis ihm die alte Dame erlaubte, daß er ihren Koffer zum BMW trug. Nachdem das Mädchen ihrer Großmutter hinten in den Wagen geholfen hatte, richtete sie sich auf und sagte: »Einen Moment noch. Ich muß noch was aus meinem Wagen holen.« Sie rannte zurück zum Fiat und lehnte sich nach drinnen über das Armaturenbrett. Ein paar Minuten später kam sie mit dem Autoradio unter dem Arm wieder zum Vorschein. Danach schloß sie die Türen des Fiat ab und kam zurück. Während sie sich hinten neben ihre Großmutter setzte, erklärte sie: »Ich muß das Radio mitnehmen, sonst wird es gestohlen. Und ohne das hier«, sie zeigte auf den Keilriemen, »läßt es sich nicht fortbewegen.«

Jay breitete eine Landkarte aus, und Rosalia lehnte sich nach vorne und deutete auf eine bestimmte Stelle. »Da, das ist San Teodoro. Es liegt ein paar Kilometer vor Erice, nicht weit von der Straße. Es wird Sie nicht viel Zeit kosten.« Während sie zurücksank, fügte sie atemlos hinzu: »Zuerst dachte ich, sie seien Deutsche. Wegen dem Auto. Aber Sie sprechen Englisch, wenn auch mit unterschiedlichem Akzent. Trotzdem sind Sie Bruder und Schwester?«

»Wir sind Amerikaner«, erklärte ich ihr, »aber wir leben in Europa. Wir haben denselben Vater, aber verschiedene Mütter.«

»Eine typisch amerikanische Familie«, sagte Jay tonlos. Er hatte sich von mir abgewandt und schaute aus dem Fenster auf die Berge, die sich um uns türmten.

»Amerikaner sind immer am Heiraten«, sagte Rosalia, »und am Umziehen. Es muß schwer sein, ihnen was recht zu machen.«

»Und was ist mit den Sizilianern?« fragte ich, weil mich der verächtliche Ton in ihrer Stimme ärgerte, »sind sie anders?«

»Sizilianer sind zu leicht zufriedenzustellen«, erwiderte sie wie aus der Pistole geschossen. »Solange man uns in Ruhe läßt, akzeptieren wir die Dinge, wie sie sind. Und deshalb verändern sich die Dinge hier sehr langsam, zu langsam.«

»Jay und ich haben etwas sizilianisches Blut in unseren Adern«, erzählte ich ihr. »Die Mutter unseres Vaters stammt aus Sizilien.«

Nachdem Rosalia für ihre Großmutter übersetzt hatte, klatschte die alte Frau in die Hände. Und woher genau, wollte sie wissen. Ich hatte keine Ahnung, aber aus einer plötzlichen Eingebung heraus meinte ich: »Aus einem Dorf namens Castell'alto.« Auf dem Rücksitz herrschte Schweigen. Als ich in den Rückspiegel schaute, sah ich, wie Signora Solina und ihre Enkelin einen rätselhaften Blick austauschten. »Kennen Sie es?«

Langsam, fast widerwillig meinte Rosalia: »Es liegt unweit von San Teodoro, aber in den Bergen. Der richtige Name lautet Castello di Torracchione Alto, aber alle sagen Castell'alto.« Das würde erklären, dachte ich, warum die italienische Botschaft in Bonn nichts gefunden hatte. »Es gibt da eine Redensart«, fuhr sie fort, »die Einheimischen nennen es auch...«

»Das Dorf, das Gott vergessen hat«, sagte Jay. Er schaffte es, die bitteren Worte fast unbekümmert vorzubringen. Er starrte stur gerade aus, um die Erregung auf seinem Gesicht vor den Frauen auf dem Rücksitz zu verbergen. Zum erstenmal war Castell'alto mehr als nur ein Name auf dem Papier.

»Ach, Sie wissen davon.« Rosalia schien überrascht. »Dann werden Sie vielleicht verstehen, wenn ich Ihnen sage, daß es kein Ort für Fremde ist.« Das Mädchen verfiel in Schweigen, als wäre dies Erklärung genug.

Jay drehte sich nach hinten, um sie anzusehen, sein linker Arm lag auf der Lehne. »Obwohl wir Familie dort hatten?«

»Du hast recht, in vielen anderen Orten wäre das genug. Aber Castell'alto...« Ihre Stimme verlor sich. »...ist nicht wie andere Orte.«

Doch Jay bohrte weiter. »Falls wir uns entscheiden sollten, Castell'alto einen Besuch abzustatten, könnten Sie uns sagen, wie wir hinkommen?«

Sie antwortete nicht sofort, statt dessen sagte sie etwas auf sizilianisch zu ihrer Großmutter. Obwohl die Worte aus ihrem Mund nur so herausflossen, klang ihre Stimme zögerlich, und als die alte Frau ihrerseits anfing zu reden, schien sie ihrer Enkelin zu widersprechen. »Meine Großmutter ist altmodisch«, sagte Rosalia schließlich, »sie will nicht einmal über den Ort reden.«

Mit fester Stimme erklärte mir Signora Solina in langsamem Italienisch: »Das ist kein Platz für Leute wie Sie und Ihren Bruder, Signorina.«

Nachdem ich Jay ihre Worte übersetzt hatte, wandte er sich an Rosalia: »Können Sie Ihre Großmutter fragen, warum?«

»Ich weiß, warum«, erwiderte das Mädchen. »Castell'alto gehört einem Mann, der einstmals sehr mächtig gewesen ist in unserem Teil von Sizilien. Nun ist er alt, aber die Menschen wissen immer noch, welche Bedeutung er einmal hatte. Er hat gern seine Ruhe, und die Leute respektieren das.«

»Wie heißt er?« fragte ich.

»Sein Name ist Don Calogero Coccalo.« Der Name löste einen weiteren Schwall Sizilianisch bei Signora Solina aus. Sie schalt Rosalia, soviel war klar, und das Mädchen rutschte unbehaglich auf ihrem Sitz herum, während sie zuhörte. Schließlich zuckte sie die Achseln. Soweit ich verstand, sagte sie zu ihrer Großmutter, letztlich wäre es ja unsere Sache, was wir täten und was nicht.

»Signora Solina«, sagte ich langsam, damit die alte Frau mein Italienisch verstand, »es ist sehr wichtig, daß mein Bruder und ich mit jemandem aus Castell'alto sprechen. Können Sie uns sagen, ob das möglich ist, ohne ins Dorf selbst zu gehen?«

Sie bedachte das für einen Moment und ließ dann einen weiteren Schwall auf Sizilianisch los. Rosali besorgte die Übersetzung für uns. »Sie sagt, daß sie eine Nachbarin hat, die Ihnen vielleicht weiterhelfen kann. Sie ist Amerikanerin wie Sie. Die Bienenkönigin ist für sie bestimmt. Diese Frau kennt Castell'alto.«

Ich schaute zu Jay hinüber. Er versuchte sich zu beherrschen, aber seine Hand auf der Lehne zitterte. Er legte sie in seinen Schoß. »Seit wann lebt diese Amerikanerin in San Teodoro?« fragte er.

»Seit etwa drei oder vier Jahren«, entgegnete Rosalia.

Das hieß, daß sie Hugo vielleicht kannte; es bestand sogar die Möglichkeit, daß sie es wußte, wenn er tatsächlich hierher zurückgekehrt sein sollte. Ich fragte Rosalia, ob ihre Großmutter bereit wäre, uns dieser Nachbarin vorzustellen. »Natürlich«, meinte das Mädchen. »Die Signora wohnt nicht weit von meiner Großmutter. Sie ist – *come si dice? Un'originale'*.«

»Etwas exzentrisch?«

»Ein bißchen vielleicht – aber auch *simpatica*, wenn Sie verstehen, was ich meine.«

»Was ist so seltsam an ihr?« fragte ich.

Rosalia zuckte die Achseln. »Vielleicht ist es nur die Tatsache, daß sie sich dazu entschlossen hat, hier in San Teodoro zu leben. Ein Frau wie sie!«

Umgeben von Weinbergen und Olivenhainen hing die kleine Stadt wie ein kubistisches Gemälde in der leicht hügeligen Landschaft. Die Häuser bestanden aus nichts als Ecken und Kanten. Die Farbe an den Wänden war ausgeblichen durch das grelle Sonnenlicht, die großen grünen Fensterläden geschlossen gegen die Hitze. Über dickbäuchige Brüstungen in den ersten Stockwerken hingen willkürlich verstreut Wäschestücke, was einerseits den malerischen Effekt verdarb und andererseits einen ganz eigenen Charme versprühte.

»Das Haus der Nachbarin liegt am anderen Ende unserer Straße«, meinte Rosalia. »Das Dorf ist nicht groß. Dreitausend Menschen, nicht mehr.« Nach ihren Anweisungen manövrierte ich den Wagen vorsichtig durch die engen Gäßchen, kurvte um spielende Kinder, Vespas und Abfall herum. Wir überquerten eine staubige Piazza, auf der dunkelhäutige Männer im Eingang zu einem Friseurgeschäft herumhingen, während andere dem Barbier durch das Tafelglas bei der Arbeit zusahen. Eine schweigsame Truppe Männer hatte sich an einem Tisch in der Mitte des Platzes versammelt und spielte Karten neben dem Brunnen.

Bald waren immer weniger Häuser zu sehen, während es langsam hoch in Richtung Monte San Giulano ging. Wir kamen am örtlichen Friedhof vorbei, wo die Toten ordentlich in Reih und Glied unter großen Betonplatten begraben lagen. Es war eine Stadt in Miniaturformat, beschattet von ein paar dürren Zypressen, die offensichtlich besser in Schuß gehalten wurde als San Teodoro selbst.

Rosalia und Jay waren ins Gespräch über irgendwelche obskuren agrarischen Angelegenheiten vertieft, als ich links von mir in der Ferne eine seltsame Figur wahrnahm. Es war die Gestalt einer Frau ganz in Weiß. Sie ging langsam durch ein wild überwuchertes, mit gelben Ginsterbüschen gesprenkeltes Feld. Einen Arm hielt sie über den Kopf erhoben. Um sie herum waberte ein dünner, dunkler Nebel. Es sah aus wie eine Wolke von Insekten. Dennoch schien die Frau ohne Angst; ihr Schritt war ruhig und gemessen, ihr Verhalten sorglos. Ich sah sie nur einen Moment, bevor sie aus meinem Blickfeld verschwand. Es war ein beunruhigendes Bild, wie aus einem Traum.

»Da«, sagte Rosalia plötzlich, »das ist das Haus der Signora.« Es war das letzte Haus im Dorf, ein rechteckiges, zweistöckiges, weißes Gebäude mit einem schrägen roten Ziegeldach. Eine Wiese mit Wildblumen und einem Akazienwäldchen trennte es von den Nachbarhäusern. Eine Betongarage war angebaut, in der ein Land Rover stand. Der Vorgarten war ordentlich angelegt und bestand aus Beeten von Bohnen, Paprika, Tomaten und Melonen; in einer Ecke standen ein paar Orangenbäume, die voller grüner Früchte hingen, und eine knorrige Olive mit Trauben blaßer Blüten an den Zweigen. Links und rechts von der Eingangstür befanden sich gelb angestrichene Blumenschalen, über deren Ränder Kapuzinerkresse in leuchtendem Orange quoll. In einer der Blumenschalen saß mitten in der Kapuzinerkresse eine große Biene aus Stein.

Signora Solina klopfte an die Eingangstür. Als keiner reagierte, drückte sie die Klinke hinunter. Die Tür ging auf. »Signora«, rief sie ins Haus hinein. Keine Antwort. Sie verschwand einen Moment im Inneren. Wir konnten sie erneut rufen hören. Dann kam sie wieder heraus und schüttelte den Kopf.

»Sie wird wahrscheinlich bei ihren Bienen sein«, meinte Rosalia. »Hinter dem Haus gibt es Bienenstöcke. Vielleicht ist sie dort.«

Aber noch bevor wir uns in Bewegung setzten konnten, kam ein wild kläffender Hund um die Ecke geschossen, ein großer deutscher Schäferhund mit schwarzen Tupfen im Gesicht. Er schob sich zwischen uns und die Tür, wo er regungslos stehen blieb und seine Empörung hinausbellte, die Füße in breitem Protest auf den Boden gestemmt. Als Signora Solina ihn ansprach, verstummte das Bellen, aber das protestierende Knurren blieb, und seine Leftzen hoben sich, um den Blick auf scharfe Zähne preiszugeben.

»Das ist der Hund meiner Nachbarin«, sagte Signora Solina ruhig, »er tut uns nichts.«

Mit ruhiger, fester Stimme redete Jay auf das Tier ein. »Schon gut, alter Junge, wir sind Freunde.« Er sagte es immer und immer wieder, bis der Hund endlich aufhörte mit dem Knurren und das linke Ohr spitzte. Er gestattete Jay näherzukommen, hob das Maul und schnupperte schließlich an Jays ausgestreckter Hand. Dann ließ er sich von Jay den Kopf tätscheln. »So ist es gut«, sagte Jay.

Als ich hinter mir ein Geräusch hörte, drehte ich mich um. Eine Frau stand an der Hausecke und beobachtete uns, eine schmale, gutaussehende Frau, die eine schwarze Baumwollbluse trug und Hosen. Unsere Augen trafen sich. In den ihren lag ein Kummer, der eindeutig tiefer ging als die simple Verzweiflung darüber, plötzlich mit Fremden konfrontiert zu sein, die ihre Privatsphäre verletzten. Es war nur ein Augenblick. Dann kam sie auf uns zu.

7

»Es passiert nicht oft, daß Argo sich das von jemand anderem als mir gefallen läßt. Sie können sich was drauf einbilden.«

Sie sprach englisch, amerikanisches Englisch mit einem seltsamen Akzent, den ich nicht einordnen konnte, und ihre Stimme war voll und fest, fast maskulin. Obwohl sie leicht als Italienerin hätte durchgehen können – ihre Haut war olivfarben, ihr Haar und ihre Augenbrauen waren schwarz –, hatte sie etwas an sich, das sie eindeutig als Amerikanerin klassifizierte: eine Art athletischer Geradlinigkeit vielleicht, die sich darin ausdrückte, wie sie auf uns zukam und uns aus grauen Augen unverblümt musterte.

Sie war, wie die Franzosen sagen, eine Frau in den besten Jahren; anders gesagt hatte sie sich für ihr Alter erstaunlich gut gehalten. Ein leichter Grauschimmer im kurzgeschnittenen Haar und die Fältchen um die Augen waren die einzigen Hinweise darauf, daß sie weit über fünfzig war. Sie war ungeschminkt, ihre Kleidung ausgebeult und praktisch. Das einzige Zugeständnis an ihre Weiblichkeit bestand in einer Kette aus kleinen grünen Steinen, die von winzigen goldenen Scheiben zusammengehalten wurden und halb versteckt im Kragen ihres Pullovers hingen.

Sie begrüßte Signora Solina und Rosalia in fließendem Sizilianisch und sprach die alte Dame mit Donna Anna an. Als ihr Signora Solina die kleine Kiste mit der Bienenkönigin aushändigte, zeigte sie unverhohlen Freude. Schließlich kam Signora Solina auf uns zu sprechen. Ich bekam nicht viel von der Unterhaltung mit, sie sprachen zu schnell, nur so viel, daß es um Castell'alto ging. Das Gesicht der Amerikanerin war ernst. Sie schaute mich eine Weile nachdenklich an. Es war ein seltsamer Blick, obwohl er nicht unfreundlich war. Schließlich streckte sie mir ihre Hand entgegen. »Hallo, ich bin Clio Hunt.« Ihre schlanke, muskulöse Hand war voller Schwielen. Sie hatte den Griff von jemand, der an körperliche Arbeit gewohnt war. Doch ihre Hand zitterte leicht, als ich sie ergriff, was mich überraschte.

Als Jay und ich uns vorstellten, nickte sie leicht mit dem Kopf und schien irgendwie erleichtert – anders ließen sich ihre plötzlich entspannten Gesichtszüge nicht deuten. »Donna Anna glaubt, ich könnte Ihnen in irgendeiner Art behilflich sein«, sagte sie dann. »Sie wollen nach Castell'alto?«

»Signora Solina meinte, wir sollten uns erst mal mit Ihnen unterhalten. Sie hält es für keine so gute Idee.«

»Da hat sie vielleicht nicht ganz unrecht.« Clio Hunt schenkte uns ein schmales Lächeln. »Aber kommen Sie doch rein, drinnen läßt es sich besser reden.«

Doch Signora Solina wollte nach Hause. Ihre Tochter würde sich sonst Sorgen machen, meinte sie, und außerdem müßten sie sich um den Wagen ihrer Enkelin kümmern. Ich wollte sie hinfahren, aber sie lehnten dankend an, es wäre nur ein kleiner Fußmarsch. Als ich mich damit nicht zufrieden geben wollte, bedeutete mir die alte Frau in bestimmtem Ton, ich solle bleiben und mit Signora Clio sprechen. In diesem Fall, entgegnete ich, würde Jay aber ihren Koffer tragen. Rosalia schien fast beleidigt von diesem Vorschlag. »Ich bin stark«, erklärte sie, »fast so stark wie meine Großmutter, die jeden Tag zwei Meilen zu ihren Feldern und wieder zurück geht.« Sie bedankte sich dafür, daß wir sie mitgenommen hatten, und lud uns ein, auf der Rückreise in ihrem Elternhaus in Palermo vorbeizuschauen. Wir versprachen es. Als wir zusahen, wie die beiden Frauen die Straße hinuntergingen, der gelbe Farbfleck neben dem schwarzen, sagte Clio Hunt: »Ich mag es, wie die beiden Seite an Seite gehen. Donna Anna steht für das alte Sizilien, Rosalia für das neue, aber sie strahlen dieselbe Kraft aus.« Sie schloß das Gartentor und wandte sich dann an uns. »Kommen Sie?«

Als Jay und ich hinter ihr das Haus betraten, erwartete uns ein großer, kühler Raum, dessen weiße Wände mit überquellenden Bücherregalen vollgestellt waren. Wo kein Buch stand, lagen Keramiken, altertümliche Fliesen und kleine Lehm- oder Bronzefiguren herum, dazwischen steckten große Sträuße aus Wildblumen in langstieligen Vasen und leeren Olivenölflaschen. Ein Duft von Jasmin erfüllte den Raum. Es gab nicht viele Möbel - ein Ruhebett mit Kissen, ein kleiner Schreibtisch und eine große, kunstvoll gefertigte kupferne Kohlenpfanne auf einem Satz Kacheln am anderen Ende des Raumes.

Es war ein einfacher, fast asketischer Raum – die Blumen bildeten die einzigen Farbtupfer –, aber dennoch irgendwie einladend. Allerdings gab es keine gerahmten Bilder, nichts, was darauf hingewiesen hätte, ob die Bewohnerin verheiratet war, ob sie Kinder oder Familie hatte, und dies kam mir seltsam vor bei einer Exilamerikanerin – obwohl sie ihre familiären Erinnerungsstücke natürlich im Schlafzimmer aufbewahren konnte. Donna Anna hatte sie mit Signora angesprochen, aber das konnte auch nur eine Höflichkeitsanrede gewesen sein. Es war kein Beweis dafür, daß sie jemals verheiratet gewesen war. Ich wünschte, ich hätte daran gedacht, mich bei Rosalia näher über diese Frau zu erkundigen.

»Ich muß mich erst mal um meine neue Königin kümmern«, meinte Clio. »Sie braucht etwas Wasser nach der langen Reise. Wie steht es mit Ihnen? Sie haben bestimmt auch Durst. Möchten Sie lieber Limonade oder Kaffee...?«

Jay und ich entschieden uns beide für Limonade. Sie verschwand zwischen zwei Vorhängen, die das Wohnzimmer von einer kleinen Küche trennten, dann hörten wir Wasser laufen und Teller klirren. Während wir warteten, wanderte mein Blick an den Bücherregalen entlang. Ein ganzes Regal war nur den Bienen und der Imkerei gewidmet. Dann gab es Bücher zur Religionsgeschichte, eine ausgewählte Mischung von Dichtern und Werke zum sizilianischen Volkstum und zur sizilianischen Historie. Aber so wie ich das sah, beschäftigten sich die weitaus meisten Bücher, die hier standen, mit Archäologie.

»Alison«, flüsterte Jay plötzlich von der anderen Ecke des Raumes, »schau mal her.« Er deutete auf ein paar Bücher, die auf einem Kissen neben der Kohlepfanne lagen. Als ich zu ihm ging, erkannte ich Hugos Namen auf zweien der Cover. Ein Buch – es war sein erstes gewesen – behandelte die Entdekkung der Gräber bei Capomonte, das andere war sein letztes als Archäologe gewesen, geschrieben mehr als fünfundzwanzig Jahre später. Ich öffnete das Vorsatzblatt des zweiten, und da stand in Hugos charakteristischer, ausholender Handschrift geschrieben: »Für Clio, die Muse.« Die Widmung war nicht datiert.

»Sie muß ihn kennen...«, meinte Jay aufgeregt, aber ich bedeutete ihm, still zu sein, denn in dem Moment kam Clio Hunt zurück. Sie trug ein Tablett in der Hand, schob einen Stapel

Zeitungen auf dem Tisch am Fenster beiseite und stellte es dann ab.

»Sind Sie Archäologin, Miss Hunt?« fragte ich, während wir uns zu ihr gesellten. »Sie haben eine Menge Bücher darüber, wie ich sehe.« Wenn ja, würde das erklären, warum sie Hugo kannte.

»Nennt mich doch Clio«, meinte sie. »Ich bin eine Bienenzüchterin, die sich für die Vergangenheit interessiert.« Sie goß Limonade aus einem grünen Steinkrug, der mit Zitronen verziert war, in drei Gläser. »Ich glaube, jeder Fremde, der sich auf Sizilien niederläßt, fühlt sich unweigerlich angezogen von der Vergangenheit dieser Insel. Für mich gilt das mit Sicherheit.«

Als sie sich über den Tisch beugte, um mir mein Glas zu reichen, fiel die Halskette mit den grünen Steinen aus ihrem Pullover und schwang nach vorne. Ein kleines Goldmedaillon hing daran. Bevor sie es wieder zurücksteckte, konnte ich gerade noch die Gestalt einer stehenden Frau mit erhobenem Arm erkennen. Es war nur ein Moment, aber er reichte. Ich war mir sicher, daß dieses Medaillon dem meinen entweder absolut glich oder verblüffend ähnelte.

»Entschuldigt mich bitte einen Moment.«

Abrupt verließ sie den Raum, noch bevor ich sie danach fragen konnte. Als sie zurückkam, hatte sie einen Laib Brot und eine Honigwabe dabei. Das Halsband trug sie nicht mehr. Verwundert fragte ich mich, ob sie es wohl abgenommen hatte, weil sie mich dabei ertappt hatte, wie ich es anstarrte. Traute sie uns nicht?

Sie schnitt breite Stücke aus der Honigwabe und legte sie auf große Scheiben Brot, die sie Jay und mir reichte. »Ein Nachbar hat mir dieses Brot heute morgen aus Erice mitgebracht. Die Bäcker in Erice benutzen Holz von Orangenbäumen zum Feuern, und etwas vom Duft überträgt sich auf das Brot. Der Honig stammt von den Orangenblüten in meinem Garten.« Es war eine köstliche Kombination. »Wollt ihr auch Erice besuchen?«

Als ich bejahte, erkundigte sie sich danach, was wir über den Ort wüßten. »Eigentlich nichts«, erwiderte ich, »außer daß man von dort einen wunderbaren Blick haben soll.«

»Wenn nicht gerade Nebel ist, der heftig sein kann. Er kommt ganz plötzlich, nutzt also das schöne Wetter, so lange es anhält. Nicht selten ist es unten in Trapani ganz klar, während in Erice Erbsensuppe herrscht.« Sie lächelte, was eine ganz erstaunliche Wirkung hatte. Die harten Linien ihres Gesichtes glätteten sich. Sie wirkte jünger, weiblicher. »Aber in Erice gibt es mehr zu bewundern als nur die Aussicht. Es ist der Ort eines der ältesten Schreine des klassischen Altertums. Er geht zurück auf die Muttergöttin höchstpersönlich. Astarte, Aphrodite, Venus, sie alle wurden dort verehrt.«

Jay nahm dankend eine zweite Scheibe Brot mit Honig. »Gibt es dort auch einen Tempel? Wir haben auf dem Weg hierher einen tollen gesehen.«

»Meinst du Segesta? Tut mir leid, so etwas gibt es dort nicht. Bis die Römer Erice eroberten, wurde die Göttin wahrscheinlich unter freiem Himmel verehrt. Die Römer bauten einen Tempel, aber abgesehen von ein paar Fragmenten, die mit der Burgmauer verschmolzen sind, ist davon nichts mehr übrig. Was noch steht, stammt größtenteils aus dem Mittelalter. Nein, wovon ich rede, geht weiter zurück, mehrere tausend Jahre, und erfordert mehr Vorstellungskraft. Selbst Daedalus soll einst zu diesem Schrein gepilgert sein.«

Das mußte Jay wieder an Hugos Brief erinnert haben, denn er fragte: »Hat er nicht irgend so eine Art goldene Honigwabe gemacht, die irgendwo vergraben liegen soll?«

»Die Geschichte ist wahrscheinlich erfunden«, erwiderte Clio, »aber ich mag sie trotzdem. Sie paßt zu dem Ort. Die Bauern hier waren immer davon überzeugt, daß in der sizilianischen Erde irgendwelche Schätze vergraben liegen. Wenn sie sie nur finden könnten. Oder die Erdgöttinnen sich nur herablassen würden, sie ihnen zu zeigen.«

»Die Erdgöttinnen?«

»Die Eumeniden, die Rachegöttinnen. Wir geben ihnen hier

freundlichere Namen, um sie nicht zu beleidigen. Sie sind diejenigen, die die vergrabenen Schätze bewachen.«

»Heißt das, daß die Leute hier noch wirklich an sie glauben?« fragte Jay. »Ich dachte, das wären nur Mythen.«

Clio lächelte. »Geschichten, die man für Klassenarbeiten auswendig lernt? Du solltest etwas mehr Zeit in diesem Land verbringen. Die Mythen ändern sich, und viele sind inzwischen völlig im Christentum aufgegangen, aber die grundlegenden Kulte sind von bemerkenswerter Beständigkeit. Besonders jene, die mit den chthonischen Gottheiten zu tun haben – den frühesten Gottheiten, jenen, die unter der Erde leben, in Höhlen. Wartet, ich will euch etwas zeigen...« Sie stand auf, ging hinüber zum Schreibtisch und durchwühlte die oberste Schublade. Als sie zurückkam, hielt sie eine schmale, lederfarbene Broschüre in ihrer Hand.

»Das könnt ihr mitnehmen, wenn ihr wollt. Ich habe noch Kopien. Es ist etwas, was ich vor ein paar Jahren über den Kult von Erice geschrieben habe. Es wird euch den Ort vielleicht näherbringen, wenn ihr dort seid.« Ihre Stimme war plötzlich zaghaft, fast scheu, und dann änderte sie das Thema abrupt. »Signora Solina erwähnte etwas davon, daß eure Großmutter aus Castell'alto stammt. Ist das der Grund, weshalb ihr dorthin wollt?«

»Ja. Sie war die Mutter unseres Vaters.« Ich machte schnell weiter, begierig darauf, die Halbwahrheiten zu überspringen. »Signora Solina hat gemeint, wir sollten uns erst mal mit dir besprechen, bevor wir aufbrechen. Sie hat uns den Eindruck vermittelt, es würde sich um einen seltsamen Ort handeln. Wie hat sie das gemeint?«

»Er hatte mal eine schlechte Reputation. Es braucht lange, bis man das wieder los wird. Und die Bewohner gehen nicht gerade freundlich mit Leuten von außerhalb um. Aber wenn eure Großmutter...« Sie beendete den Satz nicht, und ich fragte mich, ob ich da einen leicht ironischen Unterton in ihrer Stimme gehört hatte. Ich ließ nicht locker. »Signora Solina hat da einen Mann erwähnt, der überaus mächtig sein soll...«

»Don Calogero Coccalo.« Sie nippte an ihrer Limonade. »Eine sizilianische Erfolgsstory. Er emigrierte als junger Mann in die Vereinigten Staaten, machte eine Menge Geld und kam dann zurück, um es in Castell'alto auszugeben. Er ist dafür verantwortlich, daß sich die Dinge in Castell'alto zum Besseren gewendet haben.«

»Bei ihr klang er ein wenig finster«, meinte Jay.

»Ein Image, das Don Calo sorgsam pflegt. Leider setzt hier meist nur Furcht die Dinge in Bewegung.« Sie stellte ihr Glas wieder ab. »Ist es wichtig, daß ihr Castell'alto besucht?«

»Ja«, sagte Jay, »das ist es.« Er mußte gemerkt haben, daß er es mit zuviel Inbrunst gesagt hatte, denn er warf mir einen Blick zu und errötete.

Ihre Augen hielten ihn fest. »Warum? Wenn die Frage nicht zu ungehörig ist.«

»Du weißt doch, wie versessen die Amerikaner darauf sind, ihre Wurzeln zu ergründen«, sagte ich leichthin an seiner Stelle. »Besonders, wenn sie keine Wurzeln haben.«

»Habt ihr denn keine?« Jetzt waren die beunruhigenden Augen auf mich gerichtet.

»Ich fürchte, nein«, erwiderte ich. »Das ist vielleicht der Preis dafür, wenn man zu lange im Ausland lebt.« Keiner von uns habe länger in Amerika gelebt, meinte ich zur Erklärung. »Wie lange bist du denn schon in Sizilien, Clio?« Vielleicht würde sie die Frage unverschämt finden, aber ich wollte das Gespräch von Jay und mir ablenken.

»Seit mehr als vier Jahren inzwischen. Aber meine eigenen Wurzeln haben mir nie sehr viel bedeutet.« Sie sagte es fast barsch, und ich fragte mich, was sie wohl dazu getrieben haben mochte, sich in dieser kleinen Stadt in diesem für sie fremden Land niederzulassen. Sie schob ihren Stuhl zurück und stand auf. »Es ist an der Zeit, daß ich meine neue Königin ihrem Stock vorstelle. Ich werde Sie holen.«

»Was ist los?« fragte Jay ruhig, nachdem sie den Raum verlassen hatte.

»Springt es so sehr ins Auge?«

»Du scheinst nur nervös, das ist alles.«

Ich zog das Medaillon unter meiner Bluse hervor und zeigte es ihm. »Hugo hat mir das hier geschenkt. Clio trägt ein ganz ähnliches. Aber sie hat es gerade eben abgenommen.« Jay setzte zum Sprechen an, aber da hörten wir Clio zurückkommen. Schnell steckte ich das Medaillon wieder zurück in die Bluse.

Als Clio zurück ins Zimmer kam, hatte sie das Paket dabei, das Donna Anna ihr gegeben hatte. Sie hatte es ausgewickelt. Übrig geblieben war eine kleine Holzschachtel, nicht größer als ein Füllfederetui. Zwei miteinander verschlungene Kreise in Form einer acht waren ins Holz geritzt, die Löcher mit Maschendraht bedeckt. Die Königin war auf den ersten Blick zu erkennen, sie war um einiges größer als die paar Arbeiterinnen, die um sie herumschwirrten.

»Warum kommt ihr nicht mit? Wir können reden, während ich arbeite.« Sie nahm eine Zeitung aus dem Korb, der neben der Kohlenpfanne stand, und klemmte sie sich unter den Arm. Mit der Bienenkönigin in der Hand ging sie voran. Der Hund lag mitten im Weg und döste vor sich hin. Als er uns kommen hörte, erhob er sich und folgte uns nach hinten ums Haus herum. Die Luft roch nach Thymian und wilden Gräsern sowie schwach nach der salzigen See. Argo trottete hinüber zu einem Mandelbaum und legte sich im Schatten zur Ruhe.

Direkt hinter dem Haus befand sich eine Terrasse, die auf einen großen Garten voller Obstbäume, Büsche und Gemüsebeete blickte. Zu unserer Linken, südwestlich von uns, erhob sich die massige Gestalt von Monte San Giulano, auf dessen Gipfel Erice thronte, direkt hinter dem Garten lagen Felder und Weinberge und dahinter die Ebene, die im Nordosten in eine Bergkette überging. Clio deutete auf das Gebirge vor uns. »Da vorne, da müßt ihr hin. Castell'alto liegt auf der meerzugewandten Seite des ersten Berges, Monte Castello. Es ist der, der aussieht wie der Höcker eines Kamels. Von hier aus ist es etwa eine halbe Stunde mit dem Auto. Falls die Straße passierbar ist.«

»Warum sollte sie das nicht sein?« fragte Jay sie.

»Es gab heftige Regenfälle in diesem Frühling. Manchmal blockieren Erdrutsche und Steinschläge die Bergstraßen. Ich mußte in der Vergangenheit schon öfters meinen Wagen stehen lassen und zu Fuß weitergehen.« Sie wandte ihre Aufmerksamkeit wieder der Bienenkönigin zu. »So, gleich ist es so weit.« Ihr Stimme war tief und fürsorglich, fast liebevoll. »Ich habe noch ein paar Schleierhüte im Honighaus – ihr solltet sie aufsetzen, solange ihr in der Nähe der Bienen seid. Die Bienen mögen den Schirokko ebensowenig wie die Menschen, er macht sie nervös.« Sie öffnete die Tür eines schmalen Schuppens, der hinter dem Haus angebaut war und in dem Maschinen und stapelweise Kisten mit Honiggläsern zu sehen waren.

Während sie weg war, flüsterte Jay mir zu: »Warum fragen wir sie nicht einfach direkt danach, ob sie Hugo kennt?«

Aber ich wußte nicht so recht. »Dann müßten wir ihr erklären, wer wir sind und was wir hier wollen. Falls Hugo sich tatsächlich in Castell'alto versteckt hält, ist es besser, wenn so wenig Leute wie möglich darüber Bescheid wissen.«

»Dann laß uns herausfinden, wie wir hinkommen, und dann nichts wie los.«

»Ich weiß nicht, Jay – vielleicht ist es besser, so viel über den Ort herauszufinden wie möglich, bevor wir uns auf den Weg machen. Möglicherweise gibt sie uns auch eine Empfehlung für diesen Don Calogero mit. Er scheint eine ziemlich beeindruckende Persönlichkeit zu sein.«

Jay schaute nur halb überzeugt, aber in diesem Moment kam Clio aus dem Honighaus und brachte Schutzhüte mit breiten steifen Krempen mit, über die lange Schleier hingen. Sie selbst trug bereits einen und war von Kopf bis Fuß in einen weißen Overall gehüllt. Es erinnerte mich an die seltsame Gestalt, die ich zuvor auf dem Feld gesehen hatte.

Darauf angesprochen lächelte sie. Das sei sie gewesen. »Ich war gerade dabei, einen Schwarm einzufangen, der sich auf dem Baum eines Nachbarn niedergelassen hatte. Ich hätte eigentlich mit euch rechnen müssen«, meinte sie dann zu unserer Überraschung. »Ich meine, mit Besuch von Fremden. Im Altertum haben sie geglaubt, daß schwärmende Bienen die Ankunft von Fremden ankündigen.«

»Es war ein erstaunlicher Anblick.« Es mußte ungeheuren Mut erforden, sich so von Bienen umschwirren zu lassen, meinte ich zu ihr.

»Es ist eigentlich weniger Mut als Furchtlosigkeit. Mich erschreckt nichts.« Die Worte hätten arrogant geklungen, wäre da nicht die Art gewesen, in der sie sie gesagt hätte. Mit einer plötzlichen Ernsthaftigkeit und fast so etwas wie Bedauern. »Als ich jung war, habe ich zuviel Zeit damit vergeudet, mich zu fürchten und davonzurennen. Damit habe ich aufgehört. Vielleicht ist das eine der Segnungen der mittleren Jahre.« Leichthin fügte sie hinzu: »Außerdem erfordert es gar nicht so viel Mut, wenn man durch Schleier und Handschuhe geschützt ist. Wilde Bienen sind vollgepumpt mit Honig, und das macht sie gutmütig, es sei denn, man provoziert sie.«

Während wir die Hüte aufsetzten, fragte sie, ob irgendeiner von uns allergisch gegen Bienenstiche wäre. Als Jay erwiderte, er sei schon so oft von Bienen gestochen worden, daß er bestimmt immun wäre, erkundigte sie sich, ob er selber auch Bienen züchte. Er wurde rot. »Ich wünschte, ich könnte es. Eines Tages vielleicht. Aber ich habe schon mit Bienen gearbeitet.«

»Gut, dann wirst du Ruhe bewahren, wenn sie um dich herumschwirren. Das ist die Hauptsache, wenn man mit Bienen arbeitet«, meinte sie zu mir, »mit Bedacht vorzugehen und methodisch in den Bewegungen zu sein. Sie mögen keine Überraschungen.« Sie reichte mir einen kleinen Zinktopf, der wie ein Henkelkrug geformt war, mit einem winzigen Blasebalg daran. Es war eine Imkerpfeife, wie sie mir erklärte. Sie bat mich, sie zu tragen. »Rauch beruhigt die Bienen. Keiner weiß so recht, warum.«

Sie trug die kleine Kiste mit der Königin und ihren Arbeiterinnen, während sie uns durch eine Gruppe von Obstbäumen zum hinteren Garten führte, wo mehrere Bienenstöcke standen. Beim Näherkommen bemerkte ich eine kleine Marmorstatue, die halb versteckt hinter dem herabhängenden Ast eines Zitronenbaumes hervorschimmerte. Sie war nicht höher als dreißig Zentimeter und stand auf einem Steinsockel, der überwachsen war von Jasmin. Es war ein winziger ziegengesichtiger Mann mit erhobenen Händen und einem wilden satyrischen Grinsen auf dem bärtigen Gesicht. In einer Hand hielt er eine kleine Sichel. Was aber zuerst und unübersehbar ins Auge fiel, war weiter unten – ein Phallus, so enorm, daß er nur als einschüchternd zu bezeichnen war.

Clio sah meinen Blick. »Das ist Priapus. Er hat leider kein Schamgefühl, befürchte ich.« Sie ging hinüber zu der Statue und drapierte einen Zweig Jasmin um seine Männlichkeit. »Ich habe keine Feigenblätter mehr, also wird es das tun müssen.« Es heizte die Phantasie nur noch mehr an.

Ich schaute zu Jay hinüber. »Mach dir um mich keine Sorgen«, sagte er mit einem leicht verlegenen Grinsen. »Ich habe so was schon mal gesehen. Im Britischen Museum«, fügte er erklärend hinzu, als er meine hochgezogene Augenbraue bemerkte.

Ein Freund habe ihr die Statue geschenkt, meinte Clio, als sie mit der Bienenzüchterei angefangen habe. Sie wäre eine Nachbildung eines Originals aus dem vierten Jahrhundert. Sie deutete auf ein paar Worte, die in Altgriechisch auf den Stein gemalt waren, und übersetzte sie für uns: »›Hier stehe ich und wache, schütze die Bienen vor dem, der sie stiehlt.‹ Im Altertum standen die Bienen unter dem Schutz des Priapus, weil sie mit Fruchtbarkeit in Verbindung gebracht wurden. Normalerweise ziehe ich ihm was über, wenn sizilianische Freunde zu Besuch kommen. Nicht, weil sie so prüde wären, sondern weil sie fürchten, er habe den bösen Blick. Was mir nur recht ist – es hält Fremde fern. Das und Argo.«

Es waren ungefähr zwei Dutzend Bienenstöcke. Sie befanden sich vor einer Rotdornhecke, die den Garten von den Feldern dahinter trennte. Jeder Bienenkorb ruhte auf einem Steinsockel und war unterteilt in horizontale Sektionen. Es war ein schmaler Turm von drei oder vier weißen Kästen, wie ein kleines Apartmenthaus. Bienen schwirrten umher, die Luft war voll von ihrem Gesurre. Ein Bienenstock war kleiner als die anderen und nur zwei Stockwerke hoch. Der dritte Baustein stand auf dem Boden daneben, seine Öffnung war mit Maschendraht bedeckt. Auf einer Seite war ein Loch. Clio entfernte den Holzriegel, der die kleine Kiste mit der Bienenkönigin verschloß, hielt den großen weißen Kasten schräg und schüttete dann vorsichtig den Inhalt des Käfigs hinein. Schnell verstopfte sie dann die Öffnung mit einem Knäuel Zeitungspapier. Dann hob sie vorsichtig den Bienenstock von seinem Sokkel und setzte ihn aufs Gras. Ein paar Bienen schwirrten um den Stock herum, schienen aber nicht weiter irritiert von dem Geschehen. Wir würden die Imkerpfeife doch nicht brauchen, erklärte Clio. Sie nahm den Kasten mit der Königin, setzte ihn auf den Steinsockel und bedeckte die Maschendrahtöffnung mit einem einzigen Blatt Zeitungspapier.

»Warum tust du das?« fragte ich sie.

Jay meinte: »Um die Bienenkönigin zu schützen, nicht wahr?«

»Genau«, gab sie ihm recht, während sie den Rest des Bienenstocks wieder nach oben stellte. »Steckt man die Bienenkönigin direkt in den Stock, besteht die Möglichkeit, daß sie angegriffen wird. Bis die Arbeiterinnen sich durchs Papier gefressen haben, hat sie den Geruch des Stocks angenommen und wird akzeptiert.« Nach einer Pause fügte sie hinzu: »So ist es auch mit Sizilien. Wenn man einfach hereinplatzt, werden sie einen nicht akzeptieren, sondern sich gegebenenfalls sogar gegen euch wenden. Aber wenn man geduldig ist – oder besser noch einen Gönner hat – tut man sich leichter. Das ist der Grund, weshalb Donna Anna euch geraten hat, sich an mich zu wenden. Und das ist der Grund, warum ich euch sage, daß es keinen Zweck hat, nach Castell'alto zu fahren, wenn ihr nicht die Erlaubnis von Don Calogero habt. Ohne seine Zustimmung werdet ihr nirgendwohin gelangen. Niemand würde mit euch reden, niemand würde euch etwas sagen.« Bedächtig machte sie den Bienenkorb wieder zu.

»Was ist mit dir?« fragte Jay. »Was ist, wenn du ein Wort für uns einlegst?«

»Oh, ich habe keinen Einfluß auf die Leute hier«, sagte sie, während sie vor uns zurück zum Haus ging.

Jay ließ nicht locker. »Nicht einmal bei Don Calogero?« Er versuchte mit ihr Schritt zu halten.

Sie stoppte und schaute ihn an. »Nun ja, vielleicht ein bißchen. Aber es müßte schon ein verdammt guter Grund sein, damit ich meinen Einfluß geltend mache. Hier gibt es nichts umsonst, verstehst du. Vielleicht wenn Ihr offen zu mir wärt...«

Jay und ich schauten uns an. »Wie meinst du das?« fragte ich, während ich den Schleier meines Hutes zurückschlug.

»Ich meine, daß mehr dahinterstecken muß als simple Ahnenforschung, so entschlossen wie ihr seid, an diesen Ort zu kommen, vor dem euch so viele Leute gewarnt haben.«

Ich hatte nie darüber nachgedacht, daß wir vielleicht eine andere Geschichte als die vom Urlaub parat haben müßten, um unsere Anwesenheit in Sizilien zu erklären. Unvorbereitet wie ich war, kramte ich eine Erklärung hervor, die selbst in meinen Ohren schwach klang. »Da ist wirklich nichts Geheimnisvolles an unserem Wunsch, Castell'alto zu sehen. Ich möchte irgendwann einmal ein Buch über unsere Familie schreiben und finde es deshalb wichtig, die Orte, aus denen unsere Verwandten stammen, auch tatsächlich gesehen zu haben. Dagegen kann doch Don Calogero nichts einzuwenden haben, oder?«

Sie antwortete nicht. Sie nahm Jays Hut und streckte dann die Hand nach meinem aus. »Wird euer Vater in diesem Buch auch Erwähnung finden?« Sie ließ einen Herzschlag verstreichen. »Ihr seid doch Hugos Kinder, oder nicht?«

8

Es war nichts zu hören außer dem Summen der Bienen und dem Rauschen des Windes. Von den strohblonden Feldern flatterte eine Schar Vögel auf, aufgescheucht durch den Sturzflug eines Habichts vom Berg. Als ob er die Spannung, die in der Luft lag, gespürt hätte, hob Argo den Kopf von den Pfoten, richtete sich auf und kam aus dem Schatten des Mandelbaums auf uns zu. Jays Atem ging pfeifend. Der Hund ließ sich neben ihm auf dem Boden nieder.

»Du kennst Hugo?« fragte ich schließlich.

»Ja, ich kenne ihn.«

»Wie kommst du darauf, daß wir seine Kinder sind?« Wenn sie es wußte, warum hatte sie dann bis jetzt nichts gesagt?

»Ihr meint, abgesehen davon, daß der Beweis leibhaftig vor mir steht?« Ihre Stimme klang amüsiert. »Ich wußte, daß er eine Tochter namens Alison und einen Sohn namens Jay hat. Ziemlich eindeutig, denke ich.«

Während Jay und ich noch zögerten, fuhr sie fort. »Hugos Mutter stammt aus Syracuse, nicht aus Castell'alto. Also laßt uns aufhören mit diesem Gerede um Großmütter, ja? Ich nehme an, ihr seid wegen ihm hier?« Als ich nickte, meinte sie: »Aber er ist in Libyen.« Es war Frage und Feststellung zugleich.

»Nicht mehr«, erklärte Jay. »Er ist vor vier, fünf Tagen von dort abgehauen.«

»Das wußte ich nicht«, sagte sie schlicht.

Wenn Hugo und sie mehr als bloße Bekannte gewesen waren – und sowohl die Widmung in dem Buch als auch das Medaillon um ihren Hals deuteten darauf hin – und er sich tatsächlich in Castell'alto aufhielt, warum hatte er dann noch keinen Kontakt mit ihr aufgenommen? Weil er schließlich doch nicht in Castell'alto war? Ich spürte einen seltsamen Stich von Enttäuschung – nicht wegen mir, nur wegen Jay, redete ich mir ein.

Aber was Clio als nächstes sagte, ließ mich wieder mehr an Jays Version glauben.

Sie sah uns dabei nicht an; ihre Augen waren stur auf das Panorama der Berge im Norden gerichtet, wo Castell'alto lag, eine dunkle und wogende Welle, die gegen den stechend blauen Himmel schlug. Eine Linie neben ihrem Mund vertiefte sich. Fast wie zu sich selbst meinte sie: »Darum also wollte Don Calo nicht mit mir sprechen…«

Ich schwieg. Als die Pause sich streckte, fragte ich, was sie damit meinte.

Sie sprach langsam, als würde sie gerade etwas begreifen, was doch die ganze Zeit auf der Hand gelegen hatte. »Ich habe seit Tagen versucht, Don Calogero zu erreichen. Um seine Erlaubnis einzuholen, einige Bienenstöcke auf seinem Land bei Castell'alto zu besuchen. Aus Höflichkeit rufe ich jedesmal vorher bei ihm an. Es hat noch nie ein Problem gegeben. Aber diesmal hat er mich hingehalten. Oder besser gesagt, sein Wirtschafter hat mich hingehalten. Ich habe es nicht geschafft, zu Don Calo persönlich vorzudringen.«

»Und du glaubst, das liegt daran, weil Hugo sich in Castell'alto aufhält?« Jays Gesicht war angespannt, die blauen Augen blickten durchdringend.

Clio furchte die Brauen. »Aber wollt ihr nicht deshalb dorthin? Weil ihr wißt, daß er dort ist?«

Jay sprang auf die Füße und blickte mich hilfesuchend an. »Wir hoffen es. Das ist alles«, sagte ich.

Abrupt fragte sie: »Ihr seid also hergekommen, um euren Vater zu finden?« Ihre Stimme hatte einen scharfen Unterton, als habe sie sich dazu zwingen müssen, diese Frage zu stellen.

»Wir hoffen, ihn zu finden.« Etwas zugeknöpfter fügte ich hinzu: »Aber wir wissen nicht viel mehr als das, was in den Nachrichten kam. Wir sind uns nicht einmal sicher, ob er wirklich in Sizilien ist.«

»Er hat keinen Kontakt mit euch aufgenommen?«

»Nein.«

Falls sie das seltsam oder überraschend fand, ließ sie es sich nicht anmerken. Die meisten Männer, die aus irgendeiner Art Exil heimkehrten, mochten sich vielleicht umgehend bei ihren Familien melden, aber vermutlich wußte sie, daß Hugo niemals so getan hatte, als sei er wie die meisten Männer.

»Warum glaubt ihr, daß Hugo sich in Castell'alto aufhält?« fragte sie schließlich.

»Jay und ich kennen Castell'alto aus den Briefen, die er uns geschrieben hat. Es ist der einzige Hinweis, den wir haben.«

»Über eine Sache haben wir uns allerdings gewundert...«, meinte Jay.

»Und die wäre?«

»Wir haben uns gefragt, warum Hugo sich ausgerechnet Castell'alto ausgesucht hat. Angeblich heißt es auch ›das Dorf, das Gott vergessen hat‹. Das klingt nicht sehr einladend.«

Sie lächelte. »Die Leute aus Castell'alto pflegen darauf zu erwidern: ›Gott mag uns vergessen haben, aber Don Calo erinnert sich.‹ Was heißt, daß die Dinge bei weitem nicht so schlimm stehen, wie es Außenstehende gerne glauben. Natürlich hat das Dorf ein schlechtes Image, was aber möglicherweise ein wenig übertrieben ist, um Fremde abzuhalten. Und zu denen zählt hier jeder, der mehr als zwanzig Kilometer entfernt wohnt. Auf den ersten Blick glaubt man vielleicht, es sei ein Bergdorf wie jedes andere auch, immer noch ziemlich rückständig. Aber wenn man genauer hinsieht, sieht die Sache anders aus. Die meisten Häuser haben Elektrizität, sanitäre Anlagen, neue Möbel. Man lebt zwar von der Landwirtschaft, aber im Gegensatz zu vergleichbaren sizilianischen Orten sind hier noch nicht alle Männer nach Deutschland abgewandert, um dort nach Arbeit zu suchen. Man hat Don Calo eine Menge zu verdanken. Und ich glaube, er ist auch der Grund dafür, daß euer Vater geblieben ist, auch wenn es nur eine Vermutung ist. Alles was ich weiß, ist, daß er irgendwie in Hugos Schuld steht. Was Hugos Eingewöhnung im Dorf natürlich wesentlich erleichtert hat.«

»Aber warum sollte jemand wie Hugo hier leben wollen? Ich meine, jemand, der die Wahl hätte«, fragte Jay sie.

»Nun, zuerst einmal ist es sehr schön hier, wenn man einen Sinn für das Wilde und Dramatische hat, was bei Hugo der Fall ist. Und hier begegnen sich seine beiden Leidenschaften: Architektur und Archäologie.« Sie schaute von ihrer Arbeit auf. »Ihr wißt von dem Kastell, oder?«

»Er hat in einem Brief davon geschrieben, daß er eine romantische Ruine gekauft hat«, sagte ich. »Und daß er sie wieder herrichten will.«

»Nun, das ist leicht untertrieben. Es steht kaum mehr als die Grundfesten, einige Mauern und ein wunderschöner Turm mit einem wunderschönen Blick auf das Meer. Und die tote Stadt.«

»Die tote Stadt?« Ich dachte an den Friedhof, an dem wir auf unserem Weg nach San Teodoro vorbeigekommen waren.

»Das alte Castell'alto. Casteddu – wie es die Einheimischen nennen. Heutzutage lebt dort keiner mehr. Sie sind alle den Berg hinunter in die neue Stadt gezogen.« Trocken fügte sie hinzu: »In die vergleichsweise neue Stadt. Wir reden hier vom fünfzehnten Jahrhundert im Gegensatz zum Neolithikum. Es war einer von Hugos Träumen, Casteddu wieder aufzubauen.« Ihre Stimme brach. Dann fuhr sie fort: »Die Burg selbst ist normannischen Ursprungs, war einst eine sarazenische Festung und davor eine Art befestigter Felsen in der Bronzezeit. Ihr erinnert euch an den Kult von Erice, von dem ich euch erzählt habe? Nun, Hugo glaubte, er habe Spuren eines ähnlichen Kultes in Casteddu gefunden.«

»Was waren die anderen?« fragte ich.

»Anderen?«

»Die anderen Träume. Du hast gesagt, die Burg sei einer davon gewesen.«

Aber vielleicht hatte sie das Gefühl, daß sie schon zuviel gesagt hatte, denn sie zuckte nur mit den Schultern. »Hugo plante immer irgend etwas. Ich kann mich nicht an all seine Vorhaben erinnern.«

In das Schweigen hinein hörten wir Argo bellen. »Draußen kommt jemand«, sagte Clio und wischte sich die Hände an der Schürze ab. Gemeinsam gingen wir nach vorne zum Haupthaus. Argo stand am Tor und bellte einen Mann in einem schwarzen Alfa Romeo an.

»Verdammt«, murmelte Clio. »Hört zu, sagt lieber nichts davon, wer ihr seid oder warum ihr hier seid, okay?« Dann machte sie einen Schritt nach vorne und packte Argo am Halsband. »Ich hab ihn schon, Giudico«, meinte sie auf Italienisch.

Ein kleiner Mann mittleren Alters in einem gut geschnittenen beigen Anzug und mit einer verspiegelten Sonnenbrille stieg aus dem Wagen, vorsichtig darauf bedacht, die sichere Deckung der Fahrertür nicht aufzugeben. Er war schmal und hatte schütteres Haar, das ordentlich über den Schädel gekämmt war. Er sah unbedeutend aus, wenn man mal vom teuren Anzug absah.

»Ich habe dich erst morgen erwartet«, begrüßte ihn Clio. »Basta, basta.« Das letzte galt dem Hund, der immer noch knurrte.

Der kleine Mann kam auf uns zu, während er die Jacke seines Anzugs glatt strich. »Wenn du ein Telefon hättest, Clio, wärst du vor Überraschungsbesuchen sicher. Ich könnte das für dich arrangieren.« Das Lächeln verlieh seinem nichtssagenden Gesicht einen unerwarteten Charme.

Clios eigenes Lächeln war kühl. »Du arrangierst bereits so viel für mich. Ich möchte deine Güte nicht überstrapazieren.« Auf Englisch sagte sie: »Dies hier sind Alison Jordan und ihr Bruder Jay. Giudico Coccalo. Giudico und sein Partner vertreiben meinen Honig.«

Coccalo. Wie immer dieser Mann auch mit Don Calogero verwandt sein mochte, es war klar, daß er kein gewöhnlicher Bauer aus den Bergen war; er sah mehr wie ein Banker oder ein Buchhalter aus.

»Es ist mir ein Vergnügen.« Als ich ihm die Hand schüttelte, konnte ich in seiner Sonnenbrille mein eigenes Spiegelbild sehen. Obwohl er so klein war, besaß er eine machtvolle physische Ausstrahlung. Sie war fast so stark wie das Duftwasser, das er trug. Ich widerstand dem Drang, einen Schritt zurückzutreten. »Sie sind Amerikaner wie Clio?«

»Ich bin sicher, sie sind bessere Amerikaner, als ich es bin«, sagte Clio, bevor Jay oder ich etwas darauf erwidern konnten. »Und sie haben es ziemlich eilig, also wenn es ums Geschäftliche geht... und ich nehme an, das tut es, oder?« Ihre Stimme klang brüsk. In gewisser Weise war klar, daß sie Giudico Coccalos Anwesenheit ebenso nervös machte wie Argo.

»Ich wollte dir nur sagen, daß der Auftrag größer ist als angenommen. Elliot und ich benötigen etwa noch einmal die Hälfte der Menge. Schaffst du das bis morgen?«

»Ich denke schon. Ich hab schon was fürs Hotel hergerichtet, aber die können auch warten.«

»Gut.« Die Sonnenbrille schwenkte zu mir. Auf Englisch sagte er: »Sie sind Touristen, Signorina Jordan?«

»Ja. Wir sind das erste Mal hier.«

»Dann haben Sie Glück, daß Sie Clio kennen. Sie kann Ihnen eine Menge über Sizilien erzählen, über die Vergangenheit, vielleicht mehr, als das die Einheimischen könnten.« Eine Augenbraue hob sich. »Oder wissen wollen.«

Clio schenkte ihm ein schwaches Lächeln. »Giudico kann mit meinem Interesse für Siziliens Vergangenheit nichts anfangen.«

»Das ist wahr, die Vergangenheit langweilt mich. Und du lebst zu sehr in ihr.« Er sagte es mit demselben freundlichen Lächeln wie zuvor, aber es lag eine Spur Ungeduld darin, die darauf hinwies, daß es sich um einen alten Schlagabtausch handelte. Und mehr noch, eine subtile Drohung. Vielleicht lag es auch nur an der Sonnenbrille, daß alles, was er sagte, irgendwie bedrohlich klang. Ich wünschte, er hätte sie abgenommen.

Als ob er meine Gedanken gelesen hätte, tat er genau das – und da sah ich, warum er sie trug. Ohne sie war das nichtssagende Gesicht schlicht gräßlich. Irgend etwas hatte sein linkes Auge grauenvoll verzerrt, das Fleisch und den Augapfel zur Seite geschoben. Das Auge war trüb; offensichtlich war er blind darauf. Die Haut um das Auge war fast künstlich glatt und rosafarben, was in schockierendem Widerspruch zu dem dunklen Olivton des übrigen Gesichts stand. Das schreckliche

Schielen verstärkte seine Präsenz noch; man war sich seiner Gegenwart doppelt bewußt, was die Sache für einen noch unbehaglicher machte. Daß er sich dieser Wirkung durchaus bewußt war, zeigte der elegante Schwung, mit der er die Brille abgesetzt und zusammengeklappt hatte. Jetzt musterte er uns ungerührt. Jay drehte sich weg, um Argo zu tätscheln. Ich versuchte, seinem Blick standzuhalten, was mir nicht gelang, und sagte schließlich, weil mir nichts Besseres einfiel: »Clio hat uns von Erice erzählt. Es klang faszinierend.«

»Hat sie Ihnen auch erzählt, daß dort die schönsten Frauen Siziliens zu Hause sind? Die Araber baten Allah, er möge ihnen die Frauen von Erice anvertrauen.« Giudico schenkte Jay ein Lächeln. »Du wirst mehr als nur die Aussicht bewundern können.« Er schien amüsiert, als Jay errötete. Zu Clio gewandt, fügte er dann hinzu: »Ich werde wegen dem Honig morgen früh noch einmal vorbeikommen.«

»Gut. Falls ich nicht hier sein sollte, steht er im Honighaus. Du mußt nur nach den Kisten neben der Tür schauen.«

Er warf ihr einen seltsamen Blick zu, in dem sowohl Wut als auch ein gewisses Flehen lagen. Auf Sizilianisch sagte er etwas zu ihr, das so ähnlich klang wie: »Du solltest besser da sein. Nicht nur wegen dem Hund...«

Sie nickte. Ihr Gesicht war unbewegt. »Ich werde es versuchen.«

Während er wieder seine Sonnenbrille aufsetzte, sagte er zu mir: »Falls Sie und Ihr Bruder je nach Palermo kommen, wäre es mir eine Ehre, sie ein wenig herumzuführen.« Dann wünschte er mir und Jay noch einen angenehmen Aufenthalt in Sizilien. Erleichtert beobachteten wir, wie er zurück zu seinem Alfa Romeo ging und in einer Staubwolke davonbrauste. Einen Moment herrschte Schweigen. Argo kratzte sich, trottete dann zurück zur Eingangstür von Clios Haus und ließ sich auf der Treppe nieder.

Jay zeichnete mit einem Grashalm Muster in den staubigen Boden. Als das Röhren des Motors abebbte, hob er den Kopf und fragte Clio, ob Giudico Don Calogeros Sohn sei. Sein

Neffe, erwiderte sie. »Aber Don Calo und seine Frau haben ihn praktisch großgezogen. Seine Eltern sind gestorben, als er ein Teenager war.«

»Warum wolltest du, daß wir ihm gegenüber den Grund für unsere Reise nicht erwähnen?« fragte Jay. »Hätte er uns nicht helfen können, wenn er Don Calogeros Neffe ist?«

»Giudico war nie ein Freund von Hugo. Er wäre keine große Hilfe gewesen.« Sie bückte sich und zupfte ein Unkraut aus den Ringelblumen am Tor.

Als sie nicht weiter darauf einging, murmelte Jay: »Scheint, daß wir von keinem Menschen hier groß Hilfe erwarten können.« Mühsam um Höflichkeit ringend, fragte er Clio, ob sie uns nicht sagen könnte, wie wir nach Castell'alto kämen.

»Natürlich«, erwiderte sie gelassen. »Leider ist die Straße ziemlich schlecht. Das schreckt nicht nur Touristen ab.« Ihr Lächeln wurde dünn. »Ich denke, das ist auch der Grund, weshalb Hugo Castell'alto so anziehend fand. Man schaut nicht einfach mal vorbei. Er war niemals sehr erpicht auf unerwarteten Besuch. Freunde und Familienmitglieder eingeschlossen.« Sie hielt kurz inne und warf uns aus ihren intelligenten grauen Augen einen Seitenblick zu. »Was ich sagen will, ist folgendes: Glaubt ihr nicht, Hugo wäre schon mit euch in Kontakt getreten, wenn er euch hätte sehen wollen?«

Obwohl ich ihr die Unterstellung übelnahm, hatte ich mich genau das ebenfalls schon gefragt und wußte deshalb im Moment keine Antwort. Aber Jay war der Sache gewachsen. Leise und bestimmt sagte er: »Ich habe drei Jahre darauf gewartet, daß mein Vater Kontakt mit mir aufnimmt. Jetzt bin ich es müde zu warten.«

Als sie mich anschaute, zuckte ich mit den Achseln. »Dies ist Jays Angelegenheit. Ich kümmere mich nur um die Transportmöglichkeiten.«

Ein Flackern ihrer Augenlider war das einzige Zeichen, daß sie diese Antwort möglicherweise ausgesprochen cool fand. »Ihr scheint euch auf eine lange Reise eingestellt zu haben.«

»Wir werden so weit gehen, wie wir gehen müssen. Wir wissen, daß Hugo niemand ist, der einem auf halbem Wege entgegenkommt.«

Höflich, aber bestimmt erklärte Jay: »Wir werden Castell'alto besuchen, egal welchen Ruf es hat. Aber es würde uns natürlich helfen, wenn du unseren Besuch telefonisch ankündigen würdest.« Er schaute ihr direkt in die Augen.

Sie zuckte mit den Achseln, als gäbe sie sich geschlagen. »Nun gut. Ich kann euch nicht versprechen, daß es viel nützt, aber vielleicht ist Don Calogero wenigstens bereit, mit euch zu reden.«

»Das ist alles, was wir wollen«, sagte ich.

»Ich glaube nicht, daß ihr wißt, wovon ihr redet«, erwiderte sie mit ruhiger Stimme und wandte sich dann zur Tür. »In der Bar unten auf der Piazza gibt es ein öffentliches Telefon, das nicht allzu öffentlich ist. Zu Fuß sind es nur ein paar Minuten. Wollen wir?«

Keiner sprach ein Wort, während wir durch das Licht der nachmittäglichen Sonne schritten. Jay brach als erster das Schweigen. Seine Stimme kam zögernd, als ahnte er, daß seine Frage nicht willkommen war. »Du hast uns noch immer nicht gesagt, wo du unseren Vater eigentlich kennengelernt hast. War es hier auf Sizilien?«

Sie nickte. »Vor vier Jahren, auf einer Party in Palermo, die der amerikanische Kulturattaché gegeben hat. Ich wußte, daß er früher als Archäologe gearbeitet hatte, und erwähnte, daß ich mich für den Kult der Aphrodite in Erice interessierte. So kamen wir ins Gespräch. Und allmählich schlossen wir Freundschaft. Euer Vater hat ein Talent dafür, Freundschaft zu schließen. Bei jeder anderen Art von Beziehung wird es schwieriger.« Die grauen Augen blickten ins Leere, und es lag ein fast sehnsüchtiger Ausdruck darin.

»Wir sprachen davon, gemeinsam in Casteddu an die Arbeit zu gehen«, sagte sie. »Ich habe eine Theorie über den dortigen Kult. Meiner Meinung nach muß es sich um eine Art Bienenkult gehandelt haben. Ich befürchte, daß ich die Tendenz habe, mein Leben von meinen Theorien beeinflussen zu lassen.« Sie lächelte schwach und fuhr dann fort: »Aber zu mehr als Reden sind wir dann nicht gekommen, weil Hugo nach Libyen gegangen ist.« Es war, als würde sie jedes Wort mit Bedacht wählen, und ich fragte mich, was sie wohl ausließ.

»Hast du schon in San Teodoro gelebt, als du Hugo begegnet bist?« fragte ich sie.

Sie schüttelte den Kopf. »Ehrlich gesagt war ich gerade erst auf Sizilien angekommen. Schließlich entschloß ich mich dazu, hier mehr oder weniger seßhaft zu werden. Jemand aus San Teodoro wollte sein Haus verkaufen, und ich griff zu. Das passiert nicht oft hier – obwohl die Leute arm sind, geben sie nur ungern ihr Land her. Selbst Sizilianer, die die Insel verlassen, um woanders ihr Glück zu suchen, hängen an ihren Häusern und hoffen darauf, eines Tages wieder zurückzukehren. Don Calogero hat mir dabei geholfen, das Geschäft abzuschließen.«

Schon wieder Don Calogero. Der Mann schien sowohl bei Clios als auch bei Hugos Entschluß, sich hier niederzulassen, eine entscheidende Rolle gespielt zu haben – und wenn er ihnen nur den Weg geebnet hatte. Oder steckte mehr dahinter? Und wieviel hatte wohl Hugo mit Clios Entscheidung, hier zu leben, zu tun?

Wir näherten uns dem Zentrum von San Teodoro. Rechts und links von uns begrenzten alte Häuser wie Mauern unseren Weg. Ab und zu hatte ich das undeutliche Gefühl, daß uns jemand beobachtete, aber wenn ich mich dann umdrehte, sah ich immer nur ein spielendes Kind mit einem Ball oder eine Katze auf dem Fensterbrett, die uns Fremde aus halbgeschlossenen Augen musterte. Einmal beugte sich eine alte Frau über die Brüstung ihres Balkons und rief Clio einen Gruß zu.

Der kleine Marktplatz war jetzt belagert von Autos, Kindern und einkaufenden Frauen. Auf der gegenüberliegenden Seite befand sich eine Bar, die aus einem schlichten Raum bestand. An den Wänden hingen Poster, die mit Fliegendreck übersät waren und langsam abblätterten, und an der langen Holztheke war eine kleine Gruppe Männer mit dem Barkeeper ins Gespräch vertieft. Jay und ich bestellten frischgepreßten Orangensaft, während Clio hinüber zum Münztelefon schlenderte. Gelegentlich streiften uns Blicke, die Musterung geschah unauffällig, war aber trotzdem greifbar.

»Liegt es daran, daß ich eine Frau bin?« fragte ich Jay. »Oder hast du auch das Gefühl, daß wir beobachtet werden?«

»Ein bißchen. Aber wir sind ja auch fremd hier.«

»Ja, aber ich habe das Gefühl, es steckt mehr dahinter.« Ich zögerte. Schließlich ließ ich es drauf ankommen. »Ich hätte es dir wahrscheinlich schon früher erzählen sollen, aber es gab da was auf dem Hafengelände, das mich nervös gemacht hat.« Ich beschrieb ihm den Mann mit dem Schnurrbart.

Jay schien unbeeindruckt. »Ich glaube, wir müssen uns mehr Sorgen wegen Clios Freund Giudico machen als wegen irgend so einem Idioten, der am Hafen herumlungert, um Touristinnen aufzureißen.« Er kniff ein Auge zusammen, verzog sein Gesicht zu einem lüsternen Blick und flüsterte dann in einer schamlos übertriebenen Imitation von Giudico Coccalos Akzent: »Möge Allah Sie in meine Hände geben, wunderschöne *Signorina.*« Danach errötete er.

Ich mußte lachen, was er wahrscheinlich beabsichtigt hatte, denn er sah jetzt fast erleichtert aus. Diese Reise mit all ihren Gefahren war ein Abenteuer für Jay, so viel stand fest – aber es war ein Abenteuer, über dem dunkle Wolken hingen. Ich wäre gut beraten, meine bösen Vorahnungen für mich zu behalten.

Als Clio zurückkam, bestellte sie ein Mineralwasser. Sie wartete, bis der Barkeeper den Drink gebracht hatte und sich wieder zu den Männern am anderen Ende der Theke gesellt hatte, und erklärte uns dann, daß es ihr bislang nicht gelungen war, Don Calo persönlich zu erreichen. »Aber ich habe eure Nachricht Assunta übermittelt, der Haushälterin. Sie will es ihm ausrichten, sobald er zurückkommt. Ich versuche es dann später noch mal.« Sie nippte ein wenig an ihrem Mineralwasser und tupfte die Feuchtigkeit außen am Glas mit dem verzierten Rand ihrer Papierserviette auf. »Werdet ihr eigentlich die Nacht in Erice verbringen?«

Ich nickte. »Wir haben Zimmer im Hotel Ginestra reservieren lassen. Kennst du es?«

»Ja, es ist ein gutes Hotel. Ich hätte euch gern eingeladen, bei mir zu übernachten, aber ich bin nicht auf Gäste eingestellt. Ihr werdet es im Hotel um einiges komfortabler haben.« Das mochte stimmen, aber ich hatte den Eindruck, daß sie erleichtert darüber war, daß wir die Dinge bereits geregelt hatten. »Ich werde mich bei euch im Hotel melden, sobald ich mit Don Calogero gesprochen habe. Wenn er einverstanden ist, werde ich euch morgen früh mit nach Castell'alto nehmen.«

Ich war überrascht – sie schien eigentlich nicht so erpicht darauf gewesen zu sein, in die Suche verwickelt zu werden. »Wir möchten dir keine Unannehmlichkeiten bereiten. Ich bin sicher, Jay und ich werden den Weg schon irgendwie finden.«

»Es bereitet mir keine Unannehmlichkeiten. Und es verschafft mir die Möglichkeit, einen Abstecher bei meinen Bienen zu machen, von denen ich euch erzählt habe.«

Als wir aus der Bar traten, hatte sich der Platz vor uns radikal verändert. Er war jetzt voller Autos, und Trauben dunkel gekleideter Männer standen herum; Frauen und Kinder waren keine mehr zu sehen. Die Stimmen der Männer durchdrangen die Luft wie dicker stechender Rauch. Jungen auf Motorrollern kurvten herum und gaben dann mit demonstrativer Männlichkeit Gas, um mit röhrenden Auspüffen in Seitengassen zu verschwinden.

»Wo sind denn die ganzen Frauen?« fragte ich Clio, während wir den Platz umrundeten.

»Daheim. San Teodoro ist nach wie vor ein sehr traditionell eingestelltes sizilianisches Dörfchen. Obwohl ich mir habe sagen lassen, daß die Mädchen inzwischen um einiges freier aufwachsen, als es ihren Müttern vergönnt war – oder daß die Sitten verrohen, das kommt ganz auf den Standpunkt des Betrachters an.«

In den engen Gassen schallten uns weibliche Stimmen aus Türöffnungen entgegen, hinter denen alte Frauen auf Küchenstühlen saßen, Gemüse putzten und miteinander ein Schwätzchen hielten. In der Luft schwebte dieser köstliche Duft, der sommerliche Mahlzeiten im Süden immer begleitet: Es roch nach Basilikum, Zwiebeln und Knoblauch in Olivenöl, frischgepflücktem und gegartem Gemüse.

Schließlich hatten wir Clios Gartentor erreicht und standen vor dem BMW. »Wißt ihr, wie ihr von hier aus wieder nach Erice kommt?« fragte sie uns.

Ich verstand das als diskreten Hinweis darauf, daß die Audienz beendet war, und schloß die Fahrertür auf. »Ja, wissen wir, aber wenn wir schon mal hier sind: Kannst du uns auf der Karte zeigen, wo Castell'alto liegt?«

»Natürlich.«

Jay langte in den BMW, um die Karte herauszuholen, und breitete sie dann auf der Kühlerhaube aus. Mit einem Finger fuhr Clio eine weiße geschlängelte Linie entlang, die von einer dickeren gelben Linie abging, die wiederum von der Bergstraße wegführte. Wo der weiße Weg zu Ende war, zeigte die Topographie einen Berggipfel an. Er lag ganz in der Nähe der Küste. »Das hier ist Monte Castello. Das Dorf ist nicht eingezeichnet, aber hier genau ist es. Das ist die Strecke, die hinführt...« Ihr Finger bewegte sich an der weißen Linie entlang. »Der Weg ist ein besserer *mulattiere*, ein alter Mauleselpfad. Für ein schmuckes Auto wie dieses kein Zuckerschlecken.«

Als Jay und ich in den BMW stiegen, erinnerte ich mich an den Artikel. Ich hatte ihn auf dem Tisch liegen lassen. Sie ging hinein, um ihn zu holen, und brachte uns schließlich auch noch ein Glas Honig mit. »Für die Frühstücksbrötchen. Sonst gibt es hier nur diese schrecklichen Plastikdöschen Marmelade.« Sie versprach, sich am späteren Abend im Hotel Ginestra bei uns zu melden. »Wahrscheinlich gegen neun oder so.«

Als wir ihr danken wollten, winkte sie ab. »Es freut mich wirklich, daß ich euch kennengelernt habe. Er hatte recht.« Bevor ich nachhaken konnte, was sie damit meinte, erklärte sie uns bereits, wie wir zurück auf die Hauptstraße kamen. Dann packte sie Argo am Halsband und ging mit ihm zurück in den Garten.

Als wir losfuhren, drehte Jay sich noch einmal um, um einen Blick auf den buckligen Berg von Castell'alto zu werfen. »Ich wünschte, wir könnten jetzt sofort hinfahren.«

»Ich weiß. Aber was Clio gesagt hat, stimmt – Hugo konnte Überraschungen noch nie leiden.« Außer, dachte ich, er war am Drücker. »Wenn er heute dort ist, wird er morgen auch noch dort sein, und wir können sicherer sein, daß wir auch wirklich willkommen sind. Wenn wir jetzt sofort hinfahren und er ist nicht dort, müssen wir diese Bergstraße im Dunkeln hinunterfahren und unsere Hotelzimmer sind am Ende wahrscheinlich anderweitig vergeben.«

»Okay. Aber es ist schon irgendwie verrückt, daß wir einen Termin brauchen, um unseren eigenen Vater zu treffen.« Er hielt inne und schaute mich an. »Und weißt du, was auch verrückt ist?«

»Ja, aber du zuerst.«

»Nun, ich habe sie natürlich noch nie zuvor gesehen – Clio, meine ich –, aber sie erinnert mich an jemanden. Sie hat so was an sich... Das klingt schwachsinnig, ich weiß.«

»Nein, tut es nicht. Mir kommt sie auch vertraut vor. Vielleicht liegt es am Typ.«

»Welchem Typ?«

»Diesem Pioniergeist, der sein Heimatland verläßt. Jemand, der asynchron mit seinem Land lebt, aber immer noch äußerst amerikanisch ist. Ich habe viele solcher Menschen getroffen, seit ich in Europa lebe, obwohl sie normalerweise jünger sind und meistens männlich. Weißt du noch, was Rosalia über sie gesagt hat? *Un'originale* – nicht wirklich exzentrisch, aber auf jeden Fall außergewöhnlich.«

»Aber wie kommt es, daß jemand wie sie ihre Tage damit verbringt, an einem Ort wie diesem Bienen zu züchten? Glaubst du, es hat etwas mit Hugo zu tun?«

»Keine Ahnung. Es gibt da eine Menge Fragen, die ich ihr gerne stellen würde. Aber ich glaube nicht, daß ich irgendwelche Antworten bekommen würde – zumindest keine ehrlichen.«

»Sie verbirgt etwas«, sagte Jay. Es war eine Feststellung, keine Frage.

»Ja, ich glaube, das tut sie.«

Und ich hätte zu gerne gewußt, was.

9

Nach einem Blick auf die Landkarte beschlossen wir, nicht denselben Weg zurückzufahren, sondern westlich hinter San Teodoro die zweispurige Straße Richtung Erice zu nehmen. Am Ortsrand kam es zu einer leichten Verzögerung. Die Rushhour in San Teodoro bestand aus drei Dutzend schwarzgesichtigen Schafen, denen größtenteils die gesunde Furcht vor Autos abging. Ein junger Schäfer scheuchte sie mit seinem Stab vor sich her, tatkräftig unterstützt von einem kleinen schwarzweißgescheckten Hund, der sie von hinten in die sicheren Gefilde der Wiese jenseits der Straße trieb.

»Kann ich mal einen Blick auf den Artikel werfen, den Clio dir gegeben hat?« fragte mich Jay.

»Nur zu. Es steckt in meiner Tasche hinten auf dem Rücksitz, zusammen mit dem Glas Honig.« Ich lenkte den Wagen um ein letztes aufsässiges Schaf herum. »Entwickelst du gerade archäologisches Interesse?«

»Nur teilweise. Ich dachte vor allem, der Artikel könnte uns etwas über sie verraten.«

Für die nächsten paar Minuten, in denen Jay Clios Artikel las, herrschte Schweigen. Die Straße schlängelte sich unerwartet gemächlich durch die Ebene. In dem einen Moment rückte sie Monte San Giulano näher, im nächsten führte sie wie zum Spott wieder von ihm weg. Wir fuhren mitten durch einen braun, grün, gelben Farbenmix von Feldern und passierten moderne Ansiedlungen, die aus quadratischen Betonhäusern mit Flachdächern bestanden. Jedes Haus schien irgendwie erst halbfertig zu sein; einmal fehlte das Tor zur Garage, ein andermal der ganze zweite Stock, ein drittesmal ragten die bröseligen Überreste einer halbfertigen Mauer in die Gegend. Dies war ganz offensichtlich ein Land, in dem niemals wirklich etwas ein Ende fand – nicht einmal im Tod.

Clio war mir ein Rätsel. Sie verwirrte mich. Ich war mir fast sicher, daß sie mehr mit Hugo verband als das bloße Interesse am Kult der Aphrodite. Bedachte man Hugos Reputation und ihre eigene Attraktivität, enthielt ihre Beziehung ganz gewiß eine gehörige Portion Romantik. Und eine gemeinsame Vergangenheit? Die Widmung in Hugos Buch wies auf etwas hin, das über das rein Physische hinaus ging, obwohl das bei einer Frau wie Clio wahrscheinlich immer der Fall war.

»Erzähl schon«, meinte ich zu Jay, als er zu Ende gelesen hatte. Seiner Konzentration nach zu urteilen, hatte die Lektüre sein Interesse geweckt.

»Willst du auch die schmutzigen Details hören?« Er lachte, als er meinen Gesichtsausdruck sah. »So umschreiben die Engländer doch alles, was irgendwie mit Sex zu tun hat.«

»Aber natürlich – vor allem die schmutzigen Details.«

»Dann solltest du es selber lesen. Sorry, aber es ist nicht die Art von Sache, die ein Bruder seiner älteren Schwester vorliest. Warte, ich geb dir ein Beispiel.« Er blätterte durch die Seiten und räusperte sich dann ostentativ. »Der Bienenkult in Erice hatte auch eine dunklere Seite. In den frühesten Zeiten vermählten sich die Priesterinnen der Aphrodite mit einem Mann im Namen der Göttin. Aber die Herrschaft des Königs war nur von kurzer Dauer, ähnlich wie die der Drohnen, und er erlitt dasselbe schreckliche Schicksal. So wie die Bienenkönigin die Drohnen beim Paarungsakt zerstört, töteten die Priesterinnen den König, in dem sie seine – ugh – ausrissen.« Er verzog das Gesicht. »Allerdings wurden die Dinge dann besser. Wenn ein Mann das richtige Geschenk brachte, konnte er sich eine schöne Zeit mit der Priesterin machen und trotzdem mit dem Leben davonkommen.«

»Faszinierend. Und da hab ich schon bedauert, keine Nachtlektüre mitgenommen zu haben. Weiter bitte.«

»Sie redet eine Menge über die prähistorischen Kulte hier in der Gegend, die der Großen Göttin gewidmet waren und dem Aphrodite-Kult vorangingen. Sie sagt, daß die Gottesdienste in Höhlen stattfanden. Wann immer das Hauptheiligtum in Erice bedroht war, zogen sich die Priesterinnen wahrscheinlich in diese Höhlen zurück. Sie glaubt, daß die verlorenen Schätze der Aphrodite möglicherweise noch immer in einer der Höhlen hier liegen.« Er schaute auf die Berge in der Ferne und sagte etwas bedauernd: »Vielleicht können wir mal wieder herkommen, wenn alles vorbei ist, und ein wenig Höhlenforschung betreiben.«

»Was meinst du mit ›wir‹? Ich fühle mich geschmeichelt, daß du mich mit einbeziehst, aber selbst Daedalus' goldene Wabe könnte mich nicht in eine sizilianische Höhle bringen.« Ich schaltete herunter, weil ein Traktor mit einem Anhänger Artischocken kreuzte. Der Verkehr hatte zugenommen, und während wir warteten, bis der Traktor vorüber war, sammelte sich eine kleine Schlange von Autos hinter uns. »Und, hast du etwas über Clio erfahren beim Lesen?«

»Nicht mehr, als wir eh schon wissen. Sie ist gescheit, und es klingt, als ob sie weiß, wovon sie redet, aber sie hat's offensichtlich ganz gewaltig mit Bienen. Glaubst du, sie und Hugo... na ja, waren mehr als nur Freunde?«

»Anzunehmen. Aber wie immer ihre Beziehung ausgesehen haben mag, die Sache hat wohl unschön geendet oder war schon vorbei, als er nach Libyen gegangen ist. Andernfalls wäre er jetzt mit ihr in Kontakt getreten.« Der Traktor verschwand in einem anderen Feld, und ich gab wieder Gas.

Ruhig sagte Jay: »Mit uns ist er auch nicht in Kontakt getreten.«

»Dazu hast du ihm gar keine Zeit gelassen, Jay. Ich bin sicher, er hätte es noch getan.«

»Darauf konnte ich nicht warten. Die Dinge passieren nun mal, mit Warten kommt man nicht immer weiter. Wenn ich nach ihm suche, tue ich wenigstens etwas und sitze nicht nur herum. Zumindest fühle ich mich nicht ganz so hilflos wie in den letzten drei Jahren.« Sein Kopf hing über Clios Artikel. Er blätterte die Seiten aufs Geratewohl um, als würde er sie gar nicht richtig wahrnehmen.

Wir näherten uns wieder dem Monte San Giulano. Rechts von der kurvenreichen Strecke ging das Land in die Ausläufer der Berge über. Am Straßenrand schnupperte ein magerer Köter in einem Haufen Abfall und hob argwöhnisch den Kopf, als sich ihm zwei kleine Jungs mit Stöcken näherten. Im Rückspiegel verfolgte ich die kleine Szene.

Aber das Schicksal des Hundes blieb im Verborgenen. Denn in diesem Moment machte die Straße wieder einen Knick, und in der Kurve konnte ich hinter dem staubigen blauen Fiat, der uns folgte, einen grauen Lieferwagen mit einer kaputten Antenne sehen. Er war zu weit hinten, als daß ich den Fahrer hätte erkennen können, aber ich war mir sicher, er würde ein pfirsichfarbenes Hemd und einen dicken Schnurrbart tragen.

Es gab einen einfachen Weg, meinen Verdacht zu bestätigen.

Ich drückte aufs Gaspedal und scherte aus, um den Wagen vor mir zu überholen. Als ich wieder auf meiner Seite war, warf ich einen Blick in den Rückspiegel. Während ich noch schaute, schwang der Lieferwagen zur Seite und umkurvte den Fiat. Ich überholte einen zweiten Wagen und einen dritten. Jedes Mal folgte der Lieferwagen nach einem kurzen Moment meinem Beispiel.

Es mußte der Mann aus Palermo sein. Der Schnurrbart.

Er folgte uns so umsichtig wie ein Jäger seiner Beute, hielt sich geschickt im Windschatten und benutzte das Auto, das hinter uns fuhr, als eine Art Schutzschild. Wenn er mir vorhin nicht zufällig ins Auge gefallen wäre, hätte ich nie gemerkt, daß wir verfolgt würden.

»Was ist los?« Jay musterte mich.

»Schau in den Seitenspiegel, aber dreh dich nicht um. Siehst du den grauen Lieferwagen?«

»Meinst du den, der gerade von dem Lastwagen platt gemacht wird?«

Überrascht warf ich einen Blick nach hinten. Ein zweiachsiger Sattelschlepper mit Tiefladeanhänger schloß gerade zu besagtem Lieferwagen auf, wobei er eine kleine Staubwolke hinter sich herzog, während er die Landstraße heraufdonnerte. Aus seinem Schornstein stieg spiralförmig öliger, blauer Rauch nach oben, der den Himmel in seinem Kielwasser verdüsterte.

»Das würde unsere Probleme lösen.«

»Wie meinst du das?«

»Ich hab dir doch von diesem Mann erzählt, der uns beobachtet hat, als wir von der Fähre kamen? Er hat einen grauen Lieferwagen wie den hier gefahren.«

»Denselben? Bist du sicher?«

»Ziemlich sicher.« Ich beschrieb ihm mein Experiment und versuchte dann, so ruhig wie möglich zu klingen. Reuevoll sah ich Jay an. »Ich fürchte, daß mich diese Räubergeschichten, die ich gestern abend gelesen habe, nicht loslassen.«

»Nun«, sagte Jay vernünftig, »wenn er wirklich ein Gauner oder ein Autodieb ist, kann er uns im Moment nicht viel anhaben. Hauptsache, er folgt uns nicht, wenn wir die Landstraße verlassen. Wir müssen ihn nur irgendwie loswerden.« Ich hätte mir um Jay keine Sorgen zu machen brauchen – er genoß das Drama offensichtlich.

Trotz meiner Befürchtungen war ich amüsiert von seinem zuversichtlichen Ton. Ich erklärte ihm, er solle es mich wissen lassen, sobald er einen Plan gefaßt habe. Aber als ich in den Rückspiegel schaute, nahm ganz wie von selbst ein Plan in mir Gestalt an. Inzwischen hatte der Sattelschlepper zum Lieferwagen aufgeschlossen. Wie ein riesiger Blutegel hing er am Lieferwagen, eindeutig wild darauf zu überholen. Der Fahrer des Sattelschleppers konnte es nicht riskieren, drei Fahrzeuge auf einmal zu überholen. Dazu war die Straße zu kurvig, und der entgegenkommende Verkehr zu groß. Der Fahrer drückte deshalb auf sein Horn, aber der Schnurrbart gab nicht klein bei – wenn er den Sattelschlepper überholen ließ, wäre ihm die Sicht vernebelt. Also schob er sich dicht an den Wagen vor ihn, einen kleinen grünen Mini, und weigerte sich, den Sattelschlepper vorbeizulassen.

»Da vorne an der Kreuzung kommt ein Wegweiser«, sagte Jay. »Ich kann ihn noch nicht lesen, aber es muß die Abzweigung nach Erice sein.«

Die Landstraße vor uns verlief schnurgerade, und kein Auto weit und breit. Es mochte die einzige Chance sein, die wir hatten.

»Halt dich fest«, sagte ich zu Jay, während ich aufs Gas stieg. Der BMW machte einen Satz nach vorne, wodurch sich eine große Lücke zwischen uns und dem nachfolgenden grünen Mini auftat. Der Fahrer des Sattelschleppers sah seine Chance gekommen, schwenkte hinter dem Lieferwagen hervor und kam die Straße heraufgebrettert. Kurz vor dem Mini scherte er wieder ein. Dieser verlangsamte seine Fahrt, um ihm Platz zu schaffen, und zwang damit den Lieferwagen, das gleiche zu tun.

Über unserem eigenen Motorengeräusch hörte ich warnend das Signalhorn des Sattelschleppers tuten und bekam auch das Geklapper der Anhänger mit, die hinter der Zugmaschine mit Karacho herholperten. Bei jeder Unebenheit schepperten die Anhänger von einer Seite zur anderen wie der Schwanz einer Klapperschlange. Jedesmal wenn die Räder seitlich auf den trockenen schmutzigen Randstreifen kamen, wirbelten Staubfontänen in die Luft, die sich mit den Dieselabgasen und Rauchschwaden vermischten und den nachfolgenden Autos vollkommen die Sicht verdarben. Der Schnurrbart konnte uns jetzt unmöglich sehen.

Jay drehte sich um, um aus dem Rückfenster zu schauen. »Er kommt immer näher!«

Vielleicht dachte der Fahrer des Sattelschleppers, ich wollte mich mit ihm messen. Vielleicht gefiel es ihm auch einfach, Touristen zu terrorisieren – wie auch immer, jedenfalls drückte er hinter uns mächtig auf die Tube und klebte schließlich dicht an unserer Stoßstange.

Der Wegweiser an der Kreuzung kam jetzt in Sicht. Jay beugte sich in seinem Sitz nach vorne. »Da ist die Straße nach Erice«, rief er. Dahinter ging ein kleiner Weg rechts ab, der steil nach oben den Berg hinauf führte. Wir waren gleich an der Abzweigung – zum Nachdenken war nicht mehr viel Zeit.

»Tu deinen Kopf runter«, schrie ich Jay zu.

Ich setzte den Blinker, nahm meinen Fuß vom Gas und stieg leicht auf die Bremse, um den Sattelschlepper vorzuwarnen. Wir wurden langsamer, nicht viel, aber es reichte, und dann riß ich das Lenkrad nach rechts. Mit einem quietschenden Protest der Reifen schleuderte der Wagen in die Abbiegung nach Erice. Für einen Moment setzte mir das Herz aus. Der Wagen kam auf einem Stück Kies ins Schlingern, faßte dann aber wieder Fuß und ließ sich lenken. Gleichzeitig donnerte der Sattelschlepper an uns vorbei die Landstraße hinauf, sein Horn dröhnte wie wild.

Als ich den Wagen wieder unter Kontrolle hatte, fuhr ich rechts ran und schaute aus dem Fenster. Eine Viertelmeile unter uns konnte man durch die Staubwolke gerade noch den Lieferwagen sehen. Hatte der Staub als Schutzschild genügt? War der Fahrer zu beschäftigt gewesen, selbst zu überholen, so daß er unser Manöver nicht bemerkt hatte? Oder hatte er sich darüber gewundert, warum der Sattelschlepper plötzlich abbremste, und zurückgeschaut? Es war alles so schnell gegangen, daß wir mit unserer List vielleicht sogar erfolgreich gewesen waren, aber sobald er zum Sattelschlepper aufgeschlossen hatte, würde er merken, daß wir ihn ausgetrickst hatten. Dann wären wir hoffentlich bereits in Erice.

Jay hatte vorhin einfach, ohne viel zu fragen, seinen Kopf heruntergenommen. Nun hob er ihn wieder, schaute sich um und starrte mich mit schmeichelhafter, wenn auch deplazierter Bewunderung an. »Wahnsinn!«

Ich lachte, aber mir war zittrig zumute. »Erstaunlich, nicht wahr? Man würde nicht glauben, daß ich zweimal durch die Führerscheinprüfung gefallen bin.« Wir schossen die kurvige Straße hinauf. »Also, auf zum Hotel Ginestra. Halt du nach dem Lieferwagen Ausschau.«

Trotz Jays Begeisterung wußte ich, daß ich soeben etwas ziemlich Dummes getan hatte. Wir waren gerade noch mal um einen Unfall herumgekommen. Was hatte mich bloß dazu veranlaßt, so unüberlegt zu handeln? Wenn mich der Zwischenfall mit diesem Fremden so aus der Fassung gebracht hatte, mußte mich Lukes Warnung und Jays Geschichte von den zwei Männern mehr erschreckt haben, als ich hatte wahrhaben wollen. War der Schnurrbart wirklich nur hinter unserem Wagen her, wie ich zunächst vermutet hatte, oder folgte er uns, weil er hoffte, wir würden ihn zu Hugo führen? Er hatte auf dem Hafengelände Ausschau gehalten, soviel stand fest – aber nach uns im besonderen oder einfach nach irgendeiner leichten Beute? Und wenn er hinter uns her war, wo hatte er gesteckt, als wir in San Teodoro bei Clio gewesen waren?

Niemand wußte, daß wir in Sizilien waren. Niemand wußte, daß wir nach Hugo suchten. Das sagte ich mir wie ein Mantra immer und immer wieder vor, während es steil nach oben ging. Dennoch entschied ich mich, Jay im Hotel unter meinem Namen einzutragen. Es wäre besser, den Namen Raphael nicht zu erwähnen. Was den Schnurrbart betraf, so konnte er nicht wissen, daß wir die Nacht in Erice verbrachten. Mit etwas Glück waren wir ihn für immer los.

Die Straße wand sich den Berg hinauf wie eine Achterbahn. Ab und zu konnte man das blaue Meer durch die Lichtungen schimmern sehen, die den Kiefernwald unterbrachen.

Jay behielt die Straße hinter uns im Blick, sah aber niemanden, der uns folgte. Wir schienen noch einmal davongekommen zu sein.

Nach der nächsten Kurve erhoben sich jäh vor uns die massiven Mauern des Stadtwalls. Es war ein Tor in der Mauer. Auf dem Parkplatz davor standen ein paar Autos und ein Touristenbus, aber dann entdeckte Jay auf der Mauer einen fast unleserlichen Hinweis auf das Hotel Ginestra. Wie ein Versprechen auf Sicherheit zeigte ein verblichener roter Pfeil in Richtung eines schmalen Weges, der zunächst um eine Ecke führte und dann zwischen der äußeren Stadtmauer und einem kurzen, aber eindrucksvollen Abhang zu einer kleinen Wiese entlanglief, die übersät war mit gigantischen Gänseblümchen.

Es war kaum Platz genug für unseren Wagen, geschweige denn für einen entgegenkommenden, und nichts wies darauf hin, daß es sich um eine Einbahnstraße handelte.

Mir war nicht wohl dabei, das Auto auf dem Parkplatz stehenzulassen, wo es jeder sofort sehen würde, also legte ich den ersten Gang ein und tastete mich im Schrittempo um die Kurve herum. Fast unmittelbar dahinter verbreiterte sich der Weg zu einer kleinen Piazza, die von einem dreistöckigen Gebäude aus verblichenem blauen Beton beherrscht wurde. Das Hotel Ginestra saß auf einem winzigen Plateau mit der Stadtmauer im Rücken und einem Kiefernwäldchen jenseits der Begrenzung im Norden.

Das Hotel selbst war nichtssagend, fast häßlich, aber für mich strahlte es die ganze Schönheit eines sicheren Hafens nach einem Sturm aus. Ich parkte neben dem kleinen Brunnen davor, und wir stiegen aus.

Es war keine Menschenseele zu sehen und nichts zu hören außer dem Plätschern des Brunnens, den unvermeidlichen Grillen und dem Wind, der in den Kiefern spielte. Nicht das leiseste Motorengeräusch deutete darauf hin, daß uns ein Lieferwagen gefolgt war. Dennoch hoffte ich, daß ich den Wagen irgendwo anders würde parken können; ich würde mich einfach besser fühlen, wenn er nicht so auf dem Präsentierteller stünde.

Wir packten unsere Habseligkeiten aus dem Kofferraum und gingen die Stufen zum Hotel hinauf. Ein alter Mann mit den zerknitterten Zügen eines Boxers saß mit geschlossenen Augen auf einer Bank neben der Tür und schnarchte leise. Seine Hände waren gefaltet und lagen im Schoß. Hinter der Rezeption, die eine Seite der kleinen Lobby ausfüllte, saß ein anderer Mann in einem verknitterten blauen Anzug zurückgelehnt auf einem Stuhl. Sein Kopf lag auf der Zeitung, die er sich über den Bauch gelegt hatte. Fliegen brummten lethargisch über dem Bodensatz zweier Espressotassen auf dem Tresen. Davon und von dem rhythmischen Schnarchen des alten Mannes abgesehen war die Stille total.

Ich ließ meinen Koffer mit einem dumpfen Geräusch zu Boden fallen. »Signori?« fragte ich zögernd. Als Antwort darauf gab der alte Mann neben der Tür ein lautes, vorwurfsvolles Grunzen von sich und verstärkte die Intensitität seines Schnarchens noch. Jay räusperte sich laut, ohne Ergebnis. Ich sehnte mich nach einem Bad und beobachtete die Staubkörnchen, die in einer Lichtwolke trieben, die durch das Fenster hinter der Rezeption hereinfiel. Ich war halb hypnotisiert von dem Schweigen, gefangen in einem Schwebezustand zwischen Trägheit und einem wachsenden Gefühl der Unwirklichkeit. Es war, als wäre ich auf einem anderen Stern gelandet.

Als ob er meine Gedanken gelesen hätte, meinte Jay mit leise drohendem Unterton: »Dies ist das Land der Lotus-Esser, in dem niemand wieder je erwacht.« Er summte die Titelmelodie aus »The Twilight Zone«.

Ich lachte, und der Bann war gebrochen. Zeitungspapier raschelte, und der Mann hinter der Rezeption richtete sich plötzlich auf, blinzelnd und mit offenem Mund. Er war rund wie eine Olive, hatte glattes, schwarzes Haar und große, traurige Augen wie die eines Seehundes. Dann kam er endgültig zu sich und stand auf, die Zeitung legte er auf den Stuhl. »Signora, vergeben Sie mir. Ich bin Signor Indelicato. Was kann ich für Sie tun? Aber natürlich«, fuhr er dann fort, als ich ihm erklärte, wer wir waren. Er zauberte einen Füllfederhalter samt Anmeldeformular hervor und knallte beides auf den Tresen vor sich, als wollte er damit das Gähnen kompensieren, das er nur mühsam unterdrücken konnte.

Als ich das Formular ausfüllte, erwähnte ich, daß wir vor dem Eingang parkten. »Kann ich das Auto vielleicht irgendwo anders abstellen?« Ich meinte damit natürlich, irgendwo außer Sichtweite.

»Wenn das Hotel voll belegt ist, bitten wir unsere Gäste, ihre Wagen an der Porta Trapani zurückzulassen, wo es einen großen Parkplatz gibt. Aber wie Sie sehen, ist es momentan sehr ruhig. Sie können Ihr Auto ruhig stehen lassen. Salvatore wird Sie zu Ihren Zimmern bringen.«

Bevor wir Salvatore folgten, brachte ich noch einmal die Sache mit dem Auto aufs Tapet. Diesmal mimte ich die ängstliche Touristin. »Ich hätte wirklich ein besseres Gefühl, wenn ich das Auto hinter dem Hotel parken könnte. Es steht so auffällig da vorne. Wir haben so viele Geschichten gehört... Geht das?«

Er schaute etwas beleidigt und erklärte dann, daß Erice absolut sicher sei. »Hier ist es nicht so wie in anderen sizilianischen Städten, wenn Sie verstehen, was ich meine. Aber Sie können Ihr Auto gern hinter dem Hotel parken, neben den Abfalltonnen ist Platz. Er ist normalerweise für den Wagen des Besitzers reserviert, aber der ist momentan auf Reisen. Wenn Sie wollen, können Sie dort parken.«

»Danke. Das ist reizend von Ihnen.« Ich bedeutete Jay, mit Salvatore voranzugehen, während ich den Wagen nach hinten fuhr.

»Wir werden warten, Signora«, erklärte der alte Mann und setzte sich wieder auf die Bank. »Wir haben Zeit.« Als ich zurückkam, hielt er seine Augen nur noch mit Mühe offen. Die einschläfernde Atmosphäre im Hotel Ginestra wirkte offensichtlich ansteckend, denn Jay war ebenfalls am Gähnen, als Salvatore den Schlüssel ins Schloß steckte, um Jays Zimmer aufzuschließen. Ich meinte, es wäre besser, wenn er vor dem Abendessen noch ein Nickerchen hielte. Er nickte und verschwand durch die Tür.

Mein Zimmer lag direkt neben dem von Jay. Drinnen war es stickig, und die Fensterläden waren gegen das Sonnenlicht geschlossen. Als der alte Mann die Läden öffnete, sah man eine breite Fensterfront und eine Glastür, die auf einen kleinen Balkon hinausging. Eine leichte Brise drang herein, und mit ihr das unermüdliche Singen der Zikaden. In der Ferne war das gelegentliche Brummen eines Motorrollers oder eines Flugzeugs zu hören. Der Raum war licht und hoch, seine Einrichtung spärlich, eine Kombination aus malerischer Hinfälligkeit und schlichter Funktionalität. Es gab einen kleinen Kronleuchter aus farbigem Glas, sehr prunkvoll und sehr staubig, eine Bettlampe in Form einer Schäferin, die einen Arm verloren hatte wie auch den Großteil ihrer Schafe, und einen hübschen

Schreibtisch aus vergoldetem Holz. An einer Wand stand ein großer Kleiderschrank und ein Bett mit geschnitztem Kopfteil. Später sollte ich entdecken, daß Kronleuchter und Bettlampe nur ein äußerst diffuses Licht verbreiteten, das zum Lesen zu schwach war, und daß der Schreibtisch so wackelte, daß man unmöglich daran sitzen und arbeiten konnte. Das Bett allerdings war beruhigend stabil.

Nachdem ich Salvatore sein Trinkgeld gegeben hatte, ließ ich Wasser in die Wanne laufen und machte es mir im Schaum gemütlich, während ich Clios Artikel las. Er war, wie Jay gesagt hatte, interessant und intelligent geschrieben, enthielt aber auch einige Merkwürdigkeiten, die erklärten, warum das Stück in einem populären Archäologiemagazin erschienen war und nicht in einem Wissenschaftsjournal.

»Der früheste Kult auf Erice«, las ich,

> verehrte zweifellos die Erdgöttin, oder auch Mutter Erde, die Sinnbild für Ackerbau und Fruchtbarkeit war. In archaischen Zeiten tauchte sie in der Gestalt von unterschiedlichen Göttinnen auf: Demeter, die über den Akkerbau wachte; Artemis, Herrin über die freie Natur; und Aphrodite, Göttin der Liebe und Fruchtbarkeit. Und obwohl die Göttin aus Erice von den Phöniziern als Astarte verehrt wurde und von den Griechen als Aphrodite, war sie doch immer ein Amalgam aus diesen drei Aspekten. Bienen und Honig waren untrennbar mit diesem Kult verbunden, sowohl als Symbol als auch als Teil des Rituals. Aphrodites Liebhaber war Butes, der Bienenzüchter. Daedalus selbst wurde nachgesagt, daß er der Göttin zu Ehren eine goldene Honigwabe angefertigt habe. Die Göttin von Erice kann deshalb möglicherweise ebenso wie ihre Schwestergöttin Artemis aus Ephesos auch Bienengöttin genannt werden – denn die Biene repräsentierte die dreieinige Göttin in all Ihren Aspekten: Ackerbau, freie Natur und Fruchtbarkeit.

Teil der Riten war möglicherweise ein Tanz, den die Priesterinnen aufführten. Wir haben verschiedene Keramikstücke (Abb. 1) gefunden, die aus dem siebten Jahrhundert stammen und darauf hindeuten, daß dies ein Bienentanz war, der die komplexen Tanzbewegungen der Bienen imitierte. (Natürlich wissen wir heute, daß der Bienentanz eine Kommunikationsform ist.) Dieser Tanz läßt sich mit dem Kranichtanz vergleichen, den Theseus und seine Männer auf Delos aufführten, um so ihre Rettung aus dem Labyrinth zu feiern. Wie der Kranichtanz wurde möglicherweise auch der Bienentanz in einem Labyrinth oder Irrgarten getanzt. Solche Irrgartentänze werden noch heute gelegentlich in Italien aufgeführt.

Die frühen Riten, die mit dem Kult in Verbindung standen, waren wahrscheinlich wilder Natur, in einigen Dingen vergleichbar mit jenen der Zybele.

Dann folgte der Teil, den Jay mir im Auto vorgelesen hatte:

Eine Wandmalerei, die im letzten Jahrhundert in einer Höhle bei Monte Castello (Abb. 2) gefunden wurde, scheint dies zu bestätigen. Tragischerweise fiel diese Skizze, die in die Höhlenwand geritzt war, Vandalen zum Opfer und wurde fast völlig zerstört. Professor Paolo Tebaldi fertigte allerdings im Jahre 1897, als die Linien noch deutlich erkennbar waren, eine Zeichnung davon an; die Originalwandmalerei wird allgemein auf die späte Bronzezeit datiert. Sie zeigt vier Gestalten, von denen drei um eine vierte, auf dem Boden liegende herumstehen. Die Arme der vierten Person sind nicht zu sehen, möglicherweise wurden sie ihr auf den Rücken gebunden. Die drei stehenden Figuren stellen eindeutig Frauen dar, die vierte scheint männlich zu sein. Eine Person, die größer ist als die anderen, hält etwas in ihrer erhobenen Hand, worüber die groben Umrisse einer Biene schweben. Es könnte das Bild einer rituellen Kastration sein.

Es stand noch sehr viel mehr in diesen Zeilen. Es wurde erklärt, wie sich der Kult entwickelt und was er für die Menschen des Altertums bedeutet hatte. Der Mythos von Erice war so mächtig gewesen, daß ihn die Römer einfach ihn seiner Gesamtheit adoptiert hatten und für Venus Erycina einen Tempel in Rom gebaut hatten. Es gab ein beunruhigendes modernes Stück von einem griechischen Historiker namens Diodorus, in dem die Gelage römischer Politiker in Erice und ihre rauschhaften Erlebnisse mit Priesterinnen der Venus beschrieben worden waren.

> Feministinnen unserer Tage mögen sich von diesem Kult inspirieren lassen, der niemals völlig ausgerottet wurde und schließlich in der neuzeitlichen Verehrung von Maria und ihrem Sohn – der in dieser Hinsicht eher eine Randerscheinung darstellt – eine Entsprechung fand. In Erice war es anders als in vielen anderen Heiligtümern der alten Welt, hier wurde die Göttin niemals durch einen Gott ersetzt.
>
> Heute steht der Schrein der Göttin von Erice leer. Ihr Altar ist zu Staub zerfallen. Nichts ist von Dauer. Aber irgendwo da unten in einer der Höhlen wartet vielleicht eine Lampe auf das heilige Öl und ein Schatz auf seine Entdeckung.

Ich fand den Artikel faszinierend. Er war ansprechend, wenn auch außergewöhnlich; irgendwie war er verwandt mit dieser halbwissenschaftlichen Theorie von Samuel Butler, wonach es eine Frau gewesen sei, die die Odyssee geschrieben habe. Sie hatte angeblich unmittelbar bei Erice gelebt, in Trapani. Ich fragte mich, was Hugo wohl daraus gemacht hätte.

Ich zog mich an und ging hinüber zur Glastür, die offen stand. Gerade wollte ich nach draußen treten, als ich das leise Schnurren eines Motors hörte. Im nächsten Moment bog der graue Lieferwagen auf die Piazza ein. Ich zog mich in mein Zimmer zurück und schloß die Flügeltüren bis auf einen Spalt, den ich offen ließ, damit ich den Lieferwagen beobachten konnte. Langsam fuhr er eine Runde um die kleine Piazza herum und brauste dann um die Ecke davon. Ein- oder zweimal sah ich seine Lichter noch durch die Kiefernwälder aufscheinen, als er sich seinen Weg die Straße hinunter nach Trapani suchte. Dann war er weg.

10

Ich hielt mich so verbissen am Türrahmen fest, daß sich meine Finger verkrampften. Er ist zu hartnäckig für einen Autodieb, dachte ich, während ich meinen Griff lockerte. Der hätte die Sache schon längst abgeblasen und woanders zugeschlagen. Aber wir waren in Sicherheit. Der Schnurrbart mußte, nachdem er Erice ergebnislos abgeklappert hatte, zu dem Ergebnis gekommen sein, daß wir nicht mehr hier waren. Zumindest für den Moment hatten wir ihn ausgetrickst.

Ich fragte mich, was als nächstes zu tun wäre. Ich war zu aufgerüttelt, um Jays Beispiel zu folgen und mich ein wenig hinzulegen, brauchte Bewegung, irgendeine Art von Ablenkung von all den Fragen, die mich quälten. Ich ging hinaus auf den kleinen Balkon mit seinem Betonboden, der an den Ecken abbrökkelte, als hätten sich Mäuse mit Appetit auf Mörtel daran zu schaffen gemacht. In der Ferne glitzerte das Meer verheißungsvoll wie eine Fata Morgana in der Wüste, unerreichbar und unzugänglich, fast unsichtbar im schimmernden Schleier aus Dunst.

Der Wind war nicht mehr als ein leichtes Lüftchen, das nach Kiefernwald roch. Im Westen ging die Sonne allmählich in den Horizont über, sie hatte ihr Tagwerk fast vollbracht. Aber eine Stunde Licht würde es noch geben – genug, um dem Schrein der Aphrodite einen Besuch abzustatten, oder dem, was davon noch übrig geblieben war. Der Schnurrbart war weg, ein kleiner Spaziergang also ungefährlich, und vielleicht war es meine einzige Chance, Erice und den Schrein je zu sehen. Selbst moderne Pilger sollten ihr Respekt zollen, dachte ich, dieser Göttin aus uralten Zeiten, die hier zu Hause gewesen war. Und wer weiß, sagte ich zu mir, während ich nach Geldbeutel und Reiseführer griff, vielleicht besaß sie immer noch genug von ihrer alten Macht, um die Bitten jener Menschen, die sich an sie wandten, zu erhören.

Ich klopfte kurz an Jays Tür, aber er antwortete nicht, wahrscheinlich war er sofort eingeschlafen. Ich schob ihm einen Zettel unter der Tür durch, auf den ich kritzelte, was ich vorhatte, und ging dann nach unten. Draußen schienen sich die Anspannungen der Fahrt auf wundersame Weise in der klaren, linden Luft wie Nebel aufzulösen.

Die Mauern, die Erice umgaben, stellten ein gewaltiges Durcheinander dar, hier lag Schicht auf Schicht Historie. Das Fundament der gigantischen, grob behauenen Steine war uralt. Im Reiseführer stand, sie seien angeblich von einer Rasse riesenhafter Zyklopen erbaut worden. Über die Jahrhunderte waren die Mauern immer wieder ausgebessert worden, von den Karthagern, den Griechen, den Römern, im Mittelalter hatte man Türme darauf gesetzt. Über dem Tor stand eine bemerkenswerte Inschrift zu lesen, die vor allem für Sizilien erstaunlich war: SAUBERKEIT UND SCHWEIGEN SIND DIE ZEICHEN VON ZIVILISATION.

Der Schrein lag innerhalb der Ruinen einer normannischen Burg, auf einem Felsvorsprung, am östlichsten Ende der Stadt. Es war ein Fußweg von ein paar Minuten, der durch terrassenförmig nach oben ansteigende Parkanlagen führte, ein dichtes Dickicht aus Bäumen und Büschen, das in grellem Widerspruch zu den geometrisch angelegten steinernen Straßen stand. Die Gärten schienen vorwiegend von kleinen braunen Eidechsen bevölkert, die beim Klang meiner Schritte unter Buchsbaumhecken flitzten, und ein paar Einheimischen, die ihren Abendspaziergang machten.

Der Tempel der Göttin hatte auf dem Gipfel des Berges gestanden, durch eine Schlucht von der Stadt getrennt. Früher einmal hatte eine Brücke, die angeblich Daedalus gebaut hatte, die beiden Teile miteinander verbunden, aber heute war die Kluft aufgeschüttet und eine steile Steintreppe führte von den Gärten in die Ruinen der normannischen Burg, die man auf den Überresten des Tempels errichtet hatte. Innerhalb des baufälligen Mauerwerks der alten Burganlage befand sich ein großer Hof, der mit abgebröckelten Steinen übersät war, auf denen Gras und Blumen wuchsen. Einige Liebespärchen wanderten Hand in Hand über das Gelände, aber ansonsten stand das Schloß der Venus leer. Ich suchte nach der Stelle, die im Reiseführer als »Venusquelle« beschrieben war, der Ort, an dem vermutlich der Altar gestanden hatte. Nüchtern führte der Reiseführer aus, es habe sich dabei wahrscheinlich nur um eine Art Kornkammer gehandelt, in der die Priesterinnen das geschenkte Getreide aufbewahrt hatten.

Aber was immer hier einmal gestanden haben mochte – es schien nichts mehr davon übrig. Es war einfach nur eine Delle im Boden, mehr nicht – offensichtlich hatten die Bewohner von Erice, als sie das Burggelände eingeebnet hatten, gleich das spirituelle Geröll von dreitausend Jahren mit weggeräumt. Allein der Blick war geblieben, evokativ und erhaben. Als ich mich gegen die von der Sonne aufgeheizten Steine lehnte und hinunter auf das Meer blickte, kam mir wie von selbst das Bild vor Augen, wie Aphrodite den windgepeitschten Wellen entstieg und Aeneas mit seinem Schiff vor Anker ging, um die verzweifelten Flüchtlinge aus Troja an Land gehen zu lassen.

Über Tausende von Jahren vor Christi Geburt hinweg war der Hafen von Trapani Anlaufstelle für Reisende aus allen Mittelmeerländern gewesen. Beladen mit Fässern voll Wein und Geschenken kamen sie, um der Göttin auf ihrem hochgelegenen Wohnsitz die Ehre zu erweisen.

Ich fragte mich, ob Castell'alto wohl mit Erice vergleichbar war. Hatte Hugo von einem Leben hoch oben über der Welt geträumt, wo die Moderne keine Bedeutung hatte und die Vergangenheit, die er so sehr liebte, stets präsent war? Ein Ort, jenseits von allem, an dem er zu neuen Entdeckungen, neuen

Visionen inspiriert würde? Ein Heilmittel vielleicht gegen das Alter, das er möglicherweise fürchtete?

Ich schüttelte die Gedanken ab und wandte mich wieder der Gegenwart zu. Ein Mann in einem eleganten cremefarbenen Anzug und mit einem Panamahut schob sich in mein Blickfeld. Er hatte eine große Kamera über der Schulter hängen und stand beim Eingang, wo er sich suchend umschaute. Dann fiel sein Blick auf mich. Er hatte sich den Hut so tief ins Gesicht gezogen, daß nicht viel von ihm zu erkennen war. Außerdem trug er eine Sonnenbrille, so daß ich sein Zögern eher spürte denn sah. Vielleicht war er enttäuscht darüber, diesen Ort nicht für sich alleine zu haben. Eine Welle von Sympathie durchströmte mich. Falls es das war, was er empfand, überwand er es jedenfalls, indem er sich auf die andere Seite des Gartens begab und die Aussicht von einer kleinen steinernen Schießscharte aus photographierte. Ich trollte mich in entgegengesetzter Richtung, bis ich zu einer Bank kam, die im Windschatten eines Grashügels stand, der mit Butterblumen übersät war. Ich war allein hier, und weil die Bank hart und der kleine Hügel so einladend war, machte ich es mir im Gras bequem und schaute in den Himmel, der immer blasser wurde.

Doch dann riß mich die Stimme einer Frau wieder auf die Beine. »Mein Gott, schau her, Martin«, sagte sie. »Eine Jahrhundertpflanze.«

Ich strich gerade meinen Rock glatt, als ein älteres Ehepaar vor mir auftauchte. Sie kamen mir Arm in Arm entgegen. Selbst wenn die Frau ihren Mund nicht aufgemacht hätte, hätte die Art ihrer Kleidung sie sofort als Amerikanerin verraten – ihr Kleid war von jenem Limonengrün, wie es nur Amerikanerinnen tragen, und er hatte eine karierte Hose an. Sie machten vor einer großen Pflanze halt, die einem überdimensionalen Strunk Brokkoli ähnelte.

»Meine Güte, ich glaube, sie wird bald blühen«, sagte die alte Dame. »Na so was!« Dann erblickte sie mich und holte freundlicherweise zu einer Erklärung aus. »Früher dachten die Leute, sie würde nur alle hundert Jahre blühen. Danach hat sie ihren Namen bekommen. Aber was rede ich nur, das wissen sie wahrscheinlich ohnehin schon alles.«

Ich schüttelte den Kopf. »Ich dachte, es wäre eine Agave.«

»Das ist ihr anderer Name. Ich bin übrigens Emmeline Barlow, und das ist mein Mann Martin.« Als ich mich im Gegenzug ebenfalls vorstellte, meinte Mrs. Barlow: »Ich dachte schon, daß Sie Amerikanerin sind, deshalb habe ich Sie gleich auf englisch angesprochen.«

Amüsiert darüber, daß ich so leicht einzuordnen war, fragte ich sie, wie sie darauf gekommen sei. Sie lächelte nur. »Das weiß ich immer.« Dann betrachtete sie mich, den Kopf zur Seite gelegt. »Ich will Ihnen noch was sagen. Sie haben hohe Prinzipien, sind ernsthaft und kritisch, wenn auch möglicherweise ein wenig zu vorsichtig. Außerdem schrecken sie gerne vor allem zurück, was Sie tiefer berühren könnte. Aber ich sehe da auch eine romantische Ader.«

Möglicherweise schnappte ich ein wenig nach Luft, denn sie fuhr ruhiger fort: »Ich wollte nicht angeben, aber es ist nun mal mein Geschäft, solche Dinge zu wissen. Sie sind dunkelhaarig, und dunkelhaarige Menschen sind im allgemeinen konservativ. Sie haben eine hohe Stirn, und das weist auf hohe Prinzipien hin. Ihre Augen sind grau und liegen tief – also sind Sie wahrscheinlich vorsichtig und neigen dazu, tiefe Emotionen zu meiden.«

»Und den romatischen Zug«, fragte ich wider Willen fasziniert, »wo sehen Sie den?«

»In der Form Ihres Gesichts, meine Liebe. Menschen mit dreieckigen Gesichtsformen sind oft romantisch veranlagt.«

»Meine Frau ist Physiognomistin«, erklärte Martin Barlow stolz. Mit einem leisen Tadel, der möglicherweise meinem Lächeln galt, das nicht sehr diplomatisch war, sich aber automatisch eingestellt hatte, fügte er hinzu: »Es ist ein Beruf wie jeder andere, müssen Sie wissen.«

»Oh, da bin ich mir sicher. Ich meine, es tut mir leid...«, setzte ich an, in der Hoffnung, ihre Gefühle nicht verletzt zu haben. Gleichzeitig fragte ich mich, warum ich mich durch ihre offene Art nicht angegriffen fühlte. Vielleicht lag es einfach daran, daß sie selbst so uneingeschränkt liebenswürdig erschien.

»Das ist schon in Ordnung, meine Liebe«, sagte Mrs. Barlow freundlich. »Die meisten Leute reagieren so. Sie verwechseln es mit Handleserei. Aber natürlich sagt es nicht annähernd so viel aus, aus der Hand zu lesen wie ein Gesicht zu studieren. Daheim in Bakersfield – wo wir leben – kommen die Leute zu mir, statt daß sie zum Psychiater gehen. Meine Gebührensätze sind um einiges akzeptabler, verstehen Sie? Manchmal bringen sie ein Photo von jemanden mit, der Ihnen nahe steht, und dann kann ich ihnen auch etwas über diese Person erzählen. Freund oder Freundin zum Beispiel. Es muß natürlich Ähnlichkeit mit der Wirklichkeit haben. Ich habe eine Reihe von Menschen auf diese Weise vor einer großen Dummheit bewahrt. Sie sind zu höflich, um Ihre Skepsis zu zeigen, meine Liebe, aber ich bin mir sicher, Sie machen sich so Ihre Gedanken, aber das nehme ich Ihnen nicht krumm. Wenn nur mehr Leute hier wären… Da war doch noch jemand vor einer Minute. Wo er wohl hingegangen ist?« Sie sah sich um und rief dann aus: »Dort drüben ist er. Nun werde ich Ihnen zeigen, was ich meine…«

Sie sauste hinüber zu dem Mann mit dem Panamahut, der jetzt mit dem Rücken zu uns stand und die Aussicht bewunderte. Sobald Mrs. Barlow hinter ihm auftauchte und zu sprechen begann, drehte er sich überrascht auf dem Absatz um. Was immer es war, was sie zu ihm sagte, es brachte ihn dazu, barsch mit dem Kopf zu schütteln und wie auf Kommando zum Ausgang zu stürmen. Im selben Moment hatte ich ein beunruhigendes Déjà-vu-Gefühl, das ich aber nicht richtig einordnen konnte.

Mrs. Barlow kam langsam zu uns zurück. »Es ist nicht zu glauben. Ich habe ihn nur gefragt, ob es ihm etwas ausmacht, die Sonnenbrille abzunehmen und mir bei einem kleinen Experiment behilflich zu sein. Man sollte meinen, ich hätte ihn gebeten, sich auszuziehen. Vermutlich hätte ich etwas taktvoller vorgehen sollen. Nun, auf jeden Fall war es kein Italiener. Mein Mann und ich haben die Erfahrung gemacht, daß sie gewöhnlich sehr freundlich sind, zumindest waren sie es im Norden. Wir kommen gerade aus Rom, und die Leute dort waren einfach wundervoll. Sie haben geredet wie ein Buch, nicht wahr, Martin?«

»Ja, das stimmt.« Er lächelte mir zu. »Emmeline hat schließlich doch noch ihren Meister gefunden.« Aber er sagte es mit großer Zuneigung.

»Woher kommen Sie, meine Liebe?« fragte mich Mrs. Barlow. Als ich meinte, ich würde in Deutschland leben, erkundigte sie sich: »Also sind Sie auf Urlaub hier? Aber doch sicherlich nicht allein?« Ich entgegnete, ich wäre mit meinem Bruder unterwegs. »Ich bin erleichtert, das zu hören, um Ihretwillen. Wir haben so viele Geschichten gehört, nicht wahr, Martin? Wirklich, wir hätten uns fast nicht getraut, das Schiff zu verlassen, wenn wir dieses wunderschöne Städtchen nicht unbedingt hätten sehen wollen. Und wir haben so einen netten Fahrer. Er wartet draußen auf uns. Wir sind auf einer Kreuzfahrt, wissen Sie.« Sie machte eine kurze Pause, um Luft zu holen. »Nun, ich vermute, Ihnen geht es wie uns. Sie nehmen ein gewisses Risiko in Kauf. Aber ich hoffe doch, Sie sind vorsichtig, wenn Sie alleine unterwegs sind. Eine junge Frau muß aufpassen.« Obwohl keiner in der Nähe war, senkte sie ihre Stimme. »Der Mann gerade eben, ich meine den, der so unfreundlich war. Nun, als wir hereingekommen sind, stand er einfach so da und hat Sie angestarrt. Sie haben das natürlich nicht mitbekommen, aber ich glaube, wenn wir nicht aufgetaucht wären, hätte er Sie aller Wahrscheinlichkeit nach belästigt.«

Ihr Mann sagte trocken: »Wie willst du wissen, daß er auf Miss Jordan gestarrt hat, Emmeline? Der Mann hatte eine Sonnenbrille auf.«

»Physiognomie, mein Lieber. Das Gesicht als Ganzes spielt eine Rolle, nicht nur die Augen. Manchmal genügt ein Blick, weißt du. Sein Kinn zum Beispiel. Mit einem Kinn wie diesem ist er wahrscheinlich aggressiv. Außerdem weiß eine Frau das einfach. Wie auch immer, passen Sie auf sich auf.« Sie tätschelte meinen Arm. »Und jetzt machen wir besser, daß wir zurück zum Schiff kommen, sonst legen sie noch ohne uns ab.«

Ich mußte den Barlows versprechen, vorbeizuschauen, sollte ich jemals nach Bakersfield kommen, dann verabschiedete ich mich von ihnen und sah der Sonne dabei zu, wie sie im Meer versank. Ihr Leuchten überzog den ganzen Himmel und tauchte Trapani in ein weiches, strahlendes Rosarot. Fern am Horizont blinkte ein Schiff wie ein Stern aus den dunstigen, blauen Weiten des Meeres. Verträumt fragte ich mich, was Emmeline Barlow wohl aus Hugos Gesicht gelesen hätte.

Während ich noch am Spekulieren war, kam ein kalter Wind auf. Er trieb den Nebel, der über dem Meer lag, die Berge hoch. Bald lag ganz Trapani unter ihm begraben. Es war unheimlich, im klaren blauen Abendhimmel dazustehen und zu beobachten, wie die Nacht heranrollte wie eine Flut. Aber es war auch schön. Ich verspürte das Bedürfnis zu bleiben, während sich die anderen Besucher allmählich auf den Nachhauseweg machten. Bald war nur noch ich übrig. Ich drehte dem Abgrund den Rücken zu und wanderte zurück zur Venusquelle.

Vielleicht war es das Schweigen, verbunden mit den Nebelschwaden, die langsam über die Brüstung stiegen, was mir auf einmal ein Gefühl für die Bedeutung vermittelte, die der Schrein im Goldenen Zeitalter besessen haben mußte. Hier hatte sich eine geheimnisvolle, heilige Stätte befunden. Der Nebel, der über das Gras kroch, hauchte den Erd- und Steinhaufen Leben ein. Im Zwielicht nahmen die blassen Schatten der Priesterinnen und Pilger vor meinem inneren Auge Gestalt an. Alle versammelten sie sich vor dem Altar der Aphrodite: die Seeleute, die um guten Wind für die Rückfahrt baten; die Bauern, die eine gute Ernte erflehten; unfruchtbare Frauen mit dem Wunsch nach Kindersegen. Und während sie ihre Bitten aussprachen, saß die Göttin verborgen in ihrem Heiligtum und entschied je nach Gusto oder vielleicht auch nach Art und Schönheit der dargebrachten Geschenke, ob sie das Flehen erhören sollte. War es die goldene Honigwabe gewesen, die Daedalus vor Minos gerettet hatte? Hatte das Geschenk die Göttin so beeindruckt, daß sie dafür den Tod des Königs von Kreta in Kauf genommen hatte?

Ich starrte auf die Vertiefung im Boden. Aus einem Impuls heraus nahm ich Clios Glas Honig aus meiner Schultertasche. Und während ich das traditionelle Trankopfer spendete, murmelte ich das Gebet aller Seeleute um eine sichere Reise und eine gute Rückkehr vor mich hin. Danach erwartete ich fast irgendeine Art von Zeichen. Aber das einzige Geräusch bestand im Säuseln der Zypressen, als der Wind an ihren Zweigen zerrte. Inzwischen kam ich mir dumm vor und wickelte das klebrige Glas in ein Taschentuch, steckte es zurück in meine Tasche und wandte mich zum Gehen, dankbar dafür, daß mich niemand beobachtet hatte.

Aber da befand ich mich im Irrtum. Auf den Steinstufen, die in den Innenhof führten, stand jemand. Eine Gestalt, die sich wie ein Geist gegen den Nebel abhob.

Nachdem der erste Schrecken verflogen war, erkannte ich den Mann mit dem Panamahut. Er schien auf mich zuzukommen, während der Nebel um seine Füße spielte, und ich dachte an Mrs. Barlows Warnung. Doch noch ehe ich reagieren konnte, drehte er sich plötzlich um und verschwand. Beinahe sofort erschien der Wächter auf dem Platz und wies mich höflich darauf hin, daß gleich geschlossen werden würde.

Als ich die Gärten verließ, hatte sich der Nebel fast wie eine Käseglocke über die Stadt gelegt. Es war kaum mehr etwas zu sehen. Die Landkarte, die ich dabei hatte, war praktisch nutzlos. Ich kehrte noch einmal um, um den Wächter nach dem richtigen Weg zu fragen, aber das Tor war bereits verschlossen. Es war keine Menschenseele mehr da. Das einzig Vernünftige bestand darin, einfach bergabwärts zu gehen, sagte ich mir; wenn ich mich links hielt, würde ich auf die Stadtmauer stoßen, der ich nur bis zur Porta Trapani folgen müßte. Von da aus wäre es sicher nicht schwer, zum Hotel zurückzufinden.

Ich ging los mit dem unguten Gefühl, in einen Brunnen zu steigen. Das einzige Licht, das vom Tag noch geblieben war, war über und hinter mir, und schwand schnell dahin, und die Kälte und Feuchtigkeit nahmen mit jedem Schritt, den ich tat, zu. Und dann wurde der Wind immer schlimmer. Er wirbelte mir die Haare vor die Augen und riß mir fast die Strickjacke vom Leib. Halb blind und zitternd hielt ich kurz an, um sie zuzuknöpfen. Meine Schultertasche nahm ich als eine Art Windschutz vor die Brust.

Nachdem ich fünf Minuten so gegen den Wind und den Nebel angekämpft hatte, war ich verfroren und verzweifelt. Ich hätte schon längst auf der großen Straße sein müssen, die parallel zur Stadtmauer verlief. Statt dessen befand ich mich in einer engen, nur spärlich erleuchteten Gasse. Ich suchte Schutz in einem Hauseingang und versuchte auf der Karte herauszufinden, wo ich war. Offensichtlich hatte ich eine Abzweigung verpaßt.

Als ich gerade dabei war, mich neu zu orientieren, hörte ich leise Schritte auf dem Kopfsteinpflaster näherkommen.

Wenn der Nebel nicht gewesen wäre und die unnatürliche Stille der Stadt, hätte ich mir keine großen Gedanken darum gemacht. Es war ja noch früh am Abend, erst kurz nach acht, und dies hier war eine öffentliche Straße, auf der die Leute ihren Geschäften nachgingen. Aber vielleicht waren meine Sinne durch den Nebel geschärft oder ich war immer noch beunruhigt, daß wir verfolgt werden könnten – jedenfalls lauschte ich jetzt nervös auf diese Schritte im Nebel. Schließlich verklangen sie, aber ich hörte weder das beruhigende Zuschlagen einer Tür noch die tönende Stimme eines abendlichen Heimkehrers. Der Nebel schien dicht vor Schweigen.

Aber je länger ich hier stand, desto kälter und klammer wurden meine Kleider und desto müder wurde ich.

Ich zwang mich, meinen Unterstand zu verlassen, und wanderte weiter vorsichtig die Straße hinunter. Ein- oder zweimal blieb ich noch stehen, um zu hören, ob mir jemand folgte, vernahm aber nichts als das Echo meiner eigenen Schritte. Wenn ich zurückschaute, sah ich nichts als Dunst und Straßenlichter. Langsam entspannte ich mich. Die letzten Tagen waren zuviel für meine Nerven gewesen, dachte ich. Ich hatte nicht Jays Sinn für Abenteuer. Ich sehnte mich nach einer warmen Mahlzeit und den zweifelhaften Freuden des Hotel Ginestra.

Dann hörte ich die Schritte erneut. Im selben Moment kam ich an einem Durchgang vorbei, der kaum mehr war als ein Riß in der Wand. Ohne lange nachzudenken, drückte ich mich hinein und wartete. Nach kurzer Zeit tauchte die Gestalt eines Mannes auf, der schnell, aber auf leisen Sohlen dahinschritt. Es war der Mann mit dem Panamahut.

Ich gab ihm etwa zwanzig Sekunden und schlüpfte dann aus dem Durchgang. Ich war gespannt zu erfahren, ob er ein Tourist oder jemand Gefährlicheres war.

Er ging nicht weit. Nach ein paar Metern blieb er im Licht einer geöffneten Tür stehen. Es war wohl eine Bar, denn ich hörte Männerstimmen und nahm verschwommen ein Neonschild wahr. Der Mann holte etwas aus seiner Jackentasche, krümmte den Rücken und senkte den Kopf. Vermutlich hatte er angehalten, um sich eine Zigarette anzuzünden. Schon bald trug der Wind den Rauch in meine Richtung. Er hatte einen scharfen, vertrauten Geruch – den Geruch einer Gauloise.

11

Ich hatte ihn eigentlich überraschen wollen, aus Rache, daß er mich so erschreckt hatte. Aber da drehte er sich auch schon um und lächelte mich sarkastisch an. Er warf die Zigarette auf den Boden und drückte sie mit dem Schuh aus. Sein weißer Anzug glänzte im Licht der Straßenlaterne.

»Hallo, Alison.« Seine Stimme war trocken und unbewegt.

Ich ahmte seinen Tonfall nach. »Hallo, Luke.« Aus irgendeinem Grund, der mir nicht ganz klar war, hatte ich das Gefühl, ich müßte auf Lukes unerschütterliche Ruhe mit einer ebensolchen Gelassenheit antworten – alles andere wäre ein Gesichtsverlust gewesen.

Wir gaben uns so cool wie ein ehemaliges Liebespaar, das sich gerade bei irgendeiner öden Botschaftsparty über den Weg läuft, erleichtert, einander zu sehen, aber auch auf der Hut voreinander. »Ich hab dich nicht erkannt im Schloßgarten. Erstaunlich, was für ein Unterschied so ein neuer Anzug macht. Das müssen deine Pariser Kleider sein.« Ich berührte das Revers seines Jacketts und ließ dann meine Hand fallen. »Aber hast du nicht irgendwo die falsche Abzweigung genommen?«

»Wir scheinen beide in letzter Minute unsere Richtung geändert zu haben«, stellte er nachsichtig fest.

»Was für ein Zufall.«

Er ignorierte meinen Sarkasmus, nahm meinen Arm und hakte sich bei mir unter. »Du zitterst ja. Komm schon, ich bring dich zurück ins Hotel. Über falsche Abzweigungen und Zufälle können wir unterwegs sprechen.«

»Und über das Rumschleichen. Über das Rumschleichen hätte ich auch noch eine Menge zu sagen.«

Aber noch bevor ich mich weiter über diesen Punkt auslassen konnte, hörte ich plötzlich etwas durch den Nebel auf uns zukommen, das wie Singen klang. Es war eine Schar von Kindern, vielleicht zwanzig oder dreißig an der Zahl, alle im Alter von etwa acht oder neun Jahren. Sie waren in Begleitung einiger Erwachsener, die ihnen mit Laternen den Weg wiesen. Singend strömten sie die Straße herauf, ihre klaren Stimmen stiegen sprudelnd in die nächtliche Luft.

Ein Stück die Straße hinunter ergoß sich helles gelbliches Licht aus dem geöffneten Tor eines kleinen mittelalterlichen Palazzo, durch das die Kinder jetzt, immer noch singend, marschierten. Neugierig hielten Luke und ich an, um einen Blick hineinzuwerfen.

Der kleine Innenhof war hell erleuchtet, aber das meiste Licht konzentrierte sich auf eine improvisierte Bühne, die sich direkt gegenüber vom Eingang befand. Hinter der Bühne führte eine Steintreppe hinauf auf eine Galerie, die den Innenhof von drei Seiten begrenzte und auf der sich ungefähr ein Dutzend Leute versammelt hatten, die die Szenerie von oben betrachteten. Alles schien kindgerecht – die Bühne, die niedrigen Bäume, die in einer Ecke des Hofes wie ein winziges Wäldchen zusammenstanden, das altertümliche Gebäude selbst. Irgendwie war das Zusammenspiel von Licht und Schatten, von Groß und Klein wunderschön und geheimnisvoll. Es war, als ob der kleine Palast den Rahmen für ein Märchen abgeben würde. Draußen vor dem Tor warteten die dunklen, nebligen Straßen – drinnen das Entzücken.

Die Kinder mußten den Zauber auch gespürt haben, denn sie verhielten sich plötzlich fast unnatürlich ruhig. Sie sprachen und lachten nur leise miteinander, während sie in die Reihen aus Holzbänken strömten, die man vor der Bühne aufgebaut hatte. Eine junge Frau, die gerade die letzten ihrer Schäfchen auf die Sitze scheuchte, bemerkte schließlich, daß Fremde am Tor standen. Treffsicher erkannte sie uns als Touristen. Lächelnd forderte sie uns in Englisch mit starkem Akzent auf, doch hereinzukommen. »Nur hereinspaziert. Nur hereinspaziert. Keine Angst. Sie sind herzlich willkommen.« Gleich würde ein Marionettentheater aufgeführt werden, das die Geschichte von Orlando Furioso erzählte, dem treuen Gefolgsmann von Karl dem Großen, und seinem letzten Kampf gegen die Sarazenen. »Früher einmal wurden diese Stücke überall gezeigt. Nun sind sie fast verschwunden. Heute abend findet etwas Besonderes statt.«

Die Einladung war irgendwie unwiderstehlich. »Sollen wir bleiben und uns zumindest den Anfang ansehen?« fragte mich Luke.

Ich nickte. »Zumindest für ein paar Minuten.« Jay würde sich Sorgen machen, wenn ich zu lange wegbliebe.

Wir dankten der jungen Frau und meinten, wir würden hinten am Tor stehenbleiben. Während wir darauf warteten, daß der Vorhang sich hob, sagte ich leise zu Luke: »Also, was sollte das eben? Warum bist du durch den Nebel geschlichen wie Jack the Ripper?«

»Und ich dachte schon, ich hätte mich äußerst diskret verhalten«, meinte Luke, während er sich gegen den glatten Stein der Hofwand lehnte. »Was hat mich verraten?«

»Eine deiner schlechten Gewohnheiten. Du solltest zu einer weniger prägnanten Zigarettenmarke überwechseln.«

Luke, der sich gerade eine Zigarette hatte anstecken wollen, schob die Packung wieder zurück in die Tasche. »Ich dachte schon im Burghof, du hättest mich erkannt. Als diese Frau mich gebeten hat, die Sonnenbrille abzusetzen. Warum um alles in der Welt wollte sie das bloß?«

Ich war amüsiert von dem Ausdruck, der auf seinem Gesicht lag, als ich ihm erklärte, welchen Beruf Emmeline Barlow ausübte. Vielleicht lag es an der Umgebung, vielleicht lag es auch daran, daß ich mich nicht mehr ängstigte, jedenfalls war ich ihm auf einmal nicht mehr böse. Ich freute mich einfach, ihn zu sehen. Es war ohnehin schwer, lange böse auf Luke zu sein. »Sie hat mich vor dir gewarnt, weißt du. Sie meinte, ein Kinn, wie du es hast, sei ein Zeichen von Aggression. Sie dachte, du würdest mich belästigen wollen.«

Er befingerte das anstößige Kinn nachdenklich. »Aggressiv? Ich?« Sein Lächeln schwand. »Nun, vielleicht lag sie damit gar nicht so falsch. Weil ich dir nämlich wirklich zusetzen werde, Alison, wenn du mir nicht ein paar Antworten gibst. Zum Anfang könntest du mir beispielsweise mal erzählen, was du hier in Sizilien willst.«

»Ist das eine rhetorische Frage?«

»Du hast mir versprochen, nicht an einer Familienzusammenführung zu arbeiten.«

»Versprochen? Du setzt ja eine Menge voraus.« Ich schaute ihn eindringlich an, aber er zuckte nur mit den Achseln. »Auf die Gefahr hin, eingebildet zu wirken, aber ich nehme an, du bist meinetwegen in Sizilien?«

»Teilweise.«

Während ich das verdaute, starrte ich auf den Vorhang, der

an einem Seil gespannt quer über die Bühne hing und mit blumigen Szenen von kämpfenden Rittern bemalt war. Von Zeit zu Zeit beulte sich der Vorhang aus und führte ein Eigenleben. Die Kinder kicherten darüber, und schließlich stand ein kleiner Junge aus der ersten Reihe auf und krabbelte auf die Bühne, hob den Vorhang ein Stück und lugte darunter. Einer der Erwachsenen zog ihn zurück und führte ihn wieder an seinen Platz.

Nach einem Moment meinte ich: »Was meinst du mit ›teilweise‹?« Ich wußte natürlich, daß es nur einen anderen Grund für seine Anwesenheit geben konnte: Er wollte Hugo finden.

Aber Lukes Antwort überraschte mich. »Nun, zum Beispiel, ist dein Bruder als vermißt gemeldet. Du hast nicht zufälligerweise eine Idee, wo er sich rumtreiben könnte?« Etwas in seinem Verhalten machte mir klar, daß er sehr wohl eine Vorstellung davon hatte, wo Jay sich ›rumtrieb‹.

Ich vermied es sorgfältig, in seine Augen zu sehen. »Und wenn ich es wüßte?«

»Dann könntest du ihm vielleicht ausrichten, daß sich seine Mutter Sorgen um ihn macht. Gelinde gesagt.«

Ich hätte mich darum kümmern müssen, daß Jay Charlotte anruft, dachte ich zerknirscht; sie war vielleicht nicht die perfekte Mutter, aber das hieß noch lange nicht, daß sie sich keine Sorgen um ihn machte. Schließlich war ich sechsundzwanzig und nicht fünfzehn. Ich hätte es besser wissen müssen. »Ich werde ihn dazu bringen, daß er sie heute abend noch anruft«, sagte ich.

»Gut. Und ich werde ihn morgen früh in Palermo ins Flugzeug setzen.«

»Viel Glück. Diese Expedition war seine Idee, nicht meine, und er ist wild entschlossen, sie zu Ende zu führen.« Luke könnte sich seine Mühe schenken, dachte ich, wenn er wirklich glaubte, er könnte Jay dazu überreden, zurück nach England zu fahren. Einige Menschen mochten Jays Entschlossenheit mit jugendlichem Eigensinn verwechseln, aber dem war nicht so – er war einfach im wahrsten Sinne des Wortes das Kind seines Vaters. Sobald er einmal wußte, was er wollte, gab es nichts, was ihn an der Umsetzung gehindert hätte. »Wie hast du überhaupt von Jay erfahren? Und woher wußtest du, wo du uns suchen mußt?«

»Ich habe Fragen gestellt.« Er hielt seinen Hut in den Händen und fingerte an der Krempe herum. »Ich habe deine Nachricht erhalten und wollte dich unbedingt sprechen, also bin ich zu deiner Wohnung gefahren. Deine Aufpasserin hat mir erzählt, daß du deinen Wagen genommen hast und mit einem Verwandten weggefahren bist, einem Jungen im Teenageralter, der gerade erst angekommen sei. Zuerst hat sie angenommen, du wärst früher nach Spanien aufgebrochen. Aber dann hat sie in deiner Wohnung nach dem Rechten gesehen und festgestellt, daß du dein Flugticket und all deine spanischen Reiseführer auf dem Wohnzimmertisch hast liegen lassen – was, wenn du sie nicht vergessen hattest, nur eines bedeuten konnte: daß du woanders hin gefahren bist. Das FBI könnte Talente wie Frau Gottschalk gut gebrauchen.« Ich erwiderte sein Grinsen nicht. »Als nächstes habe ich mit der Lufthansa telefoniert. Dort sagte man mir, du hättest deinen Flug gecancelt und auch nicht umgebucht, also habe ich verschiedene Reisebüros in deiner Nachbarschaft und in der Umgebung der Botschaft abgeklappert. Bei etwa dem zehnten bin ich fündig geworden. Die dortige Angestellte hat mir von der Fähre nach Sizilien und den Hotelreservierungen in Erice erzählt.«

Ich hob eine Augenbraue. »So viele hilfreiche Damen, wild darauf, dir zu sagen, was du wissen willst.«

»Du solltest es ihnen nicht krumm nehmen. Ich hab Ihnen meinen Ausweis gezeigt und behauptet, es gäbe einen Todesfall in der Familie.«

»Und wie hast du herausgefunden, wer Jay ist?«

»Nachdem er verschwunden war, hat die Schule natürlich zuerst seine Mutter benachrichtigt. Sie hat sich an unsere Leute in London gewandt und ziemlich viel Wirbel gemacht – sie scheint dort den Botschafter persönlich zu kennen oder jemand anderen ziemlich Wichtigen. Die Beschreibung, die mir

Frau Gottschalk von deinem jugendlichen Begleiter gegeben hat, hat haargenau auf die gepaßt, die wir von Raphaels Sohn bekommen haben.«

Die Erwachsenen brachten jetzt die Kinder zum Schweigen; die Vorstellung sollte beginnen. Der Vorhang ging langsam bis zur Mitte nach oben und gab einen primitiv mit einer Waldszene bemalten Bühnenhimmel frei. Plötzlich donnerte eine überlaute Stimme in den Innenhof. Es klang wie das Brüllen eines wütenden, eingepferchten Stiers. Vor Schreck machte ich einen Satz, und verschiedene Kinder schrien auf vor Angst. Dann wurde die Stimme leiser und begann etwas zu rezitieren, was offensichtlich der Prolog zu der Geschichte war; es war in sizilianisch gehalten und für uns völlig unverständlich. Nach einer Minute oder zwei verstummte die Stimme. Mit viel Gepolter und Gestolper purzelte eine riesengroße Marionette aus den Kulissen auf die Bühne.

Die Holzpuppe war mindestens einen Meter groß und in königlichen blauen Satin gekleidet. Sie steckte in einer golden schimmernden Rüstung, oben auf dem Helm schwang ein großer roter Federbusch. Ihre schwarzen Augen waren groß und ausdrucksvoll, die Wangen rosig, und über den Lippen prangte ein riesiger schwarzer Schnurrbart. Alles in allem war die Puppe eine prächtige Erscheinung, und die Kinder bekundeten lautstark ihre Zustimmung. »Orlando! Orlando!« schrien sie voller Begeisterung. Die Marionette machte einen formvollendeten Diener.

Danach ging es für die nächsten mindestens fünfzehn Minuten so richtig zur Sache. Zu Orlando gesellten sich andere Ritter, allesamt liebevoll bemalt und aufwendig gepanzert; gemeinsam bekämpften sie Riesen, einen mottenzerfressenen grünen Drachen und ihre Feinde, die Sarazenen. Die Marionetten sprangen in großen Sätzen über die Bühne, Schilder und Schwerter prallten aufeinander, Rüstungen krachten gegeneinander, die Puppen landeten mit geräuschvollem Plumps wieder auf ihren hölzernen Beinen und stöhnten laut, wenn sie starben. Es war ohrenbetäubend laut und maßlos gewalttätig.

Wenn abgehackte Köpfe auf die Bühne fielen, spritzten große rote Blutfontänen aus den gebrochenen Genicken, und die Kinder johlten auf vor Freude.

Die kleine Marionettenaufführung besaß die ganze Grausamkeit eines Grimmschen Märchens, den durchschlagenden Stoff für kindliche Alpträume. Intensiv und übertrieben, wie sie war, beschwor sie Leidenschaften herauf, die so rein und kräftig waren wie die leuchtenden Farben, die die Ritter auf ihren Fahnen trugen: Loyalität, Liebe, Haß, Schmerz. Während die Puppen ihr Drama von Freundschaft, Betrug und Rache aufführten, war kein Platz für Zwischentöne. Es gab keine Zweideutigkeiten, die verwirrten. Und trotz der absoluten Unwirklichkeit des Geschehens, der ganzen Absurdität, blieb ein winziger Tropfen destillierten Terrors, rein und klar, auf der Oberfläche meines Bewußtseins hängen. Dies ist Sizilien, schien es mir zu sagen; solche blutigen Taten geschahen hier einmal. Und geschehen vielleicht noch heute.

Schließlich wurden die Ritter in eine Falle gelockt. Orlando fand seinen Freund Oliver tot auf einem Haufen von Körpern liegen. Wahnsinnig vor Schmerz, trat er alleine gegen die Sarazenen an. Herrenlose Arme und Beine flogen in der letzten, entscheidenden Schlacht quer über die Bühne, bis Orlando tödlich getroffen zusammenbrach. Ein kollektives Schweigen legte sich auf das Publikum.

Orlando hatte noch Luft genug für einen letzten Monolog, der gar nicht mehr enden wollte und von dem Luke und ich nicht viel verstanden, also gab ich ihm ein Zeichen, daß es Zeit war aufzubrechen. Leise wandten wir uns zum Gehen.

»Nun, das dürfte einigen armen Eltern einige schlaflose Nächte bescheren«, meinte Luke, als wir die Straße hinuntergingen. »Ich bin froh, daß ich nicht bei der Bundesprüfstelle für jugendgefährdende Schriften arbeite. Dieses ganze Blut auf der Bühne. Ich glaube, einem Kind aus einer der hinteren Reihen ist sogar schlecht geworden.« Seine Stimme klang amüsiert und stutzte das kleine Spektakel auf Normalmaß zurück. Wir kamen an einem Restaurant vorbei, und die Kombination aus Bratengeruch, Tellergeklirr und Gesprächsfetzen veränderte die stille Straße. Ein Mann, der seinen Hund ausführte, wünschte uns einen guten Abend, ein vorhangloses Fenster gab den Blick auf eine Frau frei, die ihr Baby fütterte. Erice verwandelte sich in eine Stadt zur Abendbrotzeit, und die Welt der Marionetten und Göttinnen traten wieder ins Reich der Legende zurück.

Luke schien den Weg zurück zum Hotel Ginestra zu kennen, also überließ ich ihm die Führung, während ich darüber nachdachte, was er mir alles erzählt hatte. Jemand, wahrscheinlich die Londoner Botschaft, hatte Jays Vermißtenmeldung an Bonn weitergegeben, was mich daran erinnerte, daß Luke mir nie eine Antwort auf meine ursprüngliche Frage gegeben hatte. »Du hast mir nie gesagt, warum unsere Botschaft so an Hugo interessiert ist«, meinte ich schließlich. »Das Interesse von London oder Rom leuchtet mir ein, aber was hat Bonn damit zu tun?«

»Die deutschen Behörden haben vor ein paar Tagen ein libysches Terroristennest in einer Westberliner Wohnung ausgehoben. Oder besser gesagt, das, was davon noch übrig war. Jemand hat eine Bombe gebastelt und sich damit selbst in die Luft gejagt. Auch ein Terrorist wäre besser beraten, anfangs kleine Brötchen zu backen.« Er lächelte grimmig. »Als die Polizei die Trümmer durchsuchte, fand sie ein Fetzen Papier, auf dem stand, daß dein Vater Libyen verlassen hat und nun als ›Volksfeind‹ zu betrachten sei. Wahrscheinlich nicht mehr als eine Standardformulierung, die immer dann zum Tragen kommt, wenn Gaddhaffi von jemandem die Schnauze voll hat. Aber es kann natürlich auch eine Direktive an ein Killerkommando in Berlin gewesen sein. Hast du jemals den Namen al-Burkan gehört?«

Ich schüttelte den Kopf. »Ist das ein Mann oder eine Sache?«

»Eine Gruppe. Auf arabisch bedeutet der Name ›der Vulkan‹. Es ist eine Untergrundfraktion der Libyschen Volksarmee. Ihre Mission ist die Eliminierung von Gaddhaffis Gegnern im Ausland.«

Aber ich hörte Luke gar nicht zu. Ich dachte an Bernd. An seine Sympathisanten, seine »Kollegen«. Konnten auch Terroristen darunter sein? Sie konnten, und ich wußte es. Aber trotz all seiner flammenden Reden war Bernd kein Mörder. Dessen war ich mir ebenfalls sicher.

Luke fuhr sich mit den Fingern durchs Haar und schob es aus der Stirn. Mit einer gewissen Schärfe in der Stimme fügte er hinzu: »Es hatte nicht viel Zweck, dich vorher in Alarmbereitschaft zu setzen, aber jetzt, wo du wild dazu entschlossen scheinst, dich selbst und deinen Bruder in Schwierigkeiten zu bringen, solltest du auch wissen, in welche Gefahr ihr euch begebt.«

Wenn er mich erschrecken wollte, war ihm das durch die leicht herrische Art, mit der er seine Botschaft vorbrachte, gelungen. Ich wurde zornig. »Also hat Bonn dich hergeschickt, um uns ausfindig zu machen?«

»Nein. Ich bin auf Urlaub.« Er hielt die Kamera in die Höhe, die um seinen Hals baumelte. »Diese Reise ist absolut inoffiziell. Im Moment jedenfalls. Ich habe mich dazu entschlossen, nachdem du nicht mit mir nach Paris wolltest... Weißt du, wenn es dir um etwas Kitzel geht, hättest du dir wirklich diesen Club in Paris ansehen sollen, von dem ich dir erzählt habe. Das ist ein sehr viel sicherer Weg, Elinor loszuwerden.«

»Von was sprichst du?« Dann erinnerte ich mich an unser letztes Gespräch. »Glaubst du wirklich, ich wäre hier, weil es mir auf die Nerven gegangen wäre, immer so vernünftig zu sein? Glaubst du nicht, daß etwas mehr dahinterstecken könnte?«

»Und das wäre?«

»Sorge um meine Familie zum Beispiel.«

Er lächelte freundlich. »Ich hatte den deutlichen Eindruck, deine einzige Sorge bestünde darin, dich so weit wie möglich von ihr fernzuhalten.«

»Wäre ein Spaziergang an der Seine mit deiner akrobatischen Freundin und ihren Affen nicht eine vergnüglichere Art gewesen, den Urlaub zu verbringen?«

Luke nahm meine Hand. »Alison«, meinte er mit bewußt geduldiger Stimme, »sagt dir die Tatsache, daß ich hier bin, nicht etwas?«

»Klar. Sie sagt mir, daß du wahrscheinlich von der CIA bist und ich meinen Mund hätte halten sollen.« Aber ich ließ meine Hand, wo sie war; sie fühlte sich gut an, dort wo sie war, und mit Sicherheit wärmer. Der Wind hatte sich gelegt, und der schlimmste Nebel war verflogen, aber die Nacht war kühl.

»Sie sollte dir sagen, daß es schon einen verdammt guten Grund dafür geben muß, wenn ich meine Parisreise sausen lasse.« Seine Hand drückte fester zu, ob aus Leidenschaft oder Frustration, war schwer zu sagen. »Außerdem wären du und dein Bruder noch in Bonn, wenn ich wirklich von der CIA wäre.«

Zynisch fragte ich mich, ob ich wohl weniger attraktiv für ihn wäre, wenn wir in Bonn und in Sicherheit wären. Ein unerfreulicher Gedanke ging mir durch den Kopf: Hugo würde mit Sicherheit einiges über gewisse geheime libysche Affären wissen, und ein junger Diplomat, dem es gelang, Hugo aus dem Ärmel zu zaubern und ihn zum Plaudern zu bringen, wäre fein raus. Wie ehrgeizig war Luke?

Vorsichtig brachte ich den Punkt zur Sprache, indem ich auf seine letzte Bemerkung einging. »Außer du hättest herausfinden müssen, wo Hugo steckt«, sagte ich, »was dir nur gelungen wäre, wenn du uns gefolgt wärst.« Ich hatte kaum ausgesprochen, da schämte ich mich meiner Verdächtigungen schon.

»Zufällig habe ich eine recht genaue Vorstellung davon, wo Raphael sich aufhält, oder zumindest davon, wo du denkst, daß er sich befindet. Die Italienische Botschaft hat dir eine Nachricht zukommen lassen. Ich habe sie auf deinem Schreibtisch liegen sehen, als ich dich gesucht habe, um mit dir über deinen Brief zu reden. Sie hätten Castell'alto gefunden, besagte die Nachricht. Ich meldete mich bei ihnen, und sie waren sehr hilfsbereit. Ich bedankte mich in deinem Namen.«

Ich blieb stehen und sah ihn an. Wir standen jetzt unter der Porta Trapani; der große Platz vor uns war fast leer, die Autos waren fort, und ich war dankbarer als je zuvor, meinen Wagen hinter dem Hotel geparkt zu haben. »Falls du nicht bei der CIA bist, solltest du es auf jeden Fall sein. Also sag schon, was kommt als nächstes?«

Er schien erleichtert. »Ich würde gern mit deinem Bruder sprechen. Wenn ich euch schon nicht dazu überreden kann, nach Hause zu fahren, werde ich euch von jetzt an eben begleiten.«

»Haben wir eine Wahl?«

»Natürlich habt ihr die Wahl. Ihr könnt zurück nach Bonn fahren, und ich kann diese ganze Angelegenheit unserem Konsulat in Palermo überlassen. Was ich ohnehin zu tun versucht bin.«

Ich war nicht gewillt, die Sache leicht für Luke zu machen – er hatte etwas Strafe verdient, nachdem er mich so erschreckt hatte –, aber je mehr ich mich an die Vorstellung gewöhnte, desto mehr gestand ich mir ein, daß ich froh darüber war, Luke an meiner Seite zu haben. Er könnte mit Männern wie dem Schnurrbart umgehen.

»In Ordnung«, sagte ich schließlich, während ich angestrengt auf Lukes Anzug starrte, »ich gebe zu, daß mir ein Ritter in goldener Rüstung durchaus nicht ungelegen kommt. Es könnten ein, zwei Drachen des Weges kommen, die erschlagen werden müssen…« Ich erzählte ihm von dem seltsamen Verhalten des Lieferwagenfahrers im Hafengelände von Palermo und der anschließenden Verfolgungsjagd auf der Autobahn.

Aber zu meiner Überraschung schaute er nur verdrießlich. »Ich hatte schon das Gefühl, daß Nardo etwas zu enthusiastisch an seinen Job herangeht. Er hat mir immer wieder erzählt, daß er der beste Geist Siziliens ist. Er meinte wohl Schatten – das ist auf italienisch dasselbe. Er liest Thriller, um sein Englisch zu verbessern.«

Ich war nicht amüsiert. »Willst du damit sagen, daß du es warst, der ihn auf unsere Fersen gehetzt hat?«

»Er sollte zumindest ein Auge auf euch haben.«

»Ich sehe da keinen Unterschied.«

»Was die Beweggründe angeht schon. Ich wollte nur sicherstellen, daß euch nichts passiert. Und sicherstellen, daß ihr direkt hierherkommt, was ihr offensichtlich nicht getan habt. Was gibt es so Interessantes in San Teodoro?«

Ich ignorierte seine Frage. Nun, wo die Bedrohung durch den Schnurrbart verschwunden war, konnte ich es mir leisten, mich einer gewissen rückblickenden Bitterkeit hinzugeben. »Dein Nardo war so wild darauf, uns in Sicherheit zu wissen, daß er fast einen Totalschaden verursacht hat. Das nächste Mal solltest du jemanden engagieren, der seiner Arbeit etwas weniger gewissenhaft nachgeht.« Trotz meines Tonfalls war ich so erleichtert darüber, daß unser Schnurrbart schließlich doch harmlos war, daß ich Luke im stillen den Betrug vergab. »Wo hast du ihn übrigens aufgelesen?«

»Er arbeitet als eine Art Mädchen für alles im Konsulat von Palermo. Dort war ich gestern.«

»Ach ja? Und hast ihnen erzählt, du wärst auf Urlaub und da käme dir jemand wie Nardo gerade recht? Sie haben natürlich keine Fragen gestellt.«

»Es gibt durchaus Wege, Dinge zu erledigen, ohne die Leute neugierig zu machen.«

»Spricht da der Profi oder nur der enthusiastische Amateur?«

Luke lächelte bloß. »Deine Phantasie geht mit dir durch.«

»Meine Phantasie geht nicht so weit, Geister anzuheuern.« Nur, sie in Autodiebe oder Mörder zu verwandeln. Luke hatte recht. Meine normalerweise nicht besonders blühende Phantasie schien momentan so üppig zu wuchern wie die Weinreben, die sich über die Steinmauern neben uns wanden. Vielleicht war die sizilianische Sonne daran schuld oder die ungewohnte Höhenluft, oder zu viele Geschichten mit zu vielen Fragen und nicht genügend Antworten – oder den falschen Antworten.

»Was gibt es so Interessantes in San Teodoro?« wiederholte Luke seine Frage.

Falls er uns begleiten würde, müßte Luke von Clio Hunt erfahren; aber es war sicherer, es ihm erst zu sagen, wenn wir bereits unterwegs nach Castell'alto waren, dann konnte er keinem anderen mehr davon erzählen. Ich glaubte Luke, wenn er behauptete, es wäre ihm darum gegangen, mich und Jay in Sicherheit zu wissen, aber in einer anderen Angelegenheit traute ich ihm nicht über den Weg: daß er dem Konsulat in Palermo keine Informationen über Hugo zukommen lassen würde. Zumindest jetzt noch nicht. Also sagte ich bloß: »Nichts Bedeutendes. Wir haben nur den Barmherzigen Samariter gespielt und eine alte Frau mitgenommen, die wir auf der Fähre kennengelernt hatten und deren Auto liegengeblieben war. Sie lebt in San Teodoro.« Die Lichter des Hotels schienen bereits warm und einladend über die dunkle Piazza. Ich beschleunigte meine Schritte.

»Ihr habt laut Nardo mehr als eine Stunde dort verbracht.«

»Sizilianische Gastfreundschaft«, sagte ich kurz angebunden. »Es war nicht leicht, wieder loszukommen.«

Ob er mir nun glaubte oder nicht, Luke ließ das Thema fallen. Während wir die Stufen zum Hotel hochstiegen, meinte ich zu ihm, wenn er sich schon als Reisebegleiter aufgedrängt hätte, könnte er auch ebensogut mit uns zu Abend essen. »Du kannst ja schon mal nach einem Tisch schauen, während ich Jay hole.«

Ich war schon halb auf dem Weg, als er meinen Arm berührte. »Es gibt da eine Sache, die mich interessiert, Alison...«

»Du wolltest sagen, eine weitere Sache.«

»In Ordnung, eine weitere Sache«, sagte er gleichmütig. »Was hast du da auf dem Boden im Burghof getan, als du dich hingekniet hast?«

»Oh, das.« Ich spürte, wie ich errötete, während ich es ihm erklärte. »Nenn es einen atavistischen Impuls«, schloß ich lahm.

Er hob eine Augenbraue. »Aber was für ein Ergebnis!«

»Wie meinst du das?«

»Nun, hier bin ich, oder? Vom Himmel gesandt und von der Göttin der Liebe nicht weniger.« Die haselnußbraunen Augen musterten mich amüsiert. »Was willst du mehr?«

12

Oben angekommen klopfte ich an Jays Zimmertür. Nach einer Weile hörte ich Schritte, und dann öffnete Jay mir die Tür. Er sah müde aus. Eine Wange war gerötet und vom Kissen zerknautscht. Er unterdrückte ein Gähnen. »Hallo, Alison. Komm doch rein. Ist schon Zeit fürs Abendessen?« Er sah auf seine Armbanduhr. »Mann, ich hab gar nicht gemerkt, daß es schon so spät ist. Du hättest mich wecken sollen.«

»Ich war spazieren – hab dir aber eine Nachricht hinterlassen.« Sie lag immer noch auf dem Boden neben der Tür. Ich ging hin, um sie aufzuheben. Während sich Jay in einen Pullover kämpfte, fügte ich hinzu: »Ich hab jemanden getroffen, einen Freund aus der Botschaft. Einen Mann namens Luke Keniston.« Sein Gesicht wirkte überrascht, als es oben aus dem Ausschnitt des Pullovers tauchte. »Er weiß alles. Warum wir hier sind, wer du bist, was es mit Castell'alto auf sich hat. Er ist jetzt unten und wartet auf uns. Er will, daß wir zurück nach Bonn fahren, weil er glaubt, daß es hier zu gefährlich für uns ist.«

Ich hatte beschlossen, daß es an der Zeit war, Jay reinen Wein einzuschenken; also erzählte ich ihm von den libyschen Terroristen in Berlin.

»Diese beiden Männer, die in dem Wagen in Foxburghe, glaubst du, daß sie…?« fragte er, als ich fertig war.

Ich nickte. »Ich möchte, daß du Luke davon erzählst. Erinnerst du dich gut genug an sie, um ihm eine Beschreibung von ihnen zu geben?«

»Klar. Kein Problem.«

»Gut. Noch was… Deine Mutter ist ziemlich außer sich wegen deines Verschwindens. Sie hat Kontakt mit der Amerikanischen Botschaft in London aufgenommen.«

Einen Moment lang sah Jay betroffen aus und so beschämt, wie ich mich gefühlt hatte. Er bückte sich, um ein Kissen aufzuheben, das neben das Bett gefallen war. »Ich ruf Sie wohl besser an. Aber« – und seine Stimme klang jetzt trotzig, als er das Kissen wieder auf das Bett legte – »ich werde ihr nicht erzählen, wo ich bin. Und ich werde nicht zurückfahren, solange ich Hugo nicht gesehen habe.«

»Sprich erst mal mit Luke, bevor du dich entscheidest, okay?«

»Okay«, sagte er widerwillig. »Aber ich werde meine Meinung nicht ändern.« Er zog einen Kamm aus dem Rucksack und musterte mich in dem ovalen Spiegel, der über dem Sekretär hing, während er einen halbherzigen Versuch machte, das Haar zu richten. »Wer ist dieser Luke überhaupt? Ich meine, warum ist er hinter uns hergereist?« Plötzlich weiteten sich seine Augen, und er drehte sich um, um mich direkt anzusehen. »Ist er von der CIA?«

Ich mußte lachen. »Frag ihn selbst. Vielleicht hast du mehr Glück als ich und kriegst darauf eine echte Antwort. So weit ich weiß, ist er nichts weiter als ein politischer Beamter in der Botschaft, aber dies ist ein ziemlich vager Titel. Komm schon, laß uns jetzt nach unten gehen.« Wir waren schon aus dem Zimmer, als ich an Clio Hunt dachte. Ich legte meine Hand auf Jays Arm. »Vielleicht ist es besser, wenn wir Clio Hunt erst mal aus dem Spiel lassen. Nicht, daß ich Luke nicht traue, aber möglicherweise ist es besser, noch etwas in Reserve zu haben.«

»Okay. Was ist mit Don Calogero? Sollen wir darüber auch nichts erzählen?«

»Ich weiß nicht... Ja, vielleicht ist es besser. Möglicherweise ist er nicht ganz so hilfsbereit mit Luke an unserer Seite. Laß mich darüber nachdenken.«

Während wir den Flur hinunter zur Treppe gingen, fügte ich noch hinzu, daß der Schnurrbart harmlos sei, und erklärte ihm auch, warum. Bevor wir uns zu Luke gesellten, hielten wir noch kurz an der Rezeption, wo ich hinterließ, daß ich einen Anruf erwartete und wir im Speisesaal seien.

Luke saß an einem Tisch in der Nähe großer französischer Fenster und wartete auf uns. Er stand auf, als wir näherkamen. Jay war höflich, als ich ihn vorstellte, und erwiderte vorsichtig

Lukes Blick, während er ihm die Hand schüttelte, aber er hielt sich kerzengerade und war offensichtlich auf der Hut. Und auf einmal schien Luke seine Leichtigkeit zu verlassen; er wirkte verlegen. Der peinliche Moment wurde von einem jungen Ober überbrückt, der uns die Speisekarten reichte und die Antipasti beschrieb.

»Ich empfehle die *Caponata*«, meinte ich zu Jay. »Das ist eine sizilianische Spezialität, ein Art Kasserole aus Auberginen, Tomaten und Oliven. Ich werde sie jedenfalls nehmen.« Der Kellner stimmte mir zu: Sie schmecke wirklich vorzüglich.

»Okay«, sagte Jay. »Dann werde ich sie auch probieren.«

»Dreimal bitte«, meldete sich Luke.

Nachdem der Ober gegangen war, herrschte Schweigen. Ich warf einen Blick durch das Fenster neben mir, sah aber nur mein eigenes Spiegelbild und das Licht des Kronleuchters, der in der Mitte des Saales hing, ein Kunstwerk aus farbigem Glas mit rosa und blauen Blumen, die zwischen zartgrünen Blättern ihr staubiges Licht verbreiteten. »Es muß ein wundervoller Blick sein, wenn der Nebel weg ist«, sagte ich, weil mir nichts Besseres einfiel.

Ohne auf mich zu achten, hoben Jay und Luke zur selben Zeit zu sprechen an. »Nach dir«, bedeutete ihm Luke. Als Jay seinen Kopf schüttelte, sagte Luke: »Na gut. Alison hat dir erzählt, weswegen ich hier bin?«

»Jawohl, Sir.«

»Dann weißt du, daß ich denke, es wäre aus Sicherheitsgründen besser für euch, Sizilien zu verlassen?«

»Jawohl, Sir.« Jay war plötzlich die Inkarnation des höflichen britischen Privatschülers. »Aber wenn Sie erlauben, glaube ich nicht, daß Sie das etwas angeht.«

»Wenn du achtzehn bist, kannst du mir auf ein Dutzend Arten bedeuten, ich solle zur Hölle fahren«, entgegnete Luke ungerührt. »Bis dahin aber ist es mein Job, dich zurückzubringen, wie ich fürchte. Außer natürlich, deine Mutter entscheidet anders. Wenn du möchtest, rufen wir sie an und fragen Sie?« Er faltete seine Serviette auseinander und legte sie sich auf den Schoß, während der Ober jedem von uns einen Teller *Caponata* hinstellte und »Buon appetito« wünschte.

»Laßt uns erst mal essen«, bat ich und nahm meine Gabel zur Hand, »bevor uns allen der Appetit vergeht. Jay, warum erzählst du Luke nicht davon, was dir in England passiert ist? Erzähl ihm, warum es deiner Meinung nach so wichtig ist, Hugo zu finden.«

Zwischen Bissen von Aubergine berichtete Jay von seinem Zusammentreffen mit den beiden Männern vor der Schule. Luke hörte zu und unterbrach ihn nur einmal, um sich von Jay die Männer noch einmal beschreiben zu lassen. »Haben Sie eine Ahnung, wer sie waren?« fragte ihn Jay. »Ich meine, außer daß es Libyer waren.«

»Ich kann nur eine wohlbegründete Vermutung anstellen«, erwiderte Luke, »aber ich weiß es nicht mit Sicherheit. Erzähl weiter, bitte.« Als Jay geendet hatte, sagte Luke: »Ich nehme an, du bist hergekommen, um deinen Vater vor diesen Männern zu warnen. Habe ich recht?«

»Das ist einer der Gründe, weswegen ich hier bin«, entgegnete Jay ruhig.

Während der Ober den Tisch abräumte, erklärte er uns, der gegrillte Schwertfisch sei superb, ein absoluter Leckerbissen. Zu teuer, meinten Jay und ich übereinstimmend, aber Luke nickte nur aufmunternd; das Abendessen ginge auf seine Rechnung. Ich blickte zu Jay hinüber. In seinen Augen stand mehr als deutlich zu lesen, daß ihn der Schwertfisch nicht für Lukes Gesellschaft entschädigen konnte. Wir bestellten ihn trotzdem.

»Und ich nehme den gegrillten Thunfisch«, erklärte Luke scheinbar ungerührt.

»Arbeitet ihr zwei zusammen?« fragte Jay, nachdem der Ober weg war.

»Nun, wir arbeiten beide in der Botschaft«, sagte ich. »Aber Luke ist Berufsdiplomat. Ich stehe ziemlich weit unten in der Botschaftshierarchie.«

»Wie sieht Ihre Arbeit aus?« fragte er Luke.

»Politischer Kram. Meist geht's darum, unseren Diplomaten den Weg zu ebnen, bevor sie die anderen Diplomaten treffen. Sicherstellen, daß sie richtig gebrieft sind. Informationen bereitstellen.«

»Und Desinformationen?«

Luke schaute überrascht. »Manchmal. Wenn es die Situation erfordert.«

»Warum also sollten wir Ihnen trauen?« Jay klang weniger rüde als aufrichtig bekümmert. »Ich meine, Alison sagt, sie wären hier, um uns zu beschützen, aber mir klingt es eher danach, daß Sie hier sind, um herauszufinden, wo Hugo steckt.«

»Wäre das so schrecklich? Ist dir nach all dem, was ich dir erzählt habe, nicht in den Sinn gekommen, er könnte auch des Schutzes bedürfen?« Als Jay keine Antwort gab, wandte Luke sich an mich, und zum erstenmal veränderte sich sein betont lockerer Tonfall und wurde drängend. »Verdammt, ich versuche euch nur die Gefahr klar zu machen, in die ihr euch begebt.«

Jay schaute erst ihn, dann mich scharf an. Er mußte plötzlich gespürt haben, daß zwischen mir und Luke mehr war als nur die Arbeit, so amorph dieses Mehr auch war, denn er errötete und stierte dann auf seinen Teller. »Diese Reise war nicht Alisons Idee«, sagte er. »Sie wollte zuerst gar nicht mit, ich hab sie überredet. Ich bin derjenige, dem Vorwürfe zu machen sind.« Naiv fuhr er fort: »Können Sie uns nicht einfach Ihre Telefonnummer geben? Wenn wir Sie brauchen…«

Er mußte schon beim Reden gemerkt haben, wie dumm das klang, denn seine Stimme wurde immer dünner. Schließlich biß er sich auf die Lippen. Einen Moment lang sah er so jung und in die Ecke getrieben aus, daß ich ihm unter dem Tisch tröstend die Hand drückte. Doch er vermied es, mir in die Augen zu sehen, als ob ich irgendwie für Lukes Anwesenheit verantwortlich wäre. Was ich vermutlich auch war.

»Du weißt sicher«, sagte Luke zu Jay, »daß selbst die amerikanische Regierung nicht viel für dich tun kann, wenn du an einem Ort wie Castell'alto in Schwierigkeiten gerätst. Und wahrscheinlich geht es der hiesigen Polizei nicht besser. Wenn du in irgend etwas verwickelt wirst, das dir über den Kopf wächst, wäre ich gern in deiner Nähe. Die Leute, die hinter deinem Vater her sind, gehen nicht besonders zimperlich um mit Menschen, die ihnen in die Quere kommen. Am selben Tag, an dem dein Vater in Tunis aufgetaucht ist, haben diese beiden Männer dich aufgespürt. Irgendein hohes Tier muß mit libyschen Agenten in London Kontakt aufgenommen haben, sobald feststand, daß Hugo übergelaufen ist. Das deutet auf ein gewisses Interesse hin, deinen Vater zu überreden, zurückzukommen, meinst du nicht?«

»Die Libyer haben keine Ahnung, wo wir im Moment stekken«, entgegnete ich zur Verteidigung.

»Ach, nein? Du meinst nicht, daß jemand anders genauso schlau sein könnte wie ich? Die Libyer verfügen in Sizilien über ein kleines Netzwerk. Zweifellos sind sie verwickelt in den Drogenschmuggel hier.«

»Aber niemand weiß etwas über Castell'alto«, sagte ich und dachte dann an Clio Hunt. »Weiß eigentlich überhaupt jemand, daß Hugo eventuell in Sizilien ist?«

»Nun, nein«, entgegnete Luke langsam. »In der italienischen Presse stand nichts, aber...«

Ich unterbrach ihn. »Jay und ich haben einfach das Gefühl, daß wir, wo wir schon so weit gekommen sind, die Sache auch gerne zu Ende bringen würden.«

»Dann werdet ihr mich als Begleitung akzeptieren müssen«, sagte er fest. Ich zuckte mit den Achseln und meinte, was mich beträfe, ginge das in Ordnung, aber Jay schwieg. Er spielte mit einem Stück Fisch auf seinem Teller herum. Abrupt schob er dann den Teller beiseite und stand auf. »Entschuldigt mich.« Bevor ich ihn aufhalten konnte, hatte er den Raum verlassen.

Ich wandte mich wieder an Luke. »Warst du nicht ein bißchen hart zu ihm? Er ist doch gerade mal fünfzehn. Nicht gerade deine Altersklasse.«

»Er ist alt genug, um mit den Tatsachen des Lebens schon

vor einiger Zeit in Berührung gekommen zu sein. Es war Zeit, daß er auch mit den Tatsachen des Todes vertraut wird. Aber du hast recht, er ist noch ein Kind. Es ist verständlich, daß er sich unverwundbar fühlt, das tun alle Teenager. Du bist diejenige, die erwachsen ist und es besser wissen sollte.«

Es war die schlichte Wahrheit, und ich wußte es; ich mochte mich über Lukes Art ärgern, aber das änderte nichts an der Richtigkeit dessen, was er gesagt hatte. Ich stand auf. »Ich werde mit ihm reden. Vielleicht habe ich mehr Glück als du.«

Als ich im Flur war, hielt mich Signor Indelicato zurück. »Signora, Ihr Telefongespräch. Soll ich es auf Ihr Zimmer legen?«

»Ja, danke. Ich gehe gleich nach oben.«

Jay kam mir auf der Treppe entgegen, sein Rucksack hing ihm über die Schulter. Als er mich sah, wurde sein Gesicht trotzig. »Alison, ich kann einfach nicht…«

Aber ich unterbrach ihn einfach, packte ihn beim Arm und drehte ihn herum. »Komm mit nach oben. Clio Hunt ist am Telefon.«

Nachdem ich mich gemeldet hatte, meinte Clio, sie habe sozusagen gute Nachrichten für mich. »Don Calogero hat euch morgen mittag zum Essen eingeladen. Ich habe diesmal selbst mit ihm gesprochen, aber er hat nicht viel preisgegeben. Er hat sein Interesse bekundet, Hugos Kinder zu sehen, war aber ziemlich ausweichend, was Hugo selbst angeht. Ich hatte den Eindruck, er will sich auf nichts festlegen, bevor er euch nicht getroffen hat. Warum kommt ihr also nicht einfach morgen bei mir vorbei? Ich nehme euch dann mit meinem Land Rover mit. Ich muß meinen Bienenstöcken sowieso einen Besuch abstatten, und ihr seid vielleicht froh, jemanden dabei zu haben, der sich auskennt.«

Mit gemischten Gefühlen akzeptierte ich ihr Angebot. »Wir werden kurz nach dem Frühstück bei dir vorbeikommen. Ist dir das recht?«

»Fein. Bis dann also.«

Ich hatte Luke im Gespräch mit Clio absichtlich nicht erwähnt. Es würde schwierig werden, seine Anwesenheit zu erklären. Ich brauchte Zeit, um darüber nachzudenken, wie ich es am besten anstellen könnte.

»Don Calogero hat uns zum Mittagessen eingeladen«, meinte ich zu Jay. »Er hat Clio nicht verraten, ob Hugo bei ihm ist oder nicht. Vermutlich werden wir erst mal ausgehorcht, bevor er uns sagt, was er weiß. Nun«, fuhr ich fort und deutete dann auf seinen Rucksack, »was hat das hier zu bedeuten?«

Jay schaute störrisch. »Dein Freund Luke hat recht. Ich sollte dich nicht in etwas so Gefährliches hineinziehen. Eigentlich wolltest du ja auch gar nicht mitkommen, ich hab dich überredet. Ich bin froh, daß du es getan hast, weil... na ja, du warst eben großartig in allem. Aber jetzt ist es vielleicht besser, wenn ich die Dinge selber in die Hand nehme.«

»Wie, um Gottes willen, willst du die Dinge selber in die Hand nehmen?«

»Ich werde nach Castell'alto trampen. Nichts könnte mir egaler sein als die Erlaubnis dieses Don Calogero oder seine Billigung. Ich werde Hugo finden, ob es ihm paßt oder nicht.«

Sanft sagte ich: »Ich glaube, es würde dir schwerfallen, nachts um diese Zeit eine Mitfahrgelegenheit zu finden, Jay. Und selbst wenn, stehen die Chancen, auf jemanden zu treffen, der nach Castell'alto unterwegs ist, gelinde gesagt bei Null.« Ich wollte nicht den Eindruck erwecken, daß ich seinen Plan einfach so abtat, ihm aber gleichzeitig auch seine Undurchführbarkeit klar machen.

Jay senkte den Kopf und studierte etwas auf dem Teppich. Als er sprach, klang seine Stimme starrsinnig. »Ich kann von der Hauptstraße aus hinmarschieren. Ich erinnere mich an den Weg, den Clio uns auf der Landkarte gezeigt hat. Wenn ich muß, kann ich irgendwo in einer Höhle schlafen.«

»Also willst du mich einfach so verlassen«, sagte ich leise, »ohne mir eine Chance zu geben. Ich finde das nicht sehr fair.«

»Du hast ihn«, entgegnete Jay und schaffte es immer noch nicht, mir in die Auge zu schauen. Er verlagerte den Rucksack auf die andere Schulter. »Du brauchst mich nicht.«

Auf einmal glaubte ich zu verstehen. Ich berührte Jays Arm.

»Schau, wir haben diese Sache gemeinsam begonnen, und ich denke, wir sollten sie auch gemeinsam zu Ende bringen. Außerdem, du hast mich nicht gegen meinen Willen hierhergeschleppt. Mir liegt ebensosehr daran, Hugo zu finden wie dir. Und ich möchte es mit dir gemeinsam schaffen.« Noch während ich es sagte, wurde mir klar, daß ich es tatsächlich so meinte.

Vielleicht spürte Jay das auch, denn die entschlossene Linie seines Kinns lockerte sich ein wenig, und er hob seine Augen, um mich anzusehen. »Aber verstehst du denn nicht, Alison? Wenn Luke wirklich hier ist, um Hugo aufzustöbern und wir ihn zu ihm führen, wird Hugo denken, wir hätten ihn hintergangen. Schlimm genug, daß wir Clio mitnehmen müssen, aber sie kennt er zumindest.«

Er hatte recht. Es würde auch so schon schwierig genug werden, mit Hugo zusammenzutreffen, auch ohne die zusätzliche Komplikation namens Luke. Hugo würde es uns schwerlich verzeihen, daß wir seine Zufluchtsstätte einem Fremden verraten hatten, noch dazu einem, dessen Motive, ihn zu suchen, so unklar waren. Das Argument, daß wir es nur zu seinem Besten getan hatten, würde ihn auch nicht milder stimmen. Ich meinte, ihn gut genug zu kennen, um mir dessen sicher zu sein.

Trotzdem: Machte es wirklich etwas aus, wenn Hugo wütend auf mich war, solange Jay sich in Sicherheit befand? Luke hatte die Gefahr, der wir uns seiner Meinung nach aussetzten, mehr als deutlich gemacht. Welches Recht hatte ich, seine Warnungen in den Wind zu schlagen, aus Angst vor irgendeiner hypothetischen Reaktion von Hugo?

Ich versuchte es erneut. »Hugo wird dir keinen Vorwurf machen, Jay. Ich werde ihm die Wahrheit sagen, daß ich es war, die darauf bestanden hat, Luke mitzunehmen. Hugo und ich – nun ja, Wutanfälle können unsere Beziehung auch nicht verschlechtern.« Schließlich war nur noch wenig da, was verschlechtert werden konnte. »Und es macht Sinn, weißt du, Luke im Notfall an unserer Seite zu haben.«

Aber Jay war störrisch. »Wir sind bislang ganz gut ohne ihn

ausgekommen. Außerdem hast du gesagt, daß Don Calogero möglicherweise nicht so hilfsbereit sein wird, wenn Mr. Kenniston dabei ist. Ich gehe lieber zurück nach England«, fügte er hinzu, sein Gesicht erschöpft und weiß, »als ihn mitzunehmen.«

Und das wäre also das Ende der fragilen Allianz, dachte ich, die Bruder und Schwester geschmiedet hatten. Jay würde mir nie wieder vertrauen. Es war ein zu hoher Preis für die nebulöse Möglichkeit, daß wir eventuell Hugos Feinden in die Hände liefen, eine Möglichkeit, die nun in weiter Ferne zu liegen schien, nachdem sich die Bedrohung durch den Schnurrbart in Nichts aufgelöst hatte. Außerdem hatte ich den Verdacht, daß Jay einen Weg finden würde, auf eigene Faust nach Hugo zu suchen, egal was er mir versprach. Das konnte ich nicht zulassen.

Widerwillig, gegen mein besseres Wissen, sagte ich Jay, daß er nicht nach England zurückkehren müsse. »Ich habe eine Idee. Erinnerst du dich an die Geschichte von den drei kleinen Schweinchen und dem größen bösen Wolf?«

Jay schaute überrascht. »Natürlich, aber...«

»Erinnerst du dich an die Stelle, an der die drei kleinen Schweinchen dem Wolf versprechen, mit ihm gemeinsam zum Obstgarten zu gehen? Sich statt dessen aber schon früher auf den Weg machen? Einige Zeit vor ihm?«

Er verstand. »Aber klar. Brillant.«

Nein, dachte ich, nicht brillant, falls auch im Obstgarten Wölfe auf uns lauern; aber die Veränderung, die in Jays Gesicht vor sich ging, ließ mich weiterreden und wischte meine Bedenken beiseite. »Wir werden uns mit ihm für morgen früh um zehn Uhr hier am Hotel verabreden, aber schon um sieben losziehen. Luke weiß von Castell'alto. Wenn er will, kann er uns folgen. Aber auf diese Weise werden nicht wir es sein, die ihn mitbringen. Zumindest nicht direkt. Laß uns jetzt nach unten gehen zu Luke. Wir sagen ihm, wir hätten über seinen Vorschlag nachgedacht und würden ihn annehmen. Hast du einen Wecker?« Er schüttelte den Kopf. »Dann werde ich um sieben an deiner Tür klopfen, okay?«

»Großartig.« Seine Augen funkelten.

»Eines mußt du allerdings tun«, sagte ich zu ihm.

»Klar. Was denn?«

»Ruf deine Mutter an und sag ihr, daß es uns gut geht. Ich hätte schon lange vorher darauf bestehen sollen.«

»In Ordnung. Ich werde sagen, daß ich einige Zeit für mich haben wollte, daß es mir gut geht und daß ich mich in ein paar Tagen wieder melden werde.«

»Sag, was du willst, solange du sie nur beruhigst. Warum bringst du es nicht gleich hinter dich und kommst dann mit nach unten, um noch eine Nachspeise zu essen?«

Aber Jays Gesicht verschloß sich wieder. »Ich werde anrufen, aber ich glaube nicht, daß ich noch mit nach unten komme. Ich hatte genug zu essen.«

»Bist du sicher? In dem Fall sehe ich dich morgen um sieben. Schlaf gut.«

Bevor ich mich versah, schloß Jay seine Arme um mich. »Ich bin froh, daß du meine Schwester bist.« Dann drehte er sich um und verschwand in seinem Zimmer. Welche Chance hatte besseres Wissen gegen die plötzliche Woge von Dankbarkeit und Liebe, die diese Worte in mir auslösten? Ob gut oder schlecht, sagte ich mir, ich hatte die richtige Wahl getroffen.

Als ich wieder unten im Speisesaal war, trank Luke gerade seinen Kaffee. Er stand auf. »Ich hab den Ober abräumen lassen. Willst du noch was?«

Ich schüttelte den Kopf. »Jay ist müde. Er ruft jetzt noch seine Mutter an und geht dann ins Bett. Ich hab ihn davon überzeugt, daß es besser ist, wenn du morgen mit uns kommst – aber glücklich ist er nicht darüber.«

»Ich nerve ihn.«

»Ja, aber er wird's überleben. Wir haben gedacht, daß wir uns um zehn Uhr hier treffen. Ist dir das recht?«

»Fein.« Luke winkte dem Ober und beglich die Rechnung. Als wir aus dem Speisesaal gingen, fragte er: »Geht es morgen dann direkt nach Castell'alto?«

»Ja.« An der Treppe machte ich halt, wobei es mir nicht ganz gelang, ihm in die Augen zu schauen. Die Lügen, die ich Luke gerade vorsetzte, minderten die Hochstimmung, die ich angesichts von Jays Erklärung verspürt hatte, erheblich; plötzlich kamen mir Zweifel. »Gute Nacht, Luke«, sagte ich abrupt und begann die Stufen hochzusteigen.

»Alison.«

Seine Stimme ließ mich herumfahren.

»Der Hauptgrund, weswegen ich hier bin, hat nichts mit Hugo Raphael zu tun. Das ist die nackte Wahrheit.« Er hielt kurz inne und sagte dann ruhig: »Bis morgen dann.«

Ich sah ihm nach und war versucht, ihn zurückzurufen. Vielleicht könnte ich ihn davon überzeugen, mich und Jay alleine gehen zu lassen, wenn er verstand, wie wichtig das für uns war. Aber es war schon zu spät – er war aus der Tür, während ich noch überlegte.

13

Bevor ich Jay am nächsten Morgen weckte, setzte ich mich an den wackligen Schreibtisch, um Luke einen Brief zu schreiben. Darin versuchte ich ihm zu erklären, warum sich Jay und ich ohne ihn auf den Weg machten. Ich kämpfte mit Entschuldigungen und Rechtfertigungen, doch auf dem Papier sahen sie alle irgendwie falsch aus. Schließlich schrieb ich ihm einfach die Wahrheit.

»Lieber Luke«, schrieb ich.

> Jay hat Angst, daß es seine Chancen, Hugo zu sehen, mindert, wenn du mit uns kommst, oder daß Hugo wütend auf uns wird. Er weigert sich, dich mit nach Castell'alto zu nehmen, und hat gedroht, es im Zweifelsfall auf eigene Faust zu versuchen. Also habe ich ihm versprochen, daß wir die Reise so fortsetzen werden, wie wir sie begonnen haben: allein.

An dieser Stelle erinnerte ich mich an Clio.

Nun, wir sind nicht ganz allein. Jemand, der Hugo aus Sizilien kennt, nimmt uns mit zu einem Mann, der etwas darstellt in Castell'alto und gleichfalls ein Freund von Hugo ist. Seine Name lautet Don Calogero Coccalo. Er hat sich bereiterklärt, uns zu empfangen. Du siehst also, wir machen uns nicht einfach planlos in die Wildnis auf. Vielleicht siehst du unser Unternehmen dadurch in einem etwas anderem Licht.
Bitte, gib uns wenigstens den heutigen Tag, um Hugo auf eigene Faust zu finden. Wir kommen abends nach Erice zurück und werden dir dann erzählen, was passiert ist. Wenn du danach immer noch denkst, es wäre besser, wenn du uns begleitest, werde ich versuchen, Jay zu überreden, Verstand anzunehmen.
Es tut mir leid, Luke – es war ein mieser Trick, so mit dir umzuspringen, aber ich hoffe, du verstehst mich. Ich hatte nie wirklich einen Bruder, bevor das hier passiert ist.

Der Brief war plump, und ich vermied jede Anspielung auf Lukes letzte Worte am Abend zuvor. Das mußte warten, bis ich Zeit hatte, darüber nachzudenken, was sie implizierten. Zumindest, sagte ich mir, war ich ehrlich mit Luke, was unsere Pläne anging.

Jay war schon startbereit in Jeans und T-Shirt, als er mir die Tür öffnete. Er setzte ein scherzhaftes, übertrieben verschwörerisches Lächeln auf, während er nach seinem Rucksack griff, und ging dann leise pfeifend neben mir den Korridor entlang. Etwas von seiner früheren Unbekümmertheit schien wieder da zu sein, vielleicht hervorgerufen von der Tatsache, Luke ausgetrickst zu haben. Ich konnte ihm seinen Anflug von Selbstgefälligkeit nicht verübeln; Luke war überraschend taktlos mit Jay umgegangen. Er hatte ihn behandelt wie einen kleinen Jungen. Kein Wunder, wenn Jays fragile Männlichkeit nach Selbstbestätigung dürstete.

Obwohl mir nun etwas leichter ums Herz war, nachdem der Schnurrbart keine Bedrohung mehr darstellte, fühlte ich mich immer noch unwohl in meiner Haut. Ich wußte, daß ich in vielfacher Weise für Jay verantwortlich war. Wenn ihm etwas zustieß, würde ein Teil der Schuld bei mir liegen.

Unsinn, erwiderte der Advocatus diaboli in mir. Jay ist wild entschlossen, Hugo zu finden, ob du ihn nun begleitest oder nicht. Du hättest ihn genausowenig aufhalten können wie Luke. Du hättest ihn nur einsperren können. Mit dir an seiner Seite wird er erheblich sicherer sein, und wenn er doch in Schwierigkeiten gerät, bist du ja da, um ihm zu helfen. Außerdem, warum das Schlimmste annehmen? In ein paar Stunden bist du in Castell'alto, und die Chancen stehen nicht schlecht, daß du Hugo dort findest. Sobald du Jay erst einmal wohlbehalten bei ihm abgeliefert hast, ist deine Pflicht getan, und du kannst wieder nach Hause gehen. Falls Don Calogero Coccalo halb so furchterregend ist, wie alle behaupten, wird er doch in der Lage sein, die beiden vor ein paar libyschen Schlägertypen zu beschützen. Das sagte ich mir. Aber ich war mir nur allzu bewußt, wo die Schwächen meiner Argumentation lagen.

Als wir an der Rezeption vorbeikamen, blieb ich kurz stehen, um beim diensthabenden Portier den Brief für Luke zu hinterlegen. Ich bat ihn, ihn Signor Kenniston zu geben, wenn er um zehn Uhr nach uns verlangen sollte. Beiläufig ließ ich fallen, daß wir die Ruinen von Selinunte besuchen wollten. Selinunte lag an der Südküste, Castell'alto genau entgegengesetzt. Das würde einem etwaigen Verfolger Freude machen.

Die Bergluft draußen besaß die leichte, belebende Eigenschaft aller höher gelegenen Orte, fast überschäumend, mit einem kühlen Kieferndruft versetzt. Über einem ruhigen blauen Meer stieg die Sonne in einen wolkenlosen Himmel hinauf. Es versprach, heiß zu werden. »Falls du hungrig bist«, meinte ich zu Jay, während wir ins Auto stiegen, »hinten auf dem Rücksitz im Picknickkorb liegen ein paar Äpfel. Wenn wir in San Teodoro sind, gehen wir etwas essen. Clio wird uns kaum schon so früh erwarten.«

Während sich die Straße durch den stillen Kiefernwald nach unten schlängelte, konnte man immer wieder flüchtig einen Blick auf die Ebene und das Meer erhaschen. Große gelbe Gänseblümchen überzogen in breiten Bahnen sonnenbeschienene Lichtungen, auf denen Elstern und Rotkehlchen sangen und miteinander disputierten. Allmählich verschwand Erice über uns, seine Wälle und Türme wurden verdeckt von der Palisade der Bäume. Jay kaute auf einem Apfel herum und fragte mich, ob ich dächte, Luke würde uns folgen.

Ich erwiderte, ich würde Luke nicht gut genug kennen, um dies mit Gewißheit sagen zu können. »Aber in dem Brief, dem ich ihm hinterlassen habe, habe ich ihn gebeten, uns einen Tag zu geben. Ich hab ihm halb und halb versprochen, wir würden ihn danach einbeziehen. Weißt du, ich glaube wirklich, daß es ihm ernst damit ist, wenn er sagt, er wäre nicht hier, um Hugo nachzuspionieren.« Ich schaute flüchtig zu Jay hinüber; mit dem störrisch nach vorne geschobenen Kinn – was noch verstärkt wurde, als er seinen Apfel kaute – ähnelte er Hugo im Profil mehr als je zuvor.

Jay grunzte unverbindlich und zerbiß seinen Apfelbutzen. »Wirst du Clio von ihm erzählen? Ich meine, was ist, wenn er schließlich doch noch in Castell'alto auftaucht?«

»Wir können nicht alles kontrollieren, Jay. Wir müssen die Dinge so nehmen, wie sie kommen. Luke kann tun, was er will, und er kann auch für sich selber sprechen.« Um das Thema zu wechseln, fragte ich ihn, ob er seine Mutter am Abend zuvor noch erreicht hätte.

»Ja. Sie war nicht gerade zufrieden mit mir, aber sie war glücklich, daß ich angerufen habe. Ich auch. Aber sie hat mir die Leviten gelesen. Du weißt ja, wie Mütter sind...« Er schaute mich entschuldigend an. »Tut mir leid.«

»Braucht es dir nicht«, sagte ich nüchtern. »Tante Constance war mir in vielfacher Hinsicht eine gute Mutter. Wir haben nie miteinander gestritten, und als mir meine Freundinnen von ihren Kämpfen mit ihren Müttern berichteten, erkannte ich, daß ich es gar nicht so schlecht erwischt hatte.«

Ein wenig scheu fragte er mich: »Würdest du sie eines Tages gerne kennenlernen? Deine echte Mutter, meine ich.«

Das war eine Frage, die ich mir auch schon oft gestellt hatte. »Früher einmal hätte ich gesagt, nein, überhaupt nicht. Aber ich glaube... Nun, heute denke ich, daß ich nicht weiß, was ich will. Viel hängt schließlich davon ab, welche Art von Person sie ist.«

»Du hast einige ihrer Gene, also weiß ich, daß sie zumindest teilweise in Ordnung sein muß.« Jay wurde rot.

Ich lächelte ihn an. »So ähnlich empfinde ich auch für Charlotte, seit ich dich kenne.«

Ich begann Jay von dem Marionettentheater zu erzählen, das Luke und ich gesehen hatten, und bald danach bogen wir in San Teodoros Stadtkern ein. Wir frühstückten in derselben kleinen Bar, in der wir am Tag zuvor mit Clio gewesen waren. Ich kaufte mir eine Zeitung und saß draußen im Freien an einem der Tische, während Jay auf dem Platz herumschlenderte und die wenigen, kleinen Läden erkundete, die schon offen hatten. Obwohl ich das Blatt sorgfältig von vorne nach hinten durchsah, entdeckte ich nichts über Hugo. Die italienische und sizilianische Presse hatte nach Lukes Bekunden nichts über Hugos Verschwinden aus Libyen berichtet; schließlich würde es ihre Leser kaum interessieren. Obwohl ich nicht wirklich damit gerechnet hatte, etwas zu finden, war ich dennoch erleichtert.

Jay kam offensichtlich hochbeglückt mit einem Paket unter dem Arm zurück. »Schau, was ich gefunden habe, Alison.« Er wickelte eine große Taschenlampe und eine Packung Batterien aus und machte sich daran, die Batterien ins Gehäuse einzusetzen. »Gewöhnlich habe ich in meinem Rucksack immer eine Taschenlampe dabei, aber diesmal habe ich sie in der Eile vergessen.«

Ich faltete die Zeitung zusammen. »Wofür brauchst du sie denn?«

»Oh, man kann nie wissen. Es gibt einige nützliche Dinge, die man im Falle eines Falles brauchen kann. Wie ein Schweizer Armeemesser beispielsweise und ein Schokoladenriegel.« Plötzlich sah er eher wie zehn aus als wie fünfzehn, der kleine Junge im Teenager kam durch. Dann grinste er. »Oder eine Uzi.«

Ich verzog das Gesicht. »Wollen wir hoffen, daß wir nichts von alldem brauchen.«

Es war kurz nach neun, als wir uns auf den Weg zu Clio machten. Als wir zu ihrem Haus hochfuhren, sahen wir neben ihrem Land Rover einen Pick-up parken. Ein Mann lehnte gegen die Fahrertür und rauchte. Während wir ausstiegen, schaute er auf und musterte uns, wobei er auf unser »Buon Giorno« mit einem kaum merklichen Kopfnicken reagierte. Clios Tür stand offen, doch Argo kam nicht herausgeschossen, um uns zu begrüßen. Jay schlug vor, wir sollten es beim Honighaus versuchen.

Wir gingen hinten herum und als wir über die Terrasse kamen, konnten wir durch das offene Fenster des Honighauses die wütende Stimme eines Mannes hören. Er sprach ein Gemisch aus Italienisch und Sizilianisch. Einige Wörter konnte ich verstehen, aber nicht genug, um aus dem, was er sagte oder besser schrie, schlau zu werden. Clios Stimme unterbrach den wütenden Ausbruch; obwohl sie ruhiger klang, wirkte sie auf ihre Weise nicht weniger wütend.

Jay und ich schauten uns an. »Vielleicht sollten wir...«, setzte ich an. Bevor ich zu Ende reden konnte, stürmte Giudico Coccalo aus dem Honighaus. Wut verzerrte seine sowieso schon verzerrten Gesichtszüge, was ihm ein noch scheußlicheres Aussehen gab. Sobald er uns sah, versuchte er seinen Ärger mit einem Lächeln zu kaschieren, das irgendwie noch enervierender wirkte als sein Zorn. Die Wut paßte zu seinem Gesicht, das Lächeln nicht.

»So früh auf Sightseeingtour? Ihr Amerikaner habt immer so viel Energie.« Er schaffte es, daß es wie eine Beleidigung klang.

»Sie sind auch nicht gerade spät dran, Signor Coccalo«, konterte ich sanft.

»Ich bin Geschäftsmann. Da zahlt es sich aus, früh auf den Beinen zu sein.«

Clio tauchte hinter ihm auf, einen knurrenden Argo am Halsband. »Guten Morgen«, sagte sie gelassen zu uns. Dann zu Giudico: »Wir reden darüber ein anderes Mal weiter.«

Worauf er erwiderte: »Vielleicht gelingt es deinen Freunden, dich zu überreden, deine Meinung zu ändern.«

»Du kennst mich gut genug, Giudico, um zu wissen, daß ich meine Meinung nicht ändere. Solange bis du mir Antworten auf meine Fragen gibst.«

Giudico setzte seine Sonnenbrille auf und verwandelte sich wieder zurück in den unauffälligen Buchhalter. Nur seine leise drohende Stimme, die schier platzte vor unterdrückter Wut, gab einen Hinweis auf seine Gefühle. »Du redest wie eine Amerikanerin, Clio. Eine Sizilianerin würde wissen, daß es Fragen gibt, die man besser nicht stellt.«

»Dann sollte ich vielleicht einen Amerikaner fragen«, erwiderte sie gelassen. »Elliot hat vielleicht nicht deine Aversion gegen Fragen.«

»Elliot hat nichts mit dem Export zu tun, er kümmert sich nur um den Honig, den wir hierzulande verkaufen.« Giudico zögerte und fügte dann mit Nachdruck hinzu: »Es wird nicht leicht für dich sein, den Honig ohne uns zu verkaufen.«

Darauf gab Clio keine Antwort; statt dessen ließ sie Argo mehr Leine, bis er sich in Bißweite von Giudicos Bein befand. »Du solltest besser gehen, Giudico. Ich weiß nicht, wie lange ich ihn noch zurückhalten kann.«

Giudico schien noch etwas sagen zu wollen, schaute dann aber auf Argo und besann sich offensichtlich eines Besseren. Aprupt drehte er sich um, schritt davon und verschwand um die Hausecke. Kurz darauf hörten wir den Motor des Pick-up aufheulen.

Clio tätschelte Argos Kopf und ließ ihn von der Leine; sofort kam er herüber und steckte seine Schnauze in Jays Hand. Clio lächelte mich ein wenig matt an. »Tut mir leid, daß ihr das mitbekommen habt.«

»War das eine Drohung, was er über den Verkauf des Honigs gesagt hat? Daß du ihn nicht loskriegen wirst?«

Sie zuckte offensichtlich unbekümmert mit den Achseln. »Eher maskulines Theater. Darüber hinaus glaube ich kaum, daß Don Calo es zulassen würde, wenn sie mich aus dem Geschäft drängen. Elliot wird Giudico wieder beruhigen.« Erklärend fügte sie hinzu, Elliot Carter sei ein junger Amerikaner, der für Hugo auf das Kastell aufpasse. Er wohne im Turm der Burg. Er sei Architekturstudent und sei eines schönen Tages vor drei Jahren im *castello* aufgetaucht, um Hugo seine Reverenz zu erweisen. Hugo hatte ihn eingeladen, eine Weile zu bleiben, und drei Monate später, als Hugo nach Libyen aufgebrochen war, war er immer noch da.

»Elliot hat ein Talent, sich unentbehrlich zu machen. Er hat etwas von einem Schieber, das heißt, er ist jemand, der weiß, wie man alles mögliche geregelt kriegt. Auf jeden Fall hat er sich für mich und Hugo nützlich gemacht. Er ist Giudicos Partner in vielerlei Dingen, inklusive des Marketings meines Honigs. Du wirst ihn wahrscheinlich heute auch treffen. Laß dich übrigens von seinem Äußeren nicht täuschen. Elliot ist mehr als die Summe seiner körperlichen Teile.« Forsch fragte sie uns, ob wir schon gefrühstückt hätten. »Gut, wenn ihr mir dann noch schnell beim Aufladen helft, können wir los.«

Während wir ihr ins Honighaus folgten, überlegte ich, was in der kurzen Zeit, seit wir sie zuletzt gesehen hatten, wohl passiert sein mochte, daß Clio so wütend auf Giudico Coccalo war. Trotz ihres Dementis hatte Giudiocs Warnung sehr wohl wie eine Drohung geklungen – möglicherweise seine Antwort auf eine Drohung ihrerseits, ihr Geschäft in andere Hände zu legen. Außerdem war ich neugierig, Elliot Carter kennenzulernen, den Mann, dem es offensichtlich mit Leichtigkeit gelungen war, ein Teil von Hugos Leben hier zu werden.

Hinter der Tür mit dem Fliegengitter standen stapelweise Kisten voller Honiggläser. Daneben war eine einzelne, offene Kiste, die, wie Clio erklärte, Rähmchen aus Wachs für den Wabenbau enthielt. »Die Bienen bauen ihre Waben darauf«, sagte sie. »Industriell hergestellte Rahmen sparen Zeit und Geld. Besonders wenn der Honig reichlich fließt, wie es jetzt gerade der Fall ist. Wenn ich die vollen Waben herausnehme, tue ich diese dafür hinein. Einige Bienenzüchter benützen sogar Plastikbausteine, weil sie nicht durchhängen oder im Extraktor auseinanderbrechen, wie es Bausteine aus Wachs manchmal tun. Aber ich mag sie einfach nicht.«

Sie bat Jay, die oberste Kiste mit Honiggläsern zum Land Rover zu bringen, suchte dann ihr Equipment zusammen, reichte mir die Imkerpfeife und einen der Schleierhüte. »Gewöhnlich bringe ich Don Calo etwas Honig mit, als Dank, daß ich meine Bienen auf seinem Land halten darf. Dieses Mal dachte ich, ich hätte nicht genug, weil Giudico meinte, er würde meine ganze Produktion brauchen. Aber jetzt...«

Kühn fragte ich sie, ob sie mit Giudico gebrochen habe, weil er sie betrogen hatte. Sie bückte sich, um ihren Overall aufzuheben, der auf den Boden gefallen war, und als sie sich wieder aufrichtete, erwartete ich halb, sie würde mir bedeuten, ich solle mich um meine eigenen Angelegenheiten kümmern. Statt dessen strich sie sich mit dem Handrücken die Haare aus der Stirn und antwortete mir beinahe beunruhigt: »Das ist das Seltsame daran. Ich bin mir sicher, daß er mich nicht betrügt, jedenfalls nicht in finanzieller Hinsicht. Wenn überhaupt, waren die Gewinne oft größer, als ich es mir ausgerechnet hatte.«

»Warum dann der Streit...«

»Weil er in anderer Hinsicht nicht ehrlich zu mir war. Nachdem ihr gestern gegangen seid, habe ich mit einer sizilianischen Freundin gesprochen, die gerade von einer Reise nach New York zurückgekehrt ist. Ich hatte sie darum gebeten, die Läden, die meinen Honig verkaufen, zu besuchen, um zu überprüfen, wie er präsentiert wird. Aber sie konnte meinen Honig in keinem der Läden entdecken, und als sie nachgefragt hat, hat man ihr gesagt, daß seit mehr als sechs Monaten keine Lieferung mehr gekommen sei. Als ich Giudico darauf angesprochen habe, war sein einziger Kommentar der, man habe den Honig hier gebraucht. Was lächerlich ist, weil er sonst immer behauptet hat, nur mit dem Export wäre richtig Geld zu verdienen, nicht mit dem hiesigen Verkauf. Ich habe Giudico also erklärt, daß er von mir keinen Honig mehr bekommt, solange er mir keine bessere Erklärung dafür liefert.« Sie nahm einen der weißen Aufsätze für den Bienenstock und fügte dann hinzu: »Schließlich wird Hugo doch noch recht behalten. Er hat von meiner Partnerschaft mit Giudico nie viel gehalten.«

»Warum nicht?«

Sie reichte mir den Aufsatz. »Hast du schon Gelegenheit gehabt, meinen Artikel zu lesen?«

Ich dachte, sie würde das Thema wechseln, und bejahte ihre Frage. »Er war gut. Und je mehr ich las, desto kraftvoller erschien mir der Platz.«

»Danke. Aber ich war nicht auf Komplimente aus. Erinnerst du dich an das Graffito, das ich erwähnt habe, das in der Höhle von Monte Castello, das mutwillig zerstört wurde?« Ich nickte. »Hugo hatte immer Giudico im Verdacht, es getan zu haben, als Teenager.« Als Jay durch die Tür kam, mit Argo im Schlepptau, lächelte Clio. »Weißt du, ich könnte schwören, daß Argo irgendwie weiß, daß du Hugos Sohn bist. Hugo hat ihn in Palermo aufgelesen. Man hatte ihn halb zu Tode geprügelt und dann auf der Straße ausgesetzt. Nachdem sich Argo erholt hatte, schenkte Hugo ihn mir – er meinte, ich bräuchte einen Hund, so alleine, wie ich hier lebe. Und außerdem war er ja ständig auf Reisen. Argo akzeptiert mich, aber im Grunde seines Herzens ist er Hugos Hund.«

Ihr Lächeln schien heute wärmer zu sein, weniger reserviert, und trotz des Zusammenstoßes mit Giudico ging sie wesentlich entspannter mit uns um. Alles in allem war sie zugänglicher. Vielleicht spürte Jay das auch, denn als wir mit dem Beladen des Land Rover fertig waren, fragte er sie, was mit Giudicos Auge passiert sei. Sie hob gerade den letzten leeren Aufsatz in den Land Rover. Einen Moment lang herrschte Stille, dann antwortete sie. »Ein Unfall, als er sechzehn war.« Vielleicht bemerkte sie selbst, wie kurz angebunden das klang, denn sie fügte hinzu: »Er und ein anderer Junge wurden in einer Höhle bei Monte Castello durch einen Steinschlag verletzt. Der andere Junge kam ums Leben, und als man Giudico schließlich fand, war es zu spät, um sein Auge noch zu retten. Der Doktor vermasselte die Sache, und eine Infektion kam dazu, die es nur noch schlimmer machte. Vermutlich würde man heutzutage irgendeine Art von plastischer Chirurgie einsetzen, damit es weniger auffällig ist, aber ich habe das Gefühl, er genießt durchaus die Wirkung, die es auf die Leute ausübt.«

Langsam fügte sie hinzu: »Hugo war der Meinung, Giudico habe Glück gehabt, daß er überhaupt mit dem Leben davongekommen ist. Er hatte die Höhle schon einmal entweiht.« Sie warf ihren weißen Overall ins Auto. »So, warum kletterst du nicht auf den Rücksitz, Jay? Alison, du kommst vorne neben mich.« Sie befahl Argo, dazubleiben und auf das Haus aufzupassen. Widerwillig trottete er zurück zur Eingangstür und ließ sich auf der Treppe nieder. Traurig starrte er uns hinterher, als wir davonfuhren.

»Don Calo erwartet uns nicht vor Mittag. Ich hoffe, es macht euch nichts aus, wenn wir zuerst noch meine Bienen besuchen. Es wird nicht lange dauern. Danach werde ich euch etwas Interessantes zeigen, wenn ihr wollt.« Sie sprach laut, um den Lärm des Motors zu übertönen, der beträchtlich war, eine Art von auralem Kontrapunkt zu der rüttelnden Fahrt. »Es gibt da ganz in der Nähe der Bienen eine Höhle, die wahrscheinlich schon seit Urzeiten als Opferstätte benutzt wurde. Die Höhle, die ich in meinem Artikel erwähnt habe.«

»Phantastisch!« Jay beugte sich vom Rücksitz nach vorne. Sein Enthusiasmus ließ Clio herumfahren.

»Jay ist ein Höhlenforscher«, erklärte ich.

»Wirklich?« Clio klang erfreut. »Dann bin ich gespannt, was du von dieser hier hältst. Sie mag vielleicht nicht so groß sein wie andere, die du gesehen hast, aber es ist ein bemerkenswerter Ort. Mit einer ganz eigenen Atmosphäre. Einer ... na ja, übernatürlichen Ausstrahlung.«

»Übernatürlich?« Es lag ein Hauch von höflichem Skeptizismus in Jays Stimme.

»Im besten Sinne des Wortes. Spirituell. Die Höhle war mehrere tausend Jahre lang ein Platz der Verehrung, bis ins letzte Jahrhundert hinein. Inzwischen allerdings trauen sich die Ortsansässigen nicht mehr in ihre Nähe.«

»Warum?«

»Aberglaube. Es ist zu verschiedenen Unfällen gekommen, einschließlich der Sache mit Giudico, und deshalb sagen sie, die Höhle wäre mit einem Fluch belegt. Was nicht das Schlechteste ist, denn sonst würde sie wahrscheinlich als Stall für die Ziegen oder Schafe herhalten müssen, wie viele andere Höhlen in der Umgebung. Was ein Jammer wäre, wenn ihr mich fragt. Fast ein Sakrileg.«

»Was für eine Art von Verehrung wurde dort betrieben?« fragte ich sie.

»In den frühesten Zeiten opferte man den Göttern der Unterwelt, den chthonischen Götter. Später, da bin ich mir sicher, war der Ort der Muttergöttin geweiht, ein lokaler Ableger des Kultes in Erice. Ich bin überzeugt, es hat sich um eine Art von Bienenkult gehandelt. Ich war gerade dabei, auch deinen Vater davon zu überzeugen.«

»Aber du hast gesagt, daß die Höhle im letzten Jahrhundert als heilig galt«, merkte ich an. »Sicher haben die Leute damals nicht der Muttergöttin gehuldigt.«

»In gewissem Sinn durchaus.« Clio lächelte über meine Reaktion. »In einer anderen Form. Die Jungfrau Maria ist in Sizilien weitaus populärer als ihr Sohn. Das war sie schon immer. Es war leicht, beinahe natürlich, ihren Kult auf den der Muttergöttin aufzupfropfen. Das ist überall passiert am Mittelmeer, und die Mater Dolorosa ist besonders hierzulande ein mächtiger Mythos. Demeter, die um Persephone weint, zum Beispiel. Dies hier ist ihr Land.«

»Einer meiner weniger bevorzugten Mythen«, sagte ich spontan, während ich einen Vogel mit schwarzweißen Federn dabei zusah, wie er im Sturzflug über ein wogendes Getreidefeld strich. Durch mein offenes Fenster kam der Duft von frischem Gemüse.

Clio schaute mich an. »Warum?«

»Wahrscheinlich liegt es daran, daß ich irgendwann in meiner Jugend beschlossen habe, daß Demeter keine besonders liebevolle Mutter gewesen sein muß. Sie war da draußen in der großen weiten Welt, ließ es sich gut gehen und wurde verehrt, während ihre Tochter alleine zu Hause spielte. Kein Wunder, daß Hades in der Lage war, Persephone zu entführen.«

Es entstand ein Schweigen, während Clio sorgfältig um ein großes Schlagloch herumsteuerte. Nach einer Weile sagte sie: »Ich glaube nicht, daß ich es jemals aus dieser Perspektive gehört habe. Aber, nun ja, sie wurde wirklich bestraft für ihre Mißachtung. Sie litt. Und sie tat alles, um ihre Tochter wiederzubekommen. Ich selbst habe die Geschichte immer sehr bewegend gefunden, voller Hoffnung. Ein Paradigma auf das, was in gewisser Weise den meisten Eltern und ihren Kindern blüht. Trennung und Wiedervereinigung.«

Bevor ich sie fragen konnte, ob sie auch Kinder hatte, begann Jay sie über die Höhle auszufragen, eindeutig begierig darauf, das Thema wieder auf seinen interessanteren Aspekt zurückzuführen, die rein physikalische Seite.

»Es ist eine Kalksteinhöhle«, erklärte ihm Clio. »Teil eines Tunnelystems, das unter Monte Castello verläuft, entstanden durch eine Art unterirdischen Fluß vor Äonen von Jahren. Aber ich kenne nur einen kleinen Teil von ihr. Eigentlich nur die Haupthöhle, wo wir den archäologischen Beweis für unsere Theorie gefunden haben. Einige Nischen, die in den Fels gehauen wurden, um Lichter aufzustellen oder die Opfergaben zurückzulassen, Keramikscherben und eine bemerkenswerte Trinkschale, die ich euch zeigen werde. Hugo könnte dir sehr viel mehr über das ganze Tunnelsystem erzählen. Im Laufe der Zeit hat er es ausgiebig erforscht.«

Ich kurbelte mein Fenster so weit herunter wie möglich und legte meinen Arm auf das heiße Metall der Tür. Wir waren jetzt an der Küste und fuhren in nordöstlicher Richtung. Die Straße verlief zwischen flachen Feldern, die ans Meer grenzten, und einer kahlen Hügelkette, deren graugelbe Berge durchzogen waren von Terrassen, jenen niedrigen, extremen Steinwällen, die man hier überall anzutreffen schien. Auf einer Bergspitze hob sich die Silhouette einer einsamen Ziege gegen den Himmel ab. Clio deutete auf Monte Castello vor uns. Es sah aus, als ragte sein Gipfel im Norden direkt aus dem Meer.

»Es muß nicht einfach für dich gewesen sein«, sagte ich schließlich, »als er so plötzlich nach Libyen verschwunden ist. Wegen deiner Recherchen, meine ich.«

Sie neigte leicht ihren Kopf. »Ja, das stimmt.« Von der Seite betrachtet besaß ihr Gesicht die klaren, gemeißelten Konturen eines klassischen Frauenkopfes, jeder Gesichtszug für sich wirkte stark und sanft und äußerst schön.

»Hat er dich vorgewarnt? Jay und mich nicht.« Ich hoffte, mein Eingeständnis würde sie milder stimmen und entgegenkommender machen.

»Wie schrecklich für euch.« Ihre Stimme war tief und ernst. Die Knöchel ihrer Hände, die das Lenkrad umschlossen, hoben sich weiß gegen die braune Haut ab. Es sah aus, als würde sie sich an eine Art Rettungsanker klammern.

Ich ließ einen Moment verstreichen. »Und für dich?«

»Ja, Alison. Für mich war es auch schrecklich.« Sie drehte den Kopf und sah mich lange an, und für einen Moment waren wir durch etwas verbunden, das über ihr Eingeständnis des Schmerzes hinausging. Dann wandten sich ihre Augen wieder der Straße zu. »Ihr seht also, ich kann euch verstehen.«

»Bist du wütend auf ihn?«

Jay rutschte unruhig auf dem Rücksitz herum, aber falls Clio mir die Inquisition übel nahm, zeigte sie es nicht. »Es hat keinen Zweck, wütend auf jemanden wie Hugo zu sein. Es ist pure Zeitverschwendung, so ähnlich, wie böse auf die Naturgewalten zu sein. Man ist besser beraten, einfach wie gewohnt weiterzuleben.« Ich fragte mich, ob das als eine Art Warnung gedacht war, obwohl ihre Stimme eher fatalistisch klang als spitz. Aber in ihren nächsten Worten lag eine gewisse Schärfe. »Falls ihr euch fragt, ob ich mich als Frau schlecht behandelt fühle oder rachsüchtig bin oder sein Versteck gern verrate, ist die Antwort nein. Das war es doch, was ihr wissen wolltet, oder?«

Jay beugte sich nach vorne, bevor ich ihr antworten konnte. »Es ist nur, daß wir sichergehen müssen.«

»Natürlich.« Im Rückspiegel trafen sich ihre Augen mit den seinen. Es war ein schneller, verständnisvoller Blick. Dann fuhr sie fort: »Versteht ihr, ich war deshalb nicht wütend auf Hugo... nun, weil ich die Gründe kannte, weswegen er ging.« Sie hielt inne, und selbst das Röhren des Motors schien im lastenden Schweigen an Lautstärke zu verlieren. »Er wollte die Vergangenheit ungeschehen machen.«

14

Überrascht starrte ich sie an. »Wie meinst du das?«

Als hätte sie schon zu viel gesagt, zog sie sich schnell wieder in ihr Schneckenhaus zurück. »Eigentlich ist es Hugos Sache, euch das zu erklären.« Sie hob eine Hand vom Lenkrad und deutete auf die Kreuzung vor uns. »Da. Das ist die Straße nach Castell'alto.«

Es gab keinen Wegweiser, nichts, was darauf hingewiesen hätte, wohin die gewundene, asphaltierte Straße führte, nachdem sie ins Hochland verschwand. Als ich Clio darauf ansprach, meinte sie, das Straßenschild stünde nie lange. »Die Leute aus Castell'alto schätzen ihre Privatsphäre.« Nur gut, dachte ich, daß sie mitgekommen war; alleine hätten wir den Weg wahrscheinlich nie gefunden.

Als sich die Straße aus der Ebene wand, wurde die Landschaft wilder. Zerklüftete Felsblöcke beherrschten das Bild und gedrungene, vom Wind gekrümmte Bäume, die aus gelben, ginsterüberwucherten Steilhängen schossen. Plattnasige Gesteinsformationen aus nacktem Fels türmten sich in der Ferne, Monte Castellos Vorposten. Hinter ihnen erhob sich der Berg wie eine Sonnenfinsternis. Im stechend blauen Himmel kreisten Möwen über einer unsichtbaren See.

Hin und wieder zweigte ein mit Brombeerhecken bestandener Feldweg von der Straße ab, der scheinbar ins Nirgendwo führte. Einmal passierten wir eine Herde von buckligen, schwarzen Rindern, die im Gänsemarsch hintereinander her trotteten, jede Kuh mit einem schweren hölzernen Geschirr um den Hals, von dem eine Glocke herabbaumelte. Das schwerfällige Klingklang der hölzernen Klöppel verströmte einen seltsam melancholischen Klang in der leeren Landschaft, während die Herde langsam vorbeizog. Der Viehtreiber folgte, die allgegenwärtige Schlägermütze beschattete seine Augen; er hob die Hand zum Gruß, aber er lächelte nicht. Danach sahen wir niemandem mehr.

Die Straße schien, abgesehen von den ausgefransten Rändern, in gutem Zustand zu sein, aber als der Monte Castello mit seinen Kalksteinfelsen zu unserer Rechten auftauchte, merkten wir, wo bröckelndes Gestein niedergegangen war. Die Narben davon waren immer noch in Form von Schlaglöchern und Steinhaufen zu sehen, die man aus dem Weg geräumt oder beiderseits der Straße aufgetürmt hatte. Clio mußte den Land Rover um gewaltige Schlaglöcher, die meinen Wagen versenkt hätten, herummanövrieren. Die winterlichen Regenfälle hätten eine Menge Schaden angerichtet, meinte sie. Sie hätten den Boden, der sowieso schon durch Erdbeben gefährdet war, noch mehr aufgelockert.

Die einzigen Zeichen menschlicher Ansiedlung waren die großen Telefonmasten entlang der Straße und die Straße selbst. Und einmal ein Straßenschild, das vor Felsschlag und Erdrutschen warnte.

Wir schwiegen alle drei, jeder von uns war mit seinen eigenen Gedanken beschäftigt. Meine – und zweifellos auch die von Jay – kreisten unaufhörlich um Clios Enthüllung. Hugo wäre nach Libyen gegangen, um die Vergangenheit ungeschehen zu machen, hatte sie gesagt. Aber wessen Vergangenheit – seine eigene oder die eines anderen? Und was hatte Libyen damit zu tun? Von ganzem Herzen wünschte ich, ich könnte Clio irgendwie dazu bringen, uns mehr zu geben als sibyllinische

Antworten. Aber ich wußte, es war sinnlos; sie war mit Sicherheit niemand, der zu irgend etwas gezwungen werden konnte.

Wir waren in einem Labyrinth gefangen, Jay und ich, mit Hugo in der Mitte. Jede Frage, jede Antwort konnte uns ihm näher bringen – oder uns in die Irre führen, in eine Sackgasse. Und es bestand natürlich immer noch die Möglichkeit, daß in der Mitte am Ende nichts wäre.

Clios Stimme durchbrach das Schweigen. »Das Haus von Don Calogero ist nicht mehr weit von hier. Weniger als eine Meile. Aber wir legen hier erst mal einen Zwischenstopp ein.« Sie bog auf einen Pfad ab, der zwischen riesigen Felsblöcken verlief und dann auf eine kleine Hochlandweide mündete. Kaum größer als ein Baseballfeld lag sie wie ein natürliches Amphitheater in der Landschaft – im Norden und Osten beschützt von den Bergen, im Südwesten begrenzt von Meer und Himmel, die in einer Harmonie aus Blau ineinanderflossen.

»Die Leute von Castell'alto nennen sie *prato di Venere*«, sagte Clio. »Die Wiese der Venus. Sie behaupten, der Platz trage diesen Namen seit Anbeginn menschlicher Zeiten, weil hier unterhalb der Klippen Venus dem Meer entstiegen sei.«

Als wir aus dem Land Rover stiegen, standen wir einen Moment lang nur da und schauten. Ein lindes Lüftchen blies. Es trug den Duft von Minze und Meer zu uns herüber. Wildblumen schmückten das Gras wie einen mittelalterlichen Gobelin, purpurne Disteln, Klee, eine Art mauve- und cremefarbener Ginster, und als ich in die Hocke ging, um besser sehen zu können, entdeckte ich eine winzige wilde Iris mit einem Streifen von Orange auf jedem ihrer kleinen Blütenblätter. Am anderen Ende der Wiese, gegen die Klippen geschmiegt, befand sich eine Ansammlung von weißen Bienenstöcken. Es mochten ein Dutzend oder mehr sein, und sie waren gegen die strenge sizilianische Sonne durch eine Art Pergola aus Bambusstangen geschützt, über die getrocknete Palmzweige lagen.

Clio erzählte uns, sie hätte noch andere »Außenstände«, wie sie die Plätze auf fremden Besitztümern nannte, auf denen sie ihre Bienen hielt. »Aber dies hier ist mein Lieblingsplatz. Er ist mit Abstand der schönste. Und die Bienen hier produzieren den besten Honig.«

Als Clio in ihren weißen Overall schlüpfte, fragte Jay, ob wir ihr helfen könnten. »Jetzt nicht. Aber später gern, wenn ich die Aufsätze zum Land Rover trage. Volle Waben sind sehr schwer. Warum schaut ihr euch in der Zwischenzeit nicht etwas um und seht, ob ihr den Eingang zur Höhle findet? Er liegt nicht weit von hier, aber ziemlich gut versteckt. Aber wartet auf mich, bevor ihr reingeht. Und paßt dort drüben, wo die Wiese endet, auf, wo ihr hintretet.«

Während Jay suchte und Clio mit ihren Bienen beschäftigt war, ging ich zum Rand der Wiese und riskierte – eingedenk Clios Warnung – einen vorsichtigen Blick. Statt des steilen Abhangs, den ich halb erwartet hatte, sah ich mich jedoch einem Geröllfeld aus riesigen Felsbrocken gegenüber, das schräg nach unten abfiel. Dennoch war der Höhenunterschied beträchtlich. Fünfhundert Fuß unter mir lag eine kleine, sichelförmige Bucht in der Umarmung der Felsen, mit einem Sandstrand, wie es schien, der rechts und links von gigantischen Stalagmiten aus Stein begrenzt wurde, die wie Wachtürme aus dem Wasser ragten. Das Meer dahinter bewegte sich träge in irisierenden Schatten aus Grün und Blau. Während ich auf der Suche nach einem Weg hinunter zum Strand die Klippenkante entlanglief, entdeckte ich schließlich einen steinernen Pfad, der durch die Felsen schräg nach unten führte. Einem Haufen getrockneter Kotstückchen nach zu urteilen, wurde er von irgendwelchen Tieren benutzt, Eseln oder Maultieren vielleicht. Auf die Felsen gestützt, kletterte ich vorsichtig ein Stück weit nach unten, bis ich mir ein besseres Bild von dem Verlauf machen konnte, den der Pfad nahm. So weit ich sehen konnte, schien er bis unten auf den Strand zu gehen. Es war heiß heute, und das Wasser wirkte verlockend, aber es war ein weiter Weg nach unten, und zurück würde es aller Voraussicht nach noch länger dauern. Als ich mich wieder nach oben wandte, sah ich eine Streichholzschachtel in einer Felsspalte liegen. Also wurde der Pfad auch von Menschen benutzt. Es schien mir eine Schande zu sein – dieser Fetzen Abfall an einem so wunderschönen Platz. Fast automatisch hob ich ihn auf und steckte ihn in meine Tasche.

Als ich wieder oben war, winkte Clio mir zu. Sie stand neben den vollen Wabenbausteinen, die sie den Stöcken entnommen hatte. Bienen umschwirrten sie, aber sie schien es gar nicht zu merken. »Könntest du mir jetzt helfen, Alison? Im Land Rover liegen ein Paar Handschuhe und ein Schleier.« Trauben von Bienen hingen an jeder Box, aber sie schob sie freundlich beiseite, mit ein paar kleinen Püffen aus der Imkerpfeife vertrieb sie auch die hartnäckigen lange genug, damit wir die Box aufnehmen konnte. Die Bausätze waren überraschend schwer, mindestens zwanzig Kilo. Als wir sie zum Land Rover trugen, lief uns Jay über den Weg.

»Und, Glück gehabt?« fragte ihn Clio.

»Ich glaube schon. Ich zeig's euch gleich, wenn ich euch geholfen habe.«

Während wir uns an die Arbeit machten, fragte ich Clio, ob man ihre Bienen jemals gestohlen hätte. »Es ist so abgelegen hier. Es könnte jemand vorbeikommen und den Honig einfach mitnehmen.«

Sie schüttelte den Kopf. »Die Leute hier haben zuviel Respekt vor den Bienen. Sie glauben, daß Bienen Glück bringen und daß man sie besser in Ruhe läßt, will man kein Unglück auf sich ziehen. Außerdem behaupten sie, daß ein gestohlener Schwarm keinen gescheiten Honig produziert. Der Bienenkult, den ich in meinem Artikel beschrieben habe, hat noch bis vor kurzem in vielfältiger Form existiert. Eine alte Frau von Castell'alto hat mir beispielsweise einmal erklärt, daß nur Frauen mit Bienen umgehen könnten, weil Bienen angeblich keine Männer mögen. Es ist nicht schwer, die direkte Verbindung zu früher herzustellen, wo Bienen der Großen Göttin geweiht waren und Priesterinnen ihre Hüterinnen waren.

Im sizilianischen Christentum heißt es, daß Gott die Bienen auserwählt habe, weil sie aus Respekt vor Ihm und Seinen Heiligen auf sexuelle Liebe verzichtet hätten. Etwas von diesem Gefühl, daß Bienen irgendwie göttlich sind, ist bis heute geblieben. Es ist so ähnlich wie mit den Höhlen. Bienen und Höhlen werden oft miteinander in Zusammenhang gebracht.«

Ich erinnerte mich an etwas, das Hugo einmal gesagt hatte: Mythen sind nicht meine Religion.

Jay schüttelte sachte eine Biene von seinem Arm. »Wurden Höhlen nicht deshalb als heilig betrachtet, weil man sie als Eintrittstore in die Unterwelt ansah?«

»Das ist richtig. Und weil Bienen ihre Nester so oft in Höhlen bauten, glaubten unsere Vorfahren, sie stellten die Seelen der Toten dar.«

»Aber hast du nicht gesagt, diese Höhle hier wäre mit einem Fluch belegt?« hakte Jay nach. »Was denken die Leute, wenn du reingehst?«

Sie zuckte mit den Achseln. »Vielleicht, daß ich etwas gut habe, weil ich selber Bienen züchte. Oder daß ich verschont bleibe, weil ich die Rituale beachte.« Sie sagte es nüchtern, beiläufig, aber der Ausdruck auf ihrem Gesicht, der die Worte begleitete, war fast scheu.

»Rituale?« fragte ich.

»Nun, zum Beispiel sage ich ein Gebet an den Heiligen Johannes auf, wenn ich den Honig herausnehme. Etwas, das die Bienenzüchter hier schon immer getan haben. Man bittet um eine gute Ernte und darum, daß die Bienen vor Krankheiten bewahrt werden. Es existieren natürlich auch noch ältere Gebete. Und Segenssprüche für alle Arten von Bienen. Habt ihr die Steinbiene vor meinem Haus gesehen? Hugo hat sie mir geschenkt. Er war der Ansicht, sie würde mir den bösen Blick vom Leib halten.«

Als wir alle Bausätze in den Land Rover geladen und die Scheiben vor herumschwirrenden Bienen verschlossen hatten, folgten wir Jay quer über die Wiese Richtung Norden, wo sich gezackte Gesteinsbrocken aus bleichem Kalkstein türmten. Bevor Jay uns den Eingang der Höhle enthüllen konnte, hob Clio ihren Arm und zeigte nach Nordwesten. »Schaut!«

Ich beschattete meine Augen gegen die Sonne und folgte der Linie ihres Arms zu einem Felsvorsprung, der sich seitwärts gegen den Himmel abhob und erst durch eine kleinen Einschnitt im Berghang sichtbar wurde. Es schien, als sei der Fels an dieser Stelle einfach in sich zusammengebrochen und habe einen seichten Trog gebildet. Als ich zwischen der leuchtend weißen, spiegelglatten Fläche der Kalksteine hindurchschielte, erkannte ich etwas, was wie Zinnen aussah, die sich in die Luft erhoben. Ich blinzelte, und in der Hitze verschwamm das Bild für einen Moment wie eine Fata Morgana. Als es wieder still stand und feste Form annahm, erkannte ich eine von Menschenhand erbaute Steinburg, die von Zinnen gekrönt war.

»Das ist die Spitze von Hugos Turm«, sagte Clio. »Hier ist der einzige Punkt auf der Wiese, von wo aus man sie sehen kann.«

War das die Mitte des Labyrinths? Plötzlich fühlte ich mich fast schwindlig. Vielleicht lag es am Glitzern der Steine, dem schweren, süßen Duft von Heidekraut und Ginster oder den winzigen Insektenstimmen, die durch die Hitze drangen.

Clio erklärte, daß das *castello* auf einem Vorgebirge sitze, das sich vor Tausenden vor Jahren vom übrigen Berg abgespalten habe. »Es wird fast von allen Seiten vom Meer umschlossen. Es ist ein bemerkenswerter Ort. Die Leute hier sagen, es habe sich einst um das Lager der Zyklopen gehandelt, obwohl die natürlich an dieser Küste überhaupt nicht zu Hause sind. Ich habe mal eine komische Theorie darüber gehört«, meinte sie dann lachend, »wonach die Zyklopen nichts als eine mythische Erklärung für Kindheitsängste darstellen. Angeblich sind sie die Erinnerung an einen Elternteil, der sich zu uns herunterbeugt, wenn wir noch klein sind, so daß die zwei Augen zu einem verschmelzen, und liebevoll-neckisch sagt: ›Ich hab dich zum Fressen gern.‹«

»Für meine Eltern gilt das bestimmt nicht«, rutschte es mir heraus. »Hugo war nicht gerade der verzehrendste Vater, den man sich vorstellen kann. Und meine Mutter mochte nicht einmal knabbern an mir.« Die Worte waren draußen, bevor mir klar war, wie sie klingen mußten. Clio starrte mich an, und ich spürte, daß ich rot wurde.

Jay allerdings schien gar nichts mitbekommen zu haben. Er musterte immer noch die Bruchstücke des Turms in der Ferne, während er eine lange Ährenborste in seinen Händen hin- und herdrehte. »Kommt man von hier aus hin?« fragte er Clio.

Sie nickte und zeigte auf den Berghang. »Da oben geht ein alter Trampelpfad entlang. Er führt den Berg herum nach Casteddu. Aber man muß ziemlich gut zu Fuß und an die Höhenluft gewöhnt sein.« Von hier aus sah man nur eine dünne, weiße Linie, die sich wie eine staubige Schlange den Berg hinaufwand, bis sie zwischen den Felsen verschwand.

»Kommt schon«, sagte Jay schließlich. »Hier geht's lang.« Er lief voran, und als wir ihm folgten, verschwand die Turmspitze langsam aus unserem Blickfeld und wurde ersetzt von einer Mauer aus Steinen. Wir gingen den Berg entlang, bis wir zu einem Haufen großer Steine kamen, die am Fuß einer Felsnase lagen. Inzwischen befanden wir uns ungefähr fünfzehn Meter jenseits der Wiese, an einem Ort, wie Clio uns erklärte, an dem in prähistorischer Zeit ein Felssturz niedergegangen war. Wir suchten uns unseren Weg zwischen den Gesteinsbrocken, bis wir zu einem gewaltigen Klotz kamen, der mindestens drei Meter hoch und doppelt so breit war. Jay zeigte auf einen schmalen Riß in der Steilwand dahinter. »Als ich das gesehen habe, wußte ich Bescheid«, erklärte er.

Hinter dem Riesenklotz von Stein befand sich ein kleines Kar, eine kreisförmige Mulde mit einem Durchmesser von etwa zwei Metern, die von herabgefallenen Steinen übersät war. Hier hatte sich der Riß zu einer Öffnung verbreitert, die wohl den Eingang der Höhle darstellte. Unten riß es den Fels auf einer Breite von etwa zwei Metern auseinander, wobei die Öffnung groß genug war, damit man sich beim Eintreten nicht bücken mußte. Darüber kippte die Steilwand schräg nach hinten, auf ihr eine Menge loser Schiefer und Geröll, der kaum zusammengehalten wurde durch Klumpen wilder Gräser und fedrigem weißen Heidekraut. Clio folgte meinem Blick. »Eines

Tages wird es einen Felsschlag geben, der diesen Eingang für immer versperrt. In der Vergangenheit war es ein- oder zweimal schon nahe dran.«

»Sprichst du von dem Steinschlag, der Giudico Coccalo verletzt hat?« fragte ich sie.

Sie schüttelte den Kopf. »Nein. Das ist weiter drinnen in der Höhle passiert. Er und der getötete Junge waren auf Schatzsuche, soweit ich weiß.«

»Was haben Sie gesucht?« Jays Stimme klang aufgeregt.

Sie lächelte, aber nicht gönnerhaft. Es war eher, als würde sie seine Erregung teilen, und ich erinnerte mich daran, daß sie ja Hobby-Archäologin war, in gewisser Weise das Synonym für den Schatzsucher schlechthin. »Die goldene Honigwabe, das Gold der Märchen, Diebesbeute, du kannst es dir aussuchen. Die Geschichten gehen ineinander über. Vielleicht wollten Giudico und sein Freund auch nur herausfinden, ob die Legenden der Wahrheit entsprachen. Als Zeus die Riesen besiegte, die Titanen, hat er sie in sizilianischer Erde begraben – in Höhlen unter dem Ätna, wenn man dem Mythos glauben will, und zwar nebeneinander die Küste entlang. Die Einheimischen sagen, daß man sie manchmal brüllen hören kann, wenn man das Ohr auf den Boden legt. Im letzten Jahrhundert hat man in einer Höhle bei Erice ein paar überdimensionale Knochen gefunden, und das war Öl auf das Feuer der Legende. Die Höhlen hier sind niemals nur einfach Höhlen. Auch wenn es wahrscheinlicher ist, daß man drinnen eher eine Gemse als einen Giganten trifft. Wollen wir?«

Jay öffnete den Rucksack und nahm die Taschenlampe heraus. Ich grinste ihn wissend an. Als Clio es sah, meinte sie jedoch: »Ich benutze so etwas nie. Es entspricht einfach nicht der Atmosphäre in der Höhle. Außerdem kann man sie nicht in der Höhle lassen, weil in der Feuchtigkeit die Batterien korrodieren. Eine Laterne ist besser. Ich habe zwei von ihnen gleich hinter dem Eingang. Ich gehe vor und zünde sie an.«

Jay legte die Taschenlampe beiseite, und gemeinsam folgten wir ihr in die Höhle. Die Luft war kühl, fast kalt nach der Sonnenhitze, und es roch feucht nach Erde. Wo der Wind draußen nur ein angenehmes Lüftchen gewesen war, traf er hier in der Höhle, kanalisiert durch die Felsen, kühl auf die Haut. Während meine Augen sich auf die plötzliche Dunkelheit einstellten, zündete Clio die Laternen an. Eine reichte sie Jay. In ihrem flackernden, aprikosenfarbenen Schein nahm ein Raum vor uns Gestalt an, der ungefähr wie ein umgestülpter Kelch geformt war, mit einem Durchmesser von etwa fünf Metern, die Decke lag verschwommen einige Meter über unseren Köpfen im Schatten.

Mit dem Instinkt eines Höhlenforschers fand Jay den Gang fast auf Anhieb, ein schwarzes Loch, etwas über einen Meter breit und nur wenig höher, als er groß war. »Wo führt der hin?« fragte er Clio.

»Direkt unter den Berg laut Hugo. Er ist Dutzende von Malen hinuntergestiegen, hat mir aber nie so richtig erzählt, was er gefunden hat. Ich… ich glaube, er war aus irgendeinem Grund wütend. Oder vielleicht ist frustriert das bessere Wort.«

Jay, der durch den Gang nach unten spähte, die andere Laterne in seiner Hand, richtete sich wieder auf. »Warst du auch schon unten?«

»Ein paarmal, aber ich bin nur bis zu der zerstörten Wandmalerei gekommen, die ich in meinem Artikel beschrieben habe. Hugo meinte, es wäre zu gefährlich, weiterzugehen.«

Clio stellte ihre Laterne in eine der Nischen, die man in den Fels gehauen hatte; weitere Nischen waren entlang der Wölbung der Höhle verteilt. In der Mitte, auf dem Höhlenboden, auf dem sich der Schmutz von Jahrhunderten abgelagert hatte, befand sich ein niedriger, glatter, fast kreisrunder Stein, auf dem ein kleiner Kelch stand. Clio ging hinüber zu dem Stein und nahm die Schale hoch. Dann streckte sie sie mir entgegen.

»Die hat Hugo hier gefunden, oder zumindest das Original davon. Weit hinten im Gang versteckt. Sie ist zu kostbar, um sie in der Höhle zu lassen, also hat er eine exakte Kopie davon anfertigen lassen. Hugo datierte das Original auf das späte sechste Jahrhundert vor Christus.« Der kleine Kelch war kaum größer als meine Handfläche. Es war aus schwerem Metall, Bronze vielleicht. »Halt ihn gegen das Licht«, befahl Clio. Ich tat, wie mir geheißen, und entdeckte Markierungen, kleine Formen, die in einem Streifen rund um den Hals verliefen und in die Oberfläche geritzt waren. Als ich näher hinschaute, sah ich, daß es die primitiven Umrisse von etwas waren, was einer Biene ziemlich nahe kam. Auf dem Boden des Kelches waren drei Figuren mit erhobenen Armen zu sehen. Es schienen Frauen zu sein. »Wir glauben, daß diese drei möglicherweise Priesterinnen darstellen. Bienenpriesterinnen jenes Kultes, von dem ich euch erzählt habe. Der Kelch mag für eine Art Honigtrank wie Met gedient haben.«

Clio nahm mir den Kelch wieder ab und stellte ihn zurück auf den großen Stein. Was sie dann tat, erinnerte mich in unheimlicher Weise an etwas, was ich in Erice getan hatte. Sie wickelte ein kleines Wabenstück aus einem Stück Zeitungspapier, tat es in die Schale und stand dann für einen Augenblick mit geschlossenen Augen regungslos da.

In meinem Nacken prickelte es. Das Schweigen war angefüllt mit Summen, schien fast lebendig.

Jay mußte etwas Ähnliches verspürt haben wie ich, denn sein Gesicht war ernst, während er Clio beobachtete. Er tat es ohne jede Belustigung oder Verlegenheit.

Als Clio von dem Stein zurücktrat, sagte sie ziemlich nüchtern: »Man ist nie schlecht beraten, die Gebräuche eines Landes zu beachten, besonders hier. Neben anderen Dingen ließen die Leute von Castell'alto gewöhnlich eine Schale Honig am Höhleneingang zurück, als eine Art Opfergabe, um die Geister der Toten zu besänftigen. Die Wabe ist immer weg, wenn ich wiederkomme. Natürlich können es auch die Mäuse gewesen sein.« Am Ton ihrer Stimme ließ sich nicht ablesen, ob sie diese Erklärung befriedigend fand oder nicht.

Als ich mich dann weiter in der Höhle umsah, stieß ich auf eine sehr irdische Erklärung für den summenden Ton. Eine Biene schoß an meinem Gesicht vorbei und verschwand im Schatten am anderen Ende der Höhle. Clio mußte sie auch bemerkt haben, denn plötzlich nahm sie eine der Laternen aus der Nische und ging damit in den hinteren Teil der Höhle. Als Jay und ich uns zu ihr gesellten, konnten wir eine kleine Wolke aus Bienen erkennen. Sie umkreisten ein unregelmäßig geformtes Stück Honigwabe, was auf Augenhöhe aus dem Felsen wuchs.

»Als ich vor ein paar Wochen die Höhle das letzte Mal besucht habe, war hier noch nichts«, sagte Clio. »Ein paar Bienen müssen ausgeschwärmt sein und beschlossen haben, hier zu bauen.«

»Vielleicht sind es die Seelen der Toten«, sagte Jay vergnügt. »Schatzsucher, die vom Weg abgekommen sind. Ich bin froh, daß du gerade das Opfer dargebracht hast. Ich fände es wirklich nicht schön, wenn sie wütend auf uns wären.«

Clio senkte die Laterne und überließ die Bienen wieder der Dunkelheit. »Ich werde Sie ein andermal einfangen. Wenn wir sie jetzt in Ruhe lassen, werden Sie uns nichts tun.«

Trotzdem hielt ich einen Sicherheitsabstand ein, während Clio die Hand nach Jays Laterne ausstreckte. Dann trug sie beide Laternen zurück zum Eingang der Höhle, wo sie sie an zwei Metallhaken hängte, die rechts und links von der Öffnung angebracht waren. Sie wartete, bis Jay und ich ebenfalls am Eingang erschienen, und löschte sie dann aus.

Das Licht draußen blendete mich. Das Blau des Himmels stach nach dem schattenhaften Schwarz und Braun der Höhle regelrecht ins Auge. Ich war froh, wieder ins Freie zu kommen, aber Jay wäre gerne noch länger in der Höhle geblieben. Auf seinem Gesicht lag ein fast träumerischer Ausdruck. Mich fröstelte ein wenig. Ich war dankbar für die Sonne, die auf meine Haut brannte.

Als Jay um den gewaltigen Felsblock herumging, raschelte etwas unter seinem Fuß. Es war eine leere Zigarettenschachtel. Sie sah neu aus, als sei sie erst vor kurzem weggeworfen worden. Er hob sie auf. »Also müssen doch Leute herkommen.«

Clio gab keine Antwort; ihre dunklen Augenbrauen zogen sich zusammen, sie wirkte überrascht.

»Das habe ich auf dem Weg gefunden, der zum Strand führt.« Ich gab ihr die Streichholzschachtel. »Vielleicht hat es dieselbe Person fallen lassen.«

Clio nahm sie und betrachtete sie von allen Seiten. »Vielleicht. Diese Marke gibt's überall.«

»Vielleicht waren es Ausflügler«, schlug ich vor. »Kann man in der Bucht schwimmen?«

»Ja, obwohl das niemand tut. Es ist zu schwierig, hinzukommen. Es geht nur übers Wasser oder über den Trampelpfad. Und zurück ist es dann eine ziemliche Kletterei.« Wir machten uns auf in Richtung Land Rover. »Es ist noch gar nicht so lange her, da wurde die Höhle von Schmugglern benutzt. Aber heutzutage gibt es bessere Orte und Möglichkeiten, deshalb wird sie jetzt links liegen gelassen. Vielleicht weiß Don Calo, wer hier auf der Wiese gewesen ist.« Sie stieg aus ihrem Overall und warf ihn hinten in den Land Rover. Als wäre ihr der Gedanke gerade erst gekommen, meinte sie dann: »Matteo raucht diese Marke. Vielleicht war er es. Er hat mir ein paarmal bei den Bienen geholfen. Vielleicht hat er nach ihnen gesehen.« Erklärend fügte sie hinzu: »Matteo hat für Hugo als eine Art Faktotum gearbeitet. Er geht Elliot im *castello* immer noch zur Hand.«

»Das *castello* scheint sich immer mehr zu bevölkern«, meinte ich. »Erst Elliot Carter, und nun Matteo...«

Clio lächelte. »Nur diese beiden. Aber Matteo wohnt nicht mehr dort. Nach Hugos Verschwinden ist er runter nach Castell'alto gezogen.« Trocken fügte sie hinzu: »Matteo betrachtet sich auch als eine Art Hüter des Hauses, was das *castello* angeht, aber er und Elliot sehen die Dinge nicht immer mit gleichen Augen. Matteo war Hugo treu ergeben. Hugo hat ihn vor sechs, sieben Jahren bei sich aufgenommen, nachdem seine ganze Familie bei einem Erdbeben ums Leben gekommen war – er las Matteo buchstäblich in den Bergen auf, wo er in einer Höhle lebte. Gott weiß, wie er über die Runden gekommen ist. Hugo nahm ihn jedenfalls mit ins *castello*, wo er sich gegen freie Kost und Logis in Haus und Hof nützlich machte. Hugo hat immer behauptet, seine Entscheidung hätte nichts mit Sentimentalität zu tun gehabt – ein zwölfjähriger Junge, der einen Winter lang völlig auf sich allein gestellt in den Bergen überlebt habe, sei so schlau und stark wie ein Stier und deshalb für allerlei zu gebrauchen. Hugo schätzt Einfallsreichtum und Unabhängigkeit sehr. Aber das brauche ich euch ja nicht zu erzählen.« Sie schlug die Wagentür zu und ließ den Motor an. »Und jetzt bringe ich euch zu Don Calo.«

15

Don Calogeros Haus lag inmitten einer leicht welligen Ebene, ein flaches Stück Land, den hohen Bergen abgetrotzt, mit dem Monte Castello im Rücken. Ein Olivenwäldchen blühte in einer Ecke silbrig grau, die verbogenen Stämme und Zweige für immer gen Osten gereckt. Dahinter brandete eine Flut von Aleppokiefern, ein Windschutz aus Grün, dunkel gegen den Berg.

Das Anwesen machte einen wehrhaften, unerschütterlichen Eindruck, ein kleine umzäunte Festung, erbaut aus leichtem grauem Stein, mit Dächern aus Terracottaziegeln. Urspünglich war es eine *masseria* gewesen, meinte Clio, eine einfache Siedlung von Bauerngehöften um einen Innenhof herum, in denen die Landbesitzer – beziehungsweise der Vorarbeiter mit seinen Helfern – während der Ernte gewohnt hatten. Don Calogero hatte das Ganze modernisiert und ausgebaut. »Als Don Calo das Anwesen gekauft hat, hat er damit absolut unüblich gehandelt. Sizilianer lieben es für gewöhnlich nicht, so isoliert zu leben. Das ist auch der Grund für die vielen verlassenen Bauernhöfe auf dem Land. Die Regierung in Rom hat sie in den fünfziger Jahren errichtet, in dem vergeblichen Versuch, eine Landreform durchzuführen, aber die Sizilianer haben das Angebot nicht angenommen. Die Höfe liegen einfach zu exponiert und abgeschieden. Ich denke, Don Calos Frau hätte wahrscheinlich lieber direkt in Castell'alto gewohnt, aber vielleicht war das ihr Zugeständnis an Don Calo, weil er ihretwegen die USA verlassen hat.«

»Warum wollte sie eigentlich hierher zurück?« Ich durchwühlte meine Umhängetasche auf der Suche nach einem Kamm, um mich vor unserer Ankunft noch ein wenig fein zu machen.

»Sie hatte es irgendwie mit dem Herzen und wollte in der Heimat sterben. Viele Leute dachten nach ihrem Tod, daß Don Calo wieder in die Staaten gehen würde, aber das tat er nicht. Er sei zu alt, meinte er, um ein drittes Mal von vorne anzufangen. Außerdem, glaube ich, genoß er es hier viel zu sehr, ein äußerst großer Fisch in einem kleinen Teich zu sein.«

»Die Abgeschiedenheit macht ihm nichts aus?«

»Offensichtlich nicht. Er ist kein Mensch, der etwas zu fürchten hat, und er zieht es vor, außerhalb der Stadt zu wohnen. Das gibt ihm, wie er selbst sagt, die Freiheit, zu tun und lassen, was er will, ohne auf andere Leute Rücksicht nehmen zu müssen. Außerdem können auf diese Weise Besucher kommen und gehen, ohne gesehen zu werden.« Mit dieser rätselhaften Bemerkung bog sie auf den Steinweg ein, der zum Anwesen führte. Die Straße nach Castell'alto schlängelte sich weiter geruhsam durch die Ebene, glitt um die Bergflanke herum und entschwand dann aus unserer Sicht. »Das Haus heißt Lupaia, Wolfslager. Es gab hier früher in den Bergen Wölfe.« Sie lächelte trocken. »Ich frage mich manchmal, ob Don Calo das Haus nicht vor allem wegen des Namens gekauft hat.

Es ist ein seltsames Haus, drinnen meine ich. Der Stil ist halb Don Calo, halb seine Frau. Es gibt einen Anbau, den ihr von dieser Seite nicht sehen könnt. Hugo hat ihn entworfen - es ist genau das, was Don Calo vorschwebte, aber nicht sehr sizilianisch.« Als wir näher kamen, konnten wir sehen, daß die massiven Doppelgatter des Tors offenstanden. Clio fuhr direkt in den gepflasterten Innenhof und parkte neben einem grünen Traktor. Neben dem Traktor standen zwei Mercedes, einer weiß, der andere schwarz, beide staubüberzogen und irgendwie fehl am Platz vor diesem halb offenen Gebäude, das landwirtschaftliche Geräte, Öltonnen und stapelweise Kisten beherbergte und eine Seite der *masseria* darstellte; zwei der drei anderen Seiten bestanden aus langgezogenen, niedrigen, fensterarmen Gebäuden, während die dritte zweifellos das Hauptgebäude abgab. Es war zwei Stockwerke hoch, teilweise mit wildem Wein bewachsen, die großen Fenstern hatten grüne Läden, und bei der Eingangstür hielten Zitronenbäumchen in Kübeln Wacht. Als wir aus dem Land Rover stiegen, ging die Tür auf, und eine Frau trat ins Sonnenlicht. Sie paßte genausowenig ins Bild wie die zwei Mercedes.

»Das ist die Frau von Giudico, Benedetta«, meinte Clio. »Ich bin überrascht, sie hier zu sehen. Sie hat mir mal ganz im Ernst erklärt, das Landleben wäre nur was für Affen und Banausen. Sie hält mich für verrückt, weil ich nicht in Palermo oder New York, sondern in San Teodoro lebe.«

»Glaubst du, daß Giudico auch hier ist?« fragte ich ein wenig nervös.

»Das wollen wir nicht hoffen.«

Benedetta Coccalo war eine kleine, auf plumpe Art hübsche Frau, stupsnasig und dunkeläugig, mit lockigem dunklen Haar, das in Ringellocken auf die cremige Haut ihres Nackens fiel. Sie trug ein übertrieben gerüschtes, pinkfarbenes Kleid und ein Paar leuchtend grüner, spaghetti-dünner Sandaletten mit sehr hohen Absätzen. Um ihre Handgelenke schwangen schwere goldene Armbänder, und von den Ohrläppchen baumelten kleine goldene Glöckchen. Sie begrüßte uns mit einem charmanten Lächeln, das von tiefen Grübchen begleitet wurde, aber es war irgendwie künstlich, als ob sie es gleichzeitig mit ihrem Parfüm aufgelegt hätte. Es erreichte ihre Augen nicht. Sie erinnerte mich an einen dieser kunstfertigen sizilianischen Kuchen, die ich gesehen hatte: zuckersüß, cremig und dick, mit schreienden Farben überzogen. Die Männer mußten sie genauso appetitlich finden wie eines dieser Tortenteilchen. Nach zuviel Genuß lag sie einem vermutlich ebenso schwer im Magen.

Sie drückte einen Kuß auf jede von Clios Wangen und schüttelte Jay und mir dann die Hand. Ihre Hand war klein und weich, wie die eines Babys. »Herzlich willkommen«, sagte sie in langsamem, bedächtigem Englisch. »Kommt doch herein.«

Clio schien überrascht. »Benedetta, ich wußte gar nicht, daß du Englisch sprichst.«

»Ich nehme seit sechs Monaten Unterricht. Bei einer Engländerin in Palermo. Sie lernt... sie unterrichtet mich. Sprechen ist schwieriger als verstehen.« Sie zog einen kleinen Flunsch, der ihre Grübchen hervorkehrte, und fügte dann auf Italienisch hinzu: »Es ist eine schreckliche Sprache, aber ich wollte sie unbedingt lernen. Giudico hat mir versprochen, daß wir eines Tages nach Amerika gehen, wenn Don Calo tot ist.«

Clios Stimme klang bewußt neutral, aber in ihren Augen stand Belustigung. »Ich nehme an, du wirst bis dahin bilingual sein. Don Carlo scheint mir von recht guter Gesundheit.«

»Ich habe es nicht eilig«, erwiderte Benedetta gelassen.

Clio hielt auf den Steinstufen inne. »Ist Giudico auch da?«

Zu meiner Erleichterung schüttelte Benedetta den Kopf; die kleinen Goldglöckchen an den Ohren klimperten unter ihren Löckchen. »Ich habe ihn seit gestern nicht mehr gesehen. Ich bin gestern abend aus Palermo gekommen.«

»Wegen der Bergesluft?« Clios Stimme war spöttisch.

Benedetta zog ein Gesicht, sagte aber nichts.

Der geflieste Korridor drinnen war kühl und dunkel, mit einer Treppe aus Stein zur Rechten. Ein alte Frau in Schwarz mit einem Schal über dem Kopf kam gerade heruntergestiegen, in ihren Armen hielt sie einen Korb mit Kleidern. Benedetta bat sie, Kaffee zu kochen, öffnete dann eine Tür links von uns und trat zur Seite, um uns den Vortritt zu lassen. Wir standen in einem großen, hohen Raum, in dem alles überdimensional zu sein schien und einer besser gepolsterten Ära entstiegen: Kronleuchter und Kandelaber, dunkle, auf Hochglanz polierte Möbel, Stehlampen mit gewaltigen Fransenschirmen, die über große gepolsterte Lehnstühle und in Samt gehüllte Sofas wachten. Dicke orientalische Teppiche bedeckten den Fußboden, und die Fenster wurden eingerahmt von Tonnen von Spitze und rotem Brokat. An einer Wand hing ein riesiges, intensiv koloriertes Farbfoto einer Frau in mittleren Jahren. Es war umgeben von einem Kranz getrockneter Lorbeerblätter und wurde von unten von einer elektrischen Kerze bestrahlt. Nippeskram bedeckte jede verfügbare Fläche und füllte verschiedene Vitrinen. Es gab hier so viel von allem, daß ich den Mann, der mit gefalteten Händen am Fenster stand, zuerst gar nicht wahrnahm. Sobald man ihn allerdings gesehen hatte, beherrschte er das Bild.

Es war ein kleiner, kahlköpfiger, vierschrötiger Mann, mit einem massigen Kopf auf buckligen Schultern. Seine Nase und der dünnlippige Mund hingen nach unten, auf jeder Seite durch eine tiefe Furche verbunden, die das olivfarbene Fleisch einkerbte und seinem Gesicht einen bissigen, fast verächtlichen Ausdruck verlieh. Dunkle Augen, kaum sichtbar unter den faltigen Lidern, musterten uns regungslos; sie zeigten eine stechende, beunruhigende Intelligenz. Er sah aus wie eine vorsintflutliche Meeresschildkröte, gewitzt und unergründlich, mit einer sehr harten Schale.

Er kam auf uns zu. Obwohl seine Bewegungen langsam und bedächtig waren, verrieten sie Macht, nicht Schwäche, und als er schließlich sprach, war seine Stimme kraftvoll und bestimmt. Man begriff sofort, daß dieser Mann es gewohnt war, Befehle zu erteilen.

»Willkommen in meinem Haus.« Don Calogeros Blick ruhte schwer auf mir. Aber sollte er irgend etwas anderes als nackte Freude darüber, die Kinder eines Freundes zu sehen, empfinden, konnte ich es in diesen dunklen Augen nicht lesen. »So, Sie sind also Alison. Ihr Vater hat gehofft, daß wir uns einmal kennenlernen würden. Obwohl er sicherlich gewünscht hätte, dabei zu sein, wenn es soweit wäre.« Die Worte kamen mit einer gewissen Trockenheit aus seinem Mund. Fast klang es wie Mißbilligung, aber noch bevor ich darauf reagieren konnte, wandte er sich an Jay. »Du schaust aus wie Hugo in jungen Jahren. Daß du sein Sohn bist, ist unübersehbar.« Er deutete auf eine Gruppe samtüberzogener Stühle, die um einen Tisch standen. »Kommt, setzt euch.«

Als ich mich umdrehte, ertappte ich Benedetta dabei, wie sie mich mit offenem Mund anstarrte. Vermutlich hatte sie nicht gewußt, wer Jay und ich waren; es war offensichtlich das erste, was sie hörte.

»Benedetta, Kaffee für unsere Gäste.«

Obwohl Don Calogero die Ruhe selbst war, zuckte Benedetta zusammen. »Assunta kommt gleich. Der Kaffee wird jeden Moment hier sein.« Ihre Stimme klang unterwürfig, fast entschuldigend.

Aber Don Calogero achtete schon gar nicht mehr auf sie. Er erkundigte sich bei Clio bereits nach den Bienen auf seinem Land. »Giudico erzählt mir, daß der Honig dieses Jahr ganz besonders gut wird. Wenn das so ist, muß ich mir meinen Zehnten nehmen.« In den dunklen Augen schimmerte Humor auf.

»Ich hab ihn schon mitgebracht. Obwohl ich zuerst dachte, ich hätte nicht genug. Die Aufträge scheinen mit jeder Saison zuzunehmen. Da bleibt nur noch wenig für meine Freunde.«

»Dann floriert das Geschäft?«

»Fast zu gut. Ich bin nicht sicher, ob meine Bienen mit den Ansprüchen Schritt halten können.« Clio machte eine kurze Pause, und als sie dann weitersprach, war klar, daß sie den Bruch mit Giudico nicht erwähnen würde – nicht jetzt jedenfalls. »Elliot und Giudico finden immer neue Abnehmer für mich. Die amerikanische Basis auf Comiso ist der jüngste Kunde. Die Soldaten dort scheinen eine besondere Vorliebe für Honig zu haben. Trotzdem gibt es da ein Problem. Ob Sie mir wohl bei Gelegenheit mit Ihrem Rat zur Seite stehen?«

»Natürlich. Wann immer du willst.« Don Calogeros Blick schwenkte zu Jay und mir, wo er verweilte. »Ich hatte mit solch einem Vergnügen nicht gerechnet. Du überraschst mich, Clio, wie immer.« Sein Englisch war eine seltsame Mischung aus Brooklyn und Sizilien.

»Wir sind beide überrascht.« Es war nicht als Retourkutsche gemeint. Sie stellte nur lächelnd eine Tatsache fest.

Don Calogero lächelte zurück. Es war ein ironisches Lächeln, das ihr recht gab. Die alte Frau kam mit dem Kaffee ins Zimmer, und Benedetta stand auf und nahm ihr das Tablett ab. Sie trug es zu uns herüber und stellte es vor Don Calogero auf den Tisch. Als er sie bat, uns einzuschenken, senkte sie in orientalischer Demut den Kopf. Don Calogero bediente sie zuerst. Sie gab ihm Zucker in den Kaffee und beobachtete, wie er daran nippte. Seine derben Hände, die aussahen, als könnten sie die zerbrechliche Tasse zermalmen, hielten den Henkel mit einer überraschenden Grazie. Nachdem er zustimmend genickt hatte, schenkte sie auch uns ein und setzte sich auf den Rand ihres Stuhls, um ihren eigenen zu trinken. Obwohl sie über Dreißig sein mußte, war irgend etwas Kindliches an ihr, die Gier zu gefallen. Außerdem schien sie nervös. Nachdem sie ihre Tasse abgesetzt hatte, spielte sie an ihren Armreifen herum und schielte ängstlich zu Don Calogero hinüber. Es war fast, als fürchtete sie sich vor ihm.

Schweigend tranken wir unseren Kaffee. Don Calogero bot uns Pistazien aus einer Silberschüssel an, die auf dem Tisch stand. Er selbst nahm eine Handvoll, knackte eine nach der anderen, aß sie und legte die Schalen feinsäuberlich in einem Häufchen auf seine Untertasse. Jay saß regungslos, seine Augen blickten zu Boden, einer seiner Finger vollführte einen ungeduldigen Trommeltanz auf dem Knie. Von Don Calogero einmal abgesehen schien nur Clio sich wohlzufühlen. Langsam trank sie ihren Kaffee. Schließlich, als die letzte Pistazie geknackt und gegessen war, wandte Don Calogero sich an mich. Er kam direkt zur Sache. »Ihr seid nach Sizilien gekommen, um euren Vater zu suchen, hat mir Clio erzählt. Und ihr glaubt, er könnte sich in Castell'alto aufhalten?«

»Es schien uns vernünftig, hier mit der Suche anzufangen.«

Don Calo nickte. »Ihr liegt richtig. Euer Vater war hier.«

Dieses Eingeständnis kam so schnell und unerwartet, daß ich für einen Moment sprachlos war. Anders Jay. »Was?« Er klang mißtrauisch, beinahe skeptisch. »Sie meinen, er ist nicht mehr hier? Wohin ist er gegangen?«

»Das kann ich euch nicht sagen. Aber er wird wiederkommen. Vielleicht morgen, vielleicht übermorgen. Genauer läßt es sich nicht eingrenzen.« Er wandte sich an Clio. »Vergib mir, ich durfte es dir nicht sagen. Es war Hugos Wunsch.«

»Ja, natürlich.« Clio stellte ihre Tasse vorsichtig auf die Untertasse. Als sie ihren Kopf hob, sah sie Benedetta an, die sie mit einem neugierigen, fast gierigen Gesichtsausdruck musterte. Ich fragte mich, wieviel Benedetta wohl von der Konversation, die auf englisch geführt wurde, verstand. Beim Starren ertappt, errötete sie und spielte übertrieben an ihren Armbändern herum.

»Wie geht's ihm?« Jays Stimme war angespannt, die Furche zwischen seinen Augen zurückgekehrt. Er saß nach vorne gebeugt, Tasse und Untertasse standen gefährlich nahe am Sofarand. Ich langte hinüber und stellte beides auf den Tisch.

Don Calogero ließ eine Weile verstreichen, dann meinte er bedächtig: »Ich denke, im großen und ganzen gut. Aber er ist müde. Sie ist schwierig für ihn gewesen, diese Zeit. Eigentlich braucht er Ruhe. Aber meine Söhne sind bei ihm. Gaetano und Tommaso kümmern sich um ihn.«

»Weshalb sind Sie so sicher, daß er nach Castell'alto zurückkommt?« fragte ich.

»Weil er mir das gesagt hat. Und ich hatte noch nie Anlaß, an Hugos Wort zu zweifeln.«

Jay schaute den alten Mann offen an. Es war ein herausfordernder Blick. »Dann werden wir auf ihn warten.«

»Natürlich wollt ihr euren Vater sehen«, entgegnete Don Calogero und neigte den Kopf. Ich fürchtete, er könnte Anstoß an Jays Ton nehmen, und während er sich umdrehte, um die Tasse abzustellen, machte ich Jay ein Zeichen. Schließlich erhob sich Don Calogero, die Hände auf den Knien, schwerfällig. »Ich will dir etwas zeigen, was dich möglicherweise interessieren wird.«

Seine Worte waren direkt an Jay gerichtet, als ob die Einladung nur für ihn galt, also blieb ich bei Clio und Benedetta, während Don Calo Jay zu einem großen Eichenschreibtisch führte, der sich am anderen Ende des Raums befand. Er zog eine Papierrolle aus einer der Schubladen, breitete sie auf dem Schreibtisch aus und beschwerte die Ecken mit Büchern.

»Das werden Hugos Pläne für den Anbau sein«, meinte Clio. »Hugo steckte noch mitten in den Arbeiten, als er nach Libyen verschwand, aber Don Calo hat einen Architekten aus Palermo damit beauftragt, das Ganze fertigzustellen. Don Calo sagt allerdings immer, daß jeder mit ein bißchen Gespür für Architektur feststellen kann, wo Hugos Arbeit aufhört und die des anderen Architekten anfängt. Er meint, die Arbeit eines großen Architekten wie Hugo ist makellos, während man die Fehler des anderen sieht.«

Nach ein paar Minuten ließ Don Calogero Jay mit den Plänen allein und kehrte zu uns zurück. »Dieser Junge besitzt Hugos Begabung. Mit einem Blick erfaßt er die Sache.« In diesem Moment hörten wir draußen auf dem Hof ein Auto vorfahren. »Das wird Elliot sein. Ich habe ihn zum Essen eingeladen.« Ruhig sagte er etwas auf sizilianisch zu Benedetta, die aufgestanden war. Danach setzte sie sich wieder und biß sich auf die Unterlippe.

»Elliot weiß nicht, daß Hugo Libyen verlassen hat«, fuhr Don Calogero fort. Clio hob eine Augenbraue, aber das war das einzige Zeichen von Überraschung, das sie zeigte. »Hugo war nur kurz bei mir. Ich hielt es für besser, auf seine Rückkehr zu warten, bevor ich es Elliot erzähle, aber nun...« Er schaute mich an und hob die Hände.

Ein Mann ungefähr meines Alters kam in Begleitung von Assunta ins Zimmer. Er war von jener typisch kalifornischen Schönheit, die bei aller Natürlichkeit leicht unnatürlich wirkt: blond, sonnengebräunt, fit, die Zähne makellos weiß, ein Produkt von fünfundzwanzig Jahren Arbeit am Körper und einer guten Kieferorthopädie. Er trug ein weißes Hemd mit offenem Kragen und aufgerollten Ärmeln, weizenfarbige Baumwollhosen, die Füße schmückten weiße Espadrillen.

Im College hatten wir einen Namen für diese Art Mann gehabt – Fassadenmeier, viel heiße Luft und nichts dahinter –, obwohl das wahrscheinlich unfair war. Die Tatsache, daß er es geschafft hatte, sich Hugo »unentbehrlich« und Clio nützlich zu machen, wies darauf hin, daß an Elliot Carter mehr dran sein mußte, als sein glattes Aussehen versprach. Clio selbst hatte ja gemeint, ich sollte mich von seiner Erscheinung nicht in die Irre führen lassen.

Er trug eine fast beneidenswerte Selbstbeherrschung zur Schau, schien völlig im Einklang mit sich selbst zu stehen, was wett gemacht wurde von seinem freundlichen Lächeln, mit dem er Clio und Don Calogero begrüßte. Nichts in seiner Haltung Clio gegenüber deutete darauf hin, daß er von der Verstimmung zwischen ihr und seinem Partner Giudico wußte. Benedetta goß sich eine zweite Tasse Kaffee ein. Sie schien unberührt von seiner Ankunft; sie schaute kaum auf, als er näher kam, und ihr kühles »Hallo« klang fast barsch. Aber Elliot Carters freundliches Lächeln verließ ihn nie.

Don Calogero nahm ihm beim Arm. »Assunta wird dir etwas zu trinken bringen vor dem Essen, Elliot. Nur *Acqua minerale*? Bist du sicher? Dann will ich dir meinen reizenden Gast vorstellen. Vielleicht errätst du schon, wer es ist, wenn du sie siehst.« Sein Ton war äußerst sanft, aber er beobachtete den jüngeren Mann mit einem fast klinischen Interesse.

Elliot Carter schüttelte überrascht den Kopf. »Tut mir leid, Don Calo. Aber ich werde es schon noch herausfinden.« Seine Augen blickten direkt in meine. Sie waren von einem blassen Olivgrün, kühl wie Quellwasser und beunruhigend scharf. Die sanfte, lockere Tour verbarg einen härteren Kern.

Don Calogero schaute von ihm zu mir und sagte mit einer gewissen dramatischen Betonung: »Dann will ich dir Alison Jordan vorstellen. Hugos Tochter.«

Die grünen Augen weiteten sich, während Elliot Carter es fertigbrachte, gleichzeitig zu grinsen und seine Hand auszustrecken. »Don Calo hat absolut recht, ich hätte es wissen müssen. Hugo hat mir einmal ein Bild von Ihnen gezeigt, aber da waren Sie ungefähr dreizehn und es ist Ihnen nicht gerecht geworden.«

Ich schüttelte seine Hand; sie war glatt und fest. »Fast jedes Alter ist besser als dreizehn.«

»Und dies«, fuhr Don Calo fort, während er Elliot mit leichtem Händedruck Richtung Jay drehte, »ist unser anderer Gast.«

Jay war halb versteckt hinter dem Schreibtisch gestanden, fast unsichtbar im Schatten, als Elliot Carter den Raum betreten hatte. Mit einem Lächeln höflicher Überraschung machte Elliot Carter sich daran, diesen zweiten Fremden zu begrüßen. Das Lächeln blieb, aber mir war, als würde er kaum wahrnehmbar stocken, während Jay hinter dem Schreibtisch hervor- und auf ihn zutrat. Doch Don Calos Hand schob ihn vorwärts.

»Ich denke, du erkennst ihn, nicht wahr, Elliot?«

»Ich kann es kaum glauben... Es ist Jay, nicht wahr?«

Jay nickte. Er lächelte verlegen angesichts dieser Reaktion. »Wie konnten Sie das wissen?«

»Machst du Witze? Schau mal in den Spiegel. Wahnsinn, daß du wirklich da bist. Hugo hat immer gesagt, daß er dich eines Tages nach Castell'alto einladen will. Was für ein Pech, daß er gerade jetzt nicht da ist.«

Jay gab irgend etwas Unverbindliches von sich, aber Don Calogero, dessen dunkler, unergründlicher Blick die ganze Zeit auf Elliot Carter gelegen hatte, sagte: »Das ist meine zweite Überraschung.« Er hielt ihm das Glas Mineralwasser entgegen, das Assunta gebracht hatte. »Hugo ist wieder da.«

Dieses Mal zeigten seine perfekten Gesichtszügen etwas mehr als simples Erstaunen. Er wirkte benommen und schwer aus der Fassung gebracht. Für einen Moment dachte ich, er würde gleich das Glas fallen lassen. Aber der Schock verstrich fast sofort und machte einem übertriebenen Eifer Platz. »Phantastisch? Ist er hier?«

Don Calogero gab dieselbe kurze, unbefriedigende Erklärung ab, die wir vorhin von ihm gehört hatten. Elliot Carter drehte das unberührte Glas in der Hand, während er zuhörte. Er unterbrach nur einmal, um nachzufragen, ob Don Calo sicher sei, daß Hugo nicht früher zurückkomme. Als Don Calogero zu Ende gesprochen hatte, sagte er leise: »Ich habe mir Sorgen gemacht nach dem Angriff auf Tripolis. Ich hätte es besser wissen müssen. Hugo ist natürlich unzerstörbar.« Das Lächeln, das die Worte begleitete, war voller Zuneigung. Er leerte sein Glas Wasser in einem Zug. »Also machen wir weiter das, was wir immer machen: auf Hugo warten. Ist es das, was er will, Don Calo?«

Aber Don Calo zuckte nur mit den Achseln.

Clio schlug ihre Beine ungeduldig übereinander. »Du hast mehr getan, als zu warten, Elliott, und ich denke, das gilt auch für Jay und Alison.«

Der Großteil der Konversation war auf englisch geführt worden, aber Benedetta mußte einiges verstanden haben, denn jetzt unterbrach sie auf italienisch: »Ich verstehe nicht. Hugo verschwindet, kommt zurück, verschwindet wieder. Alles, ohne uns ein Wörtchen zu sagen. Was ist das für eine Art, Leute zu behandeln? Aber statt wütend zu werden, fragen wir uns nur, wann wir ihn wiedersehen werden.« Sie unterzog ihre langen, rosa übertünchten Nägel einer kritischen Musterung. »Was mich betrifft, glaube ich, daß du verrückt bist.«

Plötzlich lachte Elliot, echt amüsiert, lauthals heraus. »Du hast recht, Benedetta. Das muß die Erklärung sein. Wenn wir in Kalifornien wären, wären wir alle in Therapie. Was denkst du, Don Calo, sind wir verrückt, daß wir uns das von Hugo gefallen lassen?«

Don Calogero weigerte sich, darauf einzugehen. »Ich denke, wir sollten jetzt essen. Wann immer die Konversation ins Analytische abgleitet, werde ich hungrig. Zweifellos gibt es eine Theorie, die dieses Phänomen erklärt, aber für den Moment befriedige ich lieber meinen Magen als meine Neugierde.«

Er führte uns durch eine geschlossene Tür einen Gang hinunter zu einem anderen Raum, der sich in erstaunlicher Weise abhob von dem, den wir gerade verlassen hatten. In wenigen Schritten waren wir vom neunzehnten Jahrhundert ins späte zwanzigste spaziert, in einen Raum aus Glas und Stein, der in seiner Einfachheit ans Elementare grenzte. Es war ein moderner, schmuckloser Raum, der sich dennoch in absoluter Harmonie mit der Natur jenseits der Wände befand. Ein prunkvoller Teppich in Grünschattierungen, der auf dem Steinboden lag, war das einzige Zeichen von Luxus. Der Raum war nur spärlich möbliert: Es gab ein einziges, dunkles Ledersofa, ein Paar ungewöhnlicher Wiener Stühle mit geschwungenen Lehnen, einen riesigen Schrank und verschiedene raumhohe Bücherregale, die gegen eine Steinwand lehnten. Zwei Wände, nach Norden und Osten, waren aus Glas und getönt zum Schutz gegen die strenge sizilianische Sonne. Am südlichen Ende des Raumes, auf einer niedrigeren Ebene, zu der man zwei Stufen hinabsteigen mußte, befand sich ein halbkreisförmiger, Apsis-artiger Alkoven, in dem keinerlei Möbel standen außer einem kunstvoll gearbeiteten Kupferkohlebecken, das weit größer war als das, das wir bei Clio gesehen hatten. Der Platz hier schien nicht in Einklang mit dem restlichen Raum zu stehen, die Proportionen waren irgendwie falsch, und ich fragte mich, ob dies der Bereich war, den Hugo nicht hatte fertigstellen können.

Don Calogero beantwortete meine unausgesprochene Frage. Er ging hinüber zu den Stufen, die hinunter zur Apsis führten. »Hugo hatte eine genaue Vorstellung von dieser Nische – es sollte eine richtige Wolfshöhle werden, meinte er zu mir. Er hat mir das Ganze grob in Worten skizziert, aber keine Zeit mehr gefunden, es aufzuzeichnen, bevor er wegging. Ich habe dem anderen Architekten zu verstehen gegeben, wie es aussehen soll, und er ist nahe drangekommen, aber ich finde es nicht perfekt. Ich bin sicher, Hugo wird es eines Tages zu Ende bringen.

Als Hugo diesen Raum für mich entworfen hat, wußte er, daß ich der Stadt, der vielen Leute und all ihrer Bedürfnisse müde war. Ich bat ihn, mir einen Raum zu entwerfen, in dem nur die Natur das Sagen hat.« Der dünne Mund verzog sich nach oben. »Das ist nicht sehr sizilianisch, müßt ihr wissen.«

Durch offene Schiebetüren aus Glas, die nach draußen auf

eine Steinterrasse führten, konnte man den Monte Castello und die leicht hügelige Ebene sehen, die sich zwischen der *masseria* und dem Berg erstreckte; eine kurvenreiche Straße – jene, die wir gekommen waren – durchschnitt die Ebene und verschwand um die Flanke des Berges. Vor den Glastüren befand sich ein langer Tisch, eine einzelne Platte aus blassem grünen Marmor, die so leichtfüßig dastand, daß sie über dem Fußboden zu schweben schien. Der Tisch war mit bunt bemalten Tellern gedeckt. Don Calogero führte uns zu unseren Plätzen; Clio und ich saßen zu seiner Rechten und seiner Linken, Jay neben Clio, direkt Elliot Carter gegenüber, der neben mir saß. Benedetta hatte den Platz der Gastgeberin eingenommen, gegenüber von Don Calogero, am anderen Ende des Tischs. Assunta kam herein und trug eine große Schüssel Suppe auf, die sie vor Benedetta stellte. Es schien eine Art Fischsuppe zu sein, oben schwammen weiße Fischstückchen und Gemüseteilchen. Es roch einfach wundervoll, nach einer Mischung aus Wein und Gewürzen und Meeresfrüchten. Während Benedetta die Suppe in Teller schöpfte, erkundigte sich Elliot Carter danach, wo Jay und ich übernachten würden.

»In Erice.«

Jay beugte sich nach vorne über den Tisch. »Aber wir wären gern näher dran. Gibt es ein Hotel in Castell'alto?«

»Dafür ist Castell'alto zu unbedeutend«, erwiderte Don Calo. »Aber es ist keine Frage, daß ihr meine Gäste seid.«

Wie peinlich. Don Calos Gast zu sein, war das letzte, was ich wollte. Ich legte keinen gesteigerten Wert darauf, daß unser Kommen und Gehen überwacht würde – und noch dazu von einem so doppelgesichtigen Mann. Jetzt, wo ich ihm gegenübersaß, fand ich ihn zwar weniger furchteinflößend, als Rosalia und ihre Großmutter ihn geschildert hatten, aber trotzdem… Außerdem würde sich Luke Sorgen machen, wenn wir nicht zurückkämen. Also dankte ich ihm, erklärte ihm aber, unser ganzes Gepäck sei in Erice. »Und wir haben im Hotel hinterlassen, daß wir am Abend zurückkommen. Wirklich, Jay, ich glaube, es ist besser, wieder zurückzufahren.«

»Ich werde jemand schicken, der eure Sachen abholt. Ihr müßt euch nicht selbst die Mühe machen.« Don Calos Stimme war so sachlich wie strikt; es war klar, daß er Gehorsam verlangte.

Während ich noch zögerte, auf der Suche nach einer höflichen Ablehnung, ergriff Jay leise das Wort. »Danke sehr, Don Calo, aber wir würden gern im Haus unseres Vaters übernachten, im Turm.« Sein Gesicht hatte diesen störrischen Ausdruck, den ich schon kennengelernt hatte, und seine Stimme konnte es mit der von Don Calo aufnehmen.

Don Calogero machte eine wegwerfende Handbewegung. »Ihr werdet es hier bei mir bequemer haben. Ist es nicht so, Elliot?«

Mit einem entschuldigenden Lächeln meinte Elliot: »Don Calo hat recht. Ich möchte nicht ungastlich erscheinen, aber tatsächlich bereitet mir der Generator Schwierigkeiten. Es gibt also gewisse Unannehmlichkeiten...«

»Das macht uns nichts«, gab Jay zur Antwort. »Ich denke, mein Vater würde wollen, daß wir in seinem Haus übernachten.« Eine besondere Betonung legte er auf die Wörter *seinem Haus*. Ich versuchte, seinen Blick einzufangen, aber er wich mir aus.

Don Calo mußte bemerkt haben, daß Jay nicht so leicht umzustimmen war, denn statt weiter auf seiner Einladung zu bestehen, schaute er nur zu Elliot hinüber und meinte: »Nun, ich bin nicht derjenige, der das zu entscheiden hat. Es ist auch Elliots Zuhause.«

Elliots gutmütiges Lächeln war jetzt vielleicht eine Spur gezwungen, aber zu seiner Ehrenrettung muß man sagen, daß er ein guter Verlierer war. »Natürlich könnt ihr im Turm übernachten. Ich warne euch trotzdem, es ist ziemlich rustikal dort.«

»Das ist schon in Ordnung. Das macht uns nichts«, sagte Jay erneut. Dann schaute er mich an, und in seinen Augen lag ein Flehen. »Nicht wahr, Alison?«

Ich fragte mich, was »rustikal« wohl zu bedeuten hatte,

sagte aber bloß: »Nun, für ein oder zwei Nächte wird es schon gehen. Das ist sehr freundich von Ihnen, Mr. Carter. Sind Sie sicher, daß wir Ihnen nicht ungelegen kommen?«

»Bitte, nennt mich doch Elliot. Nein, wirklich, es wird schön sein, Gesellschaft zu haben. Seit Hugo weg ist, habe ich hier wie ein Eremit gelebt.«

»Das ist dann also beschlossene Sache«, sagte Don Calogero. Er wandte sich an Clio und Jay, und die Konversation nahm allgemeinere Züge an.

Ich fragte Elliott, wie er dazu gekommen war, für Hugo zu arbeiten.

»Ich hatte mehr Glück als Verstand. Es war im Sommer vor drei Jahren. Ich hab mich hier ein bißchen herumgetrieben. Ich betrachte es natürlich lieber als Studienreise.« Er schenkte mir ein selbstironisches Lächeln. »Ich studierte Architektur im vierten Semester und wollte diesen ganzen klassischen Kram sehen. Jemand in Palermo erzählte mir, daß Hugo hier lebte, also trampte ich her, um ihm meine Aufwartung zu machen. Er lud mich ein, den Turm für ein paar Tage als Ausgangsbasis für meine Erkundungen zu benutzen, und irgendwie wurden aus den Tagen Wochen und aus den Wochen Monate. Ich hielt den Mund und machte mich nützlich. Und als Hugo merkte, daß ich ihm nicht auf den Wecker ging, ließ er mich bleiben. Und dann hat er wohl einfach vergessen, mir zu sagen, daß meine Zeit um ist.«

»Was war mit deinen Kursen? Mußtest du nicht im Herbst zurück zur Uni?«

»Ich dachte, daß ich von Hugo eine Menge mehr lernen kann als von jedem Kurs. Und dann habe ich Giudico Coccalo kennengelernt und bin in sein Geschäft eingestiegen. Hat dir Clio davon erzählt?«

»Sie sagt, du hättest ihre Umsätze vervielfacht.«

»Nun ja, ich kam dahinter, daß ich ein verdammt guter Geschäftsmann bin. Zumindest mochte ich es. Und gewöhnlich gehe ich mit Feuereifer an eine Sache heran, egal um was es sich handelt. Giudico und ich kümmern uns für Clio um die

Kundenkontakte auf der Insel. Ich überlasse es Giudico, den Honig bei ihr einzusammeln. Bienen sind nicht gerade meine Lieblingsinsekten. Ich bin allergisch gegen sie, also halte ich mich von ihnen fern. Ein paar Stiche, und es könnte mein Ende sein. Man nennt es anaphylaktischen Schock.« Elliot zog ein Gesicht. »Keine erfreulichen Aussichten... Egal, nachdem Hugo nach Libyen gegangen war, bin ich geblieben. Ich kannte deinen Vater erst ein paar Monate, als er verschwand, aber ich habe seither das Gefühl gehabt, ich würde ständig Neues über ihn erfahren. Ich habe seine Papiere in Ordnung gebracht. Er dachte daran, seine Memoiren zu schreiben. Aber wahrscheinlich wußtest du das.«

»Nein, ich hatte keine Ahnung.« Ich löffelte den Rest meiner Suppe aus.

»Er hatte gerade damit angefangen. Ich bin hier im Turm das Material für ihn durchgegangen – er hatte natürlich überall auf der Welt Sachen liegen – und habe versucht, die Dinge für ihn zu sortieren. Kurz bevor er nach Libyen gegangen ist, hat er mich gebeten, weiterzumachen. Und als eine Art Haus-Sitter für den Turm zu fungieren.«

»Das klingt nicht danach, als ob er vorgehabt hätte, lange wegzubleiben.«

»Das war auch mein Eindruck. Ich dachte höchstens an ein paar Monate. Aber Hugo ist unberechenbar, wie du weißt.«

Benedetta verfolgte diesen Wortwechsel zwischen Elliot und mir mit sonderbar säuerlichem Gesichtsausdruck. Sie hatte während der Mahlzeit kaum geredet, entweder weil wir englisch sprachen oder aus irgendeinem anderen, obskureren Grund. Jedenfalls senkte sie jedesmal ihre Augen, wenn Don Calos Blick sie traf.

»Was ist mit dir, Alison?« fragte mich Elliot. »Ich erinnere mich, daß Hugo etwas davon gesagt hat, daß du in Deutschland arbeitest.«

Danach sprachen wir ein wenig über meinen Job und mein Leben in Deutschland. Gewöhnlicher Small talk, aber ich spürte, daß Elliot Carter nicht ganz bei der Sache war. Irgend etwas schien ihm im Kopf herumzugehen. Und ich fragte mich, was ihn wirklich in Castell'alto hielt; irgendwie schien mir der Verkauf von Clios Honig kein adäquater Ersatz für die Aufgabe eines Architekturstudiums zu sein. An einer Stelle der Unterhaltung, als Clio gerade Don Calogero von dem Fremden auf der Wiese erzählte, verstummte Elliot mitten im Satz, um zuzuhören. Don Calogero erwiderte, er wüßte von keinem aus dem Ort, der sich in der Nähe der Wiese herumtrieb. Abrupt wandte er sich an Elliot. »Oder kennst du jemanden, Elliot?«

Elliot schaute erschreckt. »Ich fürchte nein.«

»Es gibt hier keine Touristen«, fuhr Don Calogero fort, »vielleicht war es nur einer aus Castell'alto, der sich hier zu einem geheimen Stelldichein mit einer verheirateten Frau getroffen hat. Ich werde Erkundigungen einziehen, Clio. Ich möchte, daß die Bienen ungestört bleiben – ich schätze ihren Honig zu sehr.«

Während des Hauptgangs – geschmortem Fleisch mit Anchovis und schwarzen Oliven – erzählte Don Calo Geschichten von Giuliano, dem letzten großen Banditen Siziliens. Er deutete mit seinem Weinglas in Richtung Gebirge. »Dort oben sind Höhlen, in denen sich Giuliano und seine Männer gewöhnlich versteckt hielten, solange die *carabinieri* Jagd auf sie machten. Viele hier wußten davon, aber keiner ging zur Polizei. Er war ein Held in Castell'alto. Als junger Mann habe ich ihn noch mit eigenen Augen hoch zu Roß wie ein König durch die Straßen ziehen sehen, eine Horde Kinder im Schlepptau.«

»Wir reden über eine Art sizilianischen Robin Hood«, erklärte Elliot Jay. »Einen Mann, so schön wie ein Gott, der die Reichen beraubte, um den Armen zu geben, und der im Alter von nur achtundzwanzig Jahren sein Leben lassen mußte, weil ein Freund ihn verraten hatte.«

»Dem es gelang, in seiner kurzen, romantischen Karriere vierhundertdreißig Menschen umzubringen«, konstatierte Clio trocken. »Darunter nicht wenige arme.«

Don Calo tunkte die Soße mit einem Stück Brot aus seinem Teller. »Mörder, Märtyrer, Gott oder Teufel, was an Giuliano so interessant ist, ist die Tatsache, daß keiner so recht sagen kann, unter welche Kategorie er fällt. Am Ende spielte es allerdings keine Rolle. Ins Gewicht fiel nur, daß er Ärger bedeutete und deshalb vernichtet werden mußte. Es war sein Schicksal.« Er schluckte die aufgeweichte Brotkruste hinunter und schaute in die Tischrunde, bis seine dunklen Augen an Elliot hängen blieben. »In Sizilien ist kein Platz für Unruhestifter.«

Ich spürte, wie mir die Serviette vom Schoß glitt, und bückte mich, um sie wieder aufzuheben. Unter dem Tisch, zu meiner Rechten, ruhte eine leuchtend grüne Sandalette auf einer weißen Espadrille. Die Sandalette zog sich zurück, aber es hatte lange genug gedauert, damit ich mit Sicherheit wußte, daß diese Begegnung keine zufällige war.

16

Nachdem Assunta den Tisch abgeräumt hatte, schenkte Don Calo den Marsala in fingerhutgroße Tumbler aus rotem Glas ein, die mit goldenem Filigranmuster verziert waren. Zum Essen hatte Jay schon ein wenig mit Wasser verdünnten Wein getrunken. Als er nun sein Glas von Don Calo entgegennahm, warf er mir einen fragenden Blick zu. Ich konnte mir nicht vorstellen, daß ihm diese lächerliche Menge Alkohol schaden würde, und nickte ihm zu, erfreut und zugleich überrascht, daß er seine ältere Schwester überhaupt um ihre Meinung fragte. Dabei fiel mir ein, daß auch Hugo immer darauf geachtet hatte, in kleinen Dingen nachzugeben, weil er wußte, daß er seinen Willen dann in anderen Angelegenheiten, die ihm wirklich wichtig waren, leichter durchsetzen konnte. Obwohl er erst fünfzehn war, taktierte Jay schon genauso geschickt wie Hugo. Er hatte mich überredet, mit ihm nach Sizilien zu fahren, obwohl ich gute Gründe gehabt hatte, es nicht zu tun. Auf sein Drängen hin hatte sich Clio bei Don Calo für uns verwendet. Jay hatte es geschafft, Luke auszubooten, und ich hatte ihm dabei auch noch geholfen. Und zu guter Letzt hatte er Elliot Carter – wenn auch in durchaus höflicher Form – auch noch dazu gezwungen, uns bei sich im Turm wohnen zu lassen. Ich war ziemlich beeindruckt von meinem kleinen Bruder.

»Clio hat uns erzählt, daß Sie meinen Vater kennengelernt haben, als er im Zweiten Weltkrieg hier stationiert war«, sagte Jay gerade zu Don Calo.

»Nein, dein Vater und ich kennen uns schon länger«, gab Don Calo zur Antwort. »Er war im Sommer des Jahres 1938, ein Jahr vor dem Krieg, schon einmal hier. Damals war er noch ein junger Archäologiestudent und hat die Insel mit dem Rucksack bereist. Elliot ist bei seiner ersten Reise nach Castell'alto übrigens auch mit Rucksack unterwegs gewesen.«

»Weshalb ist er gerade hierher gekommen?« wollte ich wissen.

»Er hat von den Ausgrabungen in Casteddu gehört«, antwortete Don Calo. »Das *castello* ist sehr alt. Soweit ich weiß, stammt das, was darunter liegt, sogar aus der Antike. Casteddu war früher einmal eine heilige Stätte. Wenn Sie hinkommen, werden Sie verstehen, weshalb.« Er schenkte Elliot Wein nach und lehnte sich dann in seinem Stuhl zurück, der unter seinem Gewicht leise ächzte.

»Ihr müßt euch einen riesigen Felsturm vorstellen, der im Schatten des Monte Castello aus dem Meer ragt. Es sieht fast so aus, als sei der Felsturm das Kind und der Berg die Mutter. Casteddu ist bei einem Erdbeben vor vielen tausend Jahren entstanden. Damals stürzte der Teil ein, der Casteddu mit dem Berg verband. Und seitdem ist der Felsturm durch einen tiefen Graben vom Berg getrennt. Die Spitze von Casteddu ist abgeflacht. Mir fällt das Wort in Ihrer Sprache im Moment nicht…«

»Ein Plateau«, half Clio ihm aus. Die langgliedrigen, sonnengebräunten und ringlosen Finger ihrer rechten Hand ruhten regungslos auf dem kühlen Marmor der Tischplatte.

»Ja, genau, ein Plateau. Und dank des Plateaus war es nicht allzu schwierig, etwas darauf zu bauen. Natürlich führt eine

Brücke hinüber – seit vielen hundert Jahren ist das schon so –, aber man hat keine Ahnung, wie die Menschen in der Antike hinübergekommen sind, als es diese Brücke noch nicht gab. Irgendwann haben dann britische Archäologen versucht, der Sache auf den Grund zu gehen, und fingen an, unter dem *castello* zu graben. Das war in den zwanziger Jahren, als der Vater des Herzogs von Caltabella noch lebte. Er hatte eine Schwäche für alles Britische, und deshalb hat er die Ausgrabungen auch gestattet. Aber man fand nicht viel, und dann ist den Leuten vermutlich das Geld ausgegangen. Danach geriet der Ort in Vergessenheit. Bis Hugo auftauchte.«

Sein Mundwinkel verzog sich zu einem leisen Lächeln der Erinnerung. Seine dunklen Augen wanderten über den Tisch, schweiften über uns hinweg, hin zu dem Berg, der am Horizont kahl und wuchtig in die Höhe schoß, hin zu der staubigen, gewundenen Straße, die die Ebene durchschnitt. »Auf dieser Straße habe ich euren Vater zum erstenmal getroffen. Er war mit dem Motorrad unterwegs und über und über mit Staub bedeckt. Alles, was ich von ihm sah, waren seine blauen Augen. Und natürlich seine Nase. Er hat mich nach dem Weg nach Castell'alto gefragt und gemeint, daß er sich die Arbeit der britischen Archäologen ansehen wolle. Ich habe ihm geraten, sich vorher beim Bürgermeister von Castell'alto, Don Ciccio Fallucca um die Erlaubnis zu bemühen. Don Ciccio war damals in Castell'alto der *gabellotto* des Herzogs; das ist so viel wie ein Verwalter. Dieser Herzog, der Sohn des alten Herzogs, war übrigens noch nie in Castell'alto gewesen. Er lebte in Paris. So weit ich weiß, hat er nach seiner Kindheit keinen Fuß mehr auf Sizilien gesetzt. Der Bürgermeister hat eurem Vater die Erlaubnis erteilt, was wirklich eine reife Leistung war, denn Fremde sind uns nur sehr selten willkommen. Obwohl er noch so jung war, wußte er ganz genau, wie man einen Mann wie Don Ciccio um den Finger wickelt. Aber Don Ciccio konnte euren Vater auch so gut leiden. In Sizilien sagen wir, wenn wir einen Mensch sympathisch finden: ›Er ist ein gutes Stück Brot.‹ Hugo war ein gutes Stück Brot.«

Don Calo lächelte. »Im Englischen hört sich das nicht gerade schmeichelhaft an, aber auf Sizilien ist Brot ein kostbares Gut... Die ersten paar Tage waren wir jedenfalls brennend daran interessiert, was dieser Fremde da machte. Besonders die Kinder trieben sich in seiner Nähe herum. Wie die Fliegen haben sie ihn umschwärmt, und sollte ihm das lästig gefallen sein, hat er es sich zumindest nicht anmerken lassen. Nach einer Weile haben wir seine Arbeit dann nicht mehr so interessant gefunden – immer ist er in den Ruinen herumgeklettert, hat dagesessen oder Pläne studiert. Und weil es von Castell'alto bis nach Casteddu gut einen Kilometer bergauf geht, ist uns allmählich auch der Weg zu lang geworden. Er hat in einem Zelt beim *castello* geschlafen. Aber ab und zu ist er nach Castell'alto zum Einkaufen gekommen. Dort hat er dann im Café gesessen und sich die Geschichten der alten Männer angehört.

Der Turm und die Ruinen des *castello* liegen an der äußersten Westseite des Plateaus. In der Nähe der Brücke gibt es auch Häuser. In einigen davon haben zu der Zeit noch ein paar Dörfler gewohnt, hauptsächlich ältere Leute. Von denen haben wir erfahren, daß Hugo offenbar nachts arbeitete, weil sie bei den Ruinen immer das Licht seiner Laterne umherirren sahen. Die Leute haben ihn nicht ganz für voll genommen, zumal es keinem von ihnen eingefallen wäre, sich nach Einbruch der Dunkelheit in der Nähe des *castello* herumzutreiben. Denn in der Nacht geht dort oben die Frau des Grafen umher. Na ja, so hat eben jede Burg ihren ganz persönlichen Geist.« Don Calo lächelte ironisch. »Ich glaube, das war auch der Grund, weshalb Hugo dort oben geschlafen hat. Vielleicht respektierte der Geist seine Privatsphäre mehr als wir.

Er ist ein paar Wochen geblieben, und dann ist er wieder abgereist, und wir haben ihn vergessen.« Don Calo hatte sich jetzt nach vorne gebeugt, die Ellbogen lagen auf den Lehnen seines Stuhles, das Kinn war auf die Fingerspitzen seiner gefalteten Hände gestützt. Nur das Geräusch seiner bedächtigen Atemzüge durchbrach die Stille.

»Dann kam der Krieg«, fuhr er fort. »Ich muß zugeben, daß ich darüber nicht gerade unglücklich war, weil ich mir nichts sehnlicher wünschte, als von hier fortzukommen. Ich wollte etwas von der großen, weiten Welt zu sehen. Ich war jung und dumm. Eine Landmine setzte meiner Abenteuerlust dann ein jähes Ende, aber da hatte ich die Lust am Vagabundieren ohnehin schon verloren. Man schickte mich zurück nach Castell'alto, weil mein rechter Arm nicht heilen wollte. Das war 1943. Und da traf ich Hugo zum zweitenmal.

Im Dorf gab es nur noch Frauen, Kinder, alte Männer und ein paar jüngere Männer wie mich, die verwundet aus dem Krieg gekommen waren. Und die Deutschen.

Zunächst waren die Deutschen natürlich unsere Freunde, wenngleich diese Freundschaft vermutlich nur in den Köpfen von Hitler und Mussolini existierte.« Don Calos Stimme hatte einen höhnischen Unterton angenommen. Er nippte an seinem Marsala. »Aber ab 1943 hat man sich in Castell'alto nicht mehr viel Mühe gemacht, den Anschein von Freundschaft aufrechtzuerhalten. Die Deutschen machten keinen Hehl daraus, daß sie uns verachteten. Und als sie dann merkten, daß ihnen der Krieg aus den Händen glitt, machten sie uns dafür verantwortlich. Und dann bekamen wir ihre geballte Brutalität zu spüren. Sie behandelten uns wie Untertanen, nicht wie Alliierte.

Trotz allem lebten die Deutschen und die Leute aus Castell'alto mehr recht als schlecht zusammen. Bis zu jenem Tag, an dem eine junge Frau aus Castell'alto von einem deutschen Soldaten vergewaltigt wurde. Der Mann gab auch noch damit an. Luzzo, der Bruder des Mädchens, war damals dreizehn, zu jung, um zum Kriegsdienst eingezogen zu werden, aber alt genug, um die Ehre seiner Schwester zu rächen. Am folgenden Tag fand man die Leiche des Deutschen verschnürt am Straßenrand liegen. Er war abgeschlachtet worden wie ein Schwein, das er auch war.

Der deutsche Kommandant, ein Mann namens Kappel, fand natürlich schnell heraus, wer den Soldaten umgebracht hatte. Er schickte einen Suchtrupp los. Wir versteckten Luzzo auf dem Dachboden in einem der Häuser in Casteddu. Die Deutschen stellten Castell'alto auf den Kopf, fanden den Jungen aber nicht. Danach durchkämmten sie Casteddu und die Ruinen des *castello*, ebenfalls erfolglos. Schließlich trieb Kappel die Menschen auf der Piazza vor der Kirche zusammen.

›Wenn ihr mir sagt, wo sich Luzzo Pisciotta versteckt hält‹, verkündete er, ›könnt ihr alle wieder nach Hause gehen. Ich will nur den Jungen. Solltet ihr euch weiter schützend vor ihn stellen, macht ihr euch mitschuldig.‹

Kappel wartete. Keiner rührte sich. Da wurde er erst richtig wütend. ›Ihr bleibt hier, bis ihr mir sagt, was ich wissen will‹, brüllte er. Und ließ uns stehen – alte Leute, Schwangere, kleine Kinder – alle standen da in der sengenden Sonne, ohne Wasser, ohne etwas zu essen... Eine alte Frau wurde ohnmächtig und fiel zu Boden, aber keiner durfte ihr helfen. Die Kinder weinten. Aber keiner machte den Mund auf. Die Deutschen waren so lange auf unserem Stolz herumgetrampelt, bis sie dachten, sie hätten uns gebrochen. Aber sie hatten sich getäuscht.

Als es dunkel wurde, befahl man den Frauen, sie sollten mit ihren kleinen Kindern nach Hause gehen und ihre Habseligkeiten zusammenpacken. Noch in derselben Nacht wurden sie auf Lastwagen geladen und fortgebracht. Später erfuhren wir, daß man sie nach Trapani geschafft und dort auf freien Fuß gesetzt hatte. Sie durften allerdings nicht nach Castell'alto zurück. Die Männer – das waren alle Jungen über zehn Jahre, die Greise und die paar verwundeten Soldaten – standen bis zum Morgengrauen auf der Piazza. Wir waren so um die zwanzig Mann. Bei Tagesanbruch trieben sie uns wie die Schafe den Berg hinauf nach Casteddu. Wir durften nichts mitnehmen, und sie konfiszierten alles, was sie an Lebensmitteln und Wasser in der alten Stadt fanden.

Bevor wir über die Brücke gingen, hielt Kappel eine Rede. Er war klein von Statur und mußte sich auf einen Felsblock stellen, damit wir ihn bei dem pfeifenden Wind auch hören konnten, denn an diesem Tag blies der Schirokko. Wenn er freitags einsetzt, so heißt es hier bei uns, bläst er fünf Tage. Drei Tage zuvor hatte er eingesetzt, es war ein Freitag gewesen. Manchmal kann der Schirokko die Leute in den Wahnsinn treiben. Ich glaube, das ist auch mit Kappel passiert.

Er erklärte uns: ›Entweder ihr liefert mir den Jungen aus, oder ihr werdet Hungers sterben. Die Entscheidung liegt bei euch. Und wenn ihr tot seid, werde ich euch an den Füßen aufhängen lassen und den Fliegen zum Fraß vorwerfen.‹ Ich erinnere mich noch heute an den Ausdruck seiner Augen, als er das sagte. Er sah uns nicht mehr als menschliche Wesen, sondern als Tiere, die gebrochen werden mußten. Im selben Moment kam eine Krähe geflogen, das Geschöpf des Teufels, und setzte sich zu ihm.

Dann trieben sie uns über die Brücke nach Casteddu. Im Turm des *castello* waren bereits zwei Soldaten stationiert, deren Auftrag es war, die Küste im Auge zu behalten. Jetzt stellte Kappel noch zwei zusätzliche Wachen für die Brücke ab. Man würde jeden erschießen, so erklärte man uns, der versuchen sollte, über die Brücke zu fliehen.

Dies alles geschah in der ersten Juliwoche. Damals wußten wir noch nicht, daß Sizilien eine Invasion durch die Alliierten bevorstand, obwohl sich die Deutschen auf ein solches Ereignis schon vorbereitet hatten. Vor der Invasion hatten die Amerikaner Hugo heimlich an der Küste abgesetzt, um das Gelände zu erkunden. Er sprach unsere Sprache und kannte die Gegend wie seine Westentasche. Als Hugo hörte, daß wir in Casteddu gefangengehalten wurden, lachte er nur und meinte, daß er unser Gefängnis knacken könnte wie einen Safe. Dann verschwand er. Niemand wußte, wohin. Und in derselben Nacht verschwand auch ein deutscher Soldat in Trapani.

Inzwischen waren wir in der alten Stadt seit drei Tagen gefangen. Es waren zwar noch alle am Leben, aber einige von uns waren sehr geschwächt. Was uns am meisten fehlte, war Wasser. Luzzo hielt sich immer noch auf dem Dachboden versteckt. Niemand wäre auf die Idee gekommen, das Versteck des Jungen zu verraten. Luzzo machte das Angebot, sich den

Deutschen zu stellen, aber wir wollten davon nichts wissen. Uns allen war klar, was ihn erwartet hätte.

An diesem Abend saßen wir im Freien, in der Nähe des Eingangs zum *castello*, dort, wo uns die Deutschen nicht sehen konnten. Es war ja Sommer, und die Nacht war lau. Wäre es Winter gewesen… nun, dann wäre wohl alles anders ausgegangen.

Ich weiß nicht mehr, wer ihn als erster bemerkt hat. Plötzlich stand er da. Nur ein paar Schritte von uns entfernt, ein Mann, ganz in Schwarz. Wir waren wie vom Donner gerührt und starrten ihn sprachlos an. Er mußte direkt dem Felsen entsprungen sein. Ich erkannte ihn als erster: Es war der Junge, der vor vier Jahren bei uns gewesen war. Hugo. Inzwischen war er ein Mann geworden.«

Don Calo füllte sein Glas mit Wasser aus einem Krug. Die Stille im Zimmer war mit Händen zu greifen. Niemand rührte sich. Nachdem er einen Schluck getrunken hatte, erzählte er weiter.

»Als wir unsere Sprache endlich wiedergefunden hatten, wollten wir wissen, wie er denn an den Soldaten vorbeigekommen sei. Aber das verriet er uns nicht. Er fragte uns nur, ob wir vollzählig wären oder ob jemand fehlte. Ein paar der Schwächsten schliefen in einem der Häuser. Er bat uns, sie aufzuwekken und auch Luzzo zu holen. Einige von uns wollten Luzzos Versteck nicht preisgeben. Sie waren sich nicht sicher, ob sie Hugo vertrauen konnten. Aber er erklärte uns mit aller Deutlichkeit, daß wir entweder alle zusammen gehen würden oder keiner. Es bliebe uns gar nichts anderes übrig, als ihm zu vertrauen. Also holten wir Luzzo. Wie gesagt, Hugo hat eine sehr überzeugende Art.

Er hatte eine Feldflasche mit Wasser und auch getrocknete Früchte bei sich, die er uns gab. Es war gerade ein Mundvoll für jeden. Während wir mit dem Verteilen beschäftigt waren, band er seinen Rucksack auf und holte zwei Gewehre und eine deutsche Wehrmachtsuniform heraus. Er selbst zog die Uniform an. Dann packte er Luzzo am Arm und ging mit ihm in den Hof des *castello*, von wo aus die beiden Wachsoldaten im Turm sie gut erkennen konnten. Er rief die Soldaten auf deutsch an. Er war ja gebildet und kannte die Sprache.

›Kommt herunter‹, rief er ihnen zu. ›Wir haben den Jungen gefunden.‹

Die beiden Soldaten schauten vom Dach des Turms herunter, sahen Hugo in der Uniform, erkannten Luzzo und machten sich auf den Weg. Sie dachten vor lauter Eifer gar nicht daran, daß es sich um eine Falle handeln könnte. Der Soldat, den Luzzo getötet hatte, war ihr Freund gewesen, und vermutlich wollten sie sich erstmal selbst an dem Jungen rächen, bevor sie ihn Kappel übergaben.

Als die beiden an der Eingangstür zum Turm auftauchten, warteten wir schon. Es war ein leichtes, sie außer Gefecht zu setzen. Ein paar von uns hätte die beiden nur zu gern ins Jenseits befördert, aber Hugo erlaubte es nicht. Er ließ sich auf keine Diskussionen ein und erklärte, daß wir ansonsten Casteddu nicht lebend verlassen würden. Er strahlte eine solche Autorität aus, daß wir ihm am Ende gehorchten.

Als erstes zogen wir den Soldaten die Uniformen aus und fesselten sie. Zwei unserer Leute, die von der Größe her am ehesten als Deutsche durchgingen – Santuccio und ich – zogen die Uniformen an. Als wir abmarschbereit waren, erklärte uns Hugo, was er vorhatte.

Wir befolgten seine Anweisungen genau. Wir ließen ihn am Turm zurück und schlichen uns durch Casteddu bis zu den Häusern am Ende der mittleren Straße, die zur Brücke führt. Dort versteckten wir uns in den beiden letzten, einander gegenüberliegenden Häusern.

Und dann warteten wir.

Ich erinnere mich noch, wir klar die Nacht damals war. Es war fast taghell. Die beiden deutschen Wachen am anderen Ende der Brücke waren deutlich auszumachen. Ihre Gewehre schimmerten im Mondlicht.

Zwei Stunden lang warteten wir. Von Casteddu aus führt eine *trazzera*, ein alter Viehweg für Schafe, über den Monte

Castello zum *prato di Venere*. Während sich die beiden Wachen miteinander unterhielten – sie standen mit dem Rücken zur *trazzera* –, schlich sich Hugo vom Berg herunter. Er mußte die Soldaten umgehen, damit es so aussah, als käme er den Weg von Castell'alto herauf. Er trug noch immer die deutsche Uniform.

Das ist ihm dann auch gelungen. Er ist auf die beiden Wachen zugelaufen und hat ihnen auf deutsch zugerufen, daß die Gefangenen geflohen seien. Im gleichen Moment traten Santuccio und ich auf die Straße, wedelten mit unseren Pistolen herum und riefen die beiden Worte, die Hugo uns eingebleut hatte. »*Kommt! Schnell!*« Und dann drehten wir uns um und rannten die Straße hinauf.

Die Wachen dachten natürlich, daß wir die beiden Männer vom Turm wären. Sie rannten uns hinterher, und als sie an den Häusern vorbeikamen, in denen sich die anderen versteckt hielten, wurden sie überwältigt. Nicht ein einziger Schuß fiel. Das gefiel Hugo ausnehmend gut, weil die Deutschen in Castell'alto von Schüssen bestimmt gewarnt worden wären.

Dann schleiften wir die Deutschen zum Turm und legten sie zu den anderen. Wieder wollten ein paar von uns die Soldaten töten, aber Hugo redete mit Engelszungen auf uns ein. Er meinte, sonst würde uns das Glück verlassen und gerade jetzt hätten wir es bitter nötig. Dann sagte er etwas sehr Merkwürdiges. Ich habe es nie vergessen. Er sagte: ›Die Frau im Labyrinth wäre sehr zornig.‹«

Bis hierhin hatte ich Don Calos Erzählung gespannt verfolgt. Aber bei diesen Worten durchströmte mich plötzlich die Erinnerung an einen längst vergangenen Geburtstag. Ich sah das Gesicht von Hugo vor mir, seine blauen Augen schienen durch mich hindurchzublicken, auf der Suche nach etwas Verlorenem, und dann hörte ich seine Stimme, als er die Figur auf meinem Medaillon berührte: »Das ist die Frau im Labyrinth, Alison. Sie ist ein Mysterium...«

»Sein Gesicht lag im Dunkeln«, erzählte Don Calo gerade, »wir konnten es also nicht sehen, aber seine Stimme klang sehr ernst. Er hatte inzwischen die Uniform abgelegt und wieder seine schwarzen Sachen angezogen. Er hat mich an einen Priester erinnert. Irgendwie abgehoben. So haben ihn wohl alle gesehen, jedenfalls hat ihm niemand widersprochen.

Dann sagte er, daß wir die Deutschen ruhig ihm überlassen sollten. Er hätte schon eine Idee, wie man sie bestrafen könnte. Er drängte auf sofortigen Aufbruch. Wir sollten auf der *trazzera* hinauf über den Monte Castello bis zum *prato di Venere* gehen. Dann zur Bucht hinunter. Dort würde ein Fischerboot auf uns warten. Aber wir müßten uns beeilen und leise sein. Und sollte er nicht spätestens eine halbe Stunde nach uns am Boot eintreffen, sollten wir ohne ihn losfahren.

Der Anstieg über den Berg war sehr beschwerlich, weil wir ziemlich geschwächt waren. Aber mit vereinten Kräften haben wir es dann bis hinunter zur Bucht geschafft. Das Boot wartete bereits auf uns, genau wie Hugo es vorhergesagt hatte. Und wenige Minuten später tauchte dann auch Hugo auf.

Später erfuhren wir, daß die Deutschen über unsere Flucht so außer sich waren, daß sie die Brücke in die Luft jagten. Aber schon zwei Tage später hatten sie keine Zeit mehr, sich groß Gedanken über uns zu machen. Am zehnten Juli landeten nämlich die Engländer und die Amerikaner in Sizilien. Und bis Mitte August waren alle Deutschen von unserer Insel verschwunden.«

Die sonore, gutturale und gleichzeitig hypnotische Stimme von Don Calo schwieg. Er nahm sein Glas Marsala in die Hand, drehte es nachdenklich zwischen den Fingern und trank es aus.

Als erster fand Jay die Sprache wieder. »Hat man jemals herausgefunden, was mit den deutsche Soldaten passiert ist?«

Don Calo lehnte sich mit halbgeschlossenen Augen in seinem Stuhl zurück; die Geschichte hatte ihn sichtlich mitgenommen. »Viele Jahre nach dem Krieg gingen zwei Jungen aus dem Dorf in die Höhle auf der *prato di Venere*. Sie verirrten sich, und als sie nach einem Ausgang aus der Höhle suchten, stolperten sie über zwei Skelette, die in seitlicher Stellung zusammengekauert auf dem Erdboden lagen, als wollten sie sich vor etwas schützen. Eines der Skelette trug eine Armbanduhr am Handgelenk. Ein deutsches Fabrikat. Waren das nun die Skelette der Soldaten? Und wenn ja, wie sind sie in die Höhle gekommen? Und was ist aus den anderen beiden geworden? Auf diese Fragen haben wir nie eine Antwort gefunden. Und was mich angeht, muß ich gestehen, daß es mir auch reichlich egal ist.

Einer der Jungen hatte auch nicht mehr Glück als die beiden Soldaten. Die Höhle hat ihn das Leben gekostet. Der andere hat wieder herausgefunden.«

Das war sicher Giudico, dachte ich. Ich warf einen Blick auf Clio, die mir fast unnmerklich zunickte, was ich als Bestätigung auffaßte – sie hatte wohl den gleichen Gedanken gehabt wie ich.

»Und euer Vater«, fuhr Don Calo fort, »der war für alle im Dorf natürlich der große Held. Manche haben sein Erscheinen in dieser Nacht als ein Wunder betrachtet, etwas, was mit dem menschlichen Verstand nicht zu erfassen war. Er hatte die Madonna angerufen, und sie hatte uns gerettet. Mit der Frau im Labyrinth konnte Hugo ja niemand anderen als die Madonna gemeint haben, dachten sie. Ich hatte da so meine Zweifel.

Wieder andere vermuteten, daß er über die Klippen gekommen oder vom Himmel gefallen sei. Später hörten wir, die Briten hätten ein paar Truppenteile mit Segelflugzeugen nach Sizilien gebracht. Ich dagegen habe mich immer gefragt, ob er vielleicht einen anderen Weg in die Höhle kannte. Aber er hat nie ein Wort darüber verloren. Nicht einmal, als er das *castello* vom Herzog von Caltabella gekauft und sich in Castell'alto niedergelassen hat.«

Die Stimme von Don Calo verlor sich in Schweigen. Er sah abwechselnd Jay und mich an. »Mein Gott, wie lange das schon her ist, und trotzdem ist es noch so präsent.« Er tippte sich an die Stirn. »Ich habe nicht vergessen, was euer Vater für uns getan hat. Castell'alto steht für immer in seiner Schuld.«

Ich zweifelte nicht an seinen Worten, aber ich fragte mich, ob er an dieser Schuld nicht von Zeit zu Zeit sehr schwer zu tragen hatte. Einem einzigen Mann seine Existenz zu verdanken, ist eine wahrlich schwere Bürde.

17

Gleich nach dem Mittagessen versuchte sich Elliot Carter loszueisen, um zum Turm vorauszufahren. »Dann kann ich das ärgste Chaos beseitigen, bevor ihr kommt.«

Merkwürdigerweise wollte Don Calo davon nichts wissen. »Das ist doch bestimmt nicht nötig, Elliot. In solchen Dingen bist zu doch viel zu sehr Perfektionist. Und ich könnte mir vorstellen«, fügte er an Jay und mich gewandt hinzu, »daß ihr es kaum erwarten könnt, den Turm zu sehen.«

Don Calo gab uns keine Gelegenheit, darauf zu antworten. Er stand abrupt auf und ließ die schwere Leinenserviette auf den Tisch fallen, für uns alle das Signal, daß das Mittagessen beendet war. Offenbar akzeptierte Elliot die Tatsache, daß sich Don Calo in seine häuslichen Angelegenheiten einmischte, genauso gutmütig, wie er auf Jays Vorschlag eingegangen war, uns bei sich einzuquartieren. Für jemanden, der nicht nur mit ungebetenen Gästen dastand, sondern auch noch daran gehindert wurde, die nötigen Vorkehrungen zu treffen, reagierte Elliot erstaunlich gelassen. Leichthin fragte er Clio, ob sie wohl Jay und mich nach Castell'alto fahren könnte. »Mein Jeep ist vollgepackt mit Vorräten, so daß die Fahrt für Alison und Jay recht unbequem sein würde. Ich hole euch an der Kirche ab, dann gehen wir zusammen nach Casteddu hinauf.«

Clio runzelte die Stirn, als wollte sie ablehnen, aber dann nickte sie und sagte leise: »Interessant wär's schon, Casteddu wieder einmal zu sehen. Seit Hugo fort ist, war ich nicht mehr dort.«

»Es ist alles beim alten da oben«, erwiderte Elliot. »Dafür sorgt schon Matteo. Wenn Hugo zurückkommt, wird er alles genau so vorfinden, wie er es verlassen hat.« Er dankte Don

Calo für die Essenseinladung, verabschiedete sich freundlich von Benedetta, die erneut seinen Blick mied und an einem ihrer Ohrringe herumfummelte. Dann ging er.

»Wir bereiten Elliot ja ganz schöne Umstände«, meinte ich, als er weg war. »Hoffentlich glaubt er nicht, es würde uns stören, wenn der Turm nicht picco bello aufgeräumt ist.«

»Ich glaube kaum, daß er erst Ordnung schaffen muß«, entgegnete Clio, während wir uns auf den Weg nach draußen machten. »Hugo hat einmal gesagt, daß Elliot der beste Koch und Haushälter ist, den er kennt. Wahrscheinlich war das mit ein Grund, weswegen er Elliot weiterhin im Turm wohnen läßt. Elliot hat ein ganz besonderes Organisationstalent.« Ihr Gesicht blieb ausdruckslos; aber ihre Stimme verriet eine gewisse Schärfe, die darauf schließen ließ, daß hinter den Worten mehr steckte, als sie sagen wollte.

Don Calo begleitete uns bis zur Haustür. »Ihr müßt wissen, daß Clio euch aus purer Diskretion verschweigt, daß ›Aufräumen‹ bei Elliot nicht unbedingt das bedeutet, was ihr darunter versteht. Vielleicht sollte man es besser als romantischen Hausputz bezeichnen. Man munkelt, daß er im *castello* des öfteren Damenbesuch empfängt.«

»O je«, regte sich erneut mein schlechtes Gewissen, »dann sind Jay und ich ihm ja wirklich im Weg.«

Don Calo zuckte nur mit den Schultern. »Vielleicht kommt euer Besuch ja gerade zur rechten Zeit. Ich habe gehört, daß er die gegenwärtige Beziehung ohnehin leid ist. Möglicherweise wartet er nur auf eine Gelegenheit, die Dame loszuwerden. Elliot ist ein junger Mann, der sicher viele wertvolle Eigenschaften vereint, wobei Treue nicht unbedingt dazugehört.«

Diese bemerkenswert unverblümte Aussage hörte sich wie eine Warnung an, wobei unklar blieb, an wen sie gerichtet war.

»Wie auch immer, Alison, ich würde mir keine großen Gedanken darüber machen«, bemerkte Clio gelassen. »Elliot hat wirklich eine besondere Gabe, sich die Dinge so einzurichten, wie sie ihm am besten passen. Hindernisse betrachtet er geradezu als Herausforderung, habe ich nicht recht, Don Calo?«

Don Calo lächelte ironisch. »Ich muß dir leider recht geben. Er hat noch immer nicht erkannt, daß einige dieser Hindernisse zu seinem Schutz da sind und er besser nicht daran rühren sollte.«

In der Haustür erschien plötzlich ein leuchtender Farbtupfer in der Gestalt von Benedetta, die in den sonnenüberfluteten Hof trat. Sie legte ihre kleine Hand auf den Arm ihres Schwiegeronkels. Sie habe Kopfweh, erklärte sie, und wolle sich etwas hinlegen. Dabei sah sie Don Calo fast beschwörend an, als warte sie auf seine Erlaubnis.

Der alte Mann legte seinen Kopf zur Seite. »Ja, es wäre gut, wenn du dich noch etwas ausruhst, bevor du zurück nach Palermo fährst.«

»Aber du...«, setzte Benedetta an, entschied sich dann aber anders. Mit unterwürfiger Stimme verabschiedete sie sich von uns und verschwand wieder im Haus. Ihre Sandalen klapperten auf den Steinstufen.

Auch wir verabschiedeten uns von Don Calo. Als Jay und ich ihm für seine Gastfreundschaft dankten, bekräftigte Don Calo nochmals, daß wir in Lupaia jederzeit willkommen seien, falls wir es uns mit dem Turm doch noch anders überlegen sollten. Wir versicherten ihm erneut, wie dankbar wir für sein Angebot seien, aber insgeheim schwor ich drei heilige Eide, daß nichts und niemand mich dazu bringen würde, seine Einladung anzunehmen. Mehr als einmal war mir dieser alte Mann während des Mittagessens wie ein Marionettenspieler vorgekommen. Er zog an unsichtbaren Fäden und beobachtete unsere Reaktionen. Es war nichts Genaues, was ich in der Hand hatte; es war nur dieses unbestimmte Gefühl, daß er uns von Zeit zu Zeit nach einem von ihm vorgegebenen, genau ausgeklügelten Takt tanzen ließ. Elliot hatte er besondere Aufmerksamkeit geschenkt, eine Aufmerksamkeit, die weit über die normale Sorge eines Gastgebers um das Wohl seiner Gäste hinausging. Ich hatte den Eindruck, als hätte er Elliots Reaktionen genauso interessiert beobachtet wie ein kleiner Junge ein gefangenes Insekt. Ich konnte mich des Gefühls nicht erwehren, daß diese eher harmlos wirkende Neugier sich für den Käfer von einer Sekunde zur anderen als durchaus lebensgefährlich erweisen konnte.

Vielleicht hatte dieses Verhalten ja mit dem kleinen Geplänkel unter dem Tisch zu tun, das ich beobachtet hatte. Ich war mir sicher, daß Benedetta Elliot nur pro forma die kalte Schulter gezeigt hatte. Damit wollte sie die übrigen Anwesenden hinters Licht führen, und ganz besonders natürlich den gefürchteten Don Calo. Aber so wie dieser über Elliots romantische Verstrickungen gesprochen hatte, hielt ich es für sehr viel wahrscheinlicher, daß er schon längst wußte, was sich zwischen der Frau seines Neffen und dem Partner seines Neffen abspielte. Und falls das stimmte, entbehrte es nicht einer gewissen Logik, daß er kein Wort des Widerspruchs gefunden hatte, als Jay darauf gedrängt hatte, im Turm zu übernachten. Jay und ich wären zwei willkommene Anstandsdamen für ihn.

Kurz bevor wir losfuhren, legte Don Calo eine Hand auf das offene Wagenfenster. Seine durchdringenden Augen sahen abwechselnd zu Jay und mir. »Euer Vater ist ein Mann, der gut auf sich selbst aufpassen kann«, sagte er mit ernstem Gesicht. »Und deshalb braucht ihr auch keine Angst um ihn zu haben. Ihr werdet ihn wiedersehen.« Er nickte Clio zu, drehte sich um und schritt langsam auf die offene Haustür zu.

Von Lupaia brauchten wir zehn Minuten bis nach Castell'alto. Nachdem wir die Ebene passiert hatten, stieg die Straße zum Berg hin an, führte im Bogen nach Nordosten um ein kleines Tal und einen Erdrutsch herum, der an einigen Stellen der Straße gefährlich nahe kam und sie zu verschütten drohte. Große Büschel Baldrian sprossen aus den Felsen wie züngelnde Flammen; ein Adler schwebte von einer fernen Bergspitze ins Tal, zog seine Kreise und verschwand im weiten Himmelsblau; eine riesige Schildkröte, vielleicht die anvisierte Beute des Adlers, kroch gemächlich über die Straße, und Clio bremste, um sie nicht zu überfahren. Und dann, hinter zwei weiteren Steinhaufen, kam endlich Castell'alto in Sicht.

Ich war mir nicht sicher, was ich mir von einem »von Gott

vergessenen« Ort erwartet hatte. Zumindest sollte er wohl öde und trostlos aussehen. Aber obwohl sich unseren Augen eine unleugbar dramatische Szenerie bot – eine durchgehende Reihe schmaler Häuser schmiegte sich vor der wuchtigen Bergkulisse an einen Höhenkamm –, so strahlte die kleine Stadt letzten Endes doch einen beruhigend alltäglichen Eindruck aus. Von den Wäscheleinen, die zwischen den Balkonen gespannt waren, flatterten Wäschestücke wie farbige Banner im Wind. Gemächlich zogen die Schatten der Wolken über die rotbraunen Schindeldächer, die wie verbrannte Erde aussahen.

Aus der Nähe hatte Castell'alto den gleichen rauhen Charme wie seine felsige Umgebung: steinige, kantige Formen, rechteckige Platten, wohin das Auge blickte. Jetzt, um halb drei Uhr nachmittags, wirkte die Stadt wie ausgestorben; ihre Einwohner hielten in den Häusern ihre Siesta. Wir kamen an einem Fleischerladen vorbei, an dessen Fenster die spindeldürre Karkasse eines Lamms von einem Eisenhaken baumelte, fuhren an einer Bank vorbei und einigen Lebensmittelläden, alle geschlossen. Vor einer Bar saßen ein paar alte Männer an einem Tisch im Schatten einer verschlissenen blauen Markise und spielten Karten. Sie drehten sich nach uns um, und als wir langsam an ihnen vorbeifuhren, hustete einer von ihnen und spuckte in den Staub.

Aber obwohl die Stadt nichts von dem wohlhabenden Flair Erices verbreitete, machte Castell'alto trotz seiner Einfachheit keinen ärmlichen Eindruck, hier war von der schrecklichen Armut nichts zu sehen, auf die wir in Palermo gestoßen waren. Einige der Häuser hatten einen neuen Anbau erhalten, andere waren frisch gestrichen, und auf fast allen Dächern steckten Fernsehantennen. »So schlimm, wie ich gedacht habe, sieht es hier gar nicht aus«, bemerkte Jay.

Clio schaltete einen Gang herunter, als die Straße plötzlich beängstigend steil wurde. »Ja, Don Calos Einfluß und sein Geld haben hier einiges bewirkt. Jetzt gibt es hier eine ordentliche Kanalisation und auch richtige Fensterscheiben. In Casteddu werdet ihr eine Ahnung davon erhalten, wie es hier früher einmal ausgesehen hat.«

An ihrem oberen Ende mündete die Hauptstraße in eine ovale Piazza, die dominiert wurde von einem monumentalen, gelben Steingebäude mit zierlichen, von steinernen Grotesken getragenen Eisenbalkonen. Dieser architektonische Protzbau paßte zu einem so kargen Ort wie Castell'alto wie die Faust aufs Auge. Clio erklärte uns, daß der Palast von Adeligen aus Bologna erbaut worden war, die während der spanischen Besatzung die Feudalherren von Castell'alto gewesen waren. Dem Palast gegenüber thronte eine gleichermaßen üppige Barockkirche mit Portikus und Säulen. Überall blätterte der Putz ab und hinterließ pockennarbige Wunden, in denen das nackte Mauerwerk zutage trat. In den Ritzen der Stufen, die zum Eingang führten, wucherte Unkraut. Die beiden Gebäude schienen die unter ihnen liegende kleinen Stadt fast zu bedrohen, während sie andererseits vor dem Hintergrund des über ihnen aufragenden Bergmassivs wie Puppenhäuser wirkten.

Elliot stand vor der Kirche neben dem Jeep und wartete auf uns. Er gab ein eindrucksvolles Bild ab: blond, gutaussehend, die Liebenswürdigkeit in Person. Hier in Castell'alto war er ebenso fehl am Platz wie der Palast und die Kirche.

»Mit dem Jeep kommt man dieses Gäßchen schon hinauf«, erklärte Clio beim Aussteigen, »mit dem Land Rover können wir es allerdings vergessen. Entweder fahren wir mit Elliot weiter oder wir gehen zu Fuß.«

Wir gingen zu Fuß, denn der Jeep war vollbeladen mit Kartons. »Matteo kann ihn später holen«, meinte Elliot. »Bis nach Casteddu ist es ja nur eine Viertelstunde.«

Die Kirche und der Palast markierten die Stadtgrenze. Dahinter ging die gepflasterte Straße in einen steinigen, unbefestigten Weg mit tief eingegrabenen Reifenspuren über, der den Berg hinauf – und weiter um die Bergflanke herumführte, vorbei an terrassierten, dem steilen Hang abgetrotzten kleinen Gärten. Jede Parzelle hatte eine kleine Bambushütte, ein paar Obstbäume, Weinstöcke und einen Gemüsegarten. Bald hatten wir die Terrassen hinter uns gelassen und wanderten über die offene Bergflanke, wo sich zwischen von roten Wicken umrankten Felsblöcken Margeriten und die gelben Köpfe von Dotterblumen im windzerzausten Gras wiegten. Neben dem Weg warteten dichte Opuntienhecken auf den unachtsamen Wanderer – Jay schrie vor Schmerz auf, als sein nackter Arm mit einem der stacheligen Blätter Bekanntschaft machte. Zu unserer Rechten fiel der Berg über mehrere schmale Felsvorsprünge zur hügeligen Ebene ab, die direkt unter uns lag. Von hier aus sah jeder Hügel wie ein kleiner Buckel aus, und die Straßen, die sich um sie herumschlängelten, wie dünne, staubige Würmer.

»Also, die Geschichte, die Don Calo da erzählt hat, habe ich heute zum erstenmal gehört«, sagte Elliot. »Und du, Clio?«

Sie schüttelte den Kopf. »Ich kannte sie auch nicht. Aber es erklärt wenigstens, weshalb Hugo in Castell'alto nichts falsch machen kann. Bisher habe ich immer gedacht, daß ihn die Leute nur deshalb so achten, weil er unter dem Schutz von Don Calo steht.«

»Weißt du, weshalb das so ist?« fragte ich Clio. »Ich meine, weshalb ihn Don Calo unter seine Fittiche genommen hat?«

»Ich wußte nur, daß sich die beiden aus der Zeit kennen, als Don Calo noch in New York war. Don Calo besaß damals eine Fliesenfabrik. Was man so hört, hat Hugo dafür gesorgt, daß Don Calo seine Fliesen in den Gebäuden, die Hugo entwarf, verlegen konnte. Ich bin immer davon ausgegangen, das sei der Grund für Don Calos Protektion. Daß es tiefere Gründe hat, wußte ich nicht.«

Plötzlich knickte der Weg ab und ging unvermittelt in eine sandige, steinige Ebene über. Clio und Elliot hatten uns nicht vorgewarnt, so daß Jay und ich unisono nur ein »Aaah!« ausstoßen konnten, so überwältigt waren wir von dem Anblick, der sich uns bot. Vor uns, auf einem Monolithen, umgeben von Himmel und Meer, trohnte Casteddu. Die »Totenstadt«.

Als Dorf konnte man Casteddu wohl nicht bezeichnen, geschweige denn als so etwas wie eine Stadt. Es bestand aus einer dürftigen Ansammlung von grauen Quadern mit roten Dächern, die sich auf einem Plateau hoch über dem Meer aneinanderdrängten, die absolute Stille nur unterbrochen vom Wind und dem Rauschen des Meeres, ein Bild der Verlassenheit. Es war, als hätte eine Horde von Riesenkindern mit Bauklötzen gespielt, sie zu einer Miniaturstadt zusammengetürmt, sich dann einem anderen Spiel zugewandt und vergessen, hinter sich aufzuräumen.

Casteddu saß auf einem abgeflachten Kap, das vom Berg durch eine etwa sieben Meter breite und vielleicht zehnmal so tiefe Schlucht abgetrennt war. Die Bergflanke hatte sich zu einem kleinen Tafelland vorgewölbt, das sich direkt aus dem Meer erhob. Offenbar durch vulkanischen Druck hatte sich ein Span vom Felsen gelöst. Drei Seiten des Kaps wurden von nackten Felswänden gebildet, die tausend Meter hoch aus der kobaltblauen See ragten. An der uns zugewandten Ostseite fiel die spärlich mit Gebüsch bewachsene und mit Geröll überzogene Felsflanke zum Grund der Schlucht ab. Eine besonders sportliche Ziege oder ein ähnlich qualifizierter Bergsteiger wäre wohl in der Lage gewesen, von dieser Seite aus die Felswand zu bezwingen. Allerdings wäre das Vorhaben spätestens an den glatten, fensterlosen Hauswänden, die übergangslos wie Zinnen aus dem Fels der Totenstadt zu wachsen schienen, zum Scheitern verurteilt gewesen. Es gab nur einen Weg nach Casteddu, und der führte über die moderne, eiserne Fußgängerbrücke, die den Abgrund überspannte und von einer einzelnen, windzerzausten Pinie bewacht wurde.

Zu unserer Linken weit vor uns führte der Weg, den wir von Castell'alto gekommen waren, steil den Berg hinauf, wand sich um große Felsblöcke herum und verschwand dann hinter der über uns liegenden Bergflanke. Elliot erklärte uns, daß dieser Weg die berühmte *trazzera* sei, die hinauf zur Wiese von Don Calo führte. Diesen Weg war Hugo damals im Schutz der Dunkelheit heruntergeschlichen, um die Soldaten zu überrumpeln.

Es gibt ein Sprichwort, wonach kein Mann für seine Kinder ein Held ist; aber als ich jetzt hinter Elliot über die Fußgängerbrücke nach Casteddu ging, mußte ich an die Worte einer ehemaligen Geliebten von Hugo denken. »Wenn dein Vater in einer anderen Zeit gelebt hätte, wäre er als epischer Held verehrt worden ...«

Als ich in den mit Felsblöcken übersäten Abgrund unter mir schaute, befiel mich leichter Schwindel. Plötzlich erschien mir die Brücke so filigran; jeder unserer Schritte wurde von einem leisen Quietschen begleitet. »Mich würde wirklich interessieren«, sagte ich zu Clio, die hinter mir ging, »wie die Leute wohl die Burg und das Dorf da gebaut haben. Wie haben die bloß das ganze Baumaterial da hinübergeschafft?«

»Nun ja, früher hat es hier natürlich eine sehr viel stabilere Brücke gegeben, eine richtige Steinbrücke. Die Deutschen haben sie in die Luft gejagt.« Sie deutete in die Schlucht. »Da unten liegt sie jetzt als ein Haufen Steine. Hugo hat diese Brücke hier bauen lassen, als er den Turm gekauft hat.«

Ganz Casteddu bestand eigentlich nur aus drei Häuserreihen, die sich von der Brücke aus wie ein Fächer ausbreiteten und von zwei kurzen, engen Straßen, oder besser Gäßchen, in drei Tortenstücke unterteilt wurden. Es waren vielleicht drei Dutzend eingeschossige, verputzte Reihenhäuser, von denen einige nur über eine einzige Tür verfügten, über die Licht und Luft ins Haus gelangten. Soweit es überhaupt Fenster gab, waren sie ohne Scheiben, und gegen den pfeifenden Wind schützte lediglich ein Fensterladen aus Holz. Im Vorbeigehen warfen wir einen Blick in einige der Häuser an der mittleren Straße. Sie sahen alle gleich aus: ein einziger Raum mit festgetretenem Erdboden und einer so niedrigen Zimmerdecke, daß sich mir die Frage aufdrängte, ob die Bewohner hier überhaupt hatten aufrecht stehen können. Fast überall lag Schutt herum, und es roch feucht und klamm. Eines der Häuser am Ende der Straße nahe der Brücke machte einen gepflegteren Eindruck als seine Nachbarn: Das mit einem Vorhängeschloß verriegelte Tor und der Fensterladen aus Holz waren mit leuchtend blauer Ölfarbe angestrichen.

Es war unmöglich, einen Fuß nach Casteddu zu setzen, ohne

an die Tragödie zu denken, die sich hier vor vierzig Jahren abgespielt hatte. In einem dieser Häuser hatte sich ein Junge versteckt gehabt, in Todesangst und ganz auf sich allein gestellt. Von Hunger und Durst gequält, waren Don Calo und die anderen hier auf diese Steine gesunken und hatten auf den Tod gewartet. Männer mit Gewehren hatten sie bewacht. Und dann war Hugo erschienen, um sie zu retten.

Ein halbverfallener Torbogen, aus dem winzige Wildblumen sprossen, umrahmte die Überreste der Burg. Er stand am westlichen Ende der Totenstadt an der äußersten Kante der Felsnadel direkt über dem Meer. Der runde, zweistöckige Sarazenenturm ragte, einer massiven, grauen Steinsäule gleich, in den blauen Himmel hinein. Gemildert wurde die wuchtige Präsenz des Turms durch blühenden wilden Wein, der sich an ihm hochrankte; kleine, grüne Grasbüschel drängten sich aus den Ritzen und Spalten seiner Mauern. Die Zinnen des Turms brüteten über dem weitläufigen, staubbedeckten Hof; ein Muster grasbewachsener, niedriger Steine markierte die Überreste der einstmals mächtigen Schloßmauer. Elliot erzählte uns, daß nach der Zerstörung der mächtigen Burg die Steine zum Häuserbau in der Totenstadt verwendet oder nach Castell'alto geschafft worden waren. Alles, was von der Burg erhalten war, waren der Turm, die traurigen Überreste des Schutzwalls, der diese Seite des Plateaus umgeben hatte, zwei kleine Nebengebäude, die nun als Lager benutzt wurden, und ein grasbewachsener Hügel neben dem Turm mit einer halbverfallenen Treppe, die zu einem verriegelten Holztor führte. »Dahinter liegt das Arsenal. Dort wurden früher die Waffen gelagert«, erklärte uns Elliot. »Das hat mir jedenfalls Hugo erzählt. Ich war noch nie drinnen. Die Tür ist zugesperrt, und bis jetzt habe ich noch keinen Schlüssel gefunden, der paßt.«

Bei unserem Rundgang machte uns Elliot in Kürze mit der Geschichte des Ortes bekannt. »Ursprünglich war die Burg ein befestigtes Kloster gewesen, das im zwölften Jahrhundert auf den Überresten eines Sarazenenforts erbaut worden war. Im vierzehnten Jahrhundert hat ein unbedeutender Feldherr das

Fort erstürmt und stark beschädigt. Den Rest haben dem Bauwerk sowohl der Zahn der Zeit als auch die Leute aus der Gegend gegeben. In den fünfziger Jahren hat Hugo das Gelände dem im Ausland lebenden Herzog abgekauft, den Don Calo erwähnt hat. Aber erst vor ein paar Jahren hat Hugo die Zeit gefunden, sich darüber Gedanken zu machen, was er damit anstellen möchte. Er hat immer mal wieder davon gesprochen, einen Teil davon wieder aufzubauen – ihm schwebte wohl so etwas wie eine sizilianische Sommerakademie vor. Er wollte die leerstehenden Häuser wieder bewohnbar machen und in einigen davon Ateliers einrichten. Das ist auch der Grund, weshalb ein paar der Häuser mit Vorhängeschlossern versperrt sind. Wir lagern dort Baumaterial.

Wenn er das hier alles mal so fertig hat, wie er es sich vorstellt, möchte er ein paar handverlesene Studenten einladen und im Frühsommer mit ihnen hier arbeiten.«

Elliot lachte. »Für mich war das immer der ideale Ort, um sich unliebsame Konkurrenten vom Hals zu schaffen. Du lädst sie einfach zu einem Seminar hierher ein, und dann schwupps, über die Klippen in die Schlucht damit.«

»Genau wie es Daedalus mit seinem Neffen gemacht hat«, sagte ich.

»Was meinst du damit?«

»Nun, Daedalus soll seinen Neffen ja getötet haben, indem er ihn von der Akropolis stürzte. Er hatte Angst, der Junge könnte ihn eines Tages überrunden. Die Athener verurteilten ihn zum Tode, aber er setzte sich dann nach Kreta ab.«

»Komisch, daß Sie ihn erwähnen«, sagte Elliot. »Hugo hat nämlich eine Theorie über Daedalus und diesen Ort hier.«

»Was für eine Theorie war das denn?« fragte Jay.

Clio antwortete für Elliot. »Man könnte sagen, daß die goldene Honigwabe ein Symbol dafür ist. Hugo ist davon ausgegangen, daß sie, sollte es sie jemals gegeben haben, hier irgendwo vergraben liegt. Wenn die Legende stimmt, könnten die Priesterinnen den Schatz von Erice hier irgendwo versteckt haben.«

Elliot wandte sich ab, aber kurz zuvor erkannte ich noch ein schiefes Grinsen auf seinem Gesicht, das ich als Häme eines Realisten für derartige Hirngespinste interpretierte. In diesem Augenblick empfand ich eine instinkitve Abneigung gegen den Mann. Ich konnte es mir nur so erklären, daß ich schlicht und einfach eifersüchtig auf ihn war, weil er im Gegensatz zu mir Hugo so nahe stand, daß er sogar um seine Träume wußte.

Allerdings paßte es nicht ins Bild, daß sich diese Eifersucht keineswegs auf Clio erstreckte. Immerhin hatte sie mit Hugo eine Beziehung gehabt, die bestimmt weitaus komplizierter gewesen war, als die zwischen Hugo und Elliot. Vielleicht empfand ich keine Eifersucht, weil sie in meinen Augen trotz ihrer Stärke eine Frau war, die einen Verlust erlitten hatte, eine Frau, die trotz ihrer Unabhängigkeit einsam war.

Elliot führte uns zur Westseite des Burghofes, wo sich direkt neben dem Turm ein Spalt in der Mauer auftat. Er zeigte zum Horizont. »Dort drüben liegt Afrika. An einem klaren Tag kann man bis hinüber sehen.«

Jay lehnte sich weit über die Mauer, um einen möglichst direkten Blick auf das Meer unter uns zu werfen. Ich mußte mich mit aller Gewalt zurückhalten, damit ich ihn nicht am Gürtel packte. Zu meiner Erleichterung richtete er sich schon bald wieder auf und wischte sich die staubigen Hände an seiner Jeans ab. Mit träumerischer Stimme sagte er: »Ich wette mit euch, daß die Römer von hier aus beobachtet haben, wie die Karthagische Flotte ihre Segel gesetzt hat. Vielleicht...«

Bevor er den Satz beenden konnte, durchbrach ein ohrenbetäubender Schrei die Stille. Wir zuckten vor Schreck zusammen, nur Elliot lachte und entschuldigte sich für den Lärm. »Das ist Orlando. Der Esel. Er hat seinen Stall in einem der leerstehenden Häuser.«

»Orlando? Wie der aus dem Marionettentheater?« fragte ich grinsend.

»Genau der. Orlando Furioso. So heißt er nämlich mit vollem und richtigem Namen. Hugo hat ihn so getauft, weil der Name überhaupt nicht zu ihm paßt. Orlando ist das genaue

Gegenteil seines Namensgebers, absolut passiv und phlegmatisch. Und normalerweise sehr ruhig. Er muß Matteo gesehen haben. Gleich und gleich gesellt sich eben gern.«

Clio warf ihm einen strengen Blick zu. »Das ist nicht sehr freundlich, Elliot.«

»Kann schon sein. Entspricht aber der Wahrheit. Oder kennst du jemanden außer Orlando, der auch nur annähernd so still und störrisch wäre wie Matteo? Und findest du nicht auch, daß sich die beiden mit ihren großen, nicht gerade intelligenten, braunen Augen und den langen Köpfen sogar ein klein bißchen ähnlich sehen?«

Clio verweigerte ihm ein Lächeln. »Ich finde, du bist ganz schön unfair zu Matteo. Ich finde ihn sehr, sehr nett.«

»Aber ich doch auch. Versteh mich bitte nicht falsch.« Elliot wurde plötzlich ernst. »Ich wüßte nicht, was ich ohne Matteo und Orlando täte. Die zwei halten hier doch alles am Laufen.«

»Wofür brauchst du denn einen Esel?« wollte Jay von Elliot wissen.

»Das will ich dir gerne sagen. Der Weg, den wir heraufgekommen sind, ist im Winter und im Frühjahr eine einzige Schlammpiste. Da kommt nicht mal der Jeep hoch. Also trägt eben Orlando die Lebensmittel herauf und was wir sonst noch alles brauchen. Er ist für alles mögliche nützlich.«

Plötzlich tauchte ein junger Mann mit einem Esel am Zügel unter dem verfallenen Torbogen auf. Er trug Jeans und ein schreiend, pinkfarbenes T-Shirt, auf dessen Vorderseite die Worte PARTY ANIMAL prangten.

»Matteo!« Elliot winkte ihn zu uns herüber. »Matteo versteht Englisch. Er kann sogar Englisch sprechen, sofern er überhaupt spricht, aber er pflegt einen sehr individuellen Stil, eine Melange aus dem, was er von Hugo gelernt hat und dem, was er aus Comic-Heften aufgeschnappt hat. Er ist geradezu süchtig nach Comics.«

»Wie kommt er denn an so was?« fragte ich ihn.

»Tja, durch mich. In Comiso befindet sich ein amerikanischer Stützpunkt. Da kenne ich jemanden aus dem PX.«

»Gib schon zu, daß du ihm auch das T-Shirt besorgt hast«, sagte Clio. »Matteo würde sich so etwas bestimmt nicht kaufen.«

Elliot zwinkerte Jay zu und erwiderte mit Unschuldsmiene: »Ich kann durchaus für mich in Anspruch nehmen, daß ich auf meine, zugegebenermaßen unbedeutende Art eine lange und ehrenvolle Tradition amerikanischer Hilfeleistung in Sizilien weiterführe. Wir haben dieser Insel so unendlich viel gegeben. Meine Comics und die T-Shirts können den Marschflugkörpern und Lucky Luciano natürlich nicht das Wasser reichen, aber ich habe mir durchaus noch Größeres vorgenommen.«

»Ich weiß zwar, was Marschflugkörper sind«, bemerkte Jay, »aber wer ist Lucky Luciano?«

»Nun, in den dreißiger Jahren war das ein berühmter amerikanischer Gangster sizilianischer Herkunft. Als 1943 die Amerikaner in Sizilien einfielen, wurde Lucky Luciano in Amerika gerade aus dem Gefängnis entlassen. Dann hat man ihn in ein Flugzeug nach Sizilien gesetzt, natürlich nicht ohne Hintergedanken. Sie haben nämlich erwartet, daß ihnen seine Kontakte zur Mafia von Nutzen sein könnten, um mit seiner Hilfe die Kontrolle über die Insel zu bekommen. Unter den Faschisten saßen in Sizilien ja jede Menge Mafiosi im Gefängnis, aber die Amerikaner haben die meisten von ihnen wieder laufen lassen.« Er grinste zynisch. »Ihr seht also, die Sizilianer haben uns tatsächlich eine Menge zu verdanken.«

Clio ließ sich auf einem der herumliegenden Felsblöcke nieder und pulte ein Steinchen aus ihrer Sandale. »Weißt du, Elliot, ich habe mich schon immer gefragt, wie du hier überhaupt zurechtkommst, wo du doch gar kein Sizilianisch sprichst. Im Vergleich dazu ist Matteos Englisch geradezu flüssig.«

»Sprachbarrieren hat es für mich noch nie gegeben. Vielleicht liegt es daran, daß ich in Kalifornien aufgewachsen bin, wo hauptsächlich die Körpersprache angesagt ist. Und abgesehen davon habe ich ja Giudico zum Übersetzen.«

Clio zog ihre Sandale wieder an und sah ihn mit ihren grauen Augen durchdringend an. »Wir haben wegen Giudico übrigens noch ein Wörtchen miteinander zu reden. Paßt es dir morgen früh bei mir zu Hause?«

Elliot war sichtlich überrascht. »Natürlich. So gegen zehn?«

»Ja, wunderbar.«

Matteo schlurfte mit gesenktem Kopf und mißmutiger Miene über den Hof zu uns herüber, als ärgere er sich darüber, daß wir ihn gesehen hatten. Er mochte so um die zwanzig sein, hatte einen gedrungenen Körper und dichtes, dunkles Haar, das ihm bis tief in die Stirn fiel. Eigentlich lag Elliot gar nicht so falsch mit seiner Aussage. Eine gewisse Ähnlichkeit mit dem Esel war unverkennbar: Die beiden trotteten einträchtig nebeneinander her, phlegmatisch, stämmig, mit gesenktem Kopf und zotteliger Mähne.

Als Matteo aber den Kopf hob und Clio sah, strahlte er vor Freude. Begeistert schüttelte er uns die Hände, während Elliot Jay und mich vorstellte, und ein strenger Geruch nach Esel und Schweiß stieg mir in die Nase.

Elliot erzählte ihm, daß wir gerade von Don Calo kämen, der uns gesagt hätte, daß Hugo irgendwann in den nächsten Tagen in Castell'alto eintreffen würde. Beim Zuhören verzog Matteo keine Miene. Als Elliot fertig war, schaute Matteo zu Clio hinüber, wie um sich von ihr eine Bestätigung des eben Gehörten zu holen. Clio nickte kaum merklich und lächelte ihn an. Matteo gab ein komisches Geräusch von sich. Es klang wie ein Seufzer, ob der allerdings aus Freude, Erleichterung oder Erstaunen kam, war schwer zu sagen.

»Na, das sind doch tolle Neuigkeiten, Matteo!« meinte Elliot leutselig zu ihm.

Matteo nickte, sah ihn aber einigermaßen indigniert an, als ob sich das von selbst verstünde. Mit leicht gereizter Stimme bat ihn Elliot, den Jeep von Castell'alto heraufzubringen und auszuladen. Matteo nickte abermals, schenkte Jay und mir ein schüchternes Lächeln, drehte sich dann auf dem Absatz um und trottete von dannen.

»So«, meinte Elliot. »Und jetzt zeige ich euch den Turm. Bist du so weit, Clio?«

Zunächst schien es, als hätte sie ihn nicht gehört. Sie stand etwas abseits, schirmte mit einer Hand ihre Augen ab und schaute aufs Meer hinaus. Der Wind zerzauste ihre dunklen Haare und wehte sie ihr ins Gesicht, was ihre strengen Gesichtszüge weicher erscheinen ließ; in diesem Moment sah sie wunderschön aus, fast schmerzlich entrückt, ein Solitär, isoliert durch die von ihr selbst gezogenen Grenzen. In dieser Hinsicht war sie wie Hugo. Vielleicht war es das gewesen, was sie zueinander hingezogen hatte, vielleicht waren sie Seelenverwandte.

»Clio?«

Als sie dann antwortete, war es, als hätte Elliot sie aus einem Tagtraum gerissen. Ihre Stimme klang abwesend, kam von weit her, als sie ihm antwortete: »Ich muß leider gehen, Elliot. Vielleicht holen wir die restliche Sightseeing-Tour ein andermal nach. Jay und Alison werden mit mir kommen müssen. Ihr Auto steht ja noch bei mir.«

Jay räusperte sich. »Wenn keiner etwas dagegen hat, würde ich lieber hierbleiben. Ich habe ja alle Sachen dabei. Ich dachte mir nämlich schon, daß wir hier übernachten werden. Macht's dir was aus, alleine zu fahren, Alison?«

»Nein... nein, natürlich nicht.« Obwohl ich Bedenken hatte, Jay allein zurückzulassen, sah ich ein, daß er letztendlich in Castell'alto sicherer wäre als irgendwo sonst. Und jetzt, wo er endlich am Ziel seiner Reise war, wollte er natürlich bleiben. »Was machst du solange?«

»Ich finde schon Arbeit für ihn«, verkündete Elliot. »Wie ich schon sagte, tut der Generator leider nicht so, wie er sollte. Wir haben weder Strom noch heißes Wasser. Wenn du nichts dagegen hast, könntest du bei der Reparatur mit anfassen.«

»Großartig.«

Also fügte ich mich – wenn auch widerstrebend. »Nun gut. Ich bin dann in ungefähr zwei Stunden zurück.«

Die beiden zogen auf der Suche nach Werkzeug davon, und Clio und ich machten uns auf den Rückweg, vorbei an den verlassenen Häusern von Casteddu. Wenn Elliot schon in

Castell'alto fehl am Platz war, so traf das in noch viel stärkerem Maß auf Casteddu zu. Ich fragte Clio, womit er hier oben wohl seinen Lebensunterhalt verdiente. »Ich meine, womit kann einer wie er sich hier oben schon beschäftigen?«

»Elliot ist Unternehmer«, erwiderte sie. »Er hat mehrere Eisen im Feuer – daß er meinen Honig verkauft, ist nur ein Geschäft unter vielen. Ich weiß zwar nicht, ob diese Geschäfte besonders einträglich sind, aber das Leben im Turm kostet ihn ja auch nicht viel. Hugo wollte, daß das Haus bewohnt bleibt, und er hat Geld für den Unterhalt des Turms und für sonstige, wichtige Ausgaben auf einem Konto hinterlegt. Aber wenn du mich fragst, ich habe auch keine Ahnung, was ihn wirklich hier hält.«

Ich hatte eine Ahnung, und die hieß Benedetta Coccalo.

Wir verfielen in Schweigen. Nach ein paar Minuten hörten wir den Jeep kommen und stellten uns an den Straßenrand, um Matteo vorbeizulassen, der im Vorbeifahren eine Hand zum Gruß erhob. Während wir unsere Wanderung nach Castell'alto fortsetzten, schien Clio mit ihren Gedanken ganz woanders zu sein. Vielleicht hatte ihr der Besuch in Casteddu zugesetzt, vielleicht wollte sie deshalb nicht in den Turm gehen. Ich spürte auch wieder etwas von der Ambivalenz, die sie mir gegenüber gestern an den Tag gelegt hatte, ohne daß ich den Grund dafür gekannt hätte. Auch suchte ich nach plausiblen Erklärungen dafür, weshalb Hugo sich nicht mit ihr in Verbindung gesetzt hatte, obwohl sie ihm offenbar sehr nahestand. Wir hatten nichts als Don Calos Wort, daß Hugo beabsichtigte, nach Castell'alto zurückzukehren. Don Calo war der einzige gewesen, der ihn gesehen, mit ihm gesprochen hatte und der etwas von seinen Plänen wußte. Diese ganze Geheimniskrämerei trug nicht gerade dazu bei, auf die von Don Calo behauptete Freundschaft zu Hugo zu vertrauen.

Plötzlich ging mir auf, wie froh ich war, daß Luke in Erice wartete. Ich wollte die ganze Angelegenheit mit jemandem durchsprechen, der keinerlei Verbindung zu Castell'alto pflegte und auch keinen Grund hatte, Don Calogero für etwas dankbar sein zu müssen. Sowohl Clio als auch Elliot standen zu tief in der Schuld dieses Mannes.

Als wir aus Castell'alto hinausfuhren, fragte mich Clio, welchen Eindruck ich denn von Don Calo hätte. Ich versuchte mich vorsichtig auszudrücken: »Na ja, er ist wohl eine sehr komplexe Persönlichkeit. Nicht einfach zu begreifen. Ich hoffe, es stimmt, daß Hugo bald zurückkommt.«

»Auf Don Calos Wort kann man sich ebenso verlassen wie auf das von Hugo«, gab sie zur Antwort. »Weißt du eigentlich, was sein Name bedeutet? Er kommt aus dem Griechischen und heißt so viel wie vornehmer, alter Mann...« Ich war mir nicht ganz sicher, ob da nicht eine Spur Ironie in ihrer Stimme mitschwang. Eine Zeitlang konzentrierte sie sich ganz aufs Fahren, dann fragte sie mich: »Was hast du noch vor? Ich meine, wenn du wieder in Castell'alto bist.«

»Also, vermutlich können wir jetzt nichts anderes tun, als warten. Ich habe noch ein paar Urlaubstage übrig, und ich kann Jay auch nicht alleine hierlassen. Und abgesehen davon, möchte ich mich mit eigenen Augen davon überzeugen, daß es Hugo gut geht.«

Das war eigentlich eine Aufforderung über Hugo zu sprechen, aber Clio ignorierte es. »Und danach?«

»Nach Deutschland zurück und wieder an meine Arbeit.«

Es entstand eine Gesprächspause. Clio sah mich lange an. »Alison, ich muß dir etwas sagen –.« Sie zögerte und platzte dann heraus: »Was ich früher über Hugo gesagt habe, also, wie wir uns kennengelernt haben, das entspricht nicht der Wahrheit. Tatsächlich kennen wir uns schon seit Jahren. Wir – also, ja, wir waren eine Weile sehr eng befreundet. Aber dein Vater wirft so einen starken Schatten... Er hat mich schlichtweg erdrückt. Ich konnte einfach nicht mehr ich selbst sein.« Sie preßte die Lippen aufeinander. »Wie ich euch schon gesagt habe, habe ich in meiner Jugend viel Zeit damit zugebracht, vor allem Möglichen davonzulaufen. Und Hugo gehörte auch dazu.«

Ich wartete darauf, daß sie weitersprach. Ich hatte das Gefühl, daß sie mir mehr sagen wollte, und dann fuhr sie fort. »Na ja, ich habe mein Leben gründlich versaut. Und dann, nach Jahren des Herumirrens habe ich mich dazu entschlossen, es ein letztes Mal mit meiner alten Leidenschaft, der Archäologie zu probieren. Ich habe einen Artikel für eine Fachzeitschrift geschrieben, und jemand, der uns beide von früher kannte, hat den Zeitungsausschnitt an Hugo geschickt. Er hat mir dann geschrieben, und wir haben miteinander zu korrespondieren begonnen. Irgendwann hat er mir dann von Casteddu erzählt und mich gefragt, ob ich Lust hätte, dort mit ihm zu arbeiten. Und jetzt bin ich hier in Sizilien.«

Ich dachte an die Widmung in Hugos Buch: ›Für Clio, die Muse.‹

Clio sagte: »Hugo ist bestimmt nicht sentimental. Hätte ich ihm nicht bewiesen, daß ich mit ihm zusammenarbeiten kann, hätte er sich nicht um mich geklümmert. Er ist anders als Don Calo – die ›guten, alten Zeiten‹ bedeuten ihm nichts. Bei Hugo muß man sich bewähren. Dann erst ist er interessiert.«

»Ich weiß«, sagte ich.

Sie lächelte mich an, freundlich, fast als betrachtete sie mich als Komplizin.

Die restliche Fahrt über unterhielten wir uns über alles Mögliche, über die Befriedigung, Bienen zu züchten, über die Schönheit des Landlebens. Sie wußte erstaunlich viel über traditionelle, sizilianische Bräuche, viele davon hatte ihr, wie sie sagte, Donna Anna – Signora Solina – beigebracht. Inzwischen waren wir an ihrem Haus angekommen, und als wir ausstiegen, zeigte sie auf einen kleinen Maulbeerbusch, der am Gatter wuchs und der voller winziger, dunkler Beeren war. »Den Busch hat mir Donna Anna als Geschenk für meinen Einzug in dieses Haus gegeben. Hast du schon mal Maulbeeren probiert?« Als ich den Kopf schüttelte, pflückte sie eine Handvoll davon und gab sie mir. Sie schmeckten süß und fad zugleich. »Hier in Sizilien hat es eine Bedeutung, Früchte anzubieten und gemeinsam zu essen: Es kann Frieden oder Versöhnung bedeuten.« Sie sagte das so nebenbei, als wäre es nichts als eine nette Story gewesen, die sie mir nicht vorenthalten wollte.

»Ich habe allmählich den Eindruck, daß alles in Sizilien, jedes Wort, alles, was man tut, eine spezielle Bedeutung hat. Mir scheint, daß dadurch das Leben hier besonders intensiv gelebt wird.«

Clio lachte: »Aber auch immer interessant.«

Als ich in mein Auto einstieg, fügte sie noch hinzu: »Wenn ich euch irgendwie behilflich sein kann, laßt es mich bitte wissen, ja? Vielleicht komme ich morgen auf einen Sprung nach Castell'alto hinauf. Ich möchte sehen, ob ihr da oben zurechtkommt.«

»Fein. Ich freu' mich schon.« Und ich meinte es so, wie ich es sagte. Trotz meiner Zweifel mochte ich Clio und wollte ihr vertrauen.

Die Fahrt nach Erice verlief ohne Zwischenfälle. Nachdem sich die Hektik der vergangenen vier Tage nun allmählich legte, hatte ich Zeit, über Luke nachzudenken. An die Möglichkeit, daß er vielleicht gar nicht da sein könnte, wenn ich in Erice ankam, hatte ich bisher noch gar nicht gedacht. Verdenken hätte ich es ihm, weiß Gott, nicht können, falls er sich entschlossen hätte, uns unserem Schicksal zu überlassen, nachdem wir ihn ein paar Tage zuvor so knallhart versetzt hatten. Allein bei dem Gedanken, ihn in Erice nicht anzutreffen, wurde mir übel, und daraus schloß ich messerscharf, welcher Art meine Gefühle es waren, die ich mit aller Gewalt zu unterdrücken versuchte.

Wieder im Hotel Ginestra, fragte ich Signor Indelicato, ob jemand eine Nachricht für mich hinterlassen hätte. Er schaute in dem Taubenschlag nach, in dem mein Zimmerschlüssel hing und tatsächlich lehnte ein Umschlag in dem kleinen Holzkästchen. Quer darüber stand mein Name in Lukes überdimensionaler Klaue.

Zunächst konnte ich mich nicht dazu überwinden, ihn aufmachen. »Abgesehen von demjenigen, der das hier abgegeben hat: Hat sonst noch jemand nach uns gefragt?« Er schüttelte den Kopf. Nein, soviel er wisse, sei sonst niemand da gewesen. Dann erzählte ich Signor Indelicato, daß mein Bruder und ich abreisen würden, und entschuldigte mich dafür, ihm das nicht schon eher gesagt zu haben. Natürlich würden wir für die Nacht noch bezahlen, nachdem die Checkout-Zeit längst vorüber war. Formvollendet drückte er sein Bedauern über unsere Abreise aus und versicherte uns, daß wir selbstverständlich gehen könnten, wann immer wir wollten. Nachdem ich die Rechnung bezahlt hatte, hievte ich das Gepäck in den Kofferraum des BMW. Dann öffnete ich den Brief. Die Nachricht war kurz und bündig.

»Liebe Alison«, stand da, »ich bin nach Palermo gefahren und wahrscheinlich am späten Nachmittag zurück. Ich wohne im Albergo Moderno. L.«

Ich schlug in meinem Reiseführer nach und fand das Albergo Moderno auf dem Stadtplan von Erice. Dann machte ich mich auf die Suche nach Luke.

18

Das Albergo Moderno machte seinem Namen wenig Ehre – das allerdings auf recht anziehende Weise. Es war eine kleine Pension in einem der alten Häuser im Stadtzentrum mit einem belaubten Innenhof, wo leise plätscherndes Wasser angenehme Kühle spendete und Tauben in den Bäumen raschelten. In der schattigen Eingangshalle kniete eine Frau auf dem Fußboden und wischte die bunten Bodenfliesen sauber. Sie schaute mich mit ernsten Augen an und erklärte, daß Signor Kenniston noch nicht zurück sei; ich könne aber gerne auf ihn warten. Dankend lehnte ich ihr Angebot ab und meinte, daß ich lieber später noch einmal vorbeischauen würde. Leicht enttäuscht schlenderte ich zur Piazza hinüber.

Unschlüssig sah ich in die Runde. Ich konnte mich nicht so recht entscheiden, ob ich mir die Stadt ansehen oder mich vielleicht lieber in ein Café setzen sollte, um den Mikrokosmos von

Erice an mir vorbeidefilieren zu lassen. Da entdeckte ich auf der gegenüberliegenden Seite der Piazza das Stadtmuseum.

Vielleicht würde ich ja hier die Antwort auf eine meiner Fragen finden, woher zum Beispiel die Münze in meinem Medaillon stammte. Hugo hatte die Figur auf der Münze als Mysterium bezeichnet. Für mich stellte das Medaillon selbst ein Mysterium dar: Es symbolisierte die Beziehung zu meinem Vater. Historische Fakten aufzudecken, schien mir ein vergleichsweise einfaches Unterfangen gegenüber dem Versuch, Emotionen aus der Kindheit zu verarbeiten, die sich mit zunehmendem Zeitabstand und je mehr ich darüber in Erfahrung brachte, eher noch komplizierten. Hugo hatte mir ein kostbares Geschenk gemacht. Vielleicht würde ich nie erfahren, welche Bedeutung es für ihn hatte, aber zumindest wollte ich versuchen, etwas über die Münze selbst zu erfahren.

Zwei Dinge lagen klar auf der Hand: Clios Münze und die meine sahen sich zum Verwechseln ähnlich, vielleicht waren sie sogar identisch. Das hieß, daß Clio ihre Münze ebenfalls von Hugo geschenkt bekommen hatte. Falls also im Museum ähnliche Münzen zu sehen waren, wäre so gut wie bewiesen, daß Hugo die Münzen in dieser Gegend gekauft oder aber gefunden hatte. Natürlich hätte ich auch Clio fragen können, ob sie etwas über die Herkunft der Münzen wußte, aber konnte ich eine ehrliche Antwort von ihr erwarten? Ich hatte meine Zweifel.

Als ich ankam, war das Museum geschlossen. Auf einem Schild vor dem Eingang waren die Öffnungszeiten zu lesen. Geöffnet war von halb neun Uhr morgens bis zwei Uhr mittags, und jetzt war es schon fast fünf. Während ich noch unschlüssig herumstand und überlegte, was ich tun sollte, ging die Tür auf, und ein Mann trat heraus. Er schaute zu mir herüber, taxierte mich kurz und ordnete mich wohl umgehend der Touristengattung zu. Mit der unverhohlenen Schadenfreude eines kleinen Bürokraten verkündete er dann: »You are too late, Signora. The museum is closed.«

Während er in seiner Hosentasche nach Schlüsseln kramte,

fragte ich ihn, ob er vielleicht wüßte, wo ich den Kustos oder den Direktor des Museums finden könnte.

Der Direktor sei nicht da, antwortete er. »In seiner Abwesenheit bin ich für das Museum verantwortlich.« Das klang reichlich aufgeblasen und paßte haargenau auf den kleinen Mann mit dem akkurat gestutzten Schnurrbart und dem geschniegeltem Haar, das er sich sorgfältig über die kahle Stelle auf seinem Kopf frisiert hatte. Penibel suchte er aus seinem Schlüsselbund den passenden Schlüssel heraus und steckte ihn ins Schloß. Nachdem ich noch immer keine Anstalten machte, zu verschwinden, fügte er hinzu: »Also, wie gesagt, das Museum ist schon geschlossen.«

Ich ließ nicht locker. »Ich weiß, ich bin eine Nervensäge, aber ich würde zu gerne wissen, ob eine Münze, die ich besitze, aus dieser Gegend hier stammen könnte. Ich dachte, daß Ihr Museum vielleicht eine ähnliche hat. Vielleicht können Sie mir helfen?«

Unschlüssig schob er die Unterlippe vor, und ich machte mich schon darauf gefaßt, auf den nächsten Tag vertröstet zu werden. Doch dann entspannten sich seine Gesichtszüge kaum merklich. »Das wäre möglich. Ich kenne mich einigermaßen auf dem Gebiet der Numismatik aus.« Das kam fast widerwillig von seinen Lippen. »Haben Sie die Münze dabei?«

Obwohl das Medaillon unter meiner Bluse versteckt war, erschien es mir klüger, zunächst die Frage zu verneinen, bis ich mehr über das gute Stück erfahren hatte. »Aber ich kann sie beschreiben. Es ist eine kleine Münze, ungefähr so groß.« Mit Daumen und Zeigefinger formte ich einen Kreis. »Auf einer Seite hat sie eine Art Muster, und die andere Seite zeigt eine Frauengestalt mit einer darüber schwebenden Biene. Irgend jemand hat mir einmal gesagt, daß es sich bei der Frau um die Göttin der Liebe handeln soll. Ja, und dann gibt es da noch eine Inschrift, altgriechisch, glaube ich. Der erste Buchstabe sieht genau wie ein großes E aus, und deshalb vermute ich, daß das vielleicht Eryx bedeuten könnte.«

Seine anfangs eher gelangweilte, überhebliche Miene war inzwischen einem Ausdruck von aufmerksamem Interesse gewichen. »So, eine Biene, sagen Sie. Sind Sie sicher, daß es eine Biene ist und kein Vogel?«

»Keine Ahnung, vielleicht könnte es auch ein Vogel sein. Obwohl es mir eher wie eine Biene aussieht.«

Er war wie verwandelt und wurde plötzlich überaus zuvorkommend. »Aber weshalb stehen wir denn hier in der Sonne herum? Kommen Sie doch herein. Wir können uns doch im Büro unterhalten.« Formvollendet hielt er mir die Tür auf und führte mich über eine breite Marmortreppe, vorbei an mehreren Räumen mit Gemälden und Glasvitrinen, in sein kleines Büro. Dort bat er mich, auf einem Stuhl neben dem Schreibtisch Platz zu nehmen. Das Zimmer hatte schon bessere Tage gesehen. An den Wänden klebten alte Drucke und vergilbte Landkarten mit aufgebogenen Ecken. In einem Regal standen hinter staubigen Glasscheiben verschiedene Bücher in Reih und Glied. Auf einer Seite des Schreibtisches lagen eine Zeitung und eine fettige, zerknüllte Papierserviette, die der Kustos geistesabwesend mit einem Wisch in den Papierkorb beförderte. Aus der obersten Schreibtischschublade zog er zwei Blatt Papier und einen Bleistift heraus, die er mir hinschob. »Wenn Sie jetzt so freundlich wären, mir die Münze aufzuzeichnen, Signora. Bitte zuerst die Seite mit der Frauengestalt.«

Ich tat ihm den Gefallen und hielt ihm kurze Zeit später die erste Zeichnung mit der Bemerkung hin, daß ich ich die Münze in etwa vier- bis fünffacher Vergrößerung gezeichnet habe. Er nahm sich viel Zeit, mein Werk zu betrachten, und strich sich mit dem Zeigefinger wiederholt über seinen Schnurrbart. Als er endlich zum Sprechen ansetzte, konnte er seine Erregung kaum verbergen, und seine kleinen, braunen Augen musterten mich genau. »Sie können sich wirklich genau an die Buchstaben erinnern? Und sie sehen tatsächlich so aus wie auf dieser Zeichnung?«

Ich nickte.

»Woher haben Sie die Münze?«

Die Frage hatte ich erwartet und mir schon eine weitere Lüge zurechtgelegt, die ich ihm nun, insgeheim beschämt, servierte. »Ich habe sie auf einer Antiquitätenmesse in Deutschland gekauft. Sie war ganz schön teuer, aber es war eben Liebe auf den ersten Blick.« Ich hoffte, daß sich dies harmlos genug anhörte. »Der Händler hat mir erzählt, daß sie vermutlich aus Erice stammt. Damals habe ich diesen Namen zum ersten Mal gehört. Und nachdem ich jetzt schon einmal in Sizilien Urlaub mache, habe ich mir geschworen, zu versuchen, mehr darüber zu erfahren.«

Er strich die Zeichnung auf der Schreibtischplatte glatt. »Und wo ist die Münze jetzt?«

»Ach, die habe ich zu Hause gelassen. Ich nehme auf Reisen niemals Wertsachen mit. Alte Gewohnheit von mir.«

»Sehr vernünftig.« Aber ich hatte den Eindruck, daß das ein wenig enttäuscht klang.

»Meinen Sie, daß der Münzhändler recht hatte? Stammt sie wirklich aus Erice?«

Er betrachtete meine Zeichnung erneut. »Kann ich nicht mit Bestimmtheit sagen, Signora. Aber möglich ist es. Ich müßte natürlich die Münze selbst sehen, um ihre Echtheit überprüfen zu können. Und selbst dann... Sie glauben gar nicht, wie oft Münzen gefälscht werden.

Aber die Inschrift, dieses Wort, das, wie Sie sagen, auf der Münze steht, hat man auch auf frühen Münzen von Eryx gefunden. Die Buchstaben sind natürlich griechisch, aber dennoch ist es uns nie gelungen, die Inschrift zu entziffern. Alles, was wir wissen, ist, daß es sich um eine indoeuropäische Sprache handelt, die möglicherweise von den Elymiern, dem ersten zivilisierten Volk, das diese Gegend hier bewohnt hat, gesprochen wurde. In alten Legenden wird behauptet, daß die Elymier Abkömmlinge der Trojaner waren.

Was nun die Frau mit dem Vogel oder der Biene betrifft, könnte es sein, daß es sich um Aphrodite handelt. Fast genauso wurde sie auf anderen Münzen aus Erice aus dem fünften Jahrhundert vor Christus abgebildet. Ich kann Ihnen ein Beispiel aus unserer eigenen Sammlung zeigen. Ich sage deshalb, daß es ein Vogel sein muß und keine Biene, weil die weiße Taube ein Symbol der Göttin war. Jedes Jahr ließen ihre Priesterinnen von diesem Berg eine einzelne weiße Taube fliegen, die von einem Schwarm roter Tauben eskortiert wurde. Nach neun Tagen kamen sie zum Heiligtum zurückgeflogen – die Göttin war von dem alljährlichen Besuch ihres Geburtsortes im alten Libyen zurückgekehrt.« Er hörte sich fast so an, als spräche er von einem guten Freund, der gerade erst aus dem Urlaub zurückgekehrt war. »Wissen Sie, bevor sie Aphrodite war, war sie Ashtoreth oder Astarte, die große phönizische Göttin der Fruchtbarkeit. Auch die Biene war Teil ihres Kults, aber mir ist keine Münze aus dieser Gegend bekannt, auf der eine Biene abgebildet wäre. Üblicherweise haben die Griechen auf den Münzen von Eryx Aphrodite dargestellt oder aber Herakles, gestützt auf seine Keule – wissen Sie, man hat auch geglaubt, daß es Herakles war, der Erice gegründet hat…«

Bevor er eine weitere Legende zum Besten geben konnte, unterbrach ich ihn. Hätte ich nicht befürchtet, Luke zu verpassen, hätte ich ihm wohl geduldiger zugehört, zumal er so enthusiastisch aus der Vergangenheit erzählte. Plötzlich wirkte er gar nicht mehr blasiert, sondern fast gewinnend. Um seinen Redefluß zu stoppen, meinte ich, daß ich ihm nun die Rückseite der Münze aufzeichnen würde.

Das war allerdings leichter gesagt, als getan, denn ich mußte das Muster aus dem Gedächtnis zeichnen, und das war gar nicht so einfach. Beim Anblick der zweiten Zeichnung war der Kustos sichtlich verdutzt, aber auch aufgeregt. Mit einem Bleistift zeichnete er neben die Münze das einzelne Zeichen, das durch Ineinanderhaken das Muster ergab. Es war ein Hakenkreuz. »Das hier«, sagte er, »ist eines der ältesten Symbole der Menschheit. Hitler hat es in den Schmutz gezogen, aber er hat auch erkannt, daß es eine große geschichtliche Bedeutung hat. Deshalb hat er es wohl auch ausgewählt. Auf einer Münze, die wir hier im Museum haben, ist dieses Muster als Umrandung eingeprägt. Aber so angeordnet wie hier – nein. Das Muster hier erinnert mich schon eher an Münzen, die man in Knossos gefunden hat.« Er sah mich über den Schreibtisch hinweg beinahe erwartungsvoll an.

»Knossos? Ist das nicht auf Kreta, wo sie den Palast von König Minos gefunden haben? Und das Labyrinth natürlich auch.« Dann ging mir plötzlich ein Licht auf. »Meinen Sie, daß das Muster auf meiner Münze ein Labyrinth darstellen könnte?« Hatte Hugo deshalb Aphrodite als Frau im Labyrinth bezeichnet?

Er lächelte mich gütig an, wie ein stolzer Lehrer seinen Schüler, der etwas Schlaues von sich gegeben hatte. »Es ist sogar möglich – falls ich da jetzt nicht zu viel hineininterpretiere –, daß dies das echte Labyrinth des Daedalus ist. Haben sie gewußt, daß Daedalus die Mauern rund um Erice errichtet und eine Brücke zur Tempelstätte gebaut haben soll?«

Ich nickte. »Und eine goldene Honigwabe für die Göttin.«

Als wollte er an mir eine Theorie testen, die ihm gerade erst in den Sinn gekommen war, murmelte er: »Eigentlich stellt eine Honigwabe ja auch nichts anderes als ein Labyrinth dar, nicht wahr – wenn man einmal von den Bienen absieht.«

Wir starrten uns an. Sein Blick tauchte sehnsuchtsvoll in meine Augen. In ihm lag ein Verlangen, das so beängstigend war in seiner Intensität, daß ich einen Augenblick lang wünschte, ich hätte ihm nichts von der Münze erzählt. Ich war mir sicher, daß er das Medaillon nicht durch den violetten Baumwollstoff meiner Bluse sehen konnte, aber ich konnte das heiße Metall auf meiner Haut spüren. Schwer wie eine Lüge hing es um meinen Hals. Dann verlor sich der Ausdruck in seinen Augen und wich einem wehmütigen Bedauern. »Ich würde viel dafür geben, Signora, Ihre Münze in der Hand halten zu dürfen.«

»Könnten Sie sich vorstellen, daß ein anderes Museum in Sizilien eine solche Münze vielleicht haben könnte?« fragte ich.

Er schüttelte den Kopf. »Wenn Ihre Münze tatsächlich echt ist, gibt es sie kein zweites Mal. Aber, was ich vergessen habe zu fragen: Ist die Münze aus Silber oder aus Bronze?«

»Weder, noch. Sie ist aus Gold.«

Er blinzelte und lehnte sich im Stuhl zurück. »Aus Erice sind keine Goldmünzen bekannt, Signora. Das heißt nicht, daß es nie welche gegeben hat – nur sind bis heute keine gefunden worden. Wissen Sie, in Sizilien hat man Gold nur in Krisenzeiten verwendet, wenn die Gefahr einer Invasion bestand und man vom Silbernachschub abgeschnitten war. In Sizilien hat es keine Silberminen gegeben – Silber mußte importiert werden. Goldschätze, die sich angehäuft hatten, wurden manchmal gesammelt und eingeschmolzen, um die Soldaten zu entlohnen oder Angreifer zu bestechen.«

»Könnte diese Münze nicht aus einer solchen Periode stammen?«

»Möglich ist es. Erice wurde ja oft angegriffen, von Sparta, von Karthago oder von Rom, um nur ein paar der Invasoren zu nennen. Vielleicht wurde diese Münze während einer Belagerung geprägt. Wenn sie aus dem Ende des fünften Jahrhunderts stammt, waren es wohl die Karthager, die damals gerade auf der Insel einfielen.«

Aus all den wirren Gedanken, die in meinem Kopf herumschwirrten, formte sich allmählich eine neue Theorie. »Ich habe gelesen, daß der Schatz von Erice nie gefunden wurde. Vielleicht hat man ihn ja eingeschmolzen – und mit ihm die goldene Honigwabe. Das könnte doch das Muster erklären – eine Erinnerung an das, was sie vernichten mußten, damit sie selbst überleben konnten.«

Unterdessen lag vielleicht ein Teil dieses Mythos direkt auf meiner Haut.

»Das ist möglich.« Signor Möglich – das war der einzig mögliche Name dieses Mannes – seufzte. »Es ist ein Jammer, daß ich mir die Münze nicht ansehen kann. Vielleicht könnten Sie mir ja ein Photo schicken, wenn Sie wieder zu Hause sind, ein gutes Photo bitte. Mir läge wirklich viel daran. Das Museum könnte Ihnen ein Angebot machen.«

»Mal angenommen, sie wäre echt«, fragte ich, »wäre sie wohl wertvoll?«

Er schürzte seine Lippen, um mir anzudeuten, daß er diese Frage, gelinde gesagt, geschmacklos fand. »Viel hängt natürlich von ihrem Zustand ab.«

»Sie ist in hervorragendem Zustand. So als wäre sie nie benutzt worden.«

»Wenn das so ist, ja, dann ist sie wohl sehr wertvoll. Aber für uns, für die Wissenschaft, würde sie den Geldwert wahrscheinlich übersteigen. Mir sind keine anderen Münzen aus Erice bekannt, die das Labyrinth des Daedalus darstellen oder die Göttin mit einer Biene in Verbindung bringen. Natürlich hat es hier einen Bienenkult gegeben. Sind Sie mit dem griechischen Mythos von Eryx vertraut?«

»Ich habe ein wenig darüber gelesen.«

Das schien ihn nicht abzuschrecken, denn er fuhr fort, mir seine Version der Geschichte zu erzählen. »Aphrodite verliebte sich in Butes, den Bienenzüchter, einen der Argonauten. Manche sind der Meinung, daß sie damit ihren Geliebten Adonis eifersüchtig machen wollte. Sie gebar Butes einen Sohn, Eryx, der hier zum König gekrönt wurde und einen Tempel zu Ehren seiner Mutter erbaute. Dieser Tempel war in der Antike so berühmt wie der von Delphi, und ebenso geheimnisvoll. Sicher kennen Sie diese wunderbare Passage bei Aelian, dem griechischen Historiker?«

Als ich den Kopf schüttelte, schien er leicht schockiert ob meiner Ignoranz, lehnte sich zurück und zitierte mit geschlossenen Augen: »Auf dem Altar der Aphrodite brennt das Feuer den ganzen Tag und bis tief in die Nacht hinein. Der Morgen bricht an, und der Altar zeigt keine Spur von Glut, keine Asche, keine Überreste halbverkohlter Scheite, indes ist er bedeckt von Tau und frischem Gras, das jede Nacht von neuem sprießt.«

Fast träumerisch fuhr er fort: »Tausend Jahre lang trotzten die Menschen den Gefahren der Meere, um der Göttin Opfer zu bringen. Thukydides schrieb, daß die Schätze so gewaltig waren, daß die Menschen von Segesta den Gesandten aus Athen vorschwindelten, sie befänden sich in ihrem Besitz, um die Athener dazu zu bewegen, sich mit ihnen zu verbünden. Und jetzt ist nichts mehr davon übrig.« Er seufzte und sah so traurig aus, als hätte er einen persönlichen Verlust zu beklagen. Ich begann diesen merkwürdigen, pedantischen kleinen Mann mit seiner Leidenschaft für die Vergangenheit zu mögen. »Wenn Ihre Münze echt ist«, fuhr er fort, »würde ich zu gerne wissen, woher sie stammt.«

»Ich würde es Ihnen zu gerne sagen«, antwortete ich, diesmal wahrheitsgemäß, »aber ich hatte eigentlich gehofft, daß Sie mir das erzählen könnten.«

»Haben Sie die Adresse des Mannes, der Ihnen die Münze verkauft hat?«

Ich schüttelte den Kopf und stand auf. Seine Fragen und meine Lügen wurden mir allmählich unbequem. »Es war wirklich sehr freundlich von Ihnen, mir das alles zu erzählen, aber ich glaube, ich habe Ihre Zeit jetzt wirklich über Gebühr beansprucht.«

»Vielleicht sollten Sie Ihre Münze in ein Museum bringen«, sagte er, als er sich zusammen mit mir erhob.

»Ja, vielleicht tue ich das, wenn ich wieder zu Hause bin. Aber jetzt muß ich wirklich los.«

»Wenn Sie mir Ihren Namen und Ihre Adresse geben, Signora, werde ich Ihnen schreiben, falls ich mehr über Ihre Münze in Erfahrung bringe.«

Widerstrebend, denn inzwischen mochte ich Signor Möglich, schrieb ich eine falsche Adresse auf ein Stück Papier. Als wir das Büro verließen, zeigte er mir eine Münze aus der Sammlung des Museums, die der meinen zwar ähnlich sah, jedoch aus Silber war und eine matt polierte Oberfläche aufwies. Sie zeigte eine sitzende Aphrodite mit einer Taube, die über ihr die Flügel ausbreitete. Es war zweifellos ein Vogel, keine Biene, und ich war überzeugter als je zuvor, daß das Geschöpf auf meiner Münze kein Vogel war. Ich dankte Signor Möglich, dessen wirklicher Name auf der Visitenkarte, die er mir an der Tür des Museums übergab, sich als weitaus prosaischer herausstellte, und versprach, ihm ein Photo der Münze zu schicken.

Mit schlechtem Gewissen verabschiedete mich mich. Obwohl ich das Medaillon am liebsten an Ort und Stelle herausgeholt hätte, hielt ich es für klüger abzuwarten, bis ich im Albergo Moderno angekommen war. Die hübsche, junge Frau mit den byzantinischen Augen eröffnete mir, daß Luke gerade eingetroffen sei. Während sie ihn holen ging, setzte ich mich auf eine sonnenwarme Steinbank neben einen Topf Basilikum und holte das Medaillon heraus.

Ich betrachtete die Seite mit der Aphrodite. Das Tier, das in der Luft über ihrer Hand schwirrte, war zweifellos eine Biene. Ich drehte die Münze um. Auf meiner Zeichnung hatte ich das Muster fast richtig kopiert. Dank der Interpretation von Signor Möglich war es jetzt nicht mehr nur ein einfaches Linienmuster, das in die weiche Metalloberfläche geprägt war, sondern ein winziges, goldenes Labyrinth. Ich starrte das Medaillon fasziniert an, auf dessen goldener Oberfläche sich die Sonnenstrahlen brachen, das Basilikum verströmte in der Hitze des Innenhofs einen berauschenden Duft, das Labyrinth löste sich vor meinen Augen auf und drehte sich vor mir wie ein Mandala.

Dann hörte ich Schritte auf den Fliesen im Haus und versteckte das Medaillon wieder unter meiner Bluse. Lukes Gesicht zeigte keine Regung, als er in den Innenhof trat. Den weißen Anzug und den Panamahut vom Tag zuvor hatte er gegen ein Tennishemd und sorgfältig gebügelte Jeans getauscht. Es sah aus, als wäre er gerade aus der Dusche gekommen, und sein dunkles Haar glänzte im Sonnenlicht.

»Eigentlich sollte man ja meinen, ich hätte meine Lektion gelernt, nachdem du mich schon einmal versetzt hast«, sagte er mit dem Anflug eines Lächelns, als er mir entgegenkam. »Aber du hast so ehrliche Augen, Alison. Aber vielleicht bin ich auch nur leichtgläubig.«

»Es tut mir wirklich leid, daß wir dich ausgetrickst haben, Luke.« Ich drehte meinen Kopf zur Seite und betrachtete einen Vogel, der im Gras zwischen den Pflastersteinen nach Insekten pickte.

»Vielleicht habe ich es ja auch herausgefordert. Wer hatte eigentlich die Idee? Jay?«

»Ich möchte das Jay gar nicht in die Schuhe schieben. Ich hätte ja auch nein sagen können.«

»Ich habe nicht die Absicht, euch irgend etwas in die Schuhe zu schieben. Es freut mich nur, daß es dir gut geht. Hast du Hugo gefunden?«

Ich schüttelte den Kopf und stand auf. »Ich werde dir alles erzählen. Können wir uns hier irgendwo ungestört unterhalten?« Die junge Frau war aus dem Haus gekommen und hatte nicht weit von der Bank, auf der ich saß, begonnen, die Steinstufen zu kehren, die zum Laubengang im ersten Stock führten.

»Ich kenne hier nur die Kneipe.« Luke nahm mich beim Arm. »Es ist nicht weit, nur zwei Minuten zu Fuß.« Als wir auf die Straße traten, fragte er mich, wo Jay abgeblieben war. »Du kannst ihm ausrichten, daß ich nicht beiße.«

»Ich bin mir nicht sicher, ob er mir das nach dem, was gestern abend passiert ist, noch abnehmen wird. Aber deswegen ist er nicht weggeblieben. Er ist in Castell'alto. Und ich fahre später auch wieder hin. Wir sind bereits aus dem Hotel ausgezogen.« Ich erzählte ihm von unserem gemeinsamen Mittagessen mit Don Calo, von seiner Einladung, bei ihm in Lupaia zu übernachten, und davon, daß Jay trotzdem darauf bestanden hatte, im Turm zu wohnen. »Dort wohnt noch jemand. Er heißt Elliot Carter.«

»Da sind wir schon«, sagte Luke unvermittelt und führte mich durch einen kleinen Garten auf eine Terrasse, wo unter einer gestreiften Markise Tische standen. Feuerrote Bougainvillaea-Blüten hingen wie winzige japanische Lampions vor einer weiß getünchten Wand. Wir waren die einzigen Gäste. Ein Kellner brachte eine Limonade für mich und ein Bier für Luke, und zog sich dann zum Dösen in seinen Stuhl in der Sonne zurück.

Luke goß die halbe Flasche Bier in das Glas. »Meinst du nicht, daß es allmählich an der Zeit wäre, mir die Wahrheit zu sagen? Du könntest beispielsweise mit San Teodoro anfangen. Als ich heute in Palermo war, habe ich ein bißchen herumgefragt, ich weiß also schon, daß dort eine Amerikanerin wohnt. Soviel ich gehört habe, soll sie eine Freundin von Hugo sein.«

Ich begann zu erzählen. Diesmal ließ ich nichts aus. Als ich fertig war, legte Luke die Hände um die Bierflasche und beugte sich zu mir herüber. »Hast du herausgefunden, wo Hugo jetzt ist?«

»Nein.« Ich holte tief Luft. »Aber er soll auf dem Weg hierher sein. Das sagt auf jeden Fall Don Calogero, und ich will hoffen, daß wir uns auf sein Wort verlassen können. Ansonsten hat ihn weder jemand gesehen noch etwas von ihm gehört. Nicht einmal Clio oder Elliot.«

»Dieser Elliot, was ist das für ein Mensch?«

Ich beschrieb ihm Elliot und fügte hinzu: »Er ist ein Hans-Dampf-in-allen-Gassen. Unter anderem hat er Hugo dabei geholfen, die Unterlagen für seine Memoiren zusammenzustellen. Viel hat Hugo bis jetzt noch nicht geschrieben, weil ihm Libyen dazwischengekommen ist. Er hat auch in Castell'alto etwas auf die Beine stellen wollen.« Ich erzählte ihm von der sizilianischen Version einer Sommerakademie. »Jay hat von Anfang an gesagt, daß Hugo nie die Absicht hatte, sich lange in Libyen aufzuhalten, und jetzt sieht es immer mehr danach aus, als hätte er damit recht gehabt.«

»Ich habe mich heute in Palermo ein bißchen über Don Calogero informiert«, erzählte Luke.

»Und was hast du herausgefunden?«

»Daß er einiges Geld in private Besitztümer da oben investiert hat. Er besitzt jede Menge Land und hat großen Einfluß auf die hiesige Politik. Aber wie es aussieht, scheint es sich eher um eine sanfte Diktatur zu handeln. Er hat für Castell'alto viel Gutes getan.«

»Hast du etwas über einen Neffen namens Giudico herausgefunden?« Ich erzählte ihm von Giudicos Beziehung zu Clio und Elliot und über die Auseinandersetzung, die Clio mit ihm gehabt hatte.

Aber Luke hatte in Palermo nichts über ihn erfahren. »Nur über die beiden Söhne. Sie betreiben ein großes Reisebüro in der Stadt, das über eine Flotte von Reisebussen, Charterbooten und Ähnlichem verfügt. Nun erzähl mir von Clio Hunt.«

»Ich werde dir sagen, was ich weiß. Viel ist es nicht.« Nachdem ich ihm Bericht erstattet hatte, fügte ich noch hinzu: »Irgendwie werde ich nicht schlau aus ihr. Ich kann sie nicht einordnen. Sie ist fast zu allen Leuten freundlich, gibt aber nichts von sich preis. Ich würde sagen, daß sie mit Hugo sowohl privat als auch geschäftlich verbandelt war, aber in dieser Richtung läßt sie wenig raus. Sie hat Jay und mir sehr geholfen – aber gleichzeitig habe ich das Gefühl, daß sie Abstand wahren möchte, so als hätte sie sich noch keine rechte Meinung über uns gebildet. Mir geht es mit ihr nicht anders. Sie und Hugo haben gemeinsam versucht, diese Theorie von Clio über einen örtlichen Kult zu beweisen, einem Ableger des populären Kults hier in Erice.« Ich nippte an der Limonade. »Weißt du, was merkwürdig ist? Überall sind Bienen im Spiel.«

»Wie meinst du das?«

»Nun ja, erst Clio und dann dieser Kult. Und schließlich das hier.« Ich fischte das Medaillon aus meiner Bluse, nahm es ab und reichte es ihm. »Das hat mir Hugo geschenkt.« Ich berichtete ihm von meinem Gespräch mit Signor Möglich. »Clio hat ein Medaillon, das genauso aussieht wie meines. Allerdings habe ich nur die Seite gesehen, auf der die Frauengestalt mit der Biene abgebildet ist. Und wenn es zwei solcher Münzen gibt, müßte es ja noch mehr…«

Luke sah mich verschmitzt an. »Das hört sich ja an, als hättest du dir den Schatzsuchervirus eingefangen!«

»Clio nennt das die sizilianische Krankheit. Wenn man plötzlich unter jedem Stein nach einem Schatz sucht. Die soll sogar sehr ansteckend sein. Aber im Ernst, die Frage drängt sich doch geradezu auf, woher die Münze stammt. Ich glaube fast, daß Hugo sie irgendwo in Casteddu gefunden hat.«

Luke gab mir das Medaillon zurück. »Nun ja, in ein bis zwei Tagen wirst du es ja vielleicht wissen.«

»Falls Hugo wirklich auftaucht.« Ich streifte das Medaillon über und versteckte es wieder unter meiner Bluse.

»Hast du das Gefühl, daß ihr im Turm sicher seid?«

Einen Moment lang überlegte ich. »Ja«, antwortete ich dann. »Ja. Wie du selbst gesagt hast, gehört er zum Besitz von Don Calogero, der Hugos Freund ist. Falls wir uns überhaupt irgendwo sicher fühlen können, dann auf jeden Fall eher dort als hier in Erice. Obwohl du uns beschützt.« Ich lächelte. »Don Calogero war übrigens nicht das Monster, das ich erwartet hatte. Eigentlich war er sogar sehr nett zu uns. Und Elliot... nun ja, er ist äußerst charmant«, fügte ich ohne Begeisterung hinzu.

Luke zog eine Braue hoch, meinte aber nur: »Fährst du jetzt wieder zurück?«

Ich nickte. »Und was hast du vor?«

»Ich habe mir ein Zimmer in der Pensione Bella Vista gemietet. In Castell'alto.«

Ich starrte ihn verblüfft an. »Don Calogero hat aber gesagt, daß es dort gar kein Hotel gibt.«

»Nun ja, vielleicht ist die Bezeichnung ›Pensione‹ für diese Herberge auch etwas übertrieben. Der Mann, der für mich im Fremdenverkehrsamt in Palermo das Zimmer reserviert hat, deutete schon an, daß mich ein besseres Rattenloch erwartet.«

»Ich gehe jede Wette ein, daß dein Aufenthalt Don Calogero sofort zugetragen wird. Meinst du nicht, daß er Verdacht schöpfen könnte?«

Er zeigte mir seine Kamera. »Ich mache nur Fotos von Sizilien. Für ein Buch.«

»Kennen wir uns denn?«

»Besser nicht. Wirst du es Jay sagen?«

Ich nickte. »Wird dir Erice nicht fehlen?« neckte ich ihn. »Giudico Coccalo hat gesagt, daß den Frauen in Erice der Ruf vorauseilt, sie seien die schönsten in ganz Sizilien. Das Mädchen im Hotel war ja auch wirklich hübsch.«

»Das ist mir gar nicht aufgefallen«, gab Luke zurück. »Schlechtes Zeichen.«

»Was meinst du damit?«

Statt einer Antwort kritzelte er etwas auf ein Stück Papier und winkte dem Kellner zum Bezahlen. »Das ist die Telefonnummer der Pensione und die Telefonnummer des Konsulats in Palermo. Könnte ja sein, daß du sie brauchst. Ruf mich morgen früh in der Pensione an. Wenn ich nicht da bin, hinterlaß bitte eine Nachricht – aber nicht deinen Namen. Wenn ich bis Mittag nichts von dir höre, komme ich nach Casteddu hinauf.«

Als wir aufstanden, sagte ich: »Vielleicht sollte ich dir noch etwas sagen.« Ich erzählte ihm von meinem Telefonat mit Bernd und meiner Befürchtung, er könne etwas mit den libyschen Terroristen zu tun haben.

Luke warf ein paar Lirescheine auf den Tisch. »Renner hat sie zweifellos gekannt. Aber wir glauben, daß seine Verstrikkung nicht tiefer geht als seine Rhetorik.« Er setzte ein ironisches Lächeln auf. »Natürlich, heiße Luft ist brennbar – das wird Renner eines Tages schon noch merken.«

Wir gingen zusammen zum Auto. Als ich die Tür öffnete, legte er seine Hand auf meine. »Sei vorsichtig, Alison.« Dann gab er mir einen zarten Kuß auf den Mund. »Damit will ich dir sagen, daß ich nicht wegen deines Vaters hier bin, sondern wegen dir. Falls du immer noch daran zweifeln solltest.«

Ich sah zu ihm hoch. Obwohl seine Stimme beiläufig klang, schwang etwas mit, eine Spur von einem Gefühl, das ich nicht einordnen konnte und das mich unsicher machte. »Luke, ich – ich bin dankbar, daß du da bist, aber, nun ja, ansonsten bin ich mir über meine Gefühle einfach nicht im klaren. Die letzten Tage haben mich ziemlich viel Nerven gekostet, und ich habe momentan genug damit zu tun, mein Gefühlschaos in den Griff zu bekommen.«

Er lächelte. »Ist schon gut, Alison. Ich erwarte nichts von dir.«

Ich setzte mich ins Auto und fuhr langsam über den Platz davon. Im Rückspiegel konnte ich Luke sehen, wie er dastand und mir nachschaute. Dann verlor ich ihn aus den Augen und fühlte mich plötzlich allein.

19

Als ich auf die kleine Piazza in Castell'alto fuhr, sah ich Matteo auf den Steinstufen zur Kirche sitzen. Sein knalliges T-Shirt verlieh der nüchternen Szenerie aus grauem Stein und bröckelndem Putz einen etwas frivolen Touch und unterstrich zudem seinen nicht minder nüchternen Gesichtsausdruck. Als ich aus dem Auto stieg, stand er auf und kam langsam auf mich zu.

»Ich komme, un Ihnen meine Hand reichen.«

So feierlich, wie er das formulierte, klang sein Anerbieten, mir den Koffer zu tragen, beinahe schon wie ein Heiratsantrag. Da ich erleichtert war, mein Gepäck nicht selbst bis zum *Castello* hinaufschleppen zu müssen, verkniff ich mir ein Lächeln, dankte ihm vielmals für seine Hilfe und bemerkte noch, daß der Koffer ganz schön schwer sei.

»Kein Problem.« Und schon hatte er den Koffer mit nur einem Finger hochgelupft. Aus Matteos muskulösen Armen und dem breiten, gedrungenen Rücken zu schließen, gehörte er zu den Leuten, die daran gewöhnt sind, Lasten zu schleppen. Er wirkte stark wie ein Bulle. Der Schriftzug, der Matteos T-Shirt zierte, stand zwar in groteskem Gegensatz zu seiner Erscheinung, aber trotzdem ahnte ich, weshalb Elliot, ein Meister des beißenden Spotts, ausgerechnet dieses T-Shirt für ihn ausgesucht hatte: Matteo hatte wirklich etwas Animalisches an sich. Vielleicht, weil seine physische Präsenz viel mehr ins Auge stach als seine Geistesgaben. Allerdings war ich mir nicht sicher, ob dieser Eindruck wirklich gerechtfertigt war. Matteo hatte einmal einen Winter völlig auf sich alleine gestellt in den Bergen überlebt. Zumindest mußte er also über einen eisernen Willen verfügen.

Als wir uns auf den Weg machten, meinte ich zu Matteo, ich käme mir ganz schön faul vor, weil ich ihn den Koffer schleppen ließ. »Hier in Sizilien habe ich alte Frauen gesehen, die schwerere Lasten als die hier auf dem Kopf getragen haben.«

»Aber Sie sind keine sizilianische Frau«, war seine simple Antwort, als ob diese Tatsache allein schon ausreichen würde, meine Schwäche zu entschuldigen.

»Clio hat uns erzählt, daß Sie für meinen Vater gearbeitet haben«, nahm ich nach ein paar Minuten den Gesprächsfaden wieder auf. Wenn ich etwas von Matteo erfahren wollte, mußte ich die Initiative übernehmen und versuchen, ihn zum Reden zu bringen. »Was für eine Art von Arbeit war das denn?«

»Alles. Für Don Hugo mach ich alles.«

Ich lächelte. »Dann müssen Sie wohl eine große Hilfe für ihn gewesen sein.«

»Klar. Ich war Top Gun.«

Das sagte er einfach so dahin, ohne eine Spur von Prahlerei, und meine Verblüffung über diese merkwürdige Wortwahl reichte nur so lange, bis mir einfiel, daß er die für ihn fremde Sprache überwiegend aus entsprechenden Comics gelernt hatte. »Und jetzt helfen Sie Elliot?«

»Klar«, antwortete er ohne sichtbare Begeisterung.

»Signora Hunt hat mir erzählt, daß Sie früher in Casteddu gewohnt haben. Weshalb sind Sie weggezogen?«

Er zuckte mit den Achseln. »Don Hugo ist weggezogen.«

Aber Elliot ist geblieben, dachte ich und fragte mich, wer wohl die Idee gehabt hatte, daß Matteo nach Castell'alto umzog, und weshalb. »Waren Sie überrascht, als mein Vater damals nach Libyen gegangen ist?« fragte ich ihn.

Als er mich von der Seite her anschaute, bemerkte ich zum erstenmal ein Aufflackern von Gefühl in seinen Augen. Zu meinem Entsetzen sah es sehr nach Mitleid aus. Er grunzte und wechselte den Koffer in die andere Hand. »Geht mich nichts an.« Daraus schloß ich, daß er es für ungehörig hielt, Hugos Entscheidungen in Frage zu stellen, was aber nicht hieß, daß es ihn nicht interessierte. Allmählich sah ich ein, daß es sinnlos war, weiter um den heißen Brei herumzureden, wenn ich etwas aus Matteo herauskitzeln wollte. Was hatte ich schon zu verlieren, wenn ich unverblümt zur Sache kam? Für ihn war ich vermutlich ohnehin der Inbegriff der Amerikanerin, die ihre Nase überall hineinsteckt. Vielleicht billigte er mir als Tochter von Don Hugo immerhin eine gewisse Narrenfreiheit zu, also ging ich zum direkten Angriff über und fragte: »Was halten Sie eigentlich von Elliot Carter, Matteo?« Wäre ich etwas länger in Sizilien gewesen, hätte ich gewußt, wie unsinnig es war, derart mit der Tür ins Haus zu fallen.

Er blieb abrupt stehen. Mit seinen dunklen, ausdrucklosen Augen musterte er mich und sagte ruhig: »Bitte seien Sie vorsichtig.« Dann, als wäre ihm der Gedanke gerade erst gekommen, deutete er auf den Weg vor uns: »Es ist gefährlich hier.«

Ich ging an der Außenseite des Pfades, am Rand der Klippe. Knapp einen Meter zu meiner Rechten ging es fast senkrecht zu einer Felsnase hinunter, wo ein Opuntiengebüsch wucherte. Ein Sturz da hinunter wäre, wenngleich nicht zwangsläufig tödlich, so doch bestimmt unangenehm.

Ohne ein weiteres Wort zu verlieren, setzte Matteo den Aufstieg fort. Ich folgte ihm im Abstand von wenigen Schritten, wie es sich für gesittete sizilianische Frauen gehörte, und hielt den Mund, bis wir das *castello* erreicht hatten. Wie eine Drohung hatte es sich eigentlich nicht angehört, sagte ich mir, trotzdem war ich überzeugt davon, daß er mich nicht nur auf die Gefahren des Weges hatte aufmerksam machen wollen. Vielleicht hatte er mir ja klarzumachen versucht, daß es besser war, keine Fragen zu stellen. Oder bezog sich die Warnung etwa auf Elliot Carter?

Als wir die Totenstadt erreichten, hörte ich ein leises Schnauben, und nicht weit von dem Haus mit der blaugestrichenen Tür steckte Orlando seinen Kopf aus einem geöffneten Fenster. Matteo blieb stehen, holte etwas aus seiner Hosentasche und gab es dem Esel. Als er die Nüstern des Esels tätschelte, strahlte sein Gesicht eine Sanftheit aus, die ich bei ihm, der noch vor ein paar Minuten so entnervt gewirkt hatte, nie und nimmer vermutet hätte. Ich streckte einen Arm nach Orlando aus und kraulte ihn hinter einem seiner pelzigen Ohren. Schweigend gab mir Matteo ein Stück Karrotte und deutete mit dem Kopf in Richtung Esel, um nur ja keine Mißverständnisse aufkommen zu lassen. Ich fütterte Orlando, der mir zum Dank einen unerwarteten, warmen und sehr feuchten Luftschwall auf den Arm blies. Ich mußte lachen, und Matteo schenkte mir ein entwaffnendes Lächeln, das sein wenig einnehmendes Äußeres und seine bedrohlichen Muskelberge fast vergessen ließ.

Durch den eingestürzten Torbogen gingen wir in den weitläufigen Hof des *castello hinein*, der menschenleer und still in der Sonne lag. Auf unserem Weg zum Turm beäugten uns ein paar Möwen, die aufgereiht auf den hüfthohen Überresten der Schutzmauer saßen. Die späte Nachmittagssonne beschien die Westseite des Turmes, ließ die winzigen Wildblumen leuchten, die aus den Ritzen wuchsen, strahlte die grünen Fensterläden an und zauberte goldenen Glanz auf die Fensterscheiben, so daß die wuchtige Steinmauer fast einladend wirkte. Das eisenbeschlagene Rundbogentor war geschlossen, ließ sich jedoch ohne Schwierigkeiten öffnen, als ich den Riegel berührte. »Sie müssen im Turm sein«, setzte ich gerade an, aber als ich mich umsah, hatte er schon kehrt gemacht und trottete mit gesenktem Kopf davon. Mein Koffer stand im Staub hinter mir. Ich hob ihn auf und ging in den Turm.

Niemand reagierte auf mein Rufen, und darüber war ich gar nicht so unglücklich. Denn das gab mir Gelegenheit, erstmal den Schock zu verkraften, der mich unvermittelt überfiel, als mir bewußt wurde, daß ich mich in der ureigensten Domäne von Hugo befand.

Manche Menschen verfügen über eine so starke Persönlichkeit, daß sie jedem Ort, den sie bewohnen, ihren Stempel aufdrücken. Ihre Präsenz ist allgegenwärtig, egal ob sie da sind oder nicht. Hugo war so ein Mensch.

Ich sah mich um. Das ganze Erdgeschoß bestand aus einem einzigen, riesigen, kreisförmigen Raum mit einer hohen, von Holzbalken unterteilten Zimmerdecke. An den Wänden waren vier Fenster in die meterdicke Steinmauer eingelassen. Aber die Art, wie das Mobiliar in dem großen, runden Raum arrangiert war, vermittelte den Eindruck, als wären es mehrere kleine Räume, ein jeder ausgestattet mit Sofas, Stühlen und Tischen, jeweils mit orientalischen Teppichen versehen, die Hugo nicht nur als Bodenbelag, sondern auch als Wandbehang einsetzte.

Alles in allem ein gemütlicher Raum – keine geringe Leistung in Anbetracht dessen, daß er letztendlich von nackten Steinmauern umgeben war –, mit schlichten, gutproportionierten Möbeln, aufgelockert durch Kissen. Ein wesentliches, gestalterisches Element stellten zweifellos die wunderschönen Teppiche dar, die ringsum von den runden Wänden hingen, über die Lehnen der mit weißem Baumwollstoff bespannten Sofas geworfen waren oder auf dem Steinfußboden lagen. Es gab zwar elektrisches Licht, aber dennoch standen altmodische Öllampen aus Messing auf verschiedenen kleinen, dunklen Holztischen, und von der Decke hing an einer Kette ein großer, vielarmiger, schmiedeeisener Kandelaber, bestückt mit dicken, weißen Kerzen. Zu dieser Tageszeit allerdings waren nicht nur die Kerzen, sondern auch die Lampen überflüssig; die späte Nachmittagssonne schickte ihre letzten Strahlen durch die weit geöffneten Fenster an der Westseite des Turms. Die Fensterläden waren zurückgeklappt und mit Eisenriegeln gesichert. Das goldene Licht streichelte kleine Gegenstände, spiegelte sich in der einzelnen blauen, islamischen Fliese einer Tischplatte und reflektierte von einer durchscheinenden, grünlich schimmernden Porzellanschale.

Neben der Eingangstür zum Turm befand sich der Küchenbereich, ein von zwei massiven Holzschränken abgeteilter Alkoven mit offenem Steinherd, einem in die Wand eingelassenen Brotofen, einem kleinen, mit Gasflasche betriebenen, zweiflammigen Herd, einer Spüle und einem blankgescheuerten Holztisch. Orangen stapelten sich in einer weißen Porzellanschüssel auf dem Tisch, über dem wuchtigen Steinherd hingen getrocknete Kräuter an Metallhaken. Der gesamte Küchenbereich blitzte vor Sauberkeit. Dabei fiel mir das Wohnzimmer von Clio ein. Die beiden Räume waren in vielerlei Hinsicht eine Studie von Kontrasten. Clios Zimmer präsentierte sich eher verhalten, fast asketisch, während der Wohnbereich von Hugo in sinnlicher Fülle schwelgte.

Trotz seines Nomadenlebens blieben Besitztümer an Hugo haften wie Entenmuscheln an einem Schiffsrumpf. Unbeirrt zog er in der Welt umher, kaufte chinesische Paravents, afrikanische Masken, Tanagrafiguren, Porzellan, Teppiche, alles, worauf sein Blick fiel oder was ihm dankbare Auftraggeber zum Geschenk machten. Und dennoch waren all diese schönen Dinge, so viel ich wußte, keine Belastung für ihn, sie bereiteten ihm niemals Kopfzerbrechen. Von den Teppichen einmal abgesehen hatte er niemals auch nur den leisesten Versuch gemacht, eine Sammlung anzulegen. Und dennoch ergaben seine »Beutestücke«, wie er sie nannte, ein harmonisches Ganzes oder ergänzten sich wenigstens auf angenehme Weise. Vielleicht war das so, weil ein jedes dieser Stücke einen bestimmten Aspekt von Hugos Charakter widerspiegelte. Und egal, wie ungleich und widersprüchlich diese Aspekte manchmal erschienen, so fügten sich doch alle zu einer einzigen Persönlichkeit zusammen.

Aber auch ohne diese schönen Dekorationsgegenstände hätte ich gewußt, daß Hugo hier wohnte, denn das erste, was mir auffiel, als ich diesen Raum betrat, waren Baupläne, die an einem der Wandteppiche festgesteckt waren. Hugo hatte es gerne, wenn er Vergrößerungen von Skizzen eines Projektes, an dem er gerade arbeitete, immer in seinem Blickfeld hatte. Wann immer ihm eine Idee kam, konnte er so die Skizzen mit Anmerkungen versehen, sie ändern, etwas hinzufügen oder herausstreichen. Am Ende übertrug er alle gesammelten Ideen in sauber gezeichnete Baupläne. Ich hätte gerne gewußt, für welches Projekt diese Skizzen wohl gedacht waren. Welches Projekt es auch war, er hatte es wegen Libyen aufgegeben.

Zum oberen Stockwerk führten Steinstufen hinauf, und gerade als ich mir überlegte, ob ich meinen Erkundungsgang fortsetzen sollte, hörte ich draußen Stimmen. Gleich darauf kamen Jay und Elliot herein, beide schwer beladen mit Lebensmitteln.

»Hier bist du also«, sagte Elliot, als er mich sah, und stellte mit Tüten und Schachteln vollbepackte Einkaufsnetze auf den Tisch. »Wir haben uns schon gewundert. Hat Matteo dich heraufgebracht? Ja, wahrscheinlich. Dieser Mensch ist wirklich unmöglich. Ich habe ihn gebeten, dich zum Café in Castell'alto zu bringen, weil wir dich dort treffen wollten.«

»Wirklich? Er hat mir nur gesagt, daß er mir helfen will, den Koffer heraufzutragen. Und nachdem das Tor nicht abgeschlossen war, bin ich einfach hineingegangen. Hoffentlich bist du nicht sauer deswegen.« Ich fragte mich, weshalb mich Matteo auf direktem Wege zum Turm gebracht hatte. Sollte das eine sanfte Rebellion gegen Elliots Anordnungen gewesen sein? Oder wollte er mir Gelegenheit geben, mich erst einmal selbst umzusehen. Hatte er richtig vermutet, daß ich ein wenig Zeit für mich allein im Turm haben wollte?

»Aber keineswegs«, antwortete Elliot und begann, die Einkaufstaschen auszupacken. »Wir haben dein Auto gesehen und uns schon gedacht, daß du heraufgegangen bist. Hast du lange gewartet?«

»Nein, ich bin gerade erst gekommen.« Ich sah zu, wie Elliot einen langen, glänzenden Fisch mit blaugrünen, mosaikartigen Schuppen auspackte. »Was für ein schöner Fisch. Was ist das für einer?«

»Der ist fürs Abendessen. Ich hoffe, du magst Fisch.«

»Ja, natürlich. Aber eigentlich wollte ich wissen, welche Sorte das ist.«

»Keine Ahnung. Ich habe einfach den genommen, der am frischesten aussah. Hugo könnte dir sofort seinen Namen sagen.«

Seiner Stimme war deutlich anzumerken, daß er verärgert war. Ich linste zu Jay hinüber, der hinter Elliot stand. Aber er zuckte nur mit den Achseln und hob die Brauen.

Elliot sah meinen Koffer auf dem Fußboden stehen. »Hast du dein Zimmer schon gefunden?« fragte er. Als ich ihm zum wiederholten Mal erklärte, auch ich sei gerade erst angekommen, schien er seine gute Laune wiederzufinden. »Wenn das so ist, führe ich dich natürlich sofort auf dein Zimmer.« Er wischte sich die Hände ab, hob den Koffer auf und ging vor mir her die Steinstufen hinauf, die längs der Wand in das erste Stockwerk führten. Die Treppe war steil und eng, und ich war froh um das sanft geschwungene Geländer aus dunklem Holz, das an der Außenseite der Stufen entlanglief. Das Geländer wurde von geraden, hölzernen Balustern gestützt, von denen einige sich bei näherem Hinsehen als Minisäulen mit verschwenderisch geschnitzten Kapitellen entpuppten. Winzige, groteske Holzgesichter, Menschen und Tiere, lugten hinter dichtem, geschnitztem Gebüsch hervor, lauerten unter den Überhängen des Geländers.

»Beeindruckend, nicht wahr?« fragte Elliot. »Der alte Mann, der diese Holzschnitzereien gemacht hat, kommt aus Castell'alto. Offensichtlich hat er sich von den Gargylen in Monreale inspirieren lassen. Früher hat es hier überhaupt kein Geländer gegeben, aber irgendwann ist ein Besucher ausgerutscht und hat sich fast das Genick gebrochen. Also hat Hugo es vor ungefähr sieben Jahren anbringen lassen. Der alte Mann wollte für seine Arbeit kein Geld annehmen. Aus irgendeinem Grund hat er Hugo etwas geschuldet.«

»Vielleicht gehörte er zu den Männern, die Hugo vor den Deutschen gerettet hat«, mutmaßte ich.

Jay rief vom Treppenabsatz zu uns herunter. »Schau dir den hier an, Alison.« Er deutete auf den letzten Baluster am oberen Ende der Treppe, der größer als die anderen war. »Errätst du, wer das ist? Ich hab ihn vorhin sofort erkannt.«

Umrahmt von rankenden Reben, formte ein massiver, männlicher Kopf die Krone des letzten Balusters. Das Gesicht war detailgetreu geschnitzt, jedes Merkmal übertrieben, aber doch realistisch dargestellt, grobknochig und ausgemergelt, mit einer massigen Nase, einem eigensinnigen, energischen Kinn und hohen Wangenknochen, über denen mich tiefliegende Augen mit scharfem Verstand anblickten. Nur der Mund schien nicht recht zum übrigen Gesicht zu passen, die Lippen waren ausgeprägt und sinnlich, mit dem Anflug eines sarkastischen Lächelns. Es war ein bezwingendes Gesicht, ein Gesicht, wie es gelegentlich in Stein gemeißelt, von Portalen mittelalterlicher Kathedralen herabschaut, das Gesicht eines Asketen, der die fleischlichen Sünden aus erster Hand kennt. Hugos Gesicht.

Elliot lächelte mich an. »Als Hugo das Gesicht zum erstenmal sah, wollte er es mit der Axt zusammenhacken. Er hat gesagt, daß er immer, wenn er es ansah, glaubte, er sähe in seine eigene Seele. Aber dann hat er sich daran gewöhnt. Inzwischen hat er sogar Gefallen daran gefunden.« Elliot schnippte mit dem Finger an eine Wange des geschnitzten Kopfes.

Vom oberen Treppenabsatz wand sich eine einfache Holztreppe mit offenen Stufen zu einem zweiten Stockwerk hinauf. Ich wollte gerade weitergehen, als Elliot sagte: »Dein Zimmer ist hier, Alison.« Er hatte eine der drei Türen geöffnet, die vom Treppenabsatz abgingen.

Es war ein kleines Zimmer, wie ein Tortenstück geschnitten. An einer Außenwand befand sich ein Fenster mit geschlossenen Läden. Auf einem schmalen Eisenbett lag eine weiße Tagesdecke und am Fußende des Bettes ein Stapel Bettwäsche. Auf einem Nachttisch standen eine Lampe und eine Thermosflasche, und daneben ein mit Blumen bemalter Stuhl, wie ich ihn schon bei Clio gesehen hatte. Ein kleiner, rosafarbener Perserteppich stellte den einzigen Luxus in diesem Zimmer dar.

»Jay hat das Zimmer nebenan«, sagte Elliot und stellte meinen Koffer ab. »Ich hoffe, du kommst zurecht. Ich habe dich ja gewarnt, daß es hier ein wenig spartanisch zugeht. Leider ist der Generator im Eimer, aber falls du in der Nacht mal raus mußt, liegt in der Nachttischschublade eine Taschenlampe.«

Ich käme schon zurecht, beruhigte ich ihn. »Ich hoffe, wir haben dich nicht aus deinem Schlafzimmer vertrieben.«

»Mein Zimmer hat Jay. Aber das ist schon in Ordnung. Ich schlafe unten auf einem Sofa.«

»Und was ist im oberen Stockwerk?« fragte ich. »Hat Hugo dort oben gearbeitet?«

Er nickte. »Es ist mir wirklich peinlich, aber ich habe den

Schlüssel verlegt. Ich habe in den letzten beiden Tage schon alles auf den Kopf gestellt. Nun ja, irgendwann wird er schon wieder auftauchen.« Die Worte kamen flüssig von seinen Lippen, nur bei den »f«s verhakte er sich ein wenig. Seine liebenswürdigen grünen Augen fixierten mich, als wollte er mich dazu reizen, die Sache nur weiterzuverfolgen.

»Das ist wirklich schade«, fuhr er fort, »weil man von ganz oben die beste Aussicht hat. Aber früher oder später werdet ihr schon noch Gelegenheit haben, es zu sehen. Packt erstmal aus. Ich kümmere mich inzwischen ums Abendessen. Das Bad liegt übrigens neben dem Zimmer von Jay. Die Spülung funktioniert noch mit der guten, alten Kette, immerhin gibt es fließendes Wasser – und vorausgesetzt der Generator macht mit, wird es sogar irgendwann mal heiß. Kaltes Wasser gibt es aber in Hülle und Fülle. Wir bekommen unser Wasser aus Zisternen, die bei Regen eine Menge speichern können. Macht euch also keine Sorgen, daß ihr zu viel verbrauchen könntet. Ein Stapel Handtücher liegt...«

Er unterbrach sich abrupt, sein Blick heftete sich auf die Zimmerecke, und bevor ich mich versah, hatte er sich schon darauf gestürzt. Es war eine große, dunkelgrüne Eidechse, die die Wand hochflitzte. Elliot erwischte sie gerade noch am Schwanz, und bevor Jay oder ich ihn daran hindern konnten, hatte er sie schon aus dem Fenster geschleudert.

Als er sich umdrehte und unsere entsetzten Mienen sah, zuckte er entschuldigend mit den Achseln. »Tut mir leid, aber ich kann diese Tiere nicht im Haus haben. Draußen, in Ordnung, da gehören sie zur Landschaft, aber...« Er hielt inne. Von unten rief eine männliche Stimme. Mir kam die Stimme irgendwie bekannt vor.

Elliot ging auf den Treppenabsatz hinaus. »*Ciao!* Moment noch, ja? Ich bin gleich unten!« Und zu Jay und mir: »Entschuldigt bitte, die Geschäfte rufen!«

Leichtfüßig lief er die Treppe hinunter, und wir hörten, wie die beiden Männer miteinander flüsterten. Dann gingen sie nach draußen. Ich sah Jay an. »Das war doch Giudico, nicht?«

Jay nickte. »Angehört hat sich es jedenfalls so. Meinst du, daß er Elliot von seinem Streit mit Clio erzählen will?«

»Möglich wär's. Ich könnte wetten, daß die sich da draußen absprechen, bevor Clio dazu kommt, Elliot auszufragen.« Ich fing an, meine Sachen auszupacken, während Jay es sich auf dem Bett bequem machte.

»Nimmst du es ihm ab, daß er den Schlüssel zu Hugos Zimmer verlegt hat?« fragte mich Jay nach einer Weile. Er hatte seine Stimme gesenkt.

Ich ging zur Tür und machte sie zu. Ich war mir nicht sicher, ob man uns von unten hören konnte, aber ich wollte kein Risiko eingehen. »Glaubst du denn, daß er lügt?« fragte ich ihn. Ich selbst war mir ziemlich sicher, aber eine Vermutung war noch kein Beweis. Außerdem hatte ich keine Lust, wo wir schon mal hier waren und auch die Nacht im Turm verbringen würden, mir aus irgendwelchen fadenscheinigen Verdächtigungen etwas Geheimnisvolles zusammenzureimen.

»Nun ja, auf jeden Fall ist es schon ein merkwürdiger Zufall, daß der Schlüssel ausgerechnet in dem Moment verlorengeht, in dem wir auftauchen«, sagte Jay. »Ich kann mir nicht helfen, aber da oben ist etwas, was er vor uns verbergen möchte.«

Ich versuchte das Ganze mit einem Scherz abzutun: »Ein Harem abgelegter Frauen?«

Jay fing den Ball sofort auf: »Oder vielleicht halten sich die vermißten deutschen Soldaten noch immer da oben versteckt, weil sie noch nicht gemerkt haben, daß der Krieg zu Ende ist. Wer weiß, vielleicht berechnet ihnen Elliot ja Unterkunft und Verpflegung.«

Ich lachte über diese groteske Idee. »Ja, vielleicht. Elliot macht mir ganz den Eindruck, als hätte er einen Riecher für Sachen, die für ihn von Vorteil sind.«

»Genau. Und heute nachmittag hat er diesen Riecher wieder einmal bewiesen«, antwortete Jay. Er nahm meine Shampooflasche, die Körperlotion und die Zahnpastatube in die Hand und begann damit zu jonglieren.

»Ach, das ist dir auch aufgefallen?« Ich war überrascht. Er

mußte beim Mittagessen ebenfalls mitbekommen haben, was sich da unter dem Tisch abgespielt hatte.

»Normalerweise habe ich eine Antenne für so was«, antwortete Jay, ganz Mann-von-Welt. »Er hat übrigens einen guten Geschmack.« Das klang fast schüchtern.

»Ja, sie ist wirklich hübsch«, begann ich. »Diese Grübchen…«

Jay schaute mich erstaunt an. Er verfehlte die Zahnpasta, fing aber die beiden Flaschen rechtzeitig auf, bevor ein Unglück geschah. »Ich meine doch nicht Benedetta«, sagte er verächtlich und legte meine Sachen auf den Nachttisch. »Dich meine ich. Der alte Elliot ist anscheinend scharf auf dich. Während wir mit dem Generator zugange waren, hat er mir über dich ein Loch in den Bauch gefragt. Wollte wissen, ob du einen Freund hast, und all so ein Zeug.«

Jetzt war ich an der Reihe, überrascht zu schauen. Eigentlich glaube ich, daß die meisten Frauen einen siebten Sinn dafür haben, ob ein Mann an ihnen interessiert ist oder nicht, aber meine Antenne hatte nicht das leiseste Signal von Elliot empfangen. »Was hat er denn sonst noch wissen wollen?« fragte ich beiläufig.

Er machte ein nachdenkliches Gesicht. »Ja, was sonst noch… Also, erst einmal hat ihn interessiert, als was du in der Botschaft arbeitest. Und dann wollte er noch wissen, ob ich einen deiner Freunde kennengelernt habe. Solche Sachen.«

»Und was hast du gesagt?«

Jay grinste. »Wir sind doch in Sizilien, oder? Und von mir wird erwartet, deine Ehre zu verteidigen. Ich habe ihm gar nichts gesagt.«

Ich lachte und suchte vergeblich nach einer Möglichkeit, meine Kleider aufzuhängen. »Das Leben im Turm ist zwar romantisch, hat allerdings einen großen Haken: Keine Schränke.« Meine Sachen würden also wohl oder übel bleiben müssen, wo sie waren: im Koffer. Ich stellte meine Schuhe unter den Stuhl und sagte leise: »Übrigens, was ich dir noch sagen wollte, Jay. Heute nachmittag, nachdem ich bei Clio war, bin ich in Erice gewesen und habe Luke getroffen. Er hat sich schon eine Unterkunft in Castell'alto organisiert, in einer Pensione oder so etwas Ähnlichem – und heute nacht wird er dort sein. Ich halte es für klüger, wenn niemand davon erfährt, ja?«

Zu meiner Erleichterung war Jay einverstanden. »Ja, du hast wahrscheinlich recht. Du vertraust ihm. Und ein paar Sachen kommen mir hier doch recht merkwürdig vor...« Er ging zum Fenster und schaute hinaus.

Ich hätte gerne gewußt, ob er seine spontane Entscheidung, diese Reise zu machen, inzwischen bereute. Aber wieder einmal überraschte er mich. Mit einem Lächeln drehte er sich um und sagte: »Es gefällt mir aber trotzdem hier. Weißt du, Alison, ich bin wirklich froh, daß wir hergekommen sind. Zum ersten Mal habe ich das Gefühl, daß wir Hugo näherkommen. Ganz so weit weg scheint er nicht mehr zu sein. Vielleicht liegt es auch nur daran, weil alle über ihn reden – Clio, Don Calo, Elliot. Und weil wir den Turm gesehen haben. Dadurch ist er greifbar geworden. Verstehst du, was ich meine?«

Ich nickte.

In diesem Moment stieg uns ein wunderbarer Duft aus der Küche in die Nase, und im nächsten Augenblick rief uns Elliot auch schon zum Abendessen. Den Tisch hatte er bereits mit sizilianischen Steinguttellern gedeckt, auch eine Flasche Wein und ein Laib frisches Brot standen bereit. Auf dem Herd schmorte der Fisch in einem breiten Topf in Weißwein; obenauf schwamm ein Lorberblatt. Elliot fischte eine einzelne Nudel aus einem großen Kochtopf und probierte, ob sie schon gar war. Dann schüttete er das Wasser ab, warf ein paar gehackte Tomaten, Kräuter und geriebenen Käse auf die Pasta, rührte kurz durch und häufte auf jeden Teller eine reichliche Portion. Beim Essen plauderten wir ganz allgemein über das Leben eines Amerikaners in Sizilien. Seinen Besucher erwähnte er mit keinem Wort.

»Dieses mentale Schachspiel, das hier dauernd gespielt wird, gefällt mir recht gut«, erzählte er, während er die Tagliatelle um die Gabel wickelte. »Es ist eine richtige Herausforderung. Fast nie siehst du, welche Züge deine Gegner machen, und deshalb findest du immer erst hinterher heraus, ob du gewonnen oder verloren hast. Manchmal merkst du es erst, wenn das Spiel schon vorüber ist. Und um hier Geschäfte machen zu können, mußt du öfter gewinnen als verlieren. Und das heißt, daß du eine Menge ungeschriebener Regeln erlernen mußt. Aber hat man sie erst einmal verstanden, findet man hier einen sehr flexiblen, freien Markt. Einige von den Leuten hier würden an der Wall Street ganz bestimmt groß rauskommen.

Sizilianier sind Pragmatiker, und deshalb genießen sie bei mir große Hochachtung. Wißt ihr, was sie für ein Sprichwort haben? Es ist besser, ein Teufel mit einer Tasche voller Geld zu sein, als ein Narr mit nur fünf Pfennig. Und wenn sie dich *tre volte buono* – also dreifach gut – nennen, dann heißt das keineswegs, was für ein toller Typ du bist, sondern genau das Gegenteil: Es ist eine Beleidigung.« Er grinste.

Wie sehr unterschied sich Elliots Zynismus doch von Clios Großmütigkeit, wenn es um Sizilien ging. Mir fielen Rosalia und ihre Großmutter ein. Es hätte mich interessiert, ob Elliot diese strenge Meßlatte an alle Sizilianer anlegte.

»Woher kommst du eigentlich, Elliot?« fragte Jay.

»Daher, wohin mich nichts mehr zurückzieht.« Er lächelte, um den Worten die Schärfe zu nehmen. »Aufgewachsen bin ich in einer Kleinstadt nördlich von San Francisco. Sobald ich achtzehn war, habe ich die Schule geschmissen. Eigentlich hätte ich meinen Abschluß machen sollen, aber Lernen ist irgendwie nicht mein Ding.«

»Und wenn Hugo zurückkommt, wirst du dann bleiben?«

»Vermutlich nicht für lange. Ich habe da ein paar Sachen am Laufen. Und was ist mit euch?«

Jay warf mir einen Blick zu. Ich sagte: »Das hängt alles von Hugo ab. Wenn wir die Vergangenheit Vergangenheit sein lassen können, werden wir wohl noch ein paar Tage zusammenbleiben und dann in unser normales Leben zurückkehren. Jay wird wieder zur Schule gehen und ich an meine Arbeit.«

»Ihr zwei wißt ja gar nicht, wie gut ihr es habt«, sagte Elliot. »Als ich jung war, war mein Alter ständig zu Hause. Wirklich ständig.«

Jay nahm das wörtlich: »Hat er denn zu Hause gearbeitet?«

»Wenn du so willst.« Elliot verzog den Mund zu einem Lächeln. »Er war Kapitän, aber die Marine hat ihn vorzeitig in den Ruhestand geschickt. Er hat nämlich seine Vorliebe für Disziplinierungsmaßnahmen etwas übertrieben. So schlimm war es zwar nie, daß sie genug in der Hand gehabt hätten, um ihn vor Gericht zu bringen, aber immerhin stand es so, daß sie sich ernste Sorgen machten. Und das hat natürlich zur Folge gehabt, daß er außer seiner Frau und seinem jüngsten Sohn – der war ich – niemanden mehr hatte, den er hätte herumkommandieren können. Und es hat ihm, weiß Gott, ungemein Spaß gemacht, Befehle zu erteilen. Am meisten Spaß machte es ihm aber, wenn er entdeckte, daß seine Befehle nicht befolgt wurden. Denn dann konnte er Disziplinierungsmaßnahmen einleiten. Und zwar nicht zu knapp.« Bei der Erinnerung daran mußte er lächeln. »Ja, ja, bestrafen, das war wirklich sein Ding. Man könnte sogar sagen, daß er eine richtige Gabe dafür hatte.«

Als er seinen Stuhl zurückschob und aufstand, fügte er noch hinzu: »Einige Leute verstehen nicht, wie ich hier oben alleine leben kann. Wißt ihr, was ich ihnen immer antworte? Hier oben gibt mir keiner Befehle.« Er räumte die Teller ab. »Ich hole jetzt den Fisch raus. Hoffentlich in einem Stück.«

Elliot hatte nicht im mindesten verbittert geklungen, als er von seinem Vater erzählt hatte. Seine Stimme war kühl geblieben, unbeteiligt, als hätte er von der Kindheit eines anderen berichtet. Er tat mir ein bißchen leid.

»Habt ihr eigentlich gewußt, daß im Turm ein Geist umgehen soll?« fragte uns Elliot, als er den Fisch servierte.

»Und was für ein Geist soll das sein?« Jay schien sehr interessiert. Er war wohl genauso erleichtert wie ich, daß wir endlich das Thema wechseln konnten.

»Eine wunderschöne Frau. Leider muß ich zugeben, daß sie

sich nie die Mühe gemacht hat, mir zu erscheinen. Aber einige Fischer, die nachts auf dem Meer unterwegs sind, haben hier oben schon Licht gesehen, obwohl niemand im Turm war.« Als ich ihn fragte, ob denn jemand wüßte, um wen es sich bei diesem Geist handelte, meinte er, daß es die Frau des französischen Grafen sei. Dieser Graf habe im dreizehnten Jahrhundert im *castello* gewohnt. Damals hatten die Franzosen auf der Insel das Sagen. »Die Gräfin sah phantastisch aus, und ihr Ehemann war krankhaft eifersüchtig. Graf Jean hatte die Gewohnheit, seine Frau im Turmzimmer einzusperren, wenn er sich auf seine Streifzüge durchs Land machte, um die Einheimischen zu knechten. Dann stellte er ihr Wasser und Brot ins Zimmer, sperrte die Tür ab und nahm den einzigen Schlüssel und die ganze Dienerschaft mit. Pech für die Gräfin, daß Jean gerade während der Sizilianischen Vesper in Palermo war. Wißt ihr, was die Sizilianische Vesper ist?« Wir schüttelten die Köpfe. »Nun, die Franzosen waren nicht gerade beliebt, und das lag hauptsächlich an Leuten wie Jean. Jedenfalls hielt am Osterdienstag im Jahre 1282, zur Stunde der Vesper, ein französischer Soldat eine Braut an, die auf dem Weg zur Kirche war, weil sie heiraten wollte. Er wollte sie unbedingt nach versteckten Waffen durchsuchen. Nun ja, jedenfalls hatten es die Sizilianer zur damaligen Zeit nicht gern, wenn ihre Frauen von anderen Männern betatscht wurden, und das war dann letztendlich der Funke, der das Pulverfaß zum Explodieren brachte. Während des folgenden Aufstandes hat man jeden Franzosen gemeuchelt, dessen man habhaft wurde. Auch den Grafen Jean.

Als sich dann irgendwann einer an die Gräfin erinnerte und die Tür aufbrach, war sie bereits des Hungers gestorben. Man hat sie bei den Zinnen gefunden, eine angeknabberte Schuhsohle steckte zwischen ihren Zähnen. Und heute sagen die Leute, daß sie bei Vollmond auf den Zinnen herumspaziert.«

Jay machte große Augen: »Vielleicht ist ja sie die Frau im Labyrinth? Ihr wißt schon, die, von der Hugo gesagt hat, daß sie zornig würde, wenn man die deutschen Soldaten umbringen würde.«

»Vielleicht.« Elliot stand auf und ließ sich von uns die Teller reichen. »Aber warum Labyrinth?« Keiner von uns wußte eine Antwort darauf.

Nach dem Essen stapelten wir die Teller aufeinander und unterhielten uns über dies und das. Schließlich gähnte Jay herzhaft. Er murmelte eine Entschuldigung, aber auch ich gestand, daß ich müde war. Wir bedankten uns bei Elliot für das Abendessen und wünschten ihm eine gute Nacht.

Auf der Treppe bleute ich Jay ein: »Und schließ dir Tür hinter dir ab, versprochen?«

Er versprach es. Dann umarmte er mich kurz und heftig und verschwand in seinem Zimmer.

20

Ich schloß hinter mir ab und ging ans Fenster. Die Läden waren ganz zurückgeklappt, um die schwülwarme Nachtluft hereinzulassen. Es roch nach Meer, und die Luft war erfüllt vom Gezirpe der Insekten, was die tiefe Stille draußen nur noch unterstrich. Jetzt, in der Nacht, hatte ich das Gefühl, als trennte mich nur noch die dünne Hülle der Turmmauern von der primitiven, unbekannten und geheimnisvollen Welt da draußen.

Sizilien, die Totenstadt Casteddu, der Turm innerhalb seiner verfallenen Mauern, jedes für sich war umschlossen von separaten, konzentrischen Ringen, die in einem Meer der Abgeschiedenheit schwammen. Inseln aus Stein, erfüllt von jener geheimnisvollen Einsamkeit, die jede Insel vermittelt – und ganz besonders diese Insel, auf der Erdbeben eine stete Drohung sind, so daß selbst dem massivsten Felsen nicht zu trauen ist.

Die Worte, die Rosalia einmal zu mir gesagt hatte, fielen mir wieder ein: »In Sizilien gibt es ein Sprichwort: ›Wenn du alleine spielst, kannst du nicht verlieren.‹« War das der Grund, weshalb es Hugo hier so gut gefiel? Hugo, der niemals verlor, weil er Ehefrauen, Geliebte, Kinder, Länder einfach abschüttelte? Und damit alles, was ihn einzuengen, ihn an Alltägliches zu ketten drohte, an stumpfsinnige Routine? Diese Abgeschiedenheit, diese ständige Gefahr durch Erdbeben, vielleicht war das ja der besondere Kick für einen Mann, für den alle anderen Freuden des Lebens inzwischen schal schmeckten. Und unter Gaddhaffi zu arbeiten, dem Unberechenbaren, dem Erdbeben in Menschengestalt – hatte er sich davon ein vielleicht noch größeres Stimulans versprochen?

Es mußte wohl der Wein zum Abendessen gewesen sein, der meine Phantasie zu solchen Höhenflügen trieb. Und auch die späte Stunde und nicht zuletzt die ganz besondere Atmosphäre dieses Ortes hatten gewiß ihren Teil dazu beigetragen.

Eine Zeitlang stand ich einfach so da, an die Fensterbank gelehnt, und sah zu, wie der Vollmond wie ein riesiger, geschmolzener Globus aus Afrika heraufstieg. Als er seinen Silberglanz über die Wasseroberfläche goß, trat mir das Bild der Gräfin in ihrer Gefängniszelle über meinem Zimmer vor Augen. Wie viele afrikanische Monde waren wohl aufgestiegen und untergegangen, während sie am Fenster gewartet hatte. Wie viele Schiffe mögen es wohl gewesen sein, die vor ihren Augen vorbeigesegelt waren, bevor alle Hoffnung in ihr geschwunden war? Jetzt verstand ich plötzlich, weshalb weder Drohungen noch lauernde Gefahren Jay davon abbringen konnten, die Suche nach Hugo fortzusetzen. Alles war besser, als einfach zuzuwarten.

Als ich mich endlich hinlegte, schlief ich schlecht. Vielleicht war der Mond daran schuld, der einem bleichen Fluß gleich, in das Turmzimmer strömte und mich auf Stromschnellen tanzender Träume hin- und herwarf. Ein merkwürdiges Treibgut von Tauben, Bienen, goldenen, auf einer endlosen Halskette aufgereihten Münzen schwappte in meine Träume und wurde wieder weggetragen. Dann stieg ich plötzlich mit einer schweren Last auf dem Rücken eine steile, in weißen Dunst gehüllte Treppe hinauf. Dann war ich auf einmal in einem anderen Traum: Ich stand vor der trostlosen Ruine eines Turmes, dessen Tor geschlossen und verriegelt war. Verzweifelt hämmerte ich gegen das Tor, um eingelassen zu werden. Die Riegel sprangen auf, das Tor gab nach und schwang in eine gähnende Leere auf. Und heraus stieg eine verschleierte Gestalt und streckte ihre Arme nach mir aus.

Zu Tode erschrocken, saß ich plötzlich kerzengerade im Bett, das Bettlaken fest umklammert. Ich wußte nicht, wo ich war, und das erschreckte mich beinahe noch mehr als der Traum selbst. Alles um mich herum war in kaltes, surrealistisch weißes Licht getaucht. Erst als ich meine staubigen Sandalen auf dem Fußboden liegen sah, ein beruhigend sachlicher Anblick, war ich in der Lage, auch die übrigen Gegenstände wahrzunehmen – Kleidungsstücke, die auf einem Haufen lagen, der geöffnete Koffer –, und dann setzte die Erinnerung wieder ein. Allmählich hörte mein Herz auf zu hämmern, der Traum verlor sich, nicht ohne gewisse Nachwirkungen zu hinterlassen. Ich schaute auf die Armbanduhr: Es war ein Uhr früh, und ich war hellwach.

Ich beobachtete gerade das Licht- und Schattenspiel des Mondlichtes auf der gegenüberliegenden Wand, als ich ich vor meiner Tür ein leises Geräusch hörte, ein fast unhörbares Knarren von Holzdielen.

Ich hielt den Atem an, um zu lauschen, aber da war nur noch das leise Seufzen der Meereswellen, die weit unten am Felsen leckten, und ein weiches Sirren, das Echo des schlaflosen Gezirpes der Zikaden.

Elliot hatte gesagt, daß der einsame Geist der Gräfin auf den Zinnen herumwandele und sie in den Mauern ihres Gefängnisses umherirre, weil ihre Seele keine Ruhe finde. Fischer auf dem Meer hatten das Leuchten ihrer Aura gesehen, ein kleines, flackerndes Licht, das einer von einem Windhauch bewegten Kerzenflamme glich. Obwohl ich nicht an Geister glaube, muß ich sagen, daß es wesentlich einfacher ist, diesen Standpunkt am hellichten Tag zu vertreten. Gerade wollte ich die Hand nach der Nachttischlampe ausstrecken, als mir einfiel, daß der Generator ja außer Betrieb war.

Also tastete ich nach der Taschenlampe, die laut Elliot in der

Nachttischschublade liegen sollte. Da hörte ich wieder dieses Geräusch, diesmal kam es von oben, dicht gefolgt von einem kaum hörbaren Knarzen von Scharnieren.

Jemand öffnete gerade die Tür zu Hugos Zimmer.

Ein Geist, der sein Geld wert ist, sollte eigentlich in der Lage sein, durch Wände hindurchzugehen, sagte ich mir. Er würde es wohl kaum nötig haben, eigenhändig Türen aufzumachen. Wer immer da oben zugange war – ein Geist konnte es jedenfalls nicht sein, und dieser Jemand hatte auch den »verlegten« Schlüssel bei sich. Es konnte sich also nur um Elliot handeln. Entweder hatte er ihn inzwischen gefunden oder er hatte uns bewußt angelogen.

Ich richtete den Kegel der Taschenlampe auf den Fußboden und knipste den Schalter an. Nichts rührte sich. Als ich die Kappe abschraubte, stellte ich fest, daß keine Batterien in der Lampe waren. Elliot hatte an alles gedacht. Ich war wütend. Mein erster Gedanke war, mich nach oben zu schleichen und ihn auf frischer Tat zu stellen. Aber gerade als ich meine Beine über die Bettkante schwang, kam mir eine bessere Idee. Ich hielt es für klüger, ihm statt dessen nachzuspionieren.

Am Ende hielt mich jedoch eine Mischung aus Angst und Vorsicht von meinem Vorhaben ab. Trotz seiner offenen, liebenswürdigen Art konnte ich Elliot nicht richtig einordnen. Ich hatte keine Vorstellung davon, wie er reagieren würde, wenn ich ihn bei seiner Heimlichtuerei überraschte. So abgeschieden, wie der Turm lag, waren Jay und ich wehrlos. Unser einziger Schutz war unsere Unwissenheit.

Trotzdem war ich neugierig. So leise ich konnte, schlüpfte ich aus dem Bett und zog mir ein T-Shirt und die Jeans über. Angezogen fühlte ich mich weniger angreifbar. Ich schob den Türriegel zurück, ließ die Tür aber geschlossen, während ich überlegte, wie ich weiter vorgehen sollte.

Ich könnte auf ihn warten, bis er wieder herunterkam, und dann so tun, als wollte ich gerade ins Bad. Dann hätte er keine andere Wahl als zuzugeben, daß er den Schlüssel doch nicht verlegt hatte. Was hieß, daß er ihn am Morgen herausrücken mußte. Andererseits wäre er dann aber gewarnt und hätte die ganze Nacht Zeit, alles Verdächtige da oben verschwinden zu lassen.

Und wenn schon, überlegte ich mir. Vielleicht war es ihm ja einfach nur peinlich, uns in das Chaos zu führen, das er da oben beim Durcharbeiten von Hugos Unterlagen hinterlassen hatte. Vielleicht hatte seine Geheimniskrämerei ja auch durchaus verzeihliche Gründe: Möglicherweise hatte er einige von Hugos Ideen abgekupfert, damit er später, wenn er wieder auf die Universität ging, mit neuen Projekten glänzen konnte. Vielleicht brauchte er einfach nur Zeit, um die Spuren zu verwischen. Elliot mochte nicht weniger rücksichtslos als andere karrieresüchtige junge Männer sein, die ihren ganzen Charme dafür einsetzen, andere Menschen für ihre Zwecke auszunutzen.

Ich wollte mich gerade wieder hinlegen, als oben die Tür leise ins Schloß schnappte. Kurz danach tappten verstohlene Schritte die Holztreppe herunter. Nur das gelegentliche Knarren einer Diele war zu hören. Als er die Steinstufen erreicht hatte, wo ihn kein loses Brett mehr verraten konnte, hörte ich gar nichts mehr. Ich rührte mich nicht, bis ich sicher war, daß er unten angekommen war. Denn auch ich legte Wert darauf, nicht gehört zu werden.

Noch während ich so dastand, den Kopf müde an die Holztür gelehnt, knarrte eine andere Tür – die äußere Eingangstür zum Turm. Sofort waren meine Antennen wieder auf Empfang gerichtet, bekam mein Verdacht neue Nahrung. Wohin, zum Teufel, wollte er um diese nachtschlafende Zeit und weshalb?

Auf dem Treppenabsatz vor meinem Zimmer gab es ein Fenster, das zum Hof hinausging. Lautlos verließ ich mein Zimmer und beugte mich vorsichtig so weit aus dem Fenster, daß ich den ganzen Hof im Blickfeld hatte.

Wie ein riesiger, silberner Scheinwerfer beleuchtete das Mondlicht den kalkweißen Staub und die bleichen Felsblöcke. Elliots Umrisse zeichneten sich deutlich ab, als er aus dem langen Schatten des Turms trat und eilig dem verfallenen Torbogen zustrebte. Mit seinem langärmeligen, dunkelblauen Hemd, den Bluejeans und seinem blonden Haar, über das er eine flache, sizilianische Kappe gestülpt hatte, warf er einen Schatten, der ihn zu einem Riesen machte, der vor ihm herzueilen und ihn anzutreiben schien. Einen Arm hatte er an seine Brust gedrückt, als hielte er etwas, aber was, konnte ich nicht genau erkennen, weil er dem Turm den Rücken zugekehrt hatte.

Ich verließ meinen Fensterplatz und rannte die Holztreppe hinauf in das zweite Stockwerk. Doch ich drehte vergeblich am Türknopf zu Hugos Zimmer. Elliot hatte wieder abgeschlossen. Plötzlich überfiel mich eine unbezwingbare Neugier: Ich mußte unbedingt wissen, was Elliot mitten in der Nacht da klammheimlich hinausgetragen hatte.

Wieder ins Bett zu gehen, machte keinen Sinn. Schlafen hätte ich jetzt ohnehin nicht können. Daher beschloß ich, meiner Neugierde nachzugeben. Vor der Tür zu Jays Zimmer beschlichen mich vorübergehend leichte Skrupel. Vielleicht wäre er wütend und beleidigt, wenn er mitbekam, daß ich mich auf eigene Faust auf Entdeckungsreise gemacht hatte. Er könnte mit einiger Berechtigung darauf verweisen, daß wir es nur seiner Hartnäckigkeit zu verdanken hatten, daß wir überhaupt hier waren. Deshalb zögerte ich einen Moment auf dem Treppenabsatz, doch dann stürmte ich die Stufen hinunter.

Bevor ich aus dem Turm trat, linste ich aus einem Fenster, dessen Flügel offenstanden, in den Hof hinunter. Elliot war nirgends zu sehen.

Draußen hielt ich mich an der Nordseite des Hofes, wo ich hoffte, in den dunklen, wabernden Schatten der halb verfallenen Mauern Deckung zu finden. Langsam arbeitete ich mich vorwärts, bahnte mir vorsichtig einen Weg durch die herumliegenden Steine, bis ich den Steinhügel erreicht hatte, der früher einmal der Torbogen des Eingangs gewesen war. Dahinter versteckte ich mich und schaute in die verlassenen Straßen von Casteddu hinunter.

Die drei kurzen Straßen der Totenstadt lagen vor mir wie die

Rippen eines geöffneten Fächers, aber die Sicht in die beiden äußeren Gassen, war mir von meinem Standort aus versperrt. Die mittlere Straße lag so tief im Schatten, daß ich kaum etwas erkennen konnte. Aufmerksam achtete ich auf jedes Geräusch, das mir hätte verraten können, welche der drei Gassen Elliot genommen hatte.

Selbst die Zikaden verhielten sich ruhig. Es war so still, unheimlich still, als wüßten selbst die Insekten, daß Gefahr im Verzug war. Allmählich kroch Gänsehaut über meine nackten Arme, dort, wo die Haut den kalten Stein berührte. Was, wenn Elliot den Hof gar nicht verlassen hatte? Was, wenn er sich gerade jetzt von hinten an mich heranschlich, um mich daran zu hindern, ihm zu folgen? Ruckartig warf ich den Kopf herum und schaute mit aufgerissenen Augen hinter mich. Aber nichts störte die vollkommene Stille dieser weiten, gespenstischen, in weißes Licht getauchten Landschaft.

Nachdem sich mein Atem wieder beruhigt hatte, drehte ich mich wieder um und schaute nochmals angestrengt die dunkle, schmale Straße hinunter. Auf halber Höhe der Straße bewegte sich etwas. Es war Elliot. Ich drückte mich wieder in den Schatten, obwohl ich sicher war, daß er mich nicht gesehen hatte.

Er bewegte sich wie eine Katze, die sich in ihrem eigenen Revier sicher fühlt, zwar wachsam, aber zielbwußt und nicht mehr ganz so verstohlen, weil er sich in sicherer Entfernung vom Turm wußte. Nicht ein einziges Mal schaute er sich um oder blieb gar stehen, um zu lauschen.

Während ich ihn von meinem Versteck hinter dem Steinhaufen beobachtete, kam mir in den Sinn, daß sich Elliot vielleicht nur mit Benedetta treffen wollte. Falls er wußte, daß Don Calo Verdacht geschöpft hatte, wäre sein heimlicher Ausflug zu dieser späten Stunde eine einleuchtende Erklärung.

Er war schon fast am Ende der kurzen Straße angelangt, als er vor dem Haus mit dem Vorhängeschloß an der blauen Tür und dem zugenagelten Fenster stehenblieb. Nur zwei Häuser davor lag der Stall von Orlando. Als er sich umdrehte, sah ich, daß er tatsächlich ein kleines Päckchen im linken Arm hielt. Mit der Rechten mußte er einen Schlüssel aus seiner Hosentasche gefischt haben, denn gleich darauf hörte ich das Knirschen des Metallriegels und dann das Quietschen der ungeölten Scharniere. Nachdem er drinnen war, schloß er die Tür wieder hinter sich. Gleich darauf drang ein fahler Lichtschein durch die Ritzen der vernagelten Bretter, kaum zu erkennen und gespenstisch anzusehen.

Einerseits hatte ich gute Lust, mich noch näher heranzuschleichen, andererseits war ich mir nicht sicher, ob ich wieder ein so günstiges Versteck finden würde. Außerdem wollte ich mich nicht durch ein Geräusch verraten. Also blieb ich, wo ich war. Ein weiser Entschluß, denn fast unmittelbar danach ging das Licht aus, und Elliot erschien wieder auf der Bildfläche. In seinen Armen hielt er einen langen, sperrigen Gegenstand, den ich nicht genauer identifizieren konnte. Doch offensichtlich war dieses Etwas ziemlich schwer, denn Elliot ging gebeugt. Mit der Schuhspitze zog er die Tür hinter sich zu und trug den Gegenstand dann bis zu dem Haus, in dem sich Orlandos Stall befand, wo er ihn auf den Pflastersteinen absetzte. Jetzt konnte ich erkennen, daß es eine große Holzkiste war, etwa so groß wie eine Orangenkiste. Das kleine Päckchen lag obenauf.

Als Elliot die obere und die untere Hälfte der zweiteiligen Stalltür entriegelte, wurde er von Orlando mit einem leisen Wiehern begrüßt. Elliot hob die Kiste auf und trat in den Stall. Nach zehn Minuten erschien er wieder und führte den Esel am Halfter heraus. Offenbar trug Orlando jetzt die Kiste auf seinem Rücken, denn, versteckt unter einer Decke, war ein großer Gegenstand festgezurrt.

Elliot und der Esel schickten sich an, die eiserne Fußgängerbrücke zu überqueren. Es dauerte einen Augenblick, bis mir aufging, daß hier etwas nicht stimmte – eigentlich hätten die Hufeisen des Esels auf der eisernen Brücke klappern müssen, aber nur ein gedämpftes Geräusch drang zu mir herüber. Elliot hatte Orlandos Hufe mit Tüchern umwickelt.

An der anderen Seite der Brücke hatten sie bald die felsige

Fläche erreicht, wo sich der Weg gabelte. Trotz der Entfernung waren die beiden, Mann und Esel, gut auszumachen. Ich rechnete damit, daß Elliot die linke Abzweigung, die hinunter ins Dorf führte, nehmen würde, aber zu meiner Überraschung wandte er sich nach rechts, den Pfad hinauf, der zur Wiese von Don Calo führte, der *prato di Venere*, dort, wo Clio ihre Bienenstöcke hatte. Der Mond schien so hell, daß Elliot keine Taschenlampe brauchte, um den Pfad zu erkennen. Trotzdem ging er langsam, suchte sich seinen Weg um herumliegende Steine herum, und der Esel trottete folgsam hinter ihm her.

Schnell verwarf ich den Gedanken, Elliot könnte auf dem Weg zu einem Liebesabenteuer sein. Ich konnte mir beim besten Willen nicht vorstellen, daß er zu einem Rendezvous mit einer Frau wie Benedetta mit einem Esel erscheinen würde. Abgesehen davon hatte ich so meine Zweifel, ob Benedetta mitten in der Nacht auf freiem Feld geduldig auf ihren Geliebten warten würde, wo sie sich doch ebensogut in Palermo mit ihm treffen könnte.

Auf jeden Fall war im Moment nicht daran zu denken, Elliot zu folgen. Ich kannte den Weg nicht, zweifellos war es kein Spaziergang da hinauf, und wenn ich mir so mein Schuhwerk betrachtete – zehenfreie Sandalen –, war es nicht gerade ideal für die zu erwartende Felskletterei geeignet. Zudem hätte ich es kaum vermeiden können, irgendwann einmal zu stolpern, und nur ein einziger losgetretener Stein würde sich in der nächtlichen Stille anhören wie ein Pistolenschuß. Ich war nicht gerade scharf darauf, Elliot an irgendeiner Klippe in die Arme zu laufen.

Aber hier in Casteddu fühlte ich mich zum erstenmal seit meinem Alptraum geborgen. Vermutlich würde Elliot nicht so bald wieder zurückkehren. Ich hatte also Zeit genug, um herauszufinden, was sich in dem Haus hinter der blauen Tür verbarg. Ich verließ mein Versteck am Torbogen und schlich zum Haus hinüber. Wie erhofft, hatte Elliot die Tür mit dem Fuß lediglich zugezogen. Das Vorhängeschloß baumelte unverschlossen am Riegel.

In dem einzigen Raum des Hauses war es stockfinster, aber sobald sich meine Augen an die Dunkelheit gewöhnt hatten, sah ich auf einem Holztisch in der Nähe der Tür eine Laterne stehen. Daneben lag eine Schachtel mit Streichhölzern – die gleiche Marke übrigens wie die Schachtel, die ich auf dem Weg von der Wiese zur kleinen Bucht gefunden hatte. Ich zog die Tür hinter mir zu, zündete die Laterne an und sah mich um.

Es gab enttäuschend wenig zu sehen: drei Holzkisten, die auf dem schmutzigen Fußboden standen, in einer Ecke ein Haufen alter Futtersäcke, ein rachitisch aussehender Stuhl, auf dessen Sitzfläche eine kleine, leere Plastiktüte lag.

Mit der Laterne in der Hand ging ich zu den Kisten hinüber, die an den Seiten eine Aufschrift trugen: MIELE D'ERICE, Clios Honigmarke. Eine Kiste war offen, der Deckel lehnte daran. In der Kiste stapelten sich Gläser mit Wabenhonig. Solchen Honig hatte Clio gerade abgefüllt, als Jay und ich sie besucht hatten.

Eigentlich hatte ich mir mehr versprochen, als diesen harmlosen Beweis dafür, daß Elliot mit Clio Geschäfte machte. Enttäuscht stocherte ich ziellos mit einem Zeh in dem Haufen Säcke herum und stieß plötzlich gegen eine harte Kante. Ich bückte mich, räumte ein paar der Säcke aus dem Weg und fand eine dritte Holzkiste, die mit Latten zugenagelt war. Ein paar der Latten waren nicht ganz so sorgfältig festgenagelt wie die übrigen, vermutlich waren sie schon einmal aufgebogen gewesen und dann wieder zugedrückt worden. Ich versuchte mich an den losen Latten, um einen Blick in die Kiste zu werfen. Sie ließen sich ohne Schwierigkeiten anheben.

Die Kiste war fast leer. Auf ihrem Boden lagen lediglich ein paar farblose Plastikteile, kleine, eigenartig geformte Schüsselchen. Ich holte eines davon heraus, um es genauer zu inspizieren. Mit Überraschung stellte ich fest, daß die Außenseite wie eine mit weißem Material verschlossene Honigwabe aussah, die Innenseite fühlte sich glatt an. Das Schüsselchen war unregelmäßig geformt, im wesentlichen oval, etwa zehn Zentimeter lang, fünf Zentimeter breit und ungefähr drei Zentimeter tief. Ich fischte ein anderes Teil aus der Kiste. In Form und Größe schien es identisch mit dem ersten Schüsselchen, nur war es flacher und hatte eine gerillte Innenkante. Aus einem Impuls heraus versuchte ich, beide Schüsseln ineinanderzustecken. Sie fügten sich gut ineinander, etwa wie Plastikdosen für Lebensmittel. Weil die Teile Honigwaben nachempfunden waren, hatten sie unebene Außenseiten. Verwirrt nahm ich die beiden Stücke wieder auseinander, legte sie in die Kiste zurück und drückte die Holzlatten wieder an Ort und Stelle. Clio hatte am Vortag in ihrem Honighaus erwähnt, daß manche Bienenzüchter in die Bienenstöcken Plastiksockel einsetzten, auf denen die Bienen ihre Waben aufbauen könnten – möglicherweise war das hier so etwas. Ich legte die Säcke wieder über die Kiste und grübelte darüber nach, weshalb Elliot sich dann aber die Mühe machen sollte, sie zu verstecken. Und was ihn wohl dazu bewog, mitten in der Nacht Honig zu liefern.

Obwohl ich davon überzeugt war, daß das, womit Elliot beschäftigt war, Stunden dauern konnte, wollte ich es jetzt genau wissen. Also machte ich mich auf die Suche nach einem passenden Versteck, wo ich warten konnte, bis Elliot zurückkam. Die Häuser auf der gegenüberliegenden Seite der schmalen Straße schienen mir für mein Vorhaben gut geeignet zu sein. Die zweite Tür, an der ich mich versuchte, war unverschlossen und ließ sich leicht aufdrücken. Ich schlüpfte ins Haus, ließ die Tür hinter mir jedoch einen Spalt breit offen, um notfalls lautlos wieder verschwinden zu können. Ich hoffte inständig, daß es Elliot nicht auffallen würde, daß die Tür, die ja im Schatten lag, nicht geschlossen war.

Das Haus war völlig verwahrlost. Es roch nicht nur muffig, sondern richtig ekelhaft, als hätte sich hier irgendwo ein Tier verkrochen und wäre verendet. Die Bretter aber, mit denen das Fenster verrammelt war, ließen breite Schlitze frei, die mir einen guten Blick auf das Haus mit der blauen Tür gaben. Eine Sitzgelegenheit gab es nicht, also lehnte ich mich an die Wand, von der der Putz bröckelte, und verlegte mich aufs Warten.

Die Zeit verging im Schneckentempo. Nur ein leises Rascheln und gelegentlich ein eigenartiges Schleifgeräusch, die mir zu verstehen gaben, daß ich nicht allein war, hinderten mich daran, einzuschlafen. Wagten sich die Mäuse mal wieder zu nahe an mich heran, scharrte ich mit den Füßen über den Boden, um sie zu verscheuchen. Ich versuchte mir nicht die Vielfalt exotischer Schlangen und Spinnen auszumalen, mit der Sizilien zweifellos aufwarten konnte.

Irgendwann – es war halb vier vorbei – klang das dumpfe Getrappel von Orlandos umwickelten Hufen von der Brücke herüber. Ich drückte mich ans Fenster und linste durch die Ritzen zwischen den Brettern. Bald sah ich Elliot die Straße heraufkommen mit Orlando am Zügel. Der Esel schien müde zu sein. Er hielt seinen Kopf gesenkt, und einmal stolperte er sogar über einen Pflasterstein. Auf dem Rücken trug er nach wie vor den besagten Gegenstand. Am Haus mit der blauen Tür angekommen, zog Elliot den Esel über die Schwelle.

Als die beiden wieder erschienen, war der Esel von seiner Last befreit. Er mußte vor irgend etwas gescheut haben, weil Elliot fluchte und ihn grob am Zügel riß. Als Elliot den Esel herumzog, sah er kurz in meine Richtung, und der Mond beschien sein Gesicht, dieses hübsche Gesicht, das jetzt zu einer wutschnaubenden Fratze verzerrt war. Welche Sünde der Esel auch begangen haben mochte, es konnte kaum der Grund dafür sein, daß Elliot derart außer sich war. Er sah so böse aus, daß es mir bei der Vorstellung, er könnte mich beim Spionieren ertappen, eiskalt den Rücken hinunterlief. Ich mußte zusehen, daß ich von hier wegkam. Dummerweise hatte ich überhaupt nicht bedacht, daß Elliot ja im Erdgeschoß des Turmes schlief, was bedeutete, daß ich vor ihm zurücksein mußte. Ich schlüpfte aus meinen Sandalen – nackte Füße würden geäuschloser über die Pflastersteine laufen – und verfluchte mich dafür, nicht meine Turnschuhe angezogen zu haben. Der verdreckte Boden fühlte sich klamm und rauh an, und ich betete, daß keine Glasscherben herumlagen.

Elliot führte den Esel in den Stall. Jetzt nichts wie weg. Es würde nicht lange dauern, die Lappen von Orlandos Hufen zu entfernen. Ich quetschte mich durch den Türspalt und rannte barfuß und so leise ich konnte mitten auf der Straße davon. Würde Elliot jetzt herauskommen, würde er mich zwangsläufig sehen, aber dieses Risiko mußte ich eingehen. Zum Überlegen hatte ich jetzt nicht die Zeit, und um Deckung im Schlagschatten der Häuser zu suchen, erst recht nicht.

Ich schaffte es bis zum zerfallenen Torbogen, ohne gesehen zu werden. Erst dort verließ mich mein Glück vorübergehend. Denn als ich mich umwandte, um nach Elliot zu sehen, knallte ich mit dem Schienbein hart und schmerzhaft gegen die rauhe Kante eines Felsblockes, der aus dem Steinhaufen, hinter dem ich mich zuvor verborgen hatte, ragte. Der Schmerz überfiel mich so plötzlich und heftig, daß mir übel wurde und ich mir auf die Unterlippe beißen mußte, um nicht laut aufzuschreien.

Aber ich hatte keine Zeit. Ich mußte weiter. Ich rannte über die hell erleuchtete Fläche des Hofes und erreichte die Eingangstür zum Turm mit dem überwältigenden Gefühl, endlich in Sicherheit zu sein. Oben in meinem Zimmer zog ich die Jeans aus und untersuchte mein Bein. Die Haut war unverletzt, und abgesehen von einem wunderschönen blauen Fleck am Morgen, zu dem es mit Sicherheit kommen würde, war ich offensichtlich noch einmal heil davongekommen.

Ich legte mich aufs Bett und wartete, verwirrt von dem, was ich erlebt hatte und zermürbt bei dem Gedanken an den mir unerklärlichen Wutausbruch von Elliot. Ungefähr zehn Minuten später hörte ich wieder das leise Klacken der unteren Haustür und danach nur noch das Zirpen der Zikaden und das Atmen des Meeres.

21

Am nächsten Morgen verschlief ich und wachte völlig erledigt in einem zerwühlten Bett auf. Durch das offene Fenster drang das einschmeichelnde Gezwitscher der Seeschwalben, und eine Möwe sauste wie ein weißer Pfeil am Turm vorbei. Die

Sonne stand hoch und strahlte grell vom stahlblauen Himmel. Ich zog mir eine Baumwollbluse und meine Jeans über und zuckte zusammen, als der rauhe Stoff über mein lädiertes Schienbein strich, das die Farbe einer reifen Pflaume angenommen hatte und auch leicht geschwollen war – der zwar schmerzhafte, aber handfeste Beweis dafür, daß ich das Abenteuer der vergangenen Nacht nicht geträumt hatte. Zusammen mit einem Sack voller Fragen, war es das einzige, was ich bei meiner amateurhaften Schnüffelei davongetragen hatte.

Zwei Dinge lagen allerdings klar auf der Hand: Unsere Anwesenheit im Turm störte Elliot nicht nur bei seinem Techtelmechtel mit Benedetta, sie störte ihn auch bei einigen anderen illegalen, weniger romantischen Aktivitäten. Ich war nicht sehr erpicht darauf, Elliot gleich am Frühstückstisch zu begegnen, zumal ich nun wußte, daß er noch einen weiteren Grund dafür hatte, seine Logiergäste zum Teufel zu wünschen.

Die Tür zu Jays Zimmer stand offen, sein Bett war gemacht, und als ich hinunterkam, saß er an dem gescheuerten Holztisch im Küchenbereich und schälte sich gerade eine Orange. Von Elliot war nichts zu sehen.

Jay begrüßte mich mit einem übertriebenen Seufzer der Erleichterung. »Na endlich! Ich hab schon gedacht, du wachst überhaupt nicht mehr auf.«

»Warum haben diese Frühaufsteher nur immer einen so selbstgerechten Ton an sich? Wenn du wüßtest, was ich für eine Nacht hinter mir habe, wärst du nicht so streng mit mir.« Ich ging zum Herd hinüber. »Kaffee! Und auch noch heiß! In Ordnung, ich habe dir vergeben.« Ich schaufelte großzügig Zucker in meine Tasse in der Hoffnung, daß er zusammen mit dem Koffein meinen benebelten Kopf klären würde. Auf dem Tresen neben dem Herd lag eine ganze Melone, auf einem Holzbrett ein Brot und daneben ein Glas von Clios Honig.

»Das habe ich doch gar nicht gemeint«, sprudelte Jay ungeduldig heraus. »Schau mal, was ich da habe...« Er hielt einen großen, altmodischen Eisenschlüssel hoch. »Den hat mir Elliot gegeben. Es ist der Schlüssel zu Hugos Zimmer. Weißt du eigentlich, wie ich mich habe zusammenreißen müssen, auf dich zu warten. Am liebsten wäre ich sofort hinaufgegangen.«

»Ich bin dir wirklich dankbar, Jay, ehrlich. Übrigens, wo ist Elliot eigentlich?«

»Er ist schon früh zu Clio gefahren. Ich soll dir ausrichten, daß er sich dafür entschuldigt, nicht gewartet zu haben, bis du aufgestanden bist. Wahrscheinlich kommt er erst nach dem Mittagessen zurück.« Jay schob den Stuhl zurück. »So, und jetzt nichts wie rauf und...«

Ich legte eine Hand auf seinen Arm. »Erst einmal brauche ich etwas zu essen. Außerdem können wir uns ruhig Zeit lassen, glaube ich, denn Elliot ist das, was er vor uns geheimhalten wollte, inzwischen ohnehin losgeworden. Er hat nämlich eine ziemlich anstrengende Nacht hinter sich, und wenn du dich noch ein bißchen in Geduld übst, erzähl ich dir davon.«

Widerstrebend sank Jay in seinen Stuhl zurück, nahm die Orange hoch und warf sie wie einen Ball von einer Hand in die andere. Ich schnitt mir eine Scheibe von der Melone ab und schmierte dick Honig auf eine große Schnitte Brot. Die süße Melone und der Honig dufteten so köstlich, daß ich plötzlich einen richtigen Heißhunger verspürte. Während ich aß, erzählte ich Jay alles, was ich letzte Nacht erlebt hatte. Ich war gespannt, ob er dem Ganzen vielleicht mehr Sinn abgewinnen konnte als ich. Er balancierte den Stuhl auf zwei Beinen und lehnte sich beim Zuhören zurück – die Orange hatte er vergessen.

Aber als ich geendet hatte, reagierte er zunächst nicht viel anders als ich. »Das hört sich alles ziemlich sinnlos an... Was soll es auf der Wiese schon Besonderes...« Dann hellten sich seine Gesichtszüge auf, und die Vorderbeine seines Stuhles machten ein leises Klack, als sie auf die Steinfliesen zurückfielen. »Schmuggel! Na klar, das ist es! Weißt du noch, daß Clio uns erzählt hat, daß die Bucht früher von Schmugglern benutzt wurde!«

»Ja, aber doch heute nicht mehr. Es gibt inzwischen andere Stellen, die besser geeignet sind.«

»Außer, man wohnt hier oben. Dann wäre die Bucht geradezu ideal! Hier kann man in der Nacht herumlaufen, so viel man will. Es würde keinem auffallen. In Castell'alto wäre das nicht möglich.«

»Aber verdammt noch mal, was soll das für einen Sinn ergeben, Honig zu schmuggeln?«

Jay zuckte mit den Achseln und zerteilte die Orange in Schnitze. Es war eine Blutorange mit leuchtend rotem Fruchtfleisch. »Vielleicht war ja gar kein Honig in der Kiste, die Orlando für ihn geschleppt hat.«

Mir kam ein anderer Gedanke. Nachdenklich sagte ich: »Vielleicht hast du mit dem Schmuggeln ja recht. Hugo besitzt ziemlich viele wertvolle Sachen. Vielleicht hat Elliot sie ja verscheuert und gedacht, daß er sich noch rechtzeitig aus dem Staub machen könnte, bevor Hugo wieder auftaucht. Vielleicht will er deshalb nicht, daß wir das Turmzimmer sehen – es könnte ja sein, daß er nicht so sehr Angst davor gehabt hat, was wir sehen können, als davor, was wir nicht sehen können...«

»Aber wir waren ja noch nie hier. Wie sollten wir da wissen, was fehlt?«

»Das stimmt schon, aber Elliot kann nicht unbedingt davon ausgehen, daß es so ist. Hugo hätte uns ja Briefe oder Bilder schicken können.«

»Und was ist mit Clio? Die würde doch etwas bemerken, oder?«

»Clio hat gesagt, daß sie gestern zum erstenmal seit Hugos Verschwinden wieder im Turm war. Matteo könnte etwas auffallen, vermute ich mal, aber vergiß nicht, daß es bestimmt Elliot war, der ihn bekniet hat, nach Castell'alto zu ziehen. Ich wette mir dir, daß er Matteo nicht hier hereinläßt. Der darf doch nur draußen arbeiten. Und deshalb kann er jede Nacht so verbringen, wie es ihm paßt. Ist ja keiner da.«

Jay hatte die Ellbogen auf die Tischplatte gestützt, den Kopf auf die Hände gelegt und dachte mit gerunzelter Stirn nach. »Er hätte uns doch einfach erzählen können, daß er Hugos Sachen irgendwo in Sicherheit gebracht hat. Und außerdem hat er uns ja jetzt den Schlüssel gegeben, also macht er sich offenbar keine Sorgen mehr, daß wir vielleicht etwas vermissen könnten. Und in der kurzen Zeit hätte er die Sachen bestimmt nicht wieder herschaffen können. Also wird es wahrscheinlich doch eher so sein, daß er etwas losgeworden ist.«

Das machte Sinn. Müde rieb ich meine Stirn. Der Kaffee und das Essen hatten zwar Wirkung gezeigt, aber ich hatte immer noch leichte Kopfschmerzen.

Jay sagte: »Du hast mir doch erzählt, daß Elliot gestern Nacht eine Kiste weggesperrt hat. Die würde ich mir zu gerne mal ansehen.«

Mit einer Fingerkuppe pickte ich die letzten Krumen des klebrigen Brotes auf. »Das Vorhängeschloß an der Tür hat mir einen ziemlich stabilen Eindruck gemacht, aber vielleicht gibt es ja noch einen anderen Eingang«, sinnierte ich ohne rechte Überzeugung. »Wir könnten ja versuchen, die Bretter vor dem Fenster abzukriegen...«

Diesen Vorschlag nahm Jay begeistert auf. »Nun, dann schlage ich vor, daß wir erst mal einen Blick in Hugos Zimmer werfen und uns dann um die Kiste kümmern.«

Vielleicht waren es ja nur das Koffein und der volle Magen, vielleicht aber hatte mich auch Jays Tatendrang angesteckt – egal, auf jeden Fall war mein Kopf auf einmal klar, waren die Kopfschmerzen wie weggefegt. Ein bißchen Bewegung könnte bestimmt nicht schaden, dachte ich. Es schepperte leise, als ich die Kaffetasse auf dem Untersatz abstellte. »Nun, worauf warten wir dann noch? Vielleicht stoßen wir ja auch auf das Päckchen, das Elliot mit sich herumgetragen hat.«

Aber als wir das Zimmer in Richtung Steintreppe durchquerten, kam mir der Gedanke, daß Elliot heute morgen, bevor er losging, bestimmt Zeit genug hatte, nicht nur das Päckchen, sondern auch die Kiste aus dem Versteck zu holen.

Oben, auf dem zweiten Treppenabsatz sperrte Jay die schwere Holztür auf, die in das Zimmer von Hugo führte. Sie schwang weit auf und gab den Blick frei auf einen großen, fast kreisrunden Raum, in den das Sonnenlicht in Streifen durch die heruntergelassenen Jalousien fiel. Eine dichte, dämmrige Stille hing über dem Zimmer, gewürzt mit dem Duft eines Krautes, Weihrauch vielleicht, und dem undefinierbaren Geruch alter Bucheinbände, wie man ihn oft in Büchereien findet. Wir zogen die Jalousien hoch, stießen alle vier Fenster auf und ließen Licht und Luft in den Raum strömen. Dann sahen wir uns schweigend um.

Schließlich flüsterte Jay: »Hugos Elfenbeinturm.«

Stimmt genau, dachte ich, aber es war noch mehr als das. Die Fluchtburg eines Asketen mit einer sagenhaften Aussicht. Antike Texte, Architekturpläne, eine Schreibmaschine – und ein türkisches Nargileh. Stein und Seide. Es war ein Elfenbeinturm für einen studierten Zigeuner, ausgestattet mit dem Geschmack eines Ästheten. Noch nie hatte ich die Widersprüchlichkeit in Hugos Persönlichkeit, den Kampf zwischen dem Asketen und dem Genießer, so deutlich wahrgenommen wie in diesem Zimmer.

An der einzigen geraden Wand, dort, wo die Tür eingelassen war, standen deckenhohe Bücherregale, vollgepfropft mit Büchern. Sie waren aus Stahl, und aus Stahl waren auch der Aktenschrank und das Zeichenbrett neben dem Fenster, das einen Blick über Casteddu und auf die Berge gewährte. Eine alte Kofferschreibmaschine von Remington, ebenso häßlich wie funktionell, stand auf dem Tisch in der Mitte des Zimmers, der Schreibtisch selbst aber war ein elegantes, antikes Stück. Auf dem Fußboden daneben lagerten zwei geöffnete Kartons.

Ein großer Holzparavent mit aufwendig geschnitzten Vögeln und Blumen trennte das Bett vom übrigen Zimmer ab. Das Bett war schmal, gewöhnliches Stahlrohr, aber quer darüber lag ein Seidenteppich, zart wie eine Spinnwebe. Das Nargileh stand auf einem kleinen Messingtisch neben dem Bett, der lange, flexible Schlauch mit Elfenbeinmundstück wand sich wie eine Schlange um den Wasserkrug. Hugo rauchte hin und wieder Pfeife – es hätte mich interessiert, ob er das Nargileh eher als Inspiration oder schlicht und einfach als

Dekoration betrachtete. Aber bei näherem Hinsehen bemerkte ich, daß sich etwas Wasser auf dem Boden der Pfeife angesammelt hatte. Elliot mußte also geraucht haben, und zwar erst kürzlich. Das würde den Geruch von Weihrauch erklären.

Ein weiterer Teppich in verwegenen Blau- und Rottönen bedeckte fast den ganzen Fußboden. An der sanften Rundung der Außenwand hingen drei Stiche von klassischen Ruinen und eine alte Landkarte des antiken Sizilien. Baupläne und Zeichnungen waren mit Reißzwecken an mehreren großen Staffeleien festgemacht. Hinter einer der Staffeleien führte eine steile Holztreppe zu einer kleinen Tür hinauf, von wo es vermutlich zu den Zinnen des Turmes hinausging. Dort, wo das bedauernswerte Geschöpf, das einen qualvollen Hungertod gestorben war, immer noch herumgeisterte. Aber falls ihr Geist auch dieses Zimmer bewohnte, so konnte er dem Geist von Hugo nicht das Wasser reichen, dessen Vitalität und Persönlichkeit hier eindeutig triumphierten.

Auf dem Tisch stand ein Kelch, wie ihn uns Clio in der Höhle gezeigt hatte – offenbar das Original. Elliot wußte bestimmt, wie wertvoll er war, und auch ein gewöhnlicher Dieb würde ihn nicht links liegenlassen. Hinter der Schreibmaschine standen zwischen Buchstützen vier Kontenbücher mit verschiedenfarbigen Einbänden. Ich holte ein beliebiges Buch heraus und schlug die erste Seite auf. Ganz oben stand mit Füllhalter geschrieben: MIELE D'ERICE: C. HUNT. Ich vermutete, daß es sich um Elliots Schrift handelte. Ich blätterte das Buch flüchtig durch; auf jeder Seite gab es eine Tabelle, deren Spalten mit Zahlen vollgeschrieben waren. Auf jeder Seite oben rechts war das Datum vermerkt. Offenbar enthielt dieses Buch die Verkaufszahlen für Clios Honig. Die anderen Bücher waren mit unterschiedlichen Namen beschrieben, aber allen war gemeinsam, daß sie bestimmte Geschäftsvorfälle betrafen – vermutlich Elliots »Eisen im Feuer«. Abgesehen von dem Stapel Papier neben der Schreibmaschine gab es keine augenfälligen Hinweise dafür, daß Elliot an Hugos Unterlagen gearbeitet hatte, und das Schreibpapier war unberührt.

Unterdessen ging Jay die Regale durch, und ich gesellte mich zu ihm. Ich sah verschiedene Gedichtsbände, ein paar Romane, einige philosophische Werke, aber in der Mehrzahl besaß Hugo eine Auswahl von Büchern über Architektur, Geschichte, Archäologie und Religionsgeschichte, fein säuberlich geordnet nach dem Fachgebiet und dann nochmals nach dem Autor. Auch Bücher, die Hugos selbst geschrieben hatte, waren darunter.

Flach auf dem untersten Fachboden des ganz links stehenden Bücherregals lag ein Stapel weinroter Mappen, wie sie auch Künstler und Photographen zum Transportieren ihrer Arbeiten benutzen. Jede Mappe war mit einem schwarzen Band zugebunden und mit einem Ortsnamen und einem Datum versehen. Manche der Etiketten waren bereits in Auflösung begriffen, der Kleber längst vertrocknet. Eine dünne Staubschicht lag auf der obersten Mappe: Offenbar war sie lange nicht mehr berührt worden, auf dem Schild stand: TEHERAN, 1977. Jay zog die Schleife auf. In der Mappe lagen Zeichnungen für ein Projekt, das Hugo im Auftrag des Schah durchgeführt hatte. »Unvollendet« stand mit Bleistift auf der obersten Zeichnung. Es war Hugos Handschrift.

Jay nahm die anderen Mappen einzeln vom Stapel und gab sie mir, ohne sie zu öffnen. Ein paar der Projekte und Namen auf den Schildern kamen mir bekannt vor. Hugo hatte sie früher einmal erwähnt. Auf der letzten Mappe stand kein Name – Hugo hatte lediglich ein paar altgriechische Worte auf das Schild geschrieben. Das Datum bestand in einer Jahreszahl: 1938.

Mir fiel ein, daß Jay im Internat Griechisch hatte. »Kannst du das hier entziffern?« fragte ich ihn.

Jay beugte sich über meine Schulter. »Die Frau im Labyrinth«, übersetzte er und sah mich verwundert an. »Genau das hat Hugo in der Nacht gesagt, als er Don Calo und die anderen gerettet hat.«

»Stimmt.«

Ich löste das Band und schlug die Mappe auf. Sie enthielt einen dünnen Stapel Bleistiftzeichnungen. Es waren sieben Zeichnungen, die irgendwelche archäologische Stätten, Grundrisse, Landkarten darstellten. Aber es gab nirgends einen Hinweis darauf, wo oder was das war, noch darauf, weshalb sie gerade in dieser Mappe lagen. Einige der Zeichnungen waren sorgfältig und im Detail ausgeführt, andere dagegen nur hastig hingekritzelt und nicht vollendet. Jedes Blatt unterschied sich von den anderen in Größe und Form. Manche waren sorgfältig an einer Seite abgerissen, wie von einem Zeichenblock. Jay warf einen kurzen Blick darauf, verlor aber bald das Interesse und machte mit den Bücherregalen weiter.

Hätte nicht dieses Epigraph auf der Mappe gestanden, hätte ich die Zeichnungen, ohne weiter darüber nachzudenken, in die Mappe zurückgelegt. Aber ich konnte mich des Gefühls nicht erwehren, daß sie einen bestimmten Hinweis enthielten, den ich nur noch zu entziffern brauchte. Obwohl offensichtlich nur Handskizzen, hatte Hugo sie dennoch behalten; also hatten sie für ihn irgend eine Bedeutung. Ich fand einen leeren, braunen Umschlag, legte die Zeichnungen hinein und steckte das Kuvert in meine Schultertasche.

Mit schlechtem Gewissen, weil ich in Hugos Unterlagen herumschnüffelte, zog ich die drei Schubladen des Aktenschrankes heraus und machte mich an das Durchblättern der Hängemappen. Jede Mappe war ordentlich beschriftet. Die meisten Papiere waren Aufzeichnungen über den Turm – erledigte Vorgänge, geplante Vorgänge, Rechnungen.

Die Mappen in den Kästen neben dem Tisch enthielten Hugos persönliche Unterlagen, grob sortiert nach eingehender Post, ausgehender Post, nach Manuskripten zu seinen Büchern, Besprechungen und anderen Schriftstücken, die in keine der anderen Kategorien paßten. Auch mehrere, offenbar private Briefe waren darunter, die nichts mit seinem Beruf zu tun hatten. Ich suchte mir diejenigen heraus, die aus der Zeit vor Libyen stammten, fand aber keinen Hinweis für ein Motiv, weshalb er hier alles stehen- und liegengelassen hatte.

Ganz zuunterst im Stapel lagen zwei Bündel kleiner Notizbücher, die mir bekannt vorkamen. Ich hatte Hugo des öfteren beobachtet, wie er spontane Einfälle, die ihm erinnernswert erschienen waren, in diese Bücher geschrieben hatte. Jedes Bündel enthielt zehn Notizbücher. Eines der Bündel nahm ich mir vor, die anderen reichte ich Jay. Wie alle übrigen Unterlagen, war auch jedes Notizbuch datiert, und ich suchte mir dasjenige heraus, das die letzten sechs Monate vor seiner Abreise nach Libyen beinhaltete.

Das Jahr begann mit verschiedenen Notizen, manchmal hatte er nur ein Wort hingekritzelt. Die meisten Notizen betrafen vermutlich Projekte, an denen er gerade gearbeitet hatte oder die er plante, oder es waren Gedanken zu einem Buch. Persönlicheres als das gab es nicht. Ich blätterte alle Seiten durch. Fast am Schluß fiel mir etwas auf. Hugo hatte den Namen der Hauptstadt von Libyen aufgeschrieben: Tripolis, und daneben den Namen eines Mannes: Salim. Ein großes Fragezeichen füllte den leeren Raum auf der Seite aus. Dies war der letzte Eintrag in seinem Notizbuch. Danach gab es nur noch etwa zehn weitere leere Blätter.

Abgesehen von dieser rätselhaften Notiz wies nichts in diesem Zimmer auf eine Verbindung zwischen Hugo und Libyen hin. Obwohl wir alles gründlich durchsucht hatten, waren wir jetzt auch nicht schlauer, weshalb Hugo diesen Weg eingeschlagen hatte. Oder was es war, das Elliot offenbar vor uns verbergen wollte.

Ich schaute mich nochmals im Raum um. »Elliot muß letzte Nacht hier aufgeräumt haben«, bemerkte ich resigniert. Dann dachte ich daran, daß Elliot möglicherweise hinter Hugos Ideen her war.

»Allerdings verstehe ich dann nicht, in welchem Zusammenhang das mit seinen Aktivitäten von gestern nacht stehen könnte«, erwiderte Jay, als ich ihm von meiner Theorie erzählte. »Ich habe mir noch mal alles durch den Kopf gehen lassen, und ich wette mit dir, daß die Sache irgendwie mit Clios Honig zu tun hat. Schließlich glaubt Clio, daß Giudico irgend etwas im Schilde führt, und Elliot ist Giudicos Geschäftspartner. Vielleicht wollte er gestern noch einiges geradebiegen, bevor er heute mit Clio spricht.« Jay warf einen letzten Blick ins Zimmer. »So, und jetzt laß uns noch mal schauen, was Elliot in diesem Haus versteckt hat. Und dann könnten wir zur Wiese hinaufwandern – vielleicht finden wir ja dort etwas...«

Ich dachte an die winzige Bucht mit ihrem glitzernden, halbmondförmigen Sandstrand. »Ich hätte nichts dagegen, ein wenig schwimmen zu gehen. Und gegen ein kleines Picknick wäre wohl auch nichts einzuwenden. Du könntest ja in Castell'alto etwas zu essen einkaufen, während ich Luke anrufe. Ich hab's ihm versprochen.«

»Und was willst du ihm erzählen?«

»Alles.«

Jay verkniff sich eine Antwort.

Wir achteten darauf, Hugos Zimmer so zu verlassen, wie wir es angetroffen hatten, machten die Fenster zu, ließen die Jalousien herunter, und schlossen die Tür ab. »Los, auf zu einem kleinen Einbruch!« freute sich Jay. Vor Aufregung schoß ihm das Blut ins Gesicht, als er den Schlüssel einsteckte.

Aber auf dem Weg zum Haus mit der blauen Tür sahen wir, wie Matteo draußen vor Orlandos Stall vor dem Esel kniete und dessen rechten Vorderlauf untersuchte. Das Gesicht, das er uns zuwandte, sah zornig aus, und ein wütender Matteo war ein wahrlich beunruhigender Anblick.

Ich fragte ihn, ob etwas mit dem Esel los sei.

»Ist verletzt. Hier.« Vorsichtig berührte er das Bein des Esels. Unter dem Knie klaffte eine tiefe, blutverkrustete Wunde.

»Wie ist denn das passiert?« wollte Jay wissen.

Matteo ignorierte die Frage. »Er hat Orlando schlecht behandelt. Ist nicht gut.« Es war klar, wen er damit meinte.

Mir fiel wieder ein, daß der Esel gestolpert war, als Elliot ihn in das kleine Haus gezogen hatte. Wahrscheinlich hatte sich Orlando diese Verletzung irgendwo auf dem Berg zugezogen, und Elliot war das in der Dunkelheit nicht aufgefallen. Ich war mir fast sicher, daß er die Wunde sonst versorgt hätte – und wenn auch nur aus dem Grund, kein Aufsehen zu erregen. Aber überrascht war ich doch, daß sich Matteo augenscheinlich so sicher war, daß Elliot dafür verantwortlich war. Ich fragte mich, wieviel er über Elliots nächtliche Aktivitäten wußte.

»Matteo«, fragte ich aus einem Impuls heraus, »Könnte es sein, daß du Schlüssel zu einem dieser Häuser hast? Ein paar davon sind leider zugesperrt, und, nun ja... wir würden zu gern mal einen Blick hineinwerfen. Elliot hat uns nämlich verraten, daß Hugo sie wieder herrichten möchte.«

Matteo sah mich mit starrem Blick an. Ich hatte das unangenehme Gefühl, daß er genau wußte, worauf ich mit meiner Frage abzielte. Aber er antwortete nur: »Elliot hat Schlüssel.« Er drückte einen nassen Schwamm auf der Wunde des Tieres aus, trocknete sie und pflückte dann ein paar Blätter von einem unscheinbaren, gelb blühenden Unkraut, das im Staub neben der Hauswand wuchs. Er zerrieb die Blätter zwischen den Fingern, legte sie auf die Wunde und verband das Bein des Esels mit einem sauberen Stoffstreifen.

Ich ließ nicht locker: »Ich weiß ja, daß Elliot die Schlüssel hat, aber ich habe mir gedacht, daß du vielleicht Ersatzschlüssel hast.« Unsere Blicke trafen sich. Dann wandte ich mich um und zeigte auf das Haus mit dem Vorhängeschloß. »Das zum Beispiel. Hast du dafür einen Schlüssel?«

Er schüttelte den Kopf. »Nur Elliot. Er hat das Schloß gemacht, nachdem Don Hugo fort war.«

»Ach so. Und warum hat er es gemacht?« Er zuckte mit den Achseln, und ich wagte einen letzten Vorstoß: »Hast du eigentlich jemals mitbekommen, was hier in der Nacht vor sich geht, ich meine, etwas, was einem zu denken geben könnte?«

Er stand auf, von seiner Hand hing das feuchte Stück Stoff, mit dem er das Bein des Esels abgewaschen hatte. Er sagte nur: »Die Leute sagen, die Frau geht in der Nacht spazieren. Die Leute sagen, Lichter tanzen auf dem Meer. Sind böse Geister, sagen sie.«

»Glaubst du das auch?«

»Ich glaube, böse Geister wohnen nur in Menschen.«

Während wir uns noch unterhielten, war Jay zum Haus mit der blauen Tür hinübergeschlendert. »Ein gutes Brecheisen würde hier Wunder wirken.« Er fingerte am Schloß herum.

»Aber das würde Elliot sofort merken.« Während ich sprach, beobachtete ich Matteos Gesicht und entdeckte einen Anflug von Überraschung auf seinen sonst so gelassen wirkenden Zügen.

»Und wenn schon«, antwortete Jay. »Wenigstens wissen wir dann, was in dieser Kiste ist.« Niedergeschlagen lehnte er sich an die Hauswand. Und wie zu sich selbst fügte er hinzu: »Alle hier tönen immer nur herum, was Hugo alles für sie getan hat, wie tief sie in seiner Schuld stehen, aber trotzdem will uns keiner helfen.« Mir war völlig klar, daß er selbst wußte, wie unfair dieser Vorwurf klang. Aber vermutlich waren die Rückschläge der letzten paar Tage einfach zuviel für ihn gewesen. Aus seiner Stimme sprachen Wut und unterdrückte Tränen. Abrupt drehte er sich um und kickte einen Stein mit einem Tritt die Straße hinunter.

Matteo, der ihn beobachtet hatte, schien eine Entscheidung getroffen zu haben. Plötzlich sagte er: »Ist nicht richtig, so zu sprechen. Wenn du Hilfe willst, mußt du fragen.«

Jay drehte sich zu ihm um und sah ihn durchdringend an. »Und würdest du uns denn helfen?«

Matteo senkte den Kopf.

»Dann sag uns bitte, wie wir da hineinkommen.« Jay deutete mit dem Daumen auf die verriegelte Tür.

»Ist leicht«, sagte Matteo zu unserer Überraschung.

»Ja, weißt du denn, wie man dieses Schloß aufbringt?« fragte ich ihn.

Er schüttelte den Kopf. »Gibt einen anderen Weg. Ist aber schmutzig.«

»Ist doch egal«, bemerkte ich. »Ein bißchen Dreck wird uns schon nicht schaden.«

Zum erstenmal lächelte Matteo. »Aber ist nicht nur ein bißchen Dreck.«

Er drehte sich um und ging zu dem angrenzenden Haus hinüber. Ohne sichtbare Anstrengung hob er die Tür hoch und stellte sie an die Außenmauer des Hauses. Jetzt erst sahen wir, daß sie keine Angeln hatte – die Tür war einfach im Rahmen verkeilt gewesen. Matteo lehnte die Tür an die Außenwand des Hauses, trat zur Seite und winkte uns, ihm ins Haus zu folgen.

Der Fußboden des kleinen, einzigen Zimmers war aus festgetretener Erde und übersät mit Abfall – zerbrochene Kisten, verrostete Maschinenteile, eine uralte Matratze, deren verrottete Eingeweide hervorquollen, ein Haufen verstaubter Weinflaschen. Die an das Nachbarhaus grenzende Wand hatte keine Verbindungstür, es gab keinen Hinweis darauf, daß man von hier aus in das Nebenhaus gelangen konnte. Aber Matteo deutete zur Zimmerdecke hoch, die fast seinen Kopf streifte. In einer Ecke an der hinteren Wand lag jede Menge Gips. Es sah aus, als hätte eine riesige Faust ein großes Loch in die Zimmerdecke geschlagen, aus dem uralte, verfaulende Holzbalken, bedeckt mit Staub und Spinnweben, ragten.

»Einen Moment.« Matteo ging hinaus und kam gleich darauf mit einer kurzen Holzleiter zurück, die ebensowenig vertraueneinflößend war wie die Zimmerdecke. Er lehnte die Leiter unter den Durchbruch gegen die Wand, kletterte hinauf, stemmte sich dann hoch in das schwarze Loch und war einen Moment lang verschwunden. Dann tauchte sein Kopf wieder auf. Er winkte uns. »Kommt.«

»Ladies first«, ließ Jay mir grinsend den Vortritt.

»Oh, vielen Dank auch.« Ich war froh um meine Jeans.

Ich steckte meinen Kopf durch das Loch in der Decke und sah Matteo auf dem breiten Balken sitzen, der an der Längsseite des Hauses entlang verlief. »Ist in Ordnung, der hier«, versicherte er mir. »Sehr stark.«

Er kroch den Balken entlang, und sobald sich meine Augen an die Dunkelheit gewöhnt hatten, stellte ich fest, daß der Dachboden, oder was immer das war, weit über den einzelnen Raum unter uns hinausging und wohl der gesamten Häuserreihe als gemeinsamer Speicher diente. Vermutlich war es dieser oder ein ähnlicher Dachboden gewesen, in dem Don Calo und die anderen Luzzo vor den Deutschen versteckt hatten.

Nach ein paar Metern befanden wir uns über dem Haus mit dem Vorhängeschloß. Matteo mühte sich mit einer großen, quadratischen Holzplatte, einer Art Falltür, ab. Er hievte sie zur Seite und sprang dann durch das Loch in das Haus darunter. So schnell wir konnten, krochen wir Matteo hinterher.

In der letzten Nacht hatten auf dem Tisch in diesem Haus lediglich eine Laterne und eine Schachtel mit Streichhölzern gelegen. Aber jetzt stand mitten auf dem Tisch die große Kiste, die Elliot in der Nacht mit sich herumgeschleppt hatte. Neben der Kiste lag ein Kontenbuch, das genauso aussah wie die anderen Bücher auf dem Tisch in Hugos Zimmer.

Ich wischte mir meine dreckigen Hände so gut ich konnte an den Jeans ab, nahm das Buch in die Hand und schlug es auf. Der Einband trug kein Schild und auch keinen Hinweis darauf, welches Konto darin geführt wurde. Genau wie in den anderen Büchern waren die Seiten mit Zahlen vollgeschrieben, nur hier handelte es sich um viel größere Summen. Auf jeden Fall mußte dieses Geschäft für Elliot weitaus lohnender sein als die übrigen. In Anbetracht der beeindruckenden Zahlen flammte mein Verdacht erneut auf, daß Elliot Hugos Schätze verkauft haben könnte. Aber nirgends war vermerkt, um welche Umsätze es sich hier handelte; jede Transaktion war nur mit einer Nummer und einem Datum versehen. Die Datierungen schienen völlig willkürlich zu sein. Manchmal lag zwischen jeder Transaktion eine Woche, dann wiederum ein Monat.

»Kreative Buchführung?« fragte Jay und schaute mir über die Schulter. »Betrügt er etwa Clio?«

»Keine Ahnung.« Ich gab ihm das Buch. »Aber mit irgend etwas verdient er auf jeden Fall eine Menge Geld. Paß bloß auf, daß du die Seiten nicht mit deinen schmutzigen Fingern verschmierst.« Dann wandte ich mich der Kiste auf dem Tisch zu. »Hast du eine Idee, wie wir die Kiste aufmachen könnten, ohne etwas kaputtzumachen?« fragte ich Matteo, der die Hände in die Hosentaschen gesteckt hatte und uns zusah.

»Kein Problem.« Mit den Fingern zog er die Holzlatten des Deckels samt den Nägeln von der Kiste. In der Kiste waren nur Schraubgläser mit Honig. Ich holte eines davon heraus. Er sah genauso aus wie die anderen – ein großes Glas mit flüssigem Honig, und in der Mitte ein großes Stück Bienenwabe. Das Etikett, das darauf klebte, war anders beschriftet, als die Gläser mit dem Honig von Clio. MIELE DI CARINI stand hier.

Möglicherweise hatte die Kiste ja einen doppelten Boden, aber ein prüfender Blick zeigte, daß die Honiggläser bis ganz nach unten reichten. Obwohl wir die Kiste gründlich durchsuchten, fanden wir nichts, was auch nur im Geringsten verdächtig war.

»Ich kann jedenfalls nichts Besonderes entdecken«, bemerkte Jay. »Weshalb also diese Geheimnistuerei?«

»Keine Ahnung«, gab ich zu, genauso frustriert wie er. Gerade wollte ich das Glas wieder in die Kiste stellen, als mir einfiel, daß die Kunststoffwabe, die ich in der vergangenen Nacht untersucht hatte, ja als Versteck für etwas herhalten könnte. Umgeben von goldfarbenem Honig, wäre es doch möglich, daß sie von einer echten Bienenwabe nicht zu unterscheiden war. Das Stück Wabe in dem Glas, das ich in der Hand hielt, schien echt zu sein, aber vielleicht sah das durch den dunklen Honig auch nur so aus. In Anwesenheit von Matteo hatte ich Bedenken, Jay von meiner Theorie zu erzählen. Matteo schien wohl auf unserer Seite zu sein, aber…

Jay nahm ein weiteres Glas aus der Kiste. »Also, wenn du mich fragst«, sagte er nachdenklich und kippte das Glas nach allen Seiten, »könnte man wohl nur anhand einer chemischen Analyse feststellen, ob mit dem Honig da irgend etwas nicht stimmt. Ich finde, wir sollten eines dieser Gläser mitnehmen. Die Lücke könnten wir ja mit einem Glas aus einer anderen Kiste füllen. Du hast doch selbst gesagt, daß Elliot die anderen Gläser gar nicht so wichtig sind. Vielleicht kriegen wir ja so heraus, ob an dem Honig von Clio herummanipuliert wurde.«

Wir holten ein Glas aus der untersten Reihe einer anderen Kiste, beteten inständig, daß Elliot ihr Fehlen nicht sofort bemerken würde, und stellten es in die Kiste, die auf dem Tisch stand. Matteo, der uns die ganze Zeit über wortlos zugesehen hatte, drückte die Holzlatten des Deckels wieder auf die Kiste.

Ich sah mich nochmals um, entdeckte aber nichts, was nicht schon letzte Nacht dagewesen wäre. »Also los, gehen wir«, schlug ich vor. »Falls Elliot früher zurückkommen sollte…«

Der Rückzug gestaltete sich nicht ganz so einfach, denn uns fehlte ja die Leiter. Aber Matteo beförderte sich per Klimmzug nach oben und zog Jay an den Armen hoch. Ich reichte Jay den Honig hinauf, und Matteo packte meine Unterarme und hievte mich ebenfalls hinauf. Matteo rückte die Falltür wieder an Ort und Stelle, und dann krochen wir vorsichtig den Balken entlang zurück ins Nachbarhaus. Als wir wieder auf festem Boden standen, spürte ich mein lädiertes Bein.

Als wir uns bei Matteo bedankten, zog er nur seinen Kopf ein. Dann aber verwöhnte er uns mit einem seiner seltenen Lächeln. »Ist Geheimnis, okay?« Wir nickten. Er brauchte nicht zu betonen, vor wem wir es geheimhalten sollten.

Wir liefen wieder zum Turm zurück und machten uns stadtfein, bevor wir nach Castell'alto gingen. Ich zog mir die einzigen anderen Hosen an, die ich noch eingepackt hatte, denn die Jeans waren vom vielen Herumkriechen an den Knien völlig verdreckt. Auch die Spinnweben und den Staub bürstete ich mir aus den Haaren. Nachdem ich kein geeignetes Versteck für das Honigglas gefunden hatte, nahm ich es kurzentschlossen in der Schultertasche mit.

Während wir zum Dorf hinunterspazierten, machte ich Jay klar, daß wir auf keinen Fall eine weitere Nacht im Turm schlafen würden. »Wenn Clio heute nachmittag heraufkommt, werde ich sie fragen, ob wir bei ihr bleiben können. Im Moment könnte ich mich sogar mit Don Calos Angebot anfreunden, bei ihm zu nächtigen.«

Jay hatte offensichtlich den gleichen Gedanken gehabt, denn er stimmte mir zu, daß die eine Nacht im Turm durchaus gereicht hatte. »Elliot ist ja sehr nett, aber wenn da etwas ist, was er vor uns verheimlichen möchte…«

»Ist es für unsere Gesundheit sicherlich besser, wenn wir nichts davon wissen.« Ein Gedankengang, einer echten Sizilianerin würdig, wie ich dachte.

Von einem Telefon in der erstbesten Bar, an der wir vorüberkamen, rief ich Luke an. Es dauerte einen Moment, bis ich verstand, was die Frau am anderen Ende der Leitung sagte, und dann noch einen weiteren Augenblick, bis sie verstand, was ich wollte. Schließlich aber konnte ich ihr klarmachen, daß ich mit dem amerikanischen Signore sprechen wollte, der bei ihr wohnte. Nach ein paar Minuten kam Luke ans Telefon.

»Alles in Ordnung?« fragte er, als er meine Stimme hörte.

»Ich weiß nicht so recht. Irgend etwas Merkwürdiges ist hier im Gange.«

»Zum Beispiel?«

»Ach, das ist eine lange Geschichte, Luke, und eine komplizierte noch dazu. Ich glaube, wir sollten uns treffen. In einer Stunde vielleicht? Also, ungefähr anderthalb Kilometer von Castell'alto ist eine…« Ich beschrieb ihm die Wiese und den Weg dorthin.

»Also dann, in einer Stunde.«

Danach leistete ich Jay in dem kleinen Lebensmittelladen neben der Bar Gesellschaft. Wir kauften eine Flasche *acqua minerale*, ein paar Brötchen, etwas Käse und eine große Tüte Kirschen. Wieder im Turm, packten wir Jays Rucksack mit den Badesachen, den Handtüchern und den Lebensmitteln. Ich steckte den Umschlag mit Hugos Zeichnungen seitlich in den Rucksack. Gerade, als wir gehen wollten, hörten wir draußen im Hof Schritte. Und dann trat Elliot ins Zimmer.

22

An diesem Morgen entsprach Elliot nicht ganz dem Bild des typischen Kaliforniers, dem nichts Schlimmeres passieren konnte, als von einer nicht ganz perfekten Surfwelle zu träumen. Seine Augenlider waren schwer, und die Falten um seine

Augen verrieten, daß er schlecht geschlafen hatte. Unter der Sonnenbräune wirkte die Haut fahl. Auf seinem Gesicht lag jedoch nicht der geringste Hinweis auf den Wutausbruch, der ihn in der gestrigen Nacht gebeutelt hatte. Rein gar nichts umwölkte sein Lächeln, das so entwaffnend wirkte, daß einem gar nichts übrigblieb als zurückzulächeln.

In den nächtlichen Straßen von Casteddu hatte Elliot ein verschwommenes, angsteinflößendes Bild abgegeben. Jetzt, wo die Morgensonne jede Einzelheit seiner Gesichtszüge hervorhob, sah ich nur noch den attraktiven, kompetenten Mann, mit dem sowohl Clio als auch Hugo befreundet waren. Welche hieb- und stichfesten Beweise hatten wir denn schon vorzuweisen, die uns dazu berechtigt hätten, in Elliot jemand anderen zu vermuten, als den Mann, der in diesem Augenblick vor uns stand?

Beim Kaffekochen erzählte Elliot uns von seinem Besuch bei Clio. »Sie kennt sich zwar mit Bienen aus, hat aber noch immer keine Ahnung, wie man in Sizilien Geschäfte macht. Und die Methoden, die Giudico anwendet, kann man nicht gerade als ausgefeilt bezeichnen. Er hat ein einfaches Rezept: Wenn eine Frau sich über etwas ärgert, sagt man ihr einfach, wie schön sie ist. Und wenn das nicht funktioniert, droht man ihr eben, die Fresse zu polieren.« Er goß den dampfenden Kaffee in eine Tasse. »Und dann ruft man mich als Schlichter an.«

Womit er erfolgreich gewesen sein mußte, wie ich vermutete, denn er versprühte eine ausgesprochen gute Laune. Aber vielleicht war er auch nur ein sehr überzeugender Schauspieler. Ich versuchte meiner Stimme einen möglichst beiläufigen Ton zu geben, als ich ihn fragte, worum es denn gegangen sei.

»Ach, um nichts Besonderes. Wir versorgen ein paar sündhaft teure Lebensmittelläden in New York mit dem Honig von Clio. Und die leben nicht schlecht von gutsituierten, heimwehkranken Italienern. Aber die hiesigen amerikanischen Stützpunkte haben sich inzwischen auch zu einem recht guten Markt entwickelt, und deshalb hat Giudico kurzentschlossen die letzten beiden Lieferungen umdirigiert. Er hätte Clio natürlich davon informieren müssen, hatte aber wohl schon angenommen, daß sie etwas dagegen haben würde. ›Man soll die Dinge nicht durch unnötige Erklärungen verkomplizieren‹, sagt er immer. Nun ja, Giudico ist wirklich sehr einfach gestrickt. Ach, übrigens, Clio will euch heute nachmittag hier oben einen Besuch abstatten.«

Mit einem Seitenblick auf Jay meinte ich: »Wir hatten uns eigentlich überlegt... nun ja, also, wenn sie heraufkommt, wollten wir sie fragen, ob wir heute nicht bei ihr übernachten können. Wir könnten uns dann ein wenig die Gegend ansehen, während wir auf Hugo warten. Es ist ja wirklich sehr schön hier, aber nicht unbedingt besonders bequem. Du hast uns ja vorgewarnt. Hoffentlich verstehst du mich nicht falsch.«

Das Lächeln, das mir Elliot schenkte, war einfach bezaubernd. Er schaffte es, sowohl Verständnis als auch Bedauern in seine Miene zu legen. Nicht die geringste Spur von Erleichterung war zu erkennnen, obwohl ihm sicherlich ein Stein vom Herzen fiel. »Es ist zwar schade, daß ihr ausziehen wollt, aber ich verstehe das natürlich, zumal der Generator jetzt auch noch kaputt ist. Apropos, Generator: Ich will gleich noch mal danach sehen, und dann ist es ohnehin Zeit für die Siesta. Übrigens der einzige zivilisierte Brauch auf dieser Insel. Und nach dieser Nacht habe ich dringend ein Nickerchen nötig. Ich glaube, ich bin erst nach drei ins Bett gekommen.« Die blaßgrünen Augen sahen mich durchdringend an. »Ich hoffe, ich habe euch nicht gestört.«

Ich war so verblüfft von diesem Eingeständnis, daß ich Mühe hatte, Elliots Blick standzuhalten und nicht zu Jay hinüberzusehen.

So beiläufig wie möglich bemerkte ich: »Ich meine, ich hätte dich irgendwann rumoren gehört. Was hat dich denn um diese nachtschlafende Zeit noch umgetrieben?«

»Wieder mal ein sizilianischer Brauch, aber leider kein so angenehmer. Hier in der Gegend gibt es einen ziemlichen Gauner. Leporino heißt er. Er wohnt drüben in Customaci. Er ist Schafhirte und reich geworden, weil er direkt unter den Augen der *carabinieri* Heroin geschmuggelt hat. Man vermutet, daß er es im Pelz seiner Schafe transportiert hat. Auf jeden Fall hat man mir das erzählt.

Und jetzt behauptet Leporino, daß er der rechtmäßige Besitzer der Wiese ist, auf der Clio ihre Bienenstöcke stehen hat. Früher hat er seine Schafe auf der ganzen Bergseite des Monte Castello weiden lassen, und jetzt meint er, daß irgendein ominöses Naturgesetz ihm das Recht gibt, die Wiese als seinen Besitz anzusehen. Don Calo hätte ihn darum betrogen, sagt er. Aber soviel ich weiß, ist das glatt gelogen. Und nachdem Don Calo Leporino schlichtweg ignoriert, trägt er die Geschichte eben mit den Leuten aus, die eine größere Angriffsfläche bieten. Clio glaubt, daß für ihre Bienenstöcke keine Gefahr besteht, weil die Einheimischen abergläubisch sind und sie außerdem Angst davor haben, über Don Calos Land zu gehen. Mit dieser Annahme liegt Clio teilweise richtig, aber der alte Leporino pfeift auf Aberglauben und im übrigen auch auf Don Calo. Er würde die Bienenstöcke bestimmt eines Tages anzünden, wenn er von mir kein Geld bekäme – und das Ganze auf den bösen Blick schieben, wenn Clio sich darüber aufregen sollte.«

»Was mußt du ihm denn zahlen?« fragte Jay. Er saß rittlings auf seinem Stuhl und hatte die Hände auf die Lehne gelegt.

»So um die hunderttausend Lire pro Jahr, plus gelegentlich eine Kiste Honig. Ich habe allerdings den Verdacht, daß es ihm weniger auf das Geld ankommt, als auf den Kick, mich herumkommandieren zu können. Und besondere Freude bereitet es ihm, wenn er mich mitten in der Nacht rausjagen kann. Er besteht darauf, daß wir uns auf der Wiese treffen und daß ich den Jeep zu Hause lasse, weil die Leute ja den Motorenlärm hören könnten. Also erscheine ich mit dem Esel, und er erwartet mich im Mercedes. Prestigeobjekte sind hier oben von eminenter Bedeutung«, fügte er trocken hinzu, »das wird euch jeder Anthropologe bestätigen.«

»Und vergangene Nacht hast du dich wieder mit ihm getroffen?« fragte ich.

Elliot nickte. »Allerdings. Er war nur nicht da. Ich kann euch sagen, dieser Leporino mit seinen Spielchen geht mir langsam, aber sicher auf die Nerven.«

»Was sagt denn Clio dazu?«

»Sie weiß nichts davon. Außerdem gehört es zu meinem Job, mit solchen Sachen alleine klarzukommen.«

»Warum erzählst du es nicht Don Calo?« fragte Jay. »Ich meine, er ist doch derjenige, der hier das Sagen hat...«

»Jeder Gefallen hat seinen Preis. Deshalb kläre ich solche Angelegenheiten lieber selbst und hebe mir seine Gunstbezeugungen für Wichtigeres auf.«

Damit wäre wohl alles erklärt, dachte ich bei mir: die Kiste auf Orlandos Rücken, das Päckchen unter Elliots Arm, das wohl ein Bündel Lire in einem Briefumschlag gewesen sein mußte, und das wütende Gesicht von Elliot, als er zurückkam. So bizarr sich seine Geschichte auch anhörte, sie erschien mir dennoch glaubwürdig. Nichts, so mußte ich zugeben, war zu unwahrscheinlich, um auf dieser Insel nicht doch wahr sein zu können, einer Insel, auf der das Fernsehen und der böse Blick einträchtig nebeneinander existierten, einer Insel, auf der die Menschen keinen Widerspruch darin sahen, Tag für Tag nicht nur die Heilige Jungfrau, sondern auch die »Frauen der Unterwelt« anzubeten. Aber wie verhielt es sich mit einem Ausländer, einem Amerikaner, der schon viel zu lange hier gelebt hatte? War es möglich, diese Widersprüche miteinander in Einklang zu bringen, und trotzdem davon unberührt zu bleiben?

Jay fragte Elliot, ob Hugo auch Schutzgelder zahlen mußte.

»Das bezweifle ich. Hugo hat hier oben auf jeden Fall mehr Autorität als ich. Ich dagegen gebe die ideale Zielscheibe ab.« Er lächelte gequält. »Der Inbegriff des ignoranten Amerikaners, der sich nicht einmal die Mühe macht, die Sprache zu lernen. Vielleicht geschieht mir das ganz recht.«

Elliot sprach so offen über seine Schwächen, daß ich plötzlich große Zuneigung zu ihm empfand. Und mehr noch: Ich wollte ihm glauben, wollte ihm vertrauen. Aber ein Rest von

Zweifel blieb dennoch. Vielleicht benutzte er diese Form der Selbstanklage ja als Werkzeug, um Neidgefühle zu entschärfen, die sein gutes Aussehen erwecken konnte. In diesem Moment setzte er das Werkzeug vermutlich ein, um unsere Bedenken zu zerstreuen. Elliot sei ein »Schieber«, hatte Clio gesagt – vielleicht verschob er ja auch Emotionen.

Trotz ihrer Vorbehalte war Clio mit ihm befreundet; und Hugo hatte offenbar genügend Vertrauen und Zuneigung zu ihm, um ihm zu erlauben, im Turm zu wohnen. Nur Don Calos Meinung über Elliot war ambivalent. Nicht ambivalenter allerdings, als Don Calo selbst es war.

Elliot schüttete den restlichen Kaffee fort und stellte die Tasse in die Spüle. »Wart ihr schon im Turmzimmer?«

Wir nickten, und in der folgenden, kurzen Gesprächspause überlegte ich, ob ich Elliot fragen sollte, wie er mit der Aufarbeitung von Hugos Unterlagen vorangekommen sei. Bevor ich ihn jedoch darauf ansprechen konnte, fuhr er hastig fort: »Also, wenn ihr beide nichts Besseres vorhabt, könnt ihr mir ja beim Generator helfen. Leider ist Matteo nicht erschienen, und alleine schaffe ich es nicht.«

Jay warf mir einen Blick zu. Ich wußte, daß er an unser Treffen mit Luke dachte. »Brauchst du denn uns beide? Ich helfe dir gerne, aber Alison wollte eigentlich zur Wiese und ein bißchen schwimmen gehen. Du hast doch nichts dagegen, oder?«

»Aber nein«, gab Elliot zur Antwort. »Wegen Clios Bienen gehe ich nie bei Tag hin.« Ich war erleichtert, das zu hören, denn ich hatte schon befürchtet, daß er uns begleiten wollte.

»Außerdem stünde ich euch ohnehin nur im Weg«, setzte ich eilig hinzu. »In meiner Gegenwart fällt jede Maschine normalerweise von selbst auseinander.«

»Ach, und ich habe immer gedacht, daß die Frauen sich heutzutage lieber die Zunge abbeißen, bevor sie so etwas einem Mann gegenüber zugeben«, bemerkte Elliot lächelnd. »Also, nur los. Aber an dieser Küste würde ich nicht allein zum Schwimmen gehen. Manchmal gibt es hier recht heftige Strömungen.«

»Danke für den Hinweis.« Als ich die Schultertasche aufhob, fiel mir etwas ein. »Glaubst du, daß ich Leporino heute auf der Wiese über den Weg laufen könnte?«

Elliot schüttelte den Kopf. »Ich habe ihn vor einer halben Stunde gesehen, als ich über den Hauptplatz von Custonaci gefahren bin. Da saß er noch im Schlafanzug auf seinem Balkon, und hat so getan, als würde er mich nicht kennen.«

»Im Schlafanzug?«

»So zeigst du der Welt, daß du zu den ganz Großen gehörst. Du brauchst nicht wie die anderen armen Schweine früh am Morgen aufzustehen, also hängst du so spät wie möglich noch im Schlafanzug herum.«

»Das erinnert mich an die Aufsichtsschüler im Internat«, lachte Jay und holte die Lunchpakete aus seinem Rucksack.

Vorsichtig polsterte ich das in meiner Schultertasche versteckte Honigglas mit Brötchen und Käse ab, dann packte ich das *acqua minerale* ein, die Kirschen kamen obenauf. Die Tasche hatte ein ziemliches Gewicht, würde auf dem Rückweg aber leichter sein. Ich kündigte an, in etwa zwei Stunden wieder zurück zu sein.

Nachdem ich die Totenstadt hinter mir gelassen und den Anstieg begonnen hatte, gestand ich mir ein, daß Jay mir fehlte. Bisher hatte ich mich immer so danach gesehnt, allein zu sein, wie sich ein Einsiedler nach seiner Klause sehnt, und auf dieser Reise war ich nie allein gewesen. Selbst in Bonn, als Bernd jedes Wochenenden bei mir verbracht hatte, hatten wir darauf geachtet, daß jeder auch seine eigenen Kreise zog. Aber mit Jay war es anders. Ich hatte ihn gern um mich.

Andererseits würde es ohne Jay einfacher sein, weil ich ihn nicht immer wieder beschwichtigen müßte, nicht den Vermittler zwischen ihm und Luke zu spielen bräuchte. Jay machte ja kein Geheimnis aus seiner Abneigung gegen Luke. Und natürlich freute ich mich darauf, mit Luke allein zu sein.

Der Weg zur Wiese lief steil den Berg hinauf. Der steinige Boden war übersät mit scharfkantigen, kalkweißen Felsbrokken, Zeugen von gefährlichen Steinschlägen, die immer wieder den Berg herunterdonnerten. Bald hatte ich Casteddu und den Turm weit hinter mir gelassen, und dann waren sie hinter der Bergflanke verschwunden. Wie ein Faden führte der Pfad zwischen der nackten Felswand über mir und einem steilen Abhang zu meiner Rechten entlang, übersät von losem Schiefergestein und Felsbrocken. Bei einem Sturz würde mein Körper den ganzen Abhang hinunterkollern und dann wie Ikarus in ein Meer stürzen, das von hier aus so weit entfernt schien wie der Himmel.

Die sengende Mittagssonne knallte gnadenlos auf die Felsen, ihre reflektierten Strahlen versetzten die Luft in Vibration. Sie pulsierte im Gegentakt zum rhythmischen Dröhnen der Zikaden, ich war umringt von Hitze- und Schallwellen. Und über allem lag ein feiner Kalkstaub, über den breiten, wie Paddel geformten Armen des Feigenkaktus, den rasiermesserscharfen Blättern des Espartograses, sogar über den kleinen, grauen Eidechsen, die zwischen den Felsbrocken umherflitzten – der Staub hüllte alles in Totenblässe. Hoch über meinem Kopf zog ein Raubvogel auf der Suche nach einem Opfer endlose, gleichförmige Kreise am Himmel. Und weit über dem Vogel ragte der Berggipfel wie ein buckliger, drohender Gott in die Höhe.

Einmal, als ich mich um einen Felsblock herummogelte, wäre ich beinahe auf eine Schlange getreten, die im Staub ein Sonnnbad nahm. Ich blieb wie erstarrt stehen, die Schlange entrollte ihren schwarzen Körper, beantwortete die Störung mit einem protestierenden Züngeln und glitt schläfrig unter einen Stein. Von da an nahm ich mir vor, genauer aufzupassen, wo ich hintrat.

Nach einem weiteren kurzen, aber anstrengenden Anstieg war ich endlich an der Südostflanke des Monte Castello angelangt, die direkt über der Wiese aufragte. Von da ab verlief der Weg flacher und senkte sich dann allmählich wieder dem Tal entgegen. Einen Augenblick lang blieb ich keuchend stehen, um mich von der Anstrengung zu erholen. Nach Osten ins Landesinnere hinein lag das einsame, sonnenverbrannte Herz des

Hinterlandes, ein weites Panorama unbewachsener, welliger Hügel, eingeklemmt zwischen weiteren Bergen; unter mir erstreckte sich die unbewohnte Felsküste nach Süden hin, die dunkle, gekrümmte Küstenlinie hob sich wie die Schneide eines Schwerts gegen das Meer ab, so rein und leuchtend wie der Himmel.

Von dieser Warte aus, mit den Augen eines Riesen gesehen, wirkten die Farben der wilden und trostlosen Landschaft voneinander getrennt und abgehoben – so wie Kinder eine Landschaft malen: Blau über Grau, ein Flecken Grün, dann Grau und schließlich wieder Blau – der Himmel, der Berg, die Wiese, die Klippen und das Meer. Erst ein genauerer Blick hinunter zu meinen Füßen enthüllte das leuchtende Rot, das Lila, Gelb, Orange, das sich zwischen den Felsbrocken verborgen hatte, die winzigen Wildblumen, deren Blüten die Kargheit der Landschaft noch verstärkten.

Weniger steil als beim Aufstieg führte der Weg nun in Serpentinen talwärts, die, übersät von Geröll, nicht ganz ungefährlich waren. Bald kamen die Bambusdächer von Clios Bienenstöcken ins Blickfeld, strohfarbene Rechtecke über einer Grasfläche, die heute noch eine Spur gelber schien, nachdem die Sonne mit stetiger Kraft die Feuchtigkeit von der Wiese gezogen hatte.

An einer Stelle, wo der Weg eine Kehre machte, um im Zickzack die letzten dreißig Meter abzusteigen, gab es einen flachen Felsenüberhang, einen natürlichen Vorsprung, ungefähr sechs Meter über der Weide. Dort legte ich eine Verschnaufpause ein und sah mich nach Luke um. Aber die Wiese lag verlassen da.

Dann übertönte das Brummen eines Automotors das Zirpen der Zikaden. Ich lief hinunter zu den großen Felsblöcken, zwischen denen die letzten Meter des Weges verliefen und versteckte mich dahinter, weil es ja auch jemand anderer als Luke sein konnte. Ich hatte wenig Lust, mit Leporino über Besitzrechte zu diskutieren. Eine Autotür schlug zu, und kurz darauf erschien Luke auf der Bildfläche, mit einem dunkelblauen Polohemd und Khakihosen. Von einer Schulter baumelte seine Kamera.

Als ich hinter den Felsblöcken hervorkam, knackte etwas unter meinen Sohlen. Er drehte sich überrascht um.

»Hallo Persephone. Wo kommst du denn her?«

»Von da oben.« Ich zeigte auf das kleine Felsenband, das sich über uns bergwärts wand. »Nicht von unten, Gott sei Dank. Zehn Minuten gestern in der Höhle von Clio haben mich erahnen lassen, was Persephone zu erleiden hatte. Hat nicht irgend jemand mal gesagt, daß es besser ist, auf der Erde zu dienen, als in der Hölle zu regieren?«

»Na, ganz hast du es nicht getroffen. Aber ich weiß, was du meinst. Wo ist Jay?«

Ich klärte ihn auf. »Er läßt dich schön grüßen.«

»Lügnerin.«

Wir setzten uns ins Gras. Mit einem Stoßseufzer der Erleichterung legte ich die schwere Schultertasche ab und rieb mir die Stelle, an der der Riemen ins Fleisch geschnitten hatte.

Ich drehte den Verschluß des *acqua minerale* auf und trank in gierigen Zügen aus der Flasche. »Du hast am Telefon so geheimnisvoll geklungen«, begann Luke. »Was ist passiert?«

Ich gab ihm die Flasche. »Einiges. Aber ich kann mir immer noch keinen rechten Reim darauf machen. Vielleicht kannst du mir ja auf die Sprünge helfen.«

Ich berichtete von Elliots mitternächtlicher Expedition und erzählte ihm, was Jay und ich an diesem Morgen gemacht hatten. Als ich zu der Stelle kam, wo wir mit Matteo in das Haus mit dem Riegel vor der Tür gestiegen waren, holte ich das Honigglas heraus, das wir mitgenommen hatten. »Das da haben wir in der Kiste gefunden«, sagte ich und gab es Luke.

Er hielt das Glas gegen die Sonne und drehte es langsam in seiner Hand. Das Licht schien durch den Honig auf das Stück Bienenwabe. Dann drehte er den Deckel auf, steckte einen Finger in den Honig und führte ihn an die Lippen. »Schmeckt eindeutig nach Honig.« Er holte ein rotes Schweizer Armeemesser aus seiner Hosentasche.

»Was ist daran so komisch?« fragte er, als er sah, wie ich lächelte.

»Eigentlich nichts. Nur daß du und Jay mehr gemeinsam habt, als ihr vermutet.«

Er warf mir einen Blick zu. »Ja, den Eindruck habe ich auch allmählich.«

Er beugte seinen Kopf über das Glas und piekste mit der Messerspitze an die Wabe, was nur dazu führte, daß er sie noch tiefer ins Glas drückte. Etwas Honig floß zäh über den Rand und lief die Glaswand hinunter. »Das ist merkwürdig«, sagte Luke. »Das Messer ist wirklich scharf – es sollte eigentlich ein Leichtes sein, die Honigwabe aufzuspießen. Aber dieses Zeug leistet doch tatsächlich Widerstand.«

»Vermutlich weiß ich, warum.« Ich erzählte ihm von der Bienenwabe aus Kunststoff, die ich in der Kiste unter den Säkken gefunden hatte.

Schließlich bekam Luke die Wabe doch mit dem Messer zu fassen und zog sie aus dem flüssigen Honig. »Du hast recht«, sagte er. »Das ist Kunststoff.« Er hielt die Wabe über das Gras und drehte sie hin und her, um den überschüssigen Honig ablaufen zu lassen. Ein paar von Clios Bienen kamen herübergesummt, um nachzuschauen, was hier los war. Nach einer Weile nahm er die andere Hand dazu und zog an beiden Seiten der Wabe. Sie ließ sich leicht auseinanderreißen. Aber der Hohlraum in der Wabe war leer.

»Das wird ja immer merkwürdiger«, sagte Luke.

»Wart nur ab, es kommt noch besser. Wenn ich dir nämlich erzähle, wie Elliot das Ganze erklärt hat.«

»Hast du ihn denn gefragt, wo er war?«

»Das war gar nicht nötig. Er hat es mir freiwillig erzählt.« Als ich geendet hatte, fügte ich noch hinzu: »Das wäre vielleicht eine Erklärung für die Kunststoffwabe. Vielleicht wollte Elliot Leporino eines auswischen. Vielleicht wollte er ihm klarmachen, daß mit ihm auch nicht gut Kirschen essen ist.«

»Vielleicht.« Luke schien nicht restlos überzeugt. Er hielt die beiden Stücke hoch und starrte sie eine Weile an, drückte sie dann wieder zusammen und setzte die nachgemachte Wabe wieder ins Glas. Allmählich schloß sich die klare, goldene Flüssigkeit wieder um den Fremdkörper. »Ich würde mit dem Glas gerne nach Palermo fahren und es analysieren lassen. Im Konsulat müßte man das eigentlich schnell erledigen können. Eigentlich schmeckt es nach nichts anderem als nach Honig, aber wissen kann man nie.«

»Du erinnerst dich doch, daß ich dir von dem gestrigen Streit zwischen Clio und Giudico erzählt habe. Also, auch dafür hat Elliot eine Erklärung parat.«

»Elliot scheint wohl für alles eine Erklärung zu haben«, bemerkte Luke, als ich ihm auch davon berichtet hatte. Mit einem Seitenblick, so als warte er geradezu auf Widerspruch, fügte er hinzu: »Weißt du, Alison, ich würde fast vorschlagen, daß ihr nicht noch eine weitere Nacht im Turm bleibt. Gott behüte, daß ich dir oder Jay vorschreiben möchte, was ihr tun sollt, aber...«

Ich lächelte. »Ich bin einverstanden. Mit beiden Vorschlägen. Elliot ist nicht so sehr der Grund, weshalb wir ausziehen wollen – auf seine Art ist er wirklich liebenswert –, aber die Gegend ist einfach zu abgeschieden. Ich habe mich dazu entschlossen, Clio zu fragen, ob wir bei ihr wohnen können. Jay ist auch damit einverstanden. Clio hat vor, am späten Nachmittag nach Castell'alto raufzukommen. Wenn sie ablehnt – was ich mir allerdings nicht vorstellen kann –, fahren wir eben wieder nach Erice.«

»Braves Mädchen.«

Inzwischen hatte sich ein kleiner Bienenschwarm um den Honig im Gras versammelt, also verzogen wir uns woandershin. Ich packte das Picknick aus. »Und was ist mit dir, kann ich damit rechnen, daß du ehrlich zu mir bist, was Hugo betrifft?«

»Ich war schon immer ehrlich, Alison. Ich habe dir nur nicht alles erzählt. Aber du weißt auch...«

»Guter Junge«, bemerkte ich zuckersüß. Ich gab ihm ein Brötchen, belegt mit einer Scheibe Käse. Dann machte ich mir auch ein Brötchen zurecht. Obwohl durch die Strapazen der

Reise leicht zusammengedrückt, war die hellbraune Kruste des Brotes noch knusprig, innen aber war es luftig und weich, und der Käse schmeckte würzig und leicht salzig. Die Kombination ergab ein köstliches Aroma.

Während wir aßen, erzählte mir Luke das Wenige, das er wußte. »Im Jahre 1983 haben ein paar abtrünnige Offiziere versucht, Gaddhafi zu stürzen. Dieser Staatsstreich wurde offenbar blutig niedergeschlagen. Wir wurden dahingehend informiert, daß Raphael mit dem fehlgeschlagenen Umsturz zu tun hatte. Er stand einem der inhaftierten Offiziere, einem Mann namens Salim, recht nahe.«

Salim. Der Name aus dem Notizbuch.

Luke bemerkte meinen Gesichtsausdruck. »Weißt du etwas darüber, Alison?«

»Ich habe dir doch von den Notizbüchern erzählt, die Jay und ich im Zimmer von Hugo gefunden haben. Also, dieser Name, dieser Salim, taucht in den letzten Eintragungen auf, bevor er nach Libyen gegangen ist.«

»Was sonst noch?«

»Nichts. Nur der Name. Und auch nur ein einziges Mal.«

Luke wirkte enttäuscht. »Es ist nur eine Theorie« sagte er, »aber es wäre ja immerhin möglich, daß Hugos Verbindung zu diesem Mann irgendwie mit seiner Reise nach Libyen zu tun hat. Vielleicht hat Gaddhaffi Hugo mit Salim erpreßt, damit er für ihn arbeitet. Wie auch immer, jedenfalls hat Hugo das Land verlassen, nachdem Salim aus dem Gefängnis ausgebrochen war.«

»Was ist aus Salim geworden?«

»Das wissen wir nicht.«

»Demnach hat mein Vater die ganze Zeit, während man ihn dafür verdammt hat, für Gaddhaffi zu arbeiten, möglicherweise sogar insgeheim gegen ihn gearbeitet?«

»Das ist nicht sicher. Falls es so war, hat die amerikanische Regierung jedenfalls nichts davon gewußt.«

»Und du weißt es auch nicht.«

Er mußte mir zustimmen.

Ich hielt es für unglaubwürdig, daß Hugo in einen Umsturzversuch verwickelt gewesen sein sollte, und sagte das Luke auch. »Hugo ist nie ein politischer Mensch gewesen, Luke. Ich kann mir einfach nicht vorstellen, wie er auf die Idee kommen sollte, Gaddhaffi zu stürzen. Das macht überhaupt keinen Sinn.« Ich war durcheinander und unerklärlicherweise wütend, eigentlich konnte ich mir gar nichts erklären. Vielleicht war ich deshalb so wütend. Je mehr ich über meinen Vater erfuhr, desto rätselhafter wurde er mir. Aber war ich jemals der Meinung gewesen, er sei ein einfacher Mann? Ich reichte Luke die Tüte mit den Kirschen und legte mich ins Gras zurück, schloß meine Augen und hielt mir zum Schutz gegen die gleißende Sonne einen Arm vors Gesicht.

Nach einer Weile nahm Luke eine Kirsche am Stengel und hielt sie vor meinen Mund. Sie war warm und reif, und als ich hineinbiß, lief ein süßes, dunkles Rinnsal an meinem Kinn hinunter und am Hals entlang. Ich setzte mich auf und wischte mein Kinn mit dem Handrücken sauber. Dann fütterten wir uns gegenseitig mit Kirschen, bis die Tüte leer war. Die heiße Luft war erfüllt mit dem Duft von Thymian und wilder Minze, dem Parfum der Demeter.

Schließlich stand Luke auf und hielt mir den gestreckten Arm entgegen. »Wo ist eigentlich die Höhle, von der du mir erzählt hast?«

Ich führte ihn hin, zündete eine der Laternen an und zeigte ihm auch den kleinen Kelch. Wir suchten nach irgendeinem Hinweis darauf, daß Elliot vergangene Nacht in dieser Höhle gewesen war. Falls ja, hatte er nicht die geringste Spur hinterlassen. Dann stiegen wir den Weg hinunter zur kleinen Bucht. Unter unseren Füßen knirschten die Schalen winziger Schnekken, und graue und gelbe Disteln mit aufgeplusterten Köpfen raschelten an unseren Beinen. Bei jedem Schritt scheuchten wir Horden von Grashüpfern auf, die erschreckte Luftsprünge vollführten. Die Felsen waren übersät mit Insekten, kleinen Reptilien, fetten Spinnen, den unvermeidlichen Ameisen, und auch einem Leguan mit blassem, ballonförmigem Kopf und weitgespreizten Beinen, wie aus einem Horrorfilm, kreuzte unseren Weg. Bienen, Hornissen und Libellen schwirrten um unsere Köpfe, und einmal gaukelte ein Schmetterling, groß wie ein Vogel, die Klippen hinunter, und ein orangefarbener Mini-Raubvogel ließ sich von der Thermik treiben.

Während unseres Abstiegs nahm die Hitze noch zu, es war, als hätte die Sonne von allem Besitz ergriffen, die Luft vibrierte, ihre Strahlen schienen alles zu durchdringen, selbst die kleinste Felsritze. Wie ein flacher Kiesel tanzte sie auf dem Meer, sprang gleißend in unsere Augen, blendete uns. Die mattweißen Kalksteinfelsen, die sich über uns auftürmten, tauchten die winzige Bucht in weißes Licht, die Sonne brannte auf den Sand wie durch ein Vergrößerungsglas. Hier unten sengten ihre Strahlen viel stärker als oben auf der Wiese. Die Zwillingsfelsen, die sich aus dem Meer erhoben, leuchteten und schimmerten wie Geysire. Hier unten war alles eingebettet in brütender Hitze.

Eine gestreifte grüne Eidechse lag apathisch in der Sonne und machte keinerlei Anstalten, ihren Platz auf dem Stein zu räumen. Hoch über uns hing ein Vogel mit ausgebreiteten Flügeln wie an unsichtbaren Fäden in der flirrenden Luft, ein Farbtupfer im blauen Löschpapierhimmel.

Alles hier war intensiver: die Hitze, das Licht, die Stille. Luke und ich standen schweigend auf dem Sand, so nahe beieinander, daß ich spürte, wie zwischen uns die Hitze wie eine dünne Membran vibrierte, und starrten auf das Meer hinaus. Eine Schweißperle bildete sich an seinem Haaransatz und perlte über seine Stirn. Automatisch hob ich eine Hand und wischte das Rinnsal von seiner Stirn, bevor es ihm in die Augen laufen konnte. Seine Stirn war heiß, und sein Blick, als er sich zu mir umdrehte, wirkte benommen von der Hitze, fast fiebrig.

»Alison.«

Er sprach meinen Namen mit so viel Empfindung aus, es hörte sich beinahe wie eine Liebeserklärung an, und ich wußte sofort, daß sein Gefühl auch das meine war. Aber es war einfach zu heiß. Ich konnte keinen klaren Gedanken fassen, und es war in letzter Zeit zuviel passiert, das ich nicht verstand. Ich wanderte zum Wasser hinunter, wo der Sand allmählich in steinigen Felsgrund überging. Die See wellte sich wie ein abgerollter Ballen Thai-Seide, saphir- und jadefarben mit einem Hauch von Amethyst, schimmerte sie in ständig wechselnden Farben. Auf der Wasseroberfläche schwappte ein dichter Unkrautteppich von roter Farbe, von dem lange Tentakel herunterhingen. Ein hektischer Schwarm winziger Fische flitzte durch die Pflanzen, formte erst breite und dann wieder schmale Bänder von silbrigem Blau, wenn der Schwarm auf einem Wimpernschlag die Richtung wechselte.

Meinen Badeanzug hatte ich im Turm in Jays Rucksack vergessen, aber wenn ich schon nicht schwimmen konnte, wollte ich doch wenigstens im Wasser waten. Ich zog meine Turnschuhe aus und rollte die Hosen bis zum Knie hoch.

Luke bemerkte den blauen Fleck auf meinem Bein. »Was hast du denn da gemacht?« Seine Stimme klang brüchig.

»Ach, da habe ich Bekanntschaft mit einem Stein gemacht, als ich letzte Nacht hinter Elliot hergeschlichen bin. Ist nur ein Kratzer.«

Das überhörte er, kniete sich vor mir auf den Sand und berührte mit der Spitze seines Zeigefingers vorsichtig die Haut rund um die Schwellung. Sein gebeugter Kopf entblößte einen samtigen, von der Sonne gebräunten Nacken. Sein Haar schimmerte im Sonnenlicht wie das Fell eines Pelztieres. Ich hatte Mühe, der Versuchung zu widerstehen, ihn zu berühren.

Er stand auf, als er merkte, daß ich zitterte. »Habe ich dir weh getan?« Seine haselnußbraunen Augen sahen mich forschend an.

Ich brachte kein Wort heraus. Meine Kehle war so ausgedörrt, als hätte sich der feine, weiße Staub des porösen Gesteins um meine Stimmbänder gelegt.

Er legte die Hände auf meine Schultern und ließ sie über die nackte Haut meiner Arme gleiten. Widerstandslos suchte ich den Kontakt mit seinem Körper, vorangetrieben von einer Kraft, die ich nie zuvor erlebt hatte, und für die ich keinen Namen wußte. Einen Herzschlag lang geschah nichts. Die Zeit hing an einem unsichtbaren Faden wie der Habicht über uns. Dann holte Luke Luft und beugte sich zu mir herunter.

Sein Mund schmeckte süß nach Honig und Kirschen, salzig nach dem Schweiß auf seiner Oberlippe. Ich legte ihm die Hand auf den Nacken und streichelte den Flaum, der in dem Grübchen am Ansatz seines Kopfes wuchs – es fühlte sich auf seiner straffen, heißen Haut wie Seide an. Dieser Kuß und die Art, wie sich unsere Körper fanden, befreiten mich von aller Ungewißheit meinen Gefühlen gegenüber. Es gab nichts, niemanden, den ich in diesem Augenblick so sehr begehrte wie ihn.

Als wir uns voneinander lösten, war ich wie benommen, mein Herz klopfte, als wäre ich zu weit und zu schnell gelaufen. Ich legte eine Hand auf Lukes Brust. Durch den dünnen Stoff spürte ich, wie sein Herz pochte.

Ich schaute auf das Meer hinaus. »Ach, ist das schön«, flüsterte ich, und meine Stimme war mir fremd. »Ich würde so gerne schwimmen.«

»Und warum tust du es nicht?«

»Ich habe keinen Badeanzug dabei.«

»Und – ist das vielleicht ein Hindernis?«

»Nun ja. Vielleicht hast du recht.«

»Na also.«

Wir wandten uns voneinander ab und zogen uns aus. Kurz danach hörte ich hinter mir ein Platschen und sah gerade noch, wie Luke mit nacktem Hintern einen Delphinsprung ins Meer vollführte, ein gekrümmter, weißer Rücken tauchte ins Wasser. Einmal tauchte er auf, sank langsam wieder ins Wasser zurück und schwamm dann davon, sein Körper, geschmeidig und blaß, durchpflügte wie ein Pfeil das in allen Farben schillernde Wasser.

Ich faltete meine Sachen ordentlich zusammen und legte sie auf einen Felsen nahe am Wasser, watete hinaus und tauchte ihm hinterher. Unter Wasser veränderte sich das Sonnenlicht zu einem milchigen Ton, es durchstach die filigranen Schleier des burgunderroten Seegrases, das sich, verankert auf dem Grund des Meeres, sanft in der Strömung wiegte. Das Wasser fühlte sich auf meiner Haut kühl und dann wieder warm an. Die Temperatur schien mit den Farben zu wechseln, erst smaragdgrün, dann apfelgrün, blau...

Ich tauchte zum Luftholen auf und bemerkte Luke hinter mir. »Komm, schwimmen wir um die Wette bis zum anderen Ende der Bucht«, sagte er. »Ich gebe dir Vorsprung.«

»Brauch ich nicht.« Ich war eine gute Schwimmerin und hatte mich in den ausgezeichneten deutschen Schwimmbädern, die mir über den langen, feuchten Winter in Bonn hinweghalfen, sogar noch verbessert.

Aber bald stellte sich heraus, daß ich nicht ganz so gut wie Luke war. Er schlug mich mit Leichtigkeit. Ich krönte ihn mit einem Stück gelben Seetangs und gab ihm auf beide Wangen den Siegeskuß, bei dem es natürlich nicht blieb. Wassertretend und eng umschlungen gingen wir unter; an Mund und Beinen miteinander verbunden, drehten wir uns wie Fische unter einem Netz des Verlangens.

Atemlos und prustend strampelten wir wieder zur Oberfläche. Ich öffnete die Augen und bemerkte eine Möwe, die auf einem Felsen hockte und uns mit einem Auge neugierig beobachtete; vermutlich waren wir für sie exotische Meeresbewohner, möglicherweise sogar eßbar. »Voyeur«, lachte Luke und spritzte Wasser nach ihr. Mit einem lauten, beleidigten Krächzen flatterte sie davon.

Ich wand mich aus Lukes Armen und sah zu den über uns ragenden Klippen hoch. »Von dort aus könnten uns, wer weiß, wie viele Leute beobachten, nicht nur Möwen. Und außerdem muß ich jetzt wirklich los.«

Während ich mich ankleidete, ließ Luke sich auf dem Rükken im Wasser treiben. »Ein Gentleman würde seine Augen zumachen«, meckerte ich.

»Und dabei die Wunder der Natur verpassen? Du solltest dankbar sein, daß ich meine Kamera gerade nicht zur Hand habe. Aber ich werde etwas tun, um dein Schamgefühl nicht zu strapazieren…« Er griff sich eine Handvoll Seegras und legte es sich quer über den Bauch, waodurch er mich sofort an den Priapus in Clios Garten erinnerte.

Der Aufstieg zur Wiese war steil und heiß. Ich spürte Luke hinter mir, stellte mir vor, wie er atmete, wie sich sein Körper bewegte, und fühlte mich auf einmal schwerfällig, träge. Als ich stehenblieb, um nach Luft zu schnappen, trat er hinter mich und drückte mich wortlos und zärtlich an sich. Fast schmerzhaft spürte ich seine Hand, die meinen Körper streichelte. Ich konnte es nicht fassen, weshalb es so lange gedauert hatte, bis ich meine Gefühle wahrgenommen hatte. Das mußte wahre Liebe sein, dachte ich, das Verlangen nach mehr als dem Körper, ein Gefühl der Verbundenheit.

Als wir uns am Fuß der *trazzera* voneinander verabschiedeten, fragte ich Luke, was er den Rest des Nachmittags noch vorhätte.

»Ich fahre nach Palermo, weil ich den Honig analysieren lassen möchte. Ich werde auf jeden Fall versuchen, mich später noch mal bei dir zu melden, wenn ihr bei Clio Hunt seid.«

»In San Teodoro gibt es eine Bar auf der großen Piazza…« Ich beschrieb ihm die Bar, in der Jay und ich zusammen mit Clio gewesen waren. »Ich werd es schon irgendwie schaffen, dich dort am Abend zu treffen. Sagen wir so um acht?«

»In Ordnung.« Luke streichelte zärtlich mit einem Finger meine Wange. »Paß gut auf dich auf, Alison.«

Der Rückweg über die Bergflanke zog sich endlos hin. Die Luft war drückend und schwül, und ich hatte des Gefühl, das einzige Lebewesen zu sein, das da auf dem sengend heißen Felsenpfad unterwegs war. Sogar die Eidechsen hatten sich in den Schatten verzogen. Und auch der Himmel trug zu der Szenerie noch bei, er hatte eine dünne Schicht Gelb aufgelegt, wie Gaze, die das Blau herausfilterte.

Über der Nordwestflanke bemerkte ich einen schmalen, dunkelgrauen Wolkenstreifen am Horizont, der wie eine schwere Decke auf den runden Gipfeln der nördlichen Bergkette lastete. Noch während ich hinsah, verbreiterte sich der

Wolkenstreifen zusehends. Das hieß, daß die Wolken nach Süden zogen, und zwar rasend schnell. Ein leichter Wind zog auf und blies mir ins Gesicht, ein Schirokko war im Anzug.

Ich ging schneller. Ich konnte mir nur zu gut vorstellen, was es hieß, auf diesen exponierten Felsenplatten von einem Sturm überrascht zu werden.

Casteddu und die verfallene Burg kamen bald in Sicht, eine Spielzeugstadt, ein Puppenturm, die an Größe zunahmen, je näher ich ihnen kam. Noch etwas weiter unten tauchte plötzlich Elliot auf, mit Jay im Schlepptau. Selbst aus dieser Distanz sah ich die Erleichterung auf ihren Gesichtern, als sie mir zuriefen, mir winkten. Als ich näherkam, hörte ich Jay rufen: »Wir haben gesehen, daß ein Sturm aufzieht, und befürchtet, daß du es nicht mehr rechtzeitig zurückschaffst.«

»Sieht beängstigend aus«, sagte Elliot, als ich die beiden erreicht hatte. »Und wenn es hier einmal losbricht, würde ich keinem raten, sich in den Bergen aufzuhalten.«

Eilig liefen wir zusammen den Weg hinunter.

23

Der Sturm fegte vom Norden herein und brachte einen Schwall kalter Luft mit sich. Der Himmel verfärbte sich zitronengelb und verfinsterte sich mit den heranstürmenden Wolkenmassen zu einem tiefen, wütenden Grau. Die Seevögel strebten dem Landesinneren zu, sie flohen vor dem Sturm. Ihre krächzenden, aufgeregten Schreie zerrten an meinen Nerven. Sogar die Vögel ziehen ab, dachte ich und wünschte, wir könnten mit ihnen fliegen.

Bald war es im Turm so dunkel, als wäre es schon Abend. Elliot zündete die Öllampen an und wanderte unruhig im Zimmer umher. Etwas beschäftigte ihn, er war nervös, und daran war bestimmt nicht nur der Sturm schuld. Jay saß auf der anderen Seite des Raumes und las in einem Buch. Nach einer Weile – Regen und Wind hatten noch zugenommen – gaben wir unsere Bemühungen um höfliche Konversation auf. Geistesabwesend blätterte ich in einer Zeitschrift und dachte an Luke. Hoffentlich hatte er den aufziehenden Sturm rechtzeitig bemerkt und seine Absicht aufgegeben, noch nach Palermo zu fahren.

Auch um Clio machte ich mir Sorgen. Wenn sich das Wetter nicht bald besserte, würde sie heute vielleicht gar nicht mehr nach Castell'alto kommen. Auch nicht schlimm, sagte ich mir, denn wir waren ja motorisiert, und sobald sich der Sturm gelegt hatte, könnten uns keine zehn Pferde mehr hier halten.

Elliot, sonst immer die Ruhe selbst, war so angespannt, daß ich erleichtert war, als er sich endlich entschuldigte und meinte, er wolle in Hugos Zimmer noch an ein paar Unterlagen arbeiten. Ich wartete einige Minuten, und sobald ich sicher sein konnte, daß er außer Hörweite war, erzählte ich Jay von meinem Treffen mit Luke – gewisse Einzelheiten ließ ich allerdings aus. Jay berichtete, daß er mit Elliot zwei ereignislose Stunden mit der Reparatur des Generators zugebracht habe. Da war Elliot noch vergleichsweise locker gewesen. »Aber sobald er merkte, daß ein Sturm aufzieht, wurde er nervös. Er hat erklärt, daß er sich Sorgen um dich macht.«

»Darauf wette ich!«

Das unaufhörliche Trommeln der Regentropfen gegen die Steinmauern begann mich zu zermürben. Also tappte ich in die Küche, um uns einen Tee zu kochen. In dem schummrigen Licht wäre ich beinahe über Jays Rucksack gestolpert, der auf dem Fußboden lag. Plötzlich fiel mir wieder diese merkwürdige Sammlung von Skizzen ein, die wir aus der Mappe in Hugos Zimmer genommen hatten. Vielleicht waren sie ja ohne Bedeutung, und er hatte sie, wie andere Zeichnungen auch, nur einfach hingekritzelt – Hugo hatte auch früher schon oft gedankenverloren Skizzen entworfen, während er sich über ein ganz anderes Thema unterhielt. Andere Leute malen Männchen, er entwarf eben Skizzen; aber falls dem so war, weshalb hatte er die Blätter dann aufgehoben? Und warum hatte er die Mappe ausgerechnet so beschriftet? Die Frau im Labyrinth. Das mußte doch etwas bedeuten.

Ich hob den Rucksack auf und ging zu Jay hinüber. Ich flüsterte ihm ins Ohr, daß ich mir die Zeichnungen genauer ansehen wollte. »Aber dazu gehe ich besser auf mein Zimmer.«

Jay holte den Umschlag aus dem Rucksack und gab ihn mir. »Soll ich mitkommen?«

»Noch nicht. Ich kann besser denken, wenn ich alleine bin.« Ich griff mir eine der Lampen und ging nach oben.

Nachdem ich hinter mir zugeschlossen hatte, breitete ich die sieben Zeichnungen auf dem Fußboden aus. Eine ganze Weile saß ich da und betrachtete sie, versuchte, irgend etwas daraus zu lesen, einen winzig kleinen Anhaltspunkt zu finden, irgend etwas, was mir bekannt vorkam.

Alle Blätter hatten das gleiche, europäische Standardformat, es handelte sich um ganz normales Zeichenpapier, nur die Zeichnungen selbst wiesen unterschiedliche Formen auf. Im großen und ganzen waren es geometrische Formen, ein Rechteck, eine Art Parallelogramm und Dreiecke verschiedener Größen. Jede Skizze hätte gut ein Plan einer kleinen, labyrinthartig angelegten, mittelalterlichen Stadt sein können, mit vielen, kleinen Gäßchen, kurzen Straßen, unregelmäßig geschnittenen Häusern und Plätzen. Ich nahm eine Zeichnung nach der anderen in die Hand und studierte sie genau. So verging mindestens eine halbe Stunde, während Wind und Regen gegen den Turm peitschten, dann hörte ich ein leises Klopfen an der Tür. Jay rief leise nach mir. Ich ließ ihn herein.

»Na, schon etwas entdeckt?« fragte er, nachdem er die Tür leise hinter sich geschlossen hatte.

Ich schüttelte den Kopf. »Irgend etwas kommt mir bekannt vor, aber ich komme einfach nicht dahinter, was es ist.« Ich saß mit gekreuzten Beinen auf dem Fußboden, die Zeichnungen hatte ich um mich drapiert. »Ich würde zu gerne wissen, was diese verschiedenen Formen zu bedeuten haben.«

»Sieht wie ein Puzzle aus«, bemerkte Jay.

Natürlich! Jay hatte völlig recht. Es war so kindisch einfach, daß ich mich fast schämte, daß mir das nicht gleich aufgefallen war.

»Gib mir bitte die rosa Plastiktasche«, bat ich Jay. »Dort auf meinem Koffer.« In der Tasche lag mein Reisenecessaire, aus dem ich jetzt eine kleine Schere holte. Schnell schnitt ich jede Zeichnung zurecht, begradigte die Linien und paßte auf, nicht daneben zu schneiden. Jay sah mir schweigend zu. Bald hatte ich alle sieben Formen ausgeschnitten. Ich legte sie so aneinander, daß sie zusammen ein großes Quadrat bildeten.

Jay schaute verdutzt auf das Ergebnis. »Also, damit kann ich immer noch nichts anfangen. So wie du die Zeichnungen zusammengelegt hast, macht es immer noch keinen Sinn, oder?«

»Aber sieh doch. Es ist ein Tangram.« Er verstand noch immer nicht. »Hast du denn nie mit einem Tangram gespielt?«

»Keine Ahnung. Was ist das?«

Ich erklärte es ihm. »Es ist ein Puzzle aus sieben Teilen - ein Quadrat, ein Parallelogramm und fünf Dreiecke verschiedener Größen. Man muß alle sieben Formen so zusammenlegen, daß sie eine Figur ergeben. Als ich acht oder neun war, hat mir Hugo ein Tangram aus dem neunzehnten Jahrhundert geschenkt. Damals waren Tangrams der letzte Schrei. Ich weiß noch, daß es aus Holz war, handbemalt; es hat wunderschön ausgesehen. Mein ganzes Besuchswochenende bei ihm habe ich damit gespielt. Er hat mir erzählt, daß man über sechshundert Figuren daraus legen kann, und damals wollte ich jede einzelne Figur unbedingt selbst legen.«

Jay lernte schnell. »Du glaubst also, wenn wir diese Teile richtig zusammensetzen, können wir ein Muster erkennen?«

»Ganz bestimmt.«

»Super. Jetzt müssen wir uns nur noch sechshundert Formen ausdenken.«

»Aber nein.« Allmählich bekam alles einen Sinn. »Du weißt doch, was er auf die Mappe geschrieben hat? ›Die Frau im Labyrinth.‹ Also, wenn wir aus den Teilen eine weibliche Figur komponieren können, müßten wir die Lösung haben.«

Wir legten die Formen nochmals auf dem Fußboden aus,

und ich begann, sie zu arrangieren. »Das Wesen eines Tangrams ist, daß es eher eine Figur skizziert, als sie genau darzustellen. Unser Gehirn ist darauf ausgerichtet, eine bestimmte Form zu legen. Was wir dagegen tun müssen, ist, die Teile so zusammenzusetzen, daß wir eine Form erhalten, die nur vage an eine Frau erinnert. Ursprünglich kommt das Tangram aus China, also kann man davon ausgehen, daß die zusammengelegten Teile an eine Frau erinnern werden, die orientalisch gekleidet ist.«

Während ich die Teile mischte, versuchte ich mich an die Figuren zu erinnern, die ich in meiner Kindheit gelegt hatte. Nach vielen falschen Ansätzen und einigen Figuren, die zwar irgendwie weiblich waren, aber zusammengesetzt weder eine Landkarte noch ein Diagramm ergaben, fand ich schließlich des Rätsels Lösung. Zu meiner Überraschung erinnerte das Ergebnis auch vage an die Figur, die auf der Münze an meiner Halskette im Profil dargestellt war: eine aufrecht stehende Frau in einer langen Tunika, mit erhobener Hand. Die zwei größten Dreiecke bildeten den Sockel oder den Rock des langen Kleides oder des Kimonos, das Parallelogramm formte eine Art Turnüre auf ihrer Rückseite, die drei kleineren Dreiecke waren Brust, Schultern und hochgerechter Arm, und das Quadrat, auf einen der Schenkel des Schulterdreiecks gesetzt, bildete den Kopf. Jetzt flossen die Linien der verschiedenen Pläne ineinander, verbanden sich, und eine einzige Karte war entstanden.

Als ich fast schon fertig war, rief Jay, der neben mir hockte. »Schau doch, das muß die Karte eines Höhlensystems sein, das mit Clios Höhle verbunden ist! Schau doch, das da ist doch Clios Höhle!« Er zeigte mit dem Finger auf den unteren, rechten Winkel der untersten Form, auf eines der großen Dreiecke, welche den Sockel der Figur bildeten. »Das hier ist der Eingang, und das da muß der Tunnel sein…«

»Bist du sicher?«

»Aber ja, jetzt, als ganze Karte macht es plötzlich Sinn. Ich habe schon jede Menge Höhlenkarten gelesen – Kartenlesen muß man nämlich können, wenn man sich für Höhlen interessiert. Das ist ganz bestimmt Clios Höhle. Und hier ist der Tunnel. Drehen wir die Figur doch mal in Richtung der Kompaßrose, schau, so.« Er drehte die Teile vorsichtig in eine bestimmte Richtung. »Clios Höhle liegt im Südwesten, also muß das übrige Tunnelsystem folglich unter dem Monte Castello verlaufen, und das da« – er zeigte auf das Quadrat, das den Kopf der Figur bildete – »schau, das ist fast von der übrigen Figur abgetrennt, das muß demnach Casteddu sein. Der lange Tunnel da könnte noch ein zusätzlicher Eingang sein, der hinauf unter das Plateau führt. Wenn alles maßstabsgerecht ist, müßte der Tunnel…«

»Unter dem *castello* herauskommen«, beendete ich den Satz für ihn.

Jay hob die quadratische Zeichnung auf und studierte ihre Einzelheiten. Aufgeregt sagte er: »Dort, wo die Waffen gelagert waren, diese Arsenal- oder Waffenkammer oder wie immer die heißt, mit der versperrten Tür, von der Elliot immer behauptet hat, daß nur Hugo den Schlüssel besitzt – erinnerst du dich? Der Eingang muß direkt darunter sein. Auf jeden Fall ist das auf der Karte hier eingezeichnet. Ich würde nur zu gerne mal nachsehen…«

»Kommt nicht in Frage«, sagte ich bestimmt, weil ich schon wußte, was er vorschlagen wollte. »Keine Entdeckungsreisen mehr. Wenn Hugo auftaucht, kannst du ihn um eine geführte Tour bitten. Aber wenn dieser Sturm hier abgeflaut ist, verschwinden wir von hier. Ich habe die Nase voll von verfallenen Schlössern und Türmen und Höhlen. Den Reiz der Gothik habe ich ohnehin nie nachempfinden können.«

Jay sah enttäuscht aus, aber er war ein guter Verlierer. »Wahrscheinlich hast du recht.« Dann: »Was denkst du, war der Grund, daß Hugo zu einem Puzzle Zuflucht suchte?«

»Welches Datum stand denn auf der Mappe? 1938! Ich glaube, wir können ruhig davon ausgehen, daß er die Landkarte bei seinem ersten Besuch in Castell'alto gezeichnet hat. Damals war er achtzehn – vielleicht hat es ihm einfach Spaß gemacht. Hugo war ja schon immer Feuer und Flamme für Puzzles und Mysterien. Und ich nehme an, daß er das Tangram gewählt hat, weil er so sicher sein konnte, daß es niemand sonst verstehen würde.«

»Und was hat er geheimhalten wollen?«

»Das, was er schon geheimhielt, als er Don Calo und die anderen gerettet hat. Ein Höhlensystem, das von der Wiese bis hinauf nach Casteddu führt.«

»Aber warum wollte er es geheimhalten?«

»Weil er gehofft hat, da unten etwas zu finden.« Ich dachte noch ein wenig über diese Vermutung nach, und allmählich ergab es einen Sinn. »Wenn er schon etwas gefunden hätte, hätte Hugo bestimmt kein Geheimnis mehr daraus gemacht. Er war schließlich Archäologe. Und er war schon immer der Meinung, daß man Funde sofort veröffentlichen muß. Also bin ich mir sicher, daß es etwas gewesen sein muß, was er dort zu finden glaubte, aber noch nicht gefunden hatte. Ich vermute mal, daß es irgendwie mit dem Kult der Göttin zu tun hat, der nach Clios Ansicht vor langer Zeit in Casteddu existiert haben muß. Vielleicht hat er deshalb Probleme mit Giudico bekommen. Er wußte, daß da unten etwas ist, und hat versucht, es vor ihm zu finden. Nur daß sein Freund bei diesem Vorhaben ums Leben kam, und es ihn beinahe das Augenlicht gekostet hat.«

In diesem Moment hörten wir Elliot die Treppe herunterkommen. In unserem Eifer hatten wir ihn ganz vergessen. Erst jetzt fiel mir auf, daß der Wind nicht mehr heulte. Ich ging ans Fenster, öffnete die Läden und – siehe da – es regnete nicht mehr. Nach Norden hatte sich der Himmel aufgeklart, die Wolkenschicht über uns zeigte schon wieder blaue Löcher. Das Meer war noch immer aufgewühlt und voller weißer Schaumkronen, aber der Sturm war weitergezogen.

Von unten rief Elliot nach uns. Hastig verstaute ich die Zeichnungen in Jays Rucksack. »Komm, laß uns nach unten gehen.«

»Ich weiß nicht, in welchem Zustand die Straße jetzt ist«, gab Elliot zu bedenken. »Wollt ihr immer noch von hier fort?«

Als wir bejahten, meinte ich Erleichterung in seinem Gesicht zu sehen. Ich ging meinen Koffer holen.

»Und falls Clio doch noch heraufkommen sollte?«, fragte Jay, als wir in den Jeep stiegen.

»Dann werden wir ihr bestimmt auf der Straße begegnen«, antwortete ich.

Die Straße nach Castell'alto hinunter war zwar aufgeweicht und stellenweise recht matschig, aber der Jeep schaffte es ohne größere Schwierigkeiten. Die schräg einfallenden Strahlen der späten Nachmittagssonne ließen die nassen Felsen wie Kristalle glitzern, und der Duft von warmer, feuchter Erde und Jasmin wehte von den angelegten Gärten herüber. Aber als wir auf die Piazza in Castell'alto fuhren und Elliot uns beide aussteigen ließ, war von Clio weit und breit nichts zu sehen.

Gerade als wir uns von Elliot verabschiedeten, tauchte Matteo am anderen Ende des Platzes auf und kam zu uns herüber. »Sie gehen fort?« fragte er. Als wir dies bejahten, schüttelte er den Kopf. »Das nicht möglich. Ich komme, um zu berichten. Straße ist schlecht. Viel Schlamm ist auf Fahrbahn. Vielleicht morgen besser, aber jetzt… geht nicht.«

Ich sah Jay enttäuscht an. »Dann wird unsere Sightseeingtour wohl noch etwas warten müssen.« Dann zu Elliot: »Jetzt wirst du es mit uns leider noch eine Nacht aushalten müssen.«

Es sprach für ihn, daß er ein Lächeln zuwegebrachte. »Ist schon in Ordnung.« Aber er klang nicht gerade erfreut.

Während Elliot Matteo über den Erdrutsch ausfragte, hievte Jay meinen Koffer wieder auf den Jeep. Dabei flüsterte er mir zu: »Wir könnten ja auch zu Don Calo hinaufwandern, wenn du heute nacht nicht im Turm schlafen willst.«

Der Vorschlag klang beinahe verlockend, aber ich schüttelte den Kopf. Lupaia war auch keine echte Alternative zum Turm, denn beide waren gleich abgelegen und ihre Besitzer gleichermaßen unergründlich. Abgesehen davon gab es keinen wirklichen Grund, weshalb wir uns scheuen sollten, noch eine weitere Nacht in Casteddu zu verbringen. Wenn Elliot unbedingt noch nach Einbruch der Dunkelheit in den Bergen herumspazieren wollte, konnte er es von mir aus gerne tun. Jay und ich würden ihm bestimmt nicht mehr nachspionieren.

Matteo verabschiedete sich und machte sich auf, um bei den Aufräumarbeiten auf der Straße zu helfen. Bevor wir wieder in den Jeep kletterten, sagte ich zu Elliot, daß ich Clio noch gerne eine Nachricht hinterlassen würde. »Sie hat mir eine Nummer gegeben, unter der ich sie erreichen kann.« Bei dieser Gelegenheit wollte ich gleich auch noch Luke anrufen.

»Da muß ich dich leider enttäuschen«, gab Elliot zur Antwort. »Matteo hat mir gerade erzählt, daß durch den Erdrutsch auch die Telefonleitungen unterbrochen wurden.«

Falls Luke rechtzeitig bemerkt hatte, daß ein Sturm aufzieht, war er bestimmt in Castell'alto geblieben. Folglich müßte er auch wissen, daß uns nichts anderes übriggeblieben war, als eine weitere Nacht im Turm zu verbringen. Falls er aber nach Palermo gefahren war, würde er es auf keinen Fall mehr nach Castell'alto zurück schaffen. Egal, ob er mit Clio gesprochen hatte oder nicht: Er mußte wissen, daß wir in Casteddu in der Falle saßen. Aber ich wollte sicher gehen, und deshalb schlug ich vor: »Nun, Jay und ich würden uns gerne ein bißchen in Castell'alto umsehen, wenn wir schon einmal hier sind. Du brauchst nicht auf uns zu warten. Wir kommen dann zu Fuß hinauf.« Ich wollte zur Pensione Bella Vista gehen und mich selbst überzeugen, ob Luke da war oder nicht.

»Ich kann ja ein bißchen Fremdenführer spielen«, meinte Elliot.

»Das ist lieb von dir, aber es ist wirklich nicht nötig...«

»Es macht mir aber nichts aus. Außerdem ist der Weg nach oben im Moment nicht gerade ideal für Fußmärsche. Da seid ihr im Jeep besser aufgehoben.«

In diesem Moment haßte ich Elliot regelrecht. »Nun gut, vielen Dank.«

Vermutlich erkundeten wir bei unserm Rundgang jede einzelne Straße, jeden Winkel in Castell'alto, aber in Erinnerung ist mir nur wenig geblieben. »Das sieht aber interessant aus«, verkündete ich stereotyp, wenn wir an einer weiteren, tristen, düsteren Gasse vorbeikamen. Oder rief mit verzweifeltem Enthusiasmus: »Kommt, laßt uns da hinuntergehen. Eine solche Mauer habe ich noch nie gesehen.« Leicht amüsiert, aber mit Fassung ertrug Elliot meinen Appetit auf sizilianische Wohnarchitektur. Vielleicht machte er Hugos Gene dafür verantwortlich. Aber Luke und die Pensione Bella Vista blieben trotz aller Bemühungen unerreichbar. Irgendwann gab ich mich, ausgelaugt und müde, wie ich war, geschlagen. Außerdem wurde es ohnehin allmählich dunkel.

Die Fahrt nach Casteddu hinauf verlief recht einsilbig. Elliot hatte offenbar keine Lust zum Reden, und weder Jay noch ich wollten das Schweigen brechen. Nach einem wortkargen Abendessen mit Sardellen, Brot und Salat entschuldigte sich Elliot, er würde wieder an die Arbeit gehen. Vielleicht wollte er ja die verlorene Zeit aufholen, bevor Hugo zurückkam. Oder sollte er etwa die Absicht haben, Beweismaterial über seine sonstigen Aktivitäten zu beseitigen? Beweismaterial, das wir übersehen hatten?

Jay und ich gingen nach draußen, um den Sonnenuntergang zu bewundern. Es war ein spektakuläres Feuerwerk, das die Unterseite der Wolken in Farbschattierungen von Orange bis Rosa beleuchtete. Das Meer hatte sich wieder beruhigt und atmete nur noch flach und erschöpft, wie immer nach einem Sturm. »Sperr heute nacht deine Tür bloß gut zu«, riet ich Jay, als wir an der Steinmauer lehnten und auf das Wasser schauten. »Gleich morgen früh fahren wir los, und wenn wir uns den Weg hinunter freischaufeln müssen.«

»Irgendwie kann ich mich schwer von hier trennen«, sagte Jay mit wehmütiger Stimme. »Manchmal habe ich das Gefühl, als wäre er hier. Ich meine Hugo. So, als könnte jeden Moment die Tür aufgehen und er hereinkommen...«

Wir gingen früh schlafen. Ich wartete vor Jays Tür, bis ich den Bolzen einrasten hörte und machte es mir dann in meinem Zimmer mit Buch und Taschenlampe bequem; unten in einer Schublade hatte ich Batterien dafür gefunden. Eigentlich wollte ich noch ein Weilchen lesen, aber die Müdigkeit von der vergangenen Nacht steckte mir noch in den Knochen und auch der Fußmarsch zur Wiese und wieder zurück und nicht zuletzt unser Rundgang durch Castell'alto hatten mir so zugesetzt, daß mir meine Augen immer wieder zufielen und ich plötzlich eingeschlafen war.

Als die Taschenlampe mit einem dumpfen Poltern zu Boden fiel, wachte ich auf. Meine Armbanduhr zeigte kurz nach elf.

Steif vom unbequemen Liegen, stand ich auf und streckte mich. Mein Mund war ausgedörrt, und ich hatte vergessen, die Thermosflasche, die neben meinem Bett stand, aufzufüllen. Leise öffnete ich die Zimmertür und tappte über den Treppenabsatz zum Badezimmer hinüber, um mich aus der Wasserkaraffe fürs Zähneputzen zu bedienen. Auf dem Rückweg bemerkte ich, daß Jays Tür zwar zugezogen, aber nicht geschlossen war. Besorgt klopfte ich an, öffnete die Tür und schaute hinein.

Jays Zimmer war leer, sein Bett war nicht einmal benutzt.

Ich rannte nach unten.

Auch Elliot war fort.

24

Ich versuchte, nicht in Panik auszubrechen. Dann fiel mir Jays wehmütiger Blick vom Nachmittag wieder ein, als er davon gesprochen hatte, wie sehr er sich wünschte, Hugos geheimen Eingang zum Höhlensystem zu finden. Wahrscheinlich hatte er seinen Forscherdrang nicht unterdrücken können. Aber als ich hinaus zu der abgesunkenen Tür lief, die zur unterirdischen Waffenkammer führte, fand ich das Schloß unberührt.

Ich stand mitten im Hof und rief nach Jay. Es war mir egal, wieviel Lärm ich machte. Die einzige Antwort, die ich erhielt, war ein Rascheln zu meinen Füßen, und ein kleines Nachttier nahm schlängelnd im Staub Reißaus. Angsterfüllt starrte ich hinauf zum Monte Castello. Der Mond hing über dem Berg wie ein einzelnes, böses Auge, das mich zornig anstierte. Sollte Jay etwa Elliot auf einem weiteren seiner Streifzüge zur Wiese gefolgt sein... Der schreckliche Gedanke verlieh mir Flügel, und ich rannte durch die Totenstadt zum Haus mit der blauen Tür. Als ich dagegen drückte, schwang die Tür auf und gab den Blick in einen leeren Raum frei. Das Vorhängeschloß schaukelte am Riegel. Zwei Häuser weiter stand das obere Teil des Gatters offen; Orlando war nicht in seinem Stall. Jetzt war mir alles klar. Ich lief zur Brücke und strengte meine Augen an, um an der weiten, finsteren Bergflanke die unsichtbare Linie des Weges auszumachen. Ich bemühte mich, irgend etwas zu entdecken, irgend eine Bewegung wahrzunehmen.

Und dann, weit oben, nahm ich die Umrisse eines Mannes und eines Esels wahr.

Elliot und Orlando waren an dem Punkt angelangt, an dem der Weg hinter der Bergkuppe verschwand. Ich beobachtete, wie sie hinter der Kuppe verschwanden, und bemerkte plötzlich etwa zehn Meter hinter ihnen einen dunklen Flecken auf dem Weg, der allmählich menschliche Gestalt annahm und dann wieder mit den Felsen verschmolz. Der Warnruf, den ich hatte ausstoßen wollen, erstickte in meiner Kehle zu einem Flüstern. Elliot durfte ja nicht wissen, daß er von Jay verfolgt wurde. Etwas zwang diesen Mann dazu, heute nacht auf den Berg zu steigen, aber der Grund war sicherlich ein sehr viel prosaischerer als die Geschichte mit dem erpresserischen Schafhirten, die er uns aufgetischt hatte. Den ganzen Nachmittag über hatte Elliot den Eindruck erweckt, am Rand eines Abgrunds zu stehen. Und nun war der Abgrund real geworden: Zu seinen Füßen ging es fünfhundert Meter senkrecht nach unten.

Und auch zu Jays Füßen.

Auf der Mitte der Fußgängerbrücke schaute ich wieder nach oben. An der äußeren Kurve des Weges war einen Herzschlag lang eine verstohlene, dunkle Gestalt zu sehen, allein, abgehoben gegen den Nachthimmel.

Ich rannte über die Brücke und begann, den Pfad hinaufzusteigen. Der Sturm hatte ihn mit Schlamm und Geröll übersät.

Es war schwer, festen Tritt zu fassen. An mehreren Stellen hatten Orlandos umwickelte Hufe auf der dünnen, nassen Erdschicht breite, undeutliche Abdrücke hinterlassen.

Die Angst um Jay machte mich unvorsichtig. Ich hastete vorwärts, fast im Laufschritt, rutschte plötzlich seitlich von einem losen Stück Schiefer ab und geriet ins Straucheln. Verzweifelt kämpfte ich um mein Gleichgewicht, dabei verfing sich mein rechter Fuß in einer Felsspalte – und zwar so gründlich, daß die Gummisohle des Schuhs unverrückbar festsaß. Beim Versuch, den Fuß mit einem Ruck herauszuziehen, rührte sich der Schuh um keinen Millimeter. Und, was schlimmer war: Mein Fuß war so stark verdreht, daß ich mich weder hinsetzen noch gerade stehen konnte. Fluchend beugte ich mich nach unten, um den Fuß aus dem festgeklemmten Schuh zu befreien. Nach mehreren schweißtreibenden Minuten, hatte ich den obersten Klettverschluß so weit gelockert, daß ich den Fuß aus dem Schuh ziehen konnte. Behutsam bewegte ich den Knöchel und war erleichtert, als ich keine Schmerzen spürte.

Dann befreite ich den Schuh aus dem Spalt und zog ihn mir wieder an. Von da an war ich vorsichtiger.

Der Weg, diese langsame Wanderung über die steile, leere Mondlandschaft aus weißen Felsen, zog sich endlos hin. Die farblosen Arme der Feigenkakteen stachen entgeistert zur Seite, als ich um sie herumstieg, sie schienen wie vor Schreck erstarrt. Eindringling, kehr um, schienen sie mir zuzurufen. Tief unter mir glitzerte die schwarze See mit kaltem Leuchten. Nur der Gedanke an Jay, der irgendwo da oben sein mußte, trieb mich vorwärts über die Flanke dieser weiten, angsteinflößenden Leere.

Endlich sah ich sie, nahe am höchsten Punkt des Weges auf einem kurzen Abschnitt offenen Geländes, auf dem keine Felsblöcke herumlagen. Elliot und der Esel, zwei kleine Gestalten, deren Silhouetten sich gegen den schimmernden Felsen abhoben. Sie kamen schnell voran. Elliot ging vorneweg, mit vorgebeugtem Oberkörper strebte er die Steigung hinauf, Orlando trottete ihm mit einer großen, unförmigen Last auf dem Rükken hinterher. Ich wußte, daß Jay ihnen folgte, und strengte mich an, zwischen den Felsblöcken eine menschliche Gestalt zu entdecken.

Aber ich konnte niemanden entdecken, obwohl ich wartete, bis Elliot und der Esel die letzten Meter bis zum höchsten Punkt des Weges hinter sich gebracht hatten und in südöstlicher Richtung verschwunden waren.

Möglicherweise hatte ich ihn übersehen, weil er sich geduckt und an die Felsen gedrückt hatte. Es war schon schwierig genug, einen einzelnen Mann mit einem Esel auf diese Distanz auszumachen, geschweige denn, jemanden, der sein Bestes gab, unentdeckt zu bleiben. Ich rieb mir die Augen, die allmählich schmerzten. Was, wenn Jay irgendwo auf dem Weg ausgerutscht war? Ich war drauf und dran, nach ihm zu rufen, so laut, daß das Echo vom ganzen Berg widerhallte.

Dann durchzuckte mich der Gedanke, Jay könne das Risiko erkannt und die Verfolgung aufgegeben haben. Möglicherweise war er ja schon auf dem Weg zurück zu mir. Angespornt von dieser plötzlichen Hoffnung kämpfte ich mich weiter den Weg hinauf. Nach jeder Kehre, jedem Felsblock, meinte ich ihn zu sehen.

Etwa zehn Minuten später war ich ganz oben auf der Südostflanke des Monte Castello angelangt – und von Jay immer noch keine Spur. Weit hinten im Osten markierten kleine, helle Stecknadelköpfe Ortschaften, die während des Tages nicht zu sehen waren. Unter mir lag der Weg, der ins Tal führte, eingehüllt in eine dunkle, leere Stille. Der warme Nachtwind blies mir um die Ohren, zerrte an meinen Kleidern wie eine ruhelose, nach Unterschlupf suchende Seele.

Der Abstieg stellte sich als der gefährlichste Teil der Wanderung heraus. Für jeden, der von der Wiese zufällig nach oben schaute, mußte ich wie auf dem Präsentierteller liegen, denn der Weg war klar und deutlich vom Mondlicht beschienen. Also drückte ich mich, so gut ich konnte, an die Felsen und hielt mich im Schatten, ständig begleitet von der Angst, daß schon der kleinste Fehltritt einen verräterischen Steinschlag verursachen konnte. Nach schier endlosen Minuten, in denen ich mir vorsichtig einen Weg von Versteck zu Versteck suchte, erreichte ich die breite, überhängende Felsplatte oberhalb der Wiese. Daran angrenzend ragte die Klippe steil nach oben, ihr Schatten reichte über die halbe Felsplatte. Auf dem Bauch liegend, arbeitete ich mich vorsichtig bis an die Kante dieser Aussichtsplattform heran. Der scharfkantige Kalkstein drückte durch den dicken Stoff meiner Jeans und der Baumwollbluse gegen meinen Körper. Der Stein roch nach einem scharfen, pfefferartigen Kraut, das in den Felsritzen wuchs. Die Oberfläche des Felsens war trotz des gerade überstandenen Sturms trocken, als hätte der ausgedörrte Felsen jeden Tropfen Regen gierig in sich aufgesogen.

Irgendwo weit draußen auf dem Meer hörte ich das entfernte *Put-Put* eines Motors, vielleicht waren es Fischer, obwohl ich die Positionslichter ihrer Boote nicht erkennen konnte. Dann, fast direkt unter mir, hörte ich das leise Wiehern von Orlando. Erschreckt drückte ich mich flach auf den Felsen, eine Wange auf den Stein gepreßt. Nach einer Weile hob ich vorsichtig den Kopf, bis ich über die Kante auf die Wiese sehen konnte.

Elliot führte den Esel geradewegs hinter die Felsblöcke, die den Eingang zu Clios Höhle abschirmten. Der Mond beleuchtete die kleine Wiese wie eine starke Bogenlampe, zeichnete scharfe Kanten, hob die Umrisse der Felsen hervor, vertiefte die Schatten. Aber von Jay noch immer keine Spur. Ich wußte, daß ich mich ruhig verhalten mußte, wenn ich ihn schützen wollte, aber die Sorge um ihn nagte an mir wie die Kieferwerkzeuge eines lästigen Insekts.

Nach ein paar Minuten kam Elliot ohne den Esel wieder heraus. Er ging zur Kante der Felswand hinüber, unter der die Bucht lag. Offenbar hatte er eine Taschenlampe bei sich, denn als er die rechte Hand hob, durchdrang ein starker Lichtstrahl die dunkle Nacht. Er knipste das Licht dreimal an und aus. Als Antwort blitzte ein Lichtzeichen aus der tiefen Schwärze des Meeres auf. Elliot drehte sich um und kam über die Wiese zurückgelaufen. »Sie sind so weit«, sagte er. Seine Stimme war laut und durchschnitt die nächtliche Stille.

Einen schrecklichen Augenblick lang dachte ich, daß er mit mir sprach. Aber er sah geradeaus, nicht nach oben.

Schritte knirschten auf Geröll. Wie ein kleiner Gnom trat Giudico Coccalo hinter den Felsblöcken am Höhleneingang heraus. Sein mißgebildetes Gesicht sah jetzt noch schrecklicher aus als bei Tageslicht. Es erinnerte an die Maske eines heimtückischen Satyrs, wirkte fast unmenschlich. Er und Elliot standen in der Mitte der Wiese und redeten aufeinander ein; sie waren zu weit entfernt, als daß ich hätte hören können, worüber sie sprachen.

Aber dann wurden ihre Stimmen immer lauter, und mir wurde klar, daß sie sich stritten. Mit einem Fluch schlug Giudico die Faust in die Handfläche. »Nein!« schrie er, »glaubst du, ich bin blöd?«

»Um Himmels willen, Giudico, beruhige dich doch.« Elliot schrie zwar auch, aber seine Stimme hörte sich nicht wütend an. »Mach einfach, was ich dir sage, und alles wird gutgehen. Mit der Geschichte wird dich ohnehin niemand in Verbindung bringen. Später, wenn sich alles wieder beruhigt hat, melde ich mich bei dir.«

»Ich sag dir, du bist verrückt, wenn du das Mädchen zurückläßt. Sie wird dir nichts als Schwierigkeiten bereiten.«

»Verdammt noch mal, Giudico. Misch dich jetzt nicht ein, sonst machst du alles kaputt...«

Plötzlich wurde meine Aufmerksamkeit von etwas anderem geweckt. In dem Durcheinander von Felsblöcken am unteren Ende des Weges, wo ich mich heute morgen verborgen gehalten hatte, als ich auf Luke wartete, bewegte sich etwas. Bestimmt war es Jay. Er machte zwar kein Geräusch, aber schon die pure Bewegung allein hatte genügt, meine Aufmerksamkeit auf ihn zu lenken. Ich mußte ihn unbedingt warnen. Er durfte auf keinen Fall sein Versteck verlassen.

Seine dunkle Gestalt schlich wie ein lautloses Gespenst langsam von Felsen zu Felsen, nutzte die Felsblöcke als Schutz, versuchte, noch näher an Elliot und Giudico heranzukommen. Er hielt sich am Rand der Wiese, auf der dem Berg zugewandten Seite. Als er hinter einem Felsblock kurz verschnaufte, sah ich ihn ganz klar. Der Schock war groß, als ich erkannte, daß es keineswegs Jay war, der da unter mir stand. Es war Luke.

Die Entfernung zwischen uns betrug nicht mehr als vielleicht sieben, acht Meter, aber ich hatte keine Möglichkeit, ihm zu signalisieren, wo ich mich befand. Ich konnte weder das Risiko eingehen, einen Stein hinunterzuwerfen, noch ihn durch einen Laut auf mich aufmerksam machen. Jedes Geräusch, das ich machte, würde auch von Elliot und Giudico gehört werden. Mir blieb nichts anderes übrig, als verrückt vor Angst und zur Untätigkeit verdammt, auf Beobachtungsposten zu bleiben. Aber schon plagte mich ein anderer Gedanke: Wenn es Luke war, der Elliot verfolgt hatte, wo war dann Jay?

Inzwischen hatten sich Giudico und Elliot offenbar geeinigt. Giudico nickte, als Elliot ihm einen anerkennenden Faustschlag an den Oberarm versetzte. Sie trennten sich. Elliot ging wieder in die Höhle zurück und Giudico auf die Riffkante zu. Er zog seine Windjacke aus, holte etwas aus der Tasche, das wie eine Zigarettenpackung aussah, und breitete die Jacke dann sorgfältig auf einem drei Meter von der Felskante entfernten Felsblock aus. Eine Weile stand er so da und starrte auf das Meer hinaus. Wahrscheinlich hielt er Ausschau nach dem Boot, das die Lichtsignale abgegeben hatte. Dann setzte er sich auf den Stein. Er saß gebückt, den Kopf gesenkt, es sah so aus, als versuchte er, sich eine Zigarette anzuzünden.

Inzwischen hatte Luke sein Versteck verlassen und schlich sich über die Wiese von hinten an Giudico an. Der Wind mußte das Streichholz ausgeblasen haben, denn Giudico drehte sich in diesem Moment um, weil er es mit dem Wind im Rücken nochmals versuchen wollte. Luke war keine zwei Meter von ihm entfernt. Giudico öffnete den Mund zu einem Schrei, der zu einem Grunzen erstickte, als Luke ihn ansprang und ihm die Faust ins Gesicht hieb.

Die beiden Männer krachten seitlich auf den Boden. Luke

lag halb auf Giudico, der sich noch im Fallen aus seinem Griff befreien konnte. Er versuchte, auf allen Vieren davonzukriechen, und streifte dabei mit einer Hand einen großen Stein. Er packte ihn und hob gerade den Arm, um Luke den Stein in die Seite zu donnern, als ich aufschrie.

Durch den Schrei war Giudico einen Moment abgelenkt, und diese Gelegenheit nutzte Luke, um ihn am Handgelenk zu packen und Giudicos Hand auf den Boden zu schmettern. Giudico heulte vor Schmerz auf, und der Stein entglitt seiner Hand.

Auch Elliot mußte mich gehört haben, denn er kam aus der Höhle gerannt, schaute nach oben und suchte mit den Augen den Berghang ab. Lange mußte er nicht suchen, denn ich war bereits auf dem Weg nach unten und daher voll in seinem Blickfeld. Wir sahen uns an, fixierten uns, und dann rannte er mir entgegen wie ein Tiger, der seine Beute nicht entwischen lassen will. Japsend blieb ich wie angewurzelt stehen. Weder hatte ich den Hauch einer Chance, Elliot zu entwischen, noch wollte ich Luke im Stich lassen. Geschweige denn, Jay, wo immer er auch sein mochte. Ich betete inständig, daß er die Nerven behielt und in seinem Versteck blieb, bis er Hilfe holen konnte.

Als Elliot merkte, daß ich nicht weglief, verlangsamten sich seine Schritte. Als er mich erreicht hatte, sagte er: »Du hättest im Bett bleiben sollen, Alison. Das hier geht dich nichts an.«

Ich hatte andere Sorgen und versuchte, an ihm vorbeizukommen. »Man muß die beiden doch auseinanderbringen«, setzte ich an.

»Ach, du möchtest Frieden stiften?« Seine Stimme klang amüsiert. »Nun, dann komm. Wir werden sie dazu bringen, die Friedenspfeife zu rauchen.« Damit drehte er sich um und ging vor mir her zur Wiese hinunter.

Luke und Giudico trugen am anderen Ende der Wiese, nahe am Rand der Klippe, einen verbissenen Ringkampf miteinander aus. Giudico war zwar kleiner als Luke, drehte und wand sich jedoch wie ein Wiesel und schlug wie ein Besessener um sich. Als Luke einen von der Seite geführten, harten Faustschlag verdauen mußte, gelang es Giudico, sich zu befreien und auf die Beine zu kommen. Er holte aus, um einen hinterhältigen Fußtritt auf Lukes Kopf zu landen, der aber verfehlte sein Ziel, weil Luke sich gerade noch rechtzeitig ducken konnte. Dafür packte er nun den Fuß von Giudico, der stolperte, die Balance verlor und der Länge nach hinfiel. Luke warf sich auf seinen Kontrahenten. Mit jeder Bewegung kamen die beiden immer näher an die Felskante heran.

»Greif doch endlich ein, Elliot!« schrie ich und packte ihn am Arm. »Um Himmels willen...«

Völlig gelassen antwortete Elliot: »Warte.«

Ich sah ihn entgeistert an. Er beobachtete den Kampf wie ein unbeteiligter Zuschauer, wie Nero, der seinen Blick auf zwei kämpfenden Gladiatoren ruhen ließ und dabei hin und her überlegte, welchen der beiden er wohl sterben lassen sollte.

Ich wollte mich ins Kampfgetümmel stürzen, aber Elliot streckte mir seine Hand entgegen, in der er einen kleinen, gefährlich aussehenden Revolver hielt. »›Warte‹, habe ich gesagt. Ich mach das schon.« In seinen Augen blitzte so etwas wie Vergnügen auf, und das erschreckte mich mehr als jede Drohung.

Jetzt lag Luke obenauf und drückte Giudico auf den Boden. Giudico schrie Elliot um Hilfe an.

Elliot seufzte. »Scheiße«, murmelte er. Bevor ich ihn daran hindern konnte, lief er über das Gras zu den beiden Männern hinüber und knallte den Revolvergriff auf Lukes Hinterkopf. Luke sackte in sich zusammen. Fluchend arbeitete sich Giudico unter dem bewußtlosen Luke hervor und rappelte sich auf. »*Porca miseria!*« geiferte er Luke an. »Wolltest du warten, bis er mich umgebracht hat?« Er preßte den Handrücken gegen seine heftig blutende Nase.

Als ich an Elliot vorbei zu Luke lief, deutete er mit dem Revolver auf mich. »Und da haben wir noch ein weiteres kleines Problem.«

Krank vor Angst kniete ich mich neben Luke. Er lag ausgestreckt auf der Seite mit dem Gesicht im Gras. Behutsam drehte ich ihn um. Seine Augen waren geschlossen, und sein Kopf lastete schwer auf meinem Arm. Ich tastete nach seinem Puls und war erleichtert, als ich spürte, wie er unter meinen Fingern pochte. An der Stelle, an der Elliot Luke mit dem Revolver getroffen hatte, spürte ich etwas Klebriges und Nasses an meinen Fingern. Blut lief seinen Hals hinunter. »Wir müssen ihn zu einem Arzt bringen«, rief ich in Panik. »Wenn er eine Gehirnerschütterung hat…«

Elliot stellte sich taub. »Und wer zum Teufel ist dieser ›er‹?«

»Ein Freund…«

Giudico ließ mich nicht ausreden. Er packte meinen Arm und riß mich grob auf die Füße. Ich schrie auf, als Lukes Kopf ins Gras knallte. »Was hat er hier zu suchen?« keifte Giudico. »Sieht er sich vielleicht auch Sehenswürdigkeiten an?«

»Laß mich los!« Ich riß mich von Giudico los und flehte Elliot an: »Es ist mir wirklich völlig egal, was ihr beide hier treibt. Von mir erfährt keiner ein Sterbenswörtchen. Ehrenwort! Nur bitte helft mir, Luke zu einem Arzt zu bringen.« Ich hatte noch nicht ausgeredet, da war mir schon klar, wie idiotisch es klang. Weshalb sollte jemand, der einen anderen kaltblütig bewußtlos geschlagen hatte, bereit sein, seinem Opfer auch noch zu helfen?

Elliot hörte mir nicht einmal zu. Er und Giudico waren schon wieder aneinandergeraten. Gott sei Dank hatte wenigstens Jay die Nerven behalten und ließ sich nicht blicken. Vielleicht war er schon zurück ins Dorf oder zu Don Calo gegangen, um Hilfe zu holen. Auf jeden Fall würde es bestimmt eine gute halbe Stunde dauern, eher noch länger, bis er jemanden aufgetrieben hatte, und dann waren es bestimmt noch mal zehn Minuten mit dem Auto bis zur Wiese herauf. Zeit im Überfluß also für das, was Elliot und Giudico für uns noch auf Lager hatten.

Erst jetzt bekam ich mit, worüber sich Elliot und Giudico stritten. Mit Entsetzen hörte ich, wie Giudico vorschlug, Lukes bewußtlosen Körper über die Klippen zu werfen und das

Ganze als Unfall darzustellen. Glücklicherweise war Elliot von diesem Vorschlag nicht begeistert. »Das können wir nicht machen, Giudico. Das macht alles nur noch komplizierter. Außerdem werden unsere Freunde bestimmt jeden Moment aufkreuzen. Sie würden eine Erklärung von uns verlangen. Es könnte sie sogar abschrecken.«

Giudico blieb stur. Er würde das Risiko, daß Luke überlebte, auf keinen Fall eingehen, schnaubte er wütend. »Du kannst jederzeit aus Sizilien abhauen. Ich nicht. Ich sage dir, ich will sicher sein, daß der Feind tot ist.«

Ohne auf Elliots Antwort zu warten, schob Giudico Luke die Arme unter die Achseln und begann, ihn zum Klippenrand zu ziehen. Ich hängte mich an Giudico und brüllte, daß er Luke um Gottes willen loslassen sollte, aber er schlug nur mit der Hand nach mir, und ich landete im Gras.

Elliot schaute zu mir herunter, streckte mir seinen Arm entgegen und half mir auf die Füße. »Ich habe dich gewarnt, daß Giudico seine Probleme auf diese Art löst.« Ich konnte es kaum glauben, aber er klang vergnügt.

»Wenn du ihn nicht aufhältst, Elliot«, schrie ich voller Verzweiflung, »sage ich ihm, daß du mit seiner Frau geschlafen hast.«

»Das wagst du nicht...«, begann er.

Ich ließ ihn nicht ausreden. Die Zeit lief mir davon. »Halt ihn auf«, bettelte ich. Dann mit lauter Stimme: »Giudico, weißt du eigentlich, daß...«

Elliots Stimme übertönte die meine. »Um Himmels willen Giudico, du brauchst ihn doch nicht gleich umzubringen. Hör mal, ich hab da eine Idee...«

Aber Giudico ließ sich nicht aufhalten. Einen knappen Meter vor dem Rand der Klippe ließ er Luke los und machte einen Schritt zum Abbruch hin. Vieleicht wollte er nachprüfen, ob es an dieser Stelle wirklich weit genug hinunterging. Aber der heftige Regen hatte den lockeren Grund am äußersten Rand der Klippe offensichtlich aufgeweicht, und Giudicos Gewicht tat das übrige. Er drehte sich zu uns um. Das blanke Entsetzen war ihm ins Gesicht geschrieben, als ihm klar wurde, was jetzt gleich passieren würde. Sein gesundes Auge war schreckgeweitet. Verzweifelt ruderte er mit den Armen in der Luft, aber da war nichts, woran er sich hätte festhalten, nichts, womit er seine Balance hätte wiedergewinnen können. Und dann gab der Boden unter ihm nach, und er war verschwunden. Ein abgerissener Entsetzensschrei, und dann Stille.

Ich rang nach Luft. Neben mir fluchte Elliot vor sich hin, ansonsten zeigte er keinerlei Gemütsregung, auch dann nicht, als er mich am Arm packte und zum Rand der Klippe zog. In Panik stemmte ich mich mit aller mir zur Verfügung stehenden Kraft dagegen und versuchte, mich aus seinem Griff zu winden.

»Sei doch nicht so dumm!« herrschte er mich an. »Glaubst du wirklich, ich werde dich Giudico hinterherwerfen? Ich möchte nur nachschauen. Weiter nichts.«

»Dann schau doch alleine nach. Ich gehe jedenfalls keinen Schritt weiter.«

Mit einem leisen, entnervten Stöhnen ließ er mich los. Ich kniete mich wieder neben Luke ins Gras und schleifte ihn so behutsam ich nur konnte, auf sicheres Terrain. Ich prüfte Puls und Atmung. So weit ich es beurteilen konnte, war alles stabil. Aus seiner Wunde sickerte immer noch Blut, aber nicht mehr so stark. Ich zog mein T-Shirt aus der Hose und riß einen Streifen davon ab, den ich um Lukes Kopf wickelte.

Elliot kam langsam zu mir herüber. Sein Gesicht war hart, starr – nicht so sehr aus Wut, als aus eiserner Konzentration. Er nickte, als ich ihn fragte, ob Giudico tot sei. »Niemand überlebt einen solchen Sturz.« Er zeigte mir den kleinen Revolver, den er bisher eher lässig in der Hand gehalten hatte, und befahl mir aufzustehen. »Du wirst mir jetzt etwas Gesellschaft leisten. Bis alles geregelt ist.«

»Und was ist mit Luke? Er braucht doch Hilfe…«

»So hart habe ich nicht zugeschlagen; er wird's schon überleben.« Elliot dirigierte mich vor sich her auf den Höhleneingang zu. »Er kommt bald wieder zu sich. Also werd ich ihn wohl fesseln müssen. In der Höhle sind ein paar Seile.« Obwohl er mich nie direkt mit der Waffe bedrohte, war deren Präsenz unübersehbar. Alles in mir rebellierte dagegen, Luke bewußtlos mitten auf der Wiese liegen zu lassen und Elliot in die Höhle zu folgen. Aber ich hatte keine Wahl.

Beide Laternen in den Nischen an der Längswand der Höhle brannten. Der Esel stand bewegungslos und mit gesenktem Kopf in der Mitte der Höhle. Auf seinem Rücken trug er ein unförmiges Bündel, über das eine Decke gebreitet war. Etwas weiter entfernt stand eine Kiste auf dem Boden, die genauso aussah, wie jene, aus der Jay und ich an diesem Morgen das Glas Honig genommen hatten.

Als Elliot auf den Esel zuging, bewegte sich die Decke. Ein gedämpftes Stöhnen kam von darunter her.

Entsetzt lief ich hinüber und zog die Decke beiseite. Zum Vorschein kam Jay, der bäuchlings quer über dem Rücken des Esels festgebunden war. In seinem Mund steckte ein Knebel. Der Rucksack war auf seinem Rücken festgezurrt. »Jay«, flüsterte ich erstickt. »O Jay.« Mit zitternden Fingern befreite ich ihn vom Knebel. Er leckte sich mit der Zunge über die Lippen, machte die Augen aber nicht auf. Ich legte den Kopf an den seinen und berührte behutsam seine Wange. »Geht's dir gut? Hat er dir weh getan?«

Zu meiner Erleichterung klappte er die Augen auf. »Alison«, hauchte er.

»Er wird es schon überleben«, meinte Elliot. »Er ist nur ein bißchen steif. Du kannst ihn jetzt losbinden.«

Unter dem Bauch des Esels verlief ein Seil, das Jays Hände und Füße verband. Ich hatte Schwierigkeiten, die vielen komplizierten Knoten des groben Seils zu lösen. »Weshalb, um Himmels willen, hast du ihm das bloß angetan?« herrschte ich Elliot an und strengte mich an, die Spur einer Gefühlsregung in seinem Gesicht zu finden. »Er ist doch noch ein Junge...«

»Was hast du gesagt?« Zum erstenmal in dieser Nacht sah Elliot wütend aus.

»Er ist doch noch ein Junge, habe ich gesagt. Wie feige, jemandem wehzutun, der kleiner...«

»Halt's Maul!« Er war außer sich, machte einen Schritt auf mich zu und holte mit dem Revolver zum Schlag aus, während ich mich schützend vor Jay stellte. Dann hielt er mitten in der Bewegung inne, und die Wut in seinem Gesicht schwand so schnell, wie sie gekommen war. »Hört zu, ihr beide«, sagte er, »ihr wißt sehr gut, daß ihr selbst an eurer Lage schuld seid – ihr habt ja unbedingt im Turm wohnen müssen. Ihr habt mir einfach keine Gelegenheit gegeben, alles in Ordnung zu bringen, bevor Hugo zurückkommt. Und nun ist Giudico tot und ich muß mir etwas überlegen für euch.«

Meine Kehle war trocken, zunächst brachte ich keinen Ton heraus. Dann schaffte ich es doch, ihn zu fragen, was er damit meinte.

»Keine Angst. Ich werde euch nichts tun – außer ihr zwingt mich dazu. Ich bin nämlich nicht der Ansicht, daß man mit Gewalt viel erreichen kann.« Er lehnte sich nahe am Höhleneingang lässig gegen die Wand. »Die Sizilianer kriegen es einfach nicht in ihre Köpfe, daß es wirkungsvollere Methoden als Gewalt gibt, wenn man ein Ziel erreichen will. Nimm zum Beispiel Giudico – das, was mit ihm passiert ist, beweist, daß ich recht habe. Wenn ihr also macht, was ich euch sage, wird euch nichts geschehen. Ihr werdet nur mit ein paar meiner Freunde eine kleine Reise unternehmen. Sie werden euch mit Hugo zusammenbringen. Irgendwann. Darauf seid ihr doch letztendlich aus.«

»Und was für Freunde sind das?« fragte ich und dachte an das Lichtsignal vom Meer. Inzwischen war es mir gelungen, die Hälfte der Knoten aufzubinden. Jay bewegte sich nicht, aber er hatte wenigstens seine Augen geöffnet, und sein Atem ging regelmäßig.

»Libysche Freunde.« Auf meine Reaktion hin lächelte er amüsiert. »Bald, nachdem ich im Turm eingezogen war, habe ich über meine Geschäftsbeziehungen einige Libyer kennengelernt. Beim Durcharbeiten von Hugos Unterlagen bin ich dann auf eine Geschichte gestoßen, von der ich angenommen habe, daß diese Leute daran interessiert sein könnten. Und genauso war es auch. Gaddhaffi war – wenn man so sagen kann – sogar sehr interessiert und hat die Information durchaus großzügig honoriert.«

Ich unterbrach den Kampf mit einem besonders störrischen Knoten und starrte Elliot an. »Also haben wir es dir zu verdanken, daß Hugo nach Libyen gegangen ist?«

»Also, ganz allein mein Verdienst war es nicht, wenngleich ich mein Scherflein dazu beigetragen habe. Den Rest werdet ihr noch früh genug erfahren.« Er lächelte freundlich. »Also, mach schon mit dem Seil. Dein Freund da draußen wird nicht ewig träumen. Und du willst doch sicher nicht, daß ich ihm nochmals eins überziehe.«

Ein weiterer Knoten löste sich, und das Seil, das Jay gefesselt hatte, war nun so locker, daß ich seine Füße befreien konnte. Das eine Ende des Seils war noch um seine Hände geschlungen, aber das andere Ende fiel bereits auf den Höhlenboden. Mit einem Arm umfaßte ich Jays schlaksigen Körper und half ihm vom Esel herunter. Dabei spürte ich, wie er zitterte. Er war völlig steif vom Liegen und mußte sich an mir festhalten. »Mir geht's gut«, flüsterte er mit schwacher Stimme, »aber es tut mir so leid...« Ich umarmte ihn zärtlich. »Ich bin heilfroh, daß dir nichts passiert ist, Jay. Das ist alles, was zählt.« Außer Luke. »Dir ist hoffentlich klar«, sagte ich zu Elliot, »daß man nach uns suchen wird.«

»Aber natürlich wird man nach euch suchen. Clio ganz bestimmt. Nachdem sie weiß, daß Jays Hobby die Höhlenforschung ist, wird es sie nicht überraschen, daß wir drei in die Höhle gegangen sind. Unsere Leichen werden sie natürlich nicht finden, nur ein paar Beweise dafür, daß wir eingestiegen sind. Der Regen hat gute Arbeit geleistet – draußen haben wir ein paar wunderschöne Fußabdrücke hinterlassen. Und bis sie nach euch suchen, seid ihr sicher in Libyen gelandet. Und ich... nun ja, ich bin dann auch irgendwo.«

»Das funktioniert nie und nimmer«, widersprach ich. »Die amerikanische Regierung wird darauf bestehen, daß man uns freiläßt.«

Elliot lächelte zynisch. »Und die islamischen Extremisten haben natürlich nichts Besseres zu tun als das, was die amerikanische Regierung von ihnen verlangt, zu befolgen, ja? Du kannst Gift darauf nehmen, daß Gaddhaffi abstreiten wird, überhaupt etwas von der Entführung zu wissen. Und außerdem kann man euch ja auch woanders festhalten – im Libanon, zum Beispiel.«

»Und was springt für dich dabei heraus?«

»Ich kann vermutlich meine Geschäftsbeziehungen ausweiten. Mach schon, Alison, du verplemperst nur deine Zeit. Meine Partner sind bestimmt nicht so geduldig wie ich.«

Während ich mich mit dem letzten Knoten abmühte, hörte ich in der Stillc ein leises Summen. Ich wußte sofort Bescheid. Es war der kleine Bienenschwarm, der mit den Flügeln fächelte, um sich in der kühlen Höhle warmzuhalten. Die Bienen hielten sich im Dunkeln versteckt. Elliot hatte sie weder gesehen noch gehört, weil er sich zu sehr aufs Reden konzentriert hatte. Hätte er gemerkt, daß es hier Bienen gab, hatte er angesichts seiner Allergie die Höhle bestimmt gemieden.

»Ich bringe den Knoten da einfach nicht auf«, klagte ich mit betont weinerlicher Stimme. »Er sitzt einfach zu fest.«

»Na gut, laß mich das machen. Geh zurück, noch weiter. Ich warne dich, wenn du Dummheiten machst, wird Jay es büßen.«

Ich gehorchte und zog mich bis zur Höhlenwand zurück, dorthin, wo der Bienenschwarm hing. Das leise Summen war jetzt direkt hinter meinem Kopf. Elliot legte den Revolver auf Orlandos Hinterbacken, dann befahl er Jay, die Arme vor ihm auszustrecken. Er behielt mich ständig im Auge, während er mit dem letzten Knoten kämpfte.

Ich versuchte, das Gespräch am Laufen zu halten, damit er die Bienen nicht bemerkte. Ich erzählte ihm, daß ich ihm in der vergangenen Nacht bis zur Brücke gefolgt sei und auch seine Rückkehr beobachtet habe. »Du hast dich über irgend etwas schrecklich aufgeregt, aber doch nicht wegen Leporino, oder?«

»Ach, du hast mir also nachspioniert?« Er schien das recht

amüsant zu finden. »Nein, nicht wegen Leporino. Ich habe jemand anderen getroffen. Ich wollte meinen Freunden von dir und Jay – und auch von Hugo erzählen. Aber sie sind nicht gekommen. Aber heute nacht sind sie da.« Bei diesen Worten löste er das Seil von Jays Handgelenken und hob den Revolver wieder auf. Er hängte sich das Seil über den Arm. »Geh rüber und stell dich neben Alison«, befahl er Jay.

Ich holte tief Luft, drehte mich um und schob eine Hand über die Mauer nach oben, bis ich den Bienenstock ertasten konnte, der wie ein Stalaktit von dem Felsvorsprung hing. Mir war klar, daß ich ein paar Stiche abbekommen würde. Aber ich dachte an Clios Rat, jede Bewegung mit Bedacht und langsam zu machen. Ich konnte es mir nicht leisten, überhastet vorzugehen, und ich zählte auf die Dunkelheit und das Überraschungsmoment, das Elliot einige Sekunden kosten würde, bis er dahinter kam, was ich vorhatte. Mit aller Kraft zog und drehte ich an der Basis des Bienenstocks, dort, wo er am Felsen hing. Dann brach er ab.

»Was, zum Teufel…«, setzte Elliot an.

Wie ein glühendes Brandeisen hielt ich das schläfrige Bienenvolk vor meinem Körper, drehte mich um, trat einen Schritt auf ihn zu und stellte mich direkt vor Jay. Als Elliot merkte, was ich in der Hand hielt, wurde sein Gesicht kalkweiß vor Schreck. Hinter mir hörte ich, wie Jay überrascht nach Luft schnappte.

Im Zurückweichen streckte Elliot eine Hand flehend nach mir aus, die andere Hand, die den Revolver hielt, zitterte. »Um Himmels willen, Alison, nicht…«

»Den Revolver weg!«

Während ich auf ihn zuging, wich er immer weiter zum Höhleneingang zurück. Sein Gesicht war verzerrt vor Angst. Er wollte etwas sagen, stolperte, fiel nach hinten und riß den Arm nach oben. Er schoß, aber der Schuß ging unkontrolliert daneben. Mit aller Kraft warf ich den Bienenstock auf ihn. Er landete direkt auf seiner Brust, brach auseinander, und die Bienen fielen wütend über ihn her wie über Bonbons aus der Wundertüte. Er brüllte und feuerte ziellos weitere Schüsse ab, die aber nur den blanken Felsen trafen. Jay und ich warfen uns zu Boden. Elliot rappelte sich auf und rannte, mit den Armen um sich schlagend, wie von Sinnen in die Nacht hinaus, der Bienenschwarm mit ihm. Er schrie fürchterlich, und ich merkte, wie mich die Übelkeit übermannte. Von irgendwoher über uns kam ein merkwürdiges, rumpelndes Geräusch, das klang wie das dumpfe Echo seiner Schreie.

»Nichts wie raus hier«, rief ich Jay zu, als wir auf die Beine kamen. »Luke ist da draußen. Und Elliot hat noch auf irgendwelche Leute gewartet...«

Das Rumpeln wurde lauter. Und plötzlich wußte ich, was es war. Ich packte Jay am Arm und zerrte ihn zum Eingang. »Schnell! Schnell!«

Aber es war zu spät. Mit einem ohrenbetäubenden Krachen stürzte eine Lawine von Felsen und Erde vor dem Eingang nieder, und eine undurchdringliche, stickige Staubwolke drang in jede Ritze.

25

Eine unsichtbare Hand schleuderte mich zurück, schlug Jay zu Boden und pustete die Laternen aus. Der Berg ächzte und bebte wie ein verwundeter Riese, unter schrecklichem Getöse schrammten herabfallende Steine über die Felswand über uns und zerbarsten in tausend Stücke. Ich kauerte auf dem Boden der Höhle und dachte nur noch ans Sterben. Endlich, nach endlosen, nervenzerreißenden, angsterfüllten Sekunden ebbte das Donnern ab und ging in ein gedämpftes Grollen über, dann war der Erdrutsch zum Stillstand gekommen. Nur noch ein leises Rieseln wie das hoffnungslose Kratzen eines gefangenen Tieres durchbrach die Stille, dann verstummte auch dieses Geräusch. Danach umgab uns nur noch Stille, Grabesstille.

Halb wahnsinnig vor Angst krächzte ich Jays Namen in die Dunkelheit. Links von mir hustete jemand, und dann endlich meldete sich Jay: »Ich bin hier.« Seine Stimme klang zwar belegt, doch offenbar war er unverletzt.

Ich schickte ein Dankgebet gen Himmel. »Bist du in Ordnung?«

»Ja. Und du?«

»Auch.«

»Warte«, sagte Jay, und ich mußte über diese absurde Formulierung lachen, denn wohin hätte ich schon gehen sollen? Seine Stimme nahm einen besorgten Ton an. »Bist du sicher, daß dir nichts fehlt?«

Ich riß mich zusammen. »Ja, ganz sicher.«

»Die Taschenlampe liegt in meinem Rucksack. Gleich gibt es Licht.« Eine Weile geschah gar nichts, dann rumorte es irgendwo. Plötzlich blitzte der ersehnte Lichtstrahl auf und beleuchtete sein blasses Gesicht. Allmählich schälten sich auch die Konturen seines Körpers aus der Dunkelheit. Er kniete neben dem Altarstein wie ein reuiger Sünder. Wir standen auf und klopften den Staub aus Haaren und Kleidern. Suchend tastete Jay mit der Taschenlampe die Wände ab.

Nichts war in die Höhle gefallen, nichts eingestürzt. Nur der Eingang war verschwunden, wie zugestöpselt von der Stein- und Schmutzlawine, die Elliot mit seinen Revolverschüssen ausgelöst hatte. Ich erinnerte mich daran, daß ich über der Höhle eine riesige Geröllhalde und unzählige Felsblöcke gesehen hatte. Wenn das alles heruntergekommen war...

Ich kniete mich hin und begann, die kleineren Steine und die lose Erde wegzuräumen. Jay stellte die Taschenlampe so auf einen Felsen, daß ihr Strahl den blockierten Eingang beleuchtete, und half beim Graben. Die oberste Erd- und Gesteinschicht ließ sich leicht entfernen, und nach einer halben Stunde hatten wir das meiste davon weggeräumt. Dann allerdings war Schluß: Große Felsblöcke hatten sich so ineinander verkeilt, daß sie sich trotz größter Anstrengung keinen Millimeter bewegen ließen. Trotzdem schufteten wir eine weitere halbe Stunde, um dann mit aufgerissenen, blutenden Händen endlich einzusehen, daß dies ein sinnloses Unterfangen war.

Ich lehnte mich erschöpft gegen die Wand, während Jay nach den heruntergefallenen Laternen Ausschau hielt und sie auch fand. Bei einer von ihnen war der Glaskolben zerbrochen. Damit war sie für uns nutzlos geworden. Aber die andere Lampe war noch intakt, und als Jay sie sanft schüttelte, schwappte Petroleum im Behälter. Jay fragte mich nach Streichhölzern. Ich schüttelte den Kopf. »Aber Clio hat doch irgendwo Feuersteine herumliegen gehabt, oder?«

Jay tastete die Nische neben dem Lampenhalter ab. »Schon gefunden.« Er kratzte mit einem davon über die Felswand und entzündete die Lampe. »Das Petroleum hier drinnen reicht für höchstens zwei Stunden.«

»Und wie lange, glaubst du, werden die Batterien der Taschenlampe halten?«

»Die sind neu. Mit etwas Glück vielleicht acht oder zehn Stunden.«

Ob das wohl ausreichen würde? Bis zum Morgen waren es noch sechs Stunden, und es konnten noch einige weitere Stunden vergehen, bis irgend jemandem unser Fehlen auffallen würde. Andererseits würde Luke wieder zu sich kommen. Er würde wissen, wo wir waren... Aber als Elliot mich zwang, in die Höhle zu gehen, war Luke ja noch bewußtlos gewesen. Und bevor Elliot ihn mit dem Revolver niedergeschlagen hatte, mußte er das Lichtsignal vom Meer gesehen haben, das Signal von Elliots »Geschäftspartnern«. Was, wenn er annahm, sie hätten uns gekidnappt?

Eine versprengte Biene flog in den Lichtkegel der Lampe.

Jay kniete vor der Holzkiste und drückte den Deckel auf. »Vielleicht sollten wir etwas Honig essen«, sagte er. »Das gibt Energie.« Er hielt mir eines der Gläser hin und drehte von einem anderen den Deckel auf.

Zweifelnd tauchte ich einen Finger in die Flüssigkeit und kostete. Ich erinnerte mich daran, wie mißtrauisch Luke gewesen war; aber ganz offensichtlich war das hier Honig. Ich wollte gerade das Glas kippen und mir den Honig in den Mund laufen lassen, als mir einfiel, daß wir ja kein Wasser hatten und daß es vielleicht ein Fehler war, etwas so Süßes wie Honig zu essen. Als ich Jay von meinen Bedenken erzählte, stellte ich das Glas gedankenlos neben mich auf einen Stein. Es kippte um, fiel krachend gegen einen anderen Stein und zerbrach. Der Honig ergoß sich aus dem zerbrochenen Glas, floß von der Honigwabe, die sich, als ich sie mit dem Finger antippte, als Plastikwabe entpuppte. Vorsichtig befreite ich sie von Glasscherben und zog die beiden Hälften auseinander. Dabei fiel ein kleiner Plastikbeutel mit weißem Puder auf den Boden.

»Was ist das denn?« Jay hob das kleine Päckchen auf und hielt es an das Licht der Petroleumlampe. Sein Gesichtsausdruck, zunächst verwirrt, wandelte sich in Staunen. »Alison! Das ist doch bestimmt...«

»Heroin«, vervollständigte ich seinen Satz. Obwohl ich noch nie Heroin gesehen hatte, wußte ich aus dem Fernsehen, wie es aussah. »Du hast also doch recht gehabt Jay – Elliot war ein Schmuggler.«

Er hatte Hugo für Drogen an Gaddhaffi verkauft. Für die Freiheit, in Casteddu machen zu können, was er wollte – Casteddu, das ideale Schmugglernest.

»Was meinst du – ob Clio wohl davon gewußt hat? Schließlich ist es ja ihr Honig.«

Ich weigerte mich, das zu glauben. »Ich bin sicher, daß sie Clio nur benutzt haben, Jay. Allerdings vermute ich, daß sie etwas geahnt hat. Diese Auseinandersetzung mit Giudico...« Ich rieb mir die Stirn. »Egal, das ist jetzt alles nicht so wichtig. Wir sollten lieber daran denken, wie wir hier wieder herauskommen. Was hast du denn sonst noch für Schätze im Rucksack?«

Jay gab mir den kleinen Kunststoffbeutel mit dem Heroin, das ich in die Holzkiste warf, und packte dann den Inhalt seines Rucksacks aus. Viel war es nicht: ein paar Kleidungsstücke, eine große Tafel Schokolade, sein Schweizer Armeemesser, sein Paß. Und der braune Umschlag mit Hugos Skizzen.

»Mensch, die haben wir ja ganz vergessen!« rief er aufgeregt und wedelte mit dem Umschlag in der Luft herum. »Wenn wir richtig liegen und das tatsächlich eine Karte von dieser Höhle ist, könnten wir damit den Eingang unter dem *castello* finden!« Mit hochgehaltener Laterne hockte er sich auf den Boden der Höhle und legte die Skizzen so aneinander, daß sie die Karte ergaben. »Offenbar ist Hugo irgendwie durch die Höhle nach Casteddu gekommen. Wenn er es geschafft hat, schaffen wir es auch.« Er rieb sich den Nacken und schnitt dabei eine Grimasse, als hätte er Schmerzen. Als ich ihn besorgt fragte, ob ihm wirklich nichts fehlte, winkte er ab. »Nein, ich bin nur ein bißchen steif, das ist alles. Ich bin schon bequemer gelegen als auf Orlandos Rücken. Übrigens, wo ist er eigentlich?«

Wir lauschten in die Stille hinein und hörten plötzlich irgendwo im Tunnel die schweren Atemzüge des Esels. Als Jay mit der Taschenlampe in den stockdunklen Gang hineinleuchtete, streifte der Lichtkegel Orlandos Flanke. Der Esel stand regungslos da, nur ein paar Meter von uns entfernt. Jay ging langsam auf Orlando zu und sprach beruhigend auf ihn ein. Lammfromm ließ sich Orlando von Jay am Zügel nehmen und in die Höhle zurückführen. Als ich ihm den Bauch tätschelte, fühlte ich, daß er zitterte, aber er schien unverletzt. Ich hob die grobe Decke auf, unter der Jay gelegen hatte, und spannte sie über Orlandos Rücken. Das schien ihn zu beruhigen, vielleicht, weil sie einen vertrauten Geruch ausströmte, aber er ließ seinen Kopf deprimiert hängen, als wüßte er, daß wir in Schwierigkeiten steckten.

Jay und ich gingen wieder ans Studium der Karte. Schließlich sagte er: »Ich glaube, jetzt habe ich es.« Er führte seinen Zeigefinger über das Wirrwarr von Gängen und zeigte mir den Weg, den wir seiner Ansicht nach nehmen mußten. »Das da ist offensichtlich der Haupttunnel. Die nicht fertig gezeichneten Linien sind wahrscheinlich Gänge, die Hugo noch nicht erforscht hat, und das da müssen Sackgassen sein. Wir müssen aufpassen, daß wir nicht in so eine Sackgasse geraten. Aber wenn wir langsam machen und an allen Abzweigungen genau auf die Karte sehen, dürfte eigentlich nichts schief gehen.«

Er sagte das mit einer solchen Zuversicht, daß ich ihn nicht enttäuschen wollte. »Was soll schon passieren? Wir haben die Karte, du bist ein Höhlenforscher und ich war vor langer, langer Zeit einmal bei den Pfadfindern.« Immerhin sechs Monate lang. Und einen Grundsatz der Pfadfinder hatte ich mir auch noch gemerkt. »Wir markieren unseren Weg, damit wir notfalls umkehren können, falls wir Hugos Route nach draußen verfehlen sollten.«

»Wir kratzen bei jeder Abzweigung eine Markierung in den Felsen«, nahm Jay meinen Vorschlag auf. »Genau wie in einem Irrgarten. An jede Abzweigung wird ein Pfeil gemalt, der in die Richtung zeigt, die wir eingeschlagen haben. Wenn es eine Sackgasse war, markieren wir die andere Seite zusätzlich noch mit einem Pfeil in der Gegenrichtung.« Dann betrachtete er Orlando, der gerade mit seiner Verdauung beschäftigt war, und fügte hinzu: »Und wenn er das dann auch noch alle dreißig Meter schafft, sind wir aus dem Schneider.«

»Meinst du denn, daß wir ihn mitnehmen können?«

Orlando schaute uns mit traurigen Augen an, als wüßte er, daß wir über ihn sprachen. Jay sagte: »Schön wär's! Aber wahrscheinlich gibt es Stellen, an denen der Tunnel zu eng oder zu niedrig sein wird, und an denen er dann nicht mehr durchkommt.« Er betrachtete den Esel, der ihn unverwandt, fast flehentlich ansah. »Aber vermutlich wird Orlando dieses Risiko gern auf sich nehmen.«

Ich war der gleichen Meinung. Abgesehen davon strömte schon die alleinige Präsenz des Esels, die Wärme, die er ausstrahlte, eine gewisse Beruhigung aus. Allmählich wurde es kühl in der Höhle, ein kalter Luftzug strich an uns vorbei. Als ich Jay darauf hinwies, meinte er, dies sei ein gutes Zeichen. »Der Luftzug muß ja von irgendwoher kommen. Was bedeutet, daß es einen anderen Eingang gibt. Mit etwas Glück wird das dann unser Ausgang sein.«

Wir sammelten unsere Habseligkeiten ein, machten sie auf Orlandos Rücken fest und begannen unsere Wanderung durch den Tunnel. Jay bildete die Vorhut mit der Laterne in der einen und der Karte in der anderen Hand. Solange das Petroleum reichte, wollten wir mit der Laterne leuchten, um die Taschenlampenbatterien zu schonen. Ich hielt Orlando am Zügel und folgte Jay auf dem Fuß.

Wir kamen nur sehr langsam voran, weil wir auf eventuelle Abzweigungen vom Haupttunnel höllisch aufpassen mußten. Wann immer wir welche entdeckten, blieben wir stehen, konsultierten die Karte, und ich markierte die Felswand mit einem langen Pfeil in Augenhöhe.

Der Tunnel war eine mehr oder weniger glatte Steinröhre mit abgerundeten Wänden, die knapp einen Meter über uns in einem Bogen ausliefen. Die Röhre verlief leicht abschüssig, immer tiefer in den Berg hinein. An den Wänden sahen wir merkwürdige, bogenförmige Muster. Jay vermutete, daß vor vielen hunderttausend Jahren hier ein Fluß gewesen sein mußte, der diese Höhle überhaupt erst entstehen ließ. Aber obwohl es in der Höhle sehr feucht war, fanden wir zunächst kein Wasser, sondern nur Beweise dafür, daß es hier einmal Wasser gegeben hatte. Denn von Zeit zu Zeit verbreiterte sich der Tunnel zu kleinen Kammern mit Bändern glitzernden Kalksteins, Stalaktiten und Stalagmiten, bleiche Finger, die aufeinander zeigen, sich aber niemals berühren. Es gab auch dünne, gewundene, mit Schutt vollgestopfte Nebengänge.

Die Luft war frisch, was mich darauf hoffen ließ, daß Jay recht hatte und irgendwo ein Ausgang auf uns wartete.

Nach einer halben Stunde legten wir eine Pause ein und aßen ein paar Schokoladenstückchen. Wir wagten es nicht, mehr zu essen, weil wir außer der Schokolade nur noch zwei Gläser Honig hatten, den wir uns für den Notfall aufheben wollten.

»Aber nur zehn Minuten«, sagte Jay streng. »Es ist besser, ein paar kurze Pausen zu machen als eine lange, damit wir nicht auskühlen.« Wir lehnten uns gegen die glatte Wand des Tunnels, und ich erzählte ihm, was passiert war, bevor ich ihn gefunden hatte. Als ich auf Luke zu sprechen kam und darauf, was sie mit ihm gemacht hatten, war er fassungslos.

Als ich mit meiner Schilderung zu Ende war, trat Schweigen

ein. Jay hatte den Kopf gesenkt, die Hände baumelten zwischen den angezogenen Knien. Dann sah er mich von der Seite her an. »Sie hätten dich umbringen können. Und alles wegen mir. Das kann uns übrigens noch immer blühen, wenn wir...« Seine Stimme versagte.

»Vielleicht wärst du so lieb, nicht den Teufel an die Wand zu malen!«

In diesem Moment wäre es sicherlich nicht hilfreich gewesen, ihm meine wahren Gefühle zu offenbaren. Er lächelte gequält: »Tut mir leid.«

»Erzähl doch mal, wie Elliot dich aus deinem Zimmer locken konnte, ohne daß ich etwas mitbekommen habe?«

»Hat er doch gar nicht. Ich hab nicht schlafen können. Deshalb hab ich mich dann ans Fenster gestellt und mir die Sternbilder angeguckt. Und dann ist jemand über den Hof gegangen, den ich aber nicht erkannt habe. Ich bin hinunter auf den Treppenabsatz, um zu horchen. Dabei habe ich mitbekommen, wie Elliot die Tür öffnet und nach draußen geht. Ich bin weiter nach unten geschlichen, damit ich besser hören konnte, worüber die gesprochen haben.« Es war ihm sichtlich unangenehm. »Ich weiß, das war dumm von mir. Aber ich habe gehofft, es wäre jemand, der Neuigkeiten von Hugo bringt.«

Ich deutete auf den Rucksack. »Hast du den immer bei dir, wenn du dir die Sterne anguckst?«

»Was? Ääh. Ach du meinst, wieso ich ihn mitgenommen habe?« Schon wieder sah er beschämt aus. »Also, nun ja, um ehrlich zu sein, ich habe gedacht, falls die beiden wissen, wo Hugo steckt, sollte ich ihnen vielleicht hinterherschleichen. Ich weiß, ich weiß, das war dumm von mir...

Auf jeden Fall bin ich bis zur Eingangstür gekommen und dann gegen eine Tischkante gestoßen. Die müssen direkt vor der Tür gestanden haben, weil sie mich gehört haben. Elliot kam sofort hereingerannt, und Giudico direkt hinter ihm mit einem Revolver in der Hand. Elliot wollte mich zwar wieder ins Bett schicken, aber Giudico war ziemlich aufgebracht. Er hat herumgemault, daß ich bestimmt gehört hätte, worüber sie gesprochen haben und außerdem hätte ich die Waffe gesehen. Ich stritt ab, irgend etwas gehört zu haben, und meinte, es sei mir egal, ob er eine Waffe hätte oder nicht. Aber er hat mir nicht geglaubt. Er hat mich gepackt und Elliot angegeifert, daß sie es sich nicht leisten könnten, mich wieder ins Bett zu schikken. Du kannst dir vorstellen, daß ich inzwischen ganz schön Schiß hatte. Dann hat Elliot von Giudico den Revolver verlangt und gesagt, daß er ihn nur machen lassen solle. Giudico solle schon mal vor zur Wiese gehen, um auf ihre Freunde zu warten.

Giudico hat das anfangs gar nicht gepaßt. Aber dann war er doch damit einverstanden. Nachdem er fort war, hat Elliot gesagt, daß mir nichts passieren würde, wenn ich mich genau an seine Anordnungen hielte. Falls nicht, müßte er dich aufwekken und... na ja, er hat mir jedenfalls deutlich zu verstehen gegeben, was er dann vorhat. Er hat ein Seil geholt und meine Hände gefesselt. Dann hat er aus einem Küchenhandtuch einen Knebel gemacht und ist mit mir zum Stall von Orlando rüber. Und dort hat Matteo versucht, ihn aufzuhalten...«

»Matteo! Was hat der dort zu suchen gehabt?«

»Keine Ahnung. Jedenfalls sprang er Elliot an, aber der hat wohl ein Geräusch gehört und Matteo dann mit dem Revolverknauf ins Gesicht geschlagen. Matteo ist dann benommen zurückgetorkelt. Ich hab versucht, dazwischenzugehen, aber er hat mich einfach weggestoßen. Dann hat er Matteo noch eine übergezogen. Es war furchtbar, Alison...«

Ich nahm Jays Hand und drückte sie. Dann fuhr er fort: »Ich mußte mich quer über den Rücken von Orlando legen, und Elliot hat mich verschnürt. Dann hat er auch Matteo gefesselt und geknebelt und in den Stall gezerrt.

Elliot hat mich dann mit der Decke zugedeckt, damit ich nichts sehen konnte. Aber mir war klar, daß wir in Richtung Wiese gingen. Giudico hat in der Höhle auf uns gewartet. Er war außer sich, weil Elliot mich dabei hatte. Er schlug vor, mich um die Ecke zu bringen. Aber Elliot meinte, er hätte eine viel bessere Idee. Na ja, ich hab ja gehört, wie er dir seine Idee erklärt hat...« Er hob den Kopf und sah mich an. »Es tut mir so leid, Alison. Nur wegen mir sitzen wir hier in dieser Höhle fest. Und ich bin schuld daran, daß sie Luke...«

»Aber Jay! Elliot und Giudico sind diejenigen, die schuld an allem sind. Du bist einfach im falschen Augenblick die Treppe heruntergekommen.«

»Ja, schon, aber wenn ich...«

Ich legte einen Finger auf seinen Mund. »So, jetzt reicht's. Unsere zehn Minuten sind längst vorbei. Siehst du, ich hab schon was gelernt. Ich werd schon noch eine richtige Höhlenforscherin...«

Aber das war nur leeres Gerede. Mit jedem Schritt tiefer in den Berg hinein hatte ich das Gefühl, in einer fremden, feindseligen Welt aus Stein eingeschlossen zu sein. Ich fühlte, wie mich eine Last niederdrückte, sich in mein Inneres preßte. Gleichzeitig krallten sich die langen, kalten Finger der Klaustrophobie in mein Rückgrat, arbeiteten sich lautlos zum Herzen, zur Lunge vor, drückten zu, lockerten den Griff, drückten wieder zu, ließen das Blut in meinem Kopf pulsieren und jeden Atemzug zu einem qualvollen Keuchen werden. Ich versuchte mit aller Gewalt, mich gegen die heranrollende Woge von Panik zu wehren und konzentrierte mich so sehr darauf, mich wieder in den Griff zu bekommen, daß ich blind in Jays ausgestreckten Arm lief.

»Warte«, sagte er. »Hörst du's auch...?«

Irgendwo aus der Ferne kam ein Geräusch wie fließendes Wasser. Jay stellte die Laterne ab, schaltete die Taschenlampe ein und leuchtete den Tunnel vor uns ab. »Ah ja!« Er zeigte mir, was er meinte. Der Lichtkegel beleuchtete auf der linken Seite des Tunnels ein Loch im Boden von etwa fünfzig Zentimetern Durchmesser. Dann drehte Jay sich um und bat mich, ihm das Seil zu geben, das zusammengerollt im Rucksack auf Orlandos Rücken lag. Er machte es unter seinen Armen fest, schlang das andere Ende um den Körper des Esels und verknotete es sorgfältig. »Könnte ja sein, daß ich unrecht habe«, sagte er. »Und jetzt halt bitte Orlando gut am Zügel fest.«

Ich hielt ihn am Arm zurück. »Was hast du vor?«

»Mach dir keine Sorgen, es wird schon nichts passieren. Eines habe ich beim Höhlenforschen gelernt: Immer auf Nummer Sicher zu gehen.« Ich beobachtete ihn, wie er sich vorsichtig an einer Seite des Tunnels an der Wand entlanghangelte. Vor jedem Schritt streckte er den Fuß aus und klopfte den Boden vor sich ab. Schließlich kniete er sich hin und leuchtete mit der Taschenlampe ins Loch. »Es ist genau, wie ich gedacht habe«, rief er mir dann zu. »Es ist ein Schacht. Ganz da unten muß ein unterirdischer Fluß sein.« Er stand wieder auf und kam zurück. Diesmal ging er in der Mitte des Tunnels. »Ich hab nur mal getestet, ob der Boden wirklich trägt. Manchmal liegt nur eine dünne Felsschicht über einem unterirdischen Fluß. Aber da vorn im Schacht ist bis tief hinunter solides Gestein.«

Trotz seiner beruhigenden Worte ging ich wie auf Eiern. Bei jedem Schritt hatte ich Angst, einzubrechen.

Bald danach wurde es flacher, und der Weg mündete unversehens in einige große Kavernen. Jede dieser Kavernen war deutlich in Hugos Plan eingezeichnet; wir hatten uns also nicht verlaufen. In der ersten Kammer war der Luftzug plötzlich viel deutlicher zu spüren. Jay leuchtete mit der Taschenlampe die umgebenden Wände ab. Wenn er richtig kalkuliert hatte, meinte er, müßten wir uns jetzt auf Meereshöhe befinden. Ich malte mir schon aus, wie wir durch den Luftschacht krabbeln, ins Wasser plumpsen und uns schwimmend zur Küste in Sicherheit bringen würden.

Schließlich fiel der Lichtstrahl der Taschenlampe auf den Ursprung des Luftzugs: Hoch über uns entdeckten wir einen engen Kamin, viel zu hoch für uns, selbst von Orlandos Rükken aus hätten wir ihn nicht erreichen können, und wenn doch, so wäre er auf jeden Fall zu eng für uns gewesen. Wir sahen uns an und konnten unsere Enttäuschung kaum voreinander verbergen. »Wir finden bestimmt noch was anderes«, sagte ich. Und fast glaubte ich daran.

Bald danach gelangten wir in die zweite Kaverne, in der es penetrant nach Ammoniak stank. Der Felsboden war mit einer weichen, ekelhaft schleimigen Schicht bedeckt, und über unseren Köpfen raschelte und zirpte es. Jay leuchtete zur Decke hoch. Wie fette, breiige Pilze hingen Fledermäuse in Klumpen von der Decke. Immer wieder lösten sich einige Tiere, stießen auf uns herab, schwirrten um unsere Köpfe und protestierten gegen die Ruhestörung.

Das war deutlich genug. Wir zogen unsere Köpfe ein und sahen zu, daß wir die Kaverne, so schnell Orlando es zuließ, hinter uns brachten. Jay schirmte die Laterne mit einer Hand ab, um das Licht zu dämpfen. Wieder in Sicherheit, sagte Jay: »Wir haben Glück, daß es Nacht ist. Jetzt sind die meisten Fledermäuse unterwegs. Den Kamin da oben benutzen Sie als Schlupfloch nach draußen.« Einen irrationalen Moment lang empfand ich regelrecht Haß auf die Fledermäuse. Die konnten kommen und gehen, wann sie wollten, sie waren frei, wir aber nicht.

Nach der dritten Kaverne erreichten wir eine weitere, die größer war als die vorherigen und in der überall Steine und Felsbrocken herumlagen. Die ganze Zeit war Orlande geduldig und ohne zu maulen hinter uns hergetrottet, aber jetzt bockte er, drückte den Kopf nach unten und stemmte sich mit allen Vieren gegen mich. Ohne Erfolg versuchte ich, ihn von der Stelle zu bewegen. »Sag ihm, daß wir ihn zurücklassen werden, wenn er nicht pariert«, drohte Jay.

»Von der Psychologie eines Esels verstehst du offensichtlich nicht viel. Mit Drohungen kommt man da nicht weiter. Aber vielleicht mit Schokolade.« Ich holte eines unserer kostbaren Stückchen hervor und hielt es Orlando vor die Nase. Der Esel hob die Oberlippe – und ich zog die Schokolade gerade so weit zurück, daß er sie nicht fassen konnte. Das hatte Erfolg, und er ging weiter. Nach ein paar Metern schien er seine Widerspenstigkeit vergessen zu haben und trottete wieder brav hinter uns her.

Aber letztendlich hätten wir es Orlando genausogut nachtun und uns hinsetzen können. Ab hier ging nichts mehr. Vor uns, dort, wo der Tunnel hätte weitergehen müssen, lagen nur abgestürzte Felsen – große Steinbrocken hatten sich im Tunnel verkeilt wie Korken im Flaschenhals. Jay kletterte hinauf, fand aber keinen Durchgang. Nach der Karte führte der Tunnel hier weiter, gemeinerweise war kein einziges Hindernis eingezeichnet.

Wir starrten uns an. Ich fand als erste die Sprache wieder. »Das muß der Felssturz gewesen sein, von dem uns Clio erzählt hat. Der, bei dem Giudico verletzt wurde und sein Freund ums Leben kam.«

Jay nickte nur. Zum ersten Mal war ihm anzusehen, daß ihm aufging, welchem Schicksal wir möglicherweise entgegensahen. Sein Blick war mutlos, von Angst gezeichnet.

»Wir finden bestimmt noch einen anderen Weg. Komm, schauen wir auf die Karte.« Der etwas zu dick aufgetragene Optimismus in meiner Stimme hallte hohl von den Tunnelwänden wider.

Aber auf der Karte war kein anderer Weg eingezeichnet.

»Na ja, dann gehen wir eben zurück und warten am Eingang auf Hilfe«, schlug ich vor und bemühte mich, meiner Stimme eine Sicherheit zu verleihen, die ich nicht im entferntesten empfand. »Irgendwann taucht bestimmt jemand auf. Luke wird Hilfe holen. Benedetta wird sicher Ärger machen, wenn Giudico nicht nach Hause kommt. Clio wird gleich in der Früh zur Höhle heraufkommen...«

Wir kehrten um und machten uns auf den langen, deprimierenden Rückweg. Aber wieder einmal wollte Orlando in der gleichen Kaverne partout nicht mehr weiter. Zu müde, mich mit ihm zu streiten, kapitulierte ich und setzte mich auf einen Felsen. »Eigentlich können wir genausogut hier eine Rast einlegen«, sagte ich zu Jay.

Als ich den Zügel losließ, trottete Orlando zur anderen Seite der Kaverne hinüber und war plötzlich hinter einem riesigen Felsblock verschwunden.

»He!« Jay und ich sprangen auf die Beine und rannten auf die Stelle zu, wo gerade noch der Esel gewesen war. Von weitem war kein Durchschlupf zwischen den Felsen zu sehen. Die

Brocken türmten sich vor der flachen Höhlenwand auf, die gut fünf Meter senkrecht zur Kavernendecke aufragte. Als wir die Stelle erreichten, an der Orlando sich in Luft aufgelöst hatte, sahen wir, daß es tatsächlich eine engen Passage zwischen den Felsblöcken gab, breit genug für einen Esel. Jay leuchtete mit der Taschenlampe in den Spalt. Er führte um einen weiteren Felsblock herum. Nachdem wir uns durchgezwängt hatten, sahen wir zu unserem Erstaunen, daß das, was von der Kaverne aus wie glatter Fels aussah, in Wirklichkeit eine Art Felsvorhang war, hinter dem sich ein enormer Spalt von etwa einem Meter Breite und zwei Metern Höhe verbarg.

»Orlando!« rief ich. Ein hohles, dröhnendes Echo kam als Antwort von irgendwoher hinter dem Spalt.

Jay war völlig aus dem Häuschen. »Da hinten muß ein riesiger Raum sein, Alison! Sonst kriegst du nie so ein Echo!« Es war offensichtlich, daß sich zumindest für den Moment das Pendel verlagert hatte. Aus ihm sprach ein echter Höhlenforscher, für den das Abenteuer die möglicherweise damit verbundenen Gefahren bei weitem überwiegt.

Dann hörten wir Orlando. Er machte ein eigenartiges schlabberndes Geräusch. »Mensch, er trinkt!« sagte ich. »Er muß Wasser gefunden haben. Deswegen war er da hinten so störrisch – er hat's gerochen.« Vor meinem geistigen Auge tat sich ein wunderschönes Bild auf, ein Teich inmitten einer saftigen, grünen Wiese, glitzerndes Sonnenlicht tanzt auf der Wasseroberfläche, alles ist erfüllt von Luft und Licht und Freiheit... Plötzlich verspürte ich einen übermächtigen, unstillbaren Durst, mir war, als läge der vom Felssturz aufgewirbelte Staub noch immer in einer dicken Schicht auf meiner Zunge.

Wir liefen durch den Spalt und befanden uns plötzlich in einer riesigen, länglichen Kaverne mit hoher, gewölbter Decke, die uns wie Zwerge erscheinen ließ und das Licht der Laterne schluckte. Ich kam mir vor wie in einer unterirdischen Basilika mit Kuppel und Apsis, mit Bogen und Säulen, reich geschmückt mit Stille und Schatten und der unleugbaren Präsenz des Geheimnisvollen. Nur der Weihrauch fehlte. In der Mitte der Kaverne, vielleicht drei Meter von der Wand entfernt, breitete sich ein langgestreckter, schwarzer See wie ein Teich aus verschütteter Tinte aus, umrahmt von schimmernden Kieselsteinen, glatt wie Glas. Orlando stand am Rand des Teiches und trank, sein Schwanz wedelte zufrieden hin und her.

Nachdem auch Jay und ich uns hingekniet und unseren Durst mit dem eiskalten, köstlichen Wasser gelöscht hatten, tasteten wir uns vorsichtig am Rand des Sees entlang zum anderen Ende der Kaverne. Und dort, wo der kleine Sce sich fast zu einem Punkt verengte, erfaßte unsere Lampe ein Wunder.

Über dem Wasser hatte der Fels eine Art natürlicher Plattform gebildet, auf der zwei Strebepfeiler sich zu einem Bogen vereinigten und den Rahmen für eine kleine Grotte formten. Der Fels der Grotte schimmerte in dem Licht der Laterne wie reiner Kristall. Er floß geradezu aus dem darüberliegenden Kalkfelsen heraus, schien die Kavernenwand hinunterzuströmen wie ein gefrorener Wasserfall und in das glatte, schwarze Wasser des Sees zu stürzen.

Aber es war nicht die natürliche Schönheit der Grotte, die uns die Kehle zuschnürte und die uns wie aus einem Mund aufschreien ließ. Es war die Figur, die in der Grotte stand. Eine Figur, geschnitzt von menschlicher Hand. Eine glatte, rundliche Statue, etwa einen Meter hoch, gearbeitet aus einem dunklen, polierten Stein; mit vollen Brüsten und Hüften und einem winzigen, nur angedeuteten Kopf. Das antike Bild des Weiblichen.

»Die Frau im Labyrinth«, flüsterte ich heiser.

Zu ihren Füßen, auf dem Grund des Wasserfalls aus Stein, stand eine etwas kleinere Terrakotta-Statue wie eine ihr dienende Priesterin. Eine Frau, einen Arm halb zur Brust erhoben, den anderen in den Falten ihres langen, gefältelten Rockes verborgen. Ihr Kopf war mit einer Art Schal bedeckt, und ihre Gesichtszüge waren ziemlich verwittert, so als hätte sie früher einmal draußen gestanden und wäre Wind und Regen ausgesetzt gewesen. Aber obwohl die Gesichtszüge fast vollständig zerstört waren, war ihr Gesichtsausdruck dennoch zu erahnen

– das archaische Lächeln, kalt und weise. Ihr zu Füßen stand eine Schale, sehr ähnlich derjenigen, die Clio für ihre Opfergaben verwendete, und auf der anderen Seite ein bauchiger Tonkrug mit langem, dünnen Hals.

Ich leuchtete mit der Taschenlampe in die Schüssel hinein. Auf den Boden waren primitive Darstellungen menschlicher Figuren gemalt, die mit erhobenen Armen um die Umrisse einer Biene tanzten. Ich schwenkte den Lichtkegel zum Tonkrug hinüber, in dessen Seite konzentrische Kreise eingeritzt waren und dessen eigenartig geformten Griffe wie primitiv getöpferte, menschliche Gesichter aussahen. Ganz unten im Krug glitzerte etwas. Der Hals des Kruges war gerade so weit, daß eine Hand hineinpaßte. Vorsichtig griff ich in den Krug und fühlte unter meinen Fingern kalte, harte Münzen, und holte eine davon heraus. In meiner Hand lag die winzige goldene Figur einer Göttin, einen Arm zu einer winzigen, goldenen Biene erhoben. Die Münze war die gleiche wie die auf meinem Medaillon.

»Alles, was Hugo uns geschrieben hat, alles, was Clio uns erzählt hat – der Schatz, die Priesterinnen, der Tanz um die Bienen – das alles gibt es wirklich!« Jay sah mich mit verwunderten Augen an. Es waren die Augen eines Kindes, die gesehen hatten, daß ein Märchen wahr wurde. Bald war das Leuchten in seinen Augen verschwunden. »Vielleicht wird außer uns nie jemand erfahren, daß...« Seine Stimme verlor sich.

Ich legte die Münze vorsichtig wieder in den Tonkrug, wo sie mit einem leisen Klimpern auf den Haufen zurückfiel. »Du wirst schon sehen«, sagte ich zu ihm, »eines Tages werden wir Hugo herführen und ihm das alles zeigen.«

»Ehrenwort?«

»Ehrenwort.«

Er lächelte wieder. »Wir können ja ein paar Münzen mitnehmen, und wenn wir gerettet sind...« Er machte Anstalten, in den Krug zu fassen, um eine Handvoll Münzen herauszuholen, als ich ihn instinktiv zurückhielt. Er sah mich überrascht an. »Was hast du denn dagegen?«

Ich konnte es ihm nicht erklären, es war nur ein Gefühl. »Ich weiß nicht recht. Aber die gehören ihr.« Die Muttergöttin, Quelle allen Lebens, diese kleine, fruchtbare Figur, die viele tausend Jahre in völliger Dunkelheit gestanden hatte, während die Welt, die sie einst verehrte, sich anderen Göttern zuwandte. Jay mußte mich wohl verstanden haben, denn er nickte nur und ging zu Orlando zurück. Aus einem Impuls heraus, nahm ich das Medaillon ab und legte es vor die Göttin. »Hilf uns«, flüsterte ich. »Hilf Luke.«

Jay hatte die Karte wieder herausgeholt und über einen Felsblock gebreitet. Die Kaverne war nicht eingezeichnet, und das alleine sei schon Beweis genug, daß Hugo nichts von ihrer Existenz gewußt habe. Vielleicht sollten wir die Wand zwischen der Kaverne und dem Tunnel genauer untersuchen. Möglicherweise gäbe es ja einen anderen Durchgang, einen Weg zurück in den Tunnel, hinter die Stelle, die von dem Felssturz verschüttet war.

Langsam und methodisch leuchteten wir mit der Taschenlampe jeden Zentimeter der Kavernenwand ab, arbeiteten uns von der Stelle ab vorwärts, an der wir hereingekommen waren. Jeder Felsblock, jede heruntergefallene Steinplatte hätte einen Tunnel verbergen können, der unsere Rettung war. Die Suche war ermüdend, strengte unsere Augen an. Die phantastischen Formen der von Wasser ausgewaschenen Felsen der Kavernenwand zeigten manchmal groteske, menschliche Züge, Gargylen, die von dem Licht, das über ihren Köpfen tanzte, zu neuem, boshaftem Leben erweckt wurden, die mit höhnischem Grinsen unsere kläglichen, hoffnungslosen Versuche begleiteten, uns aus unserer mißlichen Lage zu befreien.

Plötzlich hörten wir ein Plätschern und dachten zunächst, es sei Orlando, der wieder trank, aber der stand in einiger Entfernung neben dem See und beobachtete uns. Das Geräusch, kam, wie wir bald darauf feststellten, von oben, es war gedämpft, als läge eine Felswand dazwischen. Dann sahen wir eine natürliche Treppe im Felsen, sehr eng, sehr steil, die zu einer Kante führte, etwa eineinhalb Meter über uns. Mit der Taschenlampe in der Hand stieg Jay vorsichtig bis zur Kante hoch.

»Da ist ein Tunnel!« rief er zu mir herunter, und dann war nichts mehr von ihm zu sehen. »Ich versuche nur...« Seine Worte endeten in einem erstickten Schrei.

»Jay! Jay! Was ist passiert?« Ich setzte die Laterne auf den Boden und stieg außer mir vor Angst die Treppe nach oben, aber nach noch nicht einmal der Hälfte der Treppe erschien er wieder, kalkweiß im Gesicht, aber unverletzt. »Gott sei Dank!« rief ich und packte seine Hand, die er mir hilfreich entgegenstreckte. »Ich hab schon gedacht, daß du in einen Schacht gefallen bist. Was, zum Teufel...« Und dann sah ich es auch. Ein großes Skelett, wie ein wachhabendes Monster am Eingang zum Tunnel, sein Kopf lag auf etwa der gleichen Höhe wie meine Füße.

Es lag mit dem Gesicht nach unten, mit ausgestreckten Armen, die Fingerknöchel gespreizt. Es sah aus, als krallte es sich an dem Felsen unter sich fest. Der Schädel war in seitlicher Lage, der Mund zu einem Schrei oder zu einem Gebet geöffnet, die Augenhöhlen riesig und leer. Ein gezackter Riß lief quer über die Oberfläche des Schädels. Daneben lag ein großer Stein, der aussah wie ein zweiter Kopf, der aus dem Schlüsselbein sproß.

Etwas weiter hinten im Tunnel lag ein weiteres Skelett, zusammengekrümmt in einer embryonalen Stellung, die Gebeine waren zusammengefallen. In enger Umarmung hielt es einen Krug, Gegenstück zu dem Krug von vorhin mit den Goldmünzen. Aber der Hals dieses Kruges hier war zerbrochen, und Goldmünzen lagen überall auf dem Boden verstreut.

»Die anderen beiden deutschen Soldaten.« Jays Stimme klang nüchtern.

»Möglich.« Oder Diebe aus längst vergangenen Zeiten. Das grausige Tableau erinnerte an eine mittelalterliche Moralitäts-Schnitzerei, weiße Knochen auf schwarzem Stein, der Lohn der Sünde. Oder es war eine Art Bilderrätsel: Die Lösung liegt hier vor dir. Du mußt erraten, was geschehen ist. Aber ich hatte momentan nicht die Nerven dazu, dieses Puzzle zusammenzusetzen.

Währenddessen hatte ich immer noch dieses plätschernde Geräusch im Ohr, das allmählich an Lautstärke zunahm. Es hörte sich an wie heftiger Regen, der in Böen niederprasselt. Jetzt, im Licht der Laterne sahen wir seinen Ursprung. Am Ende des kurzen Tunnels fiel ein Wasserfall herunter. Aus über drei Metern Höhe strömte er wie ein flüssiger Vorhang nach unten, schäumend und glitzernd im Licht der Lampe, und verschwand in der breiten Spalte, die mit dem Wasserfall das Ende des Tunnels markierte. Ein schmaler Steinsims, vielleicht fünfzig Zentimeter breit und schlüpfrig, umrandete die Spalte zur Rechten auf eine Länge von etwa zwei Metern und verschwand dann unter dem Wasserfall. Zur Linken fiel das Wasser ungehindert in den Abgrund.

»Was wohl auf der anderen Seite sein mag?« Jays Stimme klang weniger ängstlich als neugierig, spekulativ. »Wird uns wohl nichts anderes übrigbleiben, als das herauszufinden. Es ist unsere einzige Chance. Meinst du, daß Orlando es hier herauf schafft?«

»Orlando ist ein sizilianischer Esel«, antwortete ich in Matteos Worten. »Er kann überall hingehen.«

Das Trinken schien Orlandos angeborene Gutmütigkeit wieder zu neuem Leben erweckt zu haben, denn als ich ihn am Zügel faßte, folgte er mir gehorsam. Matteo hatte recht – Orlando kletterte gern, und er schaffte die steile Treppe ohne Probleme, ignorierte die Skelette und scheute nur ein wenig, als er den Wasserfall zu Gesicht bekam. Ich war gespannt darauf, ob wir ihn ohne Schwierigkeiten durch den Wasserfall bekommen würden.

»Laß mich vorausgehen«, schlug Jay vor. Ich wollte es nicht zulassen, aber er versicherte mir, daß ich unbesorgt sein könnte. »Ich war früher schon in Höhlen, die Wasser geführt haben. Ich bin vorsichtig, keine Angst. Und außerdem habe ich da eine Theorie und würde nur allzugerne wissen, ob sie auch stimmt. Ich bin gleich wieder zurück, versprochen.«

Er wickelte die Taschenlampe in den Pullover, zog Hemd und Jeans aus und stopfte alles in seinen Rucksack, den er über seine Schultern streifte. Ich leuchtete ihm mit der Laterne, und er machte sich daran, den steinernen Sims zu überqueren. Vorsichtig schob er seine Füße voran und hielt sich dabei an der Felswand fest. Ich hielt den Atem an, als er hinter der Wasserwand verschwand, und betete, daß ihm nichts zustoßen möge. Mir war es wie eine Ewigkeit vorgekommen, tatsächlich mögen es nicht mehr als sechs oder sieben Sekunden gewesen sein, als er mir zurief, daß er wieder zurücksteigen würde.

Als er tropfnaß und zitternd wieder auftauchte, leuchteten seine Augen hoffnungsvoll. »Alison! Der Tunnel auf der anderen Seite ist der Haupttunnel, ich bin mir absolut sicher! Sobald man unter dem Wasserfall durch ist, verläuft der Sims im Zickzack um ein paar gewaltige Stalaktiten herum. Die sind so groß wie Säulen. Und dann ist man auf einmal wieder im Tunnel. Ich warne dich, das Wasser ist saukalt. Aber es ist nicht so schlimm. Laß dir einfach Zeit und sei vorsichtig.« Seine Zähne klapperten, aber er lehnte es ab, Matteos Decke zu nehmen, und meinte, daß er sich später auf der anderen Seite abtrocknen würde. Dort lagen seine trockenen Sachen.

Jay hatte den leeren Rucksack mitgebracht. Ich stopfte die Bluse, die Hosen und die Decke hinein. Bevor ich losging, sagte ich noch: »Orlando muß es selbst schaffen. Versuch bloß nicht, ihn hinter dir herzuziehen. Der Sims ist einfach zu schmal, als daß du dir hier eine Auseinandersetzung mit einem Esel leisten könntest. Wenn er lieber hierbleibt, holen wir ihn eben später ab, egal wie.« Widerstrebend willigte Jay ein.

Dann folgte ich seinem Beispiel und kroch mit dem Gesicht zur Wand im Krabbengang den Sims entlang bis zum Wasserfall. Das eiskalte Wasser traf mich wie ein elektrischer Schlag, aber ich zwang mich dazu, weiterzugehen. Und wäre beinahe gegen die rauhe Steinsäule geknallt, die auf der anderen Seite des Waserfalls wie aus dem Nichts auftauchte. Ich vermied es, in den gähnenden Abgrund unter mir zu schauen, hangelte mich um den riesigen Stalaktiten herum und fand mich plötzlich in einem großen Tunnel wieder, der vom Licht der Taschenlampe nur schwach beleuchtet wurde, die Jay zurückgelassen hatte. Von dieser Warte aus gab der Wasserfall, eingerahmt von einer Gruppe riesiger Stalaktiten, ein eindrucksvolles Bild ab.

Ein paar Sekunden später tauchte Jay auf und hielt die Laterne hoch, damit sie nicht naß wurde. Aber kein Orlando war in Sicht.

Jeder von uns schnappte sich ein Zipfel der Decke, und dann rubbelten wir uns, so gut es eben ging, trocken. Als wir angezogen waren, bemerkte Jay: »Wenn ich recht habe, sind wir wieder im Haupttunnel, aber auf der anderen Seite des Felssturzes.« Er leuchtete mit der Taschenlampe hinter uns in den Tunnel hinein, und da war der Beweis, daß er recht hatte: abgestürzte Steinplatten blockierten den Durchgang. Wir umarmten uns und hüpften überglücklich auf und ab. In diesem Moment waren uns weitere Hindernisse oder Gefahren völlig egal. Ich war außer mir vor Erleichterung.

Plötzlich erschien Orlando auf der Bildfläche, schnaubte und schüttelte sich heftig. Vielleicht war er stolz auf seinen Mut, vielleicht wollte er an unserem Freudentanz teilhaben, auf jeden Fall ließ er plötzlich ein ohrenbetäubendes, trompetendes Wiehern los, das hundertfach von den Wänden des Tunnels widerhallte, wie das Echo der Trompete, die die Toten weckt.

Von irgendwoher kam eine Antwort. Zunächst vermutete ich ein verirrtes Echo, das sich an den unregelmäßigen Wänden brach, aber dann war es wieder da, und diesmal gab es keinen Zweifel. Es war eine männliche Stimme, die da rief.

Jay und ich schrien uns im Chor und mit letzter Kraft die Seele aus dem Leib. Orlando stimmte ein, wieherte, was seine Lungen hergaben – eine Kakophonie, so fürchterlich, daß ich schon befürchtete, der Berg könnte über uns zusammenbrechen. Ich schob ihm das letzte Stück Schokolade zwischen die Zähne, und er war still. Wir lauschten in die Dunkelheit. Und wieder hörten wir die Stimme, diesmal näher, überlagert durch die Tunnelwände, so daß man hätte meinen können, es wären mehrere Männerstimmen. Männer riefen nach uns.

»Hier!« schrie ich. »Hier sind wir!«

Plötzlich kroch am anderen Ende des Tunnels ein Lichtstrahl an den Wänden entlang. Wir hörten Schritte, die schnell näher kamen. Einen Augenblick lang durchzuckte mich ein Gedanke: Was, wenn Elliot...? Und dann tauchte ein Mann auf.

Das auf uns gerichtete Licht war so stark, daß es die Augen blendete. Jay erkannte ihn zuerst.

Mit einem Aufschrei warf er sich dem Mann, der vor uns stand, in die ausgebreiteten Arme. »Daddy!« schrie er. »O Daddy!«

Einen Augenblick lang standen die beiden wie angewurzelt da. Hugo hatte die Arme um Jay geschlungen, sein Kopf ruhte auf Jays Haar. Dann richtete er sich auf und sah mich an. »Alison! Gott sei Dank!« Und er streckte mir eine Hand entgegen.

Ich lief auf ihn zu und umarmte sie alle beide.

26

Als ich die Arme nach Hugo ausstreckte, war es, als spulte sich mein Lebensweg wie eine Rolle Bindfaden vor mir ab. Alle Umwege, die ich genommen, die Strecken, die ich zurückgelegt, die Abzweigungen, die ich gewählt hatte, sie alle fügten sich nun zu einem schnurgeraden, direkten Weg zusammen, an dessen Ende dieser Augenblick lag. Ich klammerte mich wie eine Ertrinkende an die beiden Menschen, die mir so ans Herz gewachsen waren; mit schrecklicher Klarheit wurde mir bewußt, was ich beinahe verloren hatte. »Meine Kinder«, hörte ich Hugo flüstern. Er strich abwechselnd über Jays Haare und dann über meine, und als ich schließlich den Kopf hob, um ihm ins Gesicht zu sehen, lag in seinen tiefblauen Augen alles, was ich mir vor langer, langer Zeit so sehr gewünscht hatte.

Hinter Hugo trat ein Mann aus dem Schatten, ein Mann mit

einem improvisierten Verband um den Kopf. Ich löste mich aus Hugos Umarmung, denn ich traute meinen Augen nicht, mußte ihn berühren, mich körperlich davon überzeugen, daß es wirklich Luke war. Er nahm mich in die Arme und hielt mich an sich gedrückt, und ich dachte an die kleine, schwarze Figur in der Grotte und daran, was Luke im Scherz gesagt und was sich nun erfüllt hatte. »Von der Göttin selbst gesandt...« Zum erstenmal glaubte ich an die Kraft von Gebeten.

»Wie...«, setzte ich an, aber noch bevor auch nur einer von uns eine einzige der unzähligen Fragen loswerden konnte, die uns auf dem Herzen lagen, erinnerte Orlando uns daran, daß wir noch ein gutes Stück Weg vor uns hatten. Mit ungeduldigem Schnauben stieß er mir seine Nase ins Kreuz und versuchte, sich an Luke und mir vorbeizudrängeln, denn wir blokkierten den Weg durch den engen Tunnel.

»Sieht fast so aus, als ob Orlando von der Höhle die Nase voll hat«, lachte Jay, während ihm dicke Tränen über das Gesicht liefen. Er schmiegte sich an seinen Vater, der ihn an sich drückte, und wischte sich mit dem Handrücken über die Augen.

»Kluges Tier«, war Hugos nüchterne Antwort. »Wir haben Glück gehabt, aber der Wasserfall sollte uns eine Warnung sein. Vor drei Jahren war er noch nicht da. Möglicherweise speisen die Wassermassen, die bei dem Gewitter heruntergekommen sind, einen unterirdischen Fluß. Es könnte gut sein, daß der Wasserspiegel noch steigt. Ich bin also dafür, daß wir uns schleunigst aus dem Staub machen.« Er hatte ein Arm um Jays Schulter gelegt, als hätte er Angst, ihn loszulassen, und übernahm jetzt das Kommando. »Jay, du gehst hinter mir, dann kommst du, Alison, und du Luke bildest die Nachhut, wenn's dir recht ist. Spitz die Ohren, Luke, und gib Bescheid, wenn du etwas hörst, das wie Wasser klingt. Und du, Jay, nimmst Orlando am Zügel.« Seine Stimme war immer noch die gleiche, die ich aus meiner Kindheit kannte: energiegeladen, kraftvoll, zielbewußt. Beim Gedanken daran mußte ich lächeln.

»Eine gewisse Familienähnlichkeit ist unverkennbar«, flüsterte Luke mir zu, als wir gehorsam Hugos Anweisungen folgten. Eine Hand von ihm lag auf meiner Schulter, während wir im Gänsemarsch hinter Hugo herstapften. Luke bestätigte mir, daß der Tunnel direkt unter dem *castello* endete, und zwar, wie Jay und ich schon vermutet hatten, direkt in der Waffenkammer.

An die nächsten Minuten erinnere ich mich nur noch schemenhaft. Nachdem ich mir nun nicht mehr jede Wegbiegung und jede Markierung einprägen mußte, lief ich einfach hinterher, ohne meine Umgebung wahrzunehmen, ich war rundum zufrieden. Jay war in Sicherheit, Luke am Leben, und Hugo endlich wieder zu Hause. Alle Gefahren lagen hinter uns. Vorneweg schritt Hugo durch den Tunnel mit dem Selbstvertrauen eines Menschen, der den Weg genau kannte, einem Selbstvertrauen, das mir ein Gefühl der Sicherheit gab, unter seiner Führung wohlbehalten aus dieser Höhle herauszukommen. Immer wieder blieb er stehen und schaute zu uns zurück. Dann sahen wir sein Gesicht, das vom Licht der Laterne angestrahlt wurde. Der helle Schein hob die Flächen und Kanten seines Gesichts hervor, überzeichnete die Form seiner Nase – er hatte tatsächlich eine verblüffende Ähnlichkeit mit der Holzschnitzerei im Turm. Einmal sah er an Jay vorbei zu mir herüber und sagte leise: »Jedesmal, wenn ich mich umdrehe, habe ich Angst, daß du nicht mehr da bist.« Ich sei nicht Eurydike, neckte ich ihn, und er lächelte.

Jay quasselte ohne Unterlaß und erzählte Hugo die ganze Geschichte von Anfang bis zum Ende. Zeit, um Luft zu holen, blieb ihm nur, wenn Hugo oder Luke ihm eine Frage stellten, und eine weitere Pause mußte er einlegen, als ich mich einmischte, weil er wieder einmal Asche auf sein Haupt streute. Selbst im matten Schein der Laterne sah man, daß er vor Freude und Verlegenheit rot anlief, als ich den anderen erzählte, daß ich es nur Jay zu verdanken hatte, nicht gleich zu Beginn vor Angst und Klaustrophobie gestorben zu sein.

»Aber auch Orlando verdient ein ordentliches Lob«, lenkte

er ab und berichtete, daß wir unsere Rettung schließlich Orlando zu verdanken hatten, denn er war es gewesen, der das Wasser gewittert hatte. Mit keinem Wort erwähnte er, was wir in der großen Kaverne, die Orlando entdeckt hatte, gefunden hatten, aber nach Hugos interessiertem Gesichtsausdruck zu schließen, den ich auffing, als er sich einmal nach Jay umdrehte, mußte er etwas geahnt haben.

Aber Hugo sagte lediglich: »Orlando hat sich einen Ehrenplatz in der Legendenwelt von Casteddu verdient. Luke und ich wollten gerade umkehren, als wir sein Wiehern hörten...«

»Matteo!« durchzuckte es Jay blitzartig. Er zog Hugo am Ärmel. »Ihn habe ich ganz vergessen! Er ist...«

Hugo drehte sich zu Jay um, sah ihn liebevoll an und beruhigte ihn. »Matteo geht's gut. Er wartet draußen vor dem Tunnel auf uns. Er hat sich vom Knebel befreien können und dann einen solchen Radau gemacht, daß Luke und ich ihn schon von weitem gehört haben, als wir nach Casteddu kamen. Er hat uns erzählt, was mit euch beiden passiert ist. Bis dahin hatten wir ja gehofft, daß ihr im Turm in Sicherheit seid.«

»Was hatte er überhaupt im Stall zu suchen?« fragte ich Hugo. »Ich meine, als er sich auf Elliot gestürzt hat?«

»Er wollte eben so gut es ging, auf euch aufpassen. Der arme Junge glaubt, daß er versagt hat. Aber er hat ja nicht wissen können, daß Elliot eine Waffe dabei hatte.«

»Das verstehe ich nicht«, warf Jay ein. »Weshalb hat Matteo denn gemeint, unbedingt auf uns aufpassen zu müssen? Hatte er etwa einen Verdacht?«

»Calogero hat etwas vermutet. Als ihr darauf bestanden habt, im Turm zu übernachten, hat er Matteo beauftragt, euch beide und Elliot im Auge zu behalten.« Also war Don Calo uns letztendlich doch freundlich gesinnt, dachte ich bei mir und schämte mich dafür, daß ich daran gezweifelt hatte. Don Calo sei davon überzeugt gewesen, daß Elliot etwas im Schilde führte, meinte Hugo, aber Elliot habe es immer wieder geschafft, seine Spuren zu verwischen. Wütend fügte er hinzu: »Natürlich hätte Calogero nie im Traum daran gedacht, daß Elliot versuchen würde, euch etwas anzutun. Dieser kaltschnäuzige Dreckskerl! Wenn ich bloß daran denke, was alles hätte passieren können…«

Und dabei kannte er noch nicht einmal das ganze Ausmaß von Elliots Doppelspiel, dachte ich bei mir. Er hatte keine Ahnung davon, daß Elliot ihn Gaddhaffi in die Hände gespielt hatte, daß er Clio verraten hatte. Gab es überhaupt jemanden, den Elliot nicht betrogen hatte?

Der See und der Schrein mußten im untersten Teil der Höhle gelegen haben, denn es ging ständig bergauf. Der Tunnel war zwar eng, aber hoch genug, um aufrecht gehen zu können. Etwa zwanzig Minuten mochten vergangen sein, als ich eine Veränderung an den Tunnelwänden feststellte. Fast unmerklich war die natürliche Felswand einer Wand aus roh behauenen Blöcken gewichen. Und dann endete der Tunnel abrupt vor einer offenen Tür. Dahinter erstreckte sich ein großer Raum, ein Lagerraum vermutlich, vollgestellt mit Möbelstükken und kaputten Holzkisten. Beleuchtet war der Raum von einer einzelnen Laterne, die von einem Haken am unteren Ende einer Steintreppe an der gegenüberliegenden Wand hing. »Das ist der Waffenraum«, klärte Luke uns auf.

Im Gänsemarsch gingen wir durch die Tür, die Hugo hinter uns schloß. Auf der uns jetzt zugewandten Seite war das Türblatt mit Steinplatten verkleidet und nicht mehr als Tür erkennbar, sobald sie ins Schloß schnappte. Als Klinke diente ein Stein, der grober behauen war als die übrigen. Am anderen Ende des Waffenraumes trappelte Orlando gerade die Steinstufen hinauf, als hätte er schon wieder Wasser gewittert, aber es war Matteo, auf den er sich freute. Der stand am Ende der Treppe und strahlte über das ganze Gesicht.

Der Nachthimmel erschien mir wunderbar weit, voll von funkelnden, weißen Sternen, die Luft war rein und warm und so herrlich, daß ich mit gierigen Atemzügen meine Lungen füllte. Jeder Ton war vom anderen klar abgegrenzt: die Meereswellen, die unter uns an den Felsen saugten und leckten, die Zikaden, der Schrei einer Eule, jedes kleine Geräusch ein Anzeichen von Leben. Ich kam mir vor wie Persephone, frisch dem Hades entstiegen, mit geschärften Sinnen für eine neu erstandene und in neuer Schönheit erstrahlende Welt. Jauchzend drehte sich Jay mit ausgebreiteten Armen wie ein Kreisel.

Hugo, Luke und Matteo sprachen noch kurz miteinander, und Matteo gab Jay und mir auf seine schüchterne Art zu verstehen, wie sehr er sich freute, uns wohlbehalten wiederzusehen. Unsere Dankesworte schienen ihn peinlich zu berühren. Er packte Orlando kurzentschlossen am Zügel und führte ihn davon, um ihn zu füttern und zu tränken. Hugo sagte, daß Matteo nochmals über den Berg gehen wollte, um der Rettungsmannschaft auf der Wiese zu berichten, daß man uns gefunden hatte.

Nachdem wir die Lampen im Turm angezündet hatten, holte Hugo Verbandszeug und versorgte Lukes Kopfwunde, die er Elliot zu verdanken hatte. Luke habe sich bis jetzt standhaft geweigert, seine Wunde behandeln zu lassen, meinte Hugo. Er tadelte mich scherzhaft, daß ich mir da einen ausgesprochen eigensinnigen, jungen Mann geangelt hätte. Ich sah von meinem Suppenteller auf und lächelte ihn an. »Da hat wahrscheinlich jemand ein schlechtes Vorbild abgegeben.« Luke sagte nichts, aber aus der Art, wie er mich anlächelte, merkte ich, daß er nicht nur gut gelaunt, sondern schlicht und einfach glücklich war.

Während wir uns über die Suppe und die Sandwiches hermachten, die Jay und ich aufgetischt hatten, sorgten wir abwechselnd dafür, die Wissenslücken der jeweils anderen Partei zu schließen. Ich machte den Anfang. Die anderen hörten gespannt zu, wie ich von der Tour über den Berg, von dem, was auf der Wiese passiert war und dem tödlichen Unfall von Giudico erzählte. Luke wurde nachdenklich, als ich berichtete, daß nicht viel gefehlt hätte und sie ihn umgebracht hätten. Ich fühlte mich nicht gerade wohl in meiner Haut, als ich darauf zu sprechen kam, wie Elliot in der Höhle erklärt hatte, daß er Hugo an Gaddhaffi verkauft hatte. Es war mir peinlich, Hugo ins Gesicht zu sehen. »Er... er hat gesagt, daß er beim Durcharbeiten deiner Unterlagen etwas gefunden hat, woran Gaddhaffi interessiert war. Was das war, hat er uns allerdings verschwiegen.«

Verblüffung, Ungläubigkeit und Wut sprachen aus Hugos Gesicht. Er saß da, wie vom Donner gerührt, starrte mich unverwandt an, ohne mich wahrzunehmen, sah etwas, das den übrigen von uns verborgen war. Schließlich meinte er tonlos: »Warum, in Gottes Namen, hat er das getan? Habt ihr eine Erklärung dafür?«

Leise antwortete Luke: »Um dich aus dem Weg zu räumen. Und weil er ein ansehnliche Stück vom Kuchen des hiesigen Heroinhandels abbekommen wollte. Habe ich recht, Alison?«

Noch bevor ich ihn fragen konnte, woher er das wußte, forderte Jay mich aufgeregt auf: »Komm, erzähl ihnen von dem Honig!«

Luke hörte aufmerksam zu. Als ich geendet hatte, nickte er und sagte: »Ja, so etwas hatte ich mir schon gedacht. Er und Giudico müssen da ganz schön was am Laufen gehabt haben. Bevor die Telefonleitungen unterbrochen wurden, habe ich mit dem hiesigen Konsulat gesprochen. Die waren ganz Ohr, als ich ihnen von den Bienenwaben erzählte. Offenbar haben sie gestern einen Soldaten vom Stützpunkt in Comiso geschnappt. In den vier Honiggläsern, die er in die Staaten mitnehmen wollte, fanden sie Kunststoffwaben mit Heroin.«

»Du glaubst doch nicht, daß Clio...?«

Hugo sagte tonlos: »Clio hat ganz bestimmt nichts davon gewußt.«

Luke stimmte ihm zu. »Wahrscheinlich haben Elliot und Giudico das Honiggeschäft nur als Tarnung betrieben. Und nachdem sie ihr ja den ganzen Vertrieb abgenommen hatten, war es ja auch gar nicht nötig, sie einzuweihen. Nun ja, wie dem auch sei, alles deutet darauf hin, daß das eine ziemlich große Sache war. Es ist gut möglich, daß auch andere Bienenzüchter, ohne es zu wissen, auf diese Weise benutzt worden sind. Aber es sieht so aus, als wäre die Partnerschaft zwischen Elliot und Giudico schon am Auseinanderbrechen gewesen. Vielleicht hat Elliot bei Giudicos tödlichem Unfall nachgeholfen, weil er sich klammheimlich absetzen wollte. Na ja, wie dem auch sei, Giudicos Tod hat ihm genau ins Konzept gepaßt.«

»Don Calo wird Luke hoffentlich nicht für den Tod von Giudico verantwortlich machen, oder?« fragte ich Hugo. So viel hatte ich bereits begriffen, daß mir klar war, daß Giudicos Tod durchaus unerfreuliche Konsequenzen für Luke haben konnte, falls Don Calo sich die sizilianische Version des Rachegedankens aus dem Alten Testament zu eigen machen sollte.

Zu meiner Erleichterung schüttelte Hugo den Kopf. »Calo hat sich keine Illusionen über Giudicos Charakter gemacht. Er hat sich für den Sohn seines verstorbenen Bruders verantwortlich gefühlt, aber die beiden haben sich nie gut verstanden. Er hat immer gesagt, daß Giudico stur wie ein Panzer sei. Und im übrigen hat Calogero eine sehr dezidierte Meinung zum Drogenhandel. Er hat seiner Familie unmißverständlich klargemacht, daß sie sich aus diesem Geschäft gefälligst herauszuhalten haben.«

Ich fragte Luke über die Libyer aus. »Elliot hat sie als seine ›Partner‹ bezeichnet.«

»Es ist eine Tatsache, daß die Libyer im Drogenhandel in Sizilien mitmischen«, erwiderte er. »Südlich von Sizilien gibt es eine Insel namens Pantelleria, die sowohl von Drogenhändlern wie Terroristen jeglicher Couleur – natürlich auch Libyern – als eine Art Umschlagplatz benutzt wird.«

Jay war verwirrt. »Also das kommt mir doch ziemlich aufwendig vor. Warum sollte man sich die Mühe machen, das Heroin zuerst von irgendwo da unten herzuschaffen, nur um es dann in Bienenwaben zu stopfen und über die Berge zur Wiese hinaufzutransportieren?«

»In diesem Punkt hast du nicht unrecht«, stimmte Luke zu. »Wahrscheinlich war es so, daß die Libyer oder wer auch immer, Elliot mit dem Rohstoff versorgten und er das Heroin hier auf der Insel hergestellt hat.«

»Was, hier?« rief Hugo entgeistert.

Luke nickte ernst. »Ja, davon müssen wir leider ausgehen. Wenn wir die hiesigen Häuser durchsuchen, werden wir möglicherweise in einem davon ein Labor finden. Diese Do-it-yourself-Labors sind einerseits recht gefährlich – es kann leicht etwas explodieren –, aber andererseits liegt der Reiz darin, daß man nicht viel Equipment braucht und die Gewinne exorbitant hoch sind. Hier in Sizilien gibt's überall Heimlabors für Heroin.«

»Jetzt leuchtet mir auch ein, weshalb Elliot nicht wollte, daß Matteo hier oben wohnt«, sinnierte Jay. »So hat ihn keiner bei der Arbeit gestört.«

Ich schöpfte jedem einen Nachschlag Suppe auf den Teller und fragte Luke, ob er Elliot zur Wiese gefolgt war, weil er wußte, daß er Drogen schmuggelte.

»Es war eher ein Verdacht«, antwortete er. »Also, ich fange am besten ganz von vorne an... Nachdem ich mich gestern von dir verabschiedet hatte, habe ich gesehen, daß ein Sturm aufzieht, also bin ich zurück in die Pension. Und von dort aus habe ich das Konsulat angerufen. Sobald die mir von dem Heroin erzählt hatten, war mir klar, daß ich Elliot nicht mehr aus den Augen lassen durfte, solange ihr im Turm seid. Nachdem der Sturm dann abgeflaut war, wollte ich gerade nach Casteddu hinauffahren, als ich euch drei habe im Jeep kommen sehen. Dann bin ich euch bei eurem Rundgang durch die Stadt hinterhergeschlichen. Weshalb lachst du?« Als ich ihm erklärte, daß wir die ganze Zeit, während er uns gefolgt war, erfolglos versucht hatten, ihn zu finden, mußte auch er lachen. »Aufgefallen ist mir schon, daß du etwas Zwanghaftes an dir hattest. Du hast dir ja wirklich jedes einzelne Haus in Castell'alto ganz genau ansehen wollen... Nun, nachdem ihr mit Elliot nach Casteddu zurückgefahren seid, habe ich mir jedenfalls ein Plätzchen an der dem Berg zugewandten Seite der Brücke gesucht und mich auf eine lange Nacht vorbereitet. Gemütlich war's nicht, aber es hielt mich immerhin wach.

Matteo ist wahrscheinlich schon vor mir in Casteddu angekommen. Ich habe ihn jedenfalls nicht gesehen, dafür aber

Giudico – Gott sei Dank habe ich ihn gehört, als er den Weg herunterkam.« Er habe Giudico aufgrund meiner Beschreibung erkannt, meinte er. »Ich habe ihm einen Vorsprung von fünf Minuten gegeben und wollte ihm schon zum Turm folgen, bis mir einfiel, daß er sicher gemeinsam mit Elliot zurückkommen würde. Aber Giudico kam allein zurück. Also habe ich ihn ziehen lassen und noch etwas gewartet.

Ungefähr um elf ist dann Elliot mit dem Esel an der Brücke erschienen. Ich habe die Kiste auf dem Rücken von Orlando gesehen, hatte aber natürlich keine Ahnung, daß Jay in dem Sack steckte. Als sich dann Elliot und Giudico auf der Wiese trafen, bekam ich gerade so viel mit, daß sie offensichtlich auf die Libyer warteten. Ich war schon drauf und dran, zum Turm zu gehen und euch herausholen, da bewegte sich der Sack. Ich nahm natürlich an, daß du das warst, Alison, weil Elliot deinen Namen erwähnt hatte und Giudico sich mit ihm wegen dir in die Haare bekam. Also mußte ich mir überlegen, wie ich dich befreien konnte, bevor die Libyer auftauchten. Zuerst wollte ich mich auf Elliot stürzen, sobald er die Leuchtzeichen abgegeben hatte, aber dann hat er Giudico gerufen... Nun ja, den Rest kennt ihr ja.« Dann erzählte er noch, daß er gerade in dem Moment wieder zu Bewußtsein gekommen war, als Elliot schreiend und schießend aus der Höhle gerannt kam. »Dann kam auf einmal der ganze Berg herunter, und Elliot war verschwunden. Daraus schloß ich dann, daß er entweder verschüttet wurde, obwohl er eigentlich weit genug von dem Felssturz weg war, oder aber daß er mit Giudico zum Strand hinunter ist, wo die Libyer warteten.«

Ich erzählte Luke von Elliots Allergie gegen Bienenstiche. Luke war überrascht: »Hat er etwa deshalb so geschrien? Ich dachte, der Felssturz hätte ihn erschreckt. Ich habe gar keine Bienen gesehen. Glaubst du denn, die Stiche könnten ihn getötet haben?«

»Auf jeden Fall war er von Bienen umringt. Er hat mir einmal gesagt, wie heftig sein Körper auf Bienenstiche reagiert. Er hat es bestimmt nicht bis zur Bucht hinunter geschafft.«

Luke sah Hugo an. »Vielleicht ist er auf den Berg geflüchtet.«

Ich stellte mir vor, wie Elliot im Schockzustand in einer Felsspalte kauerte. Obwohl er uns das alles angetan hatte, wünschte ich ihm kein solches Schicksal. »Wenn sie ihn nicht bald finden, stirbt er bestimmt«, sagte ich.

Weder Luke noch Hugo machten mir den Eindruck, als wären sie davon besonders beeindruckt. Hugo sagte nur: »Wenn er noch dort ist, werden sie ihn finden. Wenn er nicht mehr dort ist, müssen wir davon ausgehen, daß die Libyer gekommen sind und ihn mitgenommen haben.«

»Ich hatte am meisten Angst davor«, fuhr Luke fort, »daß du in der Höhle mit Giudico in der Falle sitzt, und natürlich auch, daß du verschüttet sein könntest.« Luke hatte verzweifelt versucht, die Felsblöcke wegzuräumen, die den Eingang zur Höhe versperrten, aber er war ebenso erfolglos gewesen wie Jay und ich auf der anderen Seite. Allerdings hatte er seine Anstrengungen früher aufgegeben als wir, weil ihm schnell klar geworden war, wie wenig er ohne Unterstützung ausrichten konnte. Also war er zu Don Calo gegangen. »Ich war mir zwar nicht sicher, ob Don Calo nicht doch in die Geschichte verwickelt war. Aber ich hatte keine andere Wahl. Ich hatte mir vorgenommen, ihm zu sagen, daß sein Neffe und Alison in der Höhle verschüttet waren, dann hätte er auf jeden Fall etwas unternehmen müssen. Ich habe eine geschlagene halbe Stunde bis zu seinem Haus gebraucht, und als ich dort endlich angekommen bin – war Hugo da.«

Hugo lächelte gequält. »Gerade hatte ich mich von dem nicht gerade geringen Schock erholt, daß meine Kinder oben in Casteddu waren, da kam zu allem Überfluß auch noch dieser Luke mit seinen Schauergeschichten an.«

Glücklicherweise waren zu diesem Zeitpunkt die Telefonleitungen wieder frei, und während Assunta eine Hilfsmannschaft per Telefon zusammentrommelte, waren die Männer – Luke, Hugo, Don Calo und seine Söhne – mit dem Auto zur Wiese gefahren. Auf dem Weg zum Strand hatten sie Giudicos

Leiche gefunden. »Wir dachten, Elliot hätte ihn umgebracht«, meinte Luke, »oder die Libyer. Auf jeden Fall fiel mir ein Stein vom Herzen, weil er demnach nicht mit Alison in der Höhle sein konnte. Und dann entschlossen wir uns dazu, uns eben vom anderen Ende des Tunnels her vorzuarbeiten...«

»Ich habe Luke von dem Tunnel erzählt«, erklärte Hugo. »Und auch von dem Felssturz, der den Durchgang blockiert. Aber es kam auf einen Versuch an. Wir wollten allerdings schon kehrt machen, als wir den Esel hörten. Und dann haben wir euch gefunden.« Er sah Jay und mich an. »Gott sei Dank.«

Luke schob seinen Suppenteller zur Seite und stand auf. »So, jetzt muß ich mich aber beeilen, wenn ich Don Calo und die anderen noch auf der Wiese erwischen will. Ich werde von Don Calo aus das Konsulat anrufen und den Leuten von Elliot und den Libyern erzählen. Wahrscheinlich werde ich nicht vor morgen früh zurück sein. Bis dahin ist die Straße vielleicht wieder frei.«

Hugo schrieb eine kurze Nachricht für Don Calo auf, die er Luke mitgab. »Damit du mit ihm keine Schwierigkeiten hast«, sagte er und reichte ihm das gefaltete Stück Papier. »Obwohl du mir wie jemand aussiehst, der ganz gut auf sich selbst aufpassen kann.«

»Aber schließlich ist das immer noch Sizilien«, antwortete Luke grinsend.

»Genau.« Hugo wurde wieder ernst. »Luke, ich kann dir gar nicht genug danken. Du hast dein Leben für Alison und Jay aufs Spiel gesetzt. Wenn du nicht gewesen wärst, wären die beiden vielleicht... Ich mag gar nicht daran denken. Obwohl« – und jetzt sah er Luke und mich an – »ich mir vorstellen könnte, daß auch du dankbar bist, daß es so gut ausgegangen ist.«

»Ja«, lachte Luke zustimmend und drückte mich noch fester an sich. »Das stimmt allerdings.« Die beiden schüttelten sich die Hände. Es war nicht zu übersehen, wie sehr sie einander respektierten und schätzten. Dann streckte Luke Jay die Hand hin. »Freunde?« fragte er lächelnd.

»Freunde«, erwiderte Jay errötend und schüttelte ihm die Hand.

Ich begleitete Luke noch bis zur Brücke. Als wir allein waren, sagte er: »Ich wollte deinen Vater ungern schockieren, aber ich könnte mir schon vorstellen, wie du mir deine Dankbarkeit zeigen könntest. Vielleicht so...« Er blieb stehen und zeigte mir, was er meinte.

Als sich unsere Lippen nach einem langen Kuß voneinander lösten, sagte ich: »Es gibt nichts, was Hugo schockieren könnte. Und das am allerwenigsten.«

»Soll das etwa eine Herausforderung sein? Dann muß ich's eben noch mal versuchen.«

Nachdem wir uns verabschiedet hatten, sah ich ihm hinterher, bis er aus meinem Blickfeld verschwand, und schlenderte dann zum Turm zurück. Hugo saß mit gesenktem Kopf allein am Küchentisch. Als er meine Schritte hörte, sah er auf. »Ich habe deinen Bruder ins Bett gebracht«, sagte er, als ich mich ihm gegenübersetzte. »Dem sind ja schon die Augen zugefallen.«

Aber auch Hugo war müde. Sein Gesicht war aschgrau. Ich dachte daran, was er in dieser Nacht alles mitgemacht hatte, zuerst der lange Anstieg zur Wiese, seine Suche nach uns im Tunnel, ganz zu schweigen von der Angst, die er um uns ausgestanden hatte... Ich streckte den Arm nach ihm aus und legte meine Hand auf die seine. Zum erstenmal seit vielen Jahren berührten wir uns auf diese Weise. Er sah mich an, liebevoll und zugleich forschend und sagte: »Luke ist ein bemerkenswerter junger Mann. Wenn ich nur daran denke, wie er ins Haus von Calogero gestürmt kam und keine zwei Minuten gebraucht hat, bis er uns da hatte, wo er uns haben wollte, das war schon beachtlich. Ich mag ihn.«

»Schön, daß du das sagst. Ich nämlich auch.«

»Das war auch nicht zu übersehen.«

Ich fühlte mich geborgen. Wie erstaunlich, dachte ich, daß wir beide hier sitzen, ganz Vater und Tochter. Leise sagte Hugo: »Es gibt so vieles, was ich dir sagen muß, Alison.«

»Du brauchst mir gar nichts zu sagen.«

»Aber ich möchte es. Ich will, daß du mich verstehst... Eigentlich wollte ich bis morgen früh damit warten. Aber während du mit Luke draußen warst, hat mich Jay gefragt, weshalb ich ihm nie geschrieben habe. Ich möchte, daß du weißt, was ich ihm darauf geantwortet habe.« Über sein Gesicht huschte ein Schatten von Trauer, und ich hatte plötzlich Angst vor dem, was kommen würde. »Ihr habt sicher Schwierigkeiten gehabt zu verstehen, weshalb ich Hals über Kopf nach Libyen gegangen bin, ohne euch einen Ton zu sagen. Die vergangenen drei Jahre... waren für uns alle schwer.« Einen Augenblick lang saß er schweigend und regungslos auf seinem Stuhl. Dann sprach er mit leiser, müder Stimme weiter: »Du hast doch gewußt, daß ich einmal mit einer Libyerin verheiratet war, nicht wahr? Damals war ich noch sehr jung.«

»War sie nicht Marokkanerin?« fragte ich verblüfft. »Ich habe immer gedacht, sie sei Marokkanerin gewesen. Außerdem war ich der Meinung, daß ihr gar nicht richig verheiratet gewesen seid.«

Nun war er überrascht. »Yasmin und ich haben uns zwar in Marokko kennengelernt, aber sie war Libyerin. Und wir waren auch richtig verheiratet. Wenn auch nicht einmal ein ganzes Jahr. Sie ist bei der Geburt unseres Kindes gestorben. Damals war Krieg, und ich war hier auf Sizilien stationiert, konnte also nicht bei ihr sein. Man sagte mir, das Kind sei ebenfalls tot. Aber viele Jahre danach habe ich erfahren, daß es doch am Leben ist. Es war ein Junge. Die Familie von Yasmin wollte, daß er als Moslem aufwächst. Sie hatten Angst, ich könnte ihn ihnen wegnehmen. Deshalb haben sie mich angelogen. Aber Yasmins Mutter und ich, wir haben uns immer gut verstanden. Kurz bevor sie starb, wollte sie wohl ihr Gewissen erleichtern und hat mir geschrieben. Und Salim hat sie auch die Wahrheit erzählt. Salim, so heißt dein Bruder.«

Ich wußte es schon, bevor er den Namen ausgesprochen hatte.

»Aber zu der Zeit war Salim bereits siebenunddreißig Jahre

alt und mit Haut und Haaren Moslem. Er war Offizier in der Armee und stand auf der Seite Gaddhaffis. Wir trafen uns und waren gemeinsam der Meinung, daß es für ihn besser sei, wenn niemand erführe, daß er einen Amerikaner zum Vater hatte. Ich habe es auch fast niemandem erzählt. Euch beiden wollte ich es sagen, habe aber wohl zu lange auf den richtigen Moment gewartet.

Ja, und dann haben sich Salim und ein paar andere Offiziere gegen Gaddhaffi gestellt. Tragischerweise wagten sie einen Umsturzversuch, der natürlich gescheitert ist. Man hat Salim erwischt und ins Gefängnis gesteckt. Von alledem habe ich nie etwas erfahren. Aber ungefähr zur gleichen Zeit muß Elliot von der Existenz Salims erfahren haben. Einige Monate nach Salims Gefangennahme meldete sich nämlich ein Vertreter der libyschen Regierung bei mir und legte mir nahe, es sei besser für mich, wenn ich mich mit einigen seiner Landsleute zusammensetzen würde, um ein Projekt zu besprechen. Ich war einverstanden, nach Libyen zu kommen – denn ich freute mich darauf, vielleicht eine Möglichkeit zu bekommen, Salim zu sehen. Vor meiner Abreise habe ich hier alles geregelt, was zu regeln war, und Elliot gebeten, sich um den Turm zu kümmern. Wahrscheinlich ahnte ich schon, daß es Schwierigkeiten geben könnte.

Direkt nach meiner Ankunft in Libyen hatte ich ein Gespräch mit Gaddhaffi. Er war sehr charmant – du würdest staunen, wie charmant er sein kann – und hat mir sein Vorhaben erläutert. Eine Stadt in der Wüste, sagte er. Und er wollte, daß ich die Planung übernahm. Bevor ich ablehnen konnte, hat er mir von Salims ›Verbrechen‹ erzählt. Und er vergaß auch nicht, darauf hinzuweisen, daß meine Entscheidung letztendlich Salims Schicksal besiegeln könnte. Hochverrat würde schwer bestraft. Falls ich den Auftrag aber annähme, würde man Salim aus dem Gefängnis entlassen, sobald ich mit meinem Teil des Projektes fertig sei. Ich dürfe jedoch zu niemandem etwas über die Vertragsbedingungen verlauten lassen und Libyen während der Arbeit an dem Projekt nicht verlassen.

Mir ist nichts anderes übriggeblieben, als dem Pakt zuzustimmen. Ich wollte euch nicht gefährden und in die Sache mit hineinziehen. Das ist auch der Grund, weshalb ich euch nicht geschrieben habe. Je weniger Kontakt ich mit euch habe, so dachte ich, desto besser.

Und so war ich drei Jahre lang Gaddhaffis Tanzbär. Er war mit meiner Arbeit zufrieden, und allmählich haben sich Salims Haftbedingungen verbessert. Ein Jahr, anderthalb Jahre, und dann wäre Salim wieder frei. Dann, letzten Monat, bombardierten die Amerikaner Tripolis. Das Gefängnis, in dem Salim saß, wurde bei dem Angriff getroffen.

Zwei schreckliche Wochen lang wußte ich nicht, ob Salim noch am Leben war. Schließlich habe ich über einen gemeinsamen Freund erfahren, daß er geflohen und untergetaucht war, und auf eine Nachricht von mir wartete. Ich versprach, ihn aus Libyen herauszuschaffen, wobei mir klar war, daß ich das alleine nie schaffen würde. Über diesen Freund ließ ich Salim wissen, daß er mich in drei Tagen an einem genau beschriebenen Ort an der Küste erwarten soll. In derselben Nacht bin ich nach Tunesien geflüchtet und dann nach Sizilien geflogen. Dort habe ich mich an Calogero um Hilfe gewandt. Ich wußte, daß ich auf ihn zählen kann.«

»Er hat uns gesagt, weshalb«, bemerkte ich.

»Ach ja?« Ein flüchtiges Lächeln. »So weit es mich betrifft, hat er bestimmt mal wieder übertrieben. Calogero ist seinen Freunden gegenüber absolut loyal. Er hat mich nicht im Stich gelassen. Sein Sohn Gaetano besitzt ein Fischerboot, mit dem er und sein Bruder Tommaso mich am vereinbarten Treffpunkt an der Küste absetzten. Hier wollte ich Salim treffen. Aber er kam nicht.« Zusammengesunken saß er im Stuhl. Der Bericht hatte ihn offensichtlich noch mehr mitgenommen als die Geschehnisse der letzten Nacht. Resigniert rieb er sich die Wangen. »Es war zu spät. Salim war bei dem Angriff auf das Gefängnis verwundet worden. Das hatte mir keiner gesagt. Er ist in seinem Versteck gestorben.«

Salim. Ein Bruder, den ich nie kennengelernt hatte und nie

mehr kennnlernen würde. Der Bruder, den Jay sich gewünscht hatte. Noch konnte ich nicht begreifen, daß es ihn gegeben hatte, noch nicht. Nur Hugos Schmerz war greifbar.

Ein Lichtstrahl fiel schräg auf sein Gesicht und enthüllte schonungslos, wie die Zeit und der Kummer die Muskeln an seinen Schläfen und unter den Augen hatten schwinden lassen. Er sah schmaler aus als früher. In den letzten drei Jahren war mein Vater ein alter Mann geworden. Ich stand auf, umarmte ihn und legte meine Wange an seinen gebeugten Kopf, auf dem das einstmals schwarze Haar in grauen, dünnen Strähnen über der sonnengebräunten Kopfhaut lag. So viele Jahre hatte ich Hugo für unverwundbar gehalten, ihn fast schon für einen Mythos gehalten, und erst jetzt ging mir auf, daß er sterblich war. Ich sehnte mich danach, ihn zu trösten, und gleichzeitig machte mir die Veränderung angst. Ein Vater, der mich brauchte... Auf einmal wünschte ich mir den alten, vertrauten Hugo zurück, den Hugo, um den ich mich nie hatte sorgen müssen, über den ich nie hatte nachzudenken brauchen; ich hatte mich an diesen Mann gewöhnt, und auch an die Distanz zwischen uns.

Aber was ich jetzt fühlte, war die Angst eines Kindes vor einer neuen Ordnung. Während Worte des Trostes und der Zuneigung wie tastende Finger über einen immer schmaler werdenden Spalt glitten, schwand die Angst und machte einer zärtlichen Liebe zu einem Vater aus Fleisch und Blut Platz, einem Vater, den ich jetzt erst zu begreifen begann.

27

Früh am nächsten Morgen wurde ich von der aufgehenden Sonne und dem Schrei einer Möwe geweckt. Schläfrig lag ich in der Stille des Turms; eine fremdartige, melancholische Zufriedenheit hatte sich meiner bemächtigt, und ich sah zu, wie sich das Sonnenband auf meiner Bettdecke allmählich ausbreitete. Ich stand auf, kleidete mich an, tappte leise nach unten und fischte eine Orange aus der Obstschale, die auf dem Küchentisch stand. Draußen setzte ich mich auf die Steinmauer, beobachtete das Farbenspiel des Meeres tief unter mir und versank in der verschwenderischen Fülle von Licht und Raum und den unendlichen Möglichkeiten, die nur Freiheit und frische Luft bieten können. Dann zog Salims dunkler, trauriger Schatten an meinem geistigen Auge vorüber, und ich dachte an alles, was hätte sein können, und an alles, was mir für immer verschlossen bleiben würde.

Schließlich lockte mich der Geruch von frischem Kaffee, der aus der offenen Eingangstür drang, in den Turm zurück. Hugo stand mit dem Rücken zu mir am Herd.

»Möchtest du auch einen Kaffee, Alison?« fragte er, ohne sich umzudrehen.

»Ja, vielen Dank. Woher wußtest du, daß ich es bin?«

»Ich habe dich draußen gesehen. Du bist lange dagesessen.« Das war eher eine Frage als eine Feststellung.

»Ja, ich muß das alles erst verdauen. Bis jetzt gelingt es mir noch nicht so recht.« Ich sah mich um. »Wo steckt eigentlich Jay? Schläft er noch?«

»Er schläft noch.«

»Wie hat er es gestern aufgenommen, als du ihm von Salim erzählt hast?«

Hugo drehte sich um und reichte mir meine Tasse. Er war ausgeruht, seine blauen Augen leuchteten im Morgenlicht, er sah jünger aus, immer noch kräftig. Er trug ein weißes Hemd mit offenem Kragen, das gut mit seiner sonnengebräunten Haut kontrastierte, und er wirkte genauso agil, gutaussehend und voller Lebenskraft, wie ich ihn von früher her in Erinnerung hatte. Der Schmerz, der in der letzten Nacht seine Augen verdunkelt hatte, wirkte zwar noch nach, war aber jetzt gelindert durch das gleiche Glücksgefühl, das sich auch meiner bemächtigt hatte.

»Er hat gesagt, daß er Salim gern kennengelernt hätte. Er hat auch gesagt, daß Salim sehr mutig gewesen sein muß.« Hugo verzog sein Gesicht zu einem leichten Grinsen. »Jay ist seinem Bruder in dieser Hinsicht sehr ähnlich. Und auch sonst.«

Ich lächelte zurück. »Ja, ja, die Gene.«

Wir trugen unsere Kaffeetassen zu zwei Stühlen, die vor einem offenen Fenster standen, und als ich ihn so sitzen und an seinem Kaffee nippen sah, den Rücken der Weite des Zimmers zugewandt, fiel mir auf, wie gut er hierher paßte, wie sehr er sein Ambiente schmückte und es zugleich in den Hintergrund rücken ließ. Seine »Beutestücke«, der bemerkenswerte Raum selbst, sie alle gaben die würdige Kulisse für einen Mann ab, der immer schon und auch jetzt noch durch seine Dominanz glänzte, fast überlebensgroß erschien. Früher einmal war ich nicht in der Lage gewesen, hinter dieser übergroßen Präsenz den Menschen zu erkennen, aber jetzt war das anders. Ein nie gekanntes Glücksgefühl durchströmte mich, als ich erkannte, daß Hugo einfach nur noch mein Vater war.

Er holte seine Pfeife und den Tabaksbeutel heraus, und während er die Pfeife stopfte, fragte er mich leise: »Findest du, daß ich falsch gehandelt habe, Alison?«

Ich schüttelte den Kopf. »Jetzt nicht mehr. Was hättest du schon anders machen können?«

»Ich habe Salim nicht bevorzugt, das mußt du mir glauben. Er hat mich gebraucht. Du standest auf eigenen Füßen, und was Jay betrifft, nun ja, Charlotte mag vielleicht nicht die ideale Mutter sein, aber sie liebt ihn. Und er war ja schon immer ein außerordentlich selbständiges Kind. Genau wie du.« Mit einem Streichholz zündete er die Pfeife an und sog die Flamme mit tiefen Atemzügen in den Tabak. »Ich habe immer das Gefühl gehabt, daß ihr beide auch ohne große väterliche Intervention mit eurem Leben ganz gut zurechtkommt. Möglich, daß das nur eine Ausrede war, um meinen mangelnden Einsatz vor mir selbst zu rechtfertigen, aber das glaube ich eigentlich nicht.«

»In Jays Augen gibt es nichts, was du falsch machen könntest.«

Hugo lächelte schief. »Ich freue mich darüber, so lange es hält. Ich glaube, daß du deine Illusionen schon früher verloren hast, oder?«

»Die Pubertät muß eben für vieles herhalten. Vielleicht hab ich einfach zu viel Zeit damit vergeudet, sie endlich hinter mich zu bringen.«

Nachdenklich sagte er: »Mit zunehmendem Alter bist du deiner Mutter immer ähnlicher geworden. Das hat mir Schwierigkeiten bereitet. Manchmal hat mir das ganz schön zu schaffen gemacht.« Er hatte seinen Kopf abgewandt und sah zum Fenster hinaus; die Sonnenstrahlen hoben sein Profil scharf vom Hintergrund ab, zauberten Silberglanz auf sein Haar. Die Pfeife ruhte vergessen in seiner Hand.

Ich wartete. Als sich das Schweigen in die Länge zog, stellte ich meine Tasse auf den Tisch neben dem Stuhl. »Soll ich uns Frühstück machen?« fragte ich. Meine Stimme klang unnatürlich laut. »Wir haben noch Obst und Brötchen von gestern, die noch eßbar sein müßten. Und dann ist noch etwas von Clios Honig...« Ich sprach nicht weiter – ihr Name hing zwischen uns in der Luft.

Hugo drehte sich zu mir um. Vorsichtig setzte er an: »Ich möchte dir nicht zu viel aufbürden, Alison. Aber du solltest noch etwas wissen...« Das sagte er mit einem Gesichtsausdruck, den ich vorher noch nie an ihm gesehen hatte – irgendwie peinlich berührt, verlegen.

Um es ihm leichter zu machen, antwortete ich schnell: »Wenn es irgend etwas mit Clio und dir zu tun hat, freue ich mich. Ich mag sie nämlich gut leiden.« Meine Worte gingen wirkungslos ins Leere. »Eigentlich hat es mehr als nur irgend etwas mit Clio und mir zu tun. Und ebensoviel mit dir.«

»Mit mir?« Ich fand, daß Hugo sich reichlich spät Gedanken darüber machte, was ich von seinem Geschmack bezüglich Frauen hielt. »Also, ehrlich gesagt, kommt es ja nun wirklich nicht mehr darauf an, was ich...«

Seine Hand strich ungeduldig über die Armlehne des Stuhls. »Ich gehe das irgendwie falsch an.« Er legte die Pfeife ab, stand auf und schaute zu mir herunter. Sein Gesicht war ernst. »Vielleicht ist es am besten, wenn ich es dir ohne Umschweife sage: Clio ist deine Mutter, Alison.«

Mir fehlten die Worte. Ich starrte ihn entgeistert an. Das konnte nicht wahr sein! Doch nach dem ersten Schock glaubte ich ihm bedingungslos. Es machte alles so plausibel. Das, was ich bisher immer nur vage erfaßt hatte und was mir dennoch auf unerklärliche Weise immer vertraut erschienen war, lag nun wie ein offenes Buch vor mir.

Hugo legte mir eine Hand auf die Schulter. »Vor meiner Abreise nach Libyen wollte ich dich hierherholen, um es dir zu sagen. Clio hatte Angst davor. Sie dachte, du könntest ihr die vielen Jahre nicht verzeihen...«

Ich fuhr herum und sah ihm ins Gesicht: »Sie hat mir nie geschrieben, nicht ein einziges Mal.« Diese Worte schleuderte ihm das Kind entgegen, das sich nur an den eigenen Schmerz erinnert, nicht die erwachsene Frau, die dachte, sie hätte das Ganze längst verarbeitet.

Hugo schien überrascht. »Aber sie hat dir doch geschrieben, jahrelang, das hat sie mir selbst gesagt. Aber du hast nie darauf reagiert. Constance hat die Briefe immer für dich beantwortet. Und dann, du warst ungefähr zwölf, hat Constance geschrieben, daß du nichts mehr von ihr wissen willst.«

Ich glaubte ihm. Tante Constance war so wütend auf ihre Schwester gewesen. Sie hatte einen Weg gefunden, sie zu bestrafen. Ein plötzliches Gefühl der Bitterkeit überfiel mich, als ich an die vielen ungelesenen Briefe dachte.

Leise sagte Hugo: »Clio weiß, wie sehr du gelitten haben mußt. Aber auch sie hat gelitten.«

Ich biß mir auf die Lippe. »Früher einmal hätte ich mich vielleicht darüber gefreut, das zu hören. Aber letzte Nacht in der Höhle habe ich etwas gelernt. Nämlich, worauf es ankommt und worauf nicht.« Um Hugos Blick auszuweichen, stand ich auf und trug meine leere Tasse zur Spüle hinüber, flüchtete mich vor meinen ungeordneten Gefühlen in Fragen: »Warum heißt sie Clio? Der Name meiner Mutter war doch Amelia.«

»Den Namen Amelia hat sie nie gemocht. Ich habe sie Clio genannt. Und sie hat diesen Namen angenommen.« Hugo wanderte im Zimmer umher, hob hier und da einen Gegenstand hoch, untersuchte ihn, als würde er erst jetzt bemerken, daß er ihm gehörte. »Clio war die Muse des Ganzen. Und sie war meine Muse in verschiedenster Form.«

Ich erinnerte mich daran, daß Clio gesagt hatte, sie und Hugo hätten sich über einen Artikel von ihr wieder gefunden. Ich fragte ihn danach, und er nickte. »Wir haben uns eine Zeitlang geschrieben, und dann schlug ich ihr vor, nach Castell'alto zu kommen. Sie kannte Castell'alto schon von damals, von der Zeit unserer ersten Beziehung, und sie war hier glücklich gewesen. Sie hatte schon immer ein ausgeprägtes Gespür für Orte wie diesen, wo die Vergangenheit weiterlebt.« Er legte die Fingerspitzen auf die glasierte Oberfläche der blauen islamischen Kachel, eine fast zärtliche Geste. Nach einer Weile fuhr er fort: »Wir stellten fest, daß unsere gemeinsame Vergangenheit gar nicht so weit zurücklag, wie wir dachten.«

»Und als du nach Libyen bist, hast du ihr da erzählt...«

»Sie wußte über Salim Bescheid.« Er legte die Kachel wieder hin. »Als ich nicht wiederkam, hat sie wohl ihre eigenen Schlüsse gezogen, denke ich. Ich habe ihr ja ebensowenig schreiben können wie euch. Es war einfach zu gefährlich. Letztendlich war alles umsonst«, fügte er verbittert hinzu.

Von draußen hörten wir Schritte, und einen Augenblick später erschien Luke in der Tür, und hinter ihm Matteo. Die beiden sahen erschöpft aus. Während ich ihnen Kaffee und Brötchen hinstellte, berichtete Luke, daß sie Elliot nicht gefunden hatten. Nur seine Schuhe standen einsam auf dem kleinen Strand unterhalb der Wiese. Nachdem er sein Brötchen hinuntergeschlungen hatte, fuhr er fort: »Sieht so aus, als hätte er es trotz der Bienenstiche geschafft, zu einem Boot hinauszuschwimmen. Wir müssen davon ausgehen, daß ihn seine libyschen Freunde mitgenommen haben. Die italienische Küstenwache wird zwar nach ihnen Ausschau halten, aber die haben jetzt natürlich einen beachtlichen Vorsprung...« Er unterdrückte ein herzhaftes Gähnen. Als ich ihn fragte, ob er denn überhaupt ein Auge zugemacht hatte, schüttelte er den Kopf. »Ich habe auf die Leute vom Konsulat gewartet.«

»Wenn du mit dem Frühstück fertig bist, kannst du ja nach oben gehen und ein bißchen schlafen. Mein Bett ist frei.« Ich fragte ihn, ob die Straße von und nach Castell'alto wieder befahrbar sei. Er nickte. Er war gerade mit Matteo und einem von Don Calos Söhnen darauf hergefahren. »Dann könnten wir ja jetzt Clio besuchen, oder?« schlug ich Hugo vor. »Luke und Matteo könnten solange hier bei Jay bleiben.«

»Natürlich könnten wir das.« In seine Freude über meinen Vorschlag mischten sich Zweifel. »Aber bist du dir auch sicher, daß du das wirklich willst? Du hast in letzter Zeit viel durchgemacht. Clio wird es bestimmt verstehen, wenn du noch ein wenig warten willst.«

»Ich möchte sie aber sehen.« Gleichzeitig meldeten sich neue Ängste. »Ich möchte Jay allerdings nicht allein zurücklassen, wenn nur die geringste Möglichkeit besteht, daß die Libyer zurückkommen, mit oder ohne Elliot.«

Luke trank seinen Kaffee aus. »Was ich dir noch sagen wollte«, berichtete er und stellte seine Tasse ab, »gleich nachdem Don Calo erfahren hat, daß ihr gefunden worden seid, hat er vorige Nacht zwei von seinen Leuten heraufgeschickt. Sie sind noch da und stehen mit Gewehren an der Brücke. Jay ist hier also absolut sicher. Abgesehen davon, glaube ich ohnehin, daß die Libyer schon über alle Berge sind.« Mit vollem Mund versicherte mir Matteo, daß er Wache schieben würde, solange Luke schlief.

Das beruhigte mich. Ich begleitete Luke nur noch kurz nach oben, um ihm mein Bett zu zeigen. Er war so müde, daß er sich sofort hinlegte. Ich setzte mich neben ihn und erzählte ihm von Salim und weshalb Hugo die vergangenen Jahre in Libyen verbracht hatte. Luke war verblüfft. Bei all den kühnen Spekulationen, die man angestellt hatte – auf diese Idee war niemand gekommen.

Er hakte die Finger seiner rechten Hand in meine und sagte zärtlich: »Es tut mir so leid, Alison. Einen Bruder zu verlieren, bevor du die Gelegenheit hattest, ihn kennenzulernen…« Er küßte meine Hand und hielt sie an seine Wange. Seine Worte waren einfach, und auch die Geste war eher undramatisch, aber ich wunderte mich, welche Macht diese Stimme und dieser Körper, der da neben mir lag, über mich hatten. Sie beruhigten mich und wühlten mich gleichzeitig auf.

Durch das offene Fenster drang das traurige Gurren einer Taube, weich wie die Morgenluft, voller Sehnsucht rief der Vogel nach seinem Partner. »Salim starb, bevor er für mich existent war«, sagte ich. »Ich weiß nicht genau, was ich verloren habe. Aber für Hugo tut es mir leid.«

»Er hat für Salim getan, was er konnte. Und soviel ich verstanden habe, war Salim jemand, der sein eigenes Leben lebte.«

»Ja, ich weiß. Wenigstens ist Hugo in Sicherheit.« Ich fragte Luke, ob er glaube, daß Gaddhaffi Hugo jetzt in Frieden lassen würde, nachdem die Erpressung mit Salim hinfällig geworden war.

Luke streckte sich wieder aus, einen Arm unter dem Kopf. »Meinen Quellen in Palermo zufolge, wird er sich wahrscheinlich schon deshalb zurückziehen, weil wir wissen, daß Elliot mit der Sache zu tun hat. Ich bzweifle stark, daß Gaddhaffi großen Wert darauf legt, öffentlich mit dem Drogenhandel in Verbindung gebracht zu werden.«

Zögernd kam ich schließlich auf Clio Hunt zu sprechen. Obwohl er die Geschichte recht merkwürdig gefunden haben muß, hörte er mir geduldig zu, ohne mich zu unterbrechen. »Wenn ich davon schon vor drei Jahren erfahren hätte – wie Hugo es eigentlich geplant hatte –, wäre ich damit wahrscheinlich nicht fertig geworden. Aber jetzt ist die Wut verraucht. Ich habe mehr bekommen, als ich mir jemals erträumt hätte, als Jay und ich uns auf diese Reise machten. Ich habe eine Familie.« Ich beugte mich über ihn und strich ihm das dunkle Haar aus dem Gesicht, das über seinen Verband gefallen war. »Und ich habe dich.«

»Ja.« Die haselnußbraunen Augen erwiderten meinen Blick, lächelnd und zärtlich. »Du hast mich.«

Er zog mich zu sich herunter und bedeckte mich mit weichen, zärtlichen Küssen. Seine Lippen wanderten über mein Gesicht, den Hals hinunter, seine Hände streichelten die nackte Haut meiner Arme, meines Nackens, berührten mein Haar. Wir hielten uns fest umschlungen, und ich hatte das Gefühl, mit seinem Körper zu verschmelzen, als wäre er ein Teil von mir. Dann löste ich mich von ihm und schaute auf ihn hinab. Sein unrasiertes Gesicht, die von Ringen gezeichneten, müden Augen – er war so schön, so unendlich begehrenswert. Ein Geliebter, der alles beinhaltete, guter Freund und Mysterium, ein Mysterium, das die Erfüllung bisher nie gekannten Glücks versprach.

»Ich wüßte schon, wie du mir helfen könntest, einzuschlafen«, murmelte er; sein warmer Atem streifte meine Wange.

»Ach ja?« Ich fuhr mit der Fingerspitze die Umrisse seiner Lippen nach und fügte scherzhaft hinzu: »Aber die Energie könntest du jetzt bestimmt nicht aufbringen.«

Unter meinen Fingern wurde sein anfangs schläfriges Lächeln verschmitzt. »Du würdest dich wundern.« Langsam begann er meine Bluse aufzuknöpfen.

»Nicht jetzt«, sagte ich hastig und hielt seine Hand fest. »Immerhin schläft mein Bruder nebenan, und unten wartet mein Vater auf mich. Und außerdem mußt du jetzt schlafen.« Mit sanfter Gewalt befreite ich mich aus seiner Umarmung, stand auf und knöpfte meine Bluse wieder zu. Mit einem übertriebenen Seufzer der Enttäuschung fiel Luke wieder ins Bett zurück. Seine Augen waren zugefallen, noch bevor ich die Tür hinter mir geschlossen hatte.

Matteo begleiete Hugo und mich bis zum Stall. Er hatte für Orlando Zuckerstückchen als Belohnung dabei. Immerhin hatte er Jay und mich gerettet, erklärte er. Auf der anderen Seite der Brücke standen die beiden Männer von Don Calo mit geschulterten Gewehren und rauchten. Sie waren großgewachsen und sahen blendend aus. Hugo wechselte ein paar Worte auf sizilianisch mit ihnen, und dann fuhren wir mit dem Jeep hinunter nach Castell'alto, wo wir in mein Auto umstiegen. Hugo erbot sich, zu fahren. »Ich kenne die Straße. Außerdem freue ich mich darauf, nach all den Jahren wieder einmal am Lenkrad zu sitzen.« Ich überließ ihm gern das Steuer, lächelnd, weil ich nur allzugut wußte, daß Hugo sich gar nicht gerne chauffieren ließ. Er war ein schlechter Beifahrer, ungeduldig, sobald jemand anderer als er hinter dem Steuer saß.

Auf der Fahrt unterhielten wir uns über die vergangenen drei Jahre, über Salim und über Clio. »Durch Salim ist mir erst klar geworden, was mir meine Kinder bedeuten«, meinte er nachdenklich. »Ich habe euch beide schon immer geliebt. Aber erst durch Salim habe ich erkannt, wie sehr.«

Er sah mich schüchtern von der Seite an. »›Die Eule der Minerva fliegt in der Abenddämmerung‹, hat einmal jemand geschrieben. So kann man auch ausdrücken, daß die Weisheit erst kommt, wenn es schon fast zu spät ist.«

»Die gleiche Lektion hat mich Jay gelehrt«, antwortete ich mit belegter Stimme. »Er hat mir gezeigt, wie es ist, dich zu lieben.«

Hugo nahm meine Hand und drückte sie leicht. »Danke, daß du das gesagt hast.« Er hätte meine Mutter geliebt, sagte er. Als sie festgestellt hatten, daß sie schwanger war, hatte er sie gebeten, ihn zu heiraten. »Aber sie wollte nicht. Sie meinte, ich wollte sie nur wegen dir heiraten. Und sie hatte recht – ich wußte es und sie wußte es auch. Ich habe sie geliebt, aber ich war zu sehr mit meiner Karriere beschäftigt. Mir war klar, daß ich einen schlechten Vater abgeben würde und einen noch schlechteren Ehemann.« Er zuckte mit den Achseln. »Ich möchte mich nicht entschuldigen, aber egal wie du darüber denkst, die Arbeit ist nun mal mein Leben. Selbst wenn ich damals gewußt hätte, welchen Preis ich dafür bezahlen würde, hätte ich mich nicht anders entschieden.«

Das Gewitter hatte Schlamm und Geröll über die Straße gespült, große Platten des brüchigen Asphalts weggebrochen und gefährliche Schlaglöcher aufgerissen. Während Hugo das Auto um die schlimmsten Straßenschäden herummanövrierte, dachte ich über seine Worte nach. Ich akzeptierte seine Darstellung als eine Version der Wahrheit, denn so hatte er es empfunden. Dabei war mir klar, daß für meine Mutter eine andere Wahrheit gelten könnte. Ich wollte nicht über Hugo urteilen, und über meine Mutter auch nicht. Ich war es müde, Urteile abzugeben. Aber eine Frage gab es, die mich beschäftigt hatte, seit ich alt genug war, um zu verstehen, daß eine Schwangerschaft nicht notwendigerweise in einer Geburt enden mußte. Ich hatte es nie fertiggebracht, Tante Constance oder Hugo danach zu fragen, aber jetzt fragte ich ihn.

»Warum hat sie mich eigentlich bekommen, wenn sie mich doch gar nicht wollte?«

»Aber sie wollte dich doch«, gab Hugo zur Antwort. »Clio war und ist noch immer romantisch. Sie hat sich vorgestellt, daß sie alle Hindernisse überwinden würde. Die Wirklichkeit sah nüchterner aus. Sie hatte eine schwierige Schwangerschaft und eine noch schwierigere Geburt. Danach war sie einige Zeit ziemlich krank. Später hat sie dann erfahren, daß sie keine Kinder mehr bekommen konnte, aber zu der Zeit hatte sie dich schon längst weggegeben. Zunächst hat sich Constance um dich gekümmert. Und als Clio wieder bei Kräften war, hattest du dich dort offensichtlich gut eingelebt und warst glücklich. Ihr eigenes Leben verlief dagegen ziemlich turbulent. Sie hat damals ziemlich lange eine schwere Zeit durchgemacht; sie wollte damals alles wegwerfen, was ihr jemals etwas bedeutet hatte. Ihr Stipendium, ihre Familie, mich. Und schließlich auch dich – gleichzeitig war sie davon überzeugt, daß du es bei Constance und Harold besser haben würdest. Teilweise war es auch meine Schuld, aber es gab da noch etwas. Clio wollte sich bestrafen. Ich habe nie erfahren, weshalb. Als sie damals Constance erlaubte, dich zu adoptieren, war sie zu jung, um zu begreifen, auf was sie sich da einließ. Und sie hatte keine Ahnung, wie sehr Constance sie gehaßt hat.«

»Weshalb hat Tante Constance sie gehaßt?«

»Da kann ich nur raten. Clio war schön, intelligent, ein bißchen verwöhnt. Sie war ein spätes Kind ihres Vaters, und er hat nie ein Geheimnis daraus gemacht, daß er ihr den Vorzug gab. Er hat sich von Constances Mutter scheiden lasen, um Clios

Mutter zu heiraten. Vielleicht hat es noch andere Gründe gegeben, aber ich bezweifle, daß wir sie jemals erfahren werden. Trotz alledem war Constance in vieler Hinsicht eine gütige Frau.« Er drehte seinen Kopf zu mir. »Aber das weißt du ja selbst.«

Ich wußte es. Sie mochte meine Mutter zwar gehaßt haben, aber mich hatte sie geliebt. Vielleicht war das der Grund, weshalb ich nun in der Lage war, beiden zu vergeben.

Nachdem Clio ihre Zustimmung zur Adoption gegeben hatte, erklärte Hugo weiter, war sie viel auf Reisen gewesen und hatte sich schließlich in Australien niedergelassen, wo sie einen Mann namens Hunt geheiratet hatte. Die beiden hatten auf einer Farm gelebt, und dort hatte sie auch begonnen, Bienen zu züchten. Nachdem ihre Ehe gescheitert war, ging sie in Sydney wieder auf die Universität, wo sie ihren Abschluß in Archäologie machte, ein Studium, das sie zwanzig Jahre zuvor begonnen hatte. »Und ganz allmählich«, sagte Hugo, »hat sie angefangen, wieder zu sich selbst zu finden.«

Instinktiv faßte ich an meinen Hals, wo das Medaillon gehangen war. Ich fragte Hugo, ob Clio das Medaillon ebenfalls von ihm hatte.

Er nickte. Die beiden Münzen hätten in der Höhle in einem kleinen Spalt auf dem Boden des Tunnels gelegen, nicht weit entfernt von dem Wasserfall, an dem er Jay und mich vergangene Nacht getroffen hatte. »Ich habe nur die beiden gefunden, aber ich war mir immer sicher, daß es irgendwo in der Höhle noch mehr Münzen geeben müßte. Die Karte, die euch durch die Höhle geführt hat, war der Anfang meiner Schatzsucherei.«

Ich mußte mich beherrschen, um ihm nichts von der heiligen Stätte zu erzählen, denn das wäre Jay gegenüber unfair gewesen. Alles, was ich sagte, war: »Deine Karte hat uns das Leben gerettet.«

»Gott sei Dank hatte ich schon als Junge ein Faible für Rätsel aller Art. Und Gott seit Dank hast du einen Sinn für Puzzles.«

Ein anderes seiner Rätsel fiel mir ein. »Diese Frau im Labyrinth – an wen hast du dabei gedacht? War das die Göttin auf der Münze?«

Er nickte. »Natürlich hat man ihr noch viele andere Namen gegeben, aber ich finde, daß dieser Name am besten zu ihr paßt. So haben die Minoer ihre Große Göttin genannt, und ich fand es nur richtig, ihn auch für die Göttin von Casteddu zu verwenden. In Knossos gibt es eine Inschrift: ›Für die Frau im Labyrinth einen Krug mit Honig.‹ Das hat Clio natürlich gut gefallen.« Beim Gedanken daran mußte er lächeln.

Als wir in San Teodoro einbogen, bat mich Hugo, ihn an der Bar auf der Piazza abzusetzen, wo er einen Espresso trinken und in ungefähr einer halben Stunde nachkommen wollte. »Ich finde, ihr solltet euch zuerst einmal allein unterhalten«, meinte er.

Auf einmal verließ mich der Mut. »Vielleicht solltest besser du vorgehen. Wahrscheinlich freut sie sich nach dieser langen Zeit viel mehr auf dich als auf mich.«

»Blödsinn«, erwiderte Hugo barsch. Abrupt hielt er am Brunnen an, und wir stiegen aus. Ich ging um den Wagen herum, er hielt mir die Tür auf, und ich setzte mich hinters Steuer. Gerade wollte er die Tür schließen, als er zögerte. Dann sagte er zärtlich: »Es hat immer eine zweite Frau im Labyrinth gegeben, Alison. Deine Mutter. Damit will ich nicht sagen, daß ich sie als Göttin oder als Ariadne gesehen habe – so dumm bin ich nicht. Und, weiß Gott, sie selbst hat sich auch niemals einen Theseus gewünscht oder einen Dionysos gebraucht. Aber all die Jahre, die wir voneinander getrennt waren, ist sie hier gewesen, mitten drin. Sie bedeutete und bedeutet noch immer für mich mehr als jede andere Frau, die ich gekannt habe. Und das weiß sie auch.« Seine blauen Augen erwiderten meinen Blick. »Aber jetzt möchte sie dich sehen.« Und dann schloß er die Autotür, drehte sich um und schlenderte über den Platz davon.

Und ausgerechnet er hatte Clio als romantisch bezeichnet.

Ich dachte an all die Frauen, die ihm in seinem Leben begegnet waren, nachdem er sich von ihr getrennt hatte. Hatte er immer nur nach ihr gesucht, ruhelos nach jemandem Ausschau gehalten, mit dem gleichen Enigma, nach einer Frau, die ihn auf gleiche Weise herausforderte und sein Feuer entfachen konnte?

Während der kurzen Fahrt zu Clio versuchte ich nicht an den Augenblick zu denken, an dem ich schließlich meiner Mutter gegenüberstehen würde. Ich wollte, daß alles, was ich sagte oder tat, spontan und vom Herzen kam.

Der Land Rover stand vor der Tür. Auf mein Klopfen reagierte niemand, nicht einmal Argo. Ich rief nach ihr und sah zu, wie ein Schmetterling mißtrauisch über der Steinbiene in den Geranien taumelte. Als auf mein Rufen hin niemand antwortete, wollte ich es am Bienenhaus versuchen. Ein gedämpftes Bellen empfing mich, als ich von hinten darauf zuging. Sobald ich die Tür geöffnet hatte, kam Argo herausgestürmt, sprang an mir hoch und leckte mir freudig übers Gesicht.

»Wo ist Clio?« fragte ich ihn, als ob er mir antworten könnte.

Ich hatte nicht bemerkt, daß die Hintertür aufgegangen war, aber als ich den Kopf hob, stand sie plötzlich auf der betonierten Terrasse. Sie hatte die Arme gekreuzt und hielt mit den Händen ihre Ellbogen umfaßt. Sie war unfrisiert, ihre Bluse steckte schlampig im Rock. Um den Hals hatte sie ein blaues Tuch, das völlig zerknittert war, so als wäre es zu fest zugebunden gewesen. Ich war schockiert von ihrem Anblick. Grau, alt und kränklich sah sie aus. Ihr Lächeln war merkwürdig; einerseits schien sie überrascht, gleichzeitig aber fröhlich, und andererseits, da war ich mir sicher, war sie entsetzt, mich zu sehen. »Alison«, sagte sie mit brüchiger Stimme.

»Clio! Geht's dir gut?«

»Ich... mir geht's nicht besonders gut. Ich habe ziemliche Kopfschmerzen.« Ich sah, daß ihre Hand zitterte, als sie versuchte, ihre Frisur zu richten. Argo trottete zu ihr hinüber, aber sie ignorierte ihn.

»Tut mir leid.« Ich ging ein paar Schritte auf sie zu. »Ich möchte mit dir sprechen. Kann ich hereinkommen?«

»Nein!« Ihre Stimme klang schrill, und gleichzeitig streckte sie eine Hand abwehrend nach mir aus, um mich daran zu hindern, weiterzugehen. So blieb ich am Rand der Terrasse stehen. »Nicht jetzt, Alison. Jetzt paßt es mir gerade nicht.«

»Vielleicht später? Wie wär's mit heute nachmittag?«

Sie nickte. »Ja, das wäre besser.« Ihre Finger spielten unruhig mit den Zipfeln ihres Halstuches.

»Also gut. Also, bis… bis später dann!« Verwirrt drehte ich mich um und machte ein paar Schritte Richtung Auto. Dann blieb ich stehen. Ich hatte Skrupel, sie alleinzulassen. Eine vage Bedrohung hing in der Luft, ein unangenehm bedrückendes Gefühl beschlich mich, irgend etwas stimmte hier nicht. Dann bemerkte ich, daß das Fenster von Clios Garage einen Spalt breit offen stand. In der Garage war ein schwarzer Alfa Romeo. Ein schwarzer Alfa Romeo, genau wie Giudico einen hatte. Aber Giudico war tot. Also Elliot, dachte ich instinktiv, irrational, irgendwie war Elliot am Leben, und er war hier. Die Gedanken rasten in meinem Kopf. Das Auto mußte in der Nähe der Wiese versteckt gewesen sein, die Schlüssel waren bestimmt in Giudicos Jackentasche gewesen. Klar, daß er mit dem Auto gekommen war. Weshalb hatten wir bloß daran nicht gedacht…«

Und dann: Ich muß hier raus.

Aber dazu war es zu spät.

Hinter mir auf der Terrasse hörte ich eine heisere Stimme: »Du hartnäckiges, neugieriges Luder! Ich sollte dich auf der Stelle umbringen.«

Ich drehte mich um. Elliot stand in der offenen Hintertür, in einer Hand die Pistole. Ich hätte ihn beinahe nicht wiedererkannt, er hatte sich in ein Horrorwesen verwandelt. Sein Gesicht war zugeschwollen, und tief aus der schwammigen, ekeligen Fleischmasse, die mit einem dünnen Schweißfilm überzogen war, stierten mich seine blutunterlaufenen Augen an. Das sonst so weiche, blonde Haar wirkte dünn und dunkel und fiel in fettigen Strähnen über seine Stirn. Hemd und Hose waren zerrissen und völlig verdreckt.

»So ist's recht. Schau dir das nur gut an«, keifte er giftig. »Das ist dein Werk.«

Ich verzichtete auf eine Antwort. Statt dessen dachte ich darüber nach, ob Clio nicht doch etwas mit dem Drogenschmuggel zu tun hatte. Warum sonst hätte sich Elliot hier bei ihr verstecken sollen? Der Gedanke machte mich rasend.

Clio war aschfahl im Gesicht. »Warum bist du denn nicht weggegangen«, flüsterte sie mit dünner, ausgelaugter Stimme, »solange du noch die Gelegenheit dazu hattest?«

»Halt's Maul.« Elliot fuchtelte wieder mit der Pistole herum. »Hinein mit euch! Alle beide!«

Mit Elliot würde ich nirgendwohin gehen, soviel stand fest. Ich schüttelte den Kopf. »Ich bleibe hier.«

»Dann werde ich Clio erschießen müssen. Und dann kommst du an die Reihe.« Sein Lächeln war eine Karikatur des einst so hübschen, liebenswürdigen Elliot. Er machte einen Schritt in meine Richtung. »Glaub mir, ich könnte mir nichts Schöneres vorstellen, als dich zu erschießen, du, du...«

»Das wird er nicht tun«, unterbrach ihn Clio. Ich war überrascht. Ihr Gesichtsausdruck hatte sich verändert, war einer entschlossenen Miene gewichen. »Er braucht uns. Er wagt es nämlich nicht, sich am hellichten Tag selbst ans Steuer zu setzen.« Die Worte sprudelten aus ihr heraus, bevor Elliot ihr Einhalt gebieten konnte: »Er hat gesagt, daß ihr in der Höhle gefangen seid. Daß keiner weiß, wo ihr seid, und daß es auch keiner erfahren wird, falls er mich umbringt. Ich mußte tun, was er sagt.« Sie stöhnte auf, als Elliot ihr die Pistole ins Kreuz stieß.

»Maul halten, hab ich gesagt!« Dann zu mir: »Sie hat recht. Ich brauche euch tatsächlich. Aber nur eine von euch. Und die andere werde ich mit Vergnügen erschießen, wenn ihr nicht genau tut, was ich euch sage.« Er wischte sich mit dem Handrücken den Schweiß aus dem Gesicht.

Also machten wir, was er sagte. Ich folgte Clio ins Haus, fast erleichtert, weil mir klar geworden war, daß sie nicht Elliots Komplizin war. Aber dieses aufkeimende Gefühl wurde abrupt von Entsetzen abgelöst, als Elliot hinter uns dreien die Tür versperrte. Er war nicht nur physisch nicht wiederzuerkennen; nicht die leiseste Spur dieser einstmals so unterhaltsamen, so beherrschten Persönlichkeit war zurückgeblieben. Es war, als würde er auseinanderbrechen.

»Und Jay?« flüsterte Clio halblaut. »Ist er…«

»Er ist in Sicherheit«, beruhigte ich sie.

Argo war mit uns ins Haus geschlüpft, obwohl Elliot versucht hatte, ihn daran zu hindern. Nun trottete er hinter uns ins Wohnzimmer und rollte sich auf dem Teppich zusammen, legte den Kopf auf die Pfoten und beobachtete uns. Er wirkte verwirrt, betrachtete Elliot aber offenbar als Freund. Das Sofa war zerwühlt, ein Kissen und eine Decke lagen an einer Schmalseite auf einem Haufen. Clios Papiere lagen über den Fußboden verstreut, und auf dem Tisch standen die Überreste eines Frühstücks, ein halbgegessenes Brötchen, eine Schüssel Maulbeeren, eine schmutzige Tasse und ein Teller. Über einer Stuhllehne hing eine Wäscheleine, auf der noch ein paar Wäscheklammern steckten.

»Clio wollte mich gerade nach Palermo fahren«, erzählte er mir. »Aber nachdem du jetzt schon einmal da bist, kannst auch du das besorgen.« Er warf mir die Wäscheleine zu. »Binde sie am Stuhl fest.« Als ich zögerte, wischte er mit einer Armbewegung das ganze Geschirr vom Tisch und schrie: »Los, mach schon!« Dann nahm er auf dem Sofa Platz, saß in gebückter Haltung, die Pistole in beiden Händen zwischen den Knien, den Lauf auf uns gerichtet. Er erinnerte an ein verletztes, wildes Tier, unberechenbar durch die erlittenen Verletzungen.

Das Scheppern des Porzellans hatte Argo aufgeschreckt; er hob den Kopf und ließ ein tiefes Knurren hören, aber Clio beruhigte ihn mit sanfter Stimme, und er legte sich wieder hin.

Wortlos machte ich die Wäscheklammern von der Leine ab und fing an, Clio zu verschnüren.

»Wie bist du rausgekommen?« fragte mich Elliot.

»Es gibt noch einen anderen Eingang. Jay hat ihn gefunden.« Dann: »Wie hast du die Stiche überlebt?«

»Ja, tut mir leid, daß ich dich enttäuschen muß.« Selbst durch die aufgeschwollenen Lippen schaffte er es, seinen Worten einen spöttischen Ton zu geben.

»Er hat immer Medikamente bei sich«, erklärte Clio. »Er hat sich eine Spritze gegeben und sich dann zwischen den Felsen versteckt, bis das Epinephrin gewirkt hat. Dann ist er zu mir gefahren. Keine Ahnung, wie er das geschafft hat. Ich habe auch Medikamente im Haus.«

Ich sah, daß Elliots nackte Füße ebenfalls geschwollen waren. »Sie haben deine Schuhe am Strand gefunden«, sagte ich.

Seine einzige Antwort war ein Grunzen.

Voller Angst dachte ich an Hugo. Eine halbe Stunde, hatte er gesagt, und dann würde er hinterherkommen. Wie lange war ich schon hier? Zehn Minuten, fünfzehn? Bitte, lieber Gott, laß ihn noch warten, laß ihn nicht jetzt schon kommen! Ich versuchte schneller zu machen, weil ich hoffte, Elliot hier wegzulotsen, bevor Hugo erschien, dann wären immerhin er und Clio in Sicherheit...

»Vermutlich hast du auf deine libyschen Freunde gewartet, stimmt's?« bohrte ich und bemühte mich, gelassen zu klingen. »Wahrscheinlich haben deine Schüsse sie verscheucht.«

»Warum hältst du nicht einfach dein Maul?« herrschte Elliot mich an. »Es wird nicht mehr lange dauern, dann kannst du denen deine interessanten Theorien persönlich verklickern. Und mach die Knoten schön fest. Ich werde mir nämlich die Mühe ersparen, sie fester zu binden. Ich erschieße sie dann einfach.« Als ich fertig war, befahl mir Elliot, die Stoffserviette vom Tisch zu nehmen und sie in Clios Mund zu stecken. »Und dann bindest du ihr Halstuch darüber.« Er stand auf, um mir dabei zuzusehen.

Nachdem sich Elliot davon überzeugt hatte, daß Clio fest verschnürt und geknebelt war, verkündete er, daß wir nun zum Auto gehen würden. »Du gehst direkt vor mir. Die Pistole ist genau auf deinen Rücken gerichtet. Denk dran, bevor du etwas Unbedachtes tust. Bei der geringsten Dummheit erschieß ich dich auf der Stelle.«

Ich beugte mich zu Clio hinunter und umarmte sie. »Es wird schon alles gut werden«, tröstete ich sie, und sie sah mich stumm an. Für den Fall, daß ich unrecht haben sollte, flüsterte ich in ihr Ohr: »Hugo ist wieder da. Und ich weiß, wer du bist.« Unsere Blicke trafen sich. Ihre Augen waren vor Schreck geweitet; in meinen, so hoffte ich, würde sie all das lesen, was ich ihr nicht sagen konnte. Ich umarmte sie noch einmal, bis mich Elliot von ihr fortriß. Seine aufgedunsenen Finger fühlten sich auf meinen nackten Armen wie feiste Würste an.

Argo trottete hinter uns zum Vordereingang. Wenn Hugo käme, nachdem Elliot und ich abgefahren waren, würde er Clio bestimmt finden und die Polizei rufen, und vielleicht, ganz vielleicht, würde man Elliot und mich rechtzeitig abfangen. Aber falls Hugo zu früh käme und Elliot ihn sehen würde...

Gnädigerweise war die Straße leer. »Mach die Tür auf«, befahl Elliot. »Und denk dran, die da ist genau hinter dir.« Er fuchtelte mit der kleinen Pistole vor meinem Gesicht herum. Dann trat er zurück und packte mich brutal am Arm. Argo stand direkt an der Tür, winselte merkwürdig, bettelte darum, mitzugehen. »Hau ab!« schrie Elliot wütend und schob Argo mit dem Fuß weg. Ich öffnete die Tür.

Hugo stand an der Treppe. Er hielt die steinerne Biene in den Händen, starrte sie geistesabwesend an. Als er aufsah und uns bemerkte, wich alle Farbe aus seinem Gesicht. Ich machte den Mund auf, um ihn zu warnen, hinter mir fluchte Elliot fürchterlich, aber bevor einer von uns sich rühren konnte, ließ Argo ein Freudengeheul los, rempelte Elliot und mich an und rannte zu dem Mann hinüber, der ihm das Leben gerettet hatte, seinem Herrn, der endlich zu ihm zurückgekehrt war. In dem Gewühle schlug er Elliot die Pistole aus der Hand. Sie fiel klappernd auf den Fliesenboden, und Elliot und ich versuchten gleichzeitig, sie zu erwischen, aber Elliot war näher dran. Die aufgedunsenen Finger schlossen sich um die Waffe. Doch bevor Elliot sich herumrollen und sie zum Schuß heben konnte, ließ Hugo die Steinbiene auf seinen Kopf sausen. Elliot grunzte und fiel wie ein Sack in sich zusammen.

»Was ist mit Clio?« fragte Hugo besorgt. Sein Gesicht war kalkweiß.

»Es geht ihr gut. Dort drin...«

Aber er war schon an mir vorbei, Argo dicht an seinen Fersen. Wir machten Clio los, und ich zog mich dezent zurück, damit die beiden ihr Wiedersehen feiern konnten. Die Wäscheleine leistete mir bei Elliot gute Dienste. Als ich fertig war und mich wieder aufrappelte, standen die beiden hinter mir; er hatte ihr den Arm um die Schultern gelegt. Clios Miene war eine Mischung aus Sorge und Glück. Auf unsere Fragen antwortete sie, daß Elliot vor Morgengrauen aufgetaucht war. Nachdem sie ihn mit weiteren Medikamenten versorgt hatte, hatte er ihr seine eigene Version der Geschichte erzählt. Weil sie ihm nicht geglaubt und immer weitergebohrt hatte, hatte er seine Pistole herausgeholt und ihr zumindest so viel erzählt, um sie in Angst und Schrecken zu versetzen. Dann hatte er sie gefesselt, weil er, wie er sagte, etwas Schlaf brauchte. Erst als ich nach Clio gerufen hatte, war er aufgewacht. Er hatte Clios Fesseln gelöst und ihr befohlen, hinauszugehen und mich abzuwimmeln. »Ich habe meinen Augen nicht getraut, als du plötzlich wohlauf vor mir standest, Alison... Aber ich hatte solche Angst, daß Elliot es sich noch anders überlegen und dich nicht gehen lassen würde. Und dann hast du das Auto von Giudico entdeckt.«

Ein paar Minuten später ging Hugo – dicht gefolgt von Argo, der nicht von seiner Seite wich – die Straße hinunter zu einem Nachbarn, um zu telefonieren. Clio und ich waren allein. Schweigend räumten wir das Durcheinander, die Papiere, das zerbrochene Porzellan und die Essensreste von den Fliesen auf. Die Maulbeeren waren auf dem ganzen Boden verstreut, ein paar von ihnen zerquetscht; die dunklen Fruchtkapseln sahen wie Blutstropfen aus. Ich sammelte die guten Beeren auf und häufte sie auf eine Serviette.

Als wir fertig waren, begann Clio zu sprechen. »Alison«, hob sie an, und die Art, wie sie meinen Namen aussprach, so zögernd, fast schon flehentlich, rührte mich. Sie ließ ihre Arme hängen, die Handflächen zeigten wie bei einer Bittstellerin nach oben. Sie hatte gelitten, hatte Hugo gesagt, und ich sah, daß das stimmte. Auf einmal waren all die bösen, rachsüchtigen Worte, die ich mir einmal für sie zurechtgelegt hatte, vergessen. »Ich war so dumm«, sagte sie, und ihre großen, grauen Augen schauten mich traurig an. »Ich habe die Chance vertan, deine Mutter zu sein. Ich bin dir nicht gerecht geworden. Ich hätte so vieles tun sollen, und hab's nicht gemacht. Alles, was du jemals gebraucht hättest, habe ich dir nicht gegeben... Sie sah zur Seite und betrachtete die Scherben auf dem Tisch.

Der hübsche, gelbe Tonteller war sauber in zwei Teile zerbrochen. Ich griff nach den beiden Bruchstücken und fügte sie aneinander. »Das könnte man bestimmt noch reparieren«, murmelte ich. Allerdings dachte ich dabei nicht an den Teller; ich dachte daran, welchen Eindruck sie mir von Anfang an vermittelt hatte: eine starke und unabhängige Frau, die aus dem Wenigen, das ihr zur Verfügung stand, ein lebenswertes Leben geschaffen hatte. Bisher war ich immer der Meinung gewesen, ich sei vor allem ein vernünftiger Mensch, eine Charaktereigenschaft, die ich für recht farblos hielt; Hugo hatte es als Selbständigkeit gedeutet, und falls er damit recht hatte, so hatte ich diese Gabe wohl von ihr.

Deshalb meinte ich jetzt zu ihr: »Du hast mir Dinge gegeben, die wichtig sind. Das ist mir inzwischen klar.«

Sie sei wie vom Donner gerührt gewesen, meinte sie, als sie Jay und mich an jenem ersten Tag in ihrem Garten habe stehen sehen. »Einen verrückten Moment lang habe ich geglaubt, daß du gekommen bist, weil du erfahren hast... Und dann, als mir klar wurde, daß ihr Hugo finden wolltet, hatte ich Angst um dich. Es gab so vieles hier, was dir weh tun konnte. Die Wahrheit über Hugo. Die Wahrheit über mich.« Sie lächelte verkrampft. »Und nie im Traum wäre ich darauf gekommen, daß Elliot weitaus gefährlicher war.« Sie hätte sich überlegt, mir die Wahrheit zu sagen, aber nicht den Mut dazu gefunden. »Ohne Hugo an meiner Seite habe ich befürchtet, etwas falsch zu machen und es mir mit dir vielleicht auf ewig zu verderben.«

Mit Bedacht nahm ich mir eine Maulbeere. Ich aß sie auf, und dann nahm ich noch eine und bot sie ihr an. Sie wußte nicht sofort, worauf ich hinauswollte. Aber dann verwandelte sich ihre verdutzte Miene in einen Ausdruck erstaunter Freude. Als Hugo zurückkam, saßen wir einträchtig und weinend zusammen und aßen Maulbeeren.

Nach Hugos Rückkehr rannten uns alle möglichen Leute die Türe ein. Wir mußten der Polizei und der Drogenfahndung Rede und Antwort stehen und wurden außerdem von zwei Amerikanern befragt, die das Konsulat in Palermo geschickt hatte. Elliot, der das Bewußtsein noch nicht wiedererlangt hatte, verschwand bald nach Eintreffen der Polizei in einem Krankenwagen, und irgendwann, mittendrin, tauchten Luke, Jay und Don Calo auf.

Schließlich schaffte es Don Calo, die sizilianischen Beamten davon zu überzeugen, daß weitere Befragungen noch etwas Zeit hätten, und Luke versicherte den beiden Amerikanern, daß wir ihnen alles erzählt hatten, was wir über Elliot und seine Partner wußten. Erstaunlicherweise, oder vielmehr eigentlich nicht erstaunlicherweise verkündete Hugo, daß er Luke ein ausführliches Interview über seinen Aufenthalt bei Gaddhaffi gewähren würde, woraufhin die Amerikaner einigermaßen zufrieden von dannen zogen. Als der letzte Beamte das Haus verlassen hatte, nahm Don Calo uns alle mit nach Lupaia. Er hatte nicht gewußt, daß Clio meine Mutter war, aber die Neuigkeit schien ihn nicht weiter zu überraschen. Vermutlich gab es nichts, was Don Calo überraschen konnte.

In dieser Nacht stand ich mit Luke auf der Terrasse in Lupaia, nachdem alle anderen zu Bett gegangen waren; zum ersten Mal seit heute morgen waren wir allein. Die Luft war samtweich und lau und erfüllt von unzähligen Geräuschen. Der Monte Castello hob sich gegen den Nachthimmel ab wie ein riesiger, dunkler Schatten, umrahmt von Abermillionen Sternen. Ich neckte Luke ein wenig und sagte: »Hugo hast du jedenfalls herumgekriegt. Und damit hast du das Ziel deiner Reise ja erreicht. Aber ich warne dich: Ich werde ihn darum bitten, daß er dir seine Geschichte ganz, ganz langsam erzählt. Ich sage dir, das kann Jahre dauern...«

»Ich hoffe doch sehr, mein Liebling«, antwortete er, »daß es ein ganzes Leben lang dauern wird.« Und dann küßte er mich.

EPILOG

Etwas hatten wir noch vor uns: eine letzte Wanderung ins Labyrinth. Ich fürchtete mich zwar vor dieser finsteren, unterirdischen Stille, aber ich mußte ein Versprechen einlösen und außerdem eine Dankesschuld begleichen.

»Ich glaube nicht an Mythen.« Hugos Worte fielen mir wieder ein. Ich war zwar nicht bekehrt, aber wenn ich ehrlich sein wollte, mußte ich zugeben, daß es mehr war als nur Aberglaube, was mich dazu getrieben hatte, dieser kleinen Steinfigur das Medaillon zu Füßen zu legen und sie um ihre Hilfe zu bitten. Wenn ich es schon Jay schuldete, mit ihm und Hugo nochmals hinzugehen, und das hatte ich versprochen, so war ich das der Frau im Labyrinth ebenso schuldig.

Natürlich hatte Jay nicht die geringsten Bedenken, noch einmal in die Höhle zu steigen. Es schien ihn überhaupt nicht zu belasten, daß wir dort gut und gerne hätten sterben können, und er plauderte über unser schlimmes Erlebnis, als wäre es das herrlichste Abenteuer gewesen, das sich ein Junge nur wünschen kann. Und das glaubte ich ihm aufs Wort – denn er hatte es ja überlebt. Er erklärte mir standhaft, daß wir es einfach nicht dabei belassen könnten, Hugo und Clio von der Grotte nur zu erzählen; wir mußten sie auch selbst hinführen. Abgesehen davon würde Hugo ohnehin niemals ohne uns hingehen, sobald er von der Existenz des Heiligtums erfahren würde. War es nicht so? Ich mußte ihm recht geben.

»Diesmal wird's schon nicht so schlimm werden, Alison«, beruhigte mich Jay; möglicherweise hatte er gemerkt, daß ich nicht gerade erpicht auf diese erneute Expedition war. »Und ich wette mir dir, sobald du Hugos Gesicht gesehen hast, wenn er vor der Grotte steht, wirst du wissen, daß es die Mühe wert war.«

Natürlich merkten Hugo und Clio, daß wir etwas im Schilde führten. Das war auch schwer zu übersehen. Jay war völlig aufgedreht und warf mit Andeutungen nur so um sich. Aber sie wollten keine Spielverderber sein und hielten sich mit gezielten Vermutungen zurück. Und selbst wenn sie etwas ahnten, die Wirklichkeit würde ihre Vorstellungskraft bei weitem übersteigen; dessen war ich mir sicher.

Doch bevor es losgehen sollte, mußte Jay auf meinen Wunsch hin noch ein paar Hausaufgaben machen, wobei ich die volle Unterstützung von Luke hatte. Er und Matteo sollten vorher den Tunnel nach möglichen Überflutungen erkunden. Nach ihrer Rückkehr berichteten sie, daß der Tunnel nicht nur nach wie vor trocken war, sondern auch der Wasserfall verschwunden war. Mir fiel ein Stein vom Herzen – eine Lungenentzündung würde ich schon mal nicht bekommen.

Nach guter Höhlenforschermanier hatte jeder von uns drei verschiedene Lichtquellen dabei, und alle trugen wir Helme, die Hugo aus einem alten Lager besorgt hatte. Damit fühlte ich mich ein wenig besser, aber dennoch mußte ich all meinen Mut zusammennehmen, um den warmen, sonnenbeschienenen Hof zu verlassen und die Steinstufen zur Waffenkammer hinunterzusteigen. Als letzte Vorsichtsmaßnahme blieb Matteo zurück, und wir fünf – Hugo, Clio, Luke, Jay und ich – stiegen in den Tunnel hinab.

Am Ende mußte ich zugeben, daß Jay mit seiner Prophezeihung recht gehabt hatte – es war nicht so schlimm wie beim erstenmal. Diesmal wußte ich, was uns tief unten im Labyrinth erwartete, ich kannte den Weg dorthin und wußte auch, wie es wieder hinausging. Darüber hinaus hatte ich einen vollen Bauch, war ausgeruht, glücklich und fühlte mich sicher – kurz, ich hatte alles, was ich bei unserer ersten Exkursion nicht gehabt hatte. Sogar der Sims, der entlang der Passage verlief, die den Tunnel mit der Kaverne verband, dieser Sims, der den scheinbar bodenlosen Abgrund begrenzte, schüchterte mich lange nicht mehr so ein, nachdem der donnernde, prasselnde Wasserfall verschwunden war; nur noch ein spärliches, tröpfelndes Rinnsal erinnerte an ihn und ein paar Wasserpfützen, die sich in den Spalten gesammelt hatten.

Bevor wir uns an die Überquerung des Abgrundes machten, bereiteten wir die anderen auf die Skelette und die über den Boden verstreuten Münzen vor. Mit stolzgeschwellter Brust erzählte Jay seinem Vater, daß wir höllisch darauf geachtet hatten, ja nichts zu verändern. Dann führte er uns durch die Passage in die Kaverne, vorbei an den Skeletten, und schließlich gingen wir hintereinander am Ufer des Sees entlang. Hugo und Clio zeigten beachtliche Selbstbeherrschung. Es war ihnen anzusehen, wie gerne sie stehengeblieben wären, um den Schatz zu untersuchen, der da über dem Erdboden verstreut lag, aber sie trotteten folgsam hinter Jay her bis zum anderen Ende der Kaverne.

Das Ziel in so greifbarer Nähe, begann ich zu zittern. Ich packte Lukes Hand, um mich zu beruhigen. Dann, auf ein Zeichen von Jay, hoben wir gleichzeitig unsere Laternen hoch und beleuchteten die Grotte.

Keiner sprach und keiner rührte sich, während wir im Halbkreis standen, Pilger, die nach langer Wallfahrt ihr eigenes Mekka gefunden haten und jetzt vereint waren. Jay hatte recht gehabt. Ein Blick in Hugos Gesicht war Lohn genug für unsere Anstrengungen. Es war ihm anzusehen, daß ein langgehegter Traum in Erfüllung gegangen war; seine Augen, die verwunderten Augen eines Jungen, waren wie geblendet, ein Ausdruck tiefster Befriedigung lag auf seinem Gesicht. Er sah genauso aus wie sein Sohn Jay, als dieser vor ein paar Tagen zum erstenmal in dieser Grotte gestanden war.

Clio brach das Schweigen. »Die Frau im Labyrinth«, flüsterte sie. »Endlich ist sie gefunden.«

»Ja«, sagte Hugo. »Endlich ist sie gefunden.« Er wandte sich zu meiner Mutter und nahm sie in die Arme.

Die verborgene
Geschichte
Roman
320 Seiten
btb 72003

Aus Freude am Lesen

Caroline Llewellyn

Nach dem tragischen Tod ihres Mannes hofft die Kinderbuchautorin Jo, im malerischen Dorf Shipcote zur Ruhe zu kommen. Doch im Cottage ihrer Großmutter stößt sie schon bald auf tödliche Geheimnisse aus der Vergangenheit. Ein atmosphärisch dichter Kriminalroman in bester englischer Tradition.

Trügerischer Blick
Roman
377 Seiten
btb 72010

Aus Freude am Lesen

Jane Stanton Hitchcock

Die Trompe-l'œil-Künstlerin Faith Cromwell ahnt nicht, in welch dunkles Spiel sie bei ihrem neuesten Auftrag hineingezogen wird. Für eine legendäre Kunstsammlerin soll sie einen Ballsaal ausmalen, der sich jedoch als Mausoleum entpuppt.

»Psychologisch ausgefeilter Vollblut-Thriller.«
freundin